荊楚文庫

雷思霈集（上）

〔明〕雷思霈 著
周德富 輯注

荊楚文庫編纂出版委員會
湖北人民出版社

荆楚文庫

雷思霈集

LEI SIPEI JI

圖書在版編目（CIP）數據

雷思霈集 / 〔明〕雷思霈著；周德富輯注 .
武漢 ：湖北人民出版社，2020.12
ISBN 978-7-216-10101-1
Ⅰ. 雷…
Ⅱ. ①雷… ②周…
Ⅲ. 中國文學—古典文學—作品綜合集—明代
Ⅳ. I214.82
中國版本圖書館 CIP 數據核字（2020）第 205024 號

責任編輯：楊　猛　　陳　蘭　　黄曉燕
整體設計：范漢成　　曾顯惠　　思　蒙
美術編輯：董　昀
責任校對：范承勇
責任印製：王鐵兵
出版發行：湖北人民出版社（中國・武漢）
地址：武漢市雄楚大道 268 號
電話：(027)87679656　郵政編碼：430070
録排：武漢偉創偉業廣告有限公司
印刷：湖北新華印務有限公司
開本：720mm×1000mm　　1/16
印張：44　　插頁：4
字數：607 千字
版次：2020 年 12 月第 1 版　2020 年 12 月第 1 次印刷
定價：200.00 元（全二册）

ISBN 978-7-216-10101-1

出版説明

湖北乃九省通衢，北學南學交會融通之地，文明昌盛，歷代文獻豐厚。守望傳統，編纂荆楚文獻，湖北淵源有自。清同治年間設立官書局，以整理鄉邦文獻爲旨趣。光緒年間張之洞督鄂後，以崇文書局推進典籍集成，湖北鄉賢身體力行之，編纂《湖北文徵》，集元明清三代湖北先哲遺作，收兩千七百餘作者文八千餘篇，洋洋六百萬言。盧氏兄弟輯録湖北先賢之作而成《湖北先正遺書》。至當代，武漢多所大學、圖書館在鄉邦典籍整理方面亦多所用力。爲傳承和弘揚優秀傳統文化，湖北省委、省政府決定編纂大型歷史文獻叢書《荆楚文庫》。

《荆楚文庫》以“搶救、保護、整理、出版”湖北文獻爲宗旨，分三編集藏。

甲、文獻編。收録歷代鄂籍人士著述，長期寓居湖北人士著述，省外人士探究湖北著述。包括傳世文獻、出土文獻和民間文獻。

乙、方志編。收録歷代省志、府縣志等。

丙、研究編。收録今人研究評述荆楚人物、史地、風物的學術著作和工具書及圖册。

文獻編、方志編録籍以 1949 年爲下限。

研究編簡體横排，文獻編繁體横排，方志編影印或點校出版。

《荆楚文庫》編纂出版委員會

2015 年 11 月

序

説起公安派，我們首先想到的當然是“公安三袁”——袁宗道、袁宏道、袁中道，三兄弟所留下的那些光照千古的華章是世世代代公安人的驕傲；但我們也不會忘記那些并非公安人的公安派作家，比如桃源（今屬湖南）江盈科、會稽（今屬浙江）陶望齡、夷陵（今屬湖北宜昌）雷思霈等。他們和“公安三袁”一起，共同開創了晚明文學的新局面，共同書寫了中國文學的新篇章。

一

明代文化人，對社會空間的選擇大抵有三個取向：臺閣、郎署和山林，并由此形成了不同的文風。從永樂到弘治年間，是臺閣體的黄金時代，臺閣要員如三楊、李東陽等主導了這一時期的文壇；正德、嘉靖兩朝，郎署文風居於主導地位，前七子的地位淩駕於茶陵派之上，後七子的聲勢更遠遠盖過了嚴嵩；萬曆以降，不僅山林隱逸的創作彌漫著山林氣，即使是那些身居臺閣和郎署的人，也往往高談“性靈”，公安派是這一時期文壇最傑出的代表。

臺閣與郎署在明代的政府佈局中地位不同，職能也不同。臺閣要員身爲國家重臣，他們在公衆視野中代表的是國家形象，在事實上要完成皇帝委託的各類事務，要協調各類官員之間的關係，相應地，他們也就需要具備與其身份一致的涵養。俗話説，“宰相肚裏能撑船”，一種寬和雍容的氣象，即使是表面的寬和雍容，對他們來説也是必要的。無論背後有多少心機和算計，喜怒不形於色都是臺閣要員必備的素質，不加節制地表達個人的喜怒哀樂和對朝政得失的褒貶是不得體的，也是不明智的。與臺閣要員不同，郎署官員一方面是六部旨意的執行者，另一方面也可以是臺閣甚至是皇帝的批評者。作爲臺閣和皇帝的批評者，他們代表的是社會輿論，顯示的是傳統讀書人爲民請命的品格。既然是爲民請命，就要有鋒芒，有擔當，不怕打擊，不怕挫折。在明代，我們不止一次見到這樣的郎署官員，例如楊繼盛，例如海瑞，前七子盟主李夢陽、後七子盟主李攀龍也屬於這類人物。而且，爲了政治生態的平衡或改善，郎署官員在國家大事上仗義執言和批評臺閣要員，不僅在官樣文章中是受到鼓勵的，在實際生活中有時候也是受到鼓勵的。例如《明史·陸昆傳》載陸昆上疏武宗陳重風紀八事，其一即爲："獎直言。古者，臣下不匡，其刑墨。宋制，御史入臺，逾十旬無言，有辱臺之罰。今郎署建言，如李夢陽、楊子器輩，當加旌擢，而言官考績，宜以章疏多寡及當否爲殿最。"可見自宋代以來，郎署官員即有上疏直言之責。這種職務上的要求也使他們常常同臺閣要員發生矛盾。

臺閣與郎署兩類官員的職能差異往往導致文風的差異，臺閣文風通常雍容華貴，以點綴升平爲能事，郎署文風則通常雄健有力，敢於面對社會問題。陳懿典《皇明館閣文抄序》指出：文章之變不可勝窮，才人之致無所不有，故文章的風格是多種多樣的。但是，對館閣文，仍有其特殊要求，即不能"不典"，不能"失裁"，"在館閣則才不可逞，體不可越"。陳懿典强調，"館閣文"的這種特殊風格，與"述典誥銘鼎彝"的特殊職能有關。王錫爵《袁文榮公文集序》也説："錫爵間頗聞世儒之論，欲以軋茁骫骳、微文怒駡，闖然入班揚阮謝之室。故高者至不可句，而下乃如蟲飛蟀鳴，方嘵嘵鳴世，以謂文字至有臺閣體而始衰。嘗試令之述典誥銘鼎彝，則如野夫閨婦强衣冠揖讓，五色無主，蓋學士家溺其職久矣。"所謂"世儒"，指的是供職郎署、以中層官員爲主體的七子派；所謂"述典誥銘鼎彝"，指館閣文臣經常採用的幾種用於朝政的特殊文體，而這些特殊文體是郎署官員所不熟悉或不必擅長的。王錫爵用文體的特殊性爲館閣文的“和平典重”辯護，其理由是成立的。但需要指出一點，館閣作家在“述典誥銘鼎彝”之外，也熱心於這種“和平典重”的風格，這就不能用文體的特殊性來加以辯護了，而只能視爲一種與身份相聯繫的特殊趣味。陳懿典和王錫爵所描述的，實即臺閣文的流派風格。而七子派的文章，則經常指斥時弊，鋒芒畢露。

公安派提倡“性靈”，偏愛“趣”“韻”。對“性靈”或“趣”“韻”的强調，表達了對某種擺脱身份意識的生活方式的嚮往。人類成就中最偉大的東西通常是在熱情洋溢的狀態下創造出來的，一味地注重身份只會造成思想和感情的沉悶。如果表達得周全些，不妨這樣説：没有熱情洋溢的成分，生活是没有趣味的；一味地熱情洋溢，生活則是危險的。深謀遠慮與熱情洋溢是我們人類面對的兩種難以統一的選擇。在大多數情況下，人們寧願選擇深謀遠慮，因爲危險與趣味相比，對危險的恐懼畢竟容易壓倒對趣味的熱衷。然而，性靈説和趣韻説，强調的正是趣味，而忽視未來的危險。袁宏道甚至把因熱情洋溢而招致的危險也視爲一種趣味，他在給舅父龔惟長的信（《與龔惟長先生書》）中，意氣不凡地提及“人生五樂”：“真樂有五，不可不知。目極世間之色，耳極世間之聲，身極世間之安，口極世間之譚，一快活也。堂前列鼎，堂後度曲，賓客滿席，觥罍若飛，燭氣熏天，巾簪委地，皓魄入帷，花影流衣，二快活也。篋中藏萬卷書，書皆珍異。宅畔置一館，館中約真正同心友十餘人，就中擇一識見極高如司馬遷、羅貫中、關漢卿者爲主，分曹部署，各成一書，遠文唐、宋酸儒之陋，近完一代未竟之篇，三快活也。千金買一舟，舟中置鼓吹一部，知己數人，游閑數人，泛家浮宅，不知老之將至，四快活也。然人生受用至此，不及十年，家資田地蕩盡矣。然後一身狼狽，朝不謀夕，托鉢歌妓之院，分餐孤老之盤，往來鄉親，恬不爲怪，五快活也。士有此一者，生可無愧，死可不朽矣。若只幽閑無事，挨排度日，此世間最不緊要人，不可爲訓。”人之所以爲人，一個基本的標志是他遵循理性生活。爲了未來的快樂而忍受眼前的痛苦，這是合乎理性的；爲了眼前的快樂而造成未來的痛苦，這是不合理性的。袁宏道提及第五樂，説明他并非不能深謀遠慮，而是故意表明不願深謀遠慮。他如此豪邁地拒絶深謀遠慮，當然是因爲身份的壓抑令他厭倦，當然是因爲身份意識已經使許多人變得萎縮而虚僞。

换一個角度考察公安派的性靈説或趣韻説，我們發現，其特徵是用審美的標準代替了功利的標準。他們喜歡不尋常的東西、罕見的東西，樂於從渺遠和新奇的境界中尋求美感。擺脱臺閣身段和郎署身份的約束是創造新奇的有效方式。他們宣導擺脱身份意識，他們宣導一種神采飛揚、不計後果的情感方式，他們調侃流行的行爲標準和審美標準。他們的那類議論，也和其情感方式一樣，飄逸不拘，不循常軌。

二

同爲楚人的雷思霈，也和公安三袁一樣，是個在藝術的世界裏不循常軌的人。錢謙益曾在《列朝詩集小傳》中批評雷思霈與公安派路數相同，“信心放筆”，“而不知約之以禮”，雷思霈的門生、竟陵派盟主鍾惺則在《先師雷何思太守集序》中以崇敬的筆調特别引用了雷思霈本人的話：“不泥古學，不蹈前良，自然之性，一往奔詣。”錢謙益從反面説，鍾惺從正面説，褒貶不同，但講的都是雷思霈在詩文領域敢於打破“格套”的特點。

雷思霈去世後，鍾惺寫了《告雷何思先生文》。在這篇祭文中，鍾惺著力突出了雷思霈的憂國之心。“察先生平日神意議論，似恒服膺趙學士大洲者。嗚呼，時事至今日，非用大洲時哉！”“今年二月居燕，某病矣，病而垂絶，自謂不復見先生矣。以老親後事屬密友，國家後事屬先生。爲書一紙遺先生，略曰：私情説不得，言國事即私情也。”這樣一個時時憂慮國事的雷思霈，豈不是和“公安三袁”面目迥異麽？

其實不然。“公安三袁”不願在詩文中説格調很高的話，是因爲這類話經常被人用來裝點門面，即所謂“自從老杜得詩名，憂君愛國成兒戲”（袁宏道《顯靈宫集諸公，以“城市山林”爲韻》）。三袁在内心裏倒是信奉儒家理念的，他們是一群很有責任感的士大夫。以袁宏道爲例，他確乎是一介名士，作小品文，贊《金瓶梅》，具見其名士派頭。然而，他身上的儒家士大夫氣質，在一定的場合，在一定的人生階段，便會表現爲具體的言行。比如，宏道主陝西鄉試，所作對策程文《策·第一問》就説：“今日之風尚，抑尤有可愕者。民服於奇淫，士競於吊詭，醜宿儒之所共聞，而傲天下以不可知。言出於六經、《語》、《孟》，常言也；有一人焉，談外方異教奥僻不可訓之書，則相與誦而法之。行出於仁義孝友，庸行也；有一人焉，破常調而馳格外，寂寞至於不可甘，泛駕至於不可羈絡，則相與侈而傳之。進稗官而退史籍。敢於侮聖人，而果于宗邪説。其初止於好新耳，以爲不奇則不新，故爭爲幽眇之説以撼之；又以爲不乖常戾經則不奇，故至於叛聖賢而不自覺。世道人心至此，幾于白日之昏霾，而陰機遍天下矣。”參照宏道的言行，我們發現，他所指斥的“有一人焉”，與“不拘格套”的宏道自己倒是頗爲相像或吻合的。同一個宏道，怎麽會如此自相矛盾？其實這不是自相矛盾，而只是宏道的兩個不同側面的顯示：一個從事藝術創造的人，没有幾分浪漫的不甘受規矩約束的情懷，他怎能成爲一個出色的藝術家？相反，一個從事政務或擔任主考的人，熱心於破規壞矩，又怎能成爲一個合格的公職人員？一個人所處的領域不同，言行的方式自亦有所不同。藝術世界的三袁和社會生活中的三袁不是同一副面孔，也不應該是同一副面孔。同樣，藝術世界的雷思霈和社會生活中的雷思霈也不是同一副面孔。生活是立體的，人也是立體的，我們不能把一個歷史人物平面化。

鍾惺《哭雷何思先生十首》之五的自注説：“先生曾問予：‘膽、識二字孰先？’予對曰：‘膽到處亦能生識。’先生對：‘恐當是識到處方能生膽。’予曰：‘初無先後，但到處自能相生耳。’先生思之良久，首肯。”雷思霈關注有關膽識的話題，所顯示的正是公安派的特點。袁中道《吏部驗封司郎中中郎先生行狀》論及李贄對宏道的巨大影響時曾説："先生（袁宏道）既見龍湖（李贄），始知一向掇拾陳言，株守俗見，死于古人語下，一段精光不得披露；至是浩浩焉，如鴻毛之遇順風，巨魚之縱大壑；能爲心師，不師於心；能轉古人，不爲古轉；發爲語言，一一從胸襟流出，盖天盖地，如象截激流，雷開蟄户，浸浸乎其未有涯也。……已復同伯修與中道游楚中諸勝，再至龍湖，晤李子。李子語人，謂伯也穩實，仲也英特，皆天下名士也。然至於入微一路，則諄諄望之先生，盖謂其識力膽力，皆迴絶於世，真英靈男子，可以擔荷此一事耳。"李贄所謂"膽力"，乃指一種無所畏懼的擔當精神；所謂"識力"，乃指一種深邃的歷史文化意識。李贄以"識力膽力"許袁宏道，這幾乎近於禪宗的親授衣缽。盖"識力膽力"，乃是李贄所自許而從不輕易許人的考語。中道明乎此，故其《答須水部日華》曰："總之，本朝數百年來出兩異人，識力膽力迴超世外，龍湖、中郎非歟？然龍湖之後，不能復有龍湖，亦不可復有龍湖也；中郎之後，不能復有中郎，亦不可復有中郎也。"袁中道將李贄與袁宏道的"識力膽力"相提并論，此中意味，不難把握。而當雷思霈拿"膽識孰先"這一話題與鍾惺交流時，就不僅包含了傳授衣缽的意味，還有反思公安派核心理念的意味。雷思霈在晚明文壇所扮演的角色之重要，由此可見一斑：他不僅是公安派的一員健將，還對竟陵派産生了重要影響。雷思霈的詩文，對於瞭解公安派和竟陵派具有不可取代的意義，對於瞭解晚明文壇具有不可取代的意義。

三

德富先生是一位出色的教師，"得天下英才而教育之"，成就斐然，同時也是一位勤奮執著的學術工作者，著述頗豐。他孜孜矻矻地搜集整理鄉邦文獻，在雷思霈詩文的輯注方面用力尤勤。他幾乎收録了目前所能見到的雷思霈的全部詩文，總計詩歌388首，散文148篇；還在注釋中盡力提供相關資料，包括雷思霈的各類文章和雷思霈的門生朋友寫雷思霈的作品，包括雷思霈所寫人物的生平史料，雖然還未達到“竭澤而漁”的程度，但確乎是難能可貴。對雷思霈詩歌中寫得較多的夷陵的名山、名水、名人、名物、名俗等，他也結合語句的注釋加以詳細介紹，而德富先生自己感到特别欣慰的是輯録了晉代宜都郡守袁山松的《宜都山川記》。該記對我國的山水游記曾産生重要影響，可惜早已失傳。德富先生這次輯注雷思霈詩，查閱了大量古籍，從中輯出三十多則，合計兩千餘字。這對宜昌的文史研究是很有幫助的。他對宜昌文史研究中一些有爭議的問題的辨析，也同樣有其重要意義。

給德富先生的《雷思霈集》作序，是今年特别讓我開心的事情之一。原因很簡單，我是公安人，我曾有心在公安派研究上多花些氣力，也一直以爲自己多多少少能爲公安派研究盡綿薄之力。最近幾年，各種雜事越來越多，分身無術，纔確信以前的計畫已無從落實，而身爲公安人的故鄉情結因這份遺憾而更加濃重。前些時爲王能議先生的《小修詩注》作序，這次爲德富先生的《雷思霈集》作序，説實話，我都不只是高興，而且懷有一份感激之情。他們做了我想做而未能做的事情，我由衷地感謝這些學者。至於其成果對於明代文學研究的意義，對於湖北文學研究的意義，對於宜昌文史研究的意義，讀者自有明鑒，就不用我多説了。

是爲序。

陳文新

2018年6月22日於武漢大學

序

就古代的夷陵文壇而言，楚屈原之後，似乎一直都默然無聞。到了明代，因爲公安派和竟陵派在文壇的崛起，方掀起了一波小的高潮。這裹面的一個關鍵性人物，就是雷思霈。雷氏與公安袁氏兄弟交善，又是竟陵派領袖鍾惺的座師，隨著公安、竟陵的相繼崛起，他也因此獲得了相當的知名度。不過也因爲與這兩派文人都有交集，所以他的謗譽也隨著人們對兩派的評價遷變而浮沉。

雷氏與公安袁氏兄弟的交集始於袁宏道。宏道於萬曆二十九年（1601）告病鄉居，築柳浪湖，一住六年。是時宏道在文壇已是鼎鼎大名，故其居鄉期間，諸多楚地文人多往與會。萬曆三十四年五月，雷氏與其同年石首曾可前往訪宏道，是爲論交之始。幾人談禪言僊，論證學問，頗爲相得。宏道本年修《公安縣志》事竣，雷氏爲之作序。宏道《瓶花齋集》《瀟碧堂集》於本年刻成，雷氏爲之作序，而宏道亦爲雷氏詩作序。本年秋，宏道入京補儀曹主事，雷氏亦北上，兩人曾有會晤。己酉（1609），宏道出典秦試，雷氏典閩試。明年，宏道逝於北京。再明年，雷氏亦逝於家。雷氏與公安相交時間雖短，但其與宏道頗爲投契。宏道有言："何思與余同臭味。"中道亦言："生平桑梓交游，僅得一曾、一雷。"雷氏之詩學觀點，觀其《瀟碧堂集序》所述，與宏道之論幾無二致。因此在當時，即被人劃歸爲公安派陣營中重要的骨幹之一。錢謙益作《列朝詩集小傳》，即附雷氏於三袁之後，謂其"與袁氏兄弟善，當公安掃除俗學，沿襲其風流，信心放筆"。可見雷氏之得名，與其同公安袁氏兄弟的交往大有關係。也就在此同一時間段，因雷氏與公安的交集，也直接帶動了夷陵其他詩人與袁氏兄弟的來往。如陶若曾、劉戡之、羅冕等人，或在公安，或在北京，皆與宏道、中道詩酒唱和。宏道與中道曾分别序陶若曾《枕中囈引》，宏道謂陶氏詩“信口腕，率成律度”，中道稱其“詩味亦近似中郎”，可見陶氏深受公安詩風之影響。而這些詩人，加上與公安無甚交集的文安之，與雷氏一起構建了夷陵詩壇，借著公安派的影響，也算是打響了一定的知名度。

而雷氏作爲竟陵派領袖鍾惺的座師，兩人的交集，殆在萬曆三十八年庚戌。是年雷氏分考會試，爲鍾惺的房師，對其有著知遇之恩。只是雷氏在鍾惺中試後第二年即卒於家，因此，鍾惺與雷氏交往時間不足兩年。但即便如此，師生的感情卻頗爲深厚。據鍾惺《告雷何思先生文》言，其與雷氏雖僅“稱師友年餘，相聚不數月，月相晤不數日，日不數語，然先生每借論文之因，時以德業、學術、國是、人才，旁及人外之旨，微言挑我，以觀其應。某時有痛癢，偶中機鋒，相覿粲然，一開先生之口處，而汙不至阿，亦時有所不必合，先生不惟以爲不必合，而且以爲相成。吁嗟乎！蓋真有古師友之道焉”。而雷氏亦曾遺鍾惺書，云：“吾兩人覺别有神情，别有契合，豈往劫中互相師友，乃有今日邪？”在不長的相處中，雷氏與鍾惺，或當面，或書信往還，論學衡文，參大道之至要，也確實超出了一般意義上的師生之誼。不過，兩人在詩歌趨向上，同中卻有異。雷氏於詩，服膺公安，故其無論詩學主張還是詩歌實踐，皆與宏道之旨趣近。這也是錢謙益置雷氏於公安之列并附其小傳的重要原因。小傳雖多有貶語，不過也使得雷氏之名愈加彰顯。但是鍾惺論詩，對於宏道“獨抒性靈”之説，起始雖有所認同，實則趣向有别。宏道舍棄法度，主張信手信腕，一切以“真”“趣”爲尚。而鍾惺於詩，則求“靈”求“厚”，故當接引古人之精神。這種詩學主張上的差異，在雷氏生前，不會浮於表面，但是雷氏卒後，便自然顯現出來。鍾惺刻印雷氏文集，僅録其詩作二册。這不難看出，鍾惺對於雷氏之詩是有看法的。這樣的汰選，當然是基於鍾惺的審美認知和詩學立場。鍾惺的這一作法，不出意外地引起了此時還健在的袁中道的强烈不滿，他在《游居柿録》裏直接地表示異議：“姑毋論其爲唐爲宋，要以‘筆下有萬卷書，胸中無一點塵’二語，太史真足矣當之矣。在伯敬之見，必欲其精；而在予，則謂此等慧人之語，一一從胸中流出，盡揭而垂之於天地間，亦無不可。昔白樂天，詩中宗匠也，其所愛劉禹錫詩，都非其佳者。豈自以爲工者，人或不以爲工；而自以爲拙者，反來世之激賞也。不若并存之爲是。”中道説的很不客氣：選人之詩，最好不要過於以己意爲之。你以爲好，别人則未必然也認爲好。反之亦然。當然，更深層的原因，中道也非常清楚，那就是鍾惺所謂的精選，實際上是對公安派所欣賞的一一從胸中流出的“慧人之語”的否定，這當然要引起中道的反彈。中道和鍾惺，從萬曆三十七年定交，到後來因鍾氏《詩歸》出而斷交，其中固然有很多個人的因素在裏面，比如雙方與錢謙益的關係等，但是更主要的，是兩人各自代表的詩派和詩學主張的分歧。這種分歧，導致了兩人私交的完全破裂，也導致了公安和竟陵的漸行漸遠。這一切固然與此時的雷氏無所關聯了，只是作爲雙方朋友的雷氏若泉下有知，當不知作何感想。

雷氏其人，錢謙益在《列朝詩集小傳》中稱其“好學問，通禪理，講經世出世之法，其宗指在江陵、内江之間。己酉出典閩試，所撰程策，頗見大意，惜其未試而殁”。儘管人言盡倫學儒，盡性學佛，經世出世，合而爲一。但既然拈出雷氏之宗旨在“江陵、内江之間”，可見其學術趣向仍指向用世一途，故錢氏方有此歎。由此也可知鍾惺、王維章輩的“可爲救時宰相”和“倘天假以年，先生立朝，事業必有卓絶”的推許，倒也不全是弟子們的私媚之言。關係更爲親密的袁宏道則認爲自己“嗜佛”而雷氏“嗜僊”。也正因爲“嗜僊”，方得十分留意山水地理，故與公安竟陵諸文人專力詩文不同，雷氏還頗精輿地之學，他的《荆州方輿書》與《施州方輿書》，便是其建樹。史家評其“參考折衷，尤爲明核”，實非虚談。與其留下的詩文相較而言，這兩部著作，似乎意義更大。當然，雷氏的詩，其實也是很好的。尤其是他的近體，大多開合自然，有疏放之勢，無滯澀之態。其用語取象，靈動而清新。如《寄友人》之“酒杯明白髮，詩句滿青山”、《觀土城寺二首》之“黄花含雨色，紅樹亂秋聲”、《題盧更生皆山亭》之“月近窺蟾頷，天高墮鶴翎”、《病中寄伯從》之“嵐重須頻飲，霜初慎早行”、《又寄楊博士》之“雲氣朝爲語，風塵客是星”等，頗能見出雷氏在寫景敘情上的功夫。就余個人的喜好説，雷氏近體當好過古體，五言甚於七言。錢謙益所指責的“信心放筆”的詩自然也有，如《答劉元定》二首之一：“醉裹玄言醉裹裁，醉時騎馬望山來。山中有酒山中醉，莫管山花開未開。”放在袁宏道吴中詩作裏面，恐怕能亂其真。

德富乃余師弟，晚余兩屆。畢業後一直在重點中學教授語文，三十餘載，頗致令譽。儘管已身膺特級教師，但繁紛的教研工作之餘，依舊醉心於書山學海，孜孜以求。尤其對鄉賢遺文的整理，用力甚勤。其所校注整理的《雷思霈集》，不僅體現出很高的學術水準，而且更表徵了他的良苦用心。這也可以説是《雷思霈集》的最大特色和亮點。對於雷氏詩文集的整理，他大可如學界絶大多數學人所採取的方法那樣，即就詩歌所涉名物事典、詩人仕歷交游等予以注釋。但是德富卻别出心裁，富有創造性地將與詩文有關聯的人物身份、地理背景、歷史文化等資料加以連結，附録於後，給讀者提供了極大的方便。而這是絶大多數的古籍整理者没有做到的。他這樣做，可以説是就難棄易，刻意而爲之。其間所耗費的心血，所承受的壓力，所遭逢的困境，以及所收穫的欣喜，身歷者恐怕一輩子都不會忘記。首先，是訪書之難。雷氏之詩文，當時即多散佚，且存世刻本極少。《蓬池閣遺稿》大陸僅北大圖書館有藏（余1994年爲箋校袁宗道《白蘇齋類稿》，曾訪書北京，依稀記得國家圖書館有是書，現事過多年，亦忘得不敢確認了），《雷檢討詩》則分别藏於中國臺灣和日本。以上幾種刻本的獲得，都不容易。德富都是動用了許多關係，幾經輾轉，方纔得手。這一過程，編者在《後記》裏有詳細説明，就中的艱辛，恐實在不足爲外人道也。非但如此，德富還大量地查閲了雷氏足跡所涉之地的大量的地方文獻，從中勾稽比校，以期對雷氏刻本有所增益和訂正。這是個非常辛苦又吃力不討好的活兒。所以我在做完《袁宗道集箋校》之後，曾發誓不再涉足此等活路，因此對於德富所經歷過的艱辛確實能體會一二。其次，是稽考之難。就雷氏之詩文所涉及的範圍而言，倒也説不上遍及海内。但即便如此，對於雷氏詩文所涉及的一些山川地理、文物古跡、人物交游，要一一去考證落實，也是一個巨量的任務。明代至今，雖非久遠，但一些地理地貌本身甚至於它們的名稱，也是發生了許多的改變。比如就宜昌城區而言，古人筆下常見的葛道山，不知何時變成了磨基山，烟收壩變成了胭脂壩，虎腦背變成了古老背等，不一而足。尤其是雷氏詩文中所頻繁出現的一些地名和建築，有些在今天已經消失得一乾二淨。但是對於整理者而言，這些都得去一一還原。這個工作量之大，其實不難想像。德富整理雷氏之詩文，所花的工夫，恐泰半在此；德富整理的最重要的成果，恐怕也正好在此。面對這些難處，德富没有回避，没有棄重就輕，而是一一攻克下來。或實地勘察，或遍閱資料，没有放過必須面對的疑點、難點。而這對於一個還必須以大量的精力站在中學教壇上的學人來説，絶對不輕鬆。德富正是以此種謹嚴而踏實的態度，克服了諸多難以想像的困難，爲家鄉的文化建設事業，提供了一份頗具學術價值的沉甸甸的成果。對此，我懷有深深的敬意。再次，是注釋之難。古人讀書，皓首窮經，至老不倦。其所涉獵，遍及經史子集，與我輩相較，不啻雲泥。況雷氏本天縱之才，詩文中文物典章，信筆拈來。但是這於今天的學人來説，將之標舉揭出，加以闡釋，卻并非易事。而德富所居之所，又非中心城市和高等學府，這使他少了許多的便利。但是縱觀全書的注釋，簡明而精當，没有當今一些浮躁學人筆下常見的硬傷。只是在我看來，考慮到是著所面對的讀者群以及地域性，或可考慮稍稍擴展出注的語詞面，適當增加一些在注者是不言自明而在一般讀者卻不明所以之語詞的注釋，這樣的話，想必應該會更受讀者的歡迎。

德富正處年富力强的黄金年齡，且事業有成，家庭幸福美滿，素懷服務鄉梓之願，亦有操觚著述之力，希望有更多的著作問世，未敢言是所望焉，應可謂有所待也。

是爲序。

孟祥榮

2018 年 6 月於江門遠心齋

序

在晚明的文學星空裏，出現了袁宗道、袁宏道、袁中道的“公安派”耀眼星座，而非公安籍的“公安派”中堅、夷陵人雷思霈則是與之輝映的又一燦星。

這位從夷陵走出、三十三歲中舉、三十七歲進士及第、官至翰林院檢討、四十七歲英年辭世的荆楚巨儒，這位被袁中道讚譽爲“爲人心地淨潔，不沾纖毫塵俗氣”的詩人、文學家、地理學家，這位被“竟陵派”領軍人物鍾惺尊爲“其識力卓而突，能超世；其才力大而沈鷙，能維世；其膽力堅忍而神，能持世；其骨力重而不軟媚，能振世”的“博學異才”，不僅爲明末朝廷選拔了如一代忠臣户部尚書楊一鵬、文學大家鍾惺等數十名英才，也爲後世留下了大量詩文。現已發現的詩作計388首、文章計148篇，爲《荆楚文庫》擴展了“庫容”，爲中國文學史增添了不可磨滅的一筆。

雷思霈與公安主將“三袁”共探詩文要義，成爲非公安籍的“公安派”的中堅，秉持其不泥古學、不蹈前良、不拘格套、獨抒性靈、反對雕琢的原則，切實踐行了這一主張。雷氏作品，其題材廣涉朝政、民間、處世、立人、文學、藝術、宗教、養生諸多方面；其體裁，有文論、詩論、策論、書序、簡牘、壽賀、别贈、墓志等種種。行文議論風生，縱横捭闔；往往不拘於一人一事，而是將帶有規律性、傾向性的現象、問題梳理歸納，做流向性的歷史剖析。其史料之豐博，學識之宏富，視野之闊大，技法之老到，盡展大學問家的氣度與襟懷。

雷思霈在《且孺堂詩序》開篇即大贊同道曾可前的觀點：“詩至唐而極矣。其體無所不具，其才無所不達，其調無所不變。婉縟音響，間雜六朝，則沈宋盧王先之矣；神逸雄渾，淩空苦行，若人間世界别有僊禪，則供奉、拾遺兩大家先之矣；高華清絶，則王孟先之矣；奇僻嘔心，若可解，若不可解，則李長吉先之矣；廣大教化，主衔談市語，稗官小説鼓舞筆端，則白香山先之矣；其勢險，其節短，吹枯吸槁，則韓盧郊島先之矣。”該論一覽衆山，高屋建瓴，高瞻遠矚，以史家明晰的語言，對歷代詩人作準確的歷史定位；縱論中國古今詩歌的流變，作準確公允的結語，可謂雄視千古，切中肯綮。

雷思霈爲袁中郎《瀟碧堂集》作序，提出："真者，識地絶高，才情既富，言人所欲言，言人所不能言，言人之所不敢言。""言人所欲言，有心中了了而舉似不得者，其筆之妙與舌之妙，令人豁目解頤，鼓舞而不能已；言人之所不能言，雖千古未決之公案，與其不可摹之境、難寫之情，片言釋之如風雨，數千里不竭如江河；言人所不敢言，則世所幾平忽作神聖，世所神聖忽作幾平。理不必古所恒有，語不必人所經道。後世而有知其解者，人證我也；後世而有無知其解者，吾證我也。"是真正"六經之外别有世界者"的大手筆！

雷思霈主持鄉試會試，所撰程策，涉及朝政社稷、定國安邦，"頗見大意"。知興替，正衣冠，明得失，不惜冒生命之險，觸摸到明王朝潛藏的危機。寫法上則廣徵博引，縱横捭闔，舉凡典籍方志、古今事件，信手拈來，恰到好處，形成强大的邏輯力量與文氣。行文無瑣細原委之記述，少過程連續之敘説，開篇往往大處著眼，遠處著筆，宏論滔滔，開襟豁懷。大量篇幅論及相關的理論、史實，而極爲有限地正面述人記事，不過置於特定歷史背景中做深層次的觀照，藉以引出論題。有的雖因受命於皇帝而難避"老套"，但也決非純書生式的閉門造車、"銀樣鑞槍頭"的把式所可同日而語的。

雷集的書牘信函類，其"啟"，典雅莊重；"書牘"，親切隨意，時不乏諧語；而祭祀、墓志，"辭叩九閽，誄彰大行"，於個人悲戚中，透家國之思。

雷氏生長夷陵，典試閩中，"遥想山川三峽裏，獨憐風景七閩中"，讀他游歷福建的武夷山的詩句，即可以領略其敏鋭嗅覺和吟詠才華。雷集中唯一的一篇記游武當山的《太和游記》，描寫細膩，比喻新奇，合實可考，不愧爲描景高手、寫實大家。其結尾連發感慨："昔之丹室，今爲酒亭；昔之巢居，今爲錢孔。"對不良世風的難以釋懷，力透紙背，是典型的雷氏風格。

明清以來，宜昌地域"輿地學"（歷史地理學）得天獨厚異軍突起，成獨特的風景。從袁山松的《宜都記》，到雷思霈的《荊州方輿書》，到楊守敬的《水經注疏》，是可以觸摸到其歷史傳承的。雷思霈是中國古代地理學的大家。他的《荊州方輿書》《施州方輿書》，乃中國古代重要的地理著作，問世以來，廣受學界重視。他參與編寫的萬曆《荊州志》，成爲清代諸多志書引用的權威依據。

雷氏文思敏捷，"爲文不涉草，纚纚數千言，操紙筆立就"。才華橫溢，從科進士到任檢討的十年間，正是雷思霈寫作的高峰期。可以想見其晨昏、寒暑不計所付出的心血。雷氏很可能因此積勞成疾，而致英年早逝。"身後無兒一親老"，"母老，無子，且無弟"的家庭原因，主考官絶密性的職業特點，賦予他沉潛不事張揚的性格特質，加之淡泊名利，懶於收藏的習性，造成了其詩文大量散佚的遺憾。四百年後，當代文學史家研究無法措手，成歷史之憾，讓 21 世紀的後輩，亦無法窺到雷氏"廬山真面目"。以致時至今日，依然要進行搶救性的發掘。

也許有人會説，雷氏文字過於深奥，難於爲網絡時代的青少年所接納，值得如此大動干戈嗎？這種擔心，固然可以理解，但一個地方，一方水土，自然該有代表其學術的標高。如果我們的文化開掘僅停留於通俗普及的淺層面上，在世俗的潮流面前卑躬卻步，那麼勢必有負於歷史的期待與國人的希冀，有背於深厚的文化潛藏，也勢必要陷於原地踏步甚至後退的窘境。

宜昌學者周德富，以舍我其誰、當仁不讓的氣魄挺身而出，正歷史性地擔當起這一重任。這位幾十年獻身於名校枝江市一中、悉心培育出無數優秀弟子的特級教師，於繁忙的教學之餘，以堅韌的學術執著，鍥而不舍的實際行動，從歲月湮隱的文化碎片中，以現代人的眼光尋覓蛛絲馬跡，以心細如髮的專注拂去歲月的塵埃，還原雷氏其本來面目，讓若隱若現的碩彥鴻儒影像浮現於世人面前。對於喚起當代人的文化自覺，復原宜昌一方的文化本色，德富做出了巨大貢獻。

德富博學洽聞，大海撈“珍”，以“桃李天下”的特有優勢，四海尋求，獲取難得的文獻資料；他與同道親去鄉里實地考察，揭開《圍爐夜話》作者王永彬籍貫枝江的謎底；2014 年，他整理出版了《雷思霈詩輯注》，一時引起廣泛好評；隨後，又繼續廣搜窮輯，字考句酌，潛心伏案，攻關破險，查閱從萬曆到康熙、同治年間上百種文獻典籍，繼續爲鄉邦文化工程添磚加瓦。歷時四年，終迎來《雷思霈集》的問世。除此之外，他還和市、縣兩級史志部門合作，先後整理出版了同治《枝江縣志》《宜昌府志》、乾隆《東湖縣志》……苦心孤詣，拳拳赤心，令人感懷！

正是在德富及其同仁們的辛勤努力下，宜昌在本土傳統文化的發掘方面日積月累，取得了令人矚目的進展。從十年前對“三峽第一學人”楊守敬的研究，到近幾年王永彬、曹廷傑、文安之文化的發掘，往昔鮮爲人知的文化先賢們不斷走進人們視野，令世人對宜昌的文化積澱刮目相看，重新喚起并激勵著人們對宜昌豐厚文化歷史遺存的熱望與信心。

曾幾何時，有人慨歎宜昌文化原生態的貧瘠，以豔羨的目光投向齊魯、江浙沿海，爲那裏文化遺存的厚富而仰慕不已；也有人爲屈原橫空出世後，宜昌出現的長期文化斷層而迷惑。然而面對如此肥沃的家鄉土地，責無旁貸的宜昌文史工作者們，從不會質疑蘊蓄著與之相匹配的富饒的文化資源。周德富就是其中優秀的一員，他長期堅持宜昌地域文化的發掘并取得了一系列研究成果，正是源于這份文化自信。

看宜昌星空，群星璀璨，從屈原、昭君、董和董允父子，到王篆、劉一儒、劉戡之、文安之，再到彭淑、王永彬、吴翰章、曹廷傑、楊守敬、熊會貞等，乃至現當代的張子高、馮漢驥、張繼煦、張滂、袁谷及“時氏家族”的時象晉、時昭涵、時昭瀛、時昭澳……宜昌歷史文化蔚爲大觀，氣象崢嶸。人以地幸，地以人榮。正如湖北省文史館老館長、著名楊學專家、書法家陳上岷與湖南學者、書法家虞逸夫讚譽楊守敬所論："非維桑梓之榮，亦邦國之光。"

"雄心問海嶽，赤手造坤乾。"21世紀，宜昌兒女會像周德富一樣，承繼歷史，切近當下，不懼困境，重鑄輝煌。

符利民

2020年6月於宜昌

前　言

一

雷思霈（1564—1611），字何思，湖廣夷陵人，居夷陵州城，乾隆版《東湖縣志》載："歲星堂、甘園、百衲閣、勾將館、醉石齋、蓬池閣、隅暢閣、枇杷庵，以上俱在城東，明太史雷思霈建，今皆廢。""城東隅暢閣，其著述處也，時嘯詠其中。"雷思霈在《王淑子五雲房序》中自述："叔周有園，在城之東偏，與余居近。"祖籍宜都縣白洋善溪（今屬枝江），他在《陳氏族譜序》中自述："余家自三國以至勝國，咸居宜都善溪。"在《祭祖塋》一文中又寫道："方雷之族，起自西陵。至於蜀漢，血戰爭盟。世家夷道，開我後昆。善溪五隴，樵採不禁。國初遷峽，再立宗枋。奕世載德，咸有令名。惟予小子，備乏詞臣。仰承先志，況復舊塋。英爽如在，異代同歆。"生於嘉靖四十三年（1564），萬曆二十五年（1597）丁酉科舉人，萬曆二十九年辛丑科三甲一百六十六名進士[①]，選翰林院庶吉士，授檢討職。萬曆三十八年底"引疾乞歸"[②]，神宗許之。次年九月一日卒於家。卒年僅四十有七，葬於"（東湖）縣大江西十五里"。

雷思霈祖父雷九齡，嘉靖三十七年貢生，任四川安岳縣縣丞。乾隆版《東湖縣志》、同治版《宜昌府志》、乾隆版《安岳縣志》均有記載。雷思霈《陳氏族譜序》《劉道人石像記》兩文亦有部分信息。雷思霈之

① 《明清進士題名碑録索引》。

② 明張溶《明神宗顯皇帝實録》卷之四百七十一。

父，方志無載，姓名不詳，雷思霈《祭劉年伯》一文有部分信息：諸生，大約於萬曆二十年前後去世，去世時纔五十有餘，葬大江之西。袁中道説雷思霈"無子且無弟"①。雷思霈的同榜進士、生前摯友王伯舉在《詣陸州哭雷何思館兄》中寫道："身後無兒一親老，案頭有草萬人傳。"但雷思霈在《羅茂州章何二孺人墓誌銘》中明確記載羅茂州生有三女，其中"中女字余兒闇"，也就是許配給他的兒子雷闇了。雷思霈的《與羅雲連》一函似乎是請羅雲連幫他到羅家去提親；他的《與劉元定》一文中有"弟初覺醉，及歸而與孫兒爲樂，含飴之愛，今古同情。飲苦茗數碗，醉更復醒"這樣的語句，説明他不僅有子，而且有孫。另外，民國二十五年（1936）重刊的《陸城易氏族譜》收有乾隆五十九年（1794）宜都教諭雷乾的一篇序言，并注明雷乾是"直隸荆門州人"，"明太史思霈之後"。綜合幾則材料看，有兩種可能：一是雷思霈原本有子，但其子可能在雷思霈去世之前即已去世；二是雷思霈雖無亲子但有继子。他還有一妹，嫁宜都文人劉芳節。雷家本是有族譜的，在雷思霈祖父時修編過一次，雷思霈在《陳氏族譜序》中稱："余家譜，何郡公爲之序。"但其譜至今未發現，有關雷思霈的家族及其後人的更多情況，只能寄希望於未來新的發現。

二

雷思霈有著極强的中國傳統知識分子忠君憂國愛民的思想，并有宏大的政治抱負。他年輕時即有"立言、立功、立德"的志向，并説："蹄涔無尺鯉，塊阜無丈材。""吾曠然超榆枋之上，而毋與燕雀爲偕。""凡我同儕，尚其訂志，以仰希乎聖神，而毋自墮於凡近之倫。""吾儕志在事功也者，豈徒勒鼎書彝、詭尊王庇民之譽而以自

① 袁中道《珂雪齋集》外集卷六。

尸？至周召而乃留，行日昃以爲期。”[①]“惟其真實心貫於金石，通於天地。雖雷霆驚之，風雨肅之，而所特操者，卒未之有易，政與松柏等耳。豈與婆娑偃蹇，休息無爲，蒲柳之質，草木之腐，大枝癰腫，小枝拳曲，嗅其枝使人狂酲三日者，可同日語哉！”[②]上述所引，單獨看，有的似乎還較爲含蓄，但聯繫起來看，就較爲明確，做一個“周召”（周成王時，共輔朝政的周公旦和召公奭）那樣的人，這就是雷思霈堅定的政治理想。雷思霈的這種輔弼之志，明末學界泰斗、詩壇盟主錢謙益早已看出來了：“何思好學問，通禪理，講經世出世之法，其宗指（行事的目的所在）在江陵、内江之間。己酉出典閩試，所撰程策，頗見大意，惜其未試而歿。”[③]“江陵”“内江”分别指張居正與趙貞吉，此二人都是明代極有事業心、敢作爲、有擔當的一代名相。錢謙益提及的這篇“程策”，相信讀者認真閱讀之後也會同錢謙益一樣感受到雷思霈的“大意”，感受到他的鴻鵠之志。曾任夷陵學正的鄧士亮説雷思霈“雄心問海嶽，赤手造坤乾”[④]，鍾惺説雷思霈與趙貞吉“各負匡時氣，同懷出世謀”[⑤]，表達的都是這個意思。因此他的門生弟子們始終堅信：“倘天假以年，先生立朝，事業必有卓絶”[⑥]，異日“負蓋代之才與志、與格、與識、與氣骨”[⑦]“可爲救時宰相”[⑧]。萬曆三十九年同樣有宏大抱負的鍾惺重病垂危，自感將不久於人世，於是將父母之事托付給密友，卻將國家之事托付給雷思霈。他認爲當時的社會已廢弛停滯，“已成一不快世界”，必須有人“用一番更張，露一番精采”，這個社會纔可救藥。在他看來這個能做“傷元氣之事”的“一等傷元氣之人”就是他

① 上述引文均見《與同館訂志文》。
② 見《歲寒松柏》。
③ 錢謙益《列朝詩集小傳・丁集中》。
④ 鄧士亮《贈雷何思太史五十六韻》。
⑤ 鍾惺《哭雷何思先生十首》。
⑥ 王維章《蓬池閣遺稿序》。
⑦ 鍾惺《告雷何思先生文》。
⑧ 鍾惺《湯祭酒五十序》。

的恩師雷思霈。讀完雷思霈的全部作品之後，我們非常認可他的朋友、他的弟子們的這種判斷，如果雷思霈不是身患疾病，英年早逝，説不定他會成爲繼張居正之後又一影響中國歷史的名臣。

正是因爲雷思霈有這種抱負，因此他痛陳時弊，很多文章直接批評當朝皇帝。“今天下政事文章，非朱晦翁所云用大承氣湯不可”①。“今議論之紛淆，政事之龐雜，未有甚於此時者也”。“講幄久虚，大僚缺署，當事者章疏百上而未奉俞旨”②。“大浸稽天，中使旁午，閭廬蕭然若三户，士人沾沾括帖，不復知有屈宋之辭”③。“近三十年，輔臣卿臣不知其幾去者留者，皇上皆不識爲何面孔”④。這樣的句子在他的文中隨處可見，表現出他對現實擔憂至極，對神宗失望至極。在雷思霈的文中，對神宗的批評批判是一以貫之的。他言道：“朝廷之政事無大於紀綱，而今之極壞而不可收拾者，亦無大於風教。”“乃採金榷税之鐺四出，而與匹夫爭利。疆埸之大吏，朝片紙而夕縶囹圄；市井之不逞，晚列名而早披金。紫風行之，詔令倏布而倏更；夜半之斜封，不知何起。壞法亂紀，莫此爲甚。”他又直指癥結所在：“紀綱者，上之所操以爲契，而下合之以爲符者也。我不自刻其齒，彼將奚合？風教者，上之所樹以爲的，而下觀之以爲儀者也。我數易其招，彼將奚觀？以此而希治安，是猶無舟楫而欲涉陽侯之波也，必不冀矣。”將問題的根源歸之於最高當權者皇帝，并且不繞彎子。并進而指出：“今堂陛遠于萬里，奏牘積于山嶽，十餘年來而群臣莫得見其面。古人止輦受言，猶以爲不及。今喜不語之寒蟬，斥一鳴之仗馬，數憑胸臆，而卿大夫莫敢矯其非。甚則平章之密疏信其小者，以爲温；不信其大者，以爲斷。銓宰之論列疑此以爲市恩，而并疑彼以爲植黨。”“世道交喪，一至於此。

① 《劉元定詩序》。
② 《送觀察侯覲墀入賀及覲省序》。
③ 《與荆州太府徐九瀛》。
④ 《問·人臣所以持衆美而效之君者》。

使賈生而在，不知凡幾流涕，幾嘆息也。”[①]一口氣將神宗十多年不上朝、打壓張居正、不信任大臣、不使用直臣等一系列敏感問題都列舉出來。這需要何等的勇氣和擔當！身家性命顯然已置之度外了。不是赤膽忠心，不可能這樣直言上疏。此文寫作的具體時間現已不得而知，從文中“十餘年來”等字詞推測，當在張居正被抄家之後，如此説來，此文就有可能是最早爲張居正鳴不平的文章之一。其實雷思霈對現實的批評、對神宗的批評，最爲集中的還是他的《論》《表》《策》部分，尤其是《策》的十三篇文章，而這十三篇文章中又以《己酉福建程式》的四篇更集中，更尖鋭，也更成熟。這些文章寫於他去世前兩年，是他思想最爲成熟的時期。考慮到這些文章論述較爲集中，精彩紛呈，引用有顧此失彼之慮，此處筆者乾脆未作引用。相信讀者自行完整閲讀整體感知後收穫會更多。

雷思霈一直爲張居正鳴不平，對張居正評價甚高，認爲張居正是比唐宋時著名宰相李德裕、王安石更偉大的人物。他言道：“大抵英雄作事，有識力，有膽力，有忍詬力。即破綻處，亦質任自然，不作鄙儒願子，遮曲護短，盖其才太高，自視太大，法太峻，體勢太重。故當時或以爲過當，而至今思焉，想二十年以前光景，令人不得不思，此其功在社稷，猶將十世宥之矣。”[②]今天來看，他這一觀點也很有道理。

夷陵名人吏部侍郎王篆因受張居正事件牽連而被罷官，在他八十歲時，雷思霈專門給他寫了一篇贈序《壽王少宰八十序》。雷思霈在這篇文章中寫到：“夫公居官時，軍國宮府大事非，凡所見，知無不言，言無不盡，江陵故私公；邊餉、馬政、吏治、民隱，無疑不問，無斷不成，江陵故私公；部院、督撫缺者，必曰某某可，再繼之，必曰某某可，各書衣袖中，合而後已，江陵故私公。由此觀之，昔之天下治耶，今之天下治耶？今之天下多事耶，昔之天下多事耶？昔之九邊宴然耶，

① 均見《肅紀綱正風教以維治安疏》。

② 見《江陵張維時〈墨卿談乘〉序》。

今之九邊宴然耶？昔之有司貞耶廉耶，今之有司貞耶廉耶？江陵識既絶人，才復盖代，函盖水乳，英雄本色。公雖欲不爲知己，不可得也。而耳食目論之徒，又何知焉！”在這裏我們看不到任何私情的摻雜。爲王篆鳴不平，實際就是爲張居正鳴不平，爲張居正鳴不平，實際就是爲忠臣鳴不平，就是爲直臣鳴不平，就是爲能臣相臣鳴不平，就是爲真正爲民族爲國家建大功業的人鳴不平。而這一切無不是緣於雷思霈自己本人就是一個有這種理想和追求的人。

現在已有學者研究發現，張居正之所以能最終平反與雷思霈和他的朋友曾可前等人有直接關係。雷思霈和曾可前等人曾無私資助張居正後人張嗣修、張懋修兄弟整理刊刻了四十七卷本的《張太岳先生詩文集》。此書於萬曆四十年在張居正尚處於沉冤未白的情況下秘密刊刻印刷。先在湖廣籍官員中私下擴散與傳播，再不斷擴散到朝中其他官員，使得一些在朝中有説話機會的人慢慢瞭解了事實真相，他們開始不斷向朝廷發出籲請，强烈要求爲張平反昭雪，纔促成了天啟二年（1622）開始，直至崇禎十三年（1640）最終給張居正的子孫復官復蔭的平反。雷思霈從“十餘年來”上疏，到後來資助張居正後人整理出版《張太岳先生詩文集》，前後歷時二十五年左右。他整個生命只有四十七年，這幾乎用了他大半輩子的時間。現在看來，雷思霈無疑是張居正平反過程中的重要人物，居功至偉。我們贊嘆他的眼光、贊嘆他的勇氣，更贊嘆他的社會責任感。

也正是因爲雷思霈有輔弼之志，他大爲贊賞的人不少就是有這種追求的人，比如他曾説：“不佞通籍十年矣，惟仰止老成人，於國得二人焉。今太宰孫富平明年八十矣，舊相國沈宋州今年八十一矣，二公俱以身繫天下安危。余願得如伊尹、如太公，爲國願之也。”[①] 他能與張居正女婿劉戡之成爲摯友，原因固然是多方面的，但其中一個重要原因是在雷思霈看來劉戡之是個“大有用人”，他所説的“大有用人”顯然是

① 《壽左文郊八十序》。

有特定内涵的。因此他“每以張子孺、李文饒、吕易直比元定”①。張子孺即西漢的張安世，李文饒即唐代的李德裕，吕易直即宋代的吕端，都是歷史上的貢獻卓越有輔弼之功的忠臣。

三

雷思霈學問淵博，才華横溢，是湖廣當時極有影響的學者。乾隆版《東湖縣志》説他“博極群書”。他的弟子四川巡撫王維章説他“嗜學類陶弘景”，“先生於學術稽研最細，其言曰：‘聖賢而無豪傑之具，則其爲聖賢也必僞；豪傑而無聖賢之裏，則其爲豪傑也必粗。’”并且説他對三代以下，特别是漢代宋代明初一大批學術名流的“學術所自出，先生皆能鑒别”②。如果説家鄉的方志和門生弟子所作的評價，可能還夾雜有偏愛之情，那麽我們不妨再看看其他地方其他人的看法。康熙版《金華府志》稱雷思霈是“楚中巨儒”③。比雷思霈早三年中進士的江蘇武進人張師繹，官至江西按察使，他曾在一篇文章中感嘆文士的命運：“名與位，天於文士多吝惜不予，何則？忌其全也。位不下大夫，名不越里閈，并其故業如斷烟衰草，湮没而不傳，又何忌焉？太倉王衡、夷陵雷思霈，其才黼黻廊堂，今安在哉？”④所舉兩人，一個就是雷思霈，另一個是萬曆二十一年首輔王錫爵之子王衡。王衡是萬曆二十九年的一甲第二名進士，是南劇的名家，著述甚富。舉這兩個人爲例，無非是這兩個人都才華横溢，但都命運不佳，并且這兩方面都很典型。袁中道説雷思霈“少有俊才，博通三教”⑤。以上可見雷思霈之影響。

① 《劉元定詩序》。
② 上述引用均見王維章《蓬池閣遺稿序》。
③ 見《祭趙如城先生文》注。
④ 張師繹《月鹿堂文集》卷八。
⑤ 袁中道《珂雪齋集》外集卷十三。

讀雷思霈的文章，可以窺見他淵博的學識。讀《歷代災異修省實政考》，感覺他是災異研究的專家；讀《頌詩讀書論其世》《〈關雎〉〈麟趾〉之意論》等，感覺他是《詩經》研究的專家；讀《天民先覺論》《人心道心》等，感覺他是古代哲學的研究家；讀《〈復〉其見天地之心》，感覺他是《周易》的研究家；讀《士品臣品辨》《賀朱上愚銓部》，感覺他是政治問題研究家；讀《歸州新修文廟儒學記》感覺他是教育史的研究家；讀《送段大夫以楚憲副改關中督學序》，感覺他是人才與地域關係的研究家；讀《羅服卿詩序》，感覺他是文學批評家；讀《王伯雨時秇序》《牟用一時文序》等，感覺他是時文的研究家；讀《江陵張維時〈墨卿談乘〉序》《李秘書郎勑命序》等，感覺他是名門望族史、宰相世家史的研究家；讀《巴東張令君考最序》，感覺他是地方史研究家；讀《袁中郎〈瀟碧堂集〉序》，感覺他是一個文藝理論家；讀《〈公安縣志〉序》，感覺他是長江水患問題的研究家；讀《周明府四六序》，感覺他是駢文的研究家，是文體的研究家；讀《壽左文郊八十序》《壽吕太翁八十序》等，感覺他是健康長壽之道的研究家；讀《賀永平顧兵備序》，感覺他是軍事邊防的研究家；讀《茅國芳〈曼衍稿〉序》《邢憲副〈漫游稿〉》等，感覺他是明代文學流派的研究家；讀《贈羅體吾》，感覺他是中醫研究家；讀《送王司理尤名遷秩宗郎序》，感覺他是求僊問道的研究家；讀《陳氏族譜序》，感覺他是譜牒問題的研究家；讀《請藏經疏》《安福寺化佛聖誕供物》等，感覺他是佛學研究家；讀《漢儒一時傅會》，感覺他是傳統經學的研究家。以上種種，有的即使放到今天來看，仍不失專業水平，仍顯得有深度，能給人啟迪。特別值得一説的是筆者在這次整理雷文的過程中發現，明代後期鼎鼎有名的文學批評家、文體研究家朱荃宰，其代表作《文通》中有一篇文章居然有一半是直接抄襲雷思霈的《周明府四六序》。朱荃宰其文對駢文的存在價值、駢文演變的歷史流程、駢文的創作方法、駢文的各類體制等問題的論述，今天仍被人們廣爲引述甚至大加贊賞，殊不知這源於雷思霈。這從另一側面説明了雷思霈的許多文章的確具有很高的學術性。

正是因爲雷思霈學識廣博，極富才華，他常常被人推薦爲代言人。《與同館訂志文》是代表同館諸生的集體宣言；《壽王少宰八十序》是"州倅王君、州幕鄧君咸祝公，而乞余小子言以先禮幣"；《賀李大參之元江序》是"今南郡二千石以下及諸令長皆謂予知公，乞一字爲贈"，代表的是當時荆州府的所有官員；《送觀察侯覲墀入賀及覲省序》是"今公行矣，郡伯長令咸來乞余一言爲贈"，《壽荆州太守欽所陸序》是"我公以良二千石轄十三城之令長，圖所以壽我公，而乞言於余"，同樣都是代表荆州府全府官員所寫；《送段大夫以楚憲副改關中督學序》是因爲"適荆岳兩郡牧伯而下及長吏咸來乞余言以餞公行"，代表的是荆州、岳陽兩府官員；《祭趙如城先生文》是他的恩師去世後，"時與雷學士同事者五人，杜天培、胡大壯、周藎臣、石國柱、胡可格。既爲壇於都門，又不遠千里專人致詞"，他的這幾個"同事"或爲知府，或爲知州，或爲知縣，或爲翰林，個個學富五車，著述豐贍，但仍推舉由雷思霈執筆作祭文。其影響力由此可見一斑，"楚中巨儒"的評價極有可能是當時衆人的一致看法。

四

雷思霈對中國古代地理尤其是荆楚地理有深入研究，他的《荆州方輿書》《施州方輿書》是中國古代重要的地理著作。書中關於相關地方的沿革、疆域、形勢、山川、鄉鎮、風俗、物産和古跡等方面的記載是對明朝及明以前地理知識的忠實記録。雷思霈的這兩書自問世之後即廣受學界重視。康熙朝陳夢雷編輯大型類書、中國古代三大文化巨著之一《古今圖書集成》時即將《荆州方輿書》收入其中。有清一代，各地大修方志，荆州施州各地，凡雷思霈這兩書中有記載的州縣，他們在編寫志書時大多要收録這兩書中的相關章節。僅僅筆者所見就有康熙版《荆州府志》、同治版《宜昌府志》、乾隆版《東湖縣志》、乾隆版《石首縣志》、同治版《枝江縣志》、同治版《遠安縣志》、同治版《公安縣志》、康熙版《松滋縣志》、乾隆版《石首縣志》、光緒版《興山縣志》、同治版《增修施南府志》、光緒版《利川縣志》等。

同治版《增修施南府志》稱《施州方輿書》："此書其中記二所及十四土司，溯源上古，迄於勝國，歷代沿革并詳各土司疆域土舍傳襲，燦若列眉。"乾隆版《東湖縣志》編者在面對此前不同古籍中不一致的記載時，比如關於丹山，他們選擇的都是雷思霈的説法，因爲他們覺得"思霈素精考核，所著《荆州方輿書》，援古證今，皆確有據。丹山雖不載入此書，而附見詩集，必非臆論"。

一些古地名，在清代時就已不存或發生了變化，以至一些清代的志書不得不引用雷思霈《荆州方輿書》和《施州方輿書》及其詩文中的相關記載爲依據來解釋，比如乾隆版《東湖縣志》在介紹赤溪時即云："在州北門外三里。雷思霈云州北二十里有丹山，丹水出焉，南入此溪，故曰赤溪。"再比如青草灘，乾隆版《東湖縣志》又云："在縣東南十五里，水漲則平，水落則激。郡人雷思霈詩云：'東嶺直趨青草渡，南湖横繞緑蘿溪。'"乾隆版《東湖縣志》在介紹紫蟹泉時也專門引用雷思霈的《游龍興寺見紫蟹泉》爲證。

雷思霈爲何編撰這兩書，乾隆版《東湖縣志》稱："嘗應聘修通志，撰荆州、施州方輿二書，參考折衷尤爲明核。"這就意味著他是爲編寫《湖廣通志》或稱《湖廣總志》而撰。那這部"通志"，究竟是哪一部呢？查有關記載，萬曆朝修纂的只有一本九十八卷本《湖廣總志》，又名《湖廣圖經志》，成書於萬曆四年，有萬曆十九年刻本。萬曆四年，雷思霈只有十二歲，從情理上没有參與編寫的可能。但我們今天在萬曆十九年刊刻的九十八卷本《湖廣總志》卷第六"方輿五·施州衛"部分查到了與後來刊載於康熙《荆州府志》上的《施州衛方輿書》幾乎一模一樣的文字。是萬曆十九年刊刻時增補了雷思霈撰寫的相關内容，还是雷思霈撰寫《施州衛方輿書》時大量借鑒了萬曆《湖廣總志》的内容？

我們手頭的史料無法給出一个確切的結論。需要説明的是萬曆《湖廣總志》的總纂是萬曆朝禮部尚書徐學謨，此人曾於嘉靖三十九年出任荆州知府，後四任湖廣，論理對雷思霈應該比較瞭解。

还有一種可能就是乾隆《東湖縣志》的記載有誤，有可能是將“郡志”錯成了“通志”。這個可能性也是有的，因爲雷思霈的確參與了萬曆《荆州志》的編寫。該書的纂修爲萬曆二十年的荆州府儒學教授後升北京國子監博士的楊景淳。他在《荆州志》的序言中對相關情况有説明。神宗萬曆二十二年甲午，荆州府知府涂嘉會領銜纂修《荆州志》。當時修志人員分七類：檄修、督修、掌修、協修、纂修、匯修、監修，掌修爲涂嘉會，楊景淳是實際纂修，府、州、縣選生員參與匯修。所謂“匯修”就是實際執筆人。參與“匯修”的生員共十位，雷思霈是其中之一。楊景淳在其《序》中明確記載：“爲皇帝紀、食貨、藝文書、臨江王世家者，歐陽生明也。爲周成王迄秦紀、建置、文教書、名將、棲逸列傳者，王生薦也。爲秦漢以來迄國朝紀、方輿書、梁王世家、人物列傳者，雷生思霈也。爲分土表、武衛書、遼王世家者，張生翼鳳也。爲列爵表者，鄒生璪也。爲建官表者，程生黎獻也。爲選舉表、秩祀、榷政書、方伎傳者，劉生絑也。爲天官書、鬻熊而下楚世家、湘王世家、儒林、僑寓列傳者，李生開元也。爲江防書、南平王世家、循吏列傳者，崔生德立也。爲忠臣列傳者，王、李兩生。爲孝子列傳者，程、劉兩生。爲貞婦列傳者，歐、雷兩生。爲義士列傳者，張、崔兩生也。其斷論則景淳竊取之矣！”[①]可能是因爲這次修志，雷思霈與其中的許多人成爲了很好的朋友。“王薦早擅才名，與修荆州郡志。文學崔得立、歐陽明、太史雷思霈共結騷壇之盟，垂四十餘年，著作甚富。”[②]“歐陽明，字孟韶，庠生，倜儻負氣，與同里雷郡丞叔聞、夷陵雷檢討思霈相砥礪，二人心折焉。後客死長沙，叔聞録其詩入《郢里陽春集》。”[③]

① 明涂嘉會修、楊景淳纂《荆州志》。
② 康熙版《監利縣志》。
③ 光緒版《荆州府志》引《湖北詩佩小傳》。

雷思霈參與編寫郡志一事，光緒版《荆州府志》引“舊志”也有記載：“楊景淳，四川人，萬曆甲午任荆州府學教授，升國子監博士。時荆州守涂嘉會江陵令孔貞一聘景淳與雷思霈等修輯郡志，以博學洽聞著。”將這段文字與上段文字聯繫起來，我們不難看出雷思霈在這些編修人員中的地位非同一般。參與編寫的人員衆多，荆州“舊志”在介紹纂修楊景淳時偏偏只提雷思霈一人，這多少能説明一些問題。但僅就上述史料似乎還不能證明乾隆版《東湖縣志》的説法就一定錯誤，因爲萬曆《荆州志》只有《荆州方輿書》，而没有《施州方輿書》。并且萬曆時期施州似乎并不屬於荆州府，萬曆《荆州志》記載的荆州府十三屬中不含施州。因此筆者懷疑，乾隆版《東湖縣志》的説法是有依據的，雷思霈的確參與了《湖廣通志》或《湖廣總志》的編寫，只是他參與編寫的那個“通志”是哪一年的我們不知道而已，其中有可能是一個没有正式刊刻的“通志”。

以往各地的府志、州志、縣志輯録的《荆州方輿書》《施州方輿書》多是一些片段，并且輯録的底本多半是康熙版《荆州府志》(《古今圖書集成》似乎也是依據《荆州府志》)，而康熙版《荆州府志》卻比萬曆版《荆州志》少了近三千字，主要是一些街名、里名、鄉名，村莊名和各地的邊界距離之類的，這些在當時看來似乎不重要，但今天來看，已是彌足珍貴了。萬曆版《荆州志》是孤本，很早即流失到了日本，現藏日本國立國會圖書館。我們這次依據的即是這個版本。

雷思霈的這兩書對荆楚歷史地理研究的價值是無與倫比的，是今人和後人研究這一帶地理變遷不能不讀的書。他能編寫出如此高質量的方輿書，除了他的天資，除了他的學識，還有一點就是他極其認真的治學態度，據袁中道《澧游記》中記載：“吾友雷太史何思疑今江路不蒙，作《公安志序》曾拈以問中郎，中郎亦未及答。至今思之，當懷山襄陵之時，雲夢一壑，故江身不可復辨。禹之導水，必於高處。”寫一篇《公安縣志序》尚且如此認真考證，由此可以想見他在撰荆州、施州方輿二書時的嚴謹。

另外，從雷思霈的相關詩中可看出，其實雷思霈對地理的研究并不局限於荆楚，他還實地考查過黄河、漕河等。

五

明代公安派文學是中國古代文學史上的一個重要流派。學派骨幹袁宗道、袁宏道、袁中道這“三袁”爲湖北公安人，故名。但這個流派中還活躍著不少非公安籍的作家，比如湖南桃源人江盈科、浙江會稽人陶望齡、湖北潜江人蘇惟霖、湖北石首人曾可前、湖北宜都人劉芳節、當陽玉泉寺僧人無跡法師，還有夷陵的陶孝若、羅服卿和雷思霈等。其中雷思霈可稱爲中堅。這些人都與公安三袁交往密切，常在一起吟詩作文，共同探討文學要義，形成了相似的創作風格。

雷思霈與公安三袁文學主張近似。公安派最主要的文學主張就是反對承襲，主張通變，獨抒性靈，不拘格套。公安派文學觀的基點不在於詩文的語言技巧，而在於個性解放的精神。這些在雷思霈那裏都得到了充分體現。雷思霈的文學主張，散見於衆多詩文甚至他人的轉述中，其《瀟碧堂集序》《且孺堂詩序》《羅服卿詩序》等文相對集中一些。他反對復古，主張抒發作者個人的真情感，表現作者個人的真情趣，形成作者自己的獨有風格，反對“文必秦漢、詩必盛唐”的觀點。他尖鋭批評當時的文壇道：“古之人能於六經之外崛起而自爲文章。今乃求兩漢、盛唐於一字半句之間，何其陋也！”他明確指出：“夫兩漢之文而已，非我之文也；盛唐之詩而已，非我之詩也。……不能自成一家言而藉古人以文其短，是强笑、强合之類也。”“有一代之制作，有一時之物情。”他主張求“真”，因爲“真者，精誠之至，不精不誠不能動人。强笑者不歡，强合者不親。夫惟有真人而後有真言”。他强調表達自然，反對雕章琢句。他曾説：“吾惟意所欲至，境所欲會，横口所出，横手所拈，貴且快意而止。”鍾惺評價雷思霈道：“有一聖賢豪傑之神，悠悠揚揚，疏疏落落，然流於詩文者，一集有之，一篇有之，一句有之。雖己之筆與腕不能留之使不往而隔之使不相通者，是何物也？非詩文也，而其人也。”[①]這是評雷思霈的爲人，也是評雷思霈的爲文。雷思霈力主創新，倡導“言人之所欲言，言人之所不能言，言人之所不敢言”。他看好的是“獨創神情之句”，是“根極理道之談”。他自云：“傍人學人成舊人，自成一家如逼真。”[②]“不泥古學，不蹈前良，自然之性，一往奔詣。”[③]與袁宏道之持論幾無二致。求真、求新、反對擬古，這正是公安派領袖袁宏道將其引爲同調的原因。

雷思霈與袁氏兄弟志同道合，彼此推重。袁宏道高度評價雷思霈的作品：“何思與余同臭味，而各有所嗜。何思嗜僊，余嗜佛，兩者若分途而不相關。然皆有詩癖，余癖而拙，何思癖而工。”[④]雷思霈爲袁宏道的文集《瀟碧堂集》寫序，爲袁宏道編纂的《公安縣志》寫序；袁宏道爲雷思霈的詩集寫《雷太史詩序》。兩人彼此唱和之作甚多，僅僅康熙版《玉泉寺志》就收録他們近十首同詠玉泉寺的詩歌。袁中道（小修）與雷思霈更是情同手足，中道曾言：“生平桑梓交游，僅得一曾（指曾可前）、一雷。”袁中道非常欣賞雷思霈的作品及其風格：“‘筆下有萬卷書，胸中無一點塵’二語，太史真足以當之矣。”“此等慧人之語，一一從胸中流出，盡揭而垂之於天地間。”[⑤]袁中道養病當陽玉泉期間，曾委托他人帶書信到夷陵給雷思霈，言其淒隱之懷，并待雷思霈等人至玉泉一晤。後來雷思霈寄上他在福建負責鄉試時帶回的五臺香菌，還建議中道，玉泉所置之庵應建樓閣於其間。兩人都曾有在當陽玉泉結廬而居的想法，後因種種原因未能如願。他們曾準備在當陽青溪

---

① 鍾惺《先師雷何思太史集序》。
② 《與羅服卿》。
③ 鍾惺《先師雷何思太史集序》。
④ 袁宏道《雷太史詩序》。
⑤ 袁中道《珂雪齋集》外集卷十。

共建陸法和寺，後因雷思霈突然去世也未及實施。袁中道詩文中多次寫到與雷思霈的交往和感情。袁中道在得知雷思霈去世的消息後，寫道："時忽聞其訃，真令人腸欲斷也。爲人心地淨潔，不沾纖毫塵俗氣，真是僊品。母老，無子，且無弟，得年僅四十七。哀哉痛哉！終夜太息，傷文人無命，善人無福，欲問天而無從也。"[①]後又接連寫了多篇文章來紀念這位自己志同道合的朋友。讀者只要閱讀本書所收相關附録就能真切感受到他們之間的深厚感情。

竟陵派是明代後期的另一重要文學流派，也主張性靈説，也反對詩文擬古。竟陵派雖然後來反對公安派的俚俗，另立幽深孤峭之宗，但對公安派是在批判中有繼承，在否定中有肯定，卻是不爭的事實。竟陵派與公安派這種割不斷的聯繫是源於竟陵派領袖鍾惺與公安派中堅雷思霈的的特殊關係，雷思霈是鍾惺的恩師。

1610年，雷思霈負責庚戌會試時賞識并選拔鍾惺，使其高中進士，被鍾惺尊爲座師。他與鍾惺的關係遠遠超過了一般的考官與考生的關係。在鍾惺看來，"從來座主、門生不爲少矣。吾兩人覺别有神情，别有契合"[②]。鍾惺一生對雷思霈感恩不盡，并推重他的品格和才幹。在鍾惺的文集中述及雷思霈的文字比比皆是，且處處飽含深情。在赴蜀上任的途中，得知雷思霈去世後，他立馬下船，親赴雷思霈靈堂祭奠，後又先後寫作近兩千字的《告雷何思先生文》和《哭雷何思先生十首》"五言韻語"以紀念恩師。雷思霈去世後，鍾惺"理其後事"，竟陵派另一代表人物譚元春見此情景頓生感慨，寫了一首名爲《客雷何思太史故宅見伯敬理其後事感而吊之》的詩，感嘆道："歷覽真奇士，情惟我友敦。"稱贊鍾惺"師道日星尊"。鍾惺在《先師雷何思太史集序》中高度評價了雷思霈："其識力卓而突，能超世；其才力大而沈鷙，能維世；其膽力堅忍而神，能持世；其骨力重而不軟媚，能振世。"門生執弟子

① 袁中道《珂雪齋集》外集卷六。

② 鍾惺《告雷何思先生文》。

禮，爲恩師唱贊歌，本是古代人之大倫之一，不足爲奇。可鍾惺作爲歷史上很有影響的學派領袖，是極有思想的人，在衆多問題上都有自己獨特的看法，從不輕易隨人。即使是對自己的恩師他也不是一味盲從，比如他在編《雷檢討詩》時就按照自己的標準對雷思霈的詩歌進行了取舍或改動。但他能夠像這樣從識力、才力、膽力和骨力等方面來高度贊揚雷思霈，并以“其心在眉睫而其舌在肺腑”這樣的誠摯之言作結，説明他對雷思霈的敬佩是從内心的，是真情感。最具説服力的就是鍾惺重病垂危時“以老親後事屬密友，國家後事屬先生”[①]。鍾惺的一生在多方面都受到雷思霈的影響，無論是立身處世，還是文學創作，均有雷思霈的影子。白壽彝先生主編的史學巨著《中國通史》在介紹鍾惺時就曾説：“後又師事雷思霈，雷爲公安派袁宏道的友人，提倡‘性靈説’，反對前、後七子的復古運動。在雷思霈的熏染下，鍾惺也傾向詩歌要表現自我的主張，反對因襲模擬，故而所作詩文，愈加‘清綺邃逸’，自然流暢，‘爲人所稱許’。”[②] 此段論述已非常清楚地闡明了雷思霈對早期竟陵派的重要影響，因此我們説他是竟陵派文學的前驅和導師。

六

雷思霈兩度出任朝廷考官，爲國家選拔出了一大批優秀的人才。己酉（1609）出典福建鄉試。他有詩歌記録自己當時的心情：“爲得鳳麟供上國，願還貂虎靖南藩。”[③] 袁中道説他“己酉典閩試，試録奇麗甚”[④]。據《雷檢討詩》所附《雷太史門人姓氏・己酉科福建鄉試》記載，當時所選拔出來的舉人有“周迪、閔贇宇、商家俊、陳元卿、陳

① 鍾惺《告雷何思先生文》。
② 白壽彝《中國通史》第九卷第三節。
③ 《試畢還朝》。
④ 袁中道《珂雪齋集》外集卷六。

策、洪應運”等90人。康熙版《湖廣通志》卷四十九《鄉賢志·荆州府》記載：“己酉主閩試，庚戌（1610）會試分考（分房考官），所得士如鍾惺、鄒之麟輩，皆一時名流。”乾隆版《東湖縣志》説他“數分校，得佳士，時皆帖服”。據《雷檢討詩》所附《雷太史門人姓氏·庚戌科會試》記載，當時出自雷思霈門下的進士有“鍾惺、王淶、文翔鳳、鄒之麟、翁家春、王建泰、喬時敏、葉官、歐從雲、李純元、何顯宗、陳翼飛、張光前、馮一經、王命新、苗進忠、楊一鵬、陳睿謨、朱明昌、陶珽、史孔吉”等21人。

他所選拔出來的人，不少不僅在當時極具影響，而且光耀史册，爲後世所尊。竟陵派宗師鍾惺自不必言。再如《湖廣通志》所提到的鄒之麟，字臣虎，號衣白，自號逸老、逸麟，又號昧庵老人，南直隸常州府武進縣（今屬江蘇省常州市武進區）人。中進士後，於弘光時官至都憲。博極群書，文辭歌詩追古作者。兼蓄晉、唐墨跡，商、周彝鼎。乙酉（1645）後，杜門肆力於翰墨。山水法元代黄公望等人，用筆圓勁古秀，勾勒點拂，縱横恣肆，自寫其胸中塊壘，成爲明代後期著名畫家。再比如文翔鳳，字天瑞，三水人。他被雷思霈選中薦爲進士後，先除萊陽知縣，調伊縣，遷南京吏部主事，以副使提學山西，入爲光禄少卿。此人的文學成就很高，相關作品在《明史》，還有錢謙益的《列朝詩集》、黄宗羲的《明文海》等著名選本中都有收録。據《列朝詩集》記載，由於文翔鳳“纘承家學”“奥古爲宗”，以至“庚戌朱卷房考雷檢討思霈鈎稽段落，以青筆勾其處，始就句讀”。我們由此可看出雷思霈爲國家選拔人才的認真態度。雷思霈曾在詩中自述閲卷之苦道：“何事重翻閲，酸辛憶昔年。”[①] 如果不是碰到雷思霈，文翔鳳的命運可以想見。還有楊一鵬，曾官兵部左侍郎，署尚書事，升爲户部尚書，總督漕運，兼巡撫鳳陽。此人能文能武，一生不僅留下大量詩文，而且政績顯著，十分愛惜人才，擁有一腔正氣，不懼權勢，敢於冒死直諫，其所著

① 《場中閲文》。

《兵木二議》，“蘇朝廷數萬生靈，省朝廷百萬金錢”[1]，後被宦官魏忠賢革職，最後被李守錡誣陷致死，可謂一代忠臣。

錢謙益是明末清初的文壇領袖，有東林黨魁、文壇祭酒的桂冠，集學者、詩人、古文家和詩論家於一身，文學外，經、史，釋、道都有深入研究，碩果累累，可與顧炎武、黄宗羲、王夫之這三大家并列。他是庚戌會考進士，殿試探花。錢謙益因與雷思霈的文學主張不盡相同，甚至因此而對雷思霈的作品有些微詞，稱其爲“公安末流”，但錢謙益能在庚戌會考順利中式，并在殿試中摘得探花，與雷思霈對他的賞識多少有些關係，這是有史記載的。庚戌會考，雷思霈擔任分房正考。《雷太史門人姓氏·庚戌科會試》證明錢謙益并非出其房中，但錢謙益在其《列朝詩集小傳·雷檢討思霈》中講到了這樣一個細節：“庚戌闈中，高陽公得余五策，以示何思，首策訟言江陵（指張居正）社稷之功，而詆諆紹述者。何思曰：‘楚人不敢言也，非楚人不能知也。吴士有錢受之者，其人通博，好持大議，得無是乎！’高陽撤棘告余，嘆何思能知人也。”這裏所説的“高陽公”指河北高陽人孫承宗，他是庚戌科考協助皇帝評閲殿試墨卷的五個主考官之一。這至少説明錢謙益的考卷主考官是徵求了當時擔任“分校”的雷思霈的意見的。

還有他的里中門人、四川巡撫王維章，再傳弟子、南明宰相文安之，都是爲國家民族所倚重的救時之人，均青史留名。

七

雷思霈的作品，見諸記載的自刻詩集有《歲星堂》《百衲閣》《甘園》《勾將館》《醉石齋》。今存世的有其門生鍾惺於明萬曆丁巳年（1618）選刻的《雷檢討詩》，其爲孤本，國内無存，現藏日本内閣文

① 康熙版《臨湘縣志》。

庫。另，錢謙益記載有：“《何思集》，其門生鍾惺所論次。”[①]估計這個《何思集》與《雷檢討詩》爲同一書。雷思霈文集，《千頃堂書目》卷二十六著録有《雷檢討文》一卷，後世未見，估計已佚失。今存世的另有《蓬池閣遺稿》，是詩文合集。此集爲雷思霈“内弟”（妻弟）張孟孺“於先生壘室間搜括既遍，復於其靜侶、窮交、禪棲、僻院，罔不徵詰”，“復得詩稿若干首，文若干篇，統爲遺稿，目以《蓬池》”。其中詩四卷，文十卷，刊刻於明崇禎元年。此書亦爲孤本，今藏北京大學圖書館。雷思霈的詩部分散見於《東湖縣志》《宜昌府志》《六岳登臨志》《帝京景物略》《吴都文粹續集》《明詩紀事》《湖北詩徵傳略》《佩文齋詠物詩選》《明詩綜》《四朝詩》《列朝詩集》《古歡堂集》《岳州府志》《枝江縣志》《當陽縣志》《皇明文徵》《荆州府志》《玉泉寺志》《楚風補》《遠安縣志》《珂雪齋集》《荆門州志》《公安縣志》《荆門直隸州志》等二十多部古籍中，其中不少既不見於《雷檢討詩》，亦不見於《蓬池閣遺稿》；雷思霈的文章，部分散見於《明文海》《文章辨體匯選》《湖廣通志》《荆州志》《荆州府志》《東湖縣志》《宜昌府志》《東陽縣志》等古籍中，上述古籍所選之文，除了《祭趙如城先生文》《壽隆寺僧普義常住碑記》兩篇外，其余均見於《蓬池閣遺稿》。《四庫全書》《四部叢刊》《古今圖書集成》所收詩文來自前面部分相關古籍。

雷思霈雖然“所著甚富”[②]，但“每每脱稿不留，人有詰其故者，漫應之曰：‘此覆瓿物，何示人以璞也？’”[③]詩文隨寫隨丟，從不收拾整理。加之他去世太早，又無子無兄弟，這樣其詩文散失就更加嚴重了。

經多年努力，筆者共輯録雷思霈存世詩歌388首，2011年曾編輯成《雷思霈詩輯注》一書，由湖北人民出版社出版。其詩歌的特點及其價值，筆者已在該書前言部分做了闡發，在此不再贅述。

輯録雷思霈存世文148篇，其中短者（部分書信）幾十字，長者

---

① 錢謙益《列朝詩集》丁集卷十二。

② 乾隆版《東湖縣志》。

③ 張孟孺《蓬池閣遺稿跋》。

近兩萬字（《荆州方輿書》）。其文大致分爲九類：奏表策論類、贈序壽序類、書序類、疏引類、書牘信函類、祭文墓志類、地理方輿類、游記碑記類、詠物述懷類。其中後兩類占比很小，估計是兩個原因所致。一是因爲本文集中的文章絶大多數來自《蓬池閣遺稿》，而《蓬池閣遺稿》并非他的自選集，更不是他的作品全集，而是他去世後，由張景良和王維章兩人根據自己想法收集而來的。而我們知道，收藏者更多的是收藏與自己關聯較緊的作品，這就使得他的存世作品以實用性的文章爲主。二是由雷思霈的文學觀、文章觀決定的。雷思霈向來認爲文章的要務是經世致用，而非表達閑情，“吾師有言，文章期於入彀而已，不期於傳世也”[1]。因此，寫景狀物、記敘描寫那種今天所説的純文學類文章他可能本來就寫得較少，即使有也帶有明顯的雷氏色彩。比如《歲寒松柏》是我們看到的雷思霈唯一的一篇詠物之作，并且所詠之物松柏是傳統的歌詠對象。前面寫松樹的精神品格似乎與前人并無多大差異，但文章的落脚點卻大異他人。他説：“人皆知春華秋實爲有用之用，而不知松柏爲無用之大用也，以歲寒知之也。人皆知蜚英騰茂爲有材之材，而不知苦節道窮者爲無材之大材也，亦以歲寒知之也。”但“若必待歲寒而後知松柏者，晚也”。他其實是要提醒當權者要知道什麽樣的人材是國家可以依賴的棟梁之材，而對這樣的人材要盡早使用，要盡力保護。一旦國家出了大問題，再來啟用這些人材就已晚了。這顯然是針對明神宗不識人材的委婉進諫。《太和游記》是文集中唯一的一篇游記，布局合理、詳略得當、描寫細膩、比喻新奇、感受特别，這些他人的游記也做得到。“夜半寒雨飛泉落枕上，不知其爲風聲也”，“俄而，白雲起封中，往來衣袂間，如大海水，四望皆白氣，如萬竈烟蒸之浮浮遍大地，出琉璃色，奇矣”，“予一憑欄，目精欲瞀，足心欲酸”，“酒數行，稱佛號者在山滿山，在谷滿谷”，這樣精美的語句在他人的游記中也有可能讀得到。但雷思霈登上絶頂，拜手祈禱：“不顯大神降於楚，楚亦粉

---

① 《王伯雨時菽序》。

榆社也。採金四出，楚最煩苦，淘沙將盡，無所續之，請以黄金臺化櫟陽之雨作荆州貢也，何如？”他念念不忘的是“榷税”等當時的社會問題。文章結尾接連發問：“昔之學道者，心有隆替，百獸逐之，今學道何人；昔之採藥不返者，往往僊去，今靈藥何在；昔之丹室，今爲酒亭；昔之巢居，今爲錢孔。”難以釋懷的是不良的世風。這樣的内容，恐怕只有雷思霈這樣的人纔寫得出了。

奏表策論的文章，自然是雷思霈傾其心血甚至冒著生命危險所寫的作品，無疑最能顯現雷思霈思想、學問，也最能顯現他作品的特點。主題的宏大自不用説，不少都是針對當時的敏感話題、棘手問題，針對政界學界的種種亂象、假象爲文。諸如願復建文之祀與建文之年的問題，册封太子的問題，神宗不上朝理政的問題，君臣相互猜忌的問題，修復軍衛屯政及塞下開荒的問題，採金榷税之鐺四出、朝廷與匹夫爭利的問題，直臣能臣不被重用的問題等，雷思霈不是泛泛地説現象，而是説具體的事情，直指要害，寫法上常常廣徵博引，但都立足於解決當時的問題。《頌詩讀書論其世》《天民先覺論》《〈復〉其見天地之心》《〈關雎〉〈麟趾〉之意論》等貌似經學的問題、哲學的問題，但都是著眼解決現實的政治問題。從這類文章還可看出雷思霈視野開闊，發現問題及時準確，能看清明朝潛藏的巨大危機。人們説明王朝的大厦坍塌於崇禎，但根爛於萬曆。而雷思霈則是在萬曆時就已發現明王朝根基在腐爛的爲數不多的先覺者之一。真知灼見在他的文中隨處可見。讀者能感受到他寫作時的一腔正義和滿腔熱血，常常是痛快淋漓，一抒胸臆，似乎根本就没去考慮那樣言説的後果。這些文章可不是私人信函，而是公之衆人，不少本來就是供皇帝看的。讀雷思霈這類文章，很容易想起北宋理學家張載的名言：“爲天地立心，爲生民立命，爲往聖繼絶學，爲萬世開太平。”

贈序壽序類的文章，自然會有對其人功業政績、品行操守的敘述贊美，這些都不必論及，但不同他人的是，雷思霈常常不忘提醒對方如下一些内容：“雖然，公是行也，尊親之外，猶有大款竅焉，非衆所知也。”“天子假令召公問饗國長久之道，公舉黄帝、堯、舜、殷宗、周文以對，而因以罷採榷之使與天下休息乎無爲者，在此行也。”“公入而與當事者談五視九徵之法，若山巨源之有啟事從懷袖中出之，使群黨自涣，衆正自辟者，在此行也。”[①] 他常常提及“非衆所知也”之類的話，讀者能感受到一個巨人内心深沉的悲哀和孤獨。但他仍抓住一切機會，通過各種途徑進言，希望對國勢的改變有所助益。

書序類文章值得一説的有兩點：一是開篇往往并不談及其人其書，而是大談相關背景，大談某一文學現象或發展源流，大談歷史上有某種關聯的人或事。正如他自己所説，很多時候“亦借以發吾覆多矣”[②]，給别人寫序，只是他發表種種觀點的一個憑借，很多時候與序主關係不大。這些文字不少可以視爲文學理論、明代文學史等方面的專業論文來讀，理論色彩很濃。二是寫法特别靈活，往往因人因書不同，寫法千差萬别。曾可前與雷思霈經常在一起辯論，《且孺堂詩序》便用對話體；王伯雨托人請雷思霈給他的時藝作序，去時雷思霈正在游歷夷陵的五大名洞，他就大談特談游洞的感受，最後一段纔回到正題。但讀者再回頭來看開頭部分，又似乎都是在談王伯雨的時藝。結合對方或自己的生活來談，似乎不著邊際，實則緊扣主旨，讀到最後豁然開朗，自然而不做作。雷思霈曾在《與羅服卿》的信中説：“弟近作每以應酬人了事，亦於了債處隨境生趣。太白、子美都是此法，即時文亦然。悔當時墮學究門風，如五歲小兒寫紅字，大可笑也。”這恰恰是公安派不拘俗套、追求個性表達的體現。雷思霈太反感套路，這在他的書序類的寫法上體現得非常充分。

疏引類多是爲夷陵當地的佛寺等公益設施的建設募捐而寫，值得一説的有三點：一是爲佛事用佛語。用今天的話説，在哪個圈子活動就説哪個圈子的行話，當然這個是建立在雷思霈深厚的佛學修養的基礎上的。二是這類文章保存了許多難得的地方歷史的史料，我們借此知道了

---

① 《送觀察侯觀墀入賀及覲省序》。
② 周毓所《四書考》序。

宜昌歷史上有金字佛經，知道了玉泉寺請回北藏時間，又知道了白洋傳磬寺不凡的歷史，知道了宜都廣濟寺與名人劉芳節的關係，還知道了東山寺在明代曾有過大修，還知道了執笏山真正得名的由來及其與劉一儒的關係。三是我們從中感受到了雷思霈的對地方公衆事業的熱心和努力。

書牘信函類文章，又分兩類——“啟”和“書牘”。所謂“啟”即官信，是寫給有一定級別的在朝爲官的人的。雷思霈的“啟”多是寫給他的考官和其他相關官員的，内容多是對考官才華的贊美，對相關官員政績的贊美，同時表達自己的感恩之情。文體大多用駢文，典雅而莊重，頗顯恭敬之心。大體説來，寫給其他官員的應酬的色彩濃些，篇幅也相對短些；寫給考官的情感更强烈一些，篇幅也相對長些。“書牘”是一般的書信。雷思霈的“書牘”，有寫給朋友的，有寫給門生弟子的，有寫給同年的，也有寫給退出官場、優游林下的賢達的，還有級别不高的官員的。這類作品因人不同，因目的不同，寫法多樣，但大多寫得隨意親切，還可時時見到玩笑之語。

寫作祭祀墓志類文章，雷氏的個性色彩同樣很濃。寫《祭趙如城先生文》，雷思霈充分利用自己熟悉川蜀峽江地理的的優勢，融情於景，地域特色明顯。但給人留下更深印象的仍是文章的結尾。趙如城是雷思霈的大恩人，是趙如城將其“拔之鄰房遺卷中”，雷思霈纔得以中舉，他在文章結尾時近似呼天搶地的悲戚自是情理之中，但“夫豈獨以翦拂之私情，政以出處繫蒼生之望，有如先生者，一逝不可再得。嗚呼哀哉”，這一點睛之筆，表達的仍然是家國之憂。同樣的，《祭田儀部母文》中，雷思霈道：“吾儕日夜偵太夫人之志以待公起，而不幸太夫人即世。數年之内，茅靡波流，誰作推挽？梁摧棟折，誰作支持？英雄豪傑之氣，誰與振勵？人世幾何，河清難俟。余小子哭太夫人者，其憂甚大，其痛轉深耳。豈效兒女子淚數行下，而致生死之恨已耶？於乎，太夫人有知，必以余小子之言爲是也。”田儀部母去世，雷思霈越哭越傷心，哪裏僅僅是個人的私情，他爲太夫人而哭，同時也是爲國家而哭，爲民族而哭，爲蒼生社稷而哭。不瞭解雷思霈的人生追求，是不能瞭解他這裏所説的甚大之憂和轉深之痛的。這類文章如此收尾，可能也只有雷思霈了。雷思霈的這類文章還有一個特點就是不按這類文章的大衆寫法來寫，不説套話，而是抒真情實感，他不止一次用“不敢”一詞：“今翁葬有日矣，直道其相與之意，而不敢混以他辭。翁視某猶子，亦無文之義也。”[①]“故不敢以些辭而叩九閽，亦不敢以誄詞而彰大行。”[②]

地理方輿類文章，前面相關章節已有論及，此處從略。

總之，讀雷思霈的文章，最明顯的感覺是他的文不是通常意義上的文人之文，而是才子之文，是政治家之文，是史學家之文，是輿地學者之文，是有大抱負者之文。内容博大精深，“辟之海然，能容大身之物，或數千里，或數百里，浮沈汩没於波濤中，而海若不知其爲大者，亦若是而已”[③]，行文如天馬行空，揮灑自如，滔滔不絶。但其宗旨又似乎都没離錢謙益所説的“大意”。

最後借用張孟孺《蓬池閣遺稿跋》的結尾來結束本文：“所遺憾者，太史之事業文章皆未能自快其意，而遂以蚤世。余三復斯集，涕泗横流，敬覓之貞含，訂次授梓，庶幾垂不朽云。”

---

① 《祭曾懷翁》。
② 《祭劉年伯》。
③ 《羅服卿詩序》。

目　　録

雷檢討詩

蓬池閣遺稿

方志、總集、別集等所收雷思霈其他詩文

附　　録

荆楚文庫

雷檢討詩

夷陵雷思霈何思甫　著

先師雷何思太史集序

先生有先生之人，不得以詩人、文人待之。選其詩文，不得不以詩人、文人待之也。先生没，惺於先生詩文逸於集外者[1]，心誠求之，不遺餘力。乃集中所存，反有毅然去之不謀於人者，盖猶以詩人、文人待先生也。至其全出於志氣之中而散處於筆墨之間者，則先生所嘗自云“不泥古學，不蹈前良，自然之性，一往奔詣”。其識力卓而突，能超世；其才力大而沈鷙，能維世；其膽力堅忍而神，能持世；其骨力重而不軟媚，能振世。其氣宇閑而其肝腸熱，其心在眉睫，而其舌在肺腑。居然有一聖賢豪傑之神，悠悠忽忽、疏疏落落然流於詩文者，一集有之，一篇有之，一句有之，雖己之筆與腕不能留之使不往而隔之使不相通者，是何物也？非詩文也，而其人也。

萬曆丁巳秋，門人鍾惺拜撰。

敘致不唯可傳何思詩文于不朽，并傳其人于不朽[2]。

【校注】

〔1〕集外：雷思霈生前自刻有《歲星堂》《百衲閣》《甘園》《勾將館》《醉石齋》諸詩集。逸於集外，估计是指上述集子未收録。

〔2〕“敘致……不朽”，此段文字原刻無，據明何偉然《十六名家小品・鍾伯敬先生小品》卷一補。

雷太史詩序

何思與余同臭味而各有所嗜。何思嗜僊，余嗜佛，兩者若分途而不相關。然皆有詩癖，余癖而拙，何思癖而工。夫回道人、玉蟾子[1]，彼家所稱才僊也，而詩踏掩無秀句。古宿偈頌，理掩其致，何關風雅。僊佛之不以詩名久矣。青蓮之嗜僊也，東坡之嗜佛也，世所知也。舉世皆信二公之爲詞人，而未有信二公之爲真僊佛者。雖二公亦不自信也。豈非嗜者工而真者反不工邪？真者不工，中郎之去佛誠不遠；工者不真，何思之僊途將日遥矣。是可喜，亦可畏也[2]。雖然，謂子瞻不佛，是誤佛也；謂太白不僊，是誤僊也。丹臺之班[3]，必右青蓮；而龍華分座，子瞻當踞諸禪首席。理勢自然，無足怪者。獨二公不能自信其真，而波波外騖，此則二公之過也。今道士之得僊者，木竅石心，無異龜鶴。何思涕唾之餘，皆彼所驚詫以爲神奇者。吾意天帝所急，在此不在彼。何思掉臂去之尚恐不免，而況於求不然，何思過矣。

公安友弟袁宏道識。

【校注】

〔1〕回道人：即吕洞賓，名嵒，字洞賓，道號純陽子，自稱回道人，道教全真派祖師。玉蟾子：白玉蟾，南宋道士，瓊山人。本名葛長庚，字如晦，又字白叟，號海瓊子，又號海南翁、瓊山道人、武夷散人、神霄散史。少年即諳九經，能詩賦，且長於書畫，爲道教南宗五祖之一，世稱紫清先生。

〔2〕可畏也：原刻此處页面破損，據明崇禎刊本《袁中郎全集》卷二補。

〔3〕丹臺：道教指神僊的居處。

雷太史門人姓氏

庚戌科會試

鍾惺、王渫、文翔鳳、邹之麟、翁家春、王建泰、喬時敏、葉官、欧從雲、李純元、何顯宗、陳翼飛、張光前、馮一經、王命新、苗進忠、楊一鵬、陳睿謨、朱明昌、陶珽、史孔吉。

己酉科福建鄉試

周迪、閦贊宇、商家俊、陳元卿、陳策、洪應運、林桂、鄭朝彦、武覲光、林鳴臯、曾忠、吴廷爚、周思兼、王九韶、林鐘、蘇琰、薛耀、蔡易葵、戴燁、蔣德璟、崔世召、程紹南、王寅揆、林雲輝、許應聘、周憲魁、吴祐、趙友益、陳純懇、章文炳、謝宗澤、葉欽訓、蘇兆先、游天池、宋禎漢、陳國器、廖鵬舉、朱家相、張鼎濬、洪啟胤、林畯言、林銘鼎、顧斌、王良臣、高士望、顔容暄、彭成昭、蔡國禎、朱汝相、王廷藎、蕭富春、王振熙、丘問禮、蔡朋、李光陛、林鳴璠、洪元卿、林遇春、楊師説、蔡一熊、王銓遴、林見龍、薛坤、張國經、周其昌、楊志壽、洪從龍、柯鳳瀛、葉天陛、張鑛、孫鍾元、賴明選、戴振先、黄鼎之、余敦盛、留覲光、茅序、陳可冲、盧士槐、林震元、許國器、黄日炳、李夔龍、吴長盛、秦子炳、陳鳳舞、龔兆龍、黄卷、康爾韞、翁爲樞。

岁星堂

太和山

輕霄盖其上，白雲帶其前。群峰護其下，衆壑流其泉。鄖襄青其野[1]，江漢合其纏。紫宫居其麓[2]，金觀絶其顛[3]。其陽産若木[4]，其陰種芝田。塵世崑崙頂，欲界兜率天。五嶽真形假，三山有播遷。吾欲挾之走，須彌芥子懸。

【校注】

〔1〕鄖襄：鄖鄖（今宜城）、襄陽一帶。

〔2〕紫宫：武當山紫霄宫。

〔3〕金觀：武當山金頂上的金殿。

〔4〕若木：古代神話中的樹名。

天柱峰

肯信中原五嶽尊，欲從天外問崑崙。白雲時結龍蛇陣，紫府常司虎豹閽。七十二家封不到[1]，五三六籍記無存[2]。山靈顯晦尚如此，且醉峰頭北斗樽。

【校注】

〔1〕七十二家：《史記·封禪書》："古者封泰山禪梁父者七十二家，而夷吾所記者十有二焉。"

〔2〕五三六籍：司馬相如《封禪文》："五三六經載籍之傳，維風可觀

也。”李善注引《漢書音義》：“五，五帝也；三，三王也。”司馬貞索隱：“胡廣云：‘五，五帝也；三，三王也；六，六經也。’”

天門歌〔1〕

天門陡絶惟一路，銕爲銀鐺石爲柱。窅然深澗疑無底，下視滃滃但雲霧。狂歌欲叩九關開，天妃玉女儼相顧。

【校注】

〔1〕天門：指通往武當山金頂的古神道上的“一天門”“二天門”“三天門”。三座天門均爲明永樂十年（1412）在元代舊址上敕建，磚石結構，歇山頂式，下層爲石雕須彌座，石雕的水盤檐爲仿木結構。古人贊其：“雲梯萬級，挂懸空之霽虹，逼霄漢於咫尺。”本詩廖元度《楚風補》有録。

七十二峰圖〔1〕

楚塞秋空白練膩，丹青畫出峰峰翠。我欲南登南嶽山，其峰亦是七十二。瀑布飛泉或讓之，群峭摩空真絶異。他時爲寫兩山圖，有峰一百四十四。

【校注】

〔1〕七十二峰：武當山共有七十二峰。現在所見最早提到武當七十二峰的書籍是宋代王象之編撰的《輿地紀勝》，全面記載七十二峰名稱方位和景色的文獻是元代劉道明的《武當福地總真象》。本詩明末龔黄《六岳登臨志》有録。

贈蘧生〔1〕

避世客游此，相見平生親。布衣天下士，知己眼中人。江漢何蕭索，乾坤半苦辛。時危聊自解，一劍未全貧。

【校注】

〔1〕蘧生：雷思霈的一位弟子或朋友，參見《喜吴友鼎贈蘧生佩刀》。

春　　歸

長安不知春已回，漫天柳絮逐人來。桃花李花俱落盡，芍藥莫教容易開。

讀荆軻傳〔1〕

片言心許報燕丹，酒侣歌徒壯士冠。客子不來誰可待，先生已死我何難。虹霓未白衣先白，賓從皆寒水不寒。却笑始皇天亦惜，副車銅柱有遮闌。

【校注】

〔1〕本詩清丁宿章《湖北詩徵傳略》有録。

漕　　河〔1〕

聞説漕河故道迷，二洪水涸已成泥〔2〕。新開舊塞新仍塞，北决南隄北亦隄。主上幾回沈白馬〔3〕，司空徒自憶玄圭〔4〕。遼東薊北須飛輓，莫使秋風動鼓鼙。

【校注】

〔1〕漕河：以供漕運爲主的河道。明代曾對漕運水道進行過幾次大規模的治理，可參《黄河》。

〔2〕二洪：揚雄《方言》："石阻河流曰洪。" 過去有古泗三洪之説，即徐州洪、秦梁洪、吕梁洪三處激流險，而尤以徐州、吕梁二洪爲甚。此處"二洪"似即指此。

〔3〕沈白馬：據《史記·河渠志》記載：元光三年（前132），"河決於瓠子，東南注巨野"，漢武帝"自臨決河，沈白馬玉璧於河。令群臣從官自將軍以下，皆負薪填決河"。

〔4〕玄圭：一種黑色的玉器，上尖下方，古代用以賞賜建立特殊功績的人。《竹書紀年》："八十六年，司空入覲，贇用玄圭。"《書·禹貢》："禹錫玄圭，告厥成功。"

天　　壇

清虚尊大帝，功德配高皇。恍惚晝常寂，精靈夜有光。圓丘周禮樂，方士漢宫墻。廿載親郊祀，青旗出太常〔1〕。

【校注】

〔1〕太常：職官名，掌宗廟禮儀。秦時置奉常，漢改名太常，後世更名太常寺。明代爲五寺之一。

贈宗上人〔1〕

行脚多年老趙州，遍參高宿五湖游。歸來一鉢猶嫌在，吸盡西江水不流〔2〕。

【校注】

〔1〕宗上人：從下首詩來看，疑似襄陽須彌寺的僧人。

〔2〕吸盡西江水不流：典出宋釋道原《景德傳燈録》卷八："（居士龐藴）後之江西，參問馬祖云：'不與萬法爲侣者是什麼人？' 祖云：'待汝一口吸盡西

江水，即向汝道。'"“一口吸盡西江水”，就是頓舍貪嗔癡，破無明殼，竭煩惱河。心中煩惱度盡，則衆生度盡，西方淨土自由往來，菩提涅盤隨意所趨。

襄陽須彌寺僧索題〔1〕

誰將一口吸西江，好向襄陽問老龐〔2〕。若个兒孫知此意，峴山終日對南牕。

爾到京師覓宰官，周妻何肉也登壇〔3〕。襄陽只得一人半〔4〕，鑿齒相逢釋道安。

春來片片桃花落，問著桃花知不知。若是見花如見性，桃花也會笑人癡。

【校注】

〔1〕須彌寺：明萬曆《襄陽府志》記載其在“縣西北四里，舊名幽蘭寺，即古荆湘寺，久廢。隆慶四年撫治都御史汪道昆修，復更今名”。

〔2〕老龐：指龐蘊。龐蘊，字道玄，又稱龐居士。隨馬祖參禪而契悟。後與女兒靈照游襄陽，曾棲鹿門。

〔3〕周妻何肉：周，指南齊的周顒；何，指梁代的何胤。周顒有妻子，何胤吃肉，二人學佛修行，各有帶累。

〔4〕一人半：指東晉著名文學家、史學家習鑿齒和著名高僧釋道安。《晉書·習鑿齒傳》：“及襄陽陷於苻堅，堅素聞其（習鑿齒）名，與道安俱輿而致焉。既見，與語，大悦之，賜遺甚厚。又以其蹇疾，與諸鎮書：‘昔晉氏平吴，利在二陸；今破漢南，獲士裁一人有半耳。’”

題金剛經卷

如來四句偈[1]，非句亦非四。四句非四句，是名四句義。四十九年中[2]，未曾説一字。文殊爲曰槌，法王法如是。所以傳大士，揮尺金剛備。六師從此入，付囑原非秘。無住豈有生，無生豈有意。色相非佛法，道理非佛事。煩惱即菩提，智識應無二。

【校注】

〔1〕四句偈：四句所成之偈頌。《金剛經》四句偈爲“無我相，無人相，無衆生相，無壽者相”“凡所有相，皆是虚妄。若見諸相非相，則見如來”“若以色見我，以音聲求我，是人行邪道，不能見如來”“一切有爲法，如夢幻泡影，如露亦如電，應作如是觀”。

〔2〕四十九年：據説如來傳法四十九年，臨入涅槃纔講出真法。

題牕前花樹影

盎花盆樹逼牕下，秋容淡抹儼若畫。疏枝弄影参差間，緑葉依稀淺色罣。嫩蝶柔蜂亂相戲，風輕日靜游絲織。得神得形意所爲，徐熙不似趙昌似[1]。坐客滿堂嗟嘆久，天然一副丹青手。主人無事烏皮几，對此自酌葡萄酒。到處雲林到處風，月明如在藻蘋中。迺知大地皆圖繪，作者徒勞總未功。

【校注】

〔1〕徐熙：五代南唐傑出畫家。趙昌：北宋著名畫家。

偶　題

山中宰相司雲氣[1]，麯部尚書録酒籌[2]。避穀當時成底事，鄴侯老去笑留侯〔3〕。

袁崧山記驚三峽〔4〕，陸羽茶經品四泉。如此山川須領略，及秋吾欲賦歸田。

【校注】

〔1〕山中宰相：南朝梁時陶弘景，隱居茅山，屢聘不出，梁武帝常向他請教國家大事，人們稱他爲“山中宰相”。本詩第二節乾隆《東湖縣志》、同治《宜昌府志》和清陳田《明詩紀事》有録，題作“蝦蟆培”。

〔2〕麯部尚書：唐汝陽王李進的自稱。唐人馮贄《雲僊雜記·泛春渠》引《醉僊圖記》：“汝陽王進取雲夢石甃泛春渠以蓄酒，作金銀龜魚浮沈其中，爲酌酒具，自稱‘釀王兼麯部尚書’。”

〔3〕鄴侯：唐朝李泌。貞元三年（787），拜中書侍郎、同中書門下平章事，累封鄴縣侯，時人呼其“鄴侯”。其搜羅書勤，家富藏書。後世用爲藏書之典。留侯：張良。秦末，張良運籌帷幄，輔佐劉邦平定天下，以功封留侯。詩文中常用爲稱頌功臣之典。

〔4〕袁崧山記：袁崧，即袁山松。“袁崧山記”指袁山松的《宜都山川記》。“袁崧山記”四字，乾隆《東湖縣志》、同治《宜昌府志》作“袁崧怪石”。

【相關鏈接】

宜都山川記（輯録）

袁山松

秭歸，蓋楚子熊繹之始國而屈原之鄉里也，原田宅於今具存。（《水經注》引）

屈原有賢姊，聞原放逐，亦來歸，喻令自寬全。鄉人冀其見從，因名曰“姊歸”，即《離騷》所謂“女須嬋媛以詈余”也。父老傳言，原既流放，忽然暫歸，鄉人喜悦，因名“歸鄉”。抑其山秀水清，故出俊異；地險流疾，故其性亦隘。縣城東北，依山即坂，周回二里，高丈五尺，南臨大江，古老相傳，謂之劉備城，蓋備征吴所築也。(《水經注》《古今合璧事類備要》引)

渡流頭灘十里，便得宜昌縣，江水又東徑狼尾灘而歷人灘。自蜀至此五千餘里，下水五日，上水百日也。二灘相去二里。人灘水至峻峭。南岸有青石，夏没冬出，其石嶔崟，數十步中悉作人面形，或大或小，其分明者鬚髮皆具，因名曰人灘也。(《水經注》引)

自黄牛灘東入西陵界，至峽口百許里，山水紆曲。而兩岸高山重障，非日中夜半不見日月。絶壁或千許丈，其石彩色，形容多所像類。林木高茂，略盡冬春。猿鳴至清，山谷傳響，泠泠不絶。所謂三峽，此其一也。崧言：常聞峽中水疾，書記及口傳悉以臨懼相戒，曾無稱有山水之美也。及余來踐躋此境，既至欣然，始信之耳聞不如親見矣。其叠崿秀峰，奇構異形，固難以辭敘。林木蕭森，離離蔚蔚，乃在霞氣之表。仰矚俯映，彌習彌佳。流連信宿，不覺忘返。目所履歷，未嘗有也。既自欣得此奇觀，山水有靈，亦當驚知己於千古矣。(《水經注》引)

自黄牛灘東入西陵界，至峽口一百許里，山水紆曲，林木高茂，猿鳴至清，山谷傳響，泠泠不絶。行者聞之，莫不懷土。故漁者歌云："巴東三峽巫峽長，猿鳴三聲淚沾裳。巴東三峽猿鳴悲，猿鳴三聲淚沾衣。"(《樂府詩集》引)

自峽口泝江百許里，至黄牛灘，南岸有重山，山頂有石壁，上有人負刀牽黄牛，人跡所絶，莫得究焉。(《藝文類聚》引)

郡西北三十里有丹山，天晴，山嶺忽有霧起，回轉如烟，不過再朝雨乃降。(《太平御覽》引)

郡西北陸行四十里有丹山，山間時有赤氣籠盖，林嶺如丹色，因以名山。又曰自西陵東北陸行百二十里有方山，其嶺四方，素崖如壁。天清朗時，有黄影似人像。山上有神祠場，特生一竹，茂好，其標垂場中。中有塵埃，則風起動此竹，拂去如灑掃者。(《藝文類聚》引)

西陵北三十里有石穴名馬穿，嘗有白馬出穴食人，逐之入穴，潛出

漢中。漢中人失馬，亦嘗出此。穴相去數千里。(《天中記》卷八引)

郡城即陸抗攻步闡於此。(《太平御覽》引)

西陵江南岸有山孤秀，從江中仰望，壁立峻絶。人自山南上至其嶺，嶺容十許人。四面望諸山，略盡其勢。俯臨大江如縈帶焉，視舟船如鳧雁矣。(《天中記》引)

江北多連山，登之望江南諸山，數十百重，莫識其名。高者千仞，多奇形異勢，自非烟褰雨霽不辨見此遠山矣。(《水經注》引)

登勾將山南望，見宜都、江陵近在目前。沮漳沔漢諸山，嵎嵎時見。遠眺雲夢之澤，皛然與天際。四顧總視，衆山數千仞者，森然羅列於足下；千仞以還者，崔嵬如丘浪勢焉。(《太平御覽》引)

獸牙山有石壁，其文黄赤色，有牙齒形。《勾將山記》曰：縣去山四十里，别從狼尾灘下南崖，已上峽州。(《初學記》引)

虎牙山有石壁，其色黄間有白，文亦有牙齒形。(《太平寰宇記》引)

南崖有山名荆門，北對崖有山曰虎牙，二山相對，其荆門山在南，上合而下空徹，山南有像門也。(《太平御覽》引)

大江清濁分流，其水十丈見底，視魚游如乘空，淺處多五色石。(《太平御覽》引)

峽州宜陽山有風井，穴大如甕，夏則風出，冬則風入，春秋分則静。有樵人置笠穴口，風噏之，後於長楊溪口得笠，則知潛通也。(《太平御覽》引)

夷道縣西南九十里望州山出湧泉，天欲雨輒浮赤氣，名曰丹水。(乾隆《騰越州志》引)

佷山山谷之内有石穴，穴出清泉，水有神魚。大者二尺，小者一尺。釣者先陳多少，拜而請之，數滿便止。水側有異花，欲摘，如魚請。(《太平御覽》引)

佷山溪有釜灘，其石大者如釜，小者如鈷。(《西溪叢語》引)

佷山有異木，人無見其朽者，其名曰“千歲”，葉似棗，色似桑，

冬夏青，貞强少節目。(《太平御覽》引)

很山縣有温泉，注大溪。夏纔暖，冬則大熱，上常有霧氣。百病久疾，入此水多愈。此泉先出鹽。(《格致鏡原》引)

鹽水上有石室，民駱都到室邊採蜜，見一僊人裙衫白帢坐，見都，凝瞻不轉。都還招村人重往，則不復見。鄉人今名爲僊人室。(《太平御覽》引)

自鹽水西北行五十餘里，有一山獨立峻絶，名爲難留城。從西南上里餘，得石穴，行百許步，得石磧，有二文石，并在穴中。(《北堂書鈔》引)

很山縣北有石穴，平居無水，有渴者至誠請乞輒得水，戲乞則不得。(《淵鑒類函》引)

很山縣東六十里有山名下魚城，四面絶崖，唯兩道可上，皆險峻。山上周回可二十里，有林木、池水，人田種於山上。昔永嘉亂，土人登此避賊，守之經年，食盡，取池魚擲下與賊，以示不窮，賊遂退散。因此名爲下魚城。(《初學記》引)

很山縣南岸有溪名長陽，此溪數里，上重岡山嶺，回曲有射堂村，村東六七里有石穴，清泉流，三十許步便入穴中，即長陽溪源也。(《淵鑒類函》引)

亭下村有石穴甚深，未曾測其遠近，穴中有蝙蝠大如烏，多到縣。(《淵鑒類函》引)

鄉下村有淵，淵有神龍。每旱，百姓輒以茵草投淵上流，魚死龍怒，應時大雨。(《太平御覽》引)

很山縣方山有靈祠，祠中有特生一竹，豐美高危，其杪下垂，忽有塵穢，起風動竹，拂蕩如掃。(《太平御覽》引)

武鍾山山根有湧泉成溪，溪注丹水，天陰欲雨，輒有赤氣，故名丹溪。(《太平御覽》引)

【輯録説明】

《宜都山川記》早已亡佚，多散見於《水經注》《三國志注》《文選注》《北堂書鈔》《初學記》《白孔六帖》《藝文類聚》《太平御覽》等書。據説明清時有輯本，但筆者未見。此三十餘則係筆者從相關古籍中輯録而來。引用《宜都山川記》的典籍衆多，有的直接引用，有的間接引用。同樣的内容，在不同的古籍中文字往往不盡相同。我們從中只選取一家，一般是時間相對較早或記載相對詳細的版本。《宜都山川記》的原文與引用者的文字有時很難區分，不排除有誤輯的可能。《宜都山川記》似乎并非一篇文章，而是袁山松任宜都郡守時的作品匯編。原文的順序不得而知，此處的順序只是考慮了大致的空間位置。

訪吕玄韜諫議苗家園〔1〕

苗家亭子西郊外，兩樹胡桃四柳繁。舍利放光塔不遠，胡兒垂釣臺猶存。夏雲欲雨暗空際，暝色連山沈野村。閉門花鳥供樂事，梧竹青青高掖垣〔2〕。

【校注】

〔1〕吕玄韜：吕邦耀，字玄韜，錦衣衛籍。明代史學家。萬曆二十九年（1601），與雷思霈同年中進士，選庶吉士。不久，升兵科右給事中。耿介無私，不畏强權，彈劾宦官高淮、寵臣蕭大亨、土司安疆臣等惡行。後升任河南副使。四十一年四月，改河南儒學提舉，得人爲盛。後擢通政司參議，封奉政大夫，轉奉常卿。天啟二年（1622）八月，又轉大理寺卿。著有《續宋宰輔編年録》二十六卷、《資治通鑒日抄》二十卷，與公鼐合撰《國語髓析》二十六卷。光緒《處州府志》記載："吕邦耀，字玄韜，麗水人。幼穎異，工文詞。弱冠登鄉書，辛丑進士，選庶吉士，改給諫，議論豐采，取重於時。升河南學憲，校士衡文，得人爲盛。擢通議，封駁得體，轉奉常（太常），曆大理佐禮平刑，未竟大用。"參見《壽吕太翁八十序》。

〔2〕掖垣：宫殿的圍牆。

來青亭[1]

石磴幾千級，滃勃夾長柏[2]。夕陽空翠生，滿身變衣色。奔泉冷山骨，卧聽知水脉。素朝天開霽，亭檻俯石壁。峰饒林木青，溪借沙路白。我家萬山中，終日對山碧。别來已四載，見此欣有得。

【校注】

〔1〕來青亭，在明劉侗、于奕正同撰《帝京景物略》中，詩題作“來青軒”，詩句更多。本處所收似經鍾惺删訂。《來青軒》見後。本詩《湖北詩徵傳略》亦有録。

〔2〕滃勃：雲蒸霧涌貌。

黄山高

黄山山峰三十六，一一青似芙蓉華。軒皇曾此鑄丹鼎[1]，水面至今飛赤沙。雲巒蠹壁列僊窟，巖壑縣居開士屋[2]。下有歸田隱君子，阮溪深處穿松竹。

【校注】

〔1〕軒皇：即黄帝軒轅氏。傳黄山是軒轅黄帝的游息之所，黄山丹霞峰爲黄帝煉丹的丹鼎。

〔2〕開士：菩薩的異名。以能自開覺，又可開他人生信心，故稱。後用作對僧人的敬稱。

〔3〕阮溪：是黄山唐代就有記載的名勝。《黄山圖經》云：“第十七上升峰，連僊人峰西，高八百仞，昔有人姓阮，於此峰頂上升。今有阮公源、阮公溪，俗呼爲阮溪。山下往往聞峰上僊樂之聲。”

内閣傳出恩詔志喜

夜深黄閣捧霞箋[1]，喜極新恩出九天。雷雨無心應作解[2]，風雲有類各從乾。金銀不爍山川氣，臺省同歸日月邊。最是王言綸綍重[3]，一時申命萬方傳。

【校注】

〔1〕黄閣：漢代丞相、太尉和漢以後的三公官署避用朱門，廳門塗黄色，以區别於天子。後因以黄閣指宰相官署。

〔2〕雷雨作解：《易・解》云："雷雨作解。君子以赦過宥罪。"後用"雷雨作解"謂帝王對有過者赦之，有罪者寛之。

〔3〕綸綍：《禮記・緇衣》："王言如絲，其出如綸；王言如綸，其出如綍。"鄭玄注："言言出彌大也。"孔穎達疏："'王言如綸，其出如綍'者，亦言漸大，出如綍也。綍又大於綸。"後因稱皇帝的詔令爲"綸綍"。

〔6〕申命：指發布命令。

滴水巖同公孝與王伯舉[1]

絶巘危巖客到稀，狐蹤虎跡萬山圍。陰風吹壑雲朝度，白月横溪僧夜歸。癖性自來躭勝地，懶心端合返初衣。家園亦在荆門里，石洞淙淙瀑布飛。

【校注】

〔1〕滴水巖：《帝京景物略》卷七録有雷思霈的《滴水巖》，共四節，本詩爲《帝京景物略》卷七所録四節中的第一節，部分用字略有不同。另外三節内容及其全詩校注見後面《滴水巖》。公孝與：雷思霈的同年進士。清人陳田輯《明詩紀事》記載："公鼐，字孝與，蒙陰人，萬曆辛丑進士，改庶吉士，授編修，歷諭德左庶子、祭酒詹事，遷禮部侍郎，以薦李三才落職，閑住。崇禎

初復官，謚文介，有《問次齋集》三十一卷。”公鼐出生江北一個聲勢顯赫的“館閣世家”，從公鼐高祖公勉仁開始，代代蟬聯進士，到公鼐一代，“五世進士、父子翰林”，成爲明朝末期著名的進士家族。王伯舉：雷思霈的同年進士王元翰，字伯舉。寧州（今云南華寧縣）人。二十四歲中萬曆戊子鄉試。萬曆二十九年與雷思霈同中進士，選庶吉士。萬曆三十四年任吏科給事中。後進工科。居諫垣四年，敢言直諫，常常痛陳時弊，“舉朝咸畏其口”。後被貶爲刑部檢校、湖廣按察知事。天啟初，升任刑部主事。時奸宦魏忠賢專權，又遭罷免。《明史》有傳。倪元璐有《王諫議傳》。

莫春郊游效蘭亭體

維莫之春，百卉如綺。平楚蒼然，山嵐四起。羽卮縈迴，嘉樹徙倚。我思古人，在彼沂水〔1〕。

皇天平四時，勾芒王木德〔2〕。衆籟吹和風，群峰鬪顔色。頫觀潛鱗游，仰視飛鳥翼。相與酣素瀨，頽然似玄默。

【校注】

〔1〕沂水：用曾晳典。《論語》：“（曾晳）曰：‘莫春者，春服既成，冠者五六人，童子六七人，浴乎沂，風乎舞雩，詠而歸。’”本詩第一節另載《湖北詩徵傳略》卷三十八。

〔2〕勾芒：古代神話傳説中的人物。他是伏羲氏四個兒子重、該、修、羲中的老大。伏羲氏將他委派到東方來主持木星的觀測，東方屬木，因而又稱木官，也是春官。

九日同王德懋同年西郊〔1〕

去年此日登高處，塔寺鐘樓對夕曛。紫蟹緑尊仍出郭，黄花紅葉又同君。橋從北入皆秋水，山自西來半白雲。時序况逢陽再九，祇愁明日易離群。

【校注】

〔1〕王德懋：王陞，字德懋，號劬生。雷思霈的同年進士，翰林院檢討。康熙《文安縣志》記載："辛丑科（進士）。王陞，字德懋，知縣惟幾子，初授翰林院庶吉士，授檢討。丁未分校禮闈，所識拔皆名士，册封唐藩。鏹綺珍玩，一切峻却。優游金馬十餘年，未竟良史才，以疾卒。著有文集若干卷。"他與孫承宗、雷思霈、王元翰等人友善。王陞夫人的墓誌銘爲孫承宗所寫，孫承宗在該墓志中對王陞的生平有個基本介紹："予友王翰簡，諱陞，字德懋，號劬生。其大父慶陽公佩，以進士高第爲良二千石；父樂安公惟幾，亦以進士令樂安。翰簡接兩世佛名，直金馬著作之庭，蔚爲畿輔世家。"孫承宗《姜抑若起秀亭集序》一文亦對王陞有介紹："予讀書文安，盖友王翰簡劬生弟姜抑若掖令云。抑若爲劬生内弟，一時一隅稱兩快士，各成一致。劬生負豪蕩之氣而沈博，其爲文若江海驚濤，汩汩東注，而蓬山、瀛嶠不妨撑拒其中。抑若才比劬生，加以雋快時調，泛駕於馴策，燦爛雲霞，英英天漢。其後相次各繼兩尊人成進士。劬生尚搖珮金馬玉堂間；抑若則鸞鳳棘叢，楝幹之材既窮短，馭管觚之業更窘。"王元翰有《哭王劬生翰簡年兄》詩："音容夢裏匆匆見，消息驚傳數數真。衰德無緣儀老鳳，交情未忍比今人。青騾馳去猶傫從，白馬奔來一逐臣。腸斷白溝風雨夜，墓邊秋草照寒磷。"參見《薦王劬生鏡予二年丈》《壽王劬生年丈》《别王劬生》等。

贈李儀部

兩曜經天行，列宿互其精。水火一以濟，易道迺不傾。山嶽潛氣穴，江河大壑并。應知深契合，綢繆非世情[1]。跡暌意獨往[2]，面溢神已呈。達人甘寂闃，知士淡無營。叔夜既傷僞[3]，東方多諧聲[4]。理照似沈醉，至慎靡所嬰[5]。大化序寒暑，夙性絶逢迎。辟彼空際鶴，下視鼬與鼪。

【校注】

〔1〕綢繆：纏綿，情意深厚。

〔2〕跡暌：分離，隔開。

〔3〕叔夜既傷儁：晉嵇康，字叔夜。“竹林七賢”之一。《世説新語·品藻》：“簡文云：‘何平叔巧累於理，嵇叔夜儁傷其道。’”

〔4〕東方多諧聲：漢東方朔字曼倩。性詼諧滑稽。

〔5〕嬰：通“攖”。觸犯。

同吴客飲楊園〔1〕

浮白主人意〔2〕，呼盧竟日留〔3〕。亭高園樹小，堂遠徑花幽。近夜生纖雨，微寒似早秋。醉酣仍縱飲，酒盡向鄰求。

【校注】

〔1〕楊園：具體位置失考。參閲《題楊園》。

〔2〕浮白：漢劉向《説苑·善説》：“魏文侯與大夫飲酒，使公乘不仁爲觴政，曰：‘飲不釂者，浮以大白。’”原意爲罰飲一滿杯酒，後用以稱滿飲或暢飲酒。

〔3〕呼盧：古代一種賭博游戲。

同王諫議伯舉卜居襄陽〔1〕

短蓑長笛入堆藍〔2〕，不是清狂定是憨。千里未須稽吕駕〔3〕，五車先共惠莊談〔4〕。鹿門自信杯中足，鳳德何慚老去甘。却憶登山羊叔子〔5〕，絶癡沈水杜征南〔6〕。

【校注】

〔1〕王諫議伯舉：詳見前面《滴水巖同公孝與王伯舉》“王伯舉”條注。

〔2〕堆藍：堆藍山，即今湖北當陽玉泉寺所在的玉泉山，又名覆船山。此指佛寺。

〔3〕稽吕：指嵇康和吕安。據《太平廣記》卷二百三十五記載：“嵇康素與吕安友，每一相思，千里命駕。安來，值康不在。兄喜出迎，安不前。題門上作‘鳳’字而去，喜不悟。康至云：‘鳳，凡鳥也。’”

〔4〕惠莊：惠施和莊子。《莊子・天下》：“惠施多方，其書五車。”惠施有辯才，與莊子友善。

〔5〕羊叔子：羊祜，字叔子。羊祜任荆州都督，鎮襄陽，常登臨襄陽城南的峴山。

〔6〕杜征南：杜預，字元凱。西晉滅吴的統帥之一。去世後被追贈征南大將軍。是杜甫的十三世祖。《晉書》卷三十四《杜預傳》：“預好爲後世名，常言：‘高岸爲谷，深谷爲陵。’刻石爲二碑，紀其勛績，一沈萬山下，一立峴山之上，曰：‘焉知此後不爲陵谷乎！’”

送王爾玄〔1〕

君來三月廿六日，君去三月廿六日。昔來楊柳花亂飛，今去楊柳葉始密。楚南燕北各異天，物色生態詎能一。長安美酒清且旨，往往雞鳴醉未已。笑我淹留京國中，因君却憶西江水。種種離情無一字，丈夫不灑臨岐淚〔2〕。江皋且莫戀蘼蕪，黄菊花開待君至。

【校注】

〔1〕王爾玄：疑似雷思霈夷陵老家的一位生徒或朋友。生平不詳。與張居正婿夷陵名士劉戡之兄弟亦爲朋友。參閲《送王爾玄偕允成之滇》《爲王二爾玄解嘲》。

〔2〕臨岐：面臨歧路，用爲贈别之辭。岐，同“歧”。

荊　　門[1]

荊門十二古江關[2]，上合下開如一山。不似巫峰作雲雨，石橋僊洞野花閑。

【校注】

〔1〕荊門，本詩乾隆《東湖縣志》、同治《宜昌府志》有録，詩題作“荊門山”。乾隆《東湖縣志》記載：“荊門山，在烏石鋪，縣南五十里，與虎牙衺迤相對，上合下空，有若門然。一名僊人橋。舟行至此，先避虎牙而南，復避荊門而北，橫流湍急，懸崖千丈，非乘風奮楫，舟莫能進。昔公孫述作浮橋爲岑彭燒斷橋樓處。郭璞《江賦》云：‘虎牙桀豎以屹崒，荊門闕竦而盤薄。’康熙五十三年荊州知府丘天英捐廉雇匠於懸崖中開劈纖路，垂鐵索石柱，以資攀援。後宜昌知府李元英李瑾接續修寬。”

〔2〕古江關：乾隆《東湖縣志》記載：“荊門，即古江關，楚西塞也。自劍南崇岡複嶂夾江而下，至夷山，其勢稍殺，融爲郡城，而荊門重關其外，上收蜀道三千之雄，下鎖夷陵一方之局，所謂‘群山萬壑赴荊門’者也。山列十二峰，象十二背，其以‘門’命名者，或曰與江左虎牙相對，若門户然；又曰峰上有門，上合下開，以此得名。舟行望此，石虹下垂中空，形如偃月，舟子僉呼曰‘僊人橋’，吞三峽而障西楚。”

峽　　口

上牢下牢水聲急[1]，巴峽月峽山勢長。一線江流去莽莽，海天雲霧接茫茫。

【校注】

〔1〕下牢：指下牢溪，發源於今宜昌夷陵區的牛坪埡，在三游洞旁流入長江。歐陽修《下牢溪》：“隔谷聞溪聲，尋溪度横嶺。清流涵白石，靜見千峰

影。巖花無時歇，翠柏鬱何整。安能戀潺湲，俯仰弄雲影。”

〔2〕月峽：指明月峽。詳見《南津關用子美韻》注。本詩乾隆《東湖縣志》、同治《宜昌府志》有載。

孤　　山〔1〕

隔江對郡孤山上，絶頂周遭數尺寬。但見舟航浮似鶩，信知城郭小如盤。

【校注】

〔1〕孤山：同治《宜昌府志》記載：“葛道山，一曰孤山，相傳葛稚川煉丹之所。晉袁崧爲郡時，嘗登山眺望，謂：‘俯臨大江如縈帶，視舟楫如鳧雁。’”

【相關鏈接】

冬日登葛道山作

劉戢之

冬旭靄清貞，邀客尋幽賞。藩表舊名山，僊翁曾來往。百仞陟其巔，石徑攀蘿上。崖半投江心，舉步神多恍。阡陌錯秀間，州閭如覆掌。群峰丘垤爭，明河汰且廣。振衣樂自孜，長嘯谷遺響。塵抱忽消弭，酣暢流餘爽。凌風肅羽翰，翛然出世想。

（《竹林園行記》）

赤　　溪

州北二十里有丹山，丹水出焉，南入此溪，故名曰赤溪。青溪山在州東九十里。

北門三里赤溪流，百里青溪千仞秋[1]。我欲往來二溪上，青溪騎馬赤溪舟。

【校注】

〔1〕青溪：在遠安縣（今屬當陽）。詳見《青溪龍女洞》“青溪”條注。本詩乾隆《東湖縣志》、同治《宜昌府志》有載。

清苑道中

朝發白溝渡，莫宿金臺前。積雪照寒日，斜雲隱半天。冰澌斷橋外，鳥集枯楊顛。泥深不辨路，車上似乘船。

金臺驛亭

白月照凍雪，寒風冷顔面。亭空浸琉璃，樹宿群鴉倦。古柏影斜横，鐵色披霜練。葉葉自相綴，枝枝自相絢。疏密隱凹凸，濃淡分墻院。摩詰畫芭蕉，徐熙掃峭蒨。安知盤礴者，丹青難獨擅。

豫讓橋[1]

冰棱堆雪白，風酸掣雲黑。暮過豫讓橋，天地無顔色。漳水玉筋咽，太行縞衣稀。古人感知己，肝腸矢匪慝。知伯大無道[2]，却得國士力。滅後圖報復，君臣悲襄國。當其漆身時，聲音猶可即。竟爾吞炭啞，意念何慘惻。其妻不復知，其友尚能識。宫厠已釋之，仍就梁下匿。其友誰氏子，青荓結胸臆[3]。馬驚襄子疑，遣荓問消息。豫子佯若死，徐呼長者側。青荓前致辭，少與子相得。子今舉大事，何敢爲子逼。吾亦事吾君，亦同知氏昵。爾既賊吾君，何敢爲子默。如我自計度，惟死爲不忒。兩人無二心，今古稱奇特。賢哉趙襄子，具有人君德。請衣與之衣，三擊若弗克。車輪未及周，神魄已先殛。所以烈士心，金石尚可勒。敢告司土者，芣當同血食。

【校注】

〔1〕豫讓橋：在河北邢臺。明《順德府志》記載，豫讓橋在城北五里，爲春秋時期著名刺客豫讓刺殺趙襄子處，現已毁於戰火。

〔2〕知伯：即智伯，春秋末期晉國大臣，智氏家主，與趙氏、魏氏、韓氏共掌晉國政權。

〔3〕青芣：趙襄子的驂乘。《吕氏春秋·王道》記載："趙襄子游於囿中，至於梁，馬却不肯進。青芣爲參乘。襄子曰：'進視梁下，類有人。'青芣進視梁下。豫讓却寢，佯爲死人，叱青芣曰：'去！長者吾且有事。'青芣曰：'少而與子友，子且爲大事，而我言之，是失相與友之道；子將賊吾君，而我不言之，是失爲人臣之道。如我者惟死爲可。'乃退而自殺。青芣非樂死也，重失人臣之節，惡廢交友之道也。青芣、豫讓可謂之友也。"

爲邯鄲才人解嘲〔1〕

樂府休題薄命辭，春風空憶六宫時。甘心亦是中華子，猶勝王嫱與蔡姬。

【校注】

〔1〕邯鄲才人：李白有《邯鄲才人嫁爲厮養卒婦》："妾本崇臺女，揚蛾入丹闕。自倚顔如花，寧知有凋歇。一辭玉階下，去若朝雲没。每憶邯鄲城，深宫夢秋月。君王不可見，惆悵至明發。"胡震亨曰："謝脁有此詩。薪僕曰'厮'，炊僕曰'養'。脁蓋設言其事，寓臣妾淪擲之感。"才人，宫中女官名，也泛稱宫中嬪妃。

爲斯養卒解嘲

賣漿屠狗信陵通，天下英雄草澤中。救得趙王如此卒，才人何必嘆飛蓬。

湯陰武穆廟

時同郡王令諱應震爲武穆後人[1]，置田守其祖墓。

天地終陽九，胡塵四塞迷。玄黄龍戰血，泥土馬生蹄。城闕腥膻辱，中原狼虎隮。紫微纏孛彗[2]，白日貫虹蜺。鄂國紓丹悰，戎間擁赤緹。澄清江漢外，恢復汴京西。卷席山難撼，聞聲衆易睽。亘空横鷙鶚，巨海掣鯨鯢。社稷成丘莽，君臣厭鼓鼙。虛迎二帝返，實戀一枝棲。無計窺巴蜀，何心恥會稽。講和陰重挾，玉帛苦輕賫。易主初心在，稱王假手攜。張劉存事例，晉漢借標題。叩馬書生諫，班師大將擠。河中砥柱折，闕内太行低。青鯽哈慈后，黄柑煽艷妻。長城因汝壞，天道更誰齊。梁獄書應未[3]，胥濤怨豈繄。越雲愁結陣，秦望黯環隄。桑梓朱僊近[4]，牛羊父老刲。勅祠存俎豆，先隴列山蹊。翠柏不多葉，枯楊亦長稊。鬼神陰雨入，旌旆晚風凄。林靜鳴時鳥，堂空走夜鼷。金牌金虜滅，鐵騎鐵人鐫。廟貌瞻遺像，王庭尚可犁[5]。令君訪後嗣，官鏹購田畦。支胤武昌里[6]，墓田湖水溪。汨羅空葬腹，眉塢未燃臍[7]。激烈寧論命，英雄不自啼。宋宮久寂寞，遼左又蒸黎。世運原無極，浮生詎有倪。茫茫觀宇宙，古今等醯雞。

【校注】

〔1〕同郡王令諱應震：指萬曆七年（1579）夷陵舉人王應震。因避秦檜之害，岳飛部分後裔曾遷徙他鄉，改姓“王”。王應震萬曆三十年出任湯陰縣知縣。崇禎《湯陰縣志》記載：“王應震，夷陵人，舉人。承前整頓，不爲苛刻，

恤民下士，有寬和禮讓之風。立遺愛碑。”

〔2〕紫微纏孛彗：星相術認爲彗孛干紫微，天下易王。

〔3〕梁獄：漢鄒陽爲梁王門客，遭讒被囚，後以“梁獄”喻冤獄、被讒害。

〔4〕朱僊：見《朱僊鎮》注。

〔5〕王庭尚可犁：用“犁庭掃穴”之典。《漢書·匈奴傳下》：“固已犁其庭，掃其閭，郡縣而置之。”後以“犁庭掃穴”謂徹底摧毀敵對勢力。

〔6〕支胤：後代子孫。

〔7〕燃臍：《後漢書》記載，吕布斬董卓後，“使皇甫嵩攻卓弟旻於郿塢，殺其母妻男女，盡滅其族。乃屍卓於市”。守屍的官吏用芯子點上火放在董卓肚臍眼裏，一直燃燒到天亮。後遂以“燃臍”指元兇伏法。

黄　河

神禹鑿積石〔1〕，具禱陽紆麓。穆滿登崑崙，馮夷獻銀燭。景絶注山經〔2〕，道元詳天竺。元虜統華夷，窮源直馳逐。使者金虎符，梵字載簡竹。大笑前人非，信耳不信目。阿耨東北陬〔3〕，洶洶鼓地軸。白色分漢津，穢垢納百谷。不知幾萬里，一出仍一伏。沙漠走中華，釣盤横大陸。百里一小曲，千里一大曲。何從天上來，星宿僅一掬。安得章亥步〔4〕，不鑿博望腹〔5〕。宇宙寬如許，元人亦局束。異哉今河流，南奔勢益暴。吞淮無濁清，桐柏不稱瀆〔6〕。九派昔崩騰，兗州恣所欲。碣石没已久，故道不可復。防漕如防虜，議開兼議築。尺寸與之爭，飛土而逐肉。伯鯀作亞旅〔7〕，支祁作眷屬。帝前盜息壤，宫中沈璧玉。膏脂百萬金，泥沙等滲漉。嗟嗟治夷狄，不治治乃服。

【校注】

〔1〕積石：古人認爲的黄河源頭。《尚書·禹貢》：“導河積石，至於龍門。”“積石”在今青海省循化撒拉族自治縣附近，距河源尚有相當的距離，但

古人認爲這就是黄河的源頭。

〔2〕景絶，疑似“景純”之誤，指郭璞。郭璞字景純。詳見《廣雅齋》“景純”條注。

〔3〕阿耨：即阿耨達池，即今西藏普蘭縣北之瑪旁雍錯。《大唐西域記》作阿那婆答多池，謂在香山之南，大雪山之北，爲殑伽、信度、傅芻、徒多四河所自出。

〔4〕章亥：大章和豎亥。古代傳説中善走的人。

〔5〕博望：指張騫。張騫曾出使西域。《史記·大宛列傳》：“然張騫鑿空，其後使往者皆稱博望侯。”

〔6〕桐柏：山名，在河南。許多神話學家認爲“盤古開天在桐柏”。

〔7〕亞旅：西周、春秋官名。上大夫。一説“亞”指位次於三卿的大夫，“旅”是位次於“亞”的衆大夫。大禹的父親伯鯀曾受堯命治水。

黄河憶漢辛延年之策

萬里濁河分四折，三門九派八年周[1]。至今碣石已孤没，况决淮陽與并流。獨有漢臣疑底柱，欲開虜塞畫鴻溝。當時若遇秦皇帝，不用長城歷海頭。

【校注】

〔1〕三門：山名。一名三門山，又名砥柱。在河南陝縣東北的黄河之中。其山有中神門、南鬼門、北人門三門，故名。

戲題子美宅

生前高名人所妒，死後高名人所藉。杜陵舊在未央前，襄陽那得子美宅。願學秦川王仲宣[1]，留井峴山存遺跡。亦如今時士大夫，幾處家居幾先籍。南陽也有卧龍岡，抱膝終日樂山石。

【校注】

〔1〕王仲宣：王粲，字仲宣，“建安七子”之一。謝靈運《擬魏太子鄴中集詩·王粲詩序》説王粲：“家本秦川，貴公子孫，遭亂流寓，自傷情多。”王粲投靠時任荆州刺史的同鄉劉表，未被重用，在襄陽居住達十五年之久。其名作《登樓賦》，一般認爲是寫麥城城樓（在今湖北當陽東南）。

玉泉寺和袁儀部中郎韻〔1〕

霓帆雲楫石長年，香海層波泛鐵船。眉睫堆成蒼翠色，頭顱直接蔚藍天。雁王林外秋遥集〔2〕，鹿女花間晝穩眠〔3〕。抛却曹溪一滴水〔4〕，楞迦峰頂透新泉。

【校注】

〔1〕玉泉寺：位於當陽玉泉山。玉泉山又名覆船山、堆藍山。袁儀部中郎：袁宏道。雷思霈和袁宏道等人都嗜佛，曾多次聚會玉泉寺。

〔2〕雁王：佛經上講，在迦尸國，有五百隻雁一起生活，雁王叫作賴咤。

〔3〕鹿女：佛經中所説的僊女。

〔4〕曹溪：禪宗南宗别號，以六祖慧能在曹溪寶林寺（後稱南華寺）演法而得名。曹溪被看做“禪宗祖庭”。曹溪水常用以喻指佛法。

和黄庶子平倩〔1〕

約似修眉覆似船，大峨水脉暗穿連〔2〕。將軍北面皈依地〔3〕，智者西方只尺天〔4〕。苦行瘦於孤鶴立，懶禪癡傍老龍眠。寰中四絶此其一〔5〕，爲有流珠漱玉泉。

【校注】

〔1〕黄庶子平倩：黄輝，字平倩，一字昭素，號慎軒，又號無知居士、雲

水道人，四川南充高坪人。萬曆十七年（1589）進士，選庶吉士，授編修，官至詹事府少詹事。萬曆十七年同館進士中詩文推陶周望，書畫推董其昌，而黄輝的詩與書與他們兩人齊名。楷法鍾元常，亦作行書。能獨操機杼，置古帖中，亦不可復辨。故人們稱譽他是“詩書雙絶”。他的遺著有《鐵菴集》《平倩逸稿》《怡春堂集》《慎軒文集》等。黄輝的同年進士兼四川老鄉楊景淳曾任荆州儒學教授，黄輝與公安三袁及其雷思霈的交往是否與楊景淳有關，不得而知。

〔2〕大峨：大峨山，爲峨眉山的主峰，通常説的峨眉山就是指大峨山。舊説峨眉山與玉泉山的水脉是相通的。

〔3〕將軍：指關羽。據《佛祖統紀·智者傳》載，隋開皇十二年（592），隋代天台宗的創始者智顗（智者大師），到荆州，欲創精舍。一日，見關羽神靈告之，願建寺護持佛法。七日後，師出定，見棟宇煥麗，師領衆入室，晝夜演法。一日，神白師：“弟子今日獲聞出世間法，願洗心易念求受戒，永爲菩提之本。”師即授以五戒，成爲佛教的伽藍護法神。智顗奏於晉王楊廣，遂封關公爲守護佛法的“伽藍菩薩”，把關公列入佛法守護神行列，塑像供奉，使關公成爲中國本土佛教神明。

〔4〕智者：智顗，南朝陳、隋時代的一位高僧，世稱智者大師，是中國天台宗的開宗祖師。俗姓陳，字德安，荆州華容（今湖北潛江西南）人。隋開皇十一年，晉王楊廣爲揚州總管，遣使到廬山堅請智顗往揚州傳戒，他即前去爲楊廣授菩薩戒，獲“智者”稱號。次年他回到故鄉荆州，於當陽縣玉泉山創立玉泉寺。此後兩年在寺講《法華玄義》和《摩訶止觀》。

〔5〕四絶：玉泉寺與棲霞寺、靈巖寺、國清寺并稱天下叢林“四絶”。此“四絶”之説最早見於唐代范攄撰《雲溪友議》：“玉泉祠，天下謂四絶之境。”宋代陳耆卿所撰《赤城志》引《九域志》：“以齊州靈巖、潤州棲霞、荆州玉泉并國清爲四絶。”宋代釋志盤撰《佛祖統紀》云：“（智者）師造寺三十六所，嘗曰：‘予所造寺，棲霞、靈巖、天台、玉泉，乃天下四絶也。”天台指天台山國清寺。

百衲閣

黄牛山圖歌[1]

予登黄牛之山兮，重嵐叠靄，鬱鬱勃勃，髣髴乎舟師之指。但見巴江自天而來，雷奔電曳，蕩崖觸石，澴流贔怒而不可以已。遠眺兮，千峰蔽日，萬嶺粘空，若繆篆狂草淋漓滿紙[2]。又若絳虬之升輕霄，與靈氣相雜，伕僑雄傑，非霽朝停午而莫辨首尾。巖腰壑腹常有光怪兮，疑僊靈之往來，神鬼之出入，颯然而風雨。三聲之猿，連臂而學挂；九頭之鶬，衆竅而欲語。鹿張其角，馬缺其耳，虎化道人，魚爲婦子。石破而赤鱗飛，檻呼而玄龜起。紫芝丹草，言刈其薪，而往往爲幽棲者之所採取。廟貌煌煌，在山之址。賈兒游子，刲羊釃酒[3]，考鍾鼓，祝舟航。墨客騷人，觸目娛心，與山川鬭奇詭。爰有天葩，名曰金蓮，葉羌芭蕉而肥，華倍芙蓉而綺。葳蕤扶疏，士乃中雋[4]，其事甚誕，其言成理。盖已數百年兮，而不知植於何紀。旁建梵宫，湫隘而不可居兮。予獨愛其流泉淙淙乎！竹裹有一上人，字悟空者，邀我以楸局，飲我以鄉醑，贈我以玲瓏，啗我以石髓。予之爲兹游兮，聞江聲而畫沙磧。殆類顏平原之遇懷公[5]，而得筆法於張長史。今訪我於醉石之齋兮[6]，我乃題牛山之圖以送之，恨不即買扁舟而蠟屐齒。

【校注】

〔1〕黄牛山：乾隆《東湖縣志》記載："黄牛山，在黄牛鋪，縣西九十里江南岸，峭壁間石色如人負力牽牛之狀，人黑牛黄，歷歷如繪，人跡罕至，莫得究焉。此崖甚高，江湍迂回。行者經宿猶望見之。古歌曰：'朝發黄牛，暮發黄牛，三朝三暮，黄牛如故。'""黄牛灘，俗呼大老翁灘、小老翁灘，在峽江

南岸，距縣九十里，最險。”清胡渭《禹貢錐指》記載：“又東徑黄牛山，下有灘，名曰黄牛灘。南岸重嶺叠起，最外高崖間，有石如人負力牽牛，人黑牛黄，成就分明。雖途經信宿，猶望見此物。故行者謡曰：‘朝發黄牛，暮宿黄牛。’言水路紆深，回望如一矣。山今在夷陵州西。”此詩，乾隆《東湖縣志》、同治《宜昌府志》有録，少數用字與此處所録不同。

〔2〕繆篆：是漢代摹製印章用的一種篆書體。王莽六書之一。

〔3〕刲：宰殺。長江上的船夫很早就有祭祀神靈，祈求神靈保佑的習俗，陸游在《入蜀記》中記載“三日，舟人分胙”（當時船行枝江百里洲）。所謂“分胙”，就是分祭肉。

〔4〕中雋：即獲雋。會試得中。亦泛指科舉考試得中。

〔5〕顔平原：顔真卿。天寶十二年（753），他被調離出京，降爲平原太守。其《述張長史筆法十二意》云：“予罷秩醴泉，特詣東洛，訪金吾長史張公旭，請師筆法。”大曆元年（766），顔真卿曾被貶爲峽州司馬。

〔6〕醉石齋：雷思霈的書齋。雷思霈的詩集《醉石齋》即以此書齋命名。

題五石

庭中有五石，瘦皺如五老。或佝僂而處，或醉頽以倒。七竅或渾沌，六孔或明了。或壁立掀髯，仰視突冥昊。花語竹笑間，五老默相抱。圃雨苔衣濕，池月玄裳縞。君待我而六，杯酒呼亦好。世人那可言，愛君堅而藻。袍笏不復具，下拜恐君惱。

公安王尚父至〔1〕

秋盡黄花老，寒初白酒温。江湖藏越蠡〔2〕，調笑類齊髡〔3〕。王氏無癡叔〔4〕，袁家有外孫。小齋憐怪石，細細洗沙痕。

【校注】

〔1〕王尚父：生平不詳。與袁中道亦爲友朋。

〔2〕越蠡：指春秋越國名臣范蠡。

〔3〕齊髡：指戰國齊人淳于髡。

〔4〕癡叔：晉代王湛兄弟，宗族皆以爲癡。武帝（司馬炎）每見湛兄子王濟，常調之曰："卿家癡叔死未？"後（王）濟漸得（王）湛實，因答曰："臣叔不癡。"并推其才在山濤以下，魏舒以上。（王）湛於是顯名。後用以爲典。（見《晉書·王湛傳》）

【相關鏈接】

過五弟天花館同郝公琰王尚父小酌

袁宏道

艸艸命窪罇，秋花瘦滿盆。題詩紅柏葉，坐語緑槐根。僧懶遲鳴磬，鴉昏不過村。開簾見樹影，月在槿籬門。

（《袁中郎詩集》）

江　上

才牽象鼻石，又下虎牙灘[1]。初月山頭小，新秋江上寒。怕人逃剥啄，避俗歷艱難。巖穴兼舟楫，逍遥信所安。

【校注】

〔1〕虎牙灘：乾隆《東湖縣志》記載："虎牙灘，在縣東南五十里虎牙山下，江石齒齒，水漲則水噴激不可上，舟行至此，北避虎牙，南循荆門。"歐陽修有《初至虎牙灘見江山類龍門》詩："晚鼓潭潭客夢驚，虎牙灘上乍船行。山形酷似龍門秀，江色不如伊水清。平日兩京人少壯，今年三峽氣崢嶸。卧聞亂石淙流響，疑是香林八節聲。"

種竹戲贈吴生

庭中何所有，種竹數枝聊與友。吴生一見絶憐之，舉手再拜祝以酒。祝曰：主人不願爾爲竿，石池弄影朱魚寒。主人不願爾爲管，細籟輕吟風冉冉。主人不願爾爲杖，十指摩挲幾廻向。但願千尋萬個有遠勢，對之歌嘯日成趣。即使風雨雷電一旦至，慎毋拽尾生鱗而飛去。主人呼爾爲羽士，尊爾爲禪伯〔1〕，爲爾中通而外直。其洗爾於獼猴之江〔2〕，而置爾於岑華之垤〔3〕。

【校注】

〔1〕禪伯：對有道僧人的尊稱。

〔2〕獼猴江：位於中印度毘舍離國菴羅女園之側。往昔獼猴群集此地爲佛陀作此池，佛曾於此處説諸經，爲天竺五精舍之一。

〔3〕岑華：王子年《拾遺記》曰："岑華，山名也，在西海上，有象竹，截爲管吹之，爲群鳳之鳴。"

贈李仲文獨游三游洞兼呈歐陽孟弢〔1〕

但聞溪洞好，一往不驚疑。水險兼山險，風時又雨時。一州無苦酒，二客有攢眉。風土真堪賞，人情夙所知。

【校注】

〔1〕李仲文：李蔚，監利人。丁宿章《湖北詩徵傳略》："李蔚，字仲文。蔚工詩能文，與雷檢討思霈相友善。"參見後面《贈李生仲文》《旅次同仲文夜坐》。三游洞：位於宜昌西北七公里，在西陵山北峰峭壁之上。唐元和十四年（819），白居易、白行簡、元稹三人會於夷陵，同游洞中，各賦詩一首，并由白居易作《三游洞序》，寫在洞壁之上。三游洞即由此得名。這是人們所稱的"前三游"。到了宋代，著名文學家蘇洵、蘇軾、蘇轍父子三人，也來游洞中，各賦

詩一首於洞壁之上，人們稱之爲“後三游”。歐陽孟弢：即歐陽明，字孟弢，江陵人。光緒《荆州府志》引自《湖北詩佩小傳》記載：“歐陽明，字孟弢，庠生。倜儻負氣，與同里雷郡丞叔聞、夷陵檢討思霈相砥礪，二人心折焉。後客死長沙。叔聞録其詩入《郢里陽春集》。”康熙《監利縣志》：“王薦早擅才名，與修荆州郡志。文學崔得立、歐陽明、太史雷思霈共結騷壇之盟，垂四十餘年，著作甚富。”他是雷思霈游太和山的四個同游者之一。參閲《與孟韜限韻》等。

【相關鏈接】

三游洞序

白居易

平淮西之明年冬，予自江州司馬授忠州刺史，微之自通州司馬授虢州長史。又明年春，各祗命之郡，與知退偕行。三月十日參會於夷陵。翌日，微之反棹送予至下牢戍。

又翌日，將别未忍，引舟上下者久之。酒酣，聞石間泉聲，因舍棹進，策步入缺岸。初見石如叠如削，其怪者如引臂，如垂幢。次見泉，如瀉如灑，其奇者如懸練，如不絶線。遂相與維舟巖下，率僕夫芟蕪刈翳，梯危縋滑，休而復上者凡四五焉。仰睇俯察，絶無人跡，但水石相薄，磷磷鑿鑿，跳珠濺玉，驚動耳目。自未訖戌，愛不能去。俄而峽山昏黑，雲破月出，光氣含吐，互相明滅。昌熒玲瓏，象生其中。雖有敏口，不能名狀。

既而，通夕不寐，迨旦將去，憐奇惜别，且嘆且言。知退曰：“斯境勝絶，天地間其有幾乎？如之何府通津豀，歲代寂寥委置，罕有到者乎？”予曰：“借此喻彼，可爲長太息者，豈獨是哉，豈獨是哉！”微之曰：“誠哉是言！矧吾人難相逢，斯境不易得。今兩偶於是，得無述乎？請各賦古調詩二十韻，書於石壁。”乃命予序而紀之。又以吾三人始游，故目爲“三游洞”。洞在峽州上二十里北峰下，兩崖相嵌間。欲將來好事者知，故備書其事。

（《白氏長慶集》）

贈道者

李　蔚

輕裘已敝馬已疲，男子不復少年時。虛教清世逢黄石，何處深山無紫芝。客裏犖犖名暫隱，醉中咄咄意難持。道傍貰酒留君醉，日暮高歌和漸離。

（丁宿章《湖北詩徵傳略》）

喜玉檢至夷陵

李　蔚

徵車有約爲前驅，緩策東垣計與俱。每到郵亭留姓字，相逢客邸易歡娱。僦居即便東西近，得酒何妨朝暮呼。萍跡故園應未审，音書曾記峽中無。

（乾隆《東湖縣志》）

丙午至日

三年長至兩家鄉，一在途經嶺水傍。詩和幾篇懷石首〔1〕，書驚遠道寄西凉。城頭細試看雲法，架上親抽種稻方。自笑顛毛今種種〔2〕，千梳子半待新陽。

【校注】

〔1〕石首：縣名，屬湖北。雷思霈的朋友曾退如、袁向均是石首人。

〔2〕顛毛種種：指衰老。顛毛，指頭髮；種種，髮短貌。《左傳》昭公三年："余髮如此種種，余奚能爲？"杜預注："種種，短也。自言衰老，不能復爲害。"

偶題適見周象山麒麟皮〔1〕

花數枝，竹數根，石數塊，魚數盆。禪和方士，不妨到門；酒徒俠客，政可開尊。漆園傲吏，東方先生；吾師勝友，異代同盟。四明賀老何其愚，向君王乞鑒湖，何山何水不可俱。懶殘芋〔2〕，有邪無？侍郎壺，詭麻姑。鄴侯學道，何爲乎？八尺之屏，可超而越。官大肉重，奮飛不得。鄴侯鄴侯尚如此，何况夫或相倍蓰〔3〕。我自計度，斯已而已。於乎，君不見死麒麟何如活麋鹿，乃知人世空逐逐。

【校注】

〔1〕麒麟皮：喻指虚有其表。唐代馮贄《雲僊雜記》卷九引張鷟《朝野僉載》："楊炯每呼朝士爲麒麟楦。或問之，曰：'今假弄麒麟者，必修飾其形，覆之驢上，宛然異物。及去其皮，還是驢爾。無德而朱紫，何以異是！'"後因用以喻虚有其表的人。

〔2〕懶殘芋：唐衡岳寺僧明瓚，性疏懶而好食殘餘飯菜，人以懶殘稱之。鄴侯李泌曾讀書寺中，以爲非凡人，中夜往謁，懶殘發火取芋以啗之，曰："慎勿多言，領取十年宰相。"

〔3〕倍蓰：謂數倍。倍，一倍；蓰，五倍。

題石田畫上有文徵仲詩〔1〕

柳繫魚舠吹笛子，徵君風味誰堪比。親題數句感山陽〔2〕，二絶兼稱文太史〔3〕。

【校注】

〔1〕石田：沈周，字啟南，號石田，晚號白石翁，江蘇長洲（今蘇州）人。與文徵明（徵仲）、唐寅、仇英合稱"明四家"或"吴門四家"，在中國畫史上影響深遠。

〔2〕親題數句感山陽：晉向秀西行經嵇康山陽舊居，睹景傷懷，思念已死的故友，因作《思舊賦》，以寄托緬懷之情。《山陽賦》即《思舊賦》。後用爲懷念亡友之典。

〔3〕二絶：文太史徵明的詩和畫。

題鄒彦吾先生畫〔1〕

山怪樹更古，翠潤那可語。偶逢道人來，白日驚欲雨。

【校注】

〔1〕鄒彦吾，疑似鄒彦吉之誤。鄒迪光，字彦吉，號嵎谷。常州府無錫人。有《鬱儀樓集》《調象菴稿》《石語齋集》《文府滑稽》等著作。康熙《常熟府志》記載："鄒迪光，字彦吉，無錫人，萬曆進士。累官湖廣提學，擅衡鑒，楚士愛之。以吏議罷，送者數千人，生祀之濂溪書院。迪光罷時，年纔及强，乃治园亭惠山之麓，與當世名公卿文士游晏其中，有集數種，共三百餘卷。與王世貞輩後先主文壇。"參見《答鄒彦吉老師》《與鄒嵎谷先生》《再過錫山訪鄒彦吉先生》。

雁

一行斜雁背人飛，似欲群棲淺石磯。近日南中多苦事，沙乾湖涸稻粱稀。

贈羅升玄二首

不帶弓刀只一身，立營斫陣算何神。當時征播皆君等〔1〕，救得西南百萬人。

自喜英雄恥濫竽，萬人場裏一人呼。功高不在名常在，試看夔門八陣圖。

【校注】

〔1〕播：播州宣慰司。明洪武五年（1372）改播州宣抚司置，屬四川行省。治所即今貴州遵義市。明萬曆間有播州宣慰使楊應龍叛亂，後被平定。此役爲明萬曆三大征之一。

荆州僧送合掌柏

老僧送我合掌柏，直似千手大士身。軍持也共楊枝灑，精舍還將竹葉親。峽裏自來無此物，山中今與結爲鄰。呼爾樹王應不拜，他時須作主林神。

【校注】

〔1〕軍持：一種盛水器，又名淨瓶等，爲雲游僧人盛水洗手用具。

宿二聖殿〔1〕

夜宿隄邊刹，三洲二水歸。竹林江上似，藥草俞中微。暖酒扳枯柳，逢僧補破衣。歲殘春正動，處處柳條圍。

【校注】

〔1〕二聖殿：疑似公安縣二聖寺。二聖寺，見《滾鐘坡》“二聖寺”條注。

董市寺中〔1〕

余行數百里，獨見此垂楊。水國偏多柳，花宫自一方。枝枝拂地淨，葉葉逗風涼。況有雙株桂，能開金粟香。

【校注】

〔1〕董市寺：董市歷史上有名的寺廟有三處。乾隆《枝江縣志》記載："金龍寺，在董市。嘉慶五年，邑監生時其治重修觀音閣，内浚放生池。嘉慶十八年，闔邑重修正殿、前殿及歌舞臺，邑貢生閻大定領修。""金沙寺，在董市後湖龍頭橋。光緒元年，邑人馬惠三重修。""金盆山，在縣東南六十里董市之後。明隆慶中有妖言神隆於此，民有請輒應，遂累土成山。""金盆山廟，在董市後河。四面平坦，中起一峰，其形如盆，故名。上有廟宇三層。"另，雷思霈的朋友、當時枝江縣令周仲士在其《山水記》中寫道："董市市中，居民叢集，半於邑城，四方商賈多有貿易者。獨弦誦風微耳。市後有回龍觀，今改爲金龍寺。余時新葺，莊嚴妙麗，儼乎化人之宫。巴、歸、彝、宜之經洲者，每停驂駐節焉。寺之左數十武爲金盆山，祀聖帝於頂上。昔本平地，土人以多故，累土爲山。前有官亭，亭前爲社倉。山後數百武，新移安民堡。每一登眺，風景殊佳，平坦一岓，堪輿氏最奇之，雖由人力，若出天成。"他在另一篇文章《金盆山廟碑記》中又寫道："西邇金龍、金沙兩拓提，叢林蔚起，每值中夜，清虚之氣逼人，卧聽梵音嘹亮，洞徹蒼昊。"此處所説的"董市寺"具體何指不詳。雷思霈曾兩次爲周仲士的書寫序，分别是《周明府四六序》《周毓所四書考序》。

刈　圃

萬曆丁未歲，正月之三日。平頭與長鬚，挈插而秉鑽。青藤蔓四圍，鈎纏日綿密。即使刈頭毛，藤枯花結實。累累如貫珠，落地成荄茁。劚根根已芽，芽與薤頭匹。始知易生者，迺爲至賤物。豈惟以賤稱，兼使貴者拮。脩竹數百個，縛束不得出。笣籜盤即且[1]，枝葉窠蟻虱。宫槐審雨堂[2]，巢睫戰血國。非種者除之，幽篁蕩疏節。直氣可干霄，况以膏澤溢。

【校注】

〔1〕即且：即蝍蛆。蜈蚣的别名。

〔2〕審雨堂：據《太平廣記》載，北魏夏陽人盧汾與友人夜飲，聞槐樹空中有笑語絲竹之音，俄見衣青黑衣女子出槐，與相問答，引其入穴，見宫宇豁開，數十人立屋之中，其額號爲"審雨堂"。正歌宴間，聞大風至，堂梁傾折。醒後見庭中古槐爲風折大枝，中有一大蟻穴。

紀東山舊事

讀書飲酒東山寺〔1〕，庚子之年有二奇。救得玄蛇佛生日〔2〕，雙來白兔麥黄時。

【校注】

〔1〕東山寺：乾隆《東湖縣志》載："東山，縣東關外五里，山勢平遠，爲一縣主鎮。唐建東山寺於上，明知州童世彦、國朝總兵官劉業溥相繼修復。俱有碑記。"東山寺有"飛閣流丹，屹然勝跡"的覽勝樓。在覽勝樓可憑欄俯瞰夷陵全城。宋代以來歷代詩人題詠之作甚多。

〔2〕玄蛇，此詩乾隆《東湖縣志》、同治《宜昌府志》有録，此處作"兀蛇"。

寄興山金丈

屈原故宅明妃村，一山一水成今古。我欲從之道阻脩，好學因君問風土。香溪之水不斷香，楚國之音猶是楚。汨羅沙漠至今哀，當時怨憤心俱苦。

題僧游南海卷[1]

到處山崖是補陀，無央香海一瓢多[2]。憑君試問曾游者，與未游時較若何。

【校注】

〔1〕南海：此指南海觀音所在地浙江普陀山。中國佛教四大名山之一。

〔2〕香海：佛經指須彌山周圍的海，借指佛門。

贈二馮丈

莊生不問千金事，季布能藏廣柳車[1]。大小馮君何所似，陶朱家是魯朱家。

【校注】

〔1〕廣柳車：古代載運棺柩的大車。《史記·季布列傳》："季布者，楚人也。爲氣任俠，有名於楚。項籍使將兵，數窘漢王。及項羽滅，高祖購求布千金，敢有舍匿，罪及三族。季布匿濮陽周氏。周氏曰：'漢購將軍急，跡且至臣家，將軍能聽臣，臣敢獻計；即不能，願先自剄。'季布許之。乃髡鉗季布，衣褐衣，置廣柳車中，并與其家童數十人，之魯朱家所賣之。"朱家，魯人，以任俠得名。季布被劉邦追捕，他通過夏侯嬰向劉邦進言，使季布得赦免。以助人之急而聞名於關東。

贈松滋蔣丈

布衣結客喜行俠，老眼看詩先朗吟。一局一壺三日飲，半丘半壑百年心。

服卿自吴歸餉以茶酒有詩邀飲奉答[1]

帆風蓬雨歷天涯，望海横江更歲華。千山萬山看處景，二月三月歸來花。清真絶愛中泠酒，縹碧能分陽羡茶。况有吴酸與越暗[2]，相邀深夜醉君家。

【校注】

〔1〕服卿：即羅服卿。夷陵名人羅文彩仲子羅冕。乾隆《東湖縣志》記載，罗冕“字服卿，餼於庠，有詩名，與公安袁宏道兄弟友善，常限韻作雁字詩，一夕成七律二十首，工力悉敵，袁僅半之，曰：‘吾當避君三舍。’又與里中雷思霈爲莫逆交，傾動一時”。常與雷思霈、袁宏道、劉戡之等相唱和。參閲《題羅服卿霏烟閣》《題羅服卿〈淡碧齋〉詩》《羅服卿詩序》《與羅服卿》等。

〔2〕吴酸：吴人所謂鹹酸之味。一説，即榆醬。陸游《送子虡吴門之行》：“樽酒汝寧嫌魯薄，釜羹翁自絜吴酸。”

游僊曲

獨有真人侯道華[1]，笑無愚憒列僊家。而今只學陶貞白[2]，讀盡人間書五車。

【校注】

〔1〕侯道華：據《續僊傳》等書記載，時有蒲人侯道華事悟僊以供給使，諸道士皆奴畜之，灑掃隸役，無所不爲，而道華愈欣然。又常好子史，手不釋卷，一覽必誦之於口。衆或問之：“要此何爲？”答曰：“天上無愚憒僊人。”咸大笑之。後果真僊去。

〔2〕陶貞白：陶弘景，南朝梁時人，人稱“山中宰相”，卒謚貞白先生。

題宜都錢道士白雲菴

白雲菴對白洋山，瓜架蔬畦接稻田。不愛西湖湖上月，愛江江似蔚藍天。

峽　　中

峽中千百狀，領略二三歸。晴日乍雲雨，烟巒忽是非。野花名莫辨，幽洞到應稀。只欲舟兼馬，縣崖學鳥飛。

與武山人次初〔1〕

先朝高士者，太白與鵝池〔2〕。韋布有奇節〔3〕，縉紳無夙知。西湖初月上，南紀大風時〔4〕。憐爾巴山去，須裁二子詩。

【校注】

〔1〕武山人次初：生平失考。參見《途中讀武次初詩却寄》。

〔2〕太白與鵝池：本詩何喬遠《皇明文徵》卷之十五亦有録，録有雷思霈自注："太白，孫一元；鵝池，宋登春也。"孫一元，字太初，自稱關中人。好老氏書，辭家入太白山，因號太白山人。工詩，與名流唱和。性喜學書，印多自製。宋登春，字應元，號海翁，晚居江陵天鵝池，更號鵝池生，趙郡新河（今屬河北）人。性嗜酒慕俠，能挽强馳騎，發奋讀古人書，爲小詩，畫師吴偉，皆不肯竟學，里中呼狂生。嘗曰："吾豈松柏四周人，會當乘潮解去。"後果投胥江以死。

〔3〕韋布：韋帶布衣。古指未仕者或平民的寒素服裝。

〔4〕南紀：《詩·小雅·四月》："滔滔江漢，南國之紀。"鄭玄箋："江也，漢也，南國之大水，紀理衆川，使不壅滯；喻吴楚之君能長理旁側小國，使得其所。"後因以指南方。

送王于世入閩

武夷山上列僊家，半借肩輿半借槎。寄我不須尋寶物，紅蕉花與佛桑花。

蓬池閣小坐[1]

竹醉客皆醉，亭幽意亦幽。荷錢魚暗嚙，蒲劍蝶虚游。雙鶴如人立，一山當水浮。拈杯登小閣，恍若泛扁舟。

【校注】

〔1〕蓬池閣：雷思霈的書齋，位於當時的夷陵城東。

褚廣文齋中大醉即事戲成[1]

墮地四十年，無此一日醉。絶憐廣文雅，兼説揚州事。壺矢無一驍[2]，明瓊復作祟[3]。平生憚燒春[4]，大爵益不忌。歌聲調南音，戲謔雜文字。五月無念五[5]，念六續念四。借問褚先生，請補酒史記。

【校注】

〔1〕廣文：明、清時對教授、教官的别稱。

〔2〕壺矢：壺與矢爲投壺用具，因以稱投壺。投壺是古時宴會時的娱樂活動，大家輪流把矢投入壺中，投中少者須罰酒。

〔3〕明瓊：瓊，古博具，如後世的骰子。投瓊得五白曰“明瓊”。

〔4〕燒春：酒名。唐代李肇《唐國史補》卷下：“酒則有郢州之富水……劍南之燒春。”

〔5〕念：通“廿”。此句是説他由於醉酒二十五这一天什麽都不知道了。

戲贈玉泉寺住持[1]

憶昔少年游戲日，袈裟泉上笑迎時。今來看我蓬池閣，我已爲官爾住持。

【校注】

〔1〕玉泉寺住持：玉泉寺當時的住持是無跡法師。詳見《度門寺戲簡誨公》注。

贈人入蜀

滪預水落陣圖開，白帝江陵君歸來。重陽酒熟待爾酌，遲遲予欲之燕臺。

戲柬王大

饒君楸玉十三行[1]，輸我朱鱗十個長。四尾五尾平如掌，金箍銀箍錦作裳。

【校注】

〔1〕楸玉：蒼青色玉石製的圍棋盤。

飲王叔周園中留春之作兼和公權[1]

地僻心兼遠，山成水欲浮。青梅數個小，側柏兩行幽。花落憐香去，春歸借醉留。崔裴同作賦，珍重輞川游。

【校注】

〔1〕王叔周：疑似光禄寺丞王之宸。生平失考。參閲《王叔周園子雪中牡丹花》《春日王叔周五雲堂》《王叔子五雲房稿序》。公權：王公權。生平失考。參閲《飲王公權園》《王公權書屋》《丹陽逢王公權舟次極喜有作》《王公權歸來辭序》。

送李茂先還巴縣

荆門西指虁門道，五月南來八月船。巴國無塵三百里，塗山有石四千年〔1〕。送君秋水迷紅蓼，寄我春華托錦箋。聞説溪橋藤洞裏，時時還往遇飛僊。

【校注】

〔1〕塗山：古國名。相傳爲夏禹娶塗山女及會諸侯處。在今浙江西北，一説在安徽蚌埠西。

與隱雲先生手談〔1〕

橘中之樂更何求〔2〕，一局那知天地秋。却笑安劉輕下子，只輸先著與留侯。

【校注】

〔1〕隱云：王隱雲，夷陵人，與雷思霈、劉戡之、陶孝若等都有來往，其他不詳。參見《贈隱雲子序》。手談：下圍棋。圍棋在東晉被稱爲“坐隱”“手談”。

〔2〕橘中之樂：喻指下棋。用唐牛僧孺《玄怪録·巴邛人》“橘中之樂，不减商山”之典。

霜　降

九月纔一日，黃花正欲放。山頭雪已白，曆頭霜初降。

蝦蟆研[1]

天上蝦蟆化成石，月宮天子追不及。特遣萬歲老蛟精，劈開泉眼浸骨脊。扇子峰前江勢横，明月正墮高山壁。截取脂肪鑿硯池，白絲玄玉吸雲液。八字丹書頷下生[2]，五月五日口銜墨。爾時玉兔走中山，亦向人間作不律[3]。

【校注】

〔1〕蝦蟆研：乾隆《東湖縣志》記載："縣西四十里，第四泉洞内産石，堪作硯。"研，同"硯"。本詩乾隆《東湖縣志》、同治《宜昌府志》有録。

〔2〕八字丹書：《本草》云："蕭炳曰：腹下有丹書'八'字者，真蟾蜍也。"

〔3〕不律：指寫字工具。

偶　題

步兵氣盖一世[1]，歎無英雄好手。喜怒不形於色，臧否不挂於口。

張温清濁太分[2]，嵇康見聞何所。諸葛思而得之，孫登以爲不可[3]。

景純縱色不盡，伯倫酣酒自嘲[4]。魏家信陵無忌，鄭國公孫穆朝。

王戎也是男子，鑽核算籌可已。前有王翦田宅，後有汾陽奢侈。

【校注】

〔1〕步兵：晉阮籍。阮籍曾官步兵校尉，世稱“阮步兵”。

〔2〕張温：三國時吴將。據《張温傳》注引《會稽典録》云：“諸葛亮初聞温敗，未知其故，思之數日，曰：‘吾已得之矣，其人於清濁太明，善惡太分。’”

〔3〕孫登：孫權的長子。《三國志・吴書・吴主五子傳第十四》載：“太傅張温言於權曰：‘夫中庶子官最親密，切問近對，宜用雋德。’於是乃用表等爲中庶子。後又以庶子禮拘，復令整巾侍坐。”

〔4〕伯倫：晉劉伶的字。

和東坡雪詩〔1〕

銀河數點没寒鴉，雲母連山載滿車。五百僧迦金鎖骨，三千宫髻玉簪花。衣冠易水知誰氏，清淺蓬萊按幾家。此際戴貂騎馬去，紅衫短後逢雙叉。

玉田砂碾屑纖纖，裁得冰綃氣自嚴。爲誦曹風知有羽〔2〕，欲成海賦可無鹽〔3〕。梅傳粉本披長幅，竹折寒梢壓短簷。却望千峰銀管樣，參差排插兔毫尖。

【校注】

〔1〕東坡雪詩：指蘇軾的《雪後書北臺壁二首》。

〔2〕曹風：《詩經・國風》中的内容。

〔3〕海賦：晉辭賦家木華（字玄虚）所寫的一篇賦。此賦描寫大海氣勢浩瀚，物産豐富，多神怪精靈，壯麗多姿。

雁　　至〔1〕

去燕新辭主，來鴻舊作賓。江空今夜月，家遠隔年身。結伴多依水，將書只寫人。如何白翎雀，歲歲北山春。

【校注】

〔1〕雁至：本詩清《御定佩文齋詠物詩選》有録。

王生復以鶴舞眠立浴四歌來余亦和以短章

口銜瓦石擲空戲，雙翅如雲走更疾。一低一昂妙中弦，一往一來情自密。張顛筆法杜甫詩，公孫大娘舞劍器。此物亦似磊落人，有意迫之或不至。

少時曾言燕子坐，衆人笑我此語墮。後讀黄鸝交濕語，今見白鶴雙來卧。夢之帝所繞一匝，五鳳皇鳴聲相和。別來不覺幾千年，彷彿猶疑白雀過。

一支鐵腳如羽鏃，曲頸委蛇息自伏。死氣不到胸臆中，獨峙無妨風雨速。亦如山僧立禪者，形槁心灰神一掬。寒號四足烏三足，借問縮時如何縮。

鵶不以染而自黑，鶴不以浴而自白。有時塵土汙衣裳，間一浴之愈皎潔。盆水安能浸羽毛，心在長空與大澤。少待千年上樹棲，玄霜幾變層冰裂。

壽羅玉檢〔1〕

今君正四十，與爾少年時。俗事俱成雅，靈心任道癡。每談山水好，偏覺性情宜。獨有相憐處，他人未許知。

【校注】

〔1〕羅玉檢：又作“羅玉簡”，夷陵人，疑似羅冕（服卿）之弟羅旒（字季玉）。羅玉檢與雷思霈、袁中道、劉戡之、鍾惺等都有交往。雷思霈有《羅玉檢詩序》《羅玉檢住白洋山傳磬寺新開一井味甚冽有詩來寄和以兩章》、袁中道有《秋分日走筆别羅玉檢時君禪居湖上》、劉戡之有《冬日邀密修同董身之陶孝若羅伯生服卿玉檢季玉過三游洞分賦》。《文門譜略·文安之墓誌銘》記載，羅旒係文安之親家，羅旒之女嫁文安之長子文初吉。

【相關鏈接】

秋分日走筆别羅玉檢時君禪居湖上

謝三秀

離緒悠悠獨念君，裁詩相訊水之憤。三千世界何人覺，九十秋光此夜分。楊柳絲摇丹禁雨，芙蕖香卷翠湖雲。不知别後僧牕夢，可向天涯憶雁群。

（《雪鴻堂詩搜逸》）

冬日邀密修同董身之陶孝若羅伯生
服卿玉檢季玉過三游洞分賦

劉戡之

當年曾選勝，與衆復追游。理楫邀儒客，逃禪問比丘。伊蒲聊作供，蘿薜亦堪裘。峽緊風宜壯，山靈景獨幽。岸回封絶嶂，沙吐覆寒洲。疏鑿神功峻，平城霸業遒。鼓臺横逼漢，劍嶺上連牛。堞古餘殘雉，溪深黠落鷗。俯躬才屈折，豁目肆夷猶。潛柱瑩玄屑，籠幢恍碧油。磨崖同禹穴，斷碣似天球。趺坐依高下，分談盡逗留。主賓情正洽，雅俗調方侔。輿居歡難狀，神牽足易投。洞中穿復洞，泃底覓蟠泃。溜滑蒼苺冷，鐺夷白墮柔。呼盧酣佚暢，煮茗肅清修。窈窕窮無極，彷徨了未休。樛藤纏絡緯，細篠弄箜篌。滴乳崖懸肺，層巒石架樓。靡能偕信宿，究竟可淹留。踽踏催行蹇，踟躕返顧眸。僕夫渾自戒，朋輩互相惆。飛鳥歸雲倦，啼猿落日愁。暝烟浸靄靄，嵐氣逈悠悠。影入星河動，帆摇月魄流。闤闠燈火夜，廛市利名秋。續勝成佳會，緣輕莫漫求。

（《竹林園行記》）

和雪詩後夢與坡僊執筆作字恍然不知其後異代人也用前韻記之

君詩和罷樹棲鴉，夜夢同君較五車。彷彿玉顏如識面，摩挲鏤管似生花。千年格外詩人膽，萬劫因中古佛家。覺後記來猶在眼，青天獨立手雙叉。

贈鄒大

近來花卉雜毛羽，誰能寫神設色淺。漢陽太守孫克弘〔1〕，吴中處士周之冕〔2〕。監利鄒生季孟間，黍谷一吹天地轉〔3〕。春風未到鳥爭飛，羯鼓不鳴花亂剪〔4〕。於乎鄒生，鄒生筆力却有神。能使朱鳳來儀〔5〕，瑶樹長春，不能日塗青蚨療其貧。風鳶牽線圖滿紙，梅花换米心不嗔〔6〕。古來名士真畫手，多是落落難合人。中有二癡顧與黄〔7〕，其三鄒生亦何妨。不顛不狂名不彰，長史南宫書擅場。

【校注】

〔1〕孫克弘：明書畫家、藏書家。字允執，號雪居，松江人。禮部尚書孫

承恩子。以蔭授應天治中從事，官至漢陽知府。

〔2〕周之冕：明代畫家，字服卿，號少谷，長洲人。擅花鳥，注重觀察體會花鳥形貌神情，及禽鳥的飲啄、飛止等種種動態。

〔3〕黍谷：燕有黍谷，地美而寒，不生五穀。鄒子（衍）居之，吹律而温氣至，後人遂名之曰“黍谷回春”。

〔4〕剪：飄動。

〔5〕來儀：謂鳳凰來舞而有容儀，古人以爲瑞應。

〔6〕梅花换米：徐渭晚年貧窮潦倒，賣畫爲生，《題畫梅詩》中寫道：“文章梅花能换米，余今换米亦梅花。”

〔7〕顧與黄：明代著名畫家顧正誼與黄公望。

贈鄒二

大鄒工畫小鄒琴，手指能成色與音。何似宗家彈一曲，衆山俱響碧流深。

周孝廉家藏畫馬

天用地用等奇異，一畫一題俱難事。牝牡色物弗敢知，只在畫神不畫類。二者誰稱絶世無，韓幹筆力杜陵句[1]。後來端明亦彷彿[2]，是時伯時墮馬腹[3]。非麟非牛趙承旨，本朝作者惟何李。周家藏得滚塵圖，四蹄如電閃雲膚。長松平原勢抖擻，赤蛟絳虬堪與友。此畫不知出何手，我才已落前人後。

【校注】

〔1〕韓幹：唐代宫廷畫家。

〔2〕端明：指蘇軾，蘇軾曾官至端明殿學士，故稱。

〔3〕伯時：宋李公麟的字。好古博學。晚年居龍眠山，號龍眠居士。擅長

書畫，尤精傳寫人物，識者以爲顧愷之、張僧繇之亞。

丁未臘月廿日迎春即事

城中兒女鬭春華，綵額街街鼓亂撾。唐印碧油呼客坐，花鞭桃梗送官衙。才逢插柳探梅候，又問栽蘭種菊家。荊楚歲時風土記，宜春雙字[1]寫紅霞。

【校注】

〔1〕宜春雙字：立春之日，悉剪綵爲燕戴之，帖“宜春”二字。本詩乾隆《東湖縣志》有録。

甘　園

春興四首[1]

曾謁通明侍玉宸，又來金馬濫詞臣。閑聽紫燕黄鸝語，合是清泉白石人。五嶽真形常在眼，三皇大洞不離身。因鋤芝草堪療病，縱有桃花懶問津。

信是夷陵春色好，高唐倏盡見虚空。秦灰漢壘千年跡[2]，白糁紅酣兩岸風。天外晴山朝霧裏，城頭水閣夕陽中[3]。畫船直上南津口，釣艇時來西塞東[4]。

消得天厨書幾緘，朝朝騎馬看青山[5]。三年半在香山寺，十月曾探滴水巖。滿井北游春淡淡，渾河西上石巉巉[6]。松風獨愛陶貞白，官是蓬萊最後銜。

把筆欲書三峽事，粘天拔地只驚奇。宜都郡古猶存記，白傅才高不作詩。往往灘頭逢怪石，尖尖峰頂見深池。幽蘭滿谷無人採，須信春風别自吹。

【校注】

〔1〕春興四首：本詩第二首，乾隆《東湖縣志》、同治《宜昌府志》有録；第三首，《明詩紀事》有録。

〔2〕秦灰漢壘：秦灰，指秦將白起攻楚，拔郢，燒夷陵；漢壘，指從東漢到三國夷陵之戰前後夷陵所建的衆多軍事城堡，諸如“步闡城”“步騭城”“陸

抗城”等。乾隆《東湖縣志》記載：“步騭城在下牢溪前，蜀漢延熙七年，吴孫權以騭爲都督，守西陵所築。步闡城在下牢溪前，吴鳳凰元年步闡爲西陵都督所築。按《水經》載江水出峽東南流，徑故城洲。注云洲附北岸，洲頭曰郭洲，上有步闡故城，吴西陵督步騭所築。鳳凰元年，騭息闡據此城降晉。按此則城跡當在今郭洲壩。舊志云在下牢溪誤。”“洲頭曰郭洲，長二里，廣一里，上有步闡故城，方圓稱洲，周回略滿。”關於陸抗城可參見《羅服卿齋》校注。

〔3〕閤：同“閣”。

〔4〕西塞：指夷陵的西塞壩。乾隆《東湖縣志》記載：“西塞壩，一云西塞洲，縣西北城外，隔一溪，水落可陸行徑達。”西壩東邊的“赤磯釣艇”是古夷陵的八景之一。

〔5〕青山，《東湖縣志》《宜昌府志》此處作“烟嵐”。

〔6〕渾河：即今之永定河，位於北京的西南部。

贈白道者原姓王自滇中來荆州

玉蟾家世原呼葛，金母當時不姓王。九十九泉游最久〔1〕，又來九十九洲傍〔2〕。

【校注】

〔1〕九十九泉：康熙《雲南府志》記載：“盤龍江，在城東，源出舊邵甸縣，凡九十九泉。合流而南，會入滇池。”

〔2〕九十九洲：《明一統志》：“在江陵西南六十里。分屬枝江、松滋二縣界。《水經注》盛弘之曰：自枝江縣西至上明，東及江津，其中有九十九洲。《南史·梁元帝紀》：江陵先有九十九洲，桓玄爲荆州刺史，鑿破一洲，以應百數，隨而崩散。太清末枝江楊閶浦復生一洲，明年而帝即位。承聖末其洲與大岸相通。唯九十九云。”

贈玉亭王孫[1]

今之爲王孫者苦矣。無論將軍、中尉，即諸侯王，請名嗣爵，動破數千金。夫以高皇帝列聖之子若孫，尚不得安享食租衣税之樂，而煩費若此，其苦一。生齒日衆，物力日絀，禄不得以時給；即以時給矣，而勢又不能有所盡予，其苦二。甚而寅糧卯支，質於子錢之家，計歲所得，不過十之一二，其苦三。居城郭之中，禁四民之業，即有絶世之才、應變之知，皆不能有所表見，其苦四。具此四苦，而賢者優游兀坐以終餘年；不才子群聚爲六博、骰子、蟋蟀、鶡鶉之戲，舉先公先王所遺居産寶物，一旦而輸於勝者之家，昔之富翁，今爲蕩子。不則，歌徒、酒侣、游冶、狹邪，雖宗正條末如之何矣[2]？

予在江陵，雅聞玉亭王孫之爲人，數年來始得一晤。霞舉玉立，温温君子。王孫少貧，無所請乞，僅僅升斗之禄，居常自嘆："吾欲學長生，如昔之所稱王子晉[3]，而不能爲五嶽游；吾欲以文章名世，如今之所稱灌甫用晦[4]，而千秋萬歲後誰爲傳者？"乃一意於方罫[5]，以消永日。曾不逾時，遂爲國手。

夫揚州方生者[6]，天下第一道，前年來訪傅光禄，對局在伯仲之間。方生老矣，王孫年三十許，盖未有艾也。一局耳，好惡巧拙，人各有能、有不能，何關事理？若以陶士行、葛稚川所不必爲，則費祎、謝玄何以應敵？若以林處士、蘇端明所不能爲，則鳩摩羅什、唐一行何以皆登上品？遠公何以談禪？道士何以説法？王孫進而求之，當有上界諸真名山散聖與王孫游也，何止無敵人間已哉？余爲王孫書數語，一以見王孫中乃有此奇物，以見吾郡中乃有此王孫。

難作五湖長，甘爲一局師。人間無二事，海内幾相知。少小王長豫，于今何尚之。倘能求自試，知不減彈棋。

【校注】

〔1〕玉亭王孫：朱玉亭，一作“玉廷”。明宗室，萬曆、天啟年間圍棋名手。棋風以“巧而善戰”聞名，不擅“大局”。著有《手談選要》。明人馮元仲的《弈旦評》介紹歷代圍棋高手，介紹明代棋手時説，“三楚，則李賢甫及宗室朱玉亭”。他是萬曆中期以後出現的著名國手。

〔2〕宗正：官名。宗正的具體職責是掌握皇族的名籍簿，分別他們的嫡庶身分或與皇帝在血緣上的親疏關係，每年排出同姓諸侯王世譜。

〔3〕王子晉：也叫王子喬，本姓姬，是周靈王姬泄心的太子。因爲直言極諫，被廢爲庶人，學道成僊，騎白鶴，遨游三山五嶽，吹簫如鳳吟凰鳴。

〔4〕灌甫：朱睦㮮，明藏書家、學者。字灌甫，號西亭，學稱西亭先生。明宗室。

〔5〕方罫：指棋盤上的方格。

〔6〕揚州方生：方渭津，字子振，明神宗時人。他是天才棋手，據説十三歲時，天下已少有對手。

西洲雜詠〔1〕

面面皆江水，層層是峽山。人烟叢樹裏，麥浪古城灣〔2〕。

爲學灌園者〔3〕，無人獨往來。隔江指茅屋，知近釣魚臺。

欲登陸城坳〔4〕，不知何處去。借問鋤園兒，楊柳西邊是。

結實何離離，看是櫻桃樹。長竿打雀兒，驚起雙白鷺。

魚婦蕩尾桨，魚翁撒細網。網得鯉魚兒，賣與客船上。

北山障天黑，南山逼天青。西山送晚照，東山列素屏。

其土疎而潤[5]，宜蔬復宜果。古來有甘園[6]，甘園今屬我。

主人竹雞啼，明日宜有雨。薄暮渡岸來，數點滴江水。

【校注】

〔1〕西洲：在南津關下游三公里處有兩個并列的江心沙洲，大者居宜昌古城之西，曰西塞壩，小者居西壩偏西北，曰葛洲壩。這個西壩即此詩中所説的“西洲”，又名“西塞洲”。乾隆《東湖縣志》記載：“郭洲壩，在縣西北八里，濱大江，内連西塞。西塞壩，一云西塞洲，縣西北城外，隔一溪，水落可陸行徑達。”清人劉家麟《桃花魚記》云：“桃花魚，東湖之異蟲也，生於江，以桃花爲生死。盖自城西渡内江爲西洲。洲又西爲桃花園，其渚爲屯甲沱，上下東西不一里，而是物生焉。”屯甲沱是陸抗當年討步闡時駐紮水軍的地方。因屯兵甲和操練水軍的地方位於回水沱内，故稱屯甲沱。此處的“釣魚臺”是指西壩對岸的古赤磯。本組詩乾隆《東湖縣志》、同治《宜昌府志》有録。

〔2〕古城：指步闡城、陸抗城，是陸抗於西陵滅步闡時兩軍對壘留下的城池。兩城池皆位於江中小島葛洲壩上，後因修建葛洲壩水利樞紐工程，小島被全部挖掉，兩城也徹底消失。

〔3〕灌園者：用《莊子·天地》抱甕灌園之典。本詩乾隆《東湖縣志》、同治《宜昌府志》未載。

〔4〕此詩乾隆《東湖縣志》、同治《宜昌府志》放在全詩最後，且部分用字不同，作：“欲登陸城坳，烟寒不知處。借問鋤園兒，楊柳西邊去。”

〔5〕以下兩詩乾隆《東湖縣志》、同治《宜昌府志》未載。

〔6〕甘園：雷思霈的自刻詩集都是以其所住的房子或相關地名命名，諸如“歲星堂”“蓬池閣”“勾將館”“醉石齋”等均是如此。他有一詩集名爲“甘園”，也是用這種方式命名的。本詩即出自《甘園》。他後來將自己所建的一座房子亦命名爲“甘園”，可能就與這次到西洲的所見所感有關。詩中所説的“古來有甘園”是指杜甫《甘園》詩所寫的甘園。杜甫《甘園》：“春日清江岸，千甘二頃園。青雲羞葉密，白雪避花繁。結子隨邊使，開筒近至尊。後於桃李熟，

終得獻金門。”

戊申誕日

余初歸，誕日有黄牛之行，而退如遠來相訪[1]。又一年，余之石首，而退如已在荆州，遂同游襄郢間。又一年，退如已還朝，而余獨之山洞中。今年，退如予告，余頃北發，而又訪退如於沙津[2]。是四年三晤退如也，然每晤必有風雨。

三月庚辰吾已降，年過四十愧無聞。每遭風雨皆逢我，一往溪山未□君。海内幾人饒白髮，世間何事不浮雲。相憐相信猶如昨，共話江樓坐夕曛。

【校注】

〔1〕退如：曾可前（1560—1611），字退如，號長石，湖北石首喻家碑人。萬曆二十年（1592）中舉。萬曆二十九年中一甲進士第三名，授翰林院編修。萬曆三十二年擔任會試同考官，所收多名士。因父年高，曾可前請假歸養達三年之久。父親再三勸説，他勉强赴京，不久致仕而還。《石首縣志》有傳。時人呼“太史公”。曾可前文才出衆，并力主革新，反對復古，和公安“三袁”及雷思霈交游甚密，是文學史上著名的“公安派”主將之一。袁宏道《石柟館集序》云：“退如善明理，一時同志如雷何思、蘇潛夫，含盖合而水乳契，是其中有真臭味，非徒文字相善也。”萬曆三十九年逝世，誥封其父曾臺爲翰林。曾一生著作甚豐，有《石柟館集》《且孺堂集》等，但至今大多失傳。有《三袁先生集》《風林》等書及部分詩文存世。

〔2〕沙津：今沙市。

江行雜詠

舟行春水動，帆挂夕陽微。天遠雲無色，江空鳥不飛。

一柱觀〔1〕

每來一柱觀，多自郢城歸。竹裏開棋譜，隄邊扣野扉。鳥啼墻角樹，花落道人衣。地主爭携酒，清歌醉不違。

【校注】

〔1〕一柱觀：在湖北省松滋縣東丘家湖中。南朝宋臨川王劉義慶於羅公洲立觀，宏大而惟一柱，故名。

孟孺送二甥府試〔1〕

昔王延之、阮韜皆劉湛外孫〔2〕。湛嘗曰："韜當第一，延之爲次也。"延之不平，後因有劉家月旦之誚〔3〕。吾子視黄甥爲劣〔4〕，故有此句。

二月又二日，舟行岸若移。兒曹童子戲，文字老夫知。柳眼青如許，蘆芽白少時。劉家有月旦，王阮自參差。

【校注】

〔1〕孟孺：張景良，號孟孺，是雷思霈的"同社"兼"至戚"（雷思霈妻弟）。雷思霈的大量詩文由其收録整理。雷思霈的作品集《蓬池閣遺稿》便是由他輯録的。乾隆《東湖縣志》記載："張景良，張銑子也，字赤松，太學生，官鹽運通判，性剛直敢言，遇事不避艱險，雖退居於家，凡事關一時利弊，必力陳之，當事得請乃已，鄉人賴之。"其父張銑，萬曆十年（1582）歲貢，合浦

知縣。

〔2〕劉湛：字弘仁，南陽涅陽（今河南鄧縣）人。建立南朝宋的功臣之一。

〔3〕劉家月旦：據《南齊書》記載："延之與金紫光祿大夫阮韜，俱宋領軍劉湛外甥，并有早譽。湛甚愛之，曰：'韜後當爲第一，延之爲次也。'延之甚不平。每致餉下都，韜與朝士同例。太祖聞其如此，與延之書曰：'韜云卿未嘗有別意，當緣劉家月旦故邪？'在州祿俸以外，一無所納，獨處齋内，吏民罕得見者。"月旦，每月初一，此謂品評人物，典出《後漢書·許劭傳》。

〔4〕吾子：對對方的敬愛之稱。

贈漢陽王生

漢陽王太學，聞説好亭臺。繞舍偏多水，栽花只愛梅。每因漁父問，常有老僧來。何日借黄鶴，與君共一杯。

訪退如適共書至〔1〕

携友詢君日，逢人寄字時。舟忙離峽口，風恨阻松滋。一見顔俱好，相憐意獨持。莫言丘壑穩，未免聖明知。

【校注】

〔1〕共，疑似"其"字之誤。

再寄題歐陽生阜亭〔1〕

前年曾記雲飛處，知在西南峽口間。直望江天横白鳥，回看隄柳當青山。一株老樹風多亂，幾字殘編晝一删。如此亭臺留不得，有時典出有時還。

【校注】

〔1〕歐陽生：歐陽明。詳見《贈李仲文獨游三游洞兼呈歐陽孟弢》“歐陽孟弢”條注。阜亭：光緒《荆州府志》記載：“在沙市故城内，亦谷（僑）所置，層阜嶄然，懷烟引霧。其旁爲怡志亭，則劉氏别業也。”

閱二王帖

旃罽胡桃藥二種[1]，來禽青李子皆囊[2]。送梨百顆才逢雪，奉橘無多尚待霜。

【校注】

〔1〕旃罽胡桃：王羲之的書法名帖。

〔2〕青李來禽：晉王羲之《與蜀郡守朱書帖》的别稱。因其首有“青李來禽”，故名。

小園三首

玉蘭一樹葉如油，更有重英紫石榴。所欠渭川千個竹，木奴多在武陵洲[1]。

亭亭緑葉將同竹，細細紅蕤却是桃。兼得繁華與瀟灑，一年春色半年嬌。

花不如松果似僧，問他也著紫衣曾。人天只證聲聞佛，仰首菩提是幾層。

【校注】

〔1〕木奴：南朝宋裴松之注《三國志》引《襄陽記》曰：“衡每欲治家，

妻輒不聽，後密遣客十人於武陵龍陽氾洲上作宅，種甘橘千株。臨死，敕兒曰：‘汝母惡我治家，故窮如是。然吾洲裏有千頭木奴，不責汝衣食，歲上一匹絹，亦可足用耳。’衡亡後二十餘日，兒以白母，母曰：‘此當是種甘橘也，汝家失十户客來七八年，必汝父遣爲宅。汝父恒稱太史公言：“江陵千樹橘，當封君家。”吾答曰：“且人患無德義，不患不富，若貴而能貧，方好耳，用此何爲！”’吴末，衡甘橘成，歲得絹數千匹，家道殷足。”

五　日〔1〕

樵歌社鼓插秧歸，肯放江頭樂事稀。天下無舟不競渡，峽中有鳥只爭飛。市兒各唱迎神曲，游女多穿送節衣。懶向靈均陳楚些〔2〕，一杯聊爲灑魚磯。

【校注】

〔1〕五日：此詩乾隆《東湖縣志》有録，并記載：“五月五日，採百草，懸艾蒲於門。角黍鹽蛋各相饋送。畫張真人馭虎符貼室中，以雄黄朱砂入酒飲之。用艾蒲雄黄酒遍灑户壁間，云辟蛇蟲；以其汁塗小兒耳鼻，云辟百毒。婦女以繭作虎形并艾葉戴於首，又捕蟾蜍，以墨入於腹中，俟乾取出，塗腫毒有驗。是日競渡，楚俗咸同。至十五日名曰大端陽，食角黍飲蒲酒如前，十三、十四、十五三日龍舟尤盛，與他郡獨異。”

〔2〕靈均：即屈原。屈原字靈均，故稱。楚些：《楚辭·招魂》是沿用楚國民間流行的招魂詞的形式而寫成，句尾皆有“些”字。後因以“楚些”指招魂歌，亦泛指楚地的樂調或《楚辭》。

題羅服卿霏烟閣〔1〕

霏烟閣上書千卷，翠黛直接東嶺松。有時興發灑墨瀋，高天不動黑雲封。

霏烟閣下花千朵，蒲草如球獨讓儂。更有美人相對飲，盆中常出水芙蓉。

【校注】

〔1〕羅服卿：見《服卿自吴歸餉以茶酒有詩邀飲奉答》“服卿”條注。霏烟閣：同治《宜昌府志》記載：“明諸生羅冕肄業舊居，今廢。”

爲王二爾玄解嘲

青衫一領皂頭巾，銷得男兒半世身。從此浪游無不可，英雄何必讀書人。

史人頗能作文字貧爲人奴予贖其身

王褒戲便了[1]，杜甫示段獠[2]。五羖舉嬴秦[3]，二鯉煉神刀。謝允被掠賣，名與峯山高。鞭笞非博奥，主人那得豪。若使牧猪輩，安能致胡妖。君看大將軍，兄弟霍嫖姚[4]。

【校注】

〔1〕便了：人名，漢代著名辭賦家王褒《童約》笔下的童奴。

〔2〕段獠：杜甫在夔州時寫有一首名爲《示獠奴阿段》的詩歌。該詩是爲獠童引泉而作。

〔3〕五羖：百里奚，姓百里，名奚，字子明。春秋時楚國宛（今河南南陽）人。秦穆公以五張羖羊皮的代價爲當時幫人牧牛的百里奚贖身，并任命他爲相，百里奚被稱爲“五羖大夫”。

〔4〕霍嫖姚：漢代霍去病曾爲嫖姚校尉，故稱。

題畫三首〔1〕

半壁烟巒幾疊溪，釣船無定柳林西。竹竿裊裊絲木動，一個黄鸝深樹啼。

雨打茅齋葉亂飛，黛山烟樹是還非。村中盡日無人到，橋畔斜看一笠歸。

一幅冰綃一抹霞，不知何處有梅花。群棲野雀無寒色，却似休粮道者家。

【校注】

〔1〕本詩第二首《湖北詩徵傳略》卷三十八有録。

悦甫清遠齋〔1〕

十笏爲齋五尺椽，酒經棋局種花篇。邀來明月何須酒，買得春風不用錢。雜客頻煩無地坐，主人常懶有時眠。東湖萬個垂絲竹〔2〕，我昔過之快雪天。

【校注】

〔1〕悦甫：陳悦甫，太學生。明人錢穀的《吴都文粹續集》作“月甫”。具體生平不詳。可參閲《東郊飲陳悦甫和孝若服卿韻》《陳太學悦甫送沈周畫》《飲陳悦甫莊上得秋字門前槐樹是百年物》等詩。

〔2〕東湖：乾隆《東湖縣志》記載：“東湖在東門外，去城三里，今淤爲田。”夷陵從雍正十三年（1735）至民國一直被稱爲東湖縣，就是因爲這個湖。《夷陵地名掌故》記載：“根據地質鉆探資料得知，大約在12000年以前，沿鎮鏡山、東山與石子嶺、樵湖嶺、珍珠嶺、桃花嶺之間，原是長江的一個河汊，

就如同西壩與城區之間的小河一樣。後來，河道逐漸向西移動，原來的河汊存水形成爲湖泊沼澤。因位於宜昌古城的東面，所以人們就把這一大片湖塘地帶稱之爲東湖。”

贈施州周任之

將軍爲弟控西夷，今見其兄貌亦奇。何胤有時偏禮佛，謝安無事但圍棋。飛花繡布猶如昔，撮上成船未可知〔1〕。聞道洞溪茶最好〔2〕，何緣得遇竟陵師。

【校注】

〔1〕撮上，疑似“撮土”之誤。

〔2〕洞溪：地名，在今恩施咸豐縣。

自題百衲閣〔1〕

閣中何所有，一座釋迦文。東里借喬木，西山來白雲。雨茶將箬裹，風竹隔池聞。淨水持清梵，天花落已紛〔2〕。

【校注】

〔1〕百衲閣：雷思霈自建的禮佛之所。

〔2〕天花：佛教語。天界僊花。

飲王公權園

秋水秋天不肯晴，竹磎苔徑緩人行。投壺把酒無他事，閑檢離騷草木名。

寄劉元定[1]

少年事丹鉛，君家書萬卷。古人甘作傭，況迺同寢飯。朝夕恣繙說，舟屐肆游偃。破履行東閣，敝袴嘲南阮[2]。任誕益不忌，惟君夙推挽[3]。兩人共一身，萬事任三反。江海齊併吞，滿腹笑鼷鼴。辨圃惠與莊，飲社陶兼遠[4]。有如芝三秀，譬比蘭九畹[5]。別久欲見之，神馳而足蹇。邇來通組珪，京師愈繾綣。言逆理無違，氣豪神自渾。素心淡華膴，癖性理蘼蓘。玩世與避世，兩者予心忖。讀君飲酒篇[6]，溢我歸來穩。

【校注】

〔1〕劉元定：劉戡之，劉一儒子，張居正婿，雷思霈的摯友。夷陵人。乾隆《東湖縣志》記載："劉戡之，字元定，號石華。尚書一儒長子，相國張居正女夫也。少敏達，刻意制舉業。居正當國，引嫌不與試，以蔭補後府參軍。歷升户部郎中。奉使秦中，修《華山志》。出知德州，建游龍館以課多士，一時名流多其所造就。抽分滸墅，立便民橋，省往來商税。既解組歸田，營室父墓側，與海内名士唱酬無虚日。公安袁宏道爲序其詩集。"參閲《劉元定詩序》等。

〔2〕敝袴嘲南阮：南朝宋劉義慶《世説新語·任誕》："阮仲容（咸）、步兵（籍）居道南，諸阮居道北，北阮富，南阮貧。七月七日，北阮盛曬衣，皆紗羅錦綺，仲容以竿挂大布犢鼻褌於中庭，人或怪之，答曰：'未能免俗，聊復爾耳。'"

〔3〕推挽：引薦，薦舉。

〔4〕陶兼遠：陶潛與慧遠。

〔5〕九畹：屈原《離騷》："余既滋蘭之九畹兮，又樹蕙之百畝。"今湖北秭歸有九畹溪。

〔6〕飲酒篇：劉戡之有《飲酒》组詩，被視爲其代表作。

【相關鏈接】

劉小魯尚書

沈德符

劉小魯一儒，先大父同年進士，亦夷陵州人，與江陵相兒女姻也。當江陵炙手時，劉獨退避居冷局，張謂有意遠之，已不相悦。每遇其行法嚴刻，及刑辱建言者，輒苦口規之，遂大矛盾。滯南京貳卿，數年不遷。江陵敗，言路交章慰薦，始晉南大司空。尋自免去，後再起遂不出。

其長子名戡之，少年美豐姿，有雋才，爲婦翁所器愛。當赴省試，江陵授意主者録之。乃翁聞之，令謝病不入闈。江陵大怒。後以任子得官，今爲户部郎。

戡之，字元定，與予善。其内子爲江陵愛女，貌美如天人，不甚肯言笑，日唯默坐，或暗誦經咒。問此經何名，不對也。歸劉數年，一日趺坐而化，若蜕脱者。與所天終不講衾裯事，竟以童真辭世。盖與曇陽雖顯晦異跡，其爲異人一也。

（《萬曆野獲編》）

秋　夜

黄葉打屋瓦，青苔老階除。寒蟲鳴唧唧，弱竹影徐徐。新酒那堪醉，舊詩聊自書。我行如北雁，終是戀南魚[1]。

【校注】

〔1〕戀南魚：用張季鷹蓴菜鱸魚膾之典。

羅玉檢住白洋山傳磬寺新開一井味甚冽有詩來寄和以兩章首篇略用原語[1]

白洋鑿井張無盡[2]，紫盖穿巖郭孝先[3]。一佛一僊俱好事，佳山佳水是因緣。千年又遇羅居士，半日重開菩薩泉。我亦平生躭愛此，恨無流水到階前。

逢僧逢石三生住，送虐送窮二鬼嗔。十六湯司茶具命，一千手出樹王身。緑天閑草折釵股，黄獨初嘗嚙女唇。元白從來多唱和，晚年詩格不無神。

【校注】

〔1〕傳磬寺：寺名，在今宜昌白洋開發區白洋中學校園内。據清代《重修傳磬寺碑》載："宋元祐年間，張天覺（張商英）先生爲一朝宰相，始舉永慶菴，功成，倐忽泉水湧無盡，有磬從中出之瑞，因自號'無盡'，易永慶菴爲傳磬寺。"另見《傳磬寺修殿引》。

〔2〕張無盡：北宋宰相張商英。張商英，字天覺，四川新津縣永興鎮人。他被貶歸州、峽州時曾被恩准回宜都别業居住，因此死後即葬於白洋四陵坡南麓。陸游入蜀時距張商英去世纔四十八年，據陸游在《入蜀記》中記載，當時"殘伐墓木横道，幾不可行"，"初作墓江濱，已而不果葬，改葬山間，今墓是也。而舊墓亦不復毁。啟隧道出入，中可容數十人坐。有道人結屋其旁守之"。他所説的"今墓"在今白洋四陵坡白洋中學校園内，墓冢已經無痕。

〔3〕紫盖：指紫盖寺，詳見《紫盖寺談悟禪師事戲贈王彤家》注。"紫盖穿巖"是指郭孝先在紫盖寺挖丹井。郭孝先，即郭玄，一作郭鉉，字孝先。乾隆《當陽縣志》記載："漢葛鉉，字孝先，句容人。稚川從祖也。有道術，遇親朋輒邀止，折草刺樹以杯承飲，皆旨酒。又取瓦礫草木之實勸客，皆脯棗。嘗修煉於邑之紫盖山，丹井存焉，其上常有雲氣。"

贈王生訪元定德州

公冶長禽言〔1〕，屈正則魚腹〔2〕。六月飛青女〔3〕，三年化碧玉。太白潯陽縶〔4〕，子昂射洪獄〔5〕。盛憲冤在吴〔6〕，孔融書莫贖。麒麟肉角摧，鳳凰苞羽禿。浮雲一以失，白日照幽屋。升斗借涸鮒，長豐走即鹿。一往平原游，遠就故人宿。不作楚囚悲，幾同秦庭哭。豪舉張徐州，廓達阮光禄。觀彼燕趙風，愧我荆楚俗。闕里幾低回，岱宗真綿邈。既破萬重雲，須開千里目。

【校注】

〔1〕公冶長禽言：公冶長，孔子的學生，複姓公冶，名長。傳説他能聽懂各種鳥的語言。

〔2〕屈正則：屈原。

〔3〕青女：傳説中掌管霜雪的女神，借指霜雪。六月飛霜，比喻有冤獄。

〔4〕太白潯陽縶：天寶年間，李白因入永王李璘幕被縶潯陽獄。

〔5〕子昂射洪獄：陳子昂晚年因得罪武三思，遭武三思指使其爪牙射洪縣令段簡的陷害，最後死在監獄。

〔6〕盛憲冤在吴：盛憲，字孝章，東漢末人。盛憲遭到孫權迫害，孔融曾出手相救，但未成功。

臨懷素墨蹟〔1〕

鷗群鶴侶道人閑，只住青蔥竹柏間。欲買小莊先問水，但逢佳客勸登山。深林不放雲輕出，野艇常邀月共還。家有懷公顛墨在，臨時多染醉毫斑。

【校注】

〔1〕懷素：唐代僧人，著名書法家。書史上稱“零陵僧”或“釋長沙”。他

的草書稱爲“狂草”，和張旭齊名，後世有“張顛素狂”或“顛張醉素”之稱。他亦能做詩，與李白、杜甫等詩人都有交往。好飲酒，每飲酒興起，不分墻壁、衣物、器皿，任意揮寫，時人謂之“醉僧”。唐吕總《讀書評》中評懷素草書，“援毫掣電，隨手萬變”。宋朱長文《續書斷》列懷素書爲妙品，評論說：“如壯士拔劍，神彩動人。”本詩，《四朝詩》明詩卷有録。

和曾退如見懷

入朝歸野不同時，薊北江南總繫思。郭有青山看竹好，門臨流水得魚遲。君游何處多題句，我到懸崖半寫碑。終日借書兼借畫，莫將瓻字讀成癡〔1〕。

【校注】

〔1〕瓻字讀成癡：瓻，古代陶製酒器。古語云：“借書一瓻，還書一瓻。”唐代孫愐《唐韻》云：“瓻，酒器，大者一石，小者五斗，古借書盛酒瓶也。”意爲古人借書，先以酒醴通殷勤，借書還書皆用之。大約從唐末開始，有了“借書一嗤，還書二嗤”的説法。嗤，即笑。意爲借書給人可笑，還書給人亦可笑。因此李匡乂《資暇集》卷下云：“借一癡，借二癡，索三癡，還四癡。”本詩，钱谦益《列朝詩集》有録。

【相關鏈接】

敘曾太史集

袁宏道

嘗怪退之論文，其觀於人也，笑之則以爲喜，譽之則以爲病。夫文道之貌也，唯恐不式，奚取人之嬉笑呵怒以爲快？讀公所著《毛穎傳》，無甚僻者，當時以爲譏戲不近人情，雖至相習如張文昌輩，猶有遺呰。其嘆伏以爲絶奇不可及者，獨柳柳州及李肇耳。夫人情譽，因而惡創。

其所習觀，曹然好之，耳目稍易，驚詫頓作。安在譽之不爲病也？

余才力不逮古人，而妄意述作，一時諸君子所膾炙者，謬以爲非，遂欲去同取獨，世爭笑之。而退如曾太史獨以爲近古，過相印許。余與退如非素昵也，豈别有氣味耶？余之稱與毁不足道，而使退如有譽無鹽之癖，世之笑之，當有甚於余者也。

退如詩清新微婉，不以俊傷其氣，不以法撓其才。而余詩多刻露之病。其爲文高古秀逸，力追作者。館閣之體主嚴，退如則爲刁斗，爲樓閣；敘記之作主放，退如則爲江海，爲雲烟。余文信腕直寄而已。以余詩文視退如，百未當一，而退如過引，若以爲同調者，此其氣味必有合也。昔人謂茶與墨有三反，而德實同。余與退如所同者真而已。其爲詩異甘苦，其直寫性情則一；其爲文異雅樸，其不爲浮詞濫語則一。此余與退如之氣類也。退如善名理，一時同志如雷何思、蘇潜夫，函蓋合而水乳契，是其中有真臭味，非文字相也。雖然此猶龍氏所稱下士，聞而笑者。其於文一機軸也。昔有禪人爲老衲所姍笑，羞澀不能出一語。次日請益，老衲曰：汝見登場傀儡乎？曰：見。曰：汝不及也。禪者悚然問故，曰：渠愛人笑，汝畏人笑耳。此語與退如互相發。退如欲見性命於文章乎，抑即文章見性命也，俱當於笑中求之。

（《袁中郎全集》）

贈黄道丈〔1〕

少年楊道州，晚年孫太白。何肉與周妻，蓮花生穢澤。棄之如敝屣，辟彼遠行客。亦如嘹天鶴，沙岸留爪跡。拄杖半天下，往往逢玄伯。獨愛嘉州山，常坐烏尤石。生平不干人，兀兀等墻壁。楚狂再來身，欲構西崦宅。

【校注】

〔1〕贈黄道丈：參閲《再贈黄道者》。

白洋山僧來因柬羅居士〔1〕

白洋山寺好，多半在秋陰。大地泉聲動，四天雲靄深。烹茶有法味，拾果無貪心。寄語羅居士，江光不礙林。

【校注】

〔1〕羅居士：指羅玉檢。

九日宿東山寺四首〔1〕

九日東山寺，無花却有歌。峰巒朝雨後，鈴鐸晚風多。峽口生秋水，湖心老芰荷。舊時游息地，竹樹已婆娑。

木葉未全脱，水流故自閑。才登高閣望〔2〕，便覺大江環。風細如聞梵，雲垂莫辨山。晚來松徑裏，隱隱一僧還。

此地苦無蟹，登山幸有樽。雨來迷峽口，江去鎖荆門。城郭寒烟重〔3〕，郊原暝色昏。西南幾百里，獨見一峰尊。

夜宿山顛寺，苦吟醉後身。頻來知地主，閑坐數樵人。日日歌聲巧，時時山色新。緑蘿溪上月〔4〕，請與結爲鄰。

【校注】

〔1〕《九日宿東山寺四首》的第二首與《觀土城寺二首》的第二首基本相同，應該是同一首詩。《雷檢討詩集》與《蓬池閣遺稿》所據可能不同。

〔2〕高閣：指東山寺最高處的覽勝樓。王篆《東山寺記》記載："前爲覽勝樓，空洞恍若中天，憑欄下視爲南湖，鶬鵋、旅雁、靈鵲、布鴿翩翻出没於沙諸，而江横如帶，風帆上下有若浮杯。"

〔3〕寒烟，本詩乾隆《東湖縣志》、同治《宜昌府志》亦有録，此處均作“含烟”。

〔4〕緑蘿溪：乾隆《東湖縣志》記載：“在城東門外二里，發源於東山寺，右經龐家溪、沙溪入江。”歐陽修《送田畫秀才寧親萬州序》載：“予與之登高以望遠，遂游東山，窺緑蘿溪，坐磐石，文初愛之，數日乃去。”歐陽修也有詩歌記載此溪。

【相關鏈接】

冬後三日陪丁元珍游東山寺

歐陽修

幕府文書日已稀，清尊歲晏喜相携。寒山帶郭穿松路，瘦馬尋春踏雪泥。翠蘚蒼崖森古木，緑蘿盤石暗深溪。爲貪賞物來猶早，迎臘梅花吐未齊。

（《居士集》）

初晴獨游東山寺

歐陽修

行暖東山去，松門數里斜。山林隱者趣，鐘鼓梵王家。地僻遲春節，風晴變物華。雲光漸容與，鳥哢已交加。冰下泉初動，烟中茗未芽。自憐多病容，來探欲開花。

（《歐陽文忠公集》）

再贈黄道者〔1〕

兼釋兼儒道德林，一瓢一笠江湖深。峨眉山上朱書表，廬岳山頭白鹿音。自古真人皆識字，從來高士解鳴琴。祇將傲骨成僊骨，須信天心即直心。

【校注】

〔1〕再贈黄道者：參閲《贈黄道丈》。

題竹牕吟興卷〔1〕

瀟瀟淡淡數竿竹，高高下下幾茅屋。主人有時發高吟，浮入酒杯相對渌。兩葉風梢寸寸秋，霜清雪艷叢叢玉。此卷携來西峽中，行盡三湘洞庭曲。

【校注】

〔1〕題竹牕吟興卷：本詩《湖北詩徵傳略》有録。

悦甫清遠齋

湘竹歐蘭湖上梅，亂花繁蕊不須栽。齋頭有酒誰當醉，除是嵇康李白來。

與王劬生别〔1〕

惜别已自苦，别君轉覺難。那知二子者，祇合一身看。作事少胸臆，無言不肺肝。因勞愁見客，每會喜加餐。况是秋初候，纔逢兩月歡。此思何等似，海水注心寒。

【校注】

〔1〕與王劬生别，本詩《蓬池閣遺稿》亦收録，標題作“别王劬生”。王劬生，見《九日同王德懋同年西郊》“王德懋”條注。

勾將館

偶題三僧南游卷

我本西鄙人，居止不出屋。南郊抵北郊，伊爾禁馳逐。隔江十里許，望見西山矗。上至黄牛顛，下至虎牙麓。有泉名蝦蟆，視舟如鳧鶩。壯麗兼奥奇，過之等駒犢。辟彼苦饑士，盤餐充口腹。海錯知何味，筍邊但吃肉。即有宦游者，山川亦彷彿。辟彼初學人，難字邊傍讀。一二賈人子，東吴與西蜀。經行半险巇，游冶亦村樸。辟彼鞭馬卒，長安往最熟。向人誇京師，琉璃作裀褥。衲子習科儀[1]，貝文積塵束。光明清凉境，邈若五天竺。近有三禪和[2]，拼命落迦澳[3]。黄河水一清，優曇花一簇。虎丘牛首間，櫛栗擔相屬。辟彼秦帝時，求僊命徐福。蓬萊風引去，島嶼聊止宿。我欲九州覽，兼窮四海目。李固真豪舉，宗測何趚趗。安能凌倒景，雙駕雲中鹿。

【校注】

〔1〕科儀：指宗教仪式。

〔2〕禪和：禪和子。謂參禪之人。

〔3〕落迦：那落迦之省，地獄之梵名。

對竹用孫太白韻

墻頭小竹長雲根，坐對蓬池酌一尊。除却王猷與袁粲，任教相識掩柴門。

宿黄牛寺[1]

舊説黄牛路，今聞碧澗鍾。水無不怒石，山有別高峰。竹裹穿雙井，林間出老松。野花開處處，游興借春濃。

其　二

爲雨爲雲峽，三朝三暮山。禹書空屢鑿[2]，宋勅錦猶斑[3]。初月流江外，晴霞落照間。汲泉深澗入，烹茗覺僧閑。

【校注】

〔1〕黄牛寺：似指黄陵廟旁的一座小佛寺。因爲黄牛廟的名稱早就存在，雷思霈不太可能用“黄牛寺”來代稱“黄牛廟”。雷思霈精通佛禪，不可能像常人一樣將“寺”與“廟”用混。雷思霈在《紀行詩》中先寫“詰朝謁廟貌”，這個“廟貌”應當是指黄陵廟。然後又説“旁構小梵刹，山僧作老農。密竹覆雙井，窺之醁酒釀”。由此可見當時廟旁有寺。他的《黄牛山圖歌》也有類似記載，先寫“廟貌煌煌，在山之址”，然後又説“旁建梵宫，湫隘而不可居兮。予獨愛其流泉淙淙乎”，并且特别提到“竹裹有一上人，字悟空者，邀我以楸局，飲我以鄉醑，贈我以玲瓏，啖我以石髓”。這似乎能從側面説明雷思霈那天晚上是“宿”在那個“梵宫”裹。這個寺可能因爲規模小或後來不存在了，導致《夷陵州志》《東湖縣志》《宜昌府志》都未記載，查無此寺。黄陵廟，又名黄牛祠，是三峽中最大，年代最久遠的古建築。“在州西北九十里黄牛峽。相傳神嘗佐禹治水有功，蜀漢諸葛武侯建祠兹土。一名黄牛廟，又名靈感廟。成化二十二年知州周肅修飾”（弘治《夷陵州志》）。參見後面《紀行詩》的描述。本詩乾隆《東湖縣志》、同治《宜昌府志》均有録，對作者二者均持兩説，“詹同，一作雷思霈”，不知何據。《雷檢討詩》是明代刻本，應該可信，作者應該是雷思霈。

〔2〕禹書：雷思霈《荆州方輿書》云：“或曰此神佐禹鑿三峽，至此而化爲黄牛，其跡存耳。”

〔3〕宋敕：陸游《入蜀記》云：“廟靈感神，封嘉應保安侯，皆紹興以來制書也。”

南津關用子美韻[1]

夜宿下牢岸，春游下瀨船。一江爭劃石，萬里忽開天。有客尋溪洞，何人共几筵。遥看明月峽[2]，知在白雲邊。

【校注】

〔1〕子美韻：大曆三年（768），杜甫别夔州出三峽，抵峽州後，地方官熱情款待，在下牢溪畔的津亭爲他設宴洗塵。杜甫寫有《春夜峽州田侍御長史津亭留宴》詩以記其事。雷思霈用的就是這首詩的韻，杜詩如下：“北斗三更席，西江萬里船。杖藜登水榭，揮翰宿春天。白髮煩多酒，明星惜此筵。始知雲雨峽，忽盡下牢邊。”本詩乾隆《東湖縣志》、同治《宜昌府志》有録。

〔2〕明月峽：位於西陵峽東段。乾隆《東湖縣志》記載：“明月峽，在縣西二十里，懸巖間白石狀如月。李白詩‘春水月峽來’，歐陽修詩‘江上挂帆明月峽’。”

黄牛山

牛星不合開生面，龍漢何年有畫師。攘袂督郵分界後[1]，懸巖爐竈繫舟時[2]。一江萬里獨當險，三峽千峰無此奇。青點石泉甘且冽，山經水志未曾知。

【校注】

〔1〕督郵：官名。漢代置，郡的重要屬吏，代表太守督察縣鄉，宣達教令，兼司獄訟捕亡。此句用的是督郵爭界石的典故。南朝劉義慶《幽明録》記載：“宜都、建平二郡之界，有五六峰，參差互出。上有倚石，如二人像攘袂相對。

俗謂二郡督郵爭界於此。”

〔2〕懸巖爐竈：雷思霈《荆州方輿書》記載：“自空舲峽而過埵竈下，江之左案，壁立數百丈，飛鳥所不能棲，有一火爐埵在崖間，望見可長數丈。父老傳言，昔洪水時，行者泊舟崖側，以餘爐埵之崖側，至今猶存，故相承謂之埵竈也。”

紀行詩

三月重三日，發舟日下春。夜宿津亭岸，南山翠且豐。神人陸法和[1]，七勝築高墉[2]。至今遺壘在，春草長茸茸。從此入洞口[3]，負背而俯躬。蛇行走脣吻，豁然齒頬通。石柱撑空腹，螺頂盤穹窿。外可布几席，内可設房櫳。上擊鍾礁礁，下擊鼓鼕鼕。崑崙轉旋室，岱嶽藏上宫。剥落閲題刻，字跡青苔蒙。旁穿一小竇，僅僅雙足重。手捫兩石壁，仰止皆玲瓏。細膩勻胡粉，光明鑒青銅。下牢獅子吼，前山鵲尾供[4]。微徑步溪麓，仰視如華嵩。参差三五窟，無路藤蘿幪。嵐氣所蠹蝕，枝蔓所葓蘢。其色各異狀，常有紫霧籠。猱狖小於鼠，蝙蝠大於鴻。從此入峽口，兩崖逼劍峰。天光狹白盎，山勢曲烏弓。岸石活糾虬，茅茨叠房蜂。漁唱答虚響，天籟奏絲桐。巖乳滴成阜，倒懸類雕蟲。嵌空一丈許[5]，側蕤垂玉蔥。舟人爭指點，目眩心昭融。如髡如羽士，如婦如漁翁。漸至扇子峽，蝦蟆泉淙淙[6]。頤頷吻春胞[7]，噏吸與生同。挹兹品水味，烹茗試小童。聞説黄金藏[8]，藏書玉軸封。似是古三墳，不以未濟終。安能一遇之，九家未折衷。揚帆疾於馬，逆泝萬壑衝。須臾南沱下，石鼻屹而豐[9]。猿徒喪捷巧，鼯族窮輕工。望峽不辨牛，青兕鬭玄熊。霏霏雨乍作，雷聲隱硿硿。山青雲氣白，雲薄山色濃。山腰雲不定，明滅幻靡窮。詰朝謁廟貌，灑酒祝虔恭。宋敕滿玉璽，山嶽視王公。衹爲靈異跡，非緣疏導功。本朝正名號[10]，祀典黜淫叢。乃知大聖人，作事萬古宗。瀑流名青點，甘洌溜高松。旁構小梵刹，山僧作老農。密竹覆雙井，窺之醁酒醲。信宿上鹿角[11]，石與人爭雄。壘塊與之敵，群呼澆千鍾。行行使君灘[12]，石研靡磨礲。無端一夜水，灘没拾無從。回首黄牛山，善畫難爲容。蔚蔚霞氣喪，離離天半中。如十二城闕，如九叠屏風。如黑雲厭陳，如皂纛燔烽。如鳥王扇海，如脩羅幛空。如觸不周崩[13]，落勢走大谼。如煉補天石，漳滓遺陶鎔。層巒及削嶂，結構如輸攻。或負如贔屓，或刻如鬔鬆。或如巧樓閣，或如古彝鏞。或如舞干羽，或如飾簴旋。笋芽如茭荻，華瓣如芙蓉。搏擊如俊鶻，奔逸如花驄。行者戒舟楫，好事欣奇逢。石名三無義[14]，盤渦碎艨艟。飄飄如亂葉，未至已妨凶。鰲靈所開鑿，夏后繼登庸。何不去此石，順百川而東。造化易而阻，上聖神而惷。不爾此世界，何以限華戎。無德刑牝牡，無經緯横縱。地因走輟險，天因寒輟冬。深山無虎豹，大澤無蛟龍。人事有反覆，世道有汙隆。砥柱與碣石，未聞刬却蹤。夸娥二豎子，王屋尚高崇。欲尋屈原宅，直踏神女峰。青溪求鬼谷[15]，丹砂訪葛洪[16]。九皇闆天篆，列僊駕長虹。盧敖隨若士，雲將遇鴻濛。山靈驚知己，一一扶短筇。客從遠方至，返棹月朦朦。愧非吴道子，嘉陵飽在胸。

【校注】

〔1〕陸法和：南北朝時人，長期隱居枝江百里洲。在平定侯景之亂時，梁武帝第七子湘東王蕭繹任陸法和爲信州刺史。因爲作戰有功被蕭繹授予護軍將軍。枝江百里洲、夷陵西陵山、遠安鹿苑山等地都有有關他的傳説。清人朱錫綬《沮江隨筆》記載："鹿苑右側，一峰軒舉，其狀若臺。土人曰昔梁居士陸法和講《法華》處也。"弘治《夷陵州志》記載："隱江陵百里洲（當時枝江隸屬江陵，百里洲曾修有陸法和講經臺），既入鹿苑之紫石山，乃舍所居爲寺。俄有蠻賊之亂，時人以爲預見萌兆。又在青溪山（古屬遠安）與南郡朱元英方論侯景告降事，景果遣將任約繫梁湘東王於江陵。去，率蠻兵取約，擒之，受封。還州，隱其城門，布素葦坐，及聞梁元滅，衰服終身。"雷思霈和袁中道均曾流露要在遠安建廟紀念陸法和的願望。

〔2〕高墉：高墻。乾隆《東湖縣志》記載："陸法和城，《南史·武陵王

紀》稱，帝於蜀五月己巳紀次西陵，軍容甚盛，元帝命護軍將軍陸法和立二城於峽口，名七勝城。”

〔3〕洞口：指三游洞。

〔4〕鵲尾：鵲尾爐的略稱。亦泛指香爐。

〔5〕一丈，原刻和乾隆《東湖縣志》作“一大”，據同治《宜昌府志》改。

〔6〕蝦蟆泉：在蝦蟆培（亦作“碚”“涪”），在宜昌夷陵區西北二十五公里的扇子山下。乾隆《東湖縣志》記載：“峽中多奇石，蝦蟆培尤昂然踞絶壁下，臨大江側，頤頷口吻，絶類培，負一洞，泉泠泠從洞出，垂口鼻間，散成水簾，即陸羽所品第四泉者。是稍東一石崖，可坐十餘人。汲泉烹茗，亦峽中韻事。隔岸爲黄顙洞，傳聞通當陽之玉泉山。泉與培相峙。稍下爲扇子峽，西爲天柱峰。當夫哀猿長嘯，野鶴横江，正秋氣森蕭時也，騒客羈人，登眺斯培，能無起懷鄉之思矣乎？”“蝦蟆培在縣西五十里扇子峽，伏絶壁下，臨江南岸，大數丈。宋黄庭堅云：‘從舟望之，頤頷口吻宛然。’培後有洞出泉，陸羽品其水味爲天下第四。陸游詩云：‘巴東峽裏最初峽，天下泉中第四泉。’”宋歐陽修《憶山示聖俞》詩贊曰：“蝦蟆噴水簾，甘液勝飲酌。”宋代詩人袁説友有《過蝦蟆泉》詩：“平生一壑清濯裳，愛泉謹護如隄防。酌飲爰至蝦蟆涪，水經第四源流長。天教神禹使壬甲，幻得蟾蜍半山壓。建瓴瀉出沆瀣清，底事汗流猶背浹。惠山車馬松江舟，兩泉寒冽天下求。不知此水更奇品，世間實處多名浮。”（袁説友《東塘集》）蝦蟆碚因建葛州壩水電樞紐工程而淹没。

〔7〕春胞：蘭花。

〔8〕黄金藏：《大清一統志》記載：“在東湖縣西北蝦蟆培側。昔人於石竇中得金簡《易》傳，故名。《方輿勝覽》：‘夷陵縣有竇軸秘函，藏巖竇中。宋紹興間，陳膺訪故老，謂其書皆金版書，皆古《易》傳，但曰“易”，無“周”字。經與今之卦辭略同，傳與今之彖象絶異。’”雷思霈《歸州新修文廟儒學記》云：“昔人自峽中得古《易》，與今文絶不相類。”

〔9〕石鼻：雷思霈《荆州方輿書》：“石鼻山，高五十餘仞，有巨石横六十餘丈，又名曰石牌。”又，《夷陵州志》記載：“石鼻山，在州西四十五里，

高五百餘仞，下臨江流，中有巨石横六十餘丈，如牌筏，又名石牌，後周時嘗移州治此。”其高度，乾隆《東湖縣志》和同治《宜昌府志》的説法亦不一致，或曰五十，或曰五百。

〔10〕本朝正名號：指明洪武初，正式封黄牛廟所祀之牛歸神。洪武三年（1370）六月癸亥詔定嶽鎮海瀆城隍諸神封號，“凡嶽鎮海瀆，并去其前代所封名號，止以山水本名稱其神”。黄牛廟改稱黄陵廟。弘治《夷陵州志》記載：“廟自紹興十七年始賜額曰靈感廟。其後敕封保安侯。乾道壬辰，又益封潤澤嘉應保安孚濟侯。而祠宇卑隘，不稱神之靈與聖。天子所以褒表崇祀之意也。”

〔11〕鹿角：指鹿角灘，在虎頭灘下面。

〔12〕使君灘：灘名。在今夷陵區西大江中。得名的由來説法不一。《清一統志》：“使君灘在東湖縣西一百十里大江中，漢劉璋遣法正迎昭烈帝入蜀經此。”《荆州方輿書》：“使君灘。晉楊亮爲益州刺史，於此覆舟，故名使君灘也。”

〔13〕不周，原刻作“不角”。據乾隆《東湖縣志》和同治《宜昌府志》改。

〔14〕三無義：指無義灘。乾隆《東湖縣志》：“無義灘，在峡江心，距縣七十里，最險。”陸游《入蜀記》有詳載。

〔15〕鬼谷：傳鬼谷子曾在今當陽青溪鬼谷洞修煉。

〔16〕葛洪：傳葛洪曾在宜昌葛道山（今磨基山）、遠安青溪、當陽紫盖寺等處煉丹。

偶書黄生扇

厥初生民時，多自水土窟。既能生人身，自能蔭人骨。陽燧取火日，方諸取水月[1]。無情以類感，況從離裹發。葬者乘生氣，生氣如何捽。譬若相人者，皮毛詎超越。又如善寫生，阿堵豈倉卒。形礙而神活，情逝而性歇。名山大川游，處處剪爪髮。

【校注】

〔1〕方諸：古代在月下承露取水的器具。《淮南子·覽冥訓》："夫陽燧取火於日，方諸取露於月。"

題疏響亭墻壁〔1〕

富不必金谷，貴不必平泉。碧梧扶疏，修竹便嬛。有池一勺，有石一卷。蝦蟆水活，秭歸茶鮮。道人鼎竈，衲子蒲團。楸枰黑白，木杓聖賢。游於逍遥之圃，食於苟簡之田。寧使老兵共席，莫與俗子爲緣。歎鳳德而作歌，楚有狂者；訪鹿門之遺跡，吾將隱焉。

【校注】

〔1〕疏響亭：同治《宜昌府志》記載："疏響亭、七松草堂俱在白巖莊，明固原州同陳萬言建。"

和羅服卿諸丈南湖觀荷花子美題鄭監湖亭處〔1〕

鄭監湖亭杜陵句，文章山水互邀名。田田荷葉龜堪戲，特特孤峰江自横。遲我樓臺鑒湖老，共君兄弟渼陂行〔2〕。叢蘭尚是羅含宅〔3〕，登眺何勞百感生。

【校注】

〔1〕南湖：乾隆《東湖縣志》記載："南湖在南門外，去城三里，水可溉田。"原來的南湖很大，後逐漸縮小。鄭監湖：杜甫有《秋日寄題鄭監湖上亭三首》，南宋黄希、黄鶴父子《黄氏補千家注紀年杜工部詩史》云："鶴曰鄭監即鄭審湖，在峽州，而公在夔，故云'寄題'，當是大曆元年作。"杜甫另有《暮春陪李尚書李中丞過鄭監湖亭泛舟》："海内文章伯，湖邊意緒多。玉尊移

晚興，桂楫帶酣歌。春日繁魚鳥，江天足芰荷。鄭莊賓客地，衰白遠來過。”關於此詩，《黃氏補千家注紀年杜工部詩史》云：“鶴曰鄭監湖在峽州，殆是公往江陵時，過峽州，故游之，遂作此詩。”此處所説的鄭監即鄭審，鄭繇之子，唐代乾元中袁州刺史。大曆初秘書監，大曆三年（768）出爲江陵少尹。善詩，與杜甫交善。善畫，其事具張彦遠所撰《綵箋詩集》。另，雷思霈和劉戡之的朋友、夷陵州學正鄧士亮有《游劉民部東山八首》詩，劉民部即劉戡之。其中之一曰：“點綴生成畫，幽奇不費尋。環墻高叠石，側圃乍張林。霞映槿籬薄，雲沈竹樹深。南湖杜老句，好向此中吟。”詩後詩人自注：“山側南湖，杜老題詩處。”

〔2〕渼陂：古池名，在今中國陝西省户縣西。杜甫《渼陂行》：“岑參兄弟皆好奇，携我遠來游渼陂。”此處借指南湖。

〔3〕羅含宅：《晉書·羅含傳》：“（羅含）累遷散騎常侍、侍中，仍轉廷尉、長沙相。年老致仕，加中散大夫，門施行馬。初，含在官舍，有一白雀棲集堂宇，及致仕還家，階庭忽蘭菊叢生，以爲德行之感焉。”喻花主德行高尚。

夏日服卿招飲天欲雨涼甚詩以謝之先是渡江就西山巖下内涼同此一快也〔1〕

沸沙炎海火輪飛，曾坐巖嵌翠滴微。倏爾層陰生月峽，頓令華屋似漁磯。圍棋長夜作吴語，葛布短衫皆楚衣。想與天公箋一幅，乞煩熒惑暫收威〔2〕。

【校注】

〔1〕西山巖：疑似指孝子巖。陸游《入蜀記》中曾記載：“七日見知州右朝奉大夫葉安行，字履道，以小舟游西山甘泉寺，竹橋石磴，甚有幽趣。”甘泉寺在孝子巖。

〔2〕熒惑：古指火星。

避暑西江舟中巖下輕風襲體水鳥親人酌酒烹茗自快其樂服卿聞之以詩投贈依韻奉答末句有感

陰崖隔岸石盤奇，下有乳泉人不知。乍得開樽隨畫舫，勝於隱几號烏皮。風搏細浪魚生子，日印晴沙鳥弄兒。便欲移居避炎熱，直教江漢作平池。

夏日陶孝叔同吴愛之羅服卿兄弟過予飲談至夜分因和其韻[1]

炎日凉飈静侣過[2]，雙絨花樹響交柯。談詩妙在如談法，入佛難於更入魔。書裏一枰誰黑白，夜來兩戒幾山河[3]。糟丘茶塢真堪老，何必吴芽與蓟醝。

【校注】

〔1〕陶孝叔，疑是“陶孝若”之誤，或另有其人，不得而知。吴愛之：乾隆《東湖縣志》記載：“前明恩蔭監生，東湖人。”

〔2〕静侣：指退居林下的同伴。

〔3〕兩戒：國家疆域的南北界限。此借指國家。

陳太學悦甫送沈周畫[1]

本朝畫手誰第一，超逸無過吴沈生。後來作者文同謝[2]，彷彿前代關與荆[3]。貪看遠岫似雲起，獨立斜陽待月升。勞君贈我蓬池閣，置之丘壑輕榮名。

【校注】

〔1〕陳太學悦甫送沈周畫：本詩明人錢穀的《吴都文粹續集》有録。沈周，

字啟南，號石田，明代傑出畫家，“明四家”之一。詳見《題石田畫上有文徵仲詩》“石田”條注。

〔2〕文同謝：文徵明和謝時臣。文徵明，學畫於沈周。沈周與文徵明是吴門派文人畫最突出的代表。

〔3〕關與荆：五代畫家關仝與荆浩，兩人并稱“關荆”。

偶題楊伯從書房〔1〕

北郊楊子讀書屋，一江出峽千峰簇。前有沙洲後小山，秋草紛披長茹簌。松杉桂柏桃李梅，梧桐楊柳芭蕉竹。我常携友醉游此，岸上舟中看不足。

【校注】

〔1〕楊伯從：從雷思霈詩文知，係雷思霈交往幾十年的摯友，從小相識。雷思霈有多篇作品寫到他。雷思霈的岳父張銑曾在楊伯從的書屋教授生徒，楊、雷二人均受業於張。從詩歌内容來看當是夷陵北郊人。可參閱《與楊伯從》《題楊伯從書屋二首》等。

王公權書屋

君有嗜古癖，錢癖獨無之。嗜茶炙碧澗〔1〕，積師得漸兒。嗜水汲四泉，端明有弟隨。嗜書不必購，手録墨淋漓。嗜飲不必醉，腹大類鴟夷〔2〕。圖寫追顧陸〔3〕，筆法藏繇羲〔4〕。爐香烟自爇，瓶花果忽垂。叩鍾應時候，懸鏡怯妖魑。吴兒贋骨董〔5〕，辨别等波斯。樓閣勢不等，亭榭意所爲。今夕畢結構，詰朝即文移。一曲步一景，多徑設多奇。文几斵楠癭，白盞呈柴磁。東有燒丹室，西有坐禪帷。玄武出頑石，菩薩長蛤蜊。落蕊茵鋪地，牽菱錦錯池。種栗如種棗，插竹似插籬。中滋九畹蘭，紉佩幽人姿。不妨風流賞，司花置諸姬。我來一歌詠，宛若春臺熙[6]。

【校注】

〔1〕碧澗：唐代李肇《唐國史補》載："峽州有碧澗、明月、芳蕊、茱萸簝。江陵有南木，圻州有圻門團黄。"另，劉升（劉戡之的兒子）《碧澗採茶》記載："俗不善製茶，自先父請告歸里，闢園數畝，名曰'碧澗'。適陶孝廉孝若自祁門秉鐸歸，日相講求，亦名亭'雪勝'，採焙得法，不異'陽羨''虎丘'也。"漸兒，指茶聖陸羽，字鴻漸。

〔2〕鴟夷：指盛酒器。

〔3〕顧陸：東晉畫家顧愷之與南朝宋畫家陸探微的并稱。

〔4〕繇羲：鍾繇和王羲之。

〔5〕骨董：古董。

〔6〕春臺熙：老子《道德經》："衆人熙熙，如享太牢，如春登臺。"

元陽洞[1]

山若雲而成陣，江縈帶而夾洲。聊逍遥乎洞口，日長夏而驚秋。

【校注】

〔1〕元陽洞：詳見《寄元陽洞僧》《修元陽洞菴引》。

戲贈曹生耳聾

君以眼爲耳，予因手代口。夢中聲了了，此用聞根否。蟻鬬與蛙鳴，皆因聞病有。一喝三日聾，舉似如牛吼。我亦從中證，大士内敗醜。

蓬池憶江陵孟弢

獨坐蓬池閣，開簾對郡城。陰雲山外疊，秋水竹邊明。似雨魚吹浪，無風葉落聲。殷勤一尊酒，留待高陽生〔1〕。

【校注】

〔1〕高陽生：指任性放蕩的嗜酒者。典出《史記·酈食其列傳》)。

放　　生

有客饋我生鯉魚，蒼頭捧盤尾刺撥。我欲畜之著池水，客前詭辭不復活。斫膾幾持金錯刀，猶然張鬣口吐沫。咨嗟良久請試之，側身偃蹇倏疏豁。生殺天地反覆機，如人桎梏幸得脱。溪水在旁清且淺，江三十里遠難遣。寄爾池中戒網罟，記取雙尾缺若剪。三十六鱗光耀日〔1〕，視彼凡魚有異質。不向人間煉寶刀，不向人間具尺一〔2〕。直須變化成神物，風雨滿山雷電出。於乎，神物變化合有時，我今爲寫放生碑。

【校注】

〔1〕三十六鱗：唐段成式《酉陽雜俎·鱗介篇》："鯉，脊中鱗一道，每鱗有小黑點，大小皆三十六鱗。"因以"三十六鱗"爲鯉魚的别稱。

〔2〕尺一：指書信。

秋　　風

世路黄金重，秋風白髮生。留賓多酒債，貸粟愧躬耕。垂柳孫枝大，孤桐子葉輕。藥欄臨水岸，魚鳥也含情。

池上用張來儀韻〔1〕

不定是風柯，臨池亂影多。曝龜盤小石，水鳥掠橫波。畏暑思栽柳，開花始插荷。許誰來看竹，除是步兵過。

【校注】

〔1〕張來儀：指由元入明的詩文家張羽，字來儀，號靜居。與高啟、楊基、徐賁并稱“吴中四士”“明初四家”。張羽有《池上》詩：“秋水轉庭柯，臨池晚興多。禽閑棲缺岸，魚戲動涼波。露浥將衰柳，風欹欲敗荷。雖無江海思，咫尺得頻過。”

聽雨三句韻

朝雨明牕塵，晝雨織絲杼，莫雨澆花漏。簷聲如乳泉，槽聲如飛瀑，溝聲如決溜。竹樹江崩騰，臺池磬清越，蓬茅車輻輳。忽然振屋瓦，忽然鼓雷霆，忽然飭甲胄。蒙莊寫三籟〔1〕，師曠叶八風，鄒衍吹六候。病中廣陵濤〔2〕，枕中華胥譜〔3〕，庭中鈞天奏〔4〕。醉聽可解醒，餓聽可樂饑，想聽可滌垢。辨非從意解，聞非從西來，聲非從耳透。

【校注】

〔1〕三籟：莊子在《齊物論》中提出“天籟、地籟、人籟”三個概念。

〔2〕廣陵濤：廣陵（今揚州）曲江潮。是我國歷史上最著名的湧潮之一。

〔3〕華胥譜：即華胥引，古琴曲名。

〔4〕鈞天：鈞天廣樂的略語。指天上的音樂。

【相關鏈接】

三句一韻

田雯

余官楚中，得夷陵雷何思太史詩集讀之，有《聽雨》一篇，三句一韻，以爲創作古無此格，載之《山薑詩話》中。及閲宋會稽高菊礀《緯畧》，秦碑三句一韻，引證甚確。《梁書·范雲傳》曰："竟陵王子良爲會稽太守，雲爲府主簿，王登秦望山，雲以山上有秦始皇刻石，三句一韻，人多作兩句讀之，并不得韻。又加大篆人多不識，乃夜取《史記》讀之。曁登山，子良命賓客讀之，皆茫然。末問雲，雲曰：'嘗讀《史記》，見此刻石文，讀之如流水。'子良大悦。"按老子明道若昧，夷道若纇，進道若退，上德若谷，大白若辱，廣德若不足，建德若偷，質直若渝。大方無隅，大器晚成，大音希聲，大象無形。文皆用韻，三句一易。秦望山石刻文亦猶是乎？始知三句一韻詩，雷太史非無所本也。

（《古歡堂集》）

竹枝詞

木棉花販錦江邊，郎如歸時下水船。此去不愁灘石惡，只愁郎繫女兒弦。

其二

郎從西蜀下東吴，恨不隨郎化水鳧。聞説税緡憑水岸，郎歸還有息錢無。

偶題自在菴

一千二衆俱祇舍[1]，五十三參始福城[2]。授記勝幢曾破戒[3]，補居兜率也求名。黍低麥仰那教去，鳧白鴉青孰染成。幾向茅茨窺老衲，閉門何似在經行。

【校注】

〔1〕祇舍：亦作祇園精舍，祇樹給孤獨園的簡稱。印度佛教聖地之一。泛指修行精舍。

〔3〕五十三參：佛教傳説，善財童子受文殊菩薩指點，南行五十三處，參訪名師，聽受佛法，終成正果。見《華嚴經・入法界品》。

〔3〕授記：佛教語。謂佛對菩薩或發心修行的人給予將來證果、成佛的預記。

無相上人問疾〔1〕

落迦南海清凉北〔2〕，竿水隨身當老髡。結夏欲棲惟樹孔，卜居先識是花村。問維摩詰衆生病，扣給孤園長者門〔3〕。已與空王爲弟子〔4〕，莫將有法誤兒孫。

【校注】

〔1〕無相上人：參見《無相請經南還》《無相上人請藏經始末》《重修土城寺普濟院引》。

〔2〕清凉：山西五臺山别稱。

〔3〕給孤園：古印度的佛教五大道場之一。祇樹給孤獨園的省稱。亦用作佛寺的代稱。

〔4〕空王：佛的别稱。

報退如因柬中郎

快劇翻成懶，寬多别作愁。看山非寶掌〔1〕，觀俗類針喉。何地堪三徙〔2〕，因君訪九州。爲傳白社客〔3〕，十八待吾周。

【校注】

〔1〕寶掌：寶掌山，在浙江省浦江僊華山之東，舊稱里浦山。唐貞觀十五年（641），中印度高僧寶掌禪師雲游大半中國後，駐錫於此，世稱千歲和尚。

〔2〕三徙：相傳舜三度遷移，百姓慕德而從，所至處自成都邑。形容聖人到處都受到百姓的擁戴。

〔3〕白社客：指隐士。

題一叔山房[1]

舍比蝸牛大，山惟介雉多。白雲腰石笏，青草髮巖螺。數月不成市，臨江理釣蓑。好栽萬個竹，可奈仲容何[2]。

【校注】

〔1〕一叔：生平不詳。

〔2〕仲容：阮咸，字仲容，西晉陳留尉氏（今屬河南）人。“竹林七賢”之一。

落　葉

葉落知天寒，北風吹滿池。淒響墮屋瓦，須臾卷南籬。歎此亂飛葉，那能還舊枝。惟有青青竹，不受歲寒欺。

泛舟至烟收洲冉家湖同王焦二道人[1]

泛舟五隴外[2]，停舟烟收涯。沙乾浪痕細，湖靜山影移。石隙老昌歜，洲壖卧鸕鷀。白雲出天上，大江輕風吹。雲皺叠魚鱗，江波吐蠶絲。南望荆門關，累累如拳持。北望西陵峽，隱隱如霧披。同游者誰氏，陟降不稱疲。少室王子晉[3]，東嶽焦鍊師[4]。歸帆風力疾，明月肅水湄。

【校注】

〔1〕烟收洲：又稱烟收壩。乾隆《東湖縣志》載："烟收壩，在縣西南二十里，濱江南岸，土人譌呼胭脂壩。"同治《東湖縣志》載："烟收壩，在五隴山之東大江中，舊時居民百餘家，林木甚茂，今淪於江。"冉家湖，原刻作"再家湖"，據乾隆《東湖縣志》、同治《宜昌府志》改。

〔2〕五隴：五隴山，後世又名五龍山。位於宜昌長江南岸，與天然塔隔江相望。山下有五龍溪。據乾隆《東湖縣志》載："其間清流潺潺，村落參差，林木蔭翳，凌晨薄暮，嵐霧撲地，莫識津涯。迨清風徐起，微烟縹緲。獨裊晴空，碧峰洗掃如黛，春華疏密，秋色丹黄，風景如畫。"五隴山與烟收壩的江景在古代被稱爲"五龍烟收"，是東湖八景之一。明鄧樸有《五隴烟收》詩："峽郡西來叠叠山，巍然五隴座中看。烟收點點如流翠，雨過青青似染藍。茅舍數家雲腳下，漁舟幾個柳陰灣。林泉瀟灑無人到，中有農夫樂歲寒。"（弘治《夷陵州志》）

〔3〕少室：山名，即嵩高山。王子晉：古代神話人物。即王子喬，周靈王的兒子。漢劉向《列僊傳·王子喬》："王子喬者，周靈王太子晉也。好吹笙，作鳳凰鳴。游伊洛之間，道士浮丘公接以上嵩高山。三十餘年後，求之於山上，見桓良曰：'告我家，七月七日待我於緱氏山巔。'至時果乘白鶴駐山頭，望之不得到，舉手謝時人，數日而去。"此處是比喻王道人。

〔4〕焦鍊師：王維有《贈東嶽焦鍊師》："先生千歲餘，五嶽遍曾居。"此處是比喻焦道人。

偶題贈當陽次飛李子〔1〕

泉如玉，溪如玉，山如玉，人如玉。泉如玉，纈蕊流膏釀醽醁。溪如玉，盤虹瀉月練光燭。山如玉，積翠堆藍侵沈緑。人如玉，冰膚綽約瑶池浴。學書君家李北海〔2〕，學詩君家李群玉〔3〕。但取神來與情生，不藉皮毛驚世俗。直當置爾於五城十二樓之間〔4〕，佐爾以瓊飛，假爾以玉局〔5〕。有人問爾何如人，予對曰：是能爲豐年玉〔6〕，而不必爲荒年穀。

【校注】

〔1〕次飛：李次飛，當陽人，年輕時做過僧人，與袁中道亦有交往。其他不詳。此詩《湖北詩徵傳略》有録。

〔2〕李北海：指唐代的李邕，曾官至北海太守，故稱。他的傳世書跡以《麓山寺碑》《李思訓碑》最爲後人重視。

〔3〕李群玉：唐代詩人，字文山。

〔4〕五城十二樓：古代傳説中神僊的居所。比喻僊境。

〔5〕玉局：棋盤的美稱。

〔6〕豐年玉：比喻太平盛世之人才。《世説新語・賞譽》："世稱庾文康爲豐年玉，稚恭爲荒年穀。"荒年穀：荒年之穀難得，因以喻亂世之才，人品珍貴，才足匡世。

【相關鏈接】

贈李次飛次飛少爲開士

袁中道

游遍東南勝，堆藍共隱藏。鉛華情漸盡，烟水興偏長。聲愛漁阿梵，書傳貍骨方。再尋調馬路，難辨舊支郎。

（《珂雪齋近集》）

題楊子大任讀書處

玄豹隱南山，其文借霧澤。絳虬升長霄，拏雲作六翮。士亦有雲霧，高文與大册〔1〕。游冶博弈場，詩書畏嚴客。喉中有車輪，胸中有否鬲。眼中有屋椽，口中有果核。學如大海水，百川萬流積。學如狐白裘，不知幾千腋。學如大日光，遍照下土赤。學如補天手，能煉五色石。學如已熟禾，穎首而垂脊。學如即田功，春耕理襏襫[2]。不然如溝渠，朝溢而夕索。不然如嚴冬，淒風以絺綌。不然如爝火，其光不能射。不然如敗禾，虛高復何益。不然如惰農，安能收疆埸。爾家有子雲，晚而準大易。及時尋勝友，精進無自畫。上解老母憂，下免鄉人惜。

【校注】

〔1〕高文大册：原指朝廷發布的重要文書，如詔令制誥等。引申爲經典性著述。

〔2〕襏襫：古代蓑衣一類的用具。

謝向廣文小引

昔蘇司業與鄭廣文酒錢[1]，今向廣文與雷檢討酒錢，真可作詞林一段佳話也，戲成一絶。

酒錢寄與雷檢討，官况何如鄭廣文。想得前身司業是，千年酒債取從君。

【校注】

〔1〕蘇司業與鄭廣文酒錢：用杜甫《戲簡鄭廣文兼呈蘇司業源明》典。鄭廣文，指鄭虔；蘇司業，指蘇源明。

峽中戲爲朝暮歌

朝爲行雲，暮爲行雨。朝朝暮暮間，不離江上水。夢魂那到楚王宫，凌波試問洛川女。

朝發黄牛，暮發黄牛。挽舟進復却，行者心悠悠。蜀門既在青天上，不道長江天上流〔1〕。

朝發白帝，暮至江陵。少年翻鹽井〔2〕，半夜如飛鷹。但看山石略彷佛，始信長年三老能〔3〕。

【校注】

〔1〕本詩第二首，乾隆《東湖縣志》、同治《宜昌府志》有録。

〔2〕少年翻鹽井：杜甫《艷滪》詩中有“寄語舟航惡年少，休翻鹽井横黄金”。仇兆鰲注：“少年無賴，逐利輕生，故戒其翻鹽以擲金。”朱鶴齡注：“翻鹽井以逐厚利，必有沈溺之患，故公以戒之。”

〔3〕長年三老：古時指船工。陸游《入蜀記》：“問：‘何謂長年三老？’云：‘梢公是也。’”

新居登城〔1〕

高筐〔2〕，山名。堯時洪水，此山不没。

性僻居亦僻，晴可雨亦可。前濠長苔痕，後池落林果。高筐當其前，孤山在其左。墻外登城隅，望望東嶺硪。佛刹冒其嶺，樓閣亦磊砢。遠岫醉寒樹，隱隱玄霧鎖。小峰爲之扶，二豪侍嬴蜾〔3〕。長天没雁影，落日江光墮。冷風倒峽口，日與江俱簸。間同靜者游，歸而屏息坐。

【校注】

〔1〕新居：似指勾將館。此詩出自雷思霈自刻詩集《勾將館》，可從側面説明這點。乾隆《東湖縣志》記載：“歲星堂、甘園、百衲閣、勾將館、醉石齋、蓬池閣、隅邑閣、枇杷菴，以上俱在城東，明太史雷思霈建，今皆廢。”

〔2〕高筐：山名《藝文類聚》引《荆南圖副》曰：“宜都夷陵縣西八十里

有高筐山，古老相傳，堯時大水，此山不没，如筐篚，因以爲名。”袁崧《勾將山記》曰：“登勾將，北見高筐山，嶷然半天，《荆州圖副》云：‘昔堯時大水，此山不没如筐，因名也。’”同治《宜昌府志》：“高筐山，在縣南五十里，與葛道山相望。曰文佛山、雞籠山者，土人語也。”

〔3〕二豪：指貴族公子和縉紳處士。典出劉伶《酒德頌》：“二豪侍側焉，如蜾蠃之與螟蛉。”

觀　　塘

池苔隨風轉，風亂如交織。及其風定時，積苔遞南北。或如鏡之背，銀光浸沙色。或如玉之瑩，淥淨數點墨。脱葉雜樹枝，落影欹日昃。晚霞間射之，輕虹半雲匿。世界空虚中，風輪持靡極。載地而浮天，皆云水之力。游息任密移，寒暑亦不忒。辟如果中蟲，果徙蟲不識。

過譚宅宿至三游洞

最愛晴光暖似春，梅花處處自精神。雲生西峽南津口，家在三城二水濱〔1〕。如我勝情方許掾〔2〕，多君留客過陳遵〔3〕。請看石壁題名者，元白風流更有人。

【校注】

〔1〕三城二水：三城指步騭城、步闡城和陸抗城。二水指長江和下牢溪。

〔2〕方：比。許掾：許詢，曾被召爲司徒掾。東晉文學家，字玄度，高陽（今河北蠡縣）人。有才藻，善屬文，終身不仕，好游山水。常與謝安等人游宴、吟詠，曾參與蘭亭雅會。是當時清談家的領袖之一，與孫綽并爲東晉玄言詩的代表人物。

〔3〕多：贊美。陳遵：西漢王侯，嗜酒。據《漢書·陳遵傳》：“遵耆酒，

每大飲，賓客滿堂，輒關門，取客車轄投井中，雖有急，終不得去。”

廣雅齋〔1〕

景純注爾雅〔2〕，築臺江之滸。載在述異記，傳非西陵土〔3〕。居者吞如秦〔4〕，存者削如魯。亦有洗研池，屠兒滌宰牯。相對明月臺，不知幾千祼。四環皆民廬，從何途而至。明月不在天，高臺不在地。亦如楚章華，僅能留名字。厥考守建平〔5〕，隨侍恣游賞。及作江賦時，窮搜極蒼漭。青溪千仞上，攀蘿聽逸響。雲中列僊窟，天際真人想。舊郡名宜都，飛岡并重嶺。王氣薄於吴，浮土實於郢。東山雖云逼，西門永作屏。足跡窺奇蹤，爪髮壓靈境。大荒記山海，謠俗悉方言〔6〕。六丁焚青囊，太乙具三門。前身天黿魄，兵解烈士魂。風騷正則後，俎豆繆侯論〔7〕。君家二臺間，爲君題廣雅。齋額尚借之〔8〕，何况過其下。螃蜞與豹鼠，若辨五色鮓。何莫學夫詩，鳥獸草木也〔9〕。流覽知苦心，閲歲幾易稿。後來諸作者，羽翼亦不少。九流涉津梁，六藝躭文藻。願君廣此旨，如江如河浩。

【校注】

〔1〕廣雅齋：乾隆《東湖縣志》記載：“在爾雅臺後，明户部郎中劉戡之别業。”劉戡之，詳見前面《寄劉元定》“劉元定”條注。此詩乾隆《東湖縣志》有録，但只録了前後兩部分，從“居者吞如秦”開始，到“俎豆繆侯論”，中間的十八聯三十六句全都没有。據乾隆《東湖縣志》記載：“戡之孫廷僖在浙題郭璞井有云‘野烟秋浦細，飄泊憶吾家’之句，自注云：‘余宅後爾雅臺，景純著書處也。’念之忉怛，盖即指此。”從此詩内容來看，劉戡之此處别業之名係雷思霈所命。兩人關係之親密可想而知。

〔2〕景純：郭璞。乾隆《東湖縣志》記載：“郭璞，字景純，河東聞喜人。父瑗爲建平太守，即今歸、巴地。永嘉之亂，避地東南，今城中有爾雅、明月二臺，東有洗墨池，相傳是璞著書遺跡。所著《江賦》云：‘虎牙嵥豎以屹崒，

荆門闕竦而盤礴。’其地皆在今邑境，疑即其僑寓時作。今縣城舊基，傳聞經璞相度云。”另，同治《遠安縣志》記載，郭璞曾任令，并創作《游僊詩》。

〔3〕傳非西陵土：據説，當年郭璞流寓峽州時，就山川形勢相度，分配五行，獨中央地勢卑下，於土德爲弱，因自中州輦土至峽州，相陰陽向背之宜，特建爾雅、明月二臺鎮之。

〔4〕居者吞如秦：當地居民對爾雅臺的蠶食侵占，在雷思霈的時代已相當嚴重。不僅如此，官方還曾試圖將其出售，雷思霈極力阻止纔未施行。參見《與夷陵陸太守》。

〔5〕厥考：其父。考，多指去世的父親。郭璞的父親郭瑗曾任建平太守。建平下轄巫縣、秭歸縣、興山縣、沙渠縣、建始縣等縣。

〔6〕謡俗：猶言風俗習慣。

〔7〕繆侯：蜀漢關羽死後，後主劉禪景耀三年追謚其爲“壯繆侯”。

〔8〕齋額：閣樓的匾額。此指匾額上的題字。

〔9〕鳥獸草木：指代《爾雅》的内容。用《論語·陽貨》之典。子曰：“小子何莫學夫《詩》？《詩》可以興，可以觀，可以群，可以怨，邇之事父，遠之事君，多識鳥獸草木之名。”

漢宫引〔1〕

少年宫女那曾愁，相送琵琶學淚流。姊妹大來閑話舊，才人多少怨箜篌〔2〕。明妃塞上已青冢，我輩宫中也白頭。

【校注】

〔1〕引：古代歌行體。“歌”“行”“吟”“曲”“引”“嘆”“篇”“調”等均稱“樂府歌行體”，其間無嚴格區别。本詩錢謙益《列朝詩集》有録。

〔2〕才人：宫中女官名，多爲妃嬪的稱號。

長　　橋〔1〕

西塞郭洲腦〔2〕，江漲如水磨。冬涸鳥石堆〔3〕，樹老古城破。長溪漾板橋，淥沸不忍唾。主人愛留客，提壺隨地坐。終夜歡謔笑，一醉不知卧。呼舟上洞口，雲暗雨朝過。決力渡南津，肯爲山靈挫。日亦不爲出，雨亦不爲作。魚舠藏石巖，繫穩風不簸。洞壁多古刻，歲久苔莓涴。一一洗蕩之，臨寫忘饑餓。崖花不知名，恐供牧者莝。採來字凌霜，香酸蠟梅佐。

【校注】

〔1〕長橋：弘治《夷陵州志》記載："長橋渡在州治北一十里，春夏水泛船渡，至冬水涸，作橋以濟往來。"乾隆《東湖縣志》記載："長橋溪在社林鋪，去城北十里一大溪，其大源發於漳村鋪黄柏河，經東巡坡魚鱗溪入遠安地界神龍河，過三隅鋪巖屋灘河，又過大王鋪紫草河，至下坪鋪兩河口，一會霧渡楞演大峰，再會深溪小峰五鋪水，過巴牛坪至蔡家河，又過燕子窩及峰溪文家河、大溪鄢家河二鋪之水，過社林鋪曹家枋，至朱家嘴會沙河水歸長橋入江。"本詩乾隆《東湖縣志》有録。

〔2〕西塞郭洲腦：見《西洲雜詠》"西洲"條注。

〔3〕鳥石，疑似"烏石"之誤。

漫　　興

輕薄寒酸各近性，粗豪枯槁也吾師。才人不必稱同調，誰作皇明一代詩。

瓶中先插蠟梅復插白梅數種盆内紅梅正開

黄玉何如白玉真，邢夫人見尹夫人〔1〕。羅虬更羨紅兒貌〔2〕，不數筵前絳雪春。

【校注】

〔1〕邢夫人：邢婭娥，漢武帝妃嬪。《史記·外戚世家》："尹夫人與邢夫人同時并幸，有詔不得相見。尹夫人自請武帝，願望見邢夫人，帝許之。即令他夫人飾，從御者數十人，爲邢夫人來前。尹夫人前見之，曰：'此非邢夫人身也。'帝曰：'何以言之？'對曰：'視其身貌形狀，不足以當人主矣。'於是帝乃詔使邢夫人衣故衣，獨身來前。尹夫人望見之，曰：'此真是也。'於是乃低頭俛而泣，自痛其不如也。諺曰：'美女入室，惡女之仇。'"

〔2〕羅虬：唐人，字不詳，台州人。有《比紅兒詩》盛傳於世，自序云："'比紅'者，爲雕陰（故城在今陝西富縣北）官妓杜紅兒作也。美貌年少，機智慧悟，不與群輩妓女等。余知紅者，乃擇古之美色灼然於史傳三數十輩，優劣於章句間，遂題'比紅詩'。"

贈楊伯從省試

黄鵠磯頭月，鸚武洲上草。明月照高樓，僊人鐵笛杳。芳草未必青，處士名常皎。放舟恣游目，胸臆烟霞飽。主文今才子，句句應絶倒。桑苧翁品泉〔1〕，波斯胡識寶〔2〕。作文如作畫，高韻隨意掃。寫神不寫似，自然筆力老。論文如論弈，縱横二八道。妙用在疏豁，築墻徒枯槁。請觀董北苑〔3〕，試問羊玄保〔4〕。

【校注】

〔1〕桑苧翁：茶聖陸羽的號。

〔2〕波斯胡：舊稱波斯人。借指識寶之人。

〔3〕董北苑：董源，字叔達，五代南唐畫家。他曾擔任南唐中主李煜的北苑副使，故又别號爲董北苑。

〔4〕羊玄保：《宋書·羊玄保傳》："善弈棋，棋品第三，太祖與賭郡戲，

勝，以補宣城太守。”

飲陳悦甫莊上得秋字門前槐樹是百年物

素朝春雪寒較淺，入晚江雲暗不收。出郭好來看竹塢，對山仍起望湖樓。俗情處處皆樊雉，杯酒人人是海鷗。門外老槐枝幹拙，葉濃花淡想宜秋。

戲酒人

少年豪士美且思，日飲燒春不知數。眼耳鼻舌蒸糟醨，腸腹道是鴟夷注。捋鬚汗汁皆錫花，一領褐衣覆瓿布[1]。洗滌可充淡薄酒，雜碎疑和麯蘗作[2]。高門大姓靡不走，上客嚴客罔所顧[3]。才到半坡席已終，又尋下户口先訴。談笑戲謔無人嗔，杯斝空虛有時怒。百罰傾若懸江河，將頹墮如在雲霧。華胥封爾醉鄉侯，千日中山爾當赴[4]。

【校注】

〔1〕覆瓿布：《漢書・揚雄傳下》："鉅鹿侯芭常從雄居，受其《太玄》《法言》焉，劉歆亦嘗觀之，謂雄曰：'空自苦！今學者有禄利，然尚不能明《易》，又如《玄》何？吾恐後人用覆醬瓿也。'雄笑而不應。"後用作自謙，或比喻作品毫無價值，或無人理解，不被重視。

〔2〕雜碎：指煮熟切碎的牛羊等的内臟。也稱"雜件"。

〔4〕中山：美酒。晉代張華《博物志》卷五："劉元石於中山酒家酤酒，酒家與'千日酒'飲之，忘言其節度。歸至家大醉，不醒數日，而家人不知，以爲死也，具棺殮葬之。酒家計千日滿，乃憶元石前來酤酒，醉當醒矣。往視之，云：'元石亡來三年，已葬。'於是開棺，醉始醒。"後因以"中山"作爲美酒的代稱。

醉石齋

題　石

栗里有醉石[1]，贊皇有醒石[2]。南宫有奇石[3]，端明有怪石[4]。我生三峽中，兼有四子癖。鑿空搜山骨，捫天割雲腋。贔怒虎豹蹲，陸起蛟虬蹐。圓者列星精，方者帝臺弈[5]。突立鬭玲瓏，攲側走躑躅。中虚象夏鼎[6]，胸文篆羲易[7]。坐置丘壑身，卧濯冰壺魂。束帶呼賓主，講義點頭額。不願金滿贏，不願田連陌。但願醉墨灑，皆成桃花跡。太行携友時，河漢支機日[8]。仰視西北傾，爲煉五色液。

【校注】

〔1〕醉石：宋代陳舜俞《廬山記》云："淵明所居栗里兩山間有大石，可坐數十人。淵明嘗醉眠其上，名曰醉石。"

〔2〕醒石：據《唐餘録》，李贊皇（唐代李德裕）之平泉莊，有醉醒石焉，醉甚而依其上，其醉態立失。

〔3〕南宫：米芾，北宋書法家。天資高邁，人物蕭散，好潔成癖。被服效唐人，遇石稱"兄"，膜拜不已。因個性怪異，舉止顛狂，因而人稱"米顛"。徽宗詔爲書畫學博士，人稱"米南宫"。

〔4〕端明有怪石：蘇軾有《古木怪石圖》。

〔5〕帝臺：傳説中的神僊名。《山海經·中山經》：（休與山）上有石焉，名曰帝臺之棋，五色而文，其狀如鶉卵。郭璞注："帝臺，神人名。"

〔6〕夏鼎：傳説爲夏禹收集九州的金屬鑄成的鼎。鼎上鏤刻山精水怪，使人知其形狀，以後在山林川澤中遇上可以辨認而不被迷惑。

〔7〕羲易：《周易》的别稱。因伏羲始作八卦，故名。

〔8〕支機：用“支機石”典。傳説天上織女曾用石頭以支撑織布機。

讀子美集戲東北人焦生

形勝本有餘，風土故自惡。吁嗟此邦人，氣量窄如昨。焦老館吾家[1]，顔朱髮如鶴。生長燕趙間，千金重然諾。慷慨等高荆，談吟思管樂。胸肘有奇術，口頰恥炫博。樂浪選材官，高抗終濩落[2]。但得一醉休，不羡三公爵。有意疏北客，無心走懸薄[3]。憚其貌稜稜，畏其言諤諤。爾我意氣并，論事貴沈著。楚人多輕佻，安能知大略。如得少陵歡，除是三間作。

【校注】

〔1〕館：舊時指教學的地方。此處指擔任私塾老師。

〔2〕濩落：原謂廓落。引申謂淪落失意。

〔3〕懸薄：垂簾。借指高門大户。

補部堂臺省罷礦税喜極有作[1]

曆數殷宗久，蠻夷漢武除。由來功德遠，况乃孝慈餘。太后天顔喜，曾孫日角舒[2]。帝圖纏赤電[3]，聖瑞錫丹書。巽命重申後[4]，離明繼照初[5]。部堂咸左右，臺省詎躊躇。榷採同時罷，瘡夷四海攄。詞臣思獻賦[6]，不爲戀華裾。

【校注】

〔1〕罢礦税：明代萬曆時的礦税，起因是財政困難。袁中道云：“萬曆中，兩宫三殿皆災，九邊供億不給，外帑空虚。天子憂匱乏，言利者以礦税啟之，乃以侍充礦税使，分道四出。”礦税的出現是萬曆朝很重要的一件事，但在執行過程中出現了一系列的問題，特别是任宦官爲礦監、税監，所至肆虐，吸髓

飲血，民不聊生，爲明代後期弊政之一。遭到了衆多人的反對，最終不得不停徵。

〔2〕日角：額骨中央部分隆起，形狀如日。舊時相術家認爲是大貴之相。喻指帝王。

〔3〕帝圖：指帝王應天命的圖籙。

〔4〕巽命：皇帝的詔命。巽爲風，以詔命如風行之速，故稱。

〔5〕離明：指日，或日光。語本《易·離》："離爲火，爲日。"孔穎達疏："離爲火，取南方之行也；爲日，取其日是火精也。"後用來比喻君上的明察。

〔6〕獻賦：典出《史記·司馬相如列傳》。司馬相如因漢武帝讀《子虛賦》而發跡，後遂以"獻賦"指作賦獻給皇帝，用以頌揚或諷諫。

宿徐從善山居〔1〕

我愛南州老〔2〕，山幽月在庭。雲林相鶴法，春草種魚經。借姓依高士，名家得寧馨。珍方能解酒，醉後不愁醒。

【校注】

〔1〕徐從善：徐吉民，字從善，號樂軒居士。徐從善隱居於宜都滄茫溪（今枝江安福寺横溪河一帶），與當時名士公安三袁、宜都劉芳節（雷思霈妹夫）等都有交往。劉芳節的遺著即是由他收集，然後交給袁中道付梓的。袁中道《徐從善手定玄度遺文授予感而有贈》記載："徐從善令人抄集劉玄度詩文幾十本，授予爲梓。"其《游居杮録》記載："過滄茫溪（今瑪瑙河），訪友人徐從善名吉民者，得劉玄度詩文凡十本，准備付梓。""從善醸最佳，且善庖事，爲二日留。"袁中道爲徐從善詩集《樵歌》寫序。劉芳節有《同雷太史徐上舍宿紫盖寺》詩。《張太岳文集》附有劉芳節《與徐從善知己書》。雷思霈另有《丙午花朝政值春分徐居士誕辰年七十有一吴中孝廉變其姓名家於宜都獨與余契作詩賀之》等詩。

〔2〕南州老：漢代高士徐稚。《後漢書·徐稚傳》："徐稚字孺子，豫章南昌人也。……及林宗有母忧，稚往吊之，置生芻一束於庐前而去。众怪，不知其故。林宗曰：'此必南州高士徐孺子也。'"此借指徐從善。

【相關鏈接】

徐樂軒《樵歌》序

袁中道

清水丹山之間有隱君子，姓徐，名吉民，别號樂軒居士。居士少業儒，以數試不利，遂去諸生，懷終隱之志。日以種德爲事，周人之急不啻身有之，依范文正公故事，創義田、義塾，諱言人過，喜稱人善。又善蒔藥，故得藥物最真。凡乞者即與之，以治病多效，得一奇方必普傳於人。凡數百里内僧刹道院力可新者，皆竭力爲之。居士雖外托沈冥，而好讀書，所著奇書最多。遇友人佳詩及文字，即壽諸石。所居近滄浾溪，種樹數十萬株，如雲封霧接。居士跨蹇往來其間，與田夫野老坐草萊説耕耘事。手種茗不啻天池、虎丘，家釀醇酒清洌異常。居士性不多飲，少飲即酣暢任意，瀟灑久之。裒集成帙，自號曰"樵歌"云。

嗟乎，詩之累於應酬也久矣！居士隱於樵，故謝絶一切人間應酬。凡意之所不欲言而不得不言，與口之所不欲言而不得不言者，居士皆無有。故落筆即有烟雲之趣，依稀與陶元亮、王無功相似。

今春予由當陽玉泉得晤居士，一見歡然訂交。盖居士與予友劉孝廉玄度最相知，及玄度之没也，多方搜求遺集，編次以授予。朔望必奠，談及必泣。其急友誼如此。樵乎？樵乎？其真有隱德俠骨者耶！後之人讀《樵歌》，居士之清標逸致亦可想見其一斑也。

（《珂雪齋集》）

紫盖寺談悟禪師事戲贈王形家[1]

紫盖孤峰得法還，名藍留在碧溪灣。石頭路滑應須到，司馬頭陀許肉山[2]。

【校注】

〔1〕紫盖寺：在湖北當陽縣南五十里。傳説葛洪（一説葛玄）曾於此山穿井煉丹。道書以爲第三十三洞天。紫盖前爲道教場所，後爲佛家所居。紫盖建寺於西晉，規模宏大，有"紫盖寬博，玉泉尊特，清溪秀媚"之説。晉隋之際，毀於兵火。唐貞元年间，天皇悟禪師從荆州天皇寺移居此處，重建佛殿，再造金身。紫盖寺的得名説法不一。清康熙《當陽縣志》載："舊傳樊夫人升僊處。其林石皆紺色。其下有綵水，甘馨特异，葛玄嘗煉丹於此，山顶有孝先閣、丹井、碧霞洞。山半爲紫盖寺，唐貞元十四年，天皇悟禪師建。"同治五年《當陽縣志》載："紫盖山在治南五十里，頂方而四垂，若傘盖狀，林石皆紺色，故名。紫盖山自太行少室蜿蜒而至，忽然而止，其前平原千里，若天日晴明，登臨山頂，可見沮漳如練，長江若帶。"雷思霈的觀點與上述説法有别，參見《送紫盖寺極虚上人》。

〔2〕司馬頭陀：唐人。習堪輿家言，歷覽洪都諸山。一日，至奉新參百丈禪師，告湖南見一山，乃一千五百善知識所居之地。百丈問可住否，答以和尚骨相，非彼山主。後果如其言。肉山：佛書謂比丘虚受信施，死後爲大肉山，以償其債。

白洋山茶

楚人焙茶膩黑膏，楚人煮茶老紅乳。猿臂姜牙獅面椒，和鹽點末沸波起。僊掌蝙蝠那得僊，紫澗蝦莫空有紫[1]。巴人賨草市西夷，羌種賤值欺南賈。從此茗神走吴越[2]，竟陵井枯漸兒死。吴越妙手推僧寮，綠沈鎗尖小如米[3]。陽羡虎丘不易得[4]，天池龍井誰堪比。初春我到白洋山，白洋老衲採山圃。翻成玉屑剖黄文，蒸勳霞峰流石髓。色同明月吠玻璃，香勝湘洲採蘭芷。割取善溪一溪雲[5]，吸盡清江半江水。撥悶肯將酪作奴[6]，灑心真與禪同旨[7]。天公昨夜解酲時，添爾茶星斗□裹。

【校注】

〔1〕蝦莫，疑是“蝦蟆”之誤。

〔2〕茗神：指茶聖陸羽。唐肅宗乾元元年（758），陸羽來到升州（今江蘇南京），寄居棲霞寺，研究茶事。次年，旅居丹陽。唐上元元年（760），陸羽從棲霞山麓來到苕溪（屬浙江湖州），於此撰《茶經》三卷，爲世界上第一部茶葉專著。

〔3〕綠沈：濃綠色。

〔4〕陽羨、虎丘：與天池龍井均爲中國古代名茶。

〔5〕善溪：溪流名，源出黄龍寺。今屬宜昌猇亭和白洋化工園區。

〔6〕酪奴：茶的别名。北魏楊衒之《洛陽伽藍記・正覺寺》：“羊比齊魯大邦，魚比邾莒小國。惟茗不中，與酪作奴……彭城王重謂曰：‘卿明日顧我，爲卿設邾莒之食，亦有酪奴。’因此復號茗飲爲酪奴。”

〔7〕灑心：蕩滌心中的雜念，徹底悔改。《莊子・山木》：“吾願君刳形去皮，灑心去欲，而游於無人之野。”

度門寺戲簡誨公[1]

吐却黄梅一口酸，誨公心地玉泉寒。千崖斗絶無人到，獨向楞伽峰頂看。

【校注】

〔1〕度門寺：位於湖北當陽楞伽峰。禪宗北宗神秀創於儀鳳年間，以《楞伽經》中“無量度門，隨類普現”一語，而稱爲楞伽孤峰度門蘭若。神龍二年（706）神秀示寂，謚號大通禪師，乃改寺名爲大通寺。唐睿宗曾賜三十萬錢，

作爲擴建營造之資，一時之間，成爲北宗系統之根本道場。其後荒廢，明萬曆年間，無跡正晦重修再興。據《湖北詩徵傳略》記載："正晦於玉泉山建度門寺禪誦一室，與雷何思太史、袁中郎吏部昆仲詩酒酬唱。"誨公：當時當陽玉泉寺住持無跡法師。無跡，名正誨，字無跡，初名永燈。俗姓劉，當陽人。明代高僧、詩僧。與雷思霈是從小相識的朋友。明萬曆至天啟年間爲當陽玉泉寺住持，曾對玉泉寺進行了明代最大規模的重修，是玉泉寺歷史上極有地位的大法師之一。乾隆《當陽縣志》記載："正誨，邑人劉氏子，讀儒書多解義。十歲祝髮於石寶山。年二十詣荆南訪天柱和尚。柱器之，留三年，遍閱大藏。柱没，乃之兩都，登講席，慈聖太后賜千金修玉泉寺。自都歸省，訪度門於玉泉東七里，見古寺荒凉，塔碑榛莽淒然，修治，遂老度門，閉關靜修。崇禎元年正月先期告逝，至期，端坐説偈，化塔於楞伽峰秀大師旁。著有《八識略》《莊子注》及詩文諸稿。"明人王同軌《度門誨禪師》記載更爲詳細："度門正誨禪師，別稱無跡，楚當陽人。甫十齡，與里小兒壘石空澤中作佛塔，日群相禮拜，發心真切輒至涕下。不數月，一道士至，坐其旁，笑曰：'好，好。'又摩其頂曰：'大法師也。'一日，群歸，忽有鄰人向壘石處施不淨，即聞澤中咄咄有聲，曰：'不可。'四顧不見人，方詑走，而誨與群兒復至，禮拜如前，不淨遂汙手體，大恨，洗滌而淨其地，復群壘石成塔於他所。鄰人是日病，見神怒曰：'爾何汙我法壇？'尋，得誨薪爲懺謝始愈。誨由是祝髮出家，苦攻既久，解徹玄通，武當閉關，彌深，參證南宗，頓悟領袖法門。汪伯玉司馬嘗延至肇林函中，建無遮大會及華嚴會。方袍交契，不減白香山之於滿師矣。已，伯玉爲作《重修度門寺碑》，甚稱之，略曰：往肇林，作無遮會，誨公與大比丘四十八人俱，余故以多聞多公未竟也，歷七年所。其年壬辰，公杖錫西來，發自荆楚，自述其閉關衡岳，深求□若楞伽默識，真參證不二法云。云今寓京琉璃寺，講經度衆已三閱歲，門下高足即貂璫且十許輩。予與往還最久，嘗謂予非塵勞中人，可惜陷泥犁中老矣，亦甚慚其語。"（《耳談類增》）

青溪龍女洞[1]

欲買青溪溪上田，絶憐龍女住寒泉。須知成佛文殊後，莫更投書柳毅前。嶺外獮猴閑出定[2]，洞中蝙蝠解安禪[3]。茅菴結得經行久，應向人間作水僊。

【校注】

〔1〕青溪：今屬當陽，過去有時屬當陽，有時屬遠安。乾隆《當陽縣志》記載："青溪山，在治西北三十里，爲邑西障。《述異記》云：'青溪秀壁，洞多乳窟，中有泉，飛流砰湃，是爲青溪山。發自房陵之景山，東支爲荆山，西支爲青溪。'酈道元云：'尋源浮溪，最爲深峭。'盛弘之云：'稠木旁生，凌空交合，危樓傾嶽，恒有落勢，風泉傳響於青林之下，巖猨流聲於白雲之上。游者常苦目不周翫，情不給賞，泉側多結精舍。'郭璞《游僊詩》云'青溪千餘仞，中有一道士'殆指此耶。寺前泉湧亂石灘，名積雪，有瀑布。傳禪師厭其聒耳聽經，龍女爲移之。今屬遠安，實本當邑也。"本詩《列朝詩集》有記載。龍女洞：雷思霈在《荆州方輿書》中記載，（遠安）縣西南有青溪山，一名雲夢山，宋法琳大師居山洞中誦經，一女頻來獻食，詰之曰："汝何女？"曰："我龍女也，家岷峨，聞師誦經功大，故來供獻。"師曰："崖泉聒我奈何？"女曰："易爲耳。"遂辭去，忽一日，水從崖下流，半里許方有聲，後人建龍女祠於側。

〔2〕出定：佛家以静心打坐爲入定，打坐完畢爲出定。青溪、鹿苑嶺一帶有鹿，袁中道在其《游鹿苑山記》中有記載：山上多鹿，故山曰"鹿苑"，溪曰"鹿溪"。志云："上多鹿疃。"《詩》云："町疃鹿場。"毛萇云："鹿跡。"《説文》云："町疃，禽獸所踐處。"訊之僧，云："今殊不見有鹿，惟獮猴，數月一來，千百爲群，旋即去。"

〔3〕洞中蝙蝠：關於青溪的蝙蝠，李白在其《答族侄僧中孚贈玉泉僊人掌茶并序》有相關記載："余聞荆州玉泉寺近青溪諸山，山洞往往有乳窟。窟中多玉泉交流，其中有白蝙蝠，大如鴉（一作鴨）。按《僊經》，蝙蝠一名僊鼠，千

歲之後，體白如雪，棲則倒懸。蓋飲乳水而長生也。”“常聞玉泉山，山洞多乳窟。僊鼠白如鴉，倒懸清溪月。”

【相關鏈接】

游青溪記

袁中道

去玉泉五里許，入一音寺界。一音寺亦智者所建，峰巒甚多，總名爲一音寺巖也。翔舞飛騰，已異玉泉。中有兩峰特起，若象王一回顧。下有聚落，背山臨流，正玉泉青溪中路。訊一音寺址，云正在巖顛，今廢矣。可四五里許，始入溪諸山之界，裂霧奔雲，姿態横生。昔游桃花源上，酷愛其山勢生動天外，浪壁層層，以爲稀有。今見此山，不啻故人。生平有山水癖，夢魂常在吴越間，豈知眉睫前有青蓮世界乎！夫論峰勢，玉泉最爲尊特。若其層叠多態、起伏回環，吾不能不愛青溪諸山。少年見妖姬，高士見山色，雖濃淡不同，其怡志銷魂一也。已近寺，忽見清流一泓，滂湃噴舞，是謂青溪。青溪之跳珠濺雪亦無以異於諸泉，獨其水色最奇。蓋世間之色其爲正也間也吾知之，獨於碧不甚瞭然。今見此水，乃悟世間真有碧色如秋天、如晚嵐。比之含烟新柳，則較濃；比之脱籜初篁，則較淡。温於玉，滑於紈，至寒至腴，可掬可飧。至其沈郁深厚之處，螭伏蛟盤，窅不可測。入寺後，折而右，步至龍女廟即青溪發源處。昔僧法琳於此作論，龍女來聽，因祠之。祠前有方廣地，最宜聽水。相傳泉發源同江，故與江水共消長。然石中出泉，至冬猶滂湃，尤諸泉所無。泉之上有峰一，壁若燭淚下注駁蝕，巉巉可畏。其色朱碧相宣，霞雪雜出，皆千萬年雨溜所成。爲洞二，大士洞徑路斗絶，惟卧雲洞在道旁，若夏屋可居，即琳法師著論處。元又有卧雲禪師居之，故亦名“卧雲洞”。洞邊石磊磊，色碧而中空，酷似太湖之佳者。與度門覓一卓菴處，後倚危石，前臨九子。晚飲龍女廟前。按《水經注》：“青溪水出縣西青山之東，有濫泉，即青溪源也，以源出青山，故曰青溪。”今人殊不知濫泉、青山名。盛弘之云：“裯水傍生，凌空交合，危樓傾嶽，恒有落勢，風泉傳響於青林之下，巖猿流聲於白雲之上。游者常若目不周翫，情不給賞，是以林徒棲托，雲客宅心，多結道士精廬即此地也。”則青溪之勝，其來久矣。秣陵亦有青溪，發源鐘山，水光山色遠不及此。而此處名不甚顯，題詠亦少，豈非以其僻哉！侯景叛時，陸法和正住青溪，與南郡朱元英論兵事，蓋青溪固居士往來處，亦宜祠。

（《珂雪齋集》）

園中與焦處士談太乙〔1〕

蓮葉舟中太乙篇，東方傳後更誰傳。楓天棗地裁三式〔2〕，柳雨桐雲落半川。推算却愁庚子運，紀元須起甲寅年。間同處士論家世，道是神僊是酒僊。

【校注】

〔1〕焦處士：生平不詳。似指雷思霈家的私塾教師。參見《讀子美集戲柬北人焦生》。太乙：術數家語，指太乙神數，爲三式之一，是推算國家政治命運、氣數以及歷史變化規律的術數學。

〔2〕三式：術數家語。指遁甲、太乙、六壬。

丙午花朝政值春分徐居士誕辰年七十有一吴中孝廉變其姓名家於宜都獨與余契作詩賀之〔1〕

春光平半是花朝，桃李紛紛亂蕊飄。七十年來增一歲，四千里外歷三朝。鴟蒼詐姓分江介〔2〕，龍子棲身謝海潮。他日先賢耆舊傳，瑯琊不出欒山腰。

【校注】

〔1〕徐居士：似指徐從善。見《宿徐從善山居》。瑪瑙河一帶過去屬宜都，今屬枝江。

〔2〕鵠蒼：亦作“鵠倉”。傳説中的神犬名。《博物志》云：“徐君宫人娠，生卵，以爲不祥，棄於水濱。孤獨母有犬名‘鵠倉’，銜所棄卵以歸，覆暖之，遂成小兒，生偃王。故宫人聞之，更收養之。及長，襲爲徐君。後鵠倉臨死生角而九尾，實黄龍也。鵠倉或名後倉也。”江介：江左。指長江以東之地。

花朝宿陳二西山館并序

花朝政值春分，同諸友送羅茂州至建平界[1]，宿陳二丈山館。適小西天僧歸國募其資斧，淹留數日，與于丈對弈。館賓天鵝峰，左有雙鯉池，在萬山顛，壁間畫鳳，肥甚不類，笑命堊之，因書數句。是日也，與公安石首有約，不果往。楊伯從亦約赤溪之游。伯從今之武昌，篇中并及之。

恰恰花朝逢此日，朦朦月夜醉同仇。平分九十春光半，遍問三千法界周。送客遠行汝嶺外，施僧歸到雪山頭。柳條虚擬劉郎浦[2]，草色遥憐處士洲。幸有主人投轄飲，不妨樵子爛柯留。一蓑獨立稱漁父，兩郡爭疆看督郵。紫霧多時晴亦雨，白雲高卷氣如秋。狼牙鹿角舟航險[3]，鮪瀨鱣淵綱罟求[4]。穿竹引泉常繞屋，列畦通水細疏溝。山花山鳥村村静，溪岸溪漁事事幽。獨愛天鵝孤岫削，更奇池鯉萬峰收。揭來怪石坑中研，採得靈山海上丘。好種梧桐數百樹，他年真説鳳皇游。

【校注】

〔1〕羅茂州：羅生化，茂州倅。疑似羅冕。詳見《羅茂州章何二孺人墓誌銘》

〔2〕劉郎浦：在湖北石首縣西北，一名劉郎伏。胡三省注《資治通鑒》：

“江陵府石首縣沙步有劉郎浦，蜀先主納吴女處。”

〔3〕狼牙鹿角：俱爲灘名，見《虎頭灘》校注。

〔4〕鮪瀨鱣淵：鮪、鱣均是中華鱘的别稱。從枝江到夷陵的長江段自古就是中華鱘的繁殖産卵地。據同治五年《枝江縣志》記載，捕千餘斤的鱣魚，“用巨鈎，一鈎著，全鈎皆著，船隨之游歷數日，力憊取之。鱘鮪也，大者亦至千餘斤，取法與鱣同”。光緒版《荆州府志》也有大同小異的記載，“漁人以小鈎近千沈而取之，一鈎著身，護痛而動，諸鈎皆著，船隨之游數日，待其困憊，方可掣取”。夷陵離枝江雖只有幾十公里，但由於已處峽江，水流地勢均與枝江大有不同，因而我們又看到了另外兩種完全不同的捕撈方法。光緒版《宜昌府志》載：“漁人捕魚，有綱罟鈎之屬，或在岸在船，無異他處。其所不同者，一曰起汕，一曰叉繫。起汕必於每年三月初八、十八、二十八三日，相率連纜拍舷，令聲震水面，連歌徹夜，必悲愴慷，乃獲多魚。惟在三游洞以下、十二培以上爲之。叉繫則於每年八九月間，捕取鱘鰉二魚，其取魚之地有十餘處，多於黄牛峽一帶水汛急處，先藏繫於水底，魚入其彀，久而後疲，始用叉，而人跨於魚背，納巨繩入腮以起之。其器名曰金。叉繫得魚大者千餘斤，小者二三百斤。”乾隆版《東湖縣志》也有類似記載。

蝦蟆洞[1]

天上蝦蟆精，飛墮明月峽。走過析木津，哆口河漢呷。吐吸扇子峰，石竇雙爪掐。泉眼大如屋，漫流羃背胛[2]。滑浸九節蒲，崖花隙旁夾。額上垂冰弦，至今聲啑啑[3]。額下有丹書，科斗那得押。當其嗔恚時，長江幾呑歃。忽挂青蛇劍，蹙縮如土鴨。晚逢陸道者[4]，自矜嘗水法。虚張康谷尊[5]，肯讓中泠壓。我來春猶寒，數步解衣袷。秉燭半里許，氣蒸手揮箑。深入詎可測，重險勢益狹。泉奔欲裂山，萬馬集鎧甲。兩壁石乳結，疑是鬼神插。詭異非一狀，幽探心所洽。假爾搗靈藥，荷我鋤雲锸。老蟾頫無言，我醉倒白帢。

【校注】

〔1〕蝦蟆洞：見《紀行詩》“蝦蟆泉”條注。本詩乾隆《東湖縣志》、同治《宜昌府志》有録。

〔2〕冪：覆盖。

〔3〕唼唼：形容魚、鳥吃東西的聲音。

〔4〕陸道者：陸法和。

〔5〕康谷：在廬山。與中冷均被陸羽等評爲天下名泉。

虎頭灘〔1〕

水石相遭波浪急，漁人當扼披簑立。百罟不獲一小魚，躊躇或想巨鱗入。我坐盤石待已久，願爾得魚按清酒。天風冷冷不可留，前灘更作獅王吼。開船忽到黄陵東，白雲山頂已蒙蒙。

【校注】

〔1〕虎頭灘：此詩乾隆《東湖縣志》、同治《宜昌府志》有録，但同治《宜昌府志》作“虎牙灘”。據詩的内容看，應爲“虎頭灘”，因爲虎牙灘在今猇亭，距離黄陵廟甚遠，古代非機械化的船，又是逆水而上，不可能“忽到黄陵東”。查弘治《夷陵州志》：“虎頭灘、鹿角灘、狼尾灘俱在州西北百餘里。三峽中惟此數灘最險。”乾隆《東湖縣志》：“虎頭灘在峽江，俗呼南岸爲南虎灘，北岸爲北虎灘，距縣一百二十里。”此詩中所説的“巨鱗”似指中華鱘這類大魚，而“捕取鱘、鰉二魚，其取魚之地有十餘處，多於黄牛峽一帶水汛急處”。

看　山

與客游山中，共説看山旨。客愛看山晴，我愛看山雨。晴如江上樓，仰窺青黛女。若得山色佳，除非數百里。雨如隔紫紗，長袖各出舞。

千重咫尺間，如在烟霧裏。晴可騁遠目，晴可舉高趾。晴可類鳥背，晴可望霞起。惟雨得趣多，奇詭未易數。當其雨初作，雲峰抽白縷。濃如潑墨汁，薄似張蠶楮。已聞溪壑聲，後聽松濤鼓。及其雨將止，雲上天可杼。林巒失故常，變化若神鬼。空翠不可名，形狀問畫史。雨中竟如何，看山好在此。客俯不復辨，但云有鳥語。行不得哥哥〔1〕，泥滑滑更苦〔2〕。

【校注】

〔1〕行不得哥哥：李時珍《本草綱目・禽部》載："鷓鴣性畏霜露，夜棲以木葉蔽身，多對啼。今俗謂其鳴曰：'行不得也哥哥。'"

〔2〕泥滑滑：竹雞的别名。因其鳴聲如此。

東郊飲陳悦甫和孝若服卿韻〔1〕

南郊東嶺地偏奇，水閣茅堂醉更宜。野菜當茶親煮鼎，村醪如乳遞傳卮。雪殘竹葉回松葉，春送梅枝到柳枝。我欲荷蓑兼帶笠，莫教樵子牧人疑。

【校注】

〔1〕孝若：陶若曾，字孝若，夷陵人。明萬曆戊子舉人，爲袁宏道同年。後官安徽祁門教諭，廣東恩平、新興縣知縣。去世後，新興縣百姓爲其修"遺愛祠"以祭祀他。著有《枕中囈》《南北游詩》《四部醍醐》《外史七傳》等集。《宜昌府志》卷二十載："陶若曾，字孝若，萬曆戊子舉人。幼穎悟，長益博通經史，秉鐸祁門，著有《四部醍醐》及《外史七傳》，一時名士交推重之。"康熙《徽州府志》記載："陶若曾，字孝若，湖廣人，舉人，萬曆間任祁門教諭。若曾起中原七子，後與公安三袁相頡頏。善詩文，操觚立就。任祁，尚古學，重氣節，嘗搜祁之義士節婦作《外史七傳》。"陶孝若雖"精於舉子業，獨不肯數進場流，日蓬首垢面，項帶竹簍子，如尋蛇兒，形容怪誕"(《珂雪齋近

集》卷三《南北游記序》)。爲人尚通脱，放達不羈。孝若精於詩，宏道、中道皆曾序其詩。宏道謂其“工於詩，病中信口腕，率成律度”，稱其“詩味亦近似中郎，蓋染香潤霞，有不問可知者”(《袁宏道集箋校》)，并比之爲秦太虚於蘇東坡。袁宏道有《送羅服卿還彝陵兼柬陶孝若》《陶孝若枕中囈引》《客有贈余宫燭者即席同劉元定方子公丘長孺陶孝若賦之》《與陶孝若書》《送陶孝若諭祁門》等作品。袁中道在其《南北游詩序》中高度贊揚陶孝若，“予友陶孝若，淡泊自守，甘貧不厭，真有過人之骨，文章清綺無塵坌氣，真有過人之才。而尤有一種清勝之趣，若水光山色，可見而不可即者”。本詩乾隆《東湖縣志》、同治《宜昌府志》有録。參閲《枕中囈引》。

贈九還道者

前身合是地行僊，肘後囊中第幾篇。每到名山埋爪髮，若逢歌院散金錢。青溪紫盖三生約，冀北荆南萬里緣。老去欲歸安養國[1]，焚香洗缽念珠圓。

【校注】

〔1〕安養國：佛教語。即極樂世界。謂衆生生此世界，可以安心養身，聞法修道，故名。

盆中緑萼梅

蛟螭身糾盤，鱗甲亦皺怒。珊瑚幹扶疏，枝條自敷布。天工與物理，雕琢靡人務。盆梅僅尺餘，局作七寶樹。倔强不得逞，纏縶勢益固。虎豹絇欄檻，鳳鸞羈在篵。徒抱歲寒心，應有花神愬。我爲解其弢，任爾相披錯。華研霜雪欺，根瘦神鬼怖。僊女萼緑華，幸與羊權住[1]。

【校注】

〔1〕羊權：南朝梁陶弘景《真誥》中記載女僊萼緑華與羊權相戀的故事：萼緑華者，僊女也。年二十許，上下青衣，顏色絶整。以晉穆帝升平三年己未十一月十日夜降於羊權家，自云是南山人，不知何山也。自此一月輒六過其家。緑華云："我本姓楊。"又云："是九嶷山中得道女羅郁也。"宿命時曾爲其師母毒殺乳婦，玄洲以先罪未滅，故暫謫降臭濁，以償其過。贈權詩一篇，并火浣布手巾一條，金玉條脱各一枚。條脱似指環而大，異常精好。謂權曰："慎無泄我下降之事，泄之則彼此獲罪。"詩曰："静尋欣斯會，雅綜彌齡祀。誰云幽鑒難，得之方寸裹。翹想樊籠外，俱爲山巖士。無令騰虚翰，中隨驚風起。遷化雖由人，藩羊未易擬。所期豈朝華，歲暮於吾子。"

自峽西下荆南之石首訪退如聞以是日作武當游舟車相望夜泊對岸風雨大作遣一力追之

二月上巫峽，兩壁粘天滑。極而窮高奇，惟恐不兀突。三月下荆南，兩岸大江迫。極而恣游覽，吴粤僅一髮。平衍既已厭，岡陵何由歇。行行至石首，群峰青來謁。隔縣夜泊舟，風雨疾如鶻。船簸岸欲走，數數問纜橛。當時荆佽飛[1]，盛氣決勃勃。拔劍斬蛟精，善載肉與骨。我家有干將，神物豈倉卒。詰朝天忽霽，許友頃北發。云至篸嶺上[2]，爲訪僊靈窟。倘逢太行石，何異山陰雪。追隨遣健兒，駕言漢上筏。

【校注】

〔1〕佽飛：即佽非。春秋楚勇士。李白《觀佽飛斬蛟龍圖贊》："佽飛斬長蛟，遺圖畫中見。"

〔2〕篸嶺：武當山。

書張廣文三節婦卷遺登儁賓王二丈[1]

廣文世家子，妹氏凜冰玉。嫁韓中允孫[2]，囊空盎無粟。年僅十八餘，韓郎遂不禄。繼姑苦勸之，截髮誓不復。廣文有二女，德音先姑續。當其失所歡，十七與十六。長女無弱息[3]，夫家難居宿。大歸念姑章[4]，歲時如昔夙。次女遺腹子，拮據日夜哭。死易立孤難，五十髮已禿。鳴乎一門中，況乃同根育。屹彼三神山，海上波濤矗。天寒百草萎，青青松柏獨。故相文簡公[5]，廣文乃宗族。文簡女歸馬，矢節有芳躅。詩書親訓兒，兒癡不能讀。行年七十外，内室絶童僕。荊州歐陽生[6]，向余言至熟。生女尚如此，生男豈碌碌。登儁與賓王，我見真奇鬱。

【校注】

〔1〕張廣文：不詳。登儁、賓王：不詳。從詩歌末尾兩句看，疑似張廣文之子。

〔2〕韓中允：韓守益，號樗壽，石首人。“中允”是其官名。洪武初以儒士執教於宜都，後提升爲河南道御史。因直言諫勸，被貶充國子膳夫供事，充當官署雇員。不久復官，調任重慶太守，又調臨江。後因事被貶爲安慶府判，旋又升爲御史。前後三歷臺諫，皆觸怒太祖。最後一次因觸怒太祖，被力士用鐵錘擊撲於地。太祖怒消後，命太醫調治，限他三日入朝。後改爲太子宫屬，任春坊中允官。善詩詞。著有《樗壽稿》行於世。張廣文妹夫是韓中允幾世孫不得而知。

〔3〕弱息：幼弱的子女。

〔4〕大歸：已嫁婦女歸母家後不再回夫家，叫大歸。

〔5〕文簡公：張璧，字崇象，石首人。弘治八年（1495）舉人，正德六年（1511）進士，授翰林院編修。官至禮部尚書、東閣大學士。卒謚文簡。撰有《陽峰家藏集》三十五卷。

〔9〕歐陽生：雷思霈的朋友歐陽明，江陵人。

黄叔度墓〔1〕

盤陸皆鴻漸，潛亢等龍德。當時孔禰輩，猶扛漢鼎力。惟有牛醫兒，清濁俱不得。尺蠖何必申，委蛇甘自匿。嗟乎孔與廣，西東兩漢賊。弟靡而波流〔2〕，千古鮮奇特。原人視黨人〔3〕，其誰亂人國。問是何代墳，停車謁碑勒。豈不念高蹈，聊以激忠直。

【校注】

〔1〕黄叔度：《後漢書·黄憲傳》載："黄憲，字叔度，汝南慎陽（今河南正陽）人也，世貧賤，父爲牛醫。"他雖出身低微，但勤勉好學，修煉操守，淡泊名利，不僅成爲飽學之士，而且做到了如孔子所説的"隱居以求其志，行義以達其道"，是漢末亂世的一個道德楷模，被歷代士人尊稱爲"顏淵""人鏡"。與他同時代的荀淑、戴良、陳蕃等達官顯宦清流人物對黄叔度更是推崇備至。黄憲墓，《輿地紀勝》記載在宜城（今湖北宜城）。一説在河南正陽。

〔2〕弟靡波流：比喻無所執著，隨順應變。典出《莊子·應帝王》："因以爲弟靡，因以爲波流，故逃也。"

〔3〕原人：言行不一，僞善欺世之人。《孟子·盡心下》："一鄉皆稱原人焉，無所往而不爲原人，孔子以爲德之賊，何哉？"

題鍾二府小郎扇鍾時談道術〔1〕

聞説鍾郎冰玉姿，能書五字語偏奇。大人可是東方朔，賦得龍蛇誡子詩。

【校注】

〔1〕二府：明、清兩代同知的俗稱。

夏日飲張伯璽并序

伯璽，文簡公之四世孫也。予少時，里中楊户侯靜者，一日晏坐，忽見一人來云："雷者，文簡後身也。"此語近二十年矣。今見其孫，不覺大醉，賦詩一章。

話到因緣總戲場，未來星宿劫何長。名花異卉平泉石，玉簡金書晝錦堂[1]。玄度後身裴相國，審言先世杜當陽[2]。且拼一醉江頭月，月正明時水正涼。

【校注】

〔1〕晝錦堂：位於河南安陽古城。是宋代三朝宰相韓琦回鄉任相州知州時，在州署後院修建的一座堂舍。并據《漢書·項籍傳》"富貴不歸故鄉，如衣錦夜行"之句，反其意而用之，故名"晝錦堂"。歐陽修爲之作記。

〔3〕審言：杜審言，杜甫的祖父。杜甫的十三世祖杜預因滅吴有功，被封爲當陽縣侯。

泛舟湖中同孟弢戲成

洲上人家水上鳧，隄邊楊柳岸邊蘆。僊才有客如供奉，可許湖稱太史無。

贈李生仲文

李生監利豪，携家江陵里。本自宕蕩者，恥與市兒伍。惟有歐陽生，連墻時語語[1]。但得素心人，寸衷可捐許。詩才頗清逸，予爲抒厥旨。世界密以移[2]，黄虞至蒙古[3]。才人代相續，屈宋及何李[4]。造化任鑪錘[5]，古今聽驅使。調必先開元，時已後洪武。逝者如斯夫，前水非後水。瞀儒拾唾餘，羊質而蒙虎[6]。枝頭花正研，墮地成朽腐。八珍入胸中，穢惡那堪吐。惟有過量人，海水任吞取。所以白與蘇，廣大教化主。子來索余書，予書子裂紙。君家斯冰邕[7]，筆力俱鼻祖。

【校注】

〔1〕連墻：比鄰，近鄰。

〔2〕密移：暗中迁移。

〔3〕黄虞：黄帝、虞舜的合稱。

〔4〕何李：明代文學家何景明、李夢陽的并稱。

〔5〕錘：同“罄”。《説文解字》：“小口罌也。從缶巫聲。”

〔6〕羊質蒙虎：比喻外强内弱，虚有其表。漢代揚雄《法言·吾子》：“羊質虎皮，見草而悦，見豺而戰，忘其皮之虎也。”李軌注：“羊假虎皮，見豺則戰；人假僞名，考實則窮。”

〔7〕斯冰邕：秦代李斯、唐代李陽冰、漢代蔡邕的并稱。三人皆以篆書名世。

第一津梁卷夷道劉聖達舍宅爲寺[1]

佛國紀三山，震旦無二地[2]。發大經光明，中有聖者住。常乘六牙象[3]，時現五色霧。百萬億菩薩，圍繞作佛事。至尊遥禮拜，太后題榜字。金像與瑶函，往往勤中使。十萬衆僧朝，道阻遠莫至。虚費草鞋錢，夔門而却步。沿江設津梁，創始一居士。吴越五千里，百里寄一遇。夷道清江旁，千峰送翠蔚。于焉建刹竿[4]，亦似黄金布。譬彼登寶所[5]，此即化城是[6]。下者鳩兹來[7]，上者虎牙去。晝得果枵腹，夜得展卧具。總持在高宿[8]，法幢永不墜。

【校注】

〔1〕第一津梁：津梁，比喻濟渡衆生，此指供來往僧人臨時食宿的居所。《地藏菩薩聖德大觀》：“究竟離苦解脱之法，不得不歸功佛門，又不得不歸功

觀音、地藏諸大士也。觀音應十方世界，尤於五濁有緣。地藏游五濁娑婆，尤於三塗悲重。如父母等愛諸子，而於幼者及無能者尤所鍾情。此占察善恶業报經，誠末世多障者之第一津梁也。”夷道：縣名，宜都的古稱。西漢武帝建元六年（前135）置。劉聖達：劉芳節。光緒《荆州府志》：“字玄度，萬曆丁酉舉人，癸丑會試，對策條陳時政，爲主司所抑，遂絶意科名，專力詩文。嘗客張相國居正邸中，一夕集唐成詩百首，居正命子允修輩師事之。與夷陵雷思霈、公安袁中道齊名，著有《雲在堂集》。參《湖北詩佩小傳》。”錢謙益《列朝詩集小傳》：“劉舉人芳節，字聖達，宜都人。舉萬曆丁酉鄉薦。公車時常從袁小修及余游，有《閨情集句》三十二首，小修序之。”同治《宜都縣志》記載：“無子，舍宅爲廣濟寺。”另袁中道其萬曆四十三年（1615）八月十六日的日記記載：“辰起入郡，崔受之偕晚渡江，將至岸，忽有一人大呼曰：‘劉玄度逝矣。’予驚問故，其人曰：‘玄度至沙市鬻妾，忽病數日，遂不起。’予大駭，會兩舟相遇去急，亦不暇問其人誰也。予灑淚登岸，至寓即走唁之。旅舍荒凉，寂然一棺。予哭之不異兄弟也。玄度，名芳節，别號恒沙，大有才藻，善譚論，與予爲髫年交。舉丁酉鄉試第二，癸丑試卷已入彀，將登榜矣，而策中稱譽江陵相公太過，其詞殊激，竟擲去。其人旁通百家言，楚中異才也。無子，晚娶雷何思太史妹，甚悍。家有數妾，皆不得御。以無子故，至沙頭買妾，欲以八月十八日納妾，而十七日逝矣。”與雷思霈是同年舉人。參見《祭劉年伯》。劉芳節舍宅而成的廣濟寺是此後宜都縣最大的佛寺，一直到抗日時期，國民黨宜都縣政府遷居寺内，原有古建築纔被大量毁坏。此詩有助瞭解劉芳節舍宅爲寺的緣由。

〔2〕震旦：古代印度對中國的稱呼。

〔3〕六牙象：《因果經》等載，釋迦牟尼從兜率天宫降生於人間時，乘六牙白象，其母摩耶夫人晝寢，夢六牙白象來降腹中，遂生釋迦。六根象牙代表六度：布施、持戒、忍辱、精進、禪定（止觀）、智慧。

〔4〕刹竿：刹柱。寺前的幡竿。

〔5〕寶所：佛教語。本謂藏珍寶之所，喻指涅槃，謂自由無礙的境界。

〔6〕化城：一時幻化的城郭。佛教用以比喻小乘境界。佛欲使一切衆生都得到大乘佛果，然恐衆生畏難，先説小乘涅槃，猶如化城，衆生中途暫以止息，

進而求取真正佛果。（見《法華經·化城喻品》）

〔7〕鳩兹：古邑名。《左傳》襄公三年："楚子重伐吴，爲簡之師，克鳩兹。"楊伯峻注："鳩兹，吴邑，當在今安徽蕪湖市東南二十五里。"

〔8〕總持：佛教語。梵語陀羅尼的意譯。謂持善不失，持惡不生，具備衆德。

【相關鏈接】

與徐從善知己

劉芳節

數日讀太岳先生集，真是手舞足蹈而不能已。千古奇人，千古奇書！何遲我十年讀也？然非遲十年讀，又恐不能讀若此之快也。乃今敢斷所謂高皇帝爲生民以來未有之神聖，開天而作君；太岳先生爲生民以來未有之異人，中天而作相。盖氣運閉之數千年而始生此神異品，而又并集於我朝，盛哉！

今頌高皇帝者以爲似漢高，固爲不知類；以爲似湯，亦未盡；予直以爲跨轢神堯聖舜，而其摧陷廓清之功，直肘足於盤古。至若太岳先生龍見二爻，總挈三教，所謂集大成者，方之同矣。何者？大成之學，歷宋至我明，愈講而愈晦，愈步趨而愈腐爛。得太岳先生而一洗刷之，光彩倍鮮。如曰平生學在師心，不曰師孔，而孔子之道愈尊，學愈明。彼梁汝元、李贄者，固皆自命爲聖人，卒以聖人奉之者也。汝元一見而咋口，卓老所稱爲大覺，設位禮拜之而不置有以也。

書牘入手輒自批圈，不自知其喜心之倒極，幸勿罪其妄謬。信筆潦草寫去，中間有許大議論尚未得發出，會須作一篇大評論文字留之天壤間。真是文忠千古少知己，諸人所謂知之淺矣，不佞頗知之深，文忠自當魂舉。

社弟劉芳節頓首白。

（《張太岳文集》附《太岳先生文集評》）

王叔周園子雪中牡丹花

水僊叢裏蠟梅枝，那見繁華國色姿。天地陽和輕泄漏，冰霜嚴毅故參差。芭蕉葉染王維畫，群玉峰裁李白詩。須信花神應有意，不關冬令似春時。

題殷烈婦遺文

人不可無年，於世必有以。生不如無生，惟死爲可以。殷女方家婦，慘惻哀人理。夫亡與之亡，血胤無可倚〔1〕。一字一淚下，從容寫遺紙。文爭日月光，名與天地齒。殷有三仁焉〔2〕，比干諫而死。

【校注】

〔1〕血胤：同一血統的子孫後代。

〔2〕殷有三仁焉：《論語·微子》："微子去之，箕子爲之奴，比干諫而死。孔子曰：'殷有三仁焉。'"微子，名啟，是殷紂王的同母兄弟；箕子，名胥餘，曾任殷代的太師，他和比干均是殷紂王的叔父。

易鴻于齋中

齋中何所似，春甕鼻頭香。一石苔全絡，疏花草半荒。有兒抽古典，無病理醫方。不逐時新樣，衣冠復古章。

贈劉七丈象先〔1〕

劉郎讀書王郎館，酒到看花興到詩。無事過余談竟日〔2〕，竹邊雙雀立多時。

【校注】

〔1〕劉七丈象先：生平不詳。此詩標題,《御定佩文齋詠物詩選》作“贈劉七”。

〔2〕無事過余，原刻此頁缺損，缺此四字，據《御定佩文齋詠物詩選》卷四百四十二雀類補。

荆楚文库

蓬池閣遺稿

檢討雷思霈何思父　著
同社張景良孟孺父　輯
門人王維章貞含父　訂

蓬池閣遺稿序

此故太史何思先生遺帙也。先生性脱略，其屬草多不存。余小子從之游，亦無能頻爲掇拾。而張孟孺於同社中兼有至戚，所得遺稿最多。辛亥秋[1]，先生甫四十七，以無疾逝，諸草愈益漫涣。余壬子北征，從孟孺所覓三之一以行。詩有《歲星堂》《百納閣》數種，文則殘章斷簡而已。竟陵鍾伯敬者[2]，先生南宫分閲時首得士也[3]。將之金陵，輒携之去，欲付剞劂，以廣傳焉。梓成，頗有去取，則伯敬意也。有謂“一家月旦，未足千秋”，皆以不睹全編爲憾。自是索先生遺稿者皆於孟孺。孟孺於先生壘室間搜括既遍，復於其靜侶、窮交、禪棲、僻院，罔不徵詰，復得詩稿若干首，文若干篇。統爲“遺稿”，目以“蓬池”，即先生所居池館也。

先生品自譎僊，放達類李青蓮，嗜學類陶弘景。居以“蓬池”自命，亦飄飄乎庶幾遇之之意焉。生平慷慨，矜氣節，不屑屑於世味。自庶常以迄捐館[4]，凡十年所，强半林居，蠟屐選勝，經旬不厭。得意處，信腕直書，不苦抽尋，亦不多點竄。故每篇中疏宕之致居多。至意所獨到，他人雖百倍抽尋，多方點竄，亦不可得，是先生識力興致滃然滂渤，隨所溢發而不自知者也。乃其詩格喜少陵，文體愛昌黎，故密證精神，亦宛爾相肖。蔡元履之評先生者有曰[5]：“可謂才子，未可謂風人。”伯敬竊以問余，余曰：“詩可以風，亦温厚和平，長於風諭已耳。然風人口所自出，其剛柔吞吐，亦人人殊期於抒所欲發。十五國之聲歌，是不一律，隨方采貢，豈盡沈探婉出、千章一致之爲合法？即三百篇中，雅不傍風，頌不侔雅，各臻其奥。屈騷善怨，怨忿激疾，亦無復和平之則矣，而君子以爲有三百之遺，無亦曰風。主動能巽[6]，入之謂風。但其言出，令仁人義士、貞夫怨女誦之而撫掌流涕，是即風人之致已。”伯敬亦然余言。因嘆先生之爲言，即先生之爲人。其人遠矣，流風餘韻，獨此數言在，木難火齊〔7〕，片片皆寶，能不一切珍之而可去取乎？即并存去取者，或亦先生孤賞之意，而挂漏未免過偏。矧孟孺之所續搜，多伯敬所未見。而惜乎伯敬又已作古人矣。先生於學術稽研最細，其言曰："聖賢而無豪傑之具，則其爲聖賢也必僞；豪傑而無聖賢之裏，則其爲豪傑也必粗。"三代而下，漢如張留侯、霍博陸、諸葛武侯；晉如王茂弘、謝安石；唐如房、姚、狄、郭及贊皇、鄴侯；宋如文靖、文正、稚圭、希文、萊國、潞國諸君子，其學術所自出，先生皆能鑒別其微，涑水用之頗激〔8〕，幾與臨川之壞事同譏。國朝真儒大用獨歸之於王文成〔9〕，則先生之嚮往盖可知已。倘天假以年，先生立朝，事業必有卓絶，當世爲一代典刑者，而遽令其齎志以往，深可慨痛。不朽在是，先生有不往者存。

余愧無能力爲捃摭，率因孟孺以卒先生之業，謂孟孺爲先生之功臣可也。先生雷氏，諱思霈，何思其字也。以東方生〔10〕自況，故亦稱歲星堂主人。時崇禎元年戊辰秋孟，嘉議大夫陝西按察司按察使奉勅分守西寧道里中門人王維章撰并書〔11〕。

【校注】

〔1〕辛亥：萬曆三十九年，公元 1611 年。

〔2〕鍾伯敬：鍾惺，字伯敬，號退谷、退菴，别號晚知居士。湖廣承天府竟陵（今湖北天門）人。鍾惺能詩文，冠絶一時，公推爲竟陵派之首，與譚元春合稱"鍾譚"。他提倡"勢有窮而必變，物有孤而爲奇"，寫作别具風格，"求新求奇""孤行靜寄"。吴景旭《歷代詩話》卷七十九云："伯敬詩清迴自異，全用歐九飛盖橋玩月筆法，與譚友夏選《古唐詩歸》，一時翕然稱之。"鍾惺與譚元春爲摯友，當他身故後，譚氏作《喪友詩三十首》及《乙丑歲除夕感蔡敬夫鍾伯敬二公之亡賦十二韻示弟》。鍾惺著有名篇《浣花溪記》《游武夷山記》及《夏梅説》等。雷思霈是他的座師。詳見《與鍾伯敬》注。

〔3〕南宫分閲：指担任禮部會試校閲試卷的房官。

〔4〕捐館：死的委婉説法。一般是指官員的去世。

〔5〕蔡元履：蔡復一，字敬夫，號元履，福建同安（今屬厦門）人。自幼聰明過人，十二歲作《范蠡傳》萬餘言，十八歲中舉人，十九歲（明萬曆二十三年）連捷得中二甲七名進士。曾代總督雲貴湘粵軍務，巡撫貴州，節制五省，賜上方劍，便宜行事，官至兵部左侍郎，病逝於軍伍中，年僅四十八歲。卒後，熹宗皇帝嘉其忠勤，贈兵部尚書，賜葬，謚清憲。蔡復一與鍾惺、譚元春等人交往密切，把鍾惺“奉爲深幽孤峭之宗”，爲譚元春寫《譚友夏詩序》。

〔6〕巽：八卦之一，代表風。

〔7〕木難火齊：火齊，寶石名；木難，寶珠名。比喻珍奇難得之物。多指詩文書畫等。

〔8〕涑水：司馬光的號。

〔9〕王文成：王陽明。

〔10〕東方生：指漢代的東方朔。相傳東方朔仕漢武帝，爲大中大夫。武帝暮年好僊術，與東方朔狎昵，從東方朔求不老之藥及吉雲、甘露等。東方朔嘗謂同舍郎曰：“天下知朔者唯大王公耳。”及東方朔卒，武帝召大王公問之，對以不知。問何能，對以善星曆。乃問諸星皆在否，曰：“諸星具在，獨不見歲星十八年，今復見耳。”帝仰天嘆曰：“東方朔生在朕傍十八年，而不知是歲星哉！”事見漢代郭憲《東方朔傳》。後遂用爲典實。

〔11〕王維章：字貞含，一字於天，夷陵人，雷思霈門生。先後任杭州知府、嘉議大夫陝西按察司按察使，奉敕分守西寧道、四川巡撫。乾隆《東湖縣志》記載：“王維章，字於天，萬曆癸丑進士。官至四川巡撫，仁厚清廉，所在詠思。之時執政亟薦其才，後以章不附己，遂以川東失守羅織成獄。論者有成敗蕭何之誚。及章卒於獄，天下冤之。”乾隆《東湖縣志》、同治《宜昌府志》、康熙《玉泉寺志》都收有他的作品。雷思霈的詩文集《蓬池閣遺稿》就是由張景良和他“輯”和“訂”的。參見《文長公汝止王貞含弟子貞含又予弟子作此以贈長公長公幼而穎慧不減貞含吾門又出一馬駒也》《與門生王貞含》等。

【相關鏈接】

游墨池飲陳公調聚星閣

王維章

迎人爽氣照深杯，徒倚慚無作賦才。榻上遺書充棟起，階前叢桂倚雲栽。偃池滌墨痕如篆，古鼎沈烟碧似苔。百尺樓高無限好，東山圖畫爲君開。

（同治《宜昌府志》）

蓬池閣遺稿卷之一

館　　詩

題瀛洲亭二首〔1〕

地敞清華氣，亭空徙倚時。日臨雙掌露，風動萬年枝。鳴鳥閑過院，飛花細入池。蓬萊應只尺，常見五雲垂。

其　　二

亭臺風細細，池水月涓涓。天地開三島，雲霞擁列僊。瑶函探玉檢，銀燭晃金蓮〔2〕。學士題詩日，詞臣獻賦年。

【校注】

〔1〕瀛洲亭：清鄂爾泰《詞林典故》引《燕都游覽志》："明翰林院瀛洲亭，在内堂之右，故有隙地一區。萬曆秋，甃爲方池，構亭中央，額曰'瀛洲池'。逼近玉河隄，聞先是亦嘗引河水一勺入池，而今遂湮塞，無敢以上請者。"

〔2〕金蓮：金飾蓮花形燈炬。《新唐書·令狐綯傳》："（綯）夜對禁中，燭盡，帝以乘輿、金蓮華炬送還，院吏望見，以爲天子來。"後用以形容天子對臣子的特殊禮遇。

皇太子初出文華殿受百官箋賀恭紀〔1〕

東朝謁帝嗣〔2〕，北極拱皇畿。日月懸銀榜〔3〕，河山照衮衣。龍樓曙色近，鳳闕綵雲飛。葆羽潜星曜〔4〕，旌旗湛露稀。威儀瞻講幄〔5〕，慈愛在宫闈。只尺千官擁，謳歌萬國歸。所期長有道，從此咏重暉。

【校注】

〔1〕文華殿：太子視事之所，皇帝便殿，位於故宫東華門内。箋賀：上箋慶賀。唐宋以來，每當國家有大慶典，群臣獻文爲賀。元代慶賀表文稱爲表章，遇皇帝生日、元旦，五品以上官員皆上表章進賀。明代慶賀文書除表文以外，又增加箋文一項，凡遇朝中舉行慶典，如壽誕、元旦、冬至等節日，内外臣僚皆須進表、箋慶賀。表一般用於皇帝和皇太后，箋一般用於皇后和皇太子。

〔2〕東朝：太子所居之宫，稱東宫，也稱東朝。

〔3〕銀榜：宫殿或廟宇門端所懸的輝煌華麗的匾額。

〔4〕葆羽：儀仗名。以鳥羽爲飾。

〔5〕講幄：指天子、太子聽講官進講之處。明清兩朝，每歲春秋仲月，都要在文華殿舉行經筵之禮。

八月皇長子講筵因齋中希孔孟偶句備陳孔孟學術俯聽納焉喜而近述〔1〕

天地長男宫，春秋元子學〔2〕。温文乃夙成，聰明更綿邈。率訓在廷闈〔3〕，談經親講幄。威儀共所欽，金玉自追琢。駢句麗星辰，文藻飛鶩鷟。臣曰孔孟言，王道非齷齪。惟彼唐與虞，大聖無二覺。精一允執中，博約如有卓。妙在不宰功〔4〕，鎮以無名樸〔5〕。數進姬公詞，如聞后夔樂。安用伯禽爲〔6〕，無似鮑魚濁。春華採秋實，丹堊勤樸斲〔7〕。緝熙潜鶴襟〔8〕，仁慈比麟角。恭此紀篇章，納聽承殊渥〔9〕。願言敦詩書，明明日益愨。

【校注】

〔1〕講筵：講經、講學的處所。特指中國古代皇帝研讀經史而舉行的御前講席。

〔2〕元子：天子和諸侯的嫡長子。

〔3〕率訓：王者教導引導臣民。

〔4〕不宰：不主宰。典見老子《道德經》："生而不有，爲而不恃，長而不宰，是謂玄德。"意思是滋養萬物而不主宰它們，這被老子稱作自然無爲最高深的德性。

〔5〕無名樸：無名而質樸。典見老子《道德經》："道常無名，樸雖小，天下莫能臣。"謂道是無名而質樸的，雖小，天下没有能使它臣服的。

〔6〕伯禽：周公旦長子，周代魯國的第一任國君。

〔7〕樸斵：砍斫，削治。典出《書·梓材》："若作梓材，既勤樸斵，惟其塗丹雘。"孔傳："爲政之術，如梓人治材爲器，已勞力樸治斵削，惟其當塗以漆丹以朱而後成。以言教化，亦須禮義然後治。"

〔8〕緝熙：《詩·大雅·文王》："穆穆文王，於緝熙敬止。"毛傳："緝熙，光明也。"引申爲光輝。

〔9〕殊渥：特别的恩惠。

憶江城梅花

垂垂官閣飛花處，寂寂疏枝憶遠梅。薊北關山聞笛裏，江南驛使寄書來。遥憐歲暮生鄉夢，却望天涯布雪開。爰立應知調玉鼎〔1〕，春光只尺接三臺〔2〕。

【校注】

〔1〕爰立：指拜相。《書·説命》："爰立作相，王置諸其左右。"孔傳：

“於是禮命立以爲相，使在左右。”後因以“爰立”指拜相。調玉鼎：喻任宰相治理國家。語本《韓詩外傳》：“伊尹，故有莘氏童也，負鼎操俎調五味，而立爲相，其遇湯也。”

〔2〕三臺：漢代對尚書、御史、謁者三臺的總稱。

和楊巨源春日奉酧聖壽無疆詞原韻四首〔1〕

春風吹禁苑，淑景轉芳時。楊柳春先動，蓮花曉漏遲。鳳皇來漢闕，魚藻咏周詩〔2〕。草色隨香輦，雲霞接羽旗。鴻禧天子籍〔3〕，燕翼聖人慈〔4〕。願上南山壽，歡欣徧玉墀。

其　二

漢室推成宣〔5〕，殷家比少康。心源含灝氣，手詔掞天章。方物歸公帑，疆輿屬職方。先皇功廣大，后聖澤悠長。槐引三公座〔6〕，蘭芬大國香。千秋綿寶曆，有道在明王。

其　三

初日籠三殿，春光滿上林。金莖天外矗，玉樹雨中深。太乙龍爲友，昭華鳳作音。經筵隆寶幄，玄默灑靈襟。汾水忘言意〔7〕，空同問道心。詞臣工作賦，侍從踏花陰。

其　四

紫閣臨雲漢，春池切太虛。山河環帝里，日月拱皇居。少海澄波後〔8〕，瑶臺獻壽初。校文探秘閣，招隱出蒲車〔9〕。肆赦寬和大，蠲租浩蕩餘。萬方無荷戟，四塞有儲胥。

【校注】

〔1〕楊巨源：唐代詩人。字景山，後改名巨濟。楊巨源的詩歌原題爲“春

日奉獻聖壽無疆詞”。

〔2〕魚藻：指《詩經·小雅·魚藻之什》，是一首贊美君賢民樂的詩歌。

〔3〕鴻喜：洪福。多用於祝壽。

〔4〕燕翼：用《詩經·大雅·文王有聲》典，謂善爲子孫後代謀劃。

〔5〕成宣：應指漢宣帝。漢宣帝中興西漢壯大了西漢國力。

〔6〕槐引三公：相傳漢代宮廷外植有三棵槐樹，三公上朝時面對三槐站立，後因以借指三公。

〔7〕汾水忘言意：《莊子·逍遥游》：“堯治天下之民，平海内之政，往見四子藐姑射之山，汾水之陽，窅然喪其天下焉。”後以“汾水游”形容超然物外的處世態度。

〔8〕少海：也稱幼海。指渤海。

〔9〕蒲車：古代徵聘隱士時所用的用蒲草裹著車輪的車。

賦得秋水芙蓉二首

太液池光淨，初荷出水新。日臨房粉濕，露滴葉珠勻。越女凌波立，吴姬對鏡顰。冰心知不染，别是一丰神。

其　二

意淡偏含笑，便娟罷曉粧。波心雲弄影，水殿夜生光。雨裛微微碧[1]，風輕細細香。遥思江浦上，幾欲採爲裳。

【校注】

〔1〕裛：古同“浥”，沾濕。

誦詩大雅文王篇偶題

乾天流大化，赫鑒嚴下民[1]。哲后秉純懿，亹亹隆令聞[2]。爲王良不易，天道常無親。逸豫滅徽嘉，保泰利艱貞。元聖述祖德，儀刑啓後人。清明生虛霩，志氣儼如神。真宰聲臭絶[3]，帝則知識泯。小心欽厥止，緝熙登道津。蒼姬八百曆，寧以聖瑞臻。高標集鳴鳳，郊藪來斑麟。思皇矢猷念，丕顯奕世臣[4]。黼冔膚敏士[5]，灌將備虞賓[6]。殷鑒誠不遠，湯祀忽以湮。循環易三正[7]，繼體畏四鄰。

【校注】

〔1〕赫鑒：明鏡。

〔2〕亹亹：勤勉莊敬貌。《大雅・文王》："亹亹文王，令聞不已。"令聞，美好的名聲。

〔3〕元聖：大聖人。儀刑：榜樣，典範。

〔3〕聲臭絶：《詩・大雅・文王》："上天之載，無聲無臭。"鄭玄箋："耳不聞聲音，鼻不聞香臭。"原指聲音與氣味。後以"聲臭"喻名聲或形跡。

〔4〕丕顯：猶英明。

〔5〕黼冔膚敏士：《詩・大雅・文王》："殷士膚敏，祼將於京。"黼冔，殷代的帽子，繪有黑白斧形花紋。冔，底本譌作"哻"。膚敏，優美敏捷。孔穎達疏引王肅曰："殷士有美德，言其見時之疾，知早來服周也。"

〔6〕虞賓：指堯的兒子丹朱。因虞以賓禮待之，故稱。丹朱不肖，堯未傳位於他。後因以喻失位之君。

〔7〕三正：春秋戰國時的夏曆、殷曆和周曆，夏正建寅，殷正建丑，周正建子，合稱"三正"。

孟夏陪祭太廟倣顏延年郊祀歌二首[1]

吁嗟皇祖，聖神武毅。矯矯王造，如經斯緯。亦越列宗，民巖是畏[2]。南北一侯，東西一尉。赤德衍宗[3]，朱明盛氣[4]。禴祀惟時[5]，樂和禮備。趣陪九官，陳薦百味。羹墻如見[6]，聲容若愾。神保享之，承承繼繼。曰壽且康，民之攸塈。

其　二

惟王盡制，惟聖盡倫。至仁饗帝，大孝饗親。盛德在火，炎帝司辰。赤旂始建，朱輅初馴。民乃獻麥，是用薦新。駿奔在廟，夙夜惟寅。俎豆咸秩，干羽繽紛。威儀攸攝，攝以勳臣。深宮玄穆，精意幽申。介其景福，宜爾駪駪[7]。

【校注】

〔1〕顔延年：即顔延之，字延年，劉宋瑯玡臨沂（今山東臨沂）人。宋孝武帝時，爲金紫光禄大夫。其詩與謝靈運齊名，號稱“顔謝”，然傷於雕鏤，不及謝詩自然。

〔2〕民巖：民情，民衆意見。

〔3〕赤德：指漢朝的氣運。讖緯家謂漢以火德王，故稱。

〔4〕朱明：指明朝。明朝皇帝姓朱，故稱。

〔5〕禴祀：禴和祀均是諸侯之祭。

〔6〕羹墻如見：追念前輩或仰慕聖賢。《後漢書・李固傳》記載，堯去世後的三年時间裏，舜對他日夜思念，坐下來便仿佛看見堯的影子在墻上，端起碗來便仿佛看到堯在羹湯中。

〔7〕駪駪：衆多的樣子。

蓬池閣遺稿卷之二

詩

寄張岳翁令合浦二首[1]

百里絃歌銅柱間[2]，尉陀城上眺青山[3]。海天雨色連三楚，庾岭風聲動百蠻。縣似河陽花製錦[4]，人如勾漏玉爲顔[5]。孟嘗此日稱廉吏[6]，共道明珠合浦還。

張公爲政有僊才，五色神羊粤徼回[7]。室裏鮫珠撩玳瑁，海傍蜃氣象樓臺。心隨合浦還飛葉，夢入羅浮寄遠梅。把酒遥逢衡岳雁，天風不盡尺書裁。

【校注】

〔1〕張岳翁：雷思霈的岳父、張景良的父親張銑。據道光《廣東通志》載，張銑，湖廣夷陵監生，萬曆十年（1582）歲貢，萬曆二十年任合浦知縣。詳見《張令君墓誌銘代》。合浦：縣名，舊屬廣東，今屬廣西。

〔2〕銅柱：泛指嶺南等地。《後漢書·馬援列傳》注引《廣州記》："（馬）援到交址，立銅柱，爲漢之極界也。"

〔3〕尉陀：即趙佗，南越國創始人，國都定於番禺（今廣州）。曾任秦朝南海郡尉，故稱。

〔4〕河陽花：潘岳做河陽縣令時，滿縣栽花。後遂用"河陽縣花""花縣"

等喻地方之美或地方官善於治理。

〔5〕勾漏：晉勾漏令葛洪，字稚川。勾漏爲古縣名，地近交趾。葛洪聞交趾出丹砂，遂求爲勾漏令，後携子侄至廣州，止於羅浮山。

〔6〕孟嘗：字伯周，東漢官吏。會稽上虞人。初仕郡吏，後舉茂才。歷任徐縣令、合浦太守。合浦原産珠寶，因官吏搜刮漸移他地，他上任後革除前弊，去珠復還。典故“珠還合浦”“孟守還珠”即源於此。

〔7〕五色神羊：宋代編修的《太平寰宇記》記載：“昔商因爲楚相，有五僊人騎五色羊，各持穀穗一莖，以遺州人。”由於這則傳説，廣州很早即有“五羊城”“羊城”和“穗城”的稱號。

贈陳九山〔1〕

宦情原自淡，况與峽山期。草草端明畫，悠悠少傅詩。談僊如上古，通俗有東籬。蹤跡半天下，人人去後思。

【校注】

〔1〕陳九山：陳禹謨。乾隆《東湖縣志》：“陳禹謨，字嘉猷，號九山，隆慶庚午舉人。奉繼母以孝聞，兄弟無間言，行誼素著。復以經學顯，歷知鄭、忠、涿三州，治河賑荒，屢著循跡。晚歸以詩酒自娱，有蔣詡、陶潛風致，入與賓筵，享年九十歿，祀鄉賢。”光绪《荆州府志》：“陳禹謨，夷陵人，隆慶庚午鄉薦。立身孝友。入仕歷知鄭、忠、涿三州，松江、温州兩郡同知。所在皆有惠政，吏民頌之。还里恭讓，著於鄉評。年九十而卒。”民國《鄭縣志》“陳禹謨，湖廣夷陵州舉人，萬曆七年知州事，勸農課士，井井有法條，陳地粮功尤不朽。”民國《涿縣志》：“陳禹謨，夷陵人，工草書，能詩，綽有治行，翕然一時。”他與雷思霈是同鄉兼朋友。乾隆《東湖縣志》、同治《宜昌府志》收有他的十二首寫宜昌風物的詩歌。從本詩和下面的墓誌銘來看，他的書法也相當不錯。幾個兒子都很優秀，詳見《贈陳心一》注。

【相關鏈接】

彝陵陳九山墓誌銘

嚴首升

人生上壽九十，天之與我者厚矣。假使九十年優游息偃，無所可用，又或賢勞盡瘁，無了手日，均之爲此生惜耳。勤與逸要當及時，如嘉樹然，始芽茁，繼敷榮，久乃泠然結實。盖自春徂冬，自朝至昃，應時領取，不虚一刻，亦各有攸宜也，乃其後不顯，亦世則冬盡復春。人生所望於天地者，如是乃至足耳。吾楚鄉大夫鹿野陳君介予友伍相菴始先尊人九山公狀屬予志墓。時公捐館四十餘年久，從祀於大成廟。鹿野亦年七十餘矣。滄桑數易，孺慕不衰，血淚淋紙，如侍床易簀時。予讀之心動，爲起敬焉。竟讀，則知公際遇明盛，生平不識兵甲，二十而蚤譽，三十而高第，四十而强仕，七十而懸車，閑閑泄泄可三十年，九十而令終。終十年而俎豆宫庠。經營於方剛，逸我以垂老，既賢且達，有文有子，盖人道盡善，而受享於天地，毫髮無憾也。

公諱禹謨，字嘉猷，一字九山，世居夷陵，歷傳至公。少穎敏，弱冠遂博奥，受知當路。隆慶時，薦賢書，筮仕鄭州刺史，以廉能稱。有治河功，遷松江丞。攝華亭，以救荒著。一時名流若杜士基、喬時敏、朱正色咸出其門。左移兩淮運副，隨遷忠州守。所至勒石立祠。以外艱，歸事後母，撫異母弟，一一皆古獨行事。起復，補涿州，遂勇退，以巖壑終。當時天下全盛，吏道清而尚風節，持公論。公居官廉，廉乃久，久乃差饒，故井里姻戚咸任且恤焉。園林如意，琴書贍備，結社登臨，彷彿宋廣平富彦國晚年事，日以詩畫草聖自娱，四方乘傳擔簦而過者日造其門，如范堯夫然，人以得一識面爲幸；又如錢塘老小得蘇學士隻字，寶重欣喜而去也。不病而終，後十年祀鄉賢。十有八年而天下始亂。

天之所以與公，豈偶然哉？長君任半刺，仲子官近侍，皆先公逝，然皆不失爲壽終。監司鹿野則其季也。君家太丘年八十四終，其子紀毀瘠，服除不替。古孝子之事親無滿意時，今鹿野若尚有不滿者而哀，哀不以公壽九十，又思以予言壽公於千秋。予之言不足以千秋，適藉公以千秋予言云云。

銘曰：此一南極，何壽而昌。歷事六朝，天下平康。生而功德在民，殁而俎豆於鄉。

（《瀨園詩文集》）

寄題張孟孺亭子

聞説新亭子，幽居絶世氛。游魚時上下，花氣日絪緼。對酒來江月，開窗度峽雲。興餘邀靜者，長與草玄文[1]。

【校注】

〔1〕玄文：原指漢揚雄的著作《太玄》。後泛指可以傳世的著作。

壽孟孺

列僊載朱榜，高真半姓張。其次汝南許，其次琅琊王。在昔月峽子，飛天挂石梁。泥書削壁上，榴皮與抗行。今君年四十，顔色有壽光。口啖三秀草[1]，身配五岳囊。呼杯無晝夜，遠游恣汪洋。從此不知老，靜念禮虚皇。

【校注】

〔1〕三秀：靈芝一年開花三次，故又稱三秀。

文長公汝止王貞含弟子貞含又予弟子作此以贈長公長公幼而穎慧不減貞含吾門又出一馬駒也〔1〕

過師智慧方堪授，爾向門庭樹幾株。須信燃燈傳法日，定因輸我是文殊。

【校注】

〔1〕文長公汝止：文安之。乾隆《東湖縣志》記載："文安之，字汝止，號鐵菴。天啟辛酉壬戌聯舉鄉會試第二，改庶吉士，進檢討。器質宏遠，館閣中咸以公輔期之。崇禎末，進南大司城，爲薛國觀所構，罷歸。福王立召拜詹事，唐王授禮部尚書，皆不赴。永明王以瞿式耜薦，虚相位以待，安之知事不可爲，見國危地蹙，乃强起爲首輔。日以忠義激勵諸鎮，鋭意興復，間關戎馬間不失臣節。及譚弘降於我朝，王遁入緬，遂賫志以卒。《明史》有傳。"乾隆《東湖縣志》、同治《宜昌府志》收録有他的詩歌十五首、文一篇。文氏家族原居夷陵城西樵湖嶺，後居今猇亭區高湖和夷陵區文畈一帶。

【相關鏈接】

文安之傳

文安之，夷陵人。天啟二年進士。改庶吉士，授檢討，除南京司業。崇禎中，就遷祭酒，爲薛國觀所構，削籍歸。久之，言官交薦，未及召而京師陷。福王時，起爲詹事。唐王復召拜禮部尚書。安之方轉側兵戈間，皆不赴。永明王以瞿式耜薦，與王錫兖并拜東閣大學士，亦不赴。順治七年六月，安之謁王梧州。安之敦雅操，素淡宦情，遭國變，絶意用世。至是，見國勢愈危，慨然思起扶之，乃就職。時嚴起恒爲首輔，王化澄、朱天麟次之，起恒讓安之而自處其下。孙可望再遣使乞封秦王，安之持不予。其後桂林破，王奔南寧。大兵日迫，雲南又爲可望據，不可往。安之念川中諸鎮兵尚强，欲結之共獎王室，乃自請督師，加諸鎮封爵。王從之，加安之太子太保兼吏、兵二部尚書，總督川、湖諸處軍務，賜劍，便宜從事。進諸將王光興，郝永忠、劉體仁、袁宗第、李來亨、王友進、塔天寶、馬雲翔、郝珍、李復榮、譚弘、譚詣、譚文、黨守素等公侯爵，即令安之齎敕印行。可望聞而惡之，又素銜前阻封議，遣兵伺於都勻，邀止安之，追奪光興等敕印。留數月，乃令入湖廣。安之遠客他鄉，無所歸，復赴貴州，將謁王於安龍。可望坐以罪，戍之畢節衛。先是，可望欲設六部、翰林等官，慮人議其僭，乃以范礦、馬兆義、任僎、萬年策爲吏、户、禮、兵尚書，并加行營之號。後又以程源代年策。而僎最寵，與方于宣屢勸進，可望令待王入黔議之。王久駐安龍，可望遂自設内閣六部等官，以安之爲東閣大學士。安之不爲用，久之走川東，依劉體仁以居。李赤心、高必正等久竄廣西賓、横、南寧間。赤心死，養子來亨代領其衆，推必正爲主。必正又死，其衆食盡，且畏大兵逼，率衆走川東，分據川、湖間，耕田自給。川中舊將王光興、譚弘等附之，衆猶數十萬。順治十六年正月，王奔永昌。安之率體仁、宗第、來亨等十六營由水道襲重慶。會譚弘、譚詣殺譚文，諸將不服。安之欲討弘、詣，弘、詣懼，率所部降於大兵，諸鎮遂散。時王已入緬甸，地盡失，安之不久鬱鬱而卒。

（《明史》）

喜孟孺至長安

送姊之京國，炎天苦熱行。喜同鴻雁集，留爲鶺鴒情〔1〕。家計惟兄弟，交游倍友生。帝鄉秋月好，莫憶峽江城。

【校注】

〔1〕鶺鴒：一種嘴細，尾、翅都很長的小鳥，衹要一隻離群，其餘的就都鳴叫起來，尋找同類。比喻兄弟，或漂泊異地的兄弟急待救援。典出《詩·小雅·棠棣》："脊令在原，兄弟急難。每有良朋，况也求嘆。""脊令"同"鶺

鴿”。張孟孺是雷思霈的妻弟，此詩中的“秭”應該是雷思霈的妻子。標題中的“長安”代指京都。

送王春宇〔1〕

西山一帶多丘壑，北發雖忙肯不游。處處巖嵌懸石好，家家屋角湧泉流。芒鞋竹杖愁逢雨，黄葉丹楓怕見秋。此去高筐應咫尺，衝泥無奈久淹留。

【校注】

〔1〕王春宇：生平不詳。從詩中“西山”“高筐”等詞語看，估计是今宜昌點軍區一帶人。王篆家族有不少人居住於此。

寄友人

别來何所似，兀坐玉溪間。舊態真疏懶，春風亦等閑。酒杯明白髮，詩句滿青山。聞爾逃禪夫，蓮花社里還。

送王光禄北上〔1〕

王孫春草正芳菲，裘馬翩翩入帝畿。鳷鵲觀中雙舃入，鳳凰池上一毛飛。他時染翰傳黄閣〔2〕，此日論詩向紫薇。若比東山稱小謝，定知淝水解重圍。

【校注】

〔1〕王光禄：疑似光禄寺丞王之宬，王之宬疑似王叔周。参見《春日王叔周五雲堂》等。

〔2〕染翰：指作詩文、繪畫等。

贈陳心一[1]

閉户閑居送日車[2]，客來烹水試吴茶。庭中柏樹偏生果，海上冬青細作花。買得林園新地主，購成書畫舊名家。汝南太守渾無事，獨到城南看晚霞。

【校注】

〔1〕陳心一：陳萬言。乾隆《東湖縣志》記載："陳萬言，字心一，號虚舟，禹謨子。以太學生選授固原州同，駐惠安堡，專司鹺務，以廉幹稱。請急歸養，遂不復出，睦鄰收族，尤多懿行。同懷弟善言、正言皆太學生。善言，字楚畹，官鴻臚寺序班，以任俠使氣忤當事，左遷雲南檢校，復擢廣安州佐，尋卒。正言，字鹿野，官至川東副使，殲巨寇，决疑獄，撫流移，减商税，蜀人賴焉。及里居，屢辟賓筵不就，劇賊過其里，相戒勿犯，年七十四卒，無遠近皆會吊葬。"

〔2〕日車：太陽。太陽每天運行不息，故以"日車"喻之。引申爲時光。

春日王叔周五雲堂[1]

白眼望天天錯繡，華堂粉榜紀雲垂。移來怪石三山似，解得微醒一石宜。梅蕋尚遲春到早，牡丹曾紀雪開時。藏書萬卷詩千部，常自齋頭課兩兒。

【校注】

〔1〕五雲堂：乾隆《東湖縣志》記載："五雲堂，基無考，明光禄寺丞王之宸建。"

飲王岱麓怡春亭

偶過高齋坐，因知象戰優[1]。但贏燕尾字[2]，不賭雉頭裘[3]。殘雪仍棲瓦，流杯肯算籌。尚思同館日，午夜笑方休。

【校注】

〔1〕象戰：下象棋。漢代學者劉向《潛確居類説》認爲，象棋“蓋戰國用兵，故時人用戰爭之象爲棋勢”而得名。

〔2〕燕尾字：指隸書。蠶頭燕尾，比喻隸書的横畫起筆和横波收筆。

〔3〕雉頭裘：以雉頭羽毛織成之裘。借指奇裝異服。

與王謙亭

一番花氣一番風，接果移枝造化工。何似晉人褚季野[1]，四時都在不言中。

【校注】

〔1〕褚季野：褚裒，字季野，東晉大臣。少年便因才揚名。《晉書・褚裒傳》：“譙國桓彝見而目之曰：‘季野有皮裏《春秋》。’言其外無臧否而内有所褒貶也。”

送遠安馬丈

一水清流淺，千山綵翠重。雲霞抱幽石，蘿薜挂枯松。洞有餐膏蝠，池藏聽法龍。他時結茅宇，因此踏高峰。

寄王禮軒[1]

已自東林問老禪，又從南極學虛玄[2]。心持鷲嶺三千界，讖記龍沙八百僊。大隱華陽高築館，遥看滄海幾成田。烟霞何必關朝市[3]，但信靈山向儼然。

【校注】

〔1〕王禮軒：乾隆《東湖縣志》在“恩蔭國學無仕籍者”中録有其姓名。并按：“恩蔭監生，東湖人。按，明代大臣子弟分别年歲得蔭一子入監讀書。”

〔2〕南極：南極僊翁，道教神系中的主要神僊之一。

〔3〕朝市：泛指名利之場。

與友人二首

北堂廬嶽外[1]，歸興貢江多。絢綵常時舞，扳輿任意過[2]。魚軒紆歲月[3]，象服比山河[4]。青鳥隨王母，瑶池奈樂何。

其　二

何似東方朔，金門避世閒[5]。客誰知白雪，吾亦問青山。玉屑能添髓，靈砂好駐顔。悠悠車馬者，應笑觸蝸蠻[6]。

【校注】

〔1〕廬嶽：廬山。貢江，在今江西省。

〔2〕扳輿：板輿，古代一種用人擡的代步工具。多爲老人乘坐。

〔3〕魚軒：古時婦人坐的車，用魚皮作裝飾，故名。

〔4〕象服：古代貴族婦女穿的一種禮服，上面繪有各種圖形作爲裝飾。

〔5〕金門避世：典見《史記·滑稽列傳》：“（東方）朔行殿中，郎謂之曰：‘人皆以先生爲狂。’朔曰：‘如朔等，所謂避世於朝廷間者也。古之人，

乃避世於深山中。’時坐席中，酒酣，據地歌曰：‘陸沈於俗，避世金馬門。宮殿中可以避世全身，何必深山之中、蒿廬之下。’金馬門者，宦者署門也，門旁有銅馬，故謂之曰金馬門。”

〔6〕觸蝸蠻：典見《莊子·則陽》：“有國於蝸之左角者曰觸氏，有國於蝸之右角者曰蠻氏，時相與爭地而戰，伏尸數萬，逐北，旬有五日而後反。”

贈濮生父之上高〔1〕

秋風彭蠡雁，君到豫章臺。八疊城邊繞，九峰江上來。清冰魚自挂，春樹雉無猜。莫道催科拙〔2〕，偏多煩劇才。

【校注】

〔1〕上高：縣名，明清時皆屬江西瑞州府。今屬江西宜春。

〔2〕催科：“撫字催科”的略寫，指地方官吏的治政。

贈張山人

日日扁舟張季鷹，秋風江上任憑淩。鱸魚蓴菜尋常事，醉後浮名意不兢。

被召恭謁仁德門〔1〕

幾載林臯坐翠微，忽驚丹詔下黄扉〔2〕。秋風閶闔千鴻度〔3〕，曉日樓臺五鳳飛。身愧和羹同虎拜〔4〕，心懷補衮望龍衣〔5〕。文華召見先朝事，只尺天顔願不違。

【校注】

〔1〕仁德門：明代皇帝與臣子商量重大事情的地方。

〔2〕黄扉：古代丞相、三公、給事中等高官辦事的地方，以黄色塗門上，故稱。

〔3〕閶闔：指皇宫的正門。

〔4〕和羹：配以不同調味品而製成的羹湯。後用以比喻大臣輔助君主綜理國政。虎拜：《詩·大雅·江漢》有“虎拜稽首，天子萬年”之語。後因稱大臣朝拜天子爲虎拜。

〔5〕補衮：補救規諫帝王的過失。

贈荆門唐安寺僧有序〔1〕

唐安寺傍有二泉焉，明月常來，惠風不憚。中涵千佛之乳，問取鵝王〔2〕；流寫四禪之身，皈依鮫女。懷比聖清，知同上善。逝者如斯，通乎晝夜之道；蒙以養正，在乎山水之間。美上人者〔3〕，天鏡高懸，銀輪日轉。經行其上，臨眺於兹。化香水海王之城〔4〕，波濤永靜；入月光童子之室，瓦礫不驚。如泡如漚，源歸濕性；是渠是我，影空人心。欲往南滇，先游西峽。扇子峰頭，爲探蝦蟆消息；蓮花洋外，好看鸚鵡音聲。贈以短章，聊稱行卷。

上上荆門郡，行行荆門山。彌天柳葉嫩，點地杏花班。經卷枯藤寄，袈裟野艇閑。更聞南海去，宴坐石崖間。

【校注】

〔1〕唐安寺：原位於湖北省荆門市象山腳下，現重建於雨山之巔，是荆門地區最大的佛教場所。古寺始建於唐武德元年（618）。寺内的“唐安古柏”後來成爲古城荆門的八景之一。

〔2〕鵝王：佛教稱佛有三十二相，其一爲“鵝王”。其手指、足指之間，有縵網似鵝之足，故名。

〔3〕美上人：康熙《玉泉寺志》收録有《玉泉寺美上人施田碑記》，其他

不詳。

〔4〕香水海：略稱香海，即注滿香水之大海。據佛教之傳説，世界有九山八海，中央是須彌山，其周圍爲八山八海所圍繞。除第八海爲礦水外，其他皆爲八功德水，有清香之德，故稱香水海。

途中讀武次初詩却寄

肩輿投野店，寒月肅松烟。獨坐把君句，高才誰不憐。書如季直表〔1〕，詩是感懷篇。更有賞心處，能將删後傳。

【校注】

〔1〕季直表：指鍾繇的書法代表作《薦關内侯季直表》。鍾繇因開啟晉楷之先河，被譽爲“楷法之祖”。

送徐淡宇之石首

繡林山色錦雲屏〔1〕，下有長江深且清。湖外蒹葭飛雀動，堤邊楊柳送舟行。三千三里來估客，九十九洲繞縣城〔2〕。到日争知楚令尹，望君如岁待君生。

【校注】

〔1〕繡林：古石首縣城。

〔3〕九十九洲：此處是借指石首縣城周圍衆多的小島。

壽任侍御母七十

金桃碧藕满高堂，承得冰壺玉女漿。曄曄靈芝無歲月，亭亭古柏自風霜。鶴來南嶽應同魏〔1〕，鳥度西池不姓王。豸繡只今看起舞〔2〕，不須新製老萊裳[3]。

【校注】

〔1〕南嶽魏：指魏華存，字賢安，晉代女道士，上清派所尊第一代太師，中國道教四大女神之一。據説她升天的第一天，有一群僊人駕著鶴車來到觀前的"禮斗壇"相迎。魏華存升天後，被帝封爲紫虚元君領上真司命南嶽夫人。與西王母共同管理天台山、緱山、王屋山、大霍山和南嶽衡山的神僊洞府。

〔2〕豸繡：古時監察、執法官所穿的繡有獬豸圖案的官服。此處借指任侍御。

〔3〕老萊裳：老萊子穿的五綵衣。相傳春秋時楚國隱士老萊子，七十歲時還身穿五綵衣，模仿小兒的動作和哭聲，以使父母歡心。

送楊克貞之西安令[1]

秦時太末縣，漢屬會稽東。清白家堪續，神明衆所崇。花飛如錦繡，絃誦自絲桐。愛爾青霞洞[2]，何人一局中。

【校注】

〔1〕楊克貞：楊世勳，字濟美，又字克貞，江陵籍南昌人，萬曆二十九年（1601）雷思霈同榜進士。嘉慶《西安縣志》記載："萬曆三十年知西安縣，勞心撫綏，每訟詞入，輒勸戒投息，公廷如水。"天啟《衢州府志》記載："楊世勳，偉貌靈心，宏收博集，若吞雲夢八九於胸中，而加之簡汰陶練至清絶也，下車念民間疾苦，勞心拊綏，每訟詞入，輒發里老勸解投息，公庭如水，而萬室皆春矣。偶用一吏，頗慧，遂作負嵎，有人爲公畧發其奸，公去之若服敝屣。造士作人，所取皆超世之筆。徐公日久尚浮湛諸生中，公得其卷大爲稱賞，竟成名進士。邑當孔道，舟車駢集，公雅節愛，失往來使者之歡心，浮言浪興，誤直指之白簡，千民號泣，代訴其冤，亦足以見公德政之美，而衢民輿□之公矣。"西安：縣名。位於今浙江省衢州市境内。

〔2〕青霞洞：浙江衢州市東南約十五公里的石室鄉有一爛柯山，傳説爲晉王質觀僊人棋而爛柯之地。山上有青霞洞，可容數百人。

送徐道南之永寧[1]

草色邊風酒一壺，送君南國意踟躕。清秋驅馬蒼梧野，晴日揚帆青草湖。試望山川苗檄近，還同徭俗楚人無。應知萬里雄風在，信是題輿有大夫[2]。

【校注】

〔1〕永寧：州名，在今廣西。

〔2〕題輿：用豫州刺史東漢周景辟陳蕃典。指景仰賢達，望其出仕。

游龍興寺見紫蟹泉[1]

泉眼大如甕，穿鑿匪人工。深黝詎人測，石間聲淙淙。紫蟹從何出，游戲漫流中。或出生風雨，或入侍虯龍。寒洌冷佛骨，渌淨淡僧容。潛通紫盖脈[2]，常有白雲封。火前烹新茗，巖上拾枯松。主人留客夜，貯月趁山童。

【校注】

〔1〕龍興寺：在今宜昌夷陵區黄花鄉古龍溪。明弘治《夷陵州志》載：“龍興寺在州北六十里，唐建。弘治初僧元慶重修。歐公《龍興寺小飲詩呈元珍表臣》：‘平日相從樂會文，博梟壺馬占朋分。罰籌多似昆陽矢，酒令嚴於細柳軍。蔽日雪雲猶靉靆，欲晴花氣漸氛氳。一尊萬事皆豪末，蜾蠃螟蛉豈足云。’”乾隆《東湖縣志》載：“在咸池鋪，旁有紫蟹泉，唐建。相傳高僧神秀駐錫於此。明弘治四年，僧圓慶募修。當陽訓導王相爲立碑。正德庚午，僧明泰復修山門。宋歐陽修游此有詩。”另據康熙版《玉泉寺志》，龍興寺爲玉泉寺

別院。神秀是唐睿宗李旦、武則天及中宗李顯唐代三帝國師，俗姓李，今河南尉氏縣人，是龍興寺的開壇鼻祖、首任方丈，後創建當陽度門寺。

〔2〕紫盖：紫盖寺。

題許僊觀二首〔1〕

識記龍沙事〔2〕，五陵八百僊。衹今何處是，柏葉已垂顛。

其　二

豫章鎮水母，彭蠡無波濤。攸飛亦有劔，江上斷雙蛟。

【校注】

〔1〕許僊觀：江陵郝穴有許僊觀。光緒《荆州府志》："許僊觀在郝穴。宋咸淳間建。《江陵志餘》：'相傳旌陽捕斬蛟蜃，往來江上，有功於民也。'説者遂謂真君修煉於此，謬矣。"許旌陽即點石成金的許遜，近來有學者據《晉書·地理志》記載論證旌陽古縣故址在今湖北枝江縣北，并非今四川的旌陽區。

〔2〕龍沙事：據《豫章職方乘》，龍沙在章江西岸石頭之上，與郡城相對。據《松沙記豫章讖》載，旌陽預讖云："吾僊去後，一千二百四十年間，豫章之境，五陵之内，當出地僊八百人。出其師於豫章，大揚吾教。郡江心忽生沙洲，掩過沙井口者是其時也。"嘗聞旌陽君逐蛟至洪，洪本浮洲，蛟穴其下，震撼擊鐘，爲人害不細。旌陽君縶之，鎖以金柱，後敕賜"金柱延真宫"額。

寄元陽洞僧〔1〕

茅堂石室日談經，種樹栽花傍小亭。閑起出門何所有，三江白日萬峰青。

【校注】

〔1〕元陽洞僧：指鑒暉。詳見《修元陽洞菴引》。

贈固安令勑封[1]

鳧舄經三載[2]，鸞車下九天。扳輿多綵服，桓石寵封蹕。黍谷春來樹[3]，桑乾雨後田。帝知湯沐邑，保障頼高賢。

【校注】

〔1〕固安令：疑似陳升。陳升，字晉卿，號抑吾，夏邑人，萬曆二十八年（1600）庚子科舉人，萬曆二十九年聯捷辛丑科進士。與雷思霈是同年進士。任山東臨邑縣知縣，革除積弊，案牘一清。改歷城縣，任内重修“後七子”的領袖人物李攀龍的墓冢，并重新刊刻其文集。萬曆三十八年調任順天府固安縣知縣。不久，進京任職户部主事，升員外郎。以母老爲由請歸。

〔2〕鳧舄：指做縣令。用《後漢書·方術傳上·王喬》典。

〔3〕黍谷：山谷名。在北京市密云縣西南。又稱寒谷、燕谷山。《太平御覽》引漢劉向《别録》：“傳言邹衍在燕，有谷地美而寒，不生五穀。邹子居之，吹律而温至生黍，到今名黍谷焉。”

【相關鏈接】

陳升傳

陳升，字晉卿，號抑吾，世恩長子。中萬曆庚子科舉人，辛丑科進士。齔時受書，日誦數千言。父官清華時，日扃户誦讀，不妄交游，學識才品，夐絶一時。起家爲山東臨邑縣令。邑積疲之區，百事叢脞，案牘山積。莅治三月，刑清政簡。其邑先達邢子願、王參川皆以文義風流表表海岱間。升日與過從。政事之暇，不廢吟嘯。調歷城，艱苦倍之，積歲莫决之獄，片言立剖。嘗委察泰山香火，例得多金，固却之。因同事者有難色，乃假受，以葺道路，今東省闌司二街是也。爲李于鱗封墓，重梓其集行世。環歷皆山，夏雨積潦，往往害民居。成、弘間，有舊渠入洛河，甚便民。歲久淤塞，疏浚之，爲萬世利。時有右轄沈公，固好奇者，望氣，西山下當有煤，欲鑿置城内，以備緩急之用。移文行縣，遂處錐覔。升慮滋害地方，爭之不得，乃陰戒石工不得報，役乃止。陟司農，督餉雁門。商民軍士歡呼載道，以母老終養歸。生平砥礪名節，以古道自期，惟秉性剛方，口無回互。雖天下知其賢，而仕况邅迍，良亦由之。長孫之復，順治丁酉中本省鄉試。

（民國《夏邑縣志》）

壽王少宰〔1〕

衡岳朱陵頫洞庭，芙蓉七十二峰青。保兹南國開王業，生此東方是歲星。少宰題才精藻鑑〔2〕，中臺持法鼓雷霆〔3〕。祇今六月聊爲息，還以鵬飛化北溟。

【校注】

〔1〕王少宰：吏部侍郎王篆，字紹芳，夷陵州人，生於明正德十四年（1519），卒於萬曆三十一年（1603），享年八十四歲。乾隆《東湖縣志》）載："王篆，字紹芳，嘉靖乙卯舉人，壬戌成進士，初知吉水縣事，歷官兩京都御史，晉位少宰，揚歷中外三十餘年，夙有'鐵御史'之號。張居正柄政日，以天下才推之，殁猶薦以自代，神宗書其名於御屏。居正敗，篆亦坐廢，然猶拔奇士於單寒，準條編以畫一。閑居無事，惟日以書史自娱，一時碑版文章，多出其手。"少宰，宋徽宗政和年間曾改尚書左僕射爲太宰，右僕射爲少宰。明、清常用作吏部侍郎的别稱。

〔2〕藻鑒：品藻和鑒别。

〔3〕中臺：漢代以來，以三臺（尚書稱中臺，御史稱憲臺，謁者稱外臺）當三公之位，中臺比司徒或司空，後遂成爲司徒或司空的代稱。

送熊吕原之攸縣兼懷友人〔1〕

地帶湘江水，山連衡岳雲。堂開魚兆服，湖闊雁呼群。掞藻回春色，傳經坐夜分。故人勞訊及，腰配七星文〔2〕。

【校注】

〔1〕熊吕原：疑似雷思霈的同年舉人熊所師。《湖廣通志》卷五十二："熊所師，字吕原，麻城人。家貧，歲歉，有知交饋稻數十斛，分給親友，一時悉盡。從弟妹不能自存者，教養婚嫁之。萬曆丁酉舉於鄉。司李虔州，守將縱兵剥民，按法劾罷。隨爲州將所中，謫廬州判。州有豪强犯法，前守屢捕不出。師攝州事，擒，置諸法，後調北流令。卒，櫬歸，貧不能葬。"同治《攸縣志》："熊所師，麻城舉人，任教諭，輔掖來學，嘗令其弟菜授經於諸少年，督課以時，聞風踵至者室無虚席。"

〔2〕七星文：寶劍，代指殺敵建功。王維《贈裴旻將軍》："腰間寶劍七星文，臂上雕弓百戰勛。見説雲中擒黠虜，始知天上有將軍。"

贈張山人

燕趙多奇士，賢豪草澤間。主恩分上下，天象戒河山。壯志邊庭愾，殷憂國步難。玉璜閒釣處〔1〕，溪月對潺湲。

【校注】

〔1〕玉璜：《尚書大傳》卷一："周文王至磻溪，見吕尚釣。文王拜。尚云：'望釣得玉璜，刻曰：姬受命，吕佐檢。德合於今昌來提。'"後即以"玉璜"指吕尚佐文王事。

壽張隱君七十

甲子年餘問六身[1]，滿堂賔從説靈椿。漢家芝草山中老，秦世桃花洞裏人。姑射有僊堪飲露，磻溪無夢漫垂綸。老萊况復斑衣舞，贏得堦前白髮新。

【校注】

〔1〕六身：二首六身，指代高寿。用《左傳》襄公三十年絳縣老人之典。

壽蕭封君侍御

御史巖崖上，徵君丘壑間[1]。酒杯明白髮，石髓駐丹顔。鹿自雲中出，鳩從帝里頒。高堂風日麗，春舞繡衣殷。

【校注】

〔1〕徵君：對不就朝廷徵辟的士人的尊稱。

龍起泰山寄訊五大夫松

久托孤標泰岳尊，干霄蒼翠傍天門。雙蛟乍鬪雷霆吼，三鶴俄驚日月昏。已信濤聲連雨足，只疑虬幹倒雲根。豈應變化稱靈異，一洗秦庭拜爵恩。

題枯杏復生

數仞宫牆俎豆清，俄驚斷木一枝榮。若非禹廟花先發，定是尼山葉更生[1]。天地無心含碩果，風雷有意長勾萌。可知奕世蟠僊李[2]，槐市傳經舊主盟[3]。

【校注】

〔1〕尼山：孔子的誕生地，位於曲阜市城東南，原名尼丘山。孔子父母“禱於尼丘得孔子”，所以孔子名丘，字仲尼，後人避孔子諱稱爲尼山。

〔2〕蟠僊李：指老子。《太平廣記》卷一引晉代葛洪《神僊傳·老子》：“老子之母，適至李樹下而生老子，生而能言，指李樹曰：‘以此爲我姓。’”李唐統治者自言爲老子之後，後因以李姓宗族昌盛爲“僊李蟠根”。

〔3〕槐市：漢代長安讀書人聚會、貿易之市。因其地多槐而得名。後借指學宫、學舍。據《三輔黄圖》載：“倉之北，爲槐市，列槐樹數百行爲隊，無牆屋，諸生塑望會此市，各持其郡所出貨物及經傳書記、笙磬樂器相與買賣。”

送董身之往秭歸五首〔1〕

大江春色柳依依，君去揚帆入秭歸。兩岸啼猿聽不得，可憐游子淚沾衣。

何言秋氣獨悲哉，春色江南最可哀。一去長沙招不返，故居空自有層臺。

連雲夜遁建平西，白帝城高聽馬嘶。見説前朝王氣盡，只今惟有子規啼。

郤望巫山酒一盃，白雲朝暮下陽臺。只今神女知何處，作賦空憐宋玉才。

絳紗無恙挂高堂，大道由來馬季長〔2〕。誰是風流門下士，不妨絃管列紅妝。

【校注】

〔1〕董身之：夷陵人，與劉戡之亦有較多來往。劉戡之有《冬日邀密修同董身之陶孝若羅伯生服卿玉檢季玉過三游洞分賦》詩。

〔2〕馬季長：馬融。東漢儒家學者，著名經學家。《後漢書·馬融傳》："融才高博洽，爲世通儒，教養諸生，常有千數。善鼓琴，好吹笛，達生任性，不拘儒者之節。居宇器服，多存侈飾。嘗坐高堂，施絳紗帳，前授生徒，後列女樂，弟子以次相傳，鮮有入其室者。"開魏晉清談家破棄禮教的風氣。學生中鄭玄、盧植爲佼佼者。湖北荆州有絳帳臺。

武昌城〔1〕

武昌風雨此登臨，極目蕭條遠樹林。江漢雙懸青嶂合，芙蓉一片白雲深。清秋轉見方城淨，落日遥生萬里阴。醉裏不堪明月滿，衹令人動望鄉心。

【校注】

〔1〕武昌城：據羅時漢、李蕴華《明代武昌城垣兩億城磚砌就》記載，明朱元璋建立藩國於全國要衝，分封諸王以爲屏障，其中立第六子朱楨爲楚王，駐藩武昌，翌年，開始將鄂州城增拓爲武昌城。監修武昌城的是明朝開國功臣、江夏侯周德興，他用長達十年的時間，將唐、宋、元以來的鄂州城，增拓改建成了一座全磚石結構的武昌城。參見《武昌即席》《黄鶴樓》。

長　湖〔1〕

何處扁舟落五湖，不携西子學陶朱。征帆一片常來往，寒樹摇光入有無。豈减洞庭青草色，還吞七澤白雲孤〔2〕。中流極目蕭條盡，一雁南來不可呼。

【校注】

〔1〕長湖：位於荆州、荆門、潛江三市交界處，是湖北省第三大湖泊，是宋末由古雲夢澤變遷而成的長條狀河間窪地大湖泊。袁中道《由草市至漢口小河舟中雜詠二首》："陵谷千年變，川原未可分。長湖百里水，中有楚王墳。"

〔2〕七澤：相傳古時楚有七處沼澤。後以"七澤"泛稱楚地諸湖泊。典出司馬相如《子虛賦》："臣聞楚有七澤，嘗見其一，未睹其餘也。臣之所見，蓋特其小小者耳，名曰雲夢。"

馬上九月六日

秋風慘澹樹棲鴉，并馬蕭條日已斜。黄菊東籬秋色近，不知何處是陶家。

武昌即席

三楚封疆控上游，雄風颯爾捲高秋。天垂象緯鶉爲次〔1〕，地列僊靈鶴是樓。雙帶南條江漢水，五雲東望帝王州。從來此國多才子，莫使隋珠有暗投。

【校注】

〔1〕鶉爲次：此句是説武昌所在地所對應的星次（星座）是鶉星。十二星次（星座）的名稱是星紀、玄枵、娵訾、降婁、大梁、實沈、鶉首、鶉火、鶉尾、壽星、大火、析木。

黄鶴樓

不知黄鶴何年至，若個僊人可并游。江漢光摇疑化蜃，帆檣影動似浮鷗。天開眼底三千界，月滿城中十二樓。可與岳陽爭絶勝，一爲丹闕一壺丘。

送羅明獻赴京〔1〕

萬里君行挂蒯緱〔2〕，幽州白日淡悠悠。黄河天上如衣帶，恒嶽雲間照冕旒。賦就鳳凰成五色，書來鴻雁及三秋。他時得意長安道，莫向臨邛作倦游〔3〕。

【校注】

〔1〕羅明獻：羅萬策。同治《宜昌府志》："羅萬策，字明獻，彝陵人。少游太學，有聲。仕郡佐，視事輒病，退而岸幘則否，因决意致仕。當策走長安時，夢入一古剎，兩沙彌前導至一室，有大書'法朗'二字。自是醉餘詩暇輒復夢至其處。及解任，道經一寺，恍如舊游。須臾，二沙彌前迎，歷歷如夢中。至一室，則大書'法朗'二字在焉。策異而叩之，則曰：'吾師法朗坐化久矣。'自是策每題詠，輒自識爲'法朗'云。"羅明獻曾任河北保定州同。

〔2〕蒯緱：用草繩纏結劍柄，此借指劍。

〔3〕臨邛：用司馬相如和卓文君的典。卓文君是四川臨邛人。

東山僧〔1〕

緇披西蜀峨眉雪，履踏東山峽口雲。執杖巖前馴虎嘯，談經樹下任猿聞。何時再獻優菩蓝，此日翻飛貝葉文〔2〕。護法宰官常引接〔3〕，布金長者更慇懃。

【校注】

〔1〕東山僧：指無漏。參見《東山寺記》。東山，乾隆《東湖縣志》："東山，縣東關外五里，山勢平遠，爲一縣主鎮。唐建東山寺於上，明知州童世彦、國朝總兵官劉業溥相繼修復。俱有碑記。"東山寺在今宜昌烈士陵園處。曾國

藩的高級幕僚夷陵人王定安《東山寺》："藹藹東山巔，悠悠圖畫裏。"東山有"飛閣流丹、屹然勝跡"的東山寺覽勝樓。在覽勝樓可憑欄俯瞰夷陵全城。

〔2〕貝葉文：書寫於葉上的文字。指佛經。

〔3〕護法宰官：指時任知州童世彦，同治《宜昌府志》："四川榮縣人，舉孝廉。萬曆丙申知彝陵，修廢舉墜，有廉幹聲。常建橋以利涉，民因以童公名其橋。復採形家言，修東山寺以崇州鎮，至今賴之。後人因立祠寺側，榜曰'生慈祠'，以志遺愛。"

【相關鏈接】

東山寺記

王　篆

郡故有東山寺，去州五里，建自唐。盖形家言，東山蜿蜒，作鎮郡城，與葛道諸山對，主客不敵，非建浮屠、飛閣以張主勢，無以禔福西陵，則寺之所由來也。宋歐陽永叔與丁元珍游寺有詩，又自常游有詩。厥後圮壞不修，已二百餘年。

今童侯來，父老復爲請，侯深然之。揆日度地，捐費鳩工，周三百八十餘步，繚以垣墻。香界嵯峨，夕露爲網，朝霞爲艧。世尊莊嚴，跏趺蓮座，千佛三乘，高慶次立。左右鐘鼓，有樓各一，禪室各五。前爲覽勝樓，空洞恍若中天。憑欄下視爲南湖，鷸鳧、旅雁、靈鵲、布鴿翩翩出没於沙渚；而江横如帶，風帆上下有若浮杯。渡蘆迫岸，即葛道山，葛稚川嘗煉丹於此，其山如旗。逆江爲三山，如西來天馬與樓對。山後叠嶂，葛道如在帷中。其左則天柱石門峰，起造邱陵，駛騙間，嶔巖如劃，爲龍蛇窟，極望如一，山各各自西來意。右則五龍、荆門，江上白雲，英英映帶。爾時若白毫光從金臂漏出，已而錯落山間不見也。左望一山出南湖，環湖皆田，溝塍刻鏤。田中有廬，霧雜暉暗，人家在隱見中。右盡林木蓊薙，無有是處。而郡城樓閣出殿後，列山如屏。扶桑日出，若挂於左，熒熒煌煌，射越琉璃。後望則紫陽長橋、三山峽口。水溢，不辨牛馬，流入東湖，灌注稻田，如開綠池；水落，磊磊怪石蹲阢，如獅吼江下，流入郡城不見，惟見白練至郡城南樓復出，一瀉烟收，所謂横覽勝樓如帶者也。

是役也，起萬曆癸巳，至丙申歲告成。寺成，給以田十三畝命無漏僧供養護持，旦旦昔昔誦《楞嚴法華》《大乘》諸經。天花拈笑，木石琴聲，天神人鬼，皈依諦聽，願得常住此山。而四方大士、僊客、騷人，軋芴來游，謝四流，弘六度，棲遲不即去，未嘗不覺天地之空，而此爲屯雲宫矣，遂爲巨麗云。城中惟泰元尊西極化人，冥心行教，然因緣幻妄，於吾儒治世法稍合。郡侯豈其不民義是務而浮屠是設乎？盖童侯慈仁精悍有古良吏材，其守彝陵三年所，政成訟理。他如學宫、城堞、邑館各有。寧宇既明，以大造於西陵，而復採形家言，陰爲西陵人天之果。夫二百年來，郡父老之所請而不得者，一旦得諸童侯。鷲嶺岧嶤，龍宫巖業，此亦有所待而然也。如以徼福於侯，賴有利益，則童侯之業在“豈弟”之章矣。

（同治《宜昌府志》：按荆州舊志所載，删節百數十字，較原本尤老，或係纂自改定，今從之。）

送曹一虚山人

少年佳麗帝王州，老去江湖汗漫游。賦就每驚詞客坐，醉時常傍酒家樓。華陽洞裏丹砂滿，天柱峰頭紫氣浮。信是壺中懸大藥，玉盤親捧到三洲。

壽羅近峰[1]

天地秋方實，雲霞氣更新。階庭多玉樹，上古有靈椿。愛客時飛盖，登山學采真[2]。應知習静者，心與太初鄰。

【校注】

〔1〕羅近峰：乾隆《東湖縣志》記載："羅文彩，字子華，號近峰，生而穎異。日記數千言，爲偶聲輒口應。生平樂善好施。詳載袁宏道所爲墓銘。再飲於鄉，後輒辭。伯兄文錦早世，擇師爲庭課，撫其從子化、允，率以明經舉。化，字雲連，柳州通判；允，字成吾，滑縣主簿。文彩亦三舉子，冠、冕、旒皆有聲諸生間，并極友愛。冠，字正吾，由文學入成均，官泗水簿。冕，字服卿，餼於庠，有詩名，與公安袁宏道兄弟友善，常限韻作雁字詩，一夕成七律二十首，工力悉敵，袁僅半之，曰：'吾當避君三舍。'又與里中雷思霈爲莫逆交，傾動一時。旒，字季玉，晚應歲薦不出，著有《綠雪堂詩》，相國文安之爲之序。化子思古，字君常，以明經任襄陽教授。允孫宏道，柳州訓導。旒子法古，字叔度，舉崇禎庚午鄉試，後爲我大清池州司理，孫宏允，字士可，宏備自有傳，俱拔貢生。一門多才，世其家學云。"

〔2〕采真：道教語。指順乎天性，放任自然。

【相關鏈接】

夷陵羅子華墓石銘

袁宏道

羅公，諱文彩，字子華。先世隱居蘇之洞庭山。祖欽賈，往來楚蜀間，愛夷陵樸雅，遂家焉。欽生怡，是爲懷湖公。怡生三子，伯文錦，季文鑒，公其仲也。生而穎異，日記數千言，爲偶聲輒隨口應。而公以近籍恐爲里閈所欺，遂罷習舉子。舉與伯同賈，私携古文詞讀之。遇山水佳處，乃流連忘反。伯叱之曰："世豈有牙簽籌子、青山賈兒耶？"公謝之不顧也。已乃獨賈，晝則算緡，夜則鉛槧如初，利輒倍他人，橐中不遺一錢。伯乃嘆服。伯蚤逝，去懷湖公没才三年，公慟哭曰："天乎奪吾父兄之速耶！"撫伯子如所生，擇里中英妙爲之庭課，後皆有聲諸生間。未幾，公亦三舉子，遂去賈業，以詩書爲專門。性好施予，嘗有婦垢面而呼，問其故，則鬻身以償其夫貸者也。公憫之，遂爲代償。

又買一姬，納幣矣。已乃聞其故夫不能成禮，改而别字者。公乃資之合歡，幣帛一無所問。有貸其資以賈者，日走青樓中，資蕩盡，以居求償。公憐之，曰："少年幸莫入輕肥場，吾不汝迫也。"遂焚其券。公嗜琴，晚年好益甚，嘗曰："袁孝尼不傳《廣陵散》，世豈遂無音耶？吾性在山水，指間勃勃，常有流泉遠澗，不願聞人間鯤弦鐵撥聲也。"峽州之解琴，自公始。少時嘗與客奕，客先一道，不能勝，公忿而歸，取局譜觀之，精思半月，遂兩先，客人以是服其敏。居家務爲儉素淳樸，所餘輒施，修刹造梁無虚歲。再飲於鄉，後輒辭。暮年皈心蓮邦，課誦至忘寢食。既病不服藥，唯誦極樂如常。一日呼洗浴甚急，諸子泣曰："陰陽家言時日不利，奈何？"公輪指曰："明旦當利，爲汝等一日。"留至期乃合掌曰："門外有高衲携我入七寶池矣。"遂端坐而逝。享年七十有二歲。配王氏，即少宰兄柳溪公女，賢淑聞於鄉黨，先公二十六年卒。子三，長冠，國子生，次冕，廩諸生，次旒，州庠生，皆以文藻知名於時。而冕留柳浪湖一月，與余倡和最久，異日不愧木天石渠之選者也。孫男卜。繼室盧氏撫育諸子無異己出，先公十年而卒。卒之歲，公長女夢其先叔文鑒謂曰："汝父母數俱盡，汝父以陰德當延一紀。"至是始驗。於是冠等以某年月日合葬於河西之後莊，而乞銘於余。銘曰："是以菩薩擅度莊嚴其身者也，是以周孔禮樂訓其子若孫者也，是支那國之善士而蓮花七寶土之氓也。"

(《袁中郎全集》)

壽何廣文父

一從華髮碧雲棲，帶雪林花踏作泥。火樹月明簫管動，春風先到夜郎西。

讚無量上人二首

爾形無量，爾心無量。何者非我，何者是我。維摩無言，法門不二。世尊默然，則爲印可。

苦行長不出，清羸最少年。持齋惟一食，講律豈曾眠。避草每移徑，濾虫還入泉。從來天竺法，到此幾人傳。

觀土城寺二首〔1〕

登樓閒到寺，分嶺勢如城。幽石生雲細，寒溪瀉月清。黄花含雨色，紅樹亂秋聲。地主偏留客，相携信宿情。

其　二

木葉未全脱，水流故自閑。才登高閣望，始覺大江環。風起如聞梵，雲來莫辨山。曉烟松逕裏，隱隱一僧還。

【校注】

〔1〕土城寺：乾隆《東湖縣志》："一名廣濟寺，在河西鋪（今宜昌點軍區），寺内有施與田地。"參見後面《無相請經南還》《重修土城寺普濟院引》。此詩《湖北詩徵傳略》有録。

送僧一乘之峨眉〔1〕

老僧一鉢一蕉團，太乙終南不記年〔2〕。足踏峨眉峰頂月，回看巫峽水中天。

【校注】

〔1〕一乘：僧人。在黄山頗有建樹，清人閔麟嗣的《黄山志》中有關他的記載非常多。曾在黄山始信峰峰頂建“定空室”，在後海五臺建“獅子林”。《黄山志》卷三記載：“萬曆壬子春，僧一乘將創靜室石筍缸。二月十五日，鄰僧慈愍過訪，從左缸俯身下瞰。一乘忽心動，昔在峨眉深崖見佛光與此似，將無欲放光耶？念之未言而雲日中倏見光現，成五色。俄，一乘之徒二人泊工作，四人分塗來，慈愍亟指示，光滅矣。因復禱，光再現，各見自身之影。工徒投禮在地，皆大歡喜。”

〔2〕太乙：太乙山，終南山在唐朝時的俗稱，在陝西西安附近。

送周文郁入蜀二首

楊柳春如許，江干雨色分。剪桐夔子國〔1〕，傳檄馬卿文〔2〕。遥望峨眉月，回瞻峴首雲。歸時秋水至，蜀錦映紅裙。

其　二

一捧燕京詔，來聽蜀國歌。錦江春宕蕩，玉壘勢嵯峨〔3〕。才子文章重，賢王禮數多。山川時極目，無奈右軍何。

【校注】

〔1〕剪桐：指帝王分封。

〔2〕馬卿：漢代司馬相如，字長卿，後人遂稱之爲“馬卿”。司馬相如是巴郡安漢縣（今四川省南充市蓬安縣）人，一説蜀郡（今四川成都）人。

〔3〕玉壘：指玉壘山。在四川省理縣東南。多作成都的代稱。

頭陀寺募引〔1〕

赤岸頭陀寺，片石堪共語。爾來一千年，誰爲復其宇。檀施蘇舍人[2]，發喜曾太史。我游二子間，提倡自兹始。

【校注】

〔1〕頭陀寺：光緒《荆州府志》："頭陀寺在（荆州）城東九十里，地名赤岸，唐建。"

〔2〕蘇舍人：指蘇惟霖，字雲浦，號潛夫，江陵龍灣人。明萬曆二十六年戊戌（1598）進士，官至監察御史，巡視兩淮漕儲，巡按山西，終河南按察副使。公安派骨幹成員。

〔3〕曾太史：曾可前。

蓬池閣遺稿卷之三

詩

爲峨眉僧卷

普陀山下水，峨眉山上雪。試問兩大士，此意何如説。

壽左文郊郡丞八十代門人單子[1]

神情真足五湖游，八十林泉尚黑頭。時有名人親問訣，不妨酒客與分籌。花如柳絮年俱穩，果結桃花晚更收[2]。鄭圃漆園傳道德[3]，單公左氏載春秋。

【校注】

〔1〕左文郊：左應麟，字文郊，南明宰相文安之的岳父。光緒二十六年《文氏宗譜》記載："元配左氏，徽州太守左公應麟長女，累封恭人，贈一品夫人。""妻左氏，外王父徽州太守文郊公，謬以余爲孺子可教也，十六歲歸余，事先父先母備極孝養，抱杖杜之歉，鮮兄弟。"同治《宜昌府志》記載：左應麟，嘉靖乙卯舉人。初生時，父軏夢黄冠來自帝所。七歲善屬對。仕爲鄮都令，擢吉安同知，遷徽州知府。晚歸，樂志林泉，課子成名。季子相申，天啟乙卯舉人，任霍邱令，土賊亂起，與鳳陽知府何夔竭力捍禦，城破猶率兵巷戰，力屈死之，事見《明史》。左應麟善書，與王篆交好，兩人是同年舉人，夷陵著名

的《至喜橋碑》即爲王篆撰左應麟書。他與當時湖北另一名人鄧士亮也有交往。鄧士亮有《壽左文郊先生八十（先生嗜僊）》詩："幾尋靈藥到僊源，黍米丹成姹火温。白髮不知霜雪冷，銀燈深夜課兒孫。"關於鄧士亮，詳見《鄧寅侯〈峽州草〉序》"鄧寅侯"條注。雷思霈寫左文郊的另有《壽左文郊八十序》。

〔2〕晚更收：喻指左應麟晚年得多子。

〔3〕鄭圃漆園：分别指列子和莊子。

送黄在輿

二月春江放舸時，岸花堤柳信風吹。君家書畫誰堪賞，絶妙涪翁與太癡〔1〕。

【校注】

〔1〕涪翁：宋黄庭堅的别號。太癡：元黄公望的别號。

秋夜憶早朝

露冷霄寒明月光，金莖玉樹影蒼蒼。階空似聽鷄人語，院静如聞玉篆香。紫極自高天北斗〔1〕，朱衣誰識殿中央。夢成還與夔龍會〔2〕，補衮心羅在上方。

【校注】

〔1〕紫極：星名。借指帝王的宫殿。

〔2〕夔龍：相傳舜的二臣名。夔爲樂官，龍爲諫官。後用以喻指輔弼良臣。

滚鐘坡〔1〕

失却玉泉鐘，聞在二聖寺〔2〕。至今草下垂，疑是滚鐘地。

【校注】

〔1〕滚鐘坡：在今宜昌白洋化工園。嘉靖《湖廣圖經志》記載："滚鐘坡，在（宜都）縣東一十五里，古有金鐘寺，忽一日，寺鐘滚出，行者大驚，挽拽不勝，遂入江去，至今山坡有滚鐘跡。"弘治《夷陵州志》原文照抄了这一説法。同治《宜都縣志》記載："滚鐘坡，在縣東北十五里，相傳金鐘寺鐘忽從寺中滚出，經此坡墮入江，至今坡草猶下垂。"雷思霈祖籍白洋善溪冲，離滚鐘坡較近。雷思霈的説法與州志縣志的記載并不完全相同，是傳説的變异还是其他原因，待考。萬曆《湖廣總志》："滚鐘坡，縣東十五里，大江北岸，古有寺名金鐘，忽躍地，遂入大江，揚聲而去，至今山坡有滚鐘跡。"後來，清代的大型官書《御定淵鑒類函》《韻府拾遺》均收録此坡的傳説。

〔2〕二聖寺：光緒《荆州府志》記載："二聖寺在（公安）縣東北，晉太和三年建，一名興化寺，一名萬壽寺，又名光孝寺。寺凡數遷，初在江邊，唐建於梅園，明洪武中水傾徙椒園，嘉靖間江水復嚙，遂移東南郭外。明袁宏道有《二聖寺記》。"二聖寺經袁宏道"領衆結聚，遂成寶林"。

題盧更生皆山亭

爾雅臺名古〔1〕，今君傍作亭。隔城風席影〔2〕，當户曉山屏。月近窺蟾頷，天高墮鶴翎。舊祠猶髣髴，不見海棠青。宋時臺前有海棠，是二百年物，臺是景純注《爾雅》處。

【校注】

〔1〕爾雅臺：相傳是晉代文學家郭璞流寓夷陵時校注《爾雅》的地方。弘治《夷陵州志》："爾雅臺，在千户所後。郭璞注《爾雅》之所，後因立祠祀之，祠廢址存。"乾隆《東湖縣志》："爾雅臺，在城西北隅所堂街。《圖經》云，晉郭璞注《爾雅》處，旁有明月臺，前爲明月池。故老僉云，峽州舊城爲璞流寓時所相度，就山川形勢，分配五行，獨中央地勢卑下，於土德爲弱，因

自中州輦土至峽，相陰陽向背之宜，特建二臺鎮之。明邑太史雷思霈《題廣雅齋》詩所云‘景純注爾雅，築臺江之滸。載在述異記，傳非西陵土’者是也。明季兵燹，兩臺皆圮，遺跡尚存。乾隆二十一年，葉姓私賣與回人建寺，紳士公呈前知縣胡翼勘明定界，未及完案，調任去。二十七年，紳士董秀、張岏、黄家柱等復請清復，知縣林有席傳集士民履勘當據，生員閻宏泉、吏員劉瑚、居民黄應祥等各拆退後墻歸公，其清真寺及貢生裴組、居民李國臣新宅皆侵臺池舊跡，念係成功，不毁，量出地價，用資修砌，以其餘歸典生息，爲將來臺池公費。實勘得現定爾雅臺正基周圍方圓計九十二弓，明月池正基周圍三十五弓，於二十八年正月稟明知府張文燽批準立案。”林有席又云：“爾雅臺，郭璞注《爾雅》處，相傳城西隅即其舊址。考璞爲弘農太守判官，知世將亂，避地東南，或因此而寄寓歟？抑其父爲建平太守，建平接宜都郡，或隨父任而寄寓歟？《爾雅》列於諸經，得璞注益明。滄桑叠改，名勝久湮。余從邑士夫請，兩經其地，雖臺荒池廢，猶得蹤跡而清復之。此都人士知中央土脈，鍾靈據勝，與前賢傳注，共有千古。登臺攬勝，其益慨然於蟲魚瑣屑，皆關經學也夫！”

〔2〕風席：猶風帆，帆篷。

壽黄鼎菴七十

白鴈黄花候，丹顔素髪人。五更言可乞，九老會須頻〔1〕。聞道關三耳，生年數六身。儒衫心久厭，夙志子能伸。

【校注】

〔1〕九老會：用白居易之典。唐武宗會昌五年（845），七十四歲的白居易在洛陽與胡杲等六位年紀七十歲以上的致仕官員舉行“七老會”，後又增李元爽與僧如滿二人，遂稱“九老會”。

壽金珍吾五十

少年名最重，本自郢中師。柳葉飛華宴，荷筒當酒卮。右軍不作誓[1]，高適久能詩。家有重樓閣，看山晚更宜。

【校注】

〔1〕右軍作誓：指辭官歸隱。典出《晉書・王羲之傳》“羲之誓墓”。

病中寄伯從山行

我病不出户，羡君百里程。登山望閣小，涉水入林清。嵐重須頻飲，霜初慎早行。平生偏嗜石，好寄太陰精。

數字與伯從索鳳尾竹

以我一字，易君一竹。君逢大翮山[1]，我作貧簹數。鳳成尾，鸞成音，萬竿千畝誠我心。何似右軍遺紙在，但求青李與來禽。

【校注】

〔1〕大翮山：又名海坨山，位於延慶縣張山營鎮北部與河北省赤城縣交界，相傳大翮山及其南側小翮山是秦代（一説東漢）隸書發明人王次仲變鳥飛走時掉下的兩根羽毛變成的，其山溝、山腳下到處都有泉水。

寄楊博士[1]

才子聲名滿建章，簪成縹筆動宫牆[2]。談經有坐能重席[3]，呼酒無心更設堂。已自門生多進鱣[4]，從他博士亂蒸羊。太玄既是侯芭得[5]，奇字毋輕説幾行。

【校注】

〔1〕博士：秦漢時是掌管書籍文典、通曉史事的官職，後成爲學術上專通一經或精通一藝、從事教授生徒的官職。此處所説的“楊博士”疑似指楊景淳。楊景淳，字木夫，四川涪州人，萬曆十七年（1589）己丑科進士。萬曆二十年至萬曆二十二年任荆州府儒學教授，後升北京國子監博士，歷官兵部主事。在荆州時曾負責纂修明代《荆州志》，雷思霈是當時的編寫人員。

〔2〕簪筆：謂插筆於冠或笏，以備書寫。古代帝王近臣、書吏及士大夫均有此裝束。

〔3〕重席：層叠的坐席。《後漢書·儒林傳上·戴憑》載，東漢光武帝曾令群臣能説經者相辯難，解説不通者，“輒奪其席以益通者”。戴憑解經不窮，“遂重坐五十餘席”。後用以借指學問淵博的儒者。

〔4〕進鱣：《後漢書·楊震傳》載：東漢楊震明經博覽，屢召不應，有鸛雀銜三鱣魚飛集講堂前。人謂蛇鱣爲卿大夫服之象；數三，爲三公之兆。後果位至太尉。此指登公卿高位。

〔5〕侯芭：又名侯輔，西漢鉅鹿人，著名文學家、哲學家揚雄的弟子，隨雄學習《太玄》《法言》。

又寄楊博士

只尺見城郭，來朝即内廷。鏡光江水白，黛色峽山清。雲氣朝爲語，風塵客是星。還當理塵帙，促坐一談經。

贈龍德溥四曲〔1〕

虎臣燕頷紫虬鬚，龍種權奇汗血駒〔2〕。願言贈爾金僕姑〔3〕，直取名王獻天子〔4〕，長纓歸繫五單于。

拊髀臨軒憶鼓鼙，將軍堆甲與雲齊。兩劍寒光閃鸊鵜，何須班固稱書記，勒石燕然手自題。

醉後高歌夜擊鼓，聞雞不寐乃起舞。南可蹂倭北躪虜，但於絳灌恨無人[5]，功成耻與噲交伍。

郢中亦是封侯地，十二荆門何奰屭[6]。先朝諸侯真雄視，何足道哉萬户侯，李廣小兒徒猿臂。

【校注】

〔1〕龍德溥：乾隆《東湖縣志》記載："龍萬化，字德溥，號龍城，彝陵守禦所千户龍勝四世孫也。歷任至黎靖衛總鎮。生而岸偉，美髭髯，兼工詩文，有古名將風。安民下士，所在謳思。從征大方，討播酋，守章臘，屢立其勳。子孫蕃盛。年六十九卒於家。"

〔2〕權奇：奇譎非凡。多形容良馬善行。

〔3〕金僕姑：箭名。

〔4〕名王：匈奴諸王中名位尊貴者。《漢書·宣帝紀》："匈奴單于遣名王奉獻。"顔師古注："名王者，謂有大名，以别諸小王也。"

〔5〕絳灌：漢絳侯周勃與潁陰侯灌嬰的并稱。二人均佐漢高祖定天下，建功封侯。

〔6〕奰屭：氣盛作力貌。

與孟韜限韻

佩得吴鈎在，持來欲贈君。人誰過白眼，名豈附青雲。矯矯神龍性，翩翩繡虎文[1]。相憐同病意，蕭索不堪聞。

【校注】

〔1〕繡虎：比喻文采優美，才氣横溢。典出宋曾慥《類説》卷四引《玉箱雜記》：三國曹植才思横溢，號爲“繡虎”。

題漢鍾離像[1]

僊翁昔遇東皇君，授以丹經九籥文。華簪忽化爲雙髻，遍踏青鞋蕩紫氛。雙眸炯炯如掣電，虬髯嗛嗛開生面[2]。虚心實腹腹便便，飄然垂袖臨風前。是日西赴瑶池宴，海水四立如雲烟。翁也渡海輕于鳥，但言此水變桑田。蓬萊僊人第一班，瑶草金光珠樹殷。偶逢道士身姓吕，東皇丹訣悉付汝。於乎，人生如幻復如塵，一夢大覺覆蕉人[3]。手持玉杖縣玉壺，僊骨忽然見此圖。何時來游地上行，頓使紅顔羽翰生。

【校注】

〔1〕漢鍾離：姓鍾離，名權，字雲房，一字寂道，號正陽子，又號和谷子，漢咸陽人。因爲原型爲東漢大將，故又被稱作漢鍾離。少工文學，尤喜草聖，身長八尺，官至大將軍。後因兵敗入終南山，遇東華帝君授以至道。乃隱於晉州羊角山。道成，束雙，衣槲葉。自稱“天下都散漢鍾離權”，意爲天下第一閑散漢子。全真道尊他爲“正陽祖師”。後列爲北宗第二祖。亦爲道教傳説中的八僊之一。

〔2〕嗛嗛：謙遜貌。

〔3〕覆蕉：用《列子·周穆王》“覆鹿尋蕉”典。比喻恍忽迷離，糊裏糊塗，或得失無常，一再失利。此謂得失榮辱如同夢幻。

答劉元定二首

醉裏玄言醉裏裁，醉時騎馬望山來。山中有酒山中醉[1]，莫管山花開未開。

千山万壑薜蘿侵，君到山中感素心。最是相如稱善病，壚頭不負白頭吟〔2〕。

【校注】

〔1〕山中：劉戢之當時住在夷陵石華山中。劉戢之祖父劉大賓萬曆六年（1578）賜葬石華山之南，劉戢之曾久住於此。

〔2〕壚頭：酒坊。用司馬相如與卓文君當壚賣酒典。

【相關鏈接】

答何思寄問山中二首

劉戢之

白雲如海酒如船，方信人間有謫僊。不爲山中叢桂好，何知鴻寶八公篇。

只尺玄言醉裏裁，山中把繹漫相猜。君來對向山中酌，不是山花不肯開。

（《竹林園行記》）

贈謝山人

北窗涼起詠離騷，便住中秋感二毛。予有名山堪取畫，君將池水盡揮毫。百年湖海心猶壯，五色雲霞首欲搔。自是謝家多玉樹〔1〕，玄暉以後更誰豪〔2〕。

【校注】

〔1〕謝家玉樹：用謝玄芝蘭玉樹典。喻能光耀門楣的優秀子弟。

〔2〕玄暉：謝朓，字玄暉。世稱“小謝”。

陳扈海

洞庭波撼岳陽城，中有君山黛色横。一自襜帷稱重臬，不將詞賦輟談兵。德星久應真人氣，啓事還推吏部名。此日萑苻無寇盜[1]，定知江漢爲澄清。

【校注】

〔1〕萑苻：即萑苻。春秋時鄭國沼澤名。《左傳》昭公二十年："鄭國多盜，取人於萑苻之澤。"

羅服卿齋[1]

西陵群峭劃芙蓉，三峽黏天萬壑重。茶鼎成經陸鴻漸，郡齋作記袁山松。景純爾雅臺猶在，幼節城池壘尚封[2]。如此山川奇且絶，從古才人極筆舌。國朝以來多公卿，文章往往探滲泬[3]。至今作者誰爲雄，予友羅生歌白雪。一歌黄牛人立而吼，再歌神女雲噓而走。鈎將勢與荆門并[4]，不廢長湖日夜行。

【校注】

〔1〕羅服卿齋：參見《題羅服卿〈淡碧齋〉詩》。

〔2〕幼節城池：幼節，指陸抗，字幼節，吴郡吴縣（今江蘇蘇州）人。三國時期吴國名將，陸遜次子，孫策外孫。年二十爲建武校尉，領其父衆五千人。後遷立節中郎將、鎮軍將軍等。孫皓爲帝，任鎮軍大將軍，都督西陵、信陵、夷道、樂鄉、公安諸軍事，駐樂鄉（今湖北江陵西南）。鳳凰元年（272），擊退晉將羊祜進攻，并攻殺叛將西陵督步闡。後拜大司馬、荆州牧，卒於官，終年四十九歲。陸抗城池爲陸抗在西陵滅步闡時兩軍對壘所修的城池。乾隆《東湖縣志》記載："陸抗城，即今西塞壩地。《一統志》載在縣西五里赤溪，其址尚存。《水經》載江水又東，徑故城北，宋本作陸抗故城北，注亦云所謂陸抗城

也。城即山爲墉，四面天險，即此蓋陸抗討步闡時所築，旁有屯甲沱，相傳即陸抗屯兵所。土人訛呼鄧家沱。”

〔3〕漻泬：空曠虚静貌。

〔4〕鈎將：即勾將山。《太平寰宇記》：“袁山松《勾將山記》曰：‘登勾將山南望，見宜都、江陵近在目前，沮漳沔漢諸山，嵎嵎時見，遠眺雲夢之澤，皛然與天際，四顧總視衆山，數千仞者森然羅列於足下，千仞以還者，藟嵬如丘浪勢焉。”《太平御覽》：“盛弘之《荆州記》曰：‘宜都夷陸縣南，勾將山下，有三泉。傳云，本無此泉，居者苦於汲水。有一女子孤貧，忽有一乞人，瘡痍竟體，村人無不稱惡。此女哀矜飴之。乞人乃腰中出刀刺山下三處，即飛泉湧出。”此山應離高筐山不遠，可參見《新居登城》“高筐”條注。另據《清一統志》：“勾將山在宜都縣西北四十里，荆門山在宜都縣西北五十里，與虎牙山相對。”由此可知此山離荆門山也不遠，估計在今點軍與宜都的交界處。雷思霈有一自刻詩集名爲“勾將館”應與此山有關。

寄劉元定金陵

君挂金陵帆，三月烟花發。君到武昌書，十月霜林突。維時予北行，馬渡黄河澌。失意復歸來，聞君氣兀硉[1]。唾壺壯以心，指冠怒在髮。山川鬱且盤，吴楚滃以浡。相思長江水，相望鍾山窟。願言一杓酒，共醉燕市月。

【校注】

〔1〕兀硉：突兀高聳。

贈陳九山之温州二首[1]

領郡東甌古越封[2]，畫船簫鼓日從容。斗間雙劍星文動，水上樓臺海氣重。華盖僊巖俱福地，龍湫雁蕩列奇峰。先時宦績何人勝，逸少於今可再逢。

帆挂荆門樹色秋，澄清東指淛江流。雲中攬德過青鳳，海上忘機下白鷗。兩佐名都吴越地〔3〕，三爲剌史帝王州〔4〕。宦情偏得佳山水，五馬騑騑作壯游。

【校注】

〔1〕陳九山：陳禹謨。詳見《贈陳九山》“陳九山”條注。

〔2〕東甌：又叫東越或甌越。古代王國，又稱東海王國，即今温州，包括浙江台州與麗水地區，國都位於今温州市區。

〔3〕兩佐名都：陳禹謨先後任松江、温州兩府同知。

〔4〕三爲刺史：陳禹謨歷任鄭州、忠州、涿州刺史。

喜吴友鼎贈蘧生佩刀

鼓角乾坤動，征輪日夜勞。相逢劇孟客〔1〕，脱贈吕虔刀〔2〕。化鯉生鱗甲，鳴鴻見羽毛。許身知己日，莫學少年豪。

【校注】

〔1〕劇孟：洛陽人，西漢著名游俠。譽滿諸侯。吴楚叛亂時，周亞夫由京城去河南，得劇孟，十分喜悦，認爲劇孟的能力可頂一個侯國。

〔2〕吕虔刀：寶刀的美稱。三國魏刺史吕虔有一寶刀，鑄工相之，以爲必三公始可佩帶。虔以贈王祥，祥後位列三公。祥臨終，復以刀授弟王覽，覽後仕至太中大夫。

九溪祭墓回〔1〕

崖回路轉費躋攀，下有溪流曲曲灣。淚灑松楸寒遠樹〔2〕，沙鳴鴻雁響空山。遥聞撾鼓臨江外[3]，坐對層巒落照間。歸去夜來風力緊，張燈篝火酒杯閒。

【校注】

〔1〕九溪：地名。清代，東湖縣下轄有九溪鋪，爲東湖九大區劃之一。乾隆《東湖縣志》："九溪鋪去城南四十里，東連蹇家，南連高升，西連臨江，北連峰溪。"

〔2〕松楸：松樹與楸樹。墓地多植，因以代稱墳墓。

〔3〕臨江：地名，即臨江鋪。東湖縣下轄的區劃之一。今伍家崗、猇亭一帶。

壽黄貞菴五十[1]

衣冠文物稱江夏[2]，儒雅風流繼汝南。將母斑斕頻起舞，邀賓絃管任交酣。論詩染翰同高適，問禮談經過老聃。信是大椿秋色古，他年孫子比楩楠[3]。

【校注】

〔1〕黄貞菴：夷陵人，與雷思霈、劉戡之、張孟孺等都有來往，其他不詳。劉戡之有《謝黄貞菴雷何思張孟孺各餉山中》詩。

〔2〕衣冠文物：泛稱某地的人物事跡與風俗、制度。

〔3〕楩楠：黄楩木與楠木。皆大木。比喻棟梁之才。

爲陳兩嶽題竹[1]

大隱蓬蒿一徑傍，琅玕幾個鬱蒼蒼。便娟欲下瀟湘雨[2]，峭蒨常飛嶰谷霜[3]。綵筆春暉頻授簡，籜冠秋色動傳觴。他時若作岑華管[4]，合舞咸池引鳳凰[5]。

【校注】

〔1〕陳兩嶽：疑似陳兩峰和陳兩臺或其兄弟。乾隆《東湖縣志》記載：“陳邦靖、邦直，昆弟五人，皆以明經顯。邦靖，號兩峰，初任閩縣，以定州同知致仕歸。其在南司城，天子有‘不愧金吾’之褒。居官勤慎，所至有冰蘗聲。邦直，號兩臺，長眉廣顙，望之儼然，素以理學自任，且樂育後進，一時名流，多經其指授。”張居正有《送陳兩峰歸夷陵》詩。雷思霈曾爲陳兩峰編纂的《陳氏族譜》寫序。

〔2〕瀟湘：借指湘妃竹。晉張華《博物志》卷八：“（娥皇、女英）堯之二女，舜之二妃，曰湘夫人。舜崩，二妃啼，以涕揮竹，竹盡斑。”

〔3〕嶰谷：崑崙山北谷名，傳説黄帝使伶倫取嶰谷之竹以製樂器。

〔4〕岑華管：王子年《拾遺記》曰：“岑華，山名也，在西海之西。有曼竹，爲簫管，吹之若群鳳之鳴。”

〔5〕咸池：日入之地。此當指古樂曲名。相傳爲堯時所作。一説爲黄帝作，堯增修。《周禮·春官·大司樂》：“舞咸池，以祭地示。”

過水府祠和舊太守袁浣沙作〔1〕

山似琉璃萬寶城，松濤溪雨夜鐘聲。東甌太守風流在〔2〕，和罷新詩百感生。

【校注】

〔1〕袁浣沙：袁昌祚，原名炳，字茂文，號浣沙，東莞茶山横崗人。嘉靖三十四年（1555）參加鄉試，得第一名。嘉靖三十八年赴京參加會試，因第五策試文超出格式落第，而其文却傳誦一時。隆慶五年（1571），袁昌祚再考中進士。曾上《時政疏》，提出治國的大計：“恤民困、正士習、罷互市、通漕河。”被皇帝重用，授左州知州。左州地方偏僻，少人讀書。袁到任後，興辦學塾，延聘塾師。不久，調湖廣夷陵州知州，後遷户部員外郎，提爲廣西提學僉事，又轉爲四川參議。時值修建乾清、坤寧二宫，受命督辦貢木。在處理勞

役中，他不騷擾百姓，四川民衆很感激他。因父親去世而辭職。後雖被起用到廣西做官，但堅持不就，周游名山石窟達三十年之久。年七十九去世。明代王同軌在其《耳談類增》記載：“南海解元袁公炳，於嘉靖己未上春官，其童子夢神曰：‘公是會元，第頭上壓菜一窠。’榜發不中，而會元蔡茂春是。後主試欽其才甚高，皆欲首拔之，而皆齟齬不就。至辛未，更名昌祚，且無知者，始中焉。今林居，猶是林宗、仲舉倫品，才亦繡虎。”另有一說，説他落第的真正原因是嚴嵩想招他爲婿，却遭到他的拒絕。據説他曾寫《四時閨情詩》，假托是妻子何氏所寄，四處傳播，以絶嚴嵩之念。一時被傳爲美談。他的詩文均寫得漂亮，爲當時名士王世貞所推重。道光《廣東通志》上收録他的作品多達三十多篇。同治《當陽縣志》收有他的《修城四公祠碑記》。

〔2〕東甌太守：指謝靈運。他曾任東甌永嘉太守。此句是説袁浣沙與謝靈運一樣熱愛山水。

飲楊伯從書屋

少年章句學張文，曾向高齋坐夜分。我記當爲童子戲，君今恥與衆人群。龜籌觀古留明月〔1〕，漁火空江照暮雲。四世三公先代事，爲遺清白自升聞。少時受業外舅張公於此題贈〔2〕。

【校注】

〔1〕龜疇：傳説大禹治水時，“天錫禹洪範九疇”，由“神龜負文而出，列於背，有數至於九。禹遂因而第之以成九類常道”。（見《書·洪範》孔傳）後遂以“龜疇”指治理天下的大法。

〔2〕外舅：岳父。此指雷思霈的岳父張銑。詳見《寄張岳翁令合浦二首》注。看來，楊伯從書屋可能是雷思霈小時讀書的地方，雷思霈的岳父是他和楊伯從的啟蒙老師。詩歌的第一句“學張文”的“張”似乎是指張銑。

孟冬八日壽沈母八十

門楣懸帨雪初天[1]，歷盡風霜轉自憐。黄菊新收三百顆，玉桃重見六千年。牆頭慈竹偏多笋，山外金輪政半弦。生子雅如范孟博[2]，清時肯爲惱諸賢。

【校注】

〔1〕懸帨：古稱女子誕生。帨，古代女子常用的佩巾。

〔2〕范孟博：范滂，字孟博，汝南征羌（今河南郾城）人。東漢名士"八顧"之一。初舉孝廉，官至光禄主事。後任汝南郡功曹，因觸怒宦官，被捕送京城。及釋放還鄉，受到數千士大夫歡迎。靈帝初遭黨錮禍，被捕殺。

壽董青浦六十

少年扶風豪士[1]，晚歲漢陰丈人[2]。但得鹿門偕隱，何須鶴澤留賓[3]。西河設教日久[4]，東方戲謔時新。况復含飴共樂，二老親抱麒麟[5]。

【校注】

〔1〕扶風豪士：李白有《扶風豪士歌》。所謂"扶風豪士"可能是籍貫扶風的溧陽縣主簿，他名叫嘉賓，大約性情豪爽而好客，因此，李白稱他爲"豪士"。

〔2〕漢陰丈人：典出《莊子·天地》："子貢南游於楚，反於晉，過漢陰，見一丈人將爲圃畦，鑿隧而入井，抱甕而出灌，然用力甚多而見功寡。子貢曰：'有械於此，一日浸百畦，用力甚寡而見功多，夫子不欲乎？'爲圃者仰而視之曰：'奈何？'曰：'鑿木爲機，後重前輕，挈水若抽，數如泆湯，其名爲槔。'爲圃者忿然作色而笑曰：'吾聞之吾師，有機械者必有機事，有機事者必有機心。機心存於胸中，則純白不備，則神生不定；神生不定者，道之所不載

也。吾非不知，羞而不爲也。'"

〔3〕鶴澤：《初學記》卷八引南朝宋劉義慶《世説新語》："晉羊祜鎮荆州，於江陵澤中得鶴，教其舞動，以樂賓友。"後即稱江陵澤爲"鶴澤"。亦用以指江陵郡、荆州。

〔4〕西河設教：卜子夏是孔子的弟子，《史記》記載："孔子既没，子夏居西河教授，爲魏文侯師。"

〔5〕麒麟：比喻才能傑出的人。《晉書·顧和傳》："和二歲喪父，總角便有清操，族叔榮雅重之，曰：'此吾家麒麟，興吾宗者，必此人也。'"

玉泉寺與無跡法師夜坐

百里望藍色，到來歡我顔。塔孤雲正冻[1]，泉靜月俱閒[2]。説法點頭石，栽松破額山。北宗知汝在，却老度門間。

【校注】

〔1〕塔：指始建於北宋嘉祐六年（1061）的鐵製"如來舍利寶塔"，是我國目前最高（七丈十三層）、最重（十萬六千六百斤）和保存最完整的鐵塔。

〔2〕泉：指玉泉寺的珍珠泉。

朱僊鎮[1]

寒空飛鳥不成行，極目中原古戰場。一代河山堪涕淚，千秋俎豆尚凄涼。夜朝神鬼黄昏語，風捲塵沙白晝荒。梁苑宋臺今已矣，饑烏幾點宿枯楊。

【校注】

〔1〕朱僊鎮：在河南省開封市祥符區。南宋初年，抗金英雄岳飛曾率兵在此大敗金人。明成化十四年（1478）於此建岳飛廟。

大梁守葉敬君年丈邀飲〔1〕

使君爲政有陽和，衆木逢冬葉尚多。緩舞長歌飛白雪，登臺把酒倒黄河。藏名可得英雄否，沈醉其如我輩何。談到霜凝雲冷後，流沙天竺亦遭訶。

【校注】

〔1〕大梁：戰國時魏（梁）國都城，當時中國最大都市之一。在今河南省開封市西北。隋唐以後，又通稱今開封市爲大梁（後改稱汴梁）。葉敬君：葉秉敬，字敬君，號寅陽，衢州府西安縣峽川（衢江區峽川鎮）人。秉性好學，幼通經史。萬曆二十九年（1601）與雷思霈同中進士。歷任工部都水司主事，守開封府，提督河南學政、江西布政使司、大中大夫、右參政等職。官至荆西道布政司參議。尋移南瑞，未行而卒。秉敬學問淹通，多處講學，著作宏富，詩有《葉子詩言志》十二卷及《千字説文》《韻表》《教兒識數》《字學疑似》《詩韻綱目》等教材，著有《蘭亭講會》《開溝法》《賦役握算》《書肆説鈴》《明謚考》《寅陽十二論》《治汴書》《學政要録》等書，内容涉及政治、財經、賦税、教育、水利。晚年致仕歸里。天啟三年（1623）應知府林應翔邀，編纂《衢州府志》。秉敬書法也自成一體，其爲官河南時所作的《靈山酌水賦》，筆法豪放遒勁，别有神韻，爲人稱道。年丈：明末清初，“年丈”是對同年的尊稱，意思相當於“年兄”。葉敬君與雷思霈是進士同年。

大梁懷獻吉〔1〕

空同先生一代才，拾遺以後其誰哉。須從太華峰顛看，始信黄河天上來。楚塞秦關俱雨雪，宋宫梁苑半蒿萊。我來欲酬一樽酒，正值郊園放早梅。

【校注】

〔1〕獻吉：李夢陽，明代文學家。字獻吉，號空同子，亦簡稱“空同”。《明史・李夢陽傳》載：“李夢陽，字獻吉，慶陽人。父正，官周王府教授，徙居開封。”王世貞說：“(李夢陽)慶陽人也，從其父宦游之大梁，遂家焉。”李夢陽是明代中期復古派前七子的領袖人物，提倡“文必秦漢，詩必盛唐”，强調復古。李夢陽所倡導的文壇“復古”運動盛行了一個世紀，後爲袁宗道、袁宏道、袁中道、雷思霈等爲代表的“公安派”所替代。

偶閲孟弢白蓮詩因和

露摶風裊日初暾，冰作肌膚玉作魂。戲蝶一叢花欲語，泛鷗幾點水無痕。瑶池儇長隨王母〔1〕，虢國夫人禮至尊〔2〕。盪槳踏歌何處是，分明隊裏獨承恩。

【校注】

〔1〕王，底本譌作“玉”。

〔2〕虢國夫人：唐玄宗的寵妃楊玉環的三姐，唐蒲州永樂（今山西芮城縣）人，生年不詳。楊貴妃得寵之後，玄宗分封三人爲虢國、韓國和秦國夫人。三夫人并承恩澤，出入宫掖，勢傾朝野，尤以虢國爲甚。史載虢國夫人豐姿綽約，雍容華貴，自恃才貌，擾亂朝綱，至德元載（756）與楊貴妃一并死於安史之亂。

柏林寺二首〔1〕

朝雨經過此，寒山四不開。向身今道者，好相古如來。畫水傾牆壁，殘碑剥蘚苔。庭前柏樹子，不是趙州栽。〔2〕

其　二

前年水没寺，今日路成冰。凍壁無多影，頹垣幾個僧。風撑林外塔，焰冷佛前燈。寂寞城隅下，高楊挂古藤。

【校注】

〔1〕柏林寺：中國著名佛寺，坐落於河北省趙縣縣城（古稱趙州）東南角。

〔2〕趙州：趙州禪師，法號從諗，禪宗大師。從諗禪師在柏林寺駐錫四十年。

内丘古柏〔1〕

内丘官舍一株柏，根柢疑是千年結。一本七幹勢盤空，屈曲宛如蛟虬蟄。明月出没東西枝，大風號吼上下葉。停驂篝火摩挲久，詰朝低回不忍别。是時嚴寒萬木枯，對此清絶神幽孤。泥沙滿身銅翡翠，海底千尺铁珊瑚。青天一羽墮紫鳳，深夜九尾挂玄狐。錦官祠畔武侯魄，密城窗外玉女呼。惜哉置在庖溜前〔2〕，空有回廊相接連。安得虚亭對尊酒，使我心目皆豁然。檜皮左紐今尚在，松顛偃盖古與傳。斧斤恐遭大匠手，賴此支離終天年。

【校注】

〔1〕内丘：縣名，古屬赵州，今屬邢臺。

〔2〕庖溜，疑似“庖湢”。庖，厨房；湢，浴室。

寓真定王二府邀飲閣上宿僧樓二府予同里〔1〕

補住何年清泰國，化身今現太行陰。同游地主連墻舊〔2〕，獨醉僧寮借塌深。樓閣浮來香水海，莊嚴俱是雜華林。明朝驛路多殘雪，欲折梅花動客心。

【校注】

〔1〕王二府：疑似王應震。乾隆《東湖縣志》記載，王應震爲萬曆七年己卯（1579）科舉人，先後任宿松、湯陰知縣，官至真定同知。詳見《湯陰武穆廟》"同郡王令諱應震"條注。

〔2〕連墻：比鄰。

旅次同仲文夜坐〔1〕

路分南北驛，望盡江河天。覓句坐深夜，論心引昔賢。鑄成賈島佛，畫出王維禪。誰遣梅花發，西山夜雪邊。

【校注】

〔1〕仲文：李仲文，監利人，生平不詳。一度住江陵，與歐陽明是鄰居。參見《贈李生仲文》。

雪浪齋東坡手植雙槐〔1〕

老桂變槐，老槐生火。此理固然，莫測其所。坡僊手植，幾五百年。深夜積雨，光怪燭天。枵腹突尾，如虯脱骨。嫩葉新枝，依然兔目。鐵幹怒生，獅王迅厲。講業之餘，其下可市。雪浪爲石，芙蓉爲盆。作名系詩，傍槐之根。石固常在，槐藉以久。一字人間，千秋不朽。此石此槐，北方堪語。中心孔懷〔2〕，我來贊女。

【校注】

〔1〕雪浪齋：宋哲宗元祐八年（1093），蘇東坡被貶爲定州府知州時，建

雪浪齋。齋名因石而得。蘇東坡《雪浪石》詩引言云：“余在中山（府）得石，黑質白脈，如蜀孫位、孫知微所畫山水畫卷，水有跳波濺沫之狀，因名之曰‘雪浪石’。”東坡并將書屋以“雪浪齋”命名。在齋前親手植雙槐。“東者蔥郁如舞風”，“西者槎丫竦拔如神龍”。後人傳爲“東坡雙槐”。雪浪石被稱爲宋代第一名石。

〔2〕孔懷：甚相思念。

贈劉定州

入境稱三善，前人信有之。顔題搜古跡，官柳長新枝。爲醉中山酒，來看雪浪詩。政成多卧理，别去幾相思。

登定州塔〔1〕

朝霧結積雪，大地化成水。世界元氣中，人物鴻濛始。我登一嘯歌，罡風欲輕舉。何當若士游〔2〕，遥遥視下土。須臾海日出，一照萬山紫。

【校注】

〔1〕定州塔：位於河北省定州市城内，原名開元寺塔，是中國現存最高大的一座磚木結構古塔，有“中華第一塔”之稱。據史料記載，定州是先有開元寺，後有定州塔。開元寺的前身最早是七帝寺，建於北魏太和年間，隋朝開皇十六年（596）更名正解寺，到唐代天祐年間改爲開元寺。

〔2〕若士：猶僊人。典出《淮南子·道應訓》。

涿州飲陳生宅

千山雪正殘，驅馬入長安。聖水重橋斷，西山老樹寒。門人供碧酒，地主薦冰盤。如此相逢處，休歌行路難。

贈愚菴法師〔1〕

帶得峨眉半月秋，金光直似照皇州。千重樓閣隨身現，無數衣糧向樹求。竪義拈搥多靜者〔2〕，題碑榜字總名流。曾聞蝙蝠與鸜鵒，莫説蜘蛛不解修。

【校注】

〔1〕愚菴法師：康熙《宛平縣志》記載："慈惠寺，明萬曆中，楚僧愚菴自蜀入京，瞻禮諸寺而嘆曰：'京城内外，名刹之盛甲東土，但釋子問法至者無息足所耳。'乃募建寺接待焉。檀施半出宫中。壬寅寺成，賜名'慈惠'，十方僧至有安單處矣。而愚菴顧與過客等。黄詞林輝，愚之友也。寺後有閣，供旃檀佛，黄手定坯胎，鑄成端然瑞像也。黄在寺頌《金剛經》，一蜘蛛緣案上正中立，向佛而伏，驅之復來，黄曰：'聽經來耶？'爲誦終卷。又爲説情想因緣竟，蜘蛛寂矣，視之，蜕也。黄以沙門法龕之，塔之，碑之。"另見《慈慧寺留别魏肖生水部魏叔伯太史》注。關於黄輝其人，可參見後面《和黄庶子平倩》一詩校注。

〔2〕竪義：闡明義理。

報國寺古松〔1〕

一松八部怪〔2〕，且問主林神。造化有奇物，世間無二身。驕陽不到地，長夏最宜人。醉卧枝横處，頹然已得真。

【校注】

〔1〕報國寺：位於今北京市西城區，明成化年間改擴建，有七層殿房，錯落有致，後院建有毗盧閣，閣高三十六級，周圍長廊，可登臨遠眺，"望盧溝橋

行騎，歷歷可數"，京師之景盡收眼底。毗盧閣中還收藏有窑變觀音一尊，爲鎮寺之寶。毗盧閣窑變觀音和寺内金代所栽的兩株雙龍奇松，被稱爲寺内"三絶"。在明末出版的《帝京景物略》中，就收録有名士、詩人吟唱報國寺"三絶"的詩詞四十多首。據鍾惺《告雷何思先生文》知，此詩應當寫於1610年。

〔2〕八部：佛教分諸天鬼神及龍爲八部。《翻譯名義集・八部》："一天、二龍、三夜叉、四乾闥婆、五阿修羅、六迦樓羅、七緊那羅、八摩侯羅伽。"

往閩試舟次德州〔1〕

欲買平原酒，其如少客何。晝聞牽纜曲，夜聽打魚歌。風急沙沈樹，虹低雨斷河。王程一萬里〔2〕，只見海雲多。

【校注】

〔1〕閩試：萬曆己酉年（1609），雷思霈負責組織福建鄉試。

〔2〕王程：奉公命差遣的行程。

東　昌〔1〕

一箭聊城下，千秋魯仲連。至今東海上，不必問神僊。

【校注】

〔1〕東昌：泛指山東魯西的聊城。

丹陽逢王公權舟次極喜有作

丹陽城郭外，逢子若逢僊。去客三千里，何期第一泉〔1〕。計行閩海上，應到峽江邊。莫話中朝事，時危感昔年。

【校注】

〔1〕第一泉：此指鎮江中泠泉。

闈試場中呈王諫議〔1〕

高秋深院鎖遥天，南海明珠照几筵。小吏盤將冰藕至，官厨酒共雪梨傳。身居甌脱幾千里〔2〕，心在蝦蟆第四泉。已自掄材游興動，武夷山際問諸僊。泉水不得，有第六句。

【校注】

〔1〕王諫議：從《同王諫議伯舉卜居襄陽》等詩看，疑似雷思霈的同年進士王元翰，字伯舉。詳見《滴水巖同公孝與王伯舉》“王伯舉”條注。

〔2〕甌脱：邊境荒地。

憶京師諸友

八千里路到閩州，苦憶慈恩幾舊游。若問閩州憑口説，海天山色入深秋。

場中閲文

清秋不肯熱，多病自堪憐。山好嫌闈隔，風腥識海連。薄雲青桂月，頻雨緑橙天。何事重翻閲，酸辛憶昔年。

試　畢

在昔少拘束，今來憶友生。恨無一雁至，徒有百虫鳴。九鯉湖中夢〔1〕，三山海上行。重陽知不遠，博采菊花英。

【校注】

〔1〕九鯉湖：位於福建僊游縣鐘山鎮，是僊游“四大景”（九鯉湖、麥斜巖、菜溪巖、天馬山）之一，以湖、洞、瀑、石四奇著稱，尤以飛瀑爲最，素有“九鯉飛瀑天下奇”之美譽，與武夷山、玉華洞并稱“福建三絕”。

陳中丞陸侍御九日見招病不能赴二首[1]

去年此際東山寺，好友聽歌信宿歡。今日那知身萬里，街頭買得菊花看。

烏石山高病怯登[2]，黄花辜負主人情。床頭亦有茱萸酒，天上苦無鴻雁聲。

【校注】

〔1〕陳中丞：疑似萬曆福建巡撫陳子貞。陸侍御：不詳。

〔2〕烏石山：又稱烏山，地處今福州鼓樓區烏山路，又名道山、射烏山。相傳漢代何氏九僊曾在此地登高射烏，故名烏山，又稱“射烏山”。唐朝以降，烏山一直是城内著名的風景游覽勝地。唐天寶八載（749），唐玄宗敕名爲“閩山”。宋代郡守程師孟又以此山可與道家蓬萊、方丈、瀛洲相比，便改其名爲“道山”。程師孟延請其繼任太守“唐宋八大家”之一的曾鞏作《道山亭記》。山上至今還有古人留下的二百多處摩崖石刻，篆、隸、楷、行、草各臻其妙。

九日又題

山川同節序，風土各天涯。霜露寒全未，衣衫凛漸加。但能多緑樹，偏不有黄花。獨是歸心劇，來朝問客槎。

試畢還朝

半憑緩楫半輶軒，紫橘黄柑處處繁。疏竹岸邊看水色，亂山海上記潮痕。歲時夏日已冬日，天地胡門又越門[1]。爲得鳳麟供上國[2]，願還貂虎靖南藩。

【校注】

〔1〕胡門越門：古人認爲，山河之象存乎兩戒。北戒自三危、積石，負終南地絡之陰，東及太華，逾河，并雷首、砥柱、王屋、太行，北抵常山之右，乃東循塞坦，至濊貊、朝鮮，是謂北紀，所以限戎狄也；南戒自岷山、嶓冢，負地絡之陽，東及太華，連益山、熊耳、外方、桐柏，自上洛南逾江、漢，携武當、荆山，至於衡陽，乃東循嶺徼，達東歐、閩中，是謂南紀，所以限蠻夷也。故《星傳》謂北戒爲“胡門”，南戒爲“越門”。

〔2〕鳳麟：傑出罕見的人才。

水口驛

沙明樹暗雨濛濛，回首三山海氣中。獨恨此行游事少，九天湖畔却天風。

【校注】

〔1〕水口驛：明王應山《閩都記》：“水口驛，在古田縣一都。下通白沙百二十里而遥，上接黄田四十里而近。又遞運所，在驛之旁，其溪自縣南流，與嵩溪會，故名水口。宋太平興國中，嘗遷縣治於此。蓋水勢至此稍緩，溪濱地稍寬，劍溪水至此漸平，下無灘石，上下舟航輻輳，居人繁盛，宋有監鎮官，元革。”明時，水口驛設報船四艘、水手二十四人。

茶洋驛[1]

水田如破衲，舟楫似浮甌。海近雲常黑，霜輕樹不秋。泉聲懸屋上，月色挂崖頭。獨醉茶洋驛，無人記酒籌。

【校注】

〔1〕茶洋驛：在福建南平。康熙《南平縣志》："茶洋驛在縣治東南金沙里，宋爲金沙驛，元間改今名。""茶洋驛上至劍浦七十里，下至峽（峽驛）四十里。"《讀史方輿紀要》："茶洋驛，在府東南六十里，宋淳祐中置。"

延　平[1]

遥想山川三峽裏，獨憐風景七閩中[2]。海魚不似江魚美，粵樹偏無郢樹紅。

【校注】

〔1〕延平：延平府，治南平縣。

〔2〕七閩：原指古代居住在今福建省和浙江省南部的閩人，因分爲七族，故稱。後指福建。

蓬池閣遺稿卷之四

詩

水簾洞武夷山[1]

斜穿石洞似重關，徑草蒙茸兩壁山。道士精廬丹嶂隙，野人茶臼碧流灣。泉聲隱隱深松裏，雲氣離離落照間。信是此間堪避世，來游如醉幔亭還[2]。

【校注】

〔1〕水簾洞：原名唐曜洞天，位於丹霞嶂東面。水簾洞是武夷山最大的洞穴，高寬各一百多米。洞門前終年流淌的兩股清泉，從巖頂飛瀉而下，如珠簾懸垂。水簾洞内軒爽敞亮，可容數百人。巖壁上摩崖石刻比比皆是，"活源"兩字最爲著名。

〔2〕幔亭：指武夷山勝境幔亭峰。在大王峰右，與該峰比肩而立。神話傳説始皇時曾有僊人在山頂宴請鄉民。

天游觀武夷山[1]

一溪九曲青蛇纏，三十六峰當眼前。燒竹煮茶支石鼎，躡梯鋤藥破雲烟。欲將半壁僊人掌，試取懸崖釣叟船。遺蜕千年猶有待，何如鸞鶴竟朝天。

【校注】

〔1〕天游觀：位於六曲溪北天游峰頂。宋道士劉碧雲、張希微始建。爲重檐樓閣式建築，莊重而雄麗。後法師張虚一棲居此處并奏請“天游觀”匾額懸於觀門。明代曾多次重修。這裏原來建有三清殿、宣經樓、竹波樓、天游閣等建築。

杭州逢汪聚吾游吴山之作

吴山絶勝飛來石，苦恨游人不入城。柏葉沙州邀道侶，桃花潭水見深情。怕逢官長短衣往，獨快歌兒大袖輕。君又卜居山洞處，何年携我又同行。

張振華自姑蘇至錫山相送詩以贈之

多情獨有張公子，送我梁溪第二泉〔1〕。海國天風寒雨後，倏然晴日曉帆前。

【校注】

〔1〕梁溪：水名，其源出於無錫惠山，北接運河，南入太湖，爲流經無錫的一條重要河流。歷史上梁溪爲無錫之别稱。第二泉：惠山泉。位於無錫惠山第一峰白石塢下，被唐代“茶聖”陸羽評爲“天下第二”。

舟次蘇州懷杭州之游故有是作二首

來游十日西湖上，不作西湖一字詩。只愛吴山山石好，苦遭風雨入城時。

行到蘇州未有詩，也多風雨少晴時。寒山寺裏偏經過，閲盡前朝老畫師。

無相請經南還〔1〕

佛法三千界，誰將海藏傳〔2〕。有人時繞塔，此地忽生蓮。習靜清涼景，提辭兜率天〔3〕。吾家次宗者〔4〕，結舍廬山顛。

【校注】

〔1〕無相請經：參見《無相上人請藏經始末》《重修土城寺普濟院引》。

〔2〕海藏：指佛教經典《佛性海藏智慧解脱破心相經》，又名《佛説智慧海藏經》。此泛指佛經。

〔3〕兜率天：佛典中“欲界六天”之第四天，是彌勒成佛前之居處。

〔4〕次宗：雷次宗，字仲倫，豫章（今江西南昌）人，南朝劉宋時人。少入廬山，師事著名佛學大師慧遠大師，從之學三禮、毛詩，并修淨業。其後，立館於東林寺之東，爲東林十八賢之一。雷次宗少時便有遠跡隱居之意，長樂隱退，篤志好學，成爲一個兼通儒佛的學者。

壽王劬生年丈

初度共年兼共月，後來同館復同師。才名不必如君美，友道偏能獨我知。太白酒腸詩興速，樂天僊果子來遲。楚狂歸向深山去，稍待論心夏五時。

送南二泰年丈之廣平〔1〕

武安新出守，渭水産名家。拈韻聲依鶴，移文墨點鵶。郡齋多柳蔭，池沼盡荷花。不厭看山興，常乘四望車。

【校注】

〔1〕南二泰：從“年丈”可知爲雷思霈的同科進士。查萬曆辛丑科進士名録，有南居益其人。南居益，陝西渭南人，字思受，號二太。“太”“泰”本通。他是指揮抗荷戰争的愛國將領。“居益少厲操行，舉萬曆二十九年進士，授刑部主事。三遷廣平知府，擢山西提學副使、雁門參政，歷按察使、左右布政使。”“天啟二年，入爲太僕卿。明年擢右副都御史，巡撫福建。”（《明史》）荷蘭海盜騷擾漳、泉，居益率兵擊退之，并築城鎮海港，平息海患，擢升工部右侍郎，總督河道。後宦官魏忠賢當道，排擠居益，削職歸。鄉人在澎湖及平遠臺爲之建立生祠。崇禎元年（1628），起爲户部右侍郎，總督倉場。後代張鳳翔爲工部尚書，不久削籍歸鄉。十六年，李自成攻克渭南，迫降不從，次年絶食而死。著有《晉政略》《年譜》《致爽堂詩》《青箱堂集》等。與福建同安人、萬曆癸丑進士、授刑部主事按察使的蔡獻臣有較多交往。廣平：與武安均屬河北邯鄲。

【相關鏈接】

答南二泰撫院一書

蔡獻臣

夷氛尚熾，秋穀欲焦，此海邦之憂也。年來賴公如天之覆，修政，修教，即須臾間已纖毫畢照，振舉靡遺。八郡從兹脱湯火而就枕席，非仁人之明賜哉！

近聞紅夷復入浯嶼，求互市。不佞臣因思祖宗設官良有深意。浯嶼一片地，在中左所海中。中左門户也，先朝設把總於此，官因名焉。嗣且縮於中左之城外，嗣且移於晉江之石湖，而浯嶼遂成甌脱。往尚有城，居數家。汛時，汛兵朝往暮歸。今紅夷來必泊之，則此地之要明甚。浯嶼總徙，復設浯澎游，則此官之不可廢明甚。倘就本嶼建一大銃城，而撥一水哨守之，多置銃械其中，則有險可憑，有銃可攻，夷必不敢泊舟其下，亦必不敢越此而入中左也。又左岸爲普照寺，亦可就近寺處建一小銃城，而撥兵二三十名守之。彼此對峙，銃炮互發，夷益不敢越此而入中左也。石匠惟中左最多，而海石亦最多。此不過費一、二千金而足，且深得祖宗設官之意。

客歲議設游戎、裁把總，鄙見謂石湖可裁。蓋游戎宜居中調度、南北照管，而中左所必不可不常往一游。石湖則第以一名色總領數舟守之，兼策應永寧、崇武一帶足矣。然此爲無事時言耳。今夷舟猖獗，尚議添，敢議裁？惟浯嶼之銃城似不可已也！幸公詳議而創，是役真百世利耳。

（道光《廈門志》）

偶　題

似在三峰上，如游二室間。松知秦世物，柏帶漢朝顏。怪石胡僧貌，清泉玉女鬟。何時憑草屨，隨處記名山。

送周斗垣年丈守金華[1]

婺州東指遍行春[2]，玄鴨樓邊八詠新[3]。緑水青山堪作主，游魚飛鳥也稱民。雲生太守腰間綬，花插吏人頭上巾。我欲天臺看瀑布，相逢可似薦來賓。

【校注】

〔1〕周斗垣：雷思霈的同年進士周延光。乾隆《杭州府志》："周延光，字斗垣，蘄水人，萬曆進士，知金華府。政静民和，晉副使，提督浙學，遷本省左布政。凡收管關支，皆躬自閱視，主藏吏抱牘記出納而已。宿弊一清。"民國《海康縣續志》："周延光，字斗垣，蘄水人，萬曆辛丑進士，官至左布政。見《黄州府人物志・宦績傳》。"康熙《金華府志》："周延光，湖廣蘄水人，進士，萬曆三十八（1610）年任，爲政不尚威嚴，惟以善氣親人，秀頑皆

感其化，殆所謂居無赫赫名，去後常見思者也。尋升本省督學，并晉藩憲，其貽恩兩浙，蓋未可殫述焉。”

〔2〕婺州：金華古稱。隋置婺州，治金華。朱元璋改寧越府，不久改金華府。

〔3〕八詠：樓名，位於今金華八詠路，原名玄暢樓，南朝時創建，南宋淳熙十四年（1187）擴建，元皇慶年間毀於火，明萬曆間重建。歷代文人題詠甚多，如南朝齊隆昌元年（494），東陽郡太守沈約作《登玄暢樓》；南宋紹興五年（1135），李清照曾作《題八詠樓》：“千古風流八詠樓，江山留與後人愁。水通南國三千里，氣壓江城十四州。”

出　城

出城神已爽，倚樹興猶狂。無地不堪醉，有花偏共香。見山如眷屬，看水即家鄉。縱是風沙苦，猶能洗俗腸。

偶　題

入園一里許，楊柳與蒹葭。絶似江南好，其如樂事奢。古城作臺榭，泉水養荷花。况是西山近，貪看懶到家。

予告南旋留别諸年丈三首

懶著朝簪歸去來，衣裳只合女蘿裁。高天無地煩清問，四海何人爲愛才。流水共僧尋石坐，深山入道看花開。此中得福那堪語，一日思君不記回。

少讀襄陽耆舊傳，鹿門之後幾人曾。一生快事無過隱，千古論心在得朋。臨水登山雖亦美，種花栽竹信吾能。他時寄字知何處，扇子峰頭杖老藤。

三殿文章叨侍從[1]，百年甘脃思庭幃。願同□寺涼新扇[2]，直取江魚卧舊磯。勝友幾時方對酒，好山旬日竟忘歸。封章除目關何事[3]，愛殺松風松子飛。

【校注】

〔1〕三殿：指皇宫中的三大殿。亦借指皇宫。清昭槤《嘯亭雜録·國初定三院》："至順治戊戌，始復明制，改設中和殿、保和殿、武英殿、文華殿、文淵閣、東閣諸大學士名。乾隆戊辰，特旨罷中和殿大學士，改爲體仁閣，以配三殿三閣之名焉。"

〔2〕□，此字原刻本缺，據後文"江"，或爲"山"字。

〔3〕封章：言機密事之章奏皆用皂囊重封以進，故名；除目：除授官吏的文書。

贈胡靜源[1]

蘭谿江上有閑田，西蜀南荆暨北燕。縱使偏文多好武，但知結客那論錢。寶弓帶決不離手，古劍長鳴擊在肩。此際秋風正得意，看君飛騎錦雲綿。

【校注】

〔1〕胡靜源：與下面詩歌所寫的胡泰六疑爲同一個人，疑似胡應臺。清卞寶第《湖南通志》載："胡應臺，字徵吉，瀏陽人，廷黼孫也。萬曆戊戌進士，官中書舍人，晉兵科給事中，轉吏科。以直道忤時相，出爲江西督學，稱得人。歷太仆卿，巡撫應天，振綱肅紀，執法不阿。旋總督兩廣，值白灒滋事，單騎撫定之，威名益著。召爲南京刑部尚書，以忤璫奪職歸。崇禎初，起刑部尚書，外戚周奎子鏡爲金吾，指揮家人殺人，事下刑部論抵。帝震怒，問主筆者。應

臺奏：‘臣實主筆，不敢以戚畹骫法取容。’疏上，卒依擬。中官怨之，帝爲鐫級，遂疏乞終養歸。”任江西督學時選拔了不少優秀人才，明末學者宋應星即爲其中之一。

再贈胡泰六

松下一壺酒，與君飲至夕。日夕雨欲來，樹色翠餘積。出門望西山，撲面送晚碧。相對别無言，無言心已適。

王長卿送内子繡佛〔1〕

絲尾針頭寫佛真，夫書兒畫總前因。有時繡出文殊佛，莫繡金毛獅子身。聞長卿丘嫂頗妬天下大好手，是大辣手。

【校注】

〔1〕王長卿：參見後文“相關鏈接”。王長卿妻子繡佛在當時頗爲知名。當時的另外幾位詩人也寫到了這件事。張汝藴《題王長卿内子繡佛》：“白馬西來日，瞿曇教亦傳。上乘無色相，大覺有真詮。蓮鉢千絲出，金身五采懸。誰知女乞士，指下解逃禪。”吴國倫《繡佛詩爲王長卿内子題》：“豈是牟尼像，偏歸善女紅。妙香縈藻案，纖手映花宫。綺綀光猶淺，丹青技易窮。非緣三世識，那得五紋工。雪錦天孫避，永紈帝子同。金身元燦爛，玉面總圓通。不盡慈悲意，都含纂組中。始知青合彦，亦有素娥風。”内子：古代卿大夫的嫡妻。後爲妻的通稱。

【相關鏈接】

汪夫人繡佛

王同軌

王長卿之相，歙人。其内君汪氏，慧巧絶世，以畫理文藝聞里中。自少好事佛，因自繪佛像而手刺成之，莊嚴妙麗，浮於像外。即一絲必細剖成三四，凡著色，自淺至深，皆以漸成，渾然天造。繪人及唐宋繡刺皆所弗逮。往年長卿携一軸來京，諸貴人皆極稱賞。後質於賈人，得八十金。又一軸，聞在吴中，售金二百。而長卿貧猶故也。長卿美姿容，善詩工書，游諸名人，得諸名人繡佛詩滿大卷。予亦效顰，有作曰：滿月慈悲誰可狀，逼真刺就黄金相。五色莊嚴發寶光，千絲縝瑩疑天匠。兜羅綿手兜羅雲，明光錦幅明光藏。本是優婆夷淨身，忽作維摩女供養。生動神通信手成，毫芒絶妙由心創。但思靈鷲作峰看，慵畫修蛾爲月樣。指指拈來聖果圓，針針撥盡迷方障。鴛綺春風般若臺，蓮花燈影茱萸帳。蟬鬢輝流紺髮前，羅衫香拂珠衣上。三十二相畫不如，一百八珠誦相向。濟度生天善有因，保佑宜男福無量。香火儫郎固夙緣，鏡鸞琴鳳長依傍。

（《耳談類增》）

别王劬生〔1〕

惜别已自苦，别君轉覺難。那知二子者，衹合一身看。作事少胸臆，無言不肺肝。因勞愁見客，每會喜加餐。况是秋初候，纔逢兩月歡。此思何等似，海水注心寒。

【校注】

〔1〕别王劬生，本詩《雷檢討詩集》亦收，題作“與王劬生别”。

望五臺山有作書似許曲陽

北望恒山太乙宫[1]，伽林潜鶴古來同。未知何處飛奇石，畫壁猶疑一鬼工。

【校注】

〔1〕太乙宫：指北嶽恒山。《太平御覽》："北嶽有五名，一名蘭臺府，二名列女宫，三名華陽臺，四名紫微宫，五名太乙宫。"

過北嶽祠[1]

天見琉璃佛見金，寒風積雪雨雲深。自從頂禮清涼後，任是名山總陸沈。

【校注】

〔1〕北嶽祠：乾隆《大同府志》："在（山陰）縣西南四十里化悲巖，旱禱有應，相傳有樵夫遇神於此，因建祠，明萬曆末重修。"

偶　　成

兩岸濃雲密雨，中間石色溪聲。亂草橋梁馬去，垂楊深處人行。

五臺二首

五頂平看指掌前，群峰隱見在蒼烟。西峨南海稱兄弟，秋樹春花總聖賢。并代山河七百里，隋唐鐘磬一千年。無端最是張居士[1]，只把金燈爲浪傳。

千壁千盂千世尊，清凉何處不乾坤。紅樓碧殿山山寺，菌地天花樹樹村。破衲僧來尋石窟，半巖人去砍松根。謾言金色琉璃色，我見依然土木墩。

【校注】

〔1〕張居士：疑似指張商英。張商英字天覺，號無盡居士。一生信奉佛教，尤喜談禪，且自詡爲“菩薩眷屬”。曾三上五臺山，并著有《續清凉傳》，宣揚文殊菩薩靈瑞感應，影響甚廣。是與五臺山關係最爲密切的北宋大臣。《清凉山志》記載：“罗睺寺，塔院寺東北偶，唐建。張天覺於此見神燈，有感，修飾。成化間，趙惠王重建。”

竹林寺訪月川法師〔1〕

我緣南頂下，只到竹林東。怪石堆松裏，飛泉舞澗中。九盤一徑入，青嶂白雲同。寒月常如水，禪天不斷風。鳥低人與食，像小鬼爲工。法席一千衆，繩床五百弓。决疑遵長者，竪義類支公〔2〕。自此清凉地，麻生取直蓬。

【校注】

〔1〕竹林寺：在今五臺山臺懷鎮西南六公里竹林寺村西側。據《清凉山志》載：唐代高僧法照在此見到竹林，云爲佛法顯靈跡，因創寺，并取名爲“竹林寺”。歷代予以重修。寺内除磚塔外，原有山門、鐘鼓樓、配殿、廂房、正殿、禪院等建築，現寺宇殘壞，寺宇布局和基址尚清晰可辨。月川法師：鎮澄。明釋明河撰《補續高僧傳·月川法師傳》：“鎮澄，字月川，别號空印。金臺宛平李氏子。幼聰慧弗群，十五禮西山廣應寺引公爲師，得度爲沙彌。登壇受具時，一江澧，西峰深，守菴中諸大法師，弘教於大都，師親依輪下，參窮性相宗旨，靡不該練。允醉心華嚴圓頓法門，如是者十餘年。復從小山、笑巖二老，究西來密意，殊有會焉。自是聲光動遠近，後學仰而歸之。妙峰舉無遮會於五

臺，師首其衆。罷會，居紫霞蘭若，面迫冷壁者三年。適塔院主人請修清凉傳，隨以法席，延致四方，學士大集，至室無所容。尋與友人雪峰創獅子窟，建萬佛琉璃塔，遂成一大叢林。日繞數千指，演大華嚴。寒巖冰雪中儼然金剛窟對談也。時兩宫興福，尤注意臺山，聞師雅重之，特賜龍藏。尋延師入京，館於千佛、慈因二寺，講大乘諸經，賜賚隆厚。奉旨馳驛還山，開古竹林居之，有終焉意。復修古南臺。南臺、竹林皆文殊現身處，久廢，得師而復興。聖賢之跡隱顯在人也。師自是疲於津梁，謝遣諸弟子，默然兀坐，一切無預於懷。衆固請説法。師曰：‘學者以究心爲要，多説何爲？爾曹勉之，吾將行矣。’中夜端坐而逝。時萬曆丁巳六月也。師安重寡言笑，律身至嚴，御衆甚寬。説法三十餘年，處廣衆若無人，不受飲食，雖天厨薦至，而粗糲自如。居恒專注理觀，安坐如山，物莫之動。度生衛法之心，至老彌篤。故出師之門者，皆凝厚之士。諸方取法焉。其於講演，提綱挈要，時出新義，北方法席之盛，稽之前輩，無出師右者。著述有《楞嚴正觀》《金剛正眼》《般若照真論》《因明》《起信》《攝論》《永嘉集》諸解皆盛行於世。”

〔2〕支公：即晉代高僧支遁。

道中寒甚與月川借三衣戲成

寶冠五髻切輕霄，七月寒風大地號。欲向樹神求細氎，幸逢長老借方袍。小衫鮫妾梭中錦，舊衲獅王頂上毛。那信一絲原不挂，兜羅錦裹任酕醄[1]。

【校注】

〔1〕兜羅錦：古錦名。用兜羅綿織成，染色。兜羅，印度一種木棉樹。酕醄：大醉的樣子。

古竹林二首

五人有髮六人無，想是前生眷屬居。我亦何緣同到此，山山水水見文殊。

竹林自古知何處，不在山嵌在石龕。欲知大士真消息，日午三更北斗南。

游秘魔巖六首〔1〕

我見秘魔巖，不信惡蛟事。若欲問文殊，文殊衹這是。

其　二

疊閣與穿樓，傍巖勢若一。下視空澗中，多少參差石。

其　三

東峨谷口中，雹子如棗子。有言數年前，大以八人舉。

其　四

我觀秘魔巖，如天上寶城。非飛僊不到，是菩薩乃行。

其　五

我觀秘魔巖，削折如泥壁。折處有僧寮，削處無鳥跡。

其　六

東巖連北巖，其中有一疊〔2〕。文殊居其中，魔王不敢問。

【校注】

〔1〕秘魔巖：位於五臺山西臺西面的維屏山中，屬繁峙縣，是西臺頂的主要名勝，因唐朝秘魔和尚在此講經説法而得名。此處有秘魔寺，創建於北齊，唐宋時聲譽大振，聞名全國，在佛教界享有盛名。特别是秘魔巖的“龍洞”，是佛教徒到五臺山必須朝拜之地。

〔2〕釁：縫隙。

中秋裕州遇雨逢崔孝廉朱郭茂才二首[1]

信宿方城下，泥途苦客車。秋深連夜雨，家近隔江書。旅食憑黄酒，歸心寄白魚。欣逢群彦集，聊此慰蕭疏。

其　二

况是中秋節，天何不放晴。去年閩海國，今夜淯江城[2]。細草沾泥藉，饑烏上樹鳴。不知三峽月，此際爲誰明。

【校注】

〔1〕裕州：金泰和八年（1208）置，屬南京路，治方城縣（今河南方城縣），轄境相當今河南省方城、舞陽、葉縣等縣地。元、明屬南陽府。

〔2〕淯江：今中國河南省白河的古稱。

題楊伯從書屋二首

勝地無過此，平臺怪石生。舊江存禹鑿[1]，隔岸見吴城。水漲魚隨上，林深鳥亂鳴。醉來眠復醒，拾蔡煮香羹[2]。

他园非不美，竹樹此堪過。况是臨江岸，還來坐石阿。峰隨朝夕好，水在夏秋多。幾欲爲鄰舍，買山錢少何。

【校注】

〔1〕舊江存禹鑿：晉郭璞《江賦》載："巴東之峽，夏后疏鑿；絶岸萬丈，壁立赮駁。"同治《宜昌府志》載："斷江山，在峽口南岸，去城十五里。《水經注》云，昔禹治水，以此江小，不足瀉水，更開今峽口，水勢并衝，此江遂絶。謂之斷江山，一名斷江峽。"楊守敬《水經注疏》載："歷禹斷江南，峽口北有七谷村，兩山間有水清深，潭而不流。又《耆舊傳》言，昔是大江，及禹治水，此江小不足瀉水，禹更開今峽口，水勢并衝，此江遂絶，於今謂之斷江也。"

〔2〕蔡：野草。

寄退如丈

惟君有書到，信我懶求名。朝野各天性，古今一至情。離騷窗下讀，蠟屐山中行。欲學蒙莊氏，篇成半養生。

寶翰樓

劉元定民部爲其先人大司空[1]作于祠堂前。

簡遠平生事[2]，司空信大賢。山川松柏古，祠廟鼎彝傳。天上留真誥，人間羡墓田。近來公論定，已入易名編[3]。

【校注】

〔1〕大司空：明、清習慣上常稱工部尚書爲大司空。劉元定的父親劉一儒曾任此職。

〔2〕簡遠：簡樸閑遠。

〔3〕易名：指古時帝王、公卿、大夫死後朝廷爲之立謚號。

【相關鏈接】

劉一儒傳

時有夷陵劉一儒者，字孟真，亦居正姻親也。嘉靖三十八年進士，屢官刑部侍郎。居正當國，嘗貽書規之。居正歿，親黨皆坐斥，一儒獨以高潔名。尋拜南京工部尚書。甫半歲，移疾歸。初，居正女歸一儒子，珠翡紈綺盈箱篋，一儒悉扃之别室。居正死，資産盡入官，一儒乃發向所緘物還之。南京御史李一陽請還一儒於朝，以厲恬讓。帝可其奏。一儒竟不赴召，卒於家。天啟中，追謚莊介。相國申時行表其墓。

(《明史》)

封大中大夫劉公及妻淑人秦氏墓誌銘

申時行

方今楚之名卿相望於朝廷間，而大理卿小魯劉君其一人也。大理君以清節雅望，致位九卿，方爲上所向用。然海内不難大理君之賢，而多封大中大夫公與淑人之教云。蓋大理君童而穎秀，郡守器之，將薦諸督學使者，公雅不以速成躁進爲賢，固辭諸守，曰："儒子未學。"則與秦淑人内外程督之，居恒自文藝外，往往勖以古名人事業，曰："學不專章句也。"每迨夜，篝燈熒然，淑人躬執組紃佐大理君讀以爲常。未幾，大理君成進士，爲主事吏部，晉考功郎中。公、淑人所至，以其職教戒之，屬大計天下吏。公貽書大理君曰："兒慎之哉！是黜陟幽明重典也。"

其里居，一務簡節高致，戒門者毋輒通賓客。有故人數千里外走幣脯爲訊，公弗入。或謂公："束脯何嫌？"公笑曰："吾豈以束脯故易吾志哉？"大理君爲光禄卿，以覃恩封公、淑人，及公父母皆得推贈，而喜可知也。曰："吾以布衣邀天子恩捐，頂踵莫知所酬，是在孺子矣。"

以故大理君嘗便道歸覲，欲留不行。及謀請告者數，公、淑人皆不許，而數戒語之曰："兒第一意公家事，爲吾所欲報天子者，奚徒念吾兩人爲也？"其曉暢大義如是。

公爲人仁孝，事二親色養備至，居喪以禮。歲時伏臘，輒感念鳴咽，至老不衰。平生口不挂人臧否。及里閈中或有煩言就公庭質，公徐出，數語剖析，事理洞然，人人皆得意去。貧不給者，死無以爲殮者，輒振業之。有冤不白者，挺身直之，嘗活誣盜者七人。公不自明，七人者卒亦弗知爲公德也，蓋公天性樂易長厚。

而淑人恭儉勤敏，閑於内則，其贊助爲多。自劉氏婣黨及鄉之士大夫咸稱曰："劉公有德。"又曰："淑人無愆禮。"嗚呼，斯可謂儷德并美矣！

公諱大賓，字以敬，號碧泉。淑人姓秦氏。子一儒，即大理君。公、淑人之卒也，大理君伏闕上書天子，爲錫祭葬，皆如令云。余觀史稱于公爲良吏，治獄有陰德，因高其門。而其子定國卒以廷尉顯，用法平恕，民稱不冤，天下以此知于公長者。今夫劉公，雖負才不遇，然證其生平，悛悛好修，施恩於一鄉，其爲陰德者何限！而淑人亦樂聞平反，有雋母風，蓋所以開大理卿裨贊天子，明慎庶獄，宣和平之化，其淵源有自矣。余故掇其大都，表諸墓道之石。墓在石華山之陽，其合葬以萬曆戊寅正月四日。若生卒世系，則志狀業詳之，兹可略也。

（乾隆《東湖縣志》）

依雲閣三首[1]

平閣似虛舟，白雲如水流。侍兒觥録事[2]，家主醉鄉侯。四望江兼嶺，多情壑與丘。種花栽竹了，還上古堤游。

其　二

何如謝安石，風流築此亭。醉因箋酒史，醒即補茶經。深水觀魚陣，高天問鶴翎。牆邊無限樹，碩果自青青。

其　　三

無事常來此，有時清晝眠[3]。起行看藥圃，分遣灌花田。松老絲飛雨，泉新水在天。但能拚一醉，九個飲中僊。

【校注】

〔1〕依雲閣：乾隆《東湖縣志》："依雲閣、鶴芝堂、東山草堂，以上皆明工部尚書劉一儒建，今無考。"

〔2〕觥録事：飲酒時掌管酒令的人。

〔3〕清晝：白天。

送史大夫之涿州[1]

爲令思夷道[2]，專城領范陽[3]。近天畿輔内，從古帝王鄉。石洞藏隋字，春風拂漢桑。有時清問及[4]，首召對明光。

【校注】

〔1〕史大夫：查同治《宜都縣志》，萬曆時任宜都縣令的是史紀棟。《宜都縣志》有如下記載："史紀棟，字鉛臺，鶴麗人，舉人，萬曆壬子年任知縣，立社倉，請蠲逋。青莊鋪苦水害，捐俸築隄，至今賴之。"是宜昌歷史上的治水功臣之一。民國《涿縣志》在知州名録中也有記載："史紀棟，鶴麗舉人。"但"萬曆壬子年"的説法似乎有誤，因爲雷思霈在此前一年已去世，存疑。

〔2〕夷道：即今湖北省宜都市。

〔3〕專城：指任主宰一城的州牧、太守等地方長官。范陽：涿州范陽縣，爲涿州治所，在今河北省涿州市。

〔4〕清問：帝王清審詳問。

送楊大友之益州[1]

汝到成都府[2]，知生錦水春。揚雄原楚姓[3]，蜀帝本荆人[4]。驛路梅花早，官衙柏葉親。文翁兼好武[5]，拔劍擊江神。

【校注】

〔1〕楊大友：楊一鵬，字大友，號昆岑，湖南臨湘雲溪（今岳陽市雲溪區）人，萬曆三十四年（1606）中舉，三十八年成進士，雷思霈庚戌會試時選拔出的二十一个個進士之一。他此行是去就任成都府推官。詳見《楊一鵬傳》。

〔2〕成都，原刻本誤作“城都”。李遇時編康熙《岳州府志》收有此詩，標題爲“送楊大友之成都”。

〔3〕揚雄原楚姓：《漢書·揚雄傳》：“揚雄字子雲，蜀郡成都人也。其先出自有周伯僑者，以支庶初食采於晉之揚，因氏焉，不知伯僑周何別也。揚在河、汾之間，周衰而揚氏或稱侯，號曰揚侯。會晉六卿爭權，韓、魏、趙興而范中行、知伯弊。當是時，逼揚侯，揚侯逃於楚巫山，因家焉。楚漢之興也，揚氏泝江上，處巴江州。而揚季官至廬江太守。漢元鼎間避仇復泝江上，處岷山之陽曰郫，有田一廛，有宅一區，世世以農桑爲業。自季至雄，五世而傳一子，故雄亡它揚於蜀。”

〔4〕蜀帝，原刻本作“蜀地”。據康熙《岳州府志》改。蜀帝，特指鱉靈。《蜀王本紀》：“望帝積百餘歲，荆有一人名鱉靈，其屍亡去，荆人求之不得。鱉靈屍隨江水上至郫，遂活，與望帝相見，望帝以鱉靈爲相。時玉山出水，若堯之洪水，望帝不能治，使鱉靈決玉山，民得安處。鱉靈治水去後，望帝與其妻通，慚愧，自以爲德薄不如鱉靈，乃委國授之而去，如堯之禪讓。鱉靈即位，號曰開明帝。”因楊大友是湖南人，是楚人，雷思霈因此用揚雄、鱉靈這兩個人激勵他。

〔5〕文翁：用文翁化蜀之典。

【相關鏈接】

楊一鵬傳

楊一鵬，字大友，號昆岑。生數月不能言，忽遇異人强之見，摩頂數四，遂能言。穎悟好學，讀書君山，有異光燭天。中萬曆丙午鄉試，庚戌成進士。初授成都司李，時播酋新定他州，又有激之成亂者。當道議進兵剿討。公請察其順逆，然後從事。竟不煩一兵而招撫平定。獪商以轉運皇木科蜀賦多金者，公徐行廉訪，不移時，皇木出峽。著有《兵木二議》，蜀人賴焉。壬子較士蜀闈，得王應熊卷，即以宰相期之，擬爲用修復生。及榜發，以糊名舛錯，竟誤他士姓名。公力持改正。春榜，應熊果獲雋高魁。乙卯聘貴州同考，歸過里門，親知趨賀，爭爲公得人慶，公曰："吾此行得人，猶後所可稱意者。"《兵木二議》蘇朝廷數萬生靈，省朝廷百萬金錢，再遷吏部文選主事，累遷郎中。秉鈞銓衡，謝絶干進。戊午典試陝西，一時名流多出其門。天啟甲子，除大理寺丞。時魏璫剥削忠良，有黨附璫意者，參公藉楊、左餘威，驟轉京堂，落職。崇禎戊辰，璫敗，公以原官起用。陛見時，温禮有加，稱其才品端亮。歷任太常太僕少卿。上疏極言朝政得失，上嘉納之。轉兵部左右侍郎，署戎政尚書事。搜剔京營弊竇，疏參襄城伯李守錡冒兵濫餉之罪。癸酉升户部尚書，總督淮安漕運，兼巡撫鳳陽。著有《運事摘要》。甲戌，流寇蹂躪中州。公所轄潁壽壤接睢陳，平原曠野，賊輕騎莫遏，尋淮抵鳳，尤鞭長莫及。公請移鎮風陽，以固仁祖陵園，輔臣票擬不得輕移以摇民心。乙亥春，賊焚陵寢，事聞被逮。李守錡嗾何楷、范淑泰鍛煉成獄，冤以失守死焉。時王應熊參知宰輔，究以嫌疑，不敢爲公伸辨。惟給事中許譽卿疏參輔臣以公原請移鎮不報，兵部職方司曾亨應訟公户銜未帶兵銜，兼撫原非專撫，俱爲黨錮中持不報。後公長子昌朝著有《忠冤録》，爲公昭雪。湣帝追悼其冤，癸未春，招復原官，賜恤蔭，會國變，事遂寢。所著有《陽春閣疏稿》《燼草》藏於家。

（康熙《臨湘縣志》）

送張祐之入蜀

冬日夔州去，誰言蜀道難。江寒舟自穩，月靜鶴應閒。子美東西瀼[1]，瑶姬朝暮山[2]。竹枝休和曲，梅蕋望君還。

【校注】

〔1〕東西瀼：在今巴東。杜甫當年沿江而下，曾在巴東西瀼口住過多日，并寫有多首詩歌。

〔2〕瑶姬：巫山神女。

似劉元定[1]

山城處處有花情，何事看花不出城。片片桃霞照水淺，飛飛梨雪逐人輕。一分風雨一分懶，半日賓朋半日醒。别業東郊劉計部[2]，許携春酒待清明。

【校注】

〔1〕似：給予，送給。

〔2〕計部：明清稱户部。劉戡之曾任户部郎中。

送劉允成之滇中别駕[1]

君行萬里外，况值孟春時。楚水纔添浪，滇雲想冒池。山川詩更好，花鳥譜爭奇。郡閣有何客，王生載後車[2]。

【校注】

〔1〕劉允成：劉一儒子，劉戡之的弟弟，疑似劉襄之。劉戡之的《聞允成弟授中秘志喜》詩中有“羡爾清華秩，特簡出綵綸。朝拜紫微郎，隨賡封勅臣”

這樣的句子，這裏的“中秘”“紫微郎”均指中書舍人，與明人沈德符《萬曆野獲編》和乾隆《東湖縣志》中對劉襄之的記載吻合。乾隆《東湖縣志》記載：“劉襄之，字真若，戡之同懷弟。九歲能文，以蔭考授翰林院侍書，科臣趙邦清疑其有關節，疏論之，襄之請面試。上即命與邦清同應試，作《瑞雪》詩，襄之詩先成，稱旨，乃黜邦清。後賜正四品服俸。”沈德符《萬曆野獲編》記載：“近壬午歲監生劉襄之已考選中書舍人兼侍書、侍福邸供事矣，吏部郎中趙邦清因劾堂官及同寮，謂襄之所試《瑞雪》詩先有關節。襄之不服，自請覆試。既而，九卿科道稱其再試詩合格，旨下命供職如故。此非科目也，反不失故物亦異矣。”乾隆《陸涼州志》記載：“劉襄之，字真若，湖廣夷陵人。由翰林晉今職。姿品淳雅，學問淵洪，每以文章飾吏治。注《詩經》六卷，士林羡之。”并記載其任曲靖府通判，萬曆間駐鎮陸涼州。別駕：明清時爲通判之習稱。劉允成此行是就任雲南曲靖府通判。王生：指王爾玄。

送王爾玄偕允成之滇

北至燕，南至滇。但逢有知己，遠游不記年。當時若戀頭巾在[1]，那結山川萬里緣。閒閒爲上鷄足山[2]，試向引光大士，乞得袈裟我一穿。

【校注】

〔1〕頭巾：指明清時規定給讀書人戴的儒巾。

〔2〕雞足山：位於雲貴高原滇西北賓川縣境内西北、洱海東北。因其山勢頂聳西北，尾迤東南，前列三支，後伸一嶺，形似雞足而得名。佛教名山之一。佛經中又名尊足山，傳爲摩訶迦葉入定之處。

張家郊園之作[1]

張家好亭子，池邊松柏籬。百千蓮比瓣，紅白槿分枝。野鳥閒爲伴，山雲常在兹。有機時引水，能舞木毬兒。

【校注】

〔1〕張家：疑似指他的妻弟張孟孺家。參見《寄題張孟孺亭子》。

醉題沙磯主人壁

春風剪剪月皚皚，三月湖天似雪回。夜宿山家一樽酒，醉無茵褥倩花來。

送張盤嶼年丈之成都〔1〕

雲棧迢迢蜀道長，曾携綵筆定文場。門人聖主賢臣頌，僊子金文玉册章〔2〕。井鉞參旗天外遠〔3〕，泰山佛國雪中望。於今見有文翁在，不問當時舊講堂。

【校注】

〔1〕張盤嶼：張之厚，雷思霈的同年進士，二甲十五名，湖北應城人，曾先後任户部員外郎、開州知州、陝西布政使司、右布政使兼按察司副使、西寧兵備等官職。光緒《開州志》："張之厚，號盤嶼，應城人，進士。萬曆時知州事，性精明，事無巨細，一經目，永不忘。振起斯文，勸課農桑尤孜孜不怠。嘗曰：'貧固當恤，富者亦宜保全。'兩次編審，一秉至公，人無間言。遇災荒，必躬爲踏勘，各鄉鎮俱令立社學以訓子弟，發蠹吏李宗孔等之奸，糧税始清，地額亦復。萬曆三十年夏大旱，躬親祈禱，步詣黑龍潭，日晡始歸，更餘，大霈甘霖連三晝夜，年歲順成。後歷顯仕，每爲人言：'開，吾家也。'其倦倦於懷恒不置云。"

〔2〕玉册：用玉製作的簡册，爲帝王所專用。多用於封禪、告祭，也用於隨葬、册命。

〔3〕井鉞：井、鉞，古代的星名。参旗：屬畢宿，共九星，在参星西，又名“天旗”“天弓”。古代用天上的星對應地面。這裹是指張盤嶼所至的甘肅、陝西、四川等偏遠之地。

【相關鏈接】

原任陝西布政使司右布政使兼按察司副使西寧兵備張之厚

李光元

制曰：人臣之安邊境，禦夷狄，别有才焉，故用邊才，擢者往往薦歷諸道，開府塞上，而當其折衝戎虜之間，每進益劇，厥功可紀焉。爾原任某官某，志節孤高，風猷亮遠。朝著式圭璋之度，師中具樽俎之威。當其蜀臼，文翁卓爾，憲邦之望；自是秦咨，方叔久焉，絶塞之勞。初蒞武威，既而遷張掖。再紆雄鎮，戎昭丕布於朔方；允協介藩，王化益宣於西極。業以功晉左轄，樹太原之干城；且不次拜中丞，秉榆林之節鉞，而以西寧序績，適當始祚，覃恩是用，授爾階某官，錫之誥命：夫延綏士馬於九邊爲彊，爾用最勝之遺，振維揚之烈，數以捷至，朕甚悦焉。顧惟東師未解，西土靡寧，爾尚罔惜精鋭以援，乃益彊固爾守，使虜萌以折，夷丑是殲，爾與有顯赫欽哉。

（《市南子》）

題瓶花

折來數朵名園内，插向銅瓶勝倚欄。含態含嬌香更盛，和燈和酒夜生寒。春風故國遥相憶，元日深宫對作歡。聞説侯家三萬本，等閑不許外人看。

題楊園

有此四圍山，兼之人愛閑。樹師持種至，侍女課花還。船上魚多美，杯中酒不慳。讀書時待月，獨坐石臺間。

爲西峨書[1]

僻寺多高樹，凉天憶再游。磬過溝水盡，月入草堂秋。穴蟻苔痕静，藏蟬柏葉稠。名山思徧往，早晚過嵩丘。

【校注】

〔1〕西峨：西峨上人，參見《爲西峨上人》《爲西峨朝南海》等詩。具體生平不詳。

小修結菴玉泉寺并買田青溪[1]

山中誰共戴顒論[2]，自結堆藍向度門。鹿女猴王爲眷屬，長松懶草當鷄豚。坐來一字牛頭石，寫上千尊犢鼻褌[3]。我亦青溪買田去，不妨人道是雷村[4]。

【校注】

〔1〕小修：明代公安派三袁之一的袁中道。袁中道《珂雪齋集》云："予結菴玉泉將有終焉之志，雷何思寄一詩。"雷所寄之詩即爲此詩。《珂雪齋集》所載與《蓬池閣遺稿》所載文字略有出入，第一句《珂雪齋集》作"山中好共戴顒論，結宇堆藍近度門"，第二聯中的"懶"和第四聯中的"去"，《珂雪齋集》分别作"嫩"和"者"。

〔2〕戴顒：晉代著名琴家，字仲若，譙郡銍縣（今安徽濉溪）人。其父戴逵亦是晉代著名琴家，曾拒爲王門伶人，爲世人所稱道。他繼承父業，且很有

創建。戴顒所奏之曲“并新聲變曲，其《三調游弦》《廣陵止息》之流皆與世異”。戴顒也對民歌進行了加工改編，“嘗合《何嘗》《白鵠》二聲以爲一調，號爲《清曠》”。另外，據説東漢末年名士蔡邕當年曾在青溪創作琴曲《五弄》。清朱錫綬《沮江随筆》云：“青溪佳處，尤在五曲。《琴書》稱，蔡中郎入青溪訪鬼谷先生，所居山有五曲，因制《五弄》。三年而成，出示董卓、王允輩，皆亟賞之。五曲者，《渌水》《游春》《幽居》《坐愁》《秋思》。唐李白有《渌水曲》。余以秋半，步屧其間，但覺峰回路轉，有望衡九面之趣。嘗謂，琴者，因水得音，響應山谷。中郎琴理，絶妙千古。獨於青溪五曲流連三年，盖山虚水深，維此爲最，而巖泉瀉玉，天籁自然。”

〔3〕犢鼻褌：古代只能遮蔽膝盖的短褲。司馬相如琴挑富家卓王孫新寡的女兒卓文君。文君私奔，與相如在臨邛賣酒。“文君當壚，相如身自著犢鼻褌與傭保雜作，滌器於市中”，後用爲賣酒的典故。

〔4〕不妨人道是雷村：此句是化用陸游的詩句：“數椽幸可傳子孫，此地它年名陸村。”

送紫盖寺極虚上人

悟師得道來衡嶽，故取峰名作寺名〔1〕。巖水何關僊藥事，葛家丹井在杭城〔2〕。

【校注】

〔1〕峰名：紫盖峰，南嶽衡山七十二峰之一，在南嶽區南嶽鄉境内。

〔2〕葛家丹井：葛洪煉丹井。其址有多種説法。杭州説是其中之一。

送元定游武當

我昔登嵾上〔1〕，領略十之二。上山下小雨，在山日方霽。絶頂冒重嵐，倏散風如織。靈境不易逢，兼且少快意。希夷得蟄法〔2〕，暗窟老蛟睡。雙井穴潛通，細沫朱鱗吹。當時未送目，至今勞夢寐。又聞深澗中，巖嵌壯詭異。下有幽棲者，飡霞而食氣。玆山八百里，人跡匪所至。羽士向我言，奇險神鬼閟。瀑布飛天來，匡廬失其勢。今人罕所見，駱駝腫馬背[3]。欲界金銀臺，曲阿宫闕類。朝夕白雲返，霜雪松杉翠。君如謝客兒[4]，通道亦不諱。生長山水鄉，兼以情具備。裹糧一月餘，了却千年事。朱書馬跡文，石髓天篆字。儽茶大于掌，竹萌小似豉[5]。凌風遂作歌，對月時一醉。苔滑不知嗔，鼠楫聊爲戲。飽經莫艸艸，流覽詎亟亟。袖中有五嶽，筆底生天地。

【校注】

〔1〕嵾上：嵾嶺，即武當山，古代又稱太和山。可參閲《太和游記》。

〔2〕希夷：陳摶，字圖南，自號扶摇子，宋太宗賜號希夷先生，五代宋初道士。《宋史・陳摶傳》載，陳摶在武當山隱居二十餘年，精研《周易》八卦，演練服氣辟穀之法。著有《無極圖》《先天圖》。“蟄法”是指他的“睡功”。他觀察龜蛇之類每到寒冬季節，天氣轉冷，就蟄而不食，從中探得原理，引入人身反復習練，創得蟄龍法。傳用此法服氣辟穀，尤能健身延年。

〔3〕駱駝腫馬背：化用古代諺語：“少所見，多所怪，睹駱駝言馬背腫。”指少見多怪。

〔4〕謝客兒：謝靈運，南朝宋詩人。他幼時被寄養在外人家裏，族人名之爲“客兒”，世稱“謝客”。

〔5〕竹萌：筍的别稱。

送胡存蓼荆州之蘄州[1]

仕宦多在楚，荆州與蘄州。英風今赤壁，春雨舊丹樓。山翠不同色，江清應共流。鄂都開府近，想爲萬人留[2]。

【校注】

〔1〕胡存蓼：疑似胡世賞，字存蓼，合州人，萬曆辛丑與雷思霈同榜中進士，曾任荆州知府，歷上下江防參議、上下江防參政、浙江左布政使，升太仆、太常寺卿、工部右侍郎。天啟四年（1624），與楊漣等人一起上書彈核勢力滔天的魏忠賢，被迫辭官歸鄉。魏忠賢伏誅後官工部尚書。

〔2〕萬人留：乾隆《合州志》記載："居官大有政績，居鄉淳厚，築長堤，置義冢，代州民納一年糧賦。郡人德之，集萬人爲之建坊，不日而成，曰'萬人坊'，其賢可知已。"

【相關鏈接】

參藩存蓼胡公奏最貤恩序

蔡獻臣

我國家仰給東南所需者，税與漕耳。而董其務於藩大夫，浙東南首藩也。其錢穀之入、輓輸之煩，視天下爲最。曩者，朝廷歲遣司農之屬出監税務，而邇且并其任於藩大夫。故儲計至重，而浙之司儲爲尤重。歲戊午春，存蓼胡公之參浙藩而司税漕，盖三年滿矣。臺使者以狀聞，天子嘉公功，於是誥授公中大夫，而祖天橋公、父華山公皆得贈如公官。而祖母某、母羅皆稱淑人云。公拜璽書而喜且泫然曰："臣不幸生十齡而父王父繼背，二十而違臣母。臣煢煢然又五載而舉鄉薦成進士，恨不及以鐘釜養也。今聖天子録微勞，俾得邀榮其身，而被其再世，是臣之得遂其烏鳥私者，皆如天之賜也，臣安知報所哉？"於是藩臬長九生蕭公、又損薛公及都閫吕兩階君授簡獻臣，使修辭以賀。

夫公父祖世載令德，而貤恩賁及九泉，人定勝天，是感應之符也；公勤其官，而命殊其錫，顯親揚名，是忠孝之兼也；聖主圖公功，而公益思圖其稱，禮隆報重，是荃宰之義也。休哉，舉也，三美備矣。予從諸大夫後得交於公。見公氣冲而識卓，養粹而神凝，周旋舉止不失尺寸，而坦然夷然不設城府，盖退而自慚其忝妄也。公司榷領郡，以至陳臬，多著功名荆、岳、漢、黄間。自涖浙來，飭傳傳清，治賦賦最。今天子且以公代薛公長浙臬矣，大用特須時耳。予竊有私焉，夫司儲者之於錢穀，無所不得問，第其存起之數，得一廉幹之吏。公忠之長，而吾爲之程督辦此，非難也；乃漕粟之兑，有司護民則病軍，武弁護軍則病民，吾從中爲之調停平此，亦非難也。惟夫軍旗私相授受，入既不能如數，而其在途也，一切公私食用之費取給其中，耗矣，而官不可問也。及輸度支而虧額多也，則責令領幫者稱貸以償流離鎖尾。岌岌乎，往而不返，而軍若無與也。卒之派償於軍，而軍且逃；派領運於官，而官亦逃，盖衛所幾虚無人焉。數年之後，不知所爲計。公嘗與扼腕籌之，此漕務極弊，而非司儲者之所能爲也。時事之難類此者不乏。公將進而任天下之重矣。其爲予一借前箸哉！

（《清白堂稿》）

送　僧

西方老子東方叟，牟尼仲尼一結紐。江淮河漢地中行，日月星辰天上走。

送僧海光之鹿磎〔1〕

著脚名山陸法和，鹿磎幽絶破雲蘿。空王劫裏曾相晤，暫到荆南一嘯歌。

【校注】

〔1〕鹿磎：在湖北遠安縣。同治《遠安縣志》：“鹿磎山、雲門山在縣西北十五里，山皆鹿疃，又名鹿磎山。梁荆山居士陸法和棲焉。山下爲鹿苑寺，舊有八景曰：‘絶品茶’‘招僊巖’‘千年艾’‘腰帶水’‘松風亭’‘苦竹溪’‘石柱山’‘法華臺’。安（可願）邑侯憩此，問及茶艾，僧言土人採伐，鮮有存

者。見前山一壁如屏，左山危石如羅漢狀，遂更定八景曰：‘錦屏一峰’‘玉帶七曲’‘松亭呼風’‘危巖招僊’‘石柱沖霄’‘羅漢點頭’‘法華古臺’‘苦竹幽溪’。贊曰：‘丹青爲屏，翡翠作城。置諸几筵，片石亦珍。分則八景，合則同岑。千年不磨，法和先生。後有作者，指石訂盟。’”

爲西峨上人

昔居娑婆何其大，今住枇杷何其小。若將大小此中論，定是心中未了了。菩薩且向異類行，好持此意問維老。無央大衆方丈間，丈六金身一莖草。

爲西峨朝南海

峨眉足踏千年雪，華頂初開十丈蓮。聞説片帆南海去，桃山銀浪與天連。

偶題行脚僧

辛亥一八月二十八日絶筆。[1]

名如水底月，利似鏡中花。撥開舍利子，頃刻即歸家。

【校注】

〔1〕辛亥：萬曆三十九年，即1611年。

蓬池閣遺稿卷之五

館　　課

建文皇帝議[1]

國朝祀典不可輕議，不可不議者，無如建文皇帝事。夫建文，高皇帝之嫡孫，在位伍年，非有大惡極罪，但日取高皇之禮制，日紛更爲，而陰從漢景削國之謀[2]。文帝起北平[3]，以誅錯爲名，蓋若天所助焉。使建文而不遇燕，安知不爲漢惠也？而餒若敖之鬼，忽庭堅之祀[4]。此議禮者有遺言而未易言之也。

祀之于九廟，則嫌于文皇之上；祀之於别廟[5]，則嫌於百世之尊。無已，就懿文太子之側而祀之可也，然康皇帝之謚可復也[6]，就金陵之園陵祀之可也，然而封樹可培也。孔子曰，名正而後言順，言順而後禮樂興。未有不復建文之號而能議建文之祀者。戊寅之閏已不屬之高皇，而至使蒙以方、黄之事，何以傳後世乎？唐貞觀禁門之真□未爲失也[7]。今日願復建文之祀，請先復建文之年。

雖然，國朝之祀典有大可議者。文皇之得稱爲祖也，建文勢不得稱宗也，肅廟有微意也。高皇太廟之當正南面也，不必尋稷契之跡也；景皇帝之當在八宗之列也，有社稷功也。憲宗之復其位號也，聖人之特見也；睿宗之當祧也，君臣不同位而況上之也。

凡此皆我國家大典大經，書生何敢妄言之？如其禮樂，自有廟堂之議在。

【校注】

〔1〕建文皇帝：朱允炆，又作朱允文、朱允汶，明朝第二位皇帝。明太祖朱元璋之孫，懿文太子朱標第二子，年號“建文”，後世稱建文帝，在靖難之變後下落不明。

〔2〕漢景削國之謀：漢景帝劉啟在位期間，推行“削藩策”，削奪諸侯封地。朱允炆在位時也厲行削藩之策。

〔3〕文帝：指明成祖朱棣。朱棣初封燕王，靖難之役後稱帝，去世後謚號啟天弘道高明肇運聖武神功純仁至孝文皇帝，簡稱文皇帝。

〔4〕庭堅之祀：典出《左傳》文公五年：“臧文仲聞六與蓼滅，曰：‘皋陶庭堅不祀，忽諸，德之不健，民之無援，哀哉！’”杜預作注云：“蓼與六，皆皋陶後也。”庭堅，古代相傳爲高陽氏八愷（八個有才德的人）之一。

〔5〕别廟：太廟之外另立的廟。

〔6〕康皇帝：孝康皇帝朱標，未登基即去世。其子朱允炆繼帝位後追尊他爲孝康皇帝，廟號興宗。燕王登帝位後，又稱他爲懿文皇太子。

〔7〕禁門：此指長安的玄武門。唐太宗李世民曾在此殺死了自己的長兄皇太子李建成和四弟齊王李元吉，被唐高祖李淵立爲新任皇太子，并繼承皇帝位，是爲唐太宗，年號貞觀。

修復軍衛屯政及塞下開荒積穀議

天下之患，莫大乎必窮之法，而無必然之法。無必然之法者，是無必行之人也。誠得才諝之臣，中不制於群議，下不奪於衆口，變而通之，與時宜之。如是而屯政不脩、邊儲不積者，未之嘗有。

夫天下有其名而無其實者，未有甚於屯政者也。舊制，郡縣邊陲，大率每人受田四十畝，分番迭易，且耕且守，盖周家兵農遺意〔1〕。厥後，里魁爲政，尺籍伍符且化爲烏有〔2〕，而况于膏壤在九邊爲尤甚。祖宗初以養兵百萬，不費百姓一粒米，不用百姓一束芻。今飛輓厚集〔3〕，輸大司農金錢而虚左藏者[4]，豈非以養士耶？而屯政之謂何？

其次，無其名因無其實者，又未有甚于開荒積穀者也。舊制，商賈墾田種穀若干，給鹽引若干，彼資斧于此[5]，而我因糧于彼，蓋漢大夫言邊事遺意。厥後，黠賈爲詭，不供粟而供金，而邊儲大壞。祖宗初以鹽易粟而粟生，以粟種粟而粟益生。今之斥鹵莽地，米貴如珠，無廩廥以備非常，無溝洫以闌戎馬者[6]，誰之咎也？

欲脩屯政計，莫若覆其數而稽之，能使豪右不盡匿乎？能使士卒盡畛隰乎？偏脾以上，其位愈尊，其任使令愈多，干矛之衆分爲綱紀之僕[7]。而以一二枵腹者耨石田，而不食報，而曰屯政實然。即使盡畛隰矣，一旦有警，彼債帥乃詭以衣褫襏[8]，而奈何冠㚷胡？而首事者蒙首惡矣。此天下明知之，明言之，謀之數十年而不得者，法不行也。法不行，則屯不舉矣，必無人焉故也。

欲開塞下計，莫若懸其賞而招之，能使賈人盡復鹽政之舊乎？能使天下農人緣南畝而至乎？彼奈何走黄塵白草中，赴戰地如鶩？即使益其費而至之具矣，能必野之不盡爲泠風乎？一或水旱之不時，而又何以卒歲？而言開墾積貯者疑矣。此天下亦明知之，明言之，謀之數十年而不得者，法不行也。法不行則草不墾矣，草不墾則粟不積矣，必無人焉故也。

誠有如諸葛武侯其人者，修之岐上，軍還于伍，伍還于田，私不得以役公，戰不得以易業，信其賞，必其罰，而九邊之田有不錯如雲錦者乎？吾不信也。誠有如趙營平其人者[9]，開之湟中，以開荒贖罪，以粟贖罪者，聽以開荒爲郎，以粟爲郎者，聽薄其税，寬其禁，而塞下之粟有不積如丘山者乎？吾不信也。

即先臣周文襄、余司馬之效可見于前矣[10]。雖然，養生者食粱肉，治病者先藥石。年例之欲改而爲屯田也，屯田何時而清也？本折之欲改而爲墾田也，墾田何時而濟也？此必窮之法也。司農百萬之金盡以飽士卒而時訓練之，不屯田而兵足矣。其所羡者，不以潤囊行苴而以易粟，不開荒而食足矣。此必然之法也，服藥石之時也。

【校注】

〔1〕周家：指周代。“兵農合一”是周代兵役制度的一個基本特點。《周禮·地官·大司徒》：“令民五家爲比，五比爲閭，四閭爲族，五族爲黨，五黨爲州，五州爲鄉。”《小司徒》：“凡征役之施舍……乃會萬民之卒伍而用之，五人爲伍，五伍爲兩，四兩爲卒，五卒爲旅，五旅爲師，五師爲軍。以起軍旅，以作田役，以比追胥，以令貢賦。”

〔2〕尺籍伍符：指記載軍令、軍功的簿籍和軍士中各伍互相作保的守則。

〔3〕飛挽：同“飛芻挽粟”。顏師古注：“運載芻槁，令其疾至，故曰飛芻也。挽謂引車船也。”謂迅速運送糧草。

〔4〕左藏：古代國庫之一，以其在左方，故稱。

〔5〕資斧：材貨器用。《易·旅》：“得其資斧。”程頤傳：“得貨材之資，器用之材。”

〔6〕溝洫：田間水道。《周禮·考工記·匠人》：“匠人爲溝洫……九夫爲井，井間廣四尺，深四尺，謂之溝。方十里爲成，成間廣八尺，深八尺，謂之洫。”鄭玄注：“主通利田間之水道。”

〔7〕綱紀之僕：語出《左傳》僖公二十四年：“秦伯送衛於晉三千人，實紀綱之僕。”杜預注：“諸門户僕隸之事，皆秦卒共之，爲之紀綱。”後借指僕人。

〔8〕債帥：唐大曆以後，政治腐敗，凡命一帥，必廣輸重賂。禁軍將校欲爲帥者，若家材不足，則向富户借貸；升官之後，再大肆搜刮民脂民膏償還。因被稱爲債帥。

〔9〕趙營平：漢之趙充國，武帝時以破匈奴功，拜爲中郎將。宣帝時以功册封爲營平侯。西羌反，充國年七十餘，猶馳馬金城，破先零，率兵屯田，振旅而還。

〔10〕周文襄：周忱，字恂如，號雙崖，謚號文襄，江西吉水人。明朝前期名臣，以善理材知名。

歷代災異修省實政攷

夫虛霩生宇宙，宇宙生氣，氣有精有煩，有休有咎。是以聖人不以稽天赤地貶德[1]，而蒼麟、朱鷺、白鹿、紫芝[2]，後世亂國亦多有之。則妖祥之興似氣運使然，乃《洪範》九疇言五行五德之兆。其後史氏數推之，若有持左券。而京、焦以《易》占[3]，甘、石以象緯[4]，應驗亦復不爽，則汙隆實關乎人事。

至《春秋》書災異，又不言事應，何也？《洪範》諸家之言事應，欲人主之各爲省也；《春秋》之不言事應，欲人主之合爲省也。其意各有攸當耳。大抵三代以上多聖君，不至干天地之和氣，故人事相感多，而其君所修多在救禳。蓋事天之道在誠，實心爲萬姓請命于皇天，豈徒竭圭牲、沈璧馬、責三公、自解免、下尺詔、應虛文而已哉[5]？請以歷代災異脩省實政臚列言之，爲後世克謹天戒者法程焉。

祥桑之枯也[6]，以側身之太戊也；雉之不復雊于鼎也[7]，修正之高宗也；《雲漢》之惠其寧也[8]，以寧丁我躬之周宣也。其次，魯之饑，而捐名器以糴也；齊之旱，而輕刑也；梁山崩，而絳老人之言減膳、避殿也[9]；宋之以善言退熒惑也；漢文之舉直言極諫，罢徭費于日食也；漢地節之貸流民[10]，停脩郡國宮館于地震也；漢永平之止大匠作，禁吏點，理民冤于星孛天船也。穀、洛水溢，而爲之出洛陽宮材給修廛舍，則唐之貞觀也；南方旱饑，而爲之省繫囚，出宮人，則唐之元和也。宋雍熙二殿災，而罷封禪，遣使者察淮浙諸獄也；宋咸和星變，而除吏民逋負，釋囚三千餘也；宋天聖、明道大雨、大蝗，而詔肆赦蠲税，詔大臣撫京東江淮也。凡此皆其實政之犖犖大者，即不敢望之三代，然亦可謂敬天變，畏民巖者矣[11]。

夫壯士一怒，白虹繚于天；匹夫賈勇，蒼鷹擊于殿，況夫臨萬民，經萬品，呼吸與精氣相蕩者，爲天之子耶？其順逆災祥之應，豈不捷於枹鼓哉？此天人相與之際，志氣交感之理也。語云，災之言傷也。赤烏金流，河魚人立，所傷者多矣。人主毋以傷也，而觀其生，則無傷矣。

異之言怪也。噛嘆嘻嘻，嗚呼，奈何其怪甚矣！人主毋自爲怪，而務爲平，則不怪矣。

雖然，待災異而後修省者晚矣。予嘗觀聖人之於水火，而得泄宣天地之道。聖人之取火於四時之木也，火傳矣。聖人何爲出火入火？火之氣燥，聖人調之，于百姓無夭厲。聖人之藏冰也，其事載之《豳風》《左氏》，亦勞費矣。夏亢而聖人沃之，以變其鬱蒸，于是陰陽無愆伏。聖人之于天道，其用神矣，是先災異而修之者也。後之遇災而懼者，請蠲唐宗之跡，效周殷之所爲，以求聖人取用水火之精，則陽九百六天且不自用，而造化在手矣。

【校注】

〔1〕稽天赤地：災害嚴重。稽天，至天，滿天；赤地，災荒後的不毛之地。

〔2〕蒼麟、朱鷺、白鹿、紫芝：均爲祥瑞之物。《資治通鑑·唐紀》："至於禽獸草木之瑞，何時無之！劉聰桀逆，黄龍三見；石季龍暴虐，得蒼麟十六、白鹿七，以駕芝盖。以是觀之，瑞豈在德？"

〔3〕京、焦：指漢代的京房和焦贛。京房是焦贛的學生。焦贛著《易林》，又名《焦氏易》。

〔4〕甘、石：戰國時齊人（一説楚或魯）甘德與魏人石申。甘德著《天文星占》，石申著《天文》，二者結合，就是著名的《甘石星經》。

〔5〕竭圭牲、沈璧馬、責三公、自解免、下尺詔、應虚文：古代面對大的災異，君主所采取的一些措施。

〔6〕祥桑：妖桑，不吉祥之桑。《竹書紀年》卷上："太戊遇祥桑，側身修行。三年之後，遠方慕明德重譯而至者七十六國。"

〔7〕雉之不復雊于鼎：《書·高宗肜日》："高宗肜日，越有雊雉。祖己曰：'惟先格王，正厥事。'"孔穎達疏："宗既祭成湯，肜祭之日，于是有雊鳴之雉在于鼎耳，此及怪異之事，賢臣祖己見其事而私自言曰：'惟先世至道之王遭遇變異，則正其事而異自消也。'"

〔8〕《雲漢》：指《詩經·大雅·雲漢》，這是一首寫周宣王憂旱的詩。中

有“耗斁下土，寧丁我躬”句，寧丁，孤獨貌。

〔9〕減膳、避殿：古代國家有災異急難之事，帝王避離正殿，并損減常膳，表示責罰自己的過失，以期消災除難。

〔10〕地節：指漢宣帝劉詢，地節爲漢宣帝的第二個年號。

〔11〕民巖：王夫之《讀通鑒論》：“古之稱民者曰民巖。上與民相依以立，同氣同倫而共此區夏者也，乃畏之如巖也哉！言此者，以責上之善調其情而平其險阻也。”

頌詩讀書論其世

夫士生於數千載之後而能知古人於數千載之前者，此非知之於古人也，於吾心知之。何言乎於吾心知之也？古今人所以綿邈而不可磨滅，惟此心神。吾見吾心，因以見古人之心，不必求之古人也。不必求之古人，而何以誦古人之詩，讀古人之書？詩書者，古人之寄也，寄吾心也。試觀今之人，有得往古片言隻字而心恍然若有所獲，不覺曲踊三百者〔1〕，何耶？直寄焉以見吾心也，因以見古人之心也。如是，則道情道事盡之矣，而必論其世者，何居？詩書所載稽實待虚之語，其言外之意常多，而吾何以知之？知之于世也。

閱水成川，閱人成世。世屢遷而屢變，如春夏秋冬然。《詩》之《風》十又五，而《雅》有大小，有正變也；《書》之有《虞》《夏》《商》《周》，而有《魯》有《秦》也，皆世爲之也。吾與古今即此世界，即此心神，不必同古人于古人，亦不必異古人于古人，不必同今人于古人，亦不必異今人于古人，而要以其綿邈而不可磨滅者如一日也。故曰，百世以俟聖人而不惑〔2〕，知人也。命世繼世〔3〕，其義則一；經世傳世，易地皆然。古人有一事焉，吾以其身上置之古人之世，而吾如古人否？而古人之心見矣。今人有一事焉，吾以古人下置之今人之世，而古人如吾否？而吾之心亦見矣。世之屢遷而屢變也，有治有亂，有太古，有中古，有末俗，而其世界之在空虚中，天地日月，千古不易也。《詩》

之有正風，有正雅，而有變也。其體不同，而首咏《關雎》，言和敬正靜之德者，不《關雎》而同也，千古不易也。《書》之有《典》《謨》《訓》《誥》，而有《誓》也。其文不同，而首載《帝命》，言精一執中傳者[4]，不《虞典》而同也，千古不易也。

人之有邪有正，有真有僞，有賢有不肖，其習人人殊，而其一掬靈體，昭昭歷歷者，詩書不能盡，世界不能窮，古不能增，今不能減者，人人具也，千古不易也。何者？其心同也。其心同而其世異，惟其異也，乃所以爲同也。彼亦一世也，此亦一世也。如必其世之同而後可以爲古人，是必遜有鯀而後爲堯也[5]，是必居桐居東而後爲尹爲旦也[6]，是三體五齊而索之玄水也[7]，是饗以太牢而後之土羹也，是探竿運鈞[8]之上而求其定也，是學儒者歸而名其父母也，是自束自縛而曰書言之固然也，是王之《周禮》也，是張之《魯論》也[9]。以此爲同，烏乎同？

乃知善言《詩》《書》而論世者，無如孟子。《雲漢》之詩曰：不以辭害意，以意逆志。逆者，吾心觸之也，吾以宣王之世逆之也。《武成》之書曰：吾取其二三策而已。取者，吾心裁之也，吾以武王之世取之也，是古斲輪之見也[10]。雖然，古今人心所以同者，惟此知而已。故曰：先知覺後知，先覺覺後覺。湯之于堯也，聞而知之者也；孔子之于文也，聞而知之者也。聞而知之者，知其人也，知其所以爲堯與文之人也，非知堯與文也。聞不聞耳知亦非心。於乎，有湯與孔子之知，而論孟子所論之世，是旦暮遇之也！

【校注】

〔1〕曲踴：向上跳。《左傳》僖公二十八年："魏犫束胸見使者，曰：'以君之靈，不有寧也。'距躍三百，曲踴三百。"杜預注："距躍，超越也。曲踴，跳踴也。"孔穎達疏："曲踴，以曲爲言，則謂向上跳而折復下。"一説爲横跳。後用以泛指跳躍，表示奮厲的氣概。

〔2〕百世以俟聖人而不惑：《中庸》第二十九章："故君子之道，本諸身，徵諸庶民，考諸三王而不謬，建諸天地而不悖，質諸鬼神而無疑，知天也；百

世以俟聖人而不惑，知人也。是故君子動而世爲天下道，行而世爲天下法，言而世爲天下則。”

〔3〕命世：典出《漢書》卷三十六《楚元王列傳》：“聖人不出，其間必有命世者焉。”原指順應天命而降世，後用以稱著名於當世。多用以稱譽有治國之才者。

〔4〕精一執中：專一，公平折中，不偏不倚，無過無不及。語本《尚書·大禹謨》：“人心惟危，道心惟微，惟精惟一，允執厥中。”據上句，此詞之後疑似漏刻“之”字。

〔5〕有鰥：指虞舜。《尚書》：“昔在帝堯，聰明文思，光宅天下。將遜於位，讓於虞舜，作《堯典》。”“師錫帝曰：‘有鰥在下，曰虞舜。’”

〔6〕居桐：《史記·殷本紀》：“帝太甲既立三年，不明，暴虐，不遵湯法，亂德，於是伊尹放之於桐宫。三年，伊尹攝行政當國，以朝諸侯。帝太甲居桐宫三年，悔過自責，反善，於是伊尹乃迎帝太甲而授之政。”居東：《尚書·金縢》：“武王既喪，管叔及其群弟乃流言於國，曰：‘公將不利於孺子。’周公乃告二公曰：‘我之弗辟，我無以告我先王。’周公居東二年，則罪人斯得。於後，公乃爲詩以貽王，名之曰《鴟鴞》。王亦未敢誚公。”

〔7〕五齊：指泛齊、醴齊、盎齊、緹齊、沈齊五種酒。玄水爲釀酒的好材料，後世亦稱酒爲玄水。

〔8〕運鈞：陶瓷工人製作陶瓷器時所用的轉輪。

〔9〕張之《魯論》：《論語》流傳至漢初有三個版本《古論語》《齊論語》《魯論語》，簡稱《古論》《齊論》《魯論》。《魯論》爲西漢安昌侯張禹所整理。

〔10〕斲輪之見：《莊子·天道》：“輪扁曰：‘臣也以臣之事觀之，斲輪徐則甘而不固，疾則苦而不入；不徐不疾，得之於手而應於心，口不能言，有數存焉其間，臣不能以喻臣之子，臣之子亦不能受之臣，是以行年七十而老斲輪。”

格君心當自身始[1]

君心，萬化之原也；而大臣之身，又化君心之原也。何則？人君日有萬機，人之賢不肖，政之得失，匪君心焉莫辨矣。顧君心正而人與政俱正，君心非而人與政俱非，而天下事不可爲矣。大臣身任天下之重，安得不以格君心爲兢兢？格，未易言也。吾欲微言之，則彼曰嘗我者也[2]；欲正言之，則彼曰翹我過者也[3]。緩之，則彼且以爲固然而不忌；急之，則彼且必怒，怒則肆，肆則其非日膠固而不可解。是我重爲格，而王重爲非也。

然則，大臣宜何如耶？與其求之人與政而不得，求之君而不得，曷若求之己之身？身者，吾操之而爲契，君望之而爲憚者也。吾不能格己之非而思以格君之非，君必曰："爾何渠不爲臯夔，而奈何責我唐虞之治耶？"大臣之道，不得不自身始矣。惟無欲之主可以行王道，惟無欲之臣可以稱王佐。大臣者，斷斷休休而主不疑其矯[4]，開心布公而主不疑其專，無植黨，無納賄，而主不疑其陋。聽天下之斷而不見爲尸功，履天下之籍而不見爲鬻權。聚精會神，同體合氣，如水火之就燥濕，如股肱之衛元首。主有美而不知誰之將順，主有失而不知誰之匡救，以吾身之仁至君心之仁，以吾身之義至君心之義，優而游之，潛而觸之，而君心之非格也，非我格之故；格也，君自格之也。格之爲言至也，莫之致而至者也；格之爲言感也，我不動而感之者也。至誠格豚魚[5]，而況人主可與忠言；至信貫金石，而況人主可以理悟。人臣患不誠與信之至耳，而何患乎格君之難哉！

古之大臣亦不乏矣。豚肩之豆[6]，旋馬之居[7]，此足以爲儉矣；路馬之敬[8]，温樹之不對[9]，此足以爲慎矣；進之長源之處父子也[10]，稚圭之調兩宫也[11]，此足以爲權矣。而以語乎格心之道乎哉？未也。其伊尹之於太甲，周公之於成王乎？身有天民先覺、寵利不居之德，而後能格處仁遷義之主[12]；身有赤舄遜膚、驕吝不生之德[13]，而後能格基命彌心之主。蓋惟大人能格君心之非。大人者，正己而物正者也。有九二之大人〔14〕，而遇九五之大人，天地合其德，日月合其明，四時合其序，鬼神合其吉凶，如進退存亡而不失其正，此之謂大人也，合見與亢之義，而大臣以身格君之道畢矣。於乎，伊周亦惟人所爲耳，在修其身而已！

【校注】

〔1〕格君心：匡正君心之非。格，糾正，匡正。

〔2〕嘗：試探。

〔3〕翹我過：謂舉發我的過失。

〔4〕斷斷休休：專誠樂善貌。典出《尚書·秦誓》："如有一介臣，斷斷猗，無他伎，其心休休焉，其如有容。"斷斷，專誠守一。

〔5〕至誠格豚魚：用《易》"信及豚魚"之典。豚魚，豚和魚，多比喻微賤之物。

〔6〕豚肩之豆：《禮記·禮器》："晏平仲祀其先人，豚肩不揜豆，澣衣濯冠以朝，君子以爲隘矣。"

〔7〕旋馬之居：《宋史·李沆傳》："沆性直諒，内行修謹……治第封丘門内，廳事前僅容旋馬。"

〔8〕路馬之敬：路馬，古代指爲君主駕車的馬，因君主之車名路車，故稱。《史記·萬石列傳》："過宮門闕，萬石君必下車趨，見路馬必式焉。"

〔9〕温樹之不對：典出《漢書·孔光傳》："孔光字子夏，孔子十四世之孫也。……有詔光周密謹慎，未嘗有過。……沐日歸休。兄弟妻子燕語，終不及朝省政事。或問光：'温室省中樹皆何木也？'光默不應，更答以他語，其不泄如是。"

〔10〕長源之處父子：長源，唐代謀臣李泌的字。宋范祖禹《唐鑒》："李泌善處父子兄弟之間，故能以其直誠正言感悟人主，卒使父子如初，可謂忠矣。"

〔11〕稚圭之調兩宮：北宋宰相韓琦字稚圭。英宗繼位後，兩宮之間矛盾重重，他從中調停，成功化解了北宋宮廷内部的一場政治危機。

〔12〕處仁遷義：反思過錯，向仁向善。《孟子・萬章上》：“三年，太甲悔過，自怨自艾，於桐處仁遷義，三年，以聽伊尹之訓己也，復歸於亳。”

〔13〕赤舃遜膚：大的美德。《詩・豳風・狼跋》：“公孫碩膚，赤舃幾幾。”毛傳：“碩，大；膚，美也。”遜膚，係“碩膚”之誤。

〔14〕九二：本爲《易》卦爻位名。九，謂陽爻；二，第二爻，指卦象自下而上第二位。後因以喻君德廣被。

天民先覺論〔1〕

自古無言中者，言中自堯始；無言一者，言一自舜始；無言天者，言天自臯陶始；無言性者，言性自湯始；無言覺者，言覺自伊尹始。“覺”之一字，實千載秘密，尹始抉其微而籥其竅。惟天降衷於民，若有恒性，是爲覺體。覺者，獨知也。獨則無二無三，是謂一。覺者，良知也。良者，不有不無，是謂中。言覺而一中，天性之精管是矣。是覺也，天地得之爲天地，故曰天地之道貞觀者也；日月得之爲日月，故曰日月之道貞明者也。皇得之爲皇，帝得之爲帝，王得之爲王，聖得之爲聖，賢得之爲賢，萬物得之爲萬物。

伏羲、神龍、黄帝傳之堯，堯傳之舜，舜傳之禹，禹傳之文、武、周公，周公傳之孔子，皆是物也。故曰，或聞而知之，或見而知之。乾知太始，坤作成物，乾以易知，坤以簡能。言覺而乾坤之藴盡矣，況其他乎？

乃尹復自任爲先覺者云何？覺無差等，人有迷悟，以悟化迷，迷應屬後，即迷爲悟，後亦成先。百姓日用而不知自迷，其覺者也，智者見謂智，仁者見謂仁。以見起覺，妄覺也，通乎晝夜之道。而知，大覺也，覺之先也。天下何思何慮，百慮而一致，殊途而同歸。不大聲以色，不長夏以革，不識不知，順帝之則〔2〕，無覺而無不覺也。尹處爲天民，出爲王佐，覺之最先者也。方其耕有莘〔3〕，而樂堯舜之道。堯舜之道何道也？覺也。惟覺，故樂愈樂，愈覺其活潑，如鳶之飛，如魚之躍。其朗徹如鏡之懸，如水之止。是故可以一介不取，可以取天下，可以不顧千駟，不受束幣，可以五就桀，五就湯〔4〕。惟覺，故任愈覺愈任。吾目明，便覺天下之目無不明；吾耳聰，便覺天下之耳無不聰；吾身痛癢，便覺天下之身如己痛癢。是故吾君不爲堯舜，則恥若撻之市；吾民不爲堯舜，則恥曰時予之辜〔5〕。吾覺之先，安忍使天下之覺獨後？吾知之先，安忍使天下之知獨後？

然而覺民之具云何？先尹而爲司徒者，湯之祖也。其人君臣、父子、兄弟、夫婦、朋友，其道親、義、敘、别、信〔6〕，其教勞來、匡直、輔翼、振德〔7〕，皆覺以所本有者。尹之覺民，于契徵之。後尹而傳《洪範》者，湯之子孫也。其人弗友燮友〔8〕，沈潛高明，其道皇建之極〔9〕，其教平康正直，剛克柔克，皆覺民以所本無者。尹之覺民，又于箕子徵之。盖上古之世，蹎蹎瞑瞑〔10〕，徐徐于于〔11〕，誘焉皆生，莫知生所以生，于時有覺體，無覺用。厥後有虞不及泰豆，知故漸生〔12〕，然而渾沌之竅尚存，機械之巧不備。于是聖人純以教化用事，即有名法，總之弼教也。三代以上，莫不皆然。逮德下衰，春秋縮其和，天地除其德，民受衍于淫荒之陂〔13〕，而失其太宗之本。於是秦漢以來，純以名法用事，即有教化，總以維法也。此任法任德，覺民防民之異也。夫尹稱天民矣，子輿氏乃曰，天民者達可行而行，大人者正己物正。

又等天民而上之云何？周公而上，覺民之道在上，故必咸有一德之君臣而其道始行。孔子而下，覺民之道在下，故不拘勢位，不俟歲時，一匹夫而以天下萬世爲覺，九二之大人與九五之大人同此之謂也。此又天民與大人之異也。雖然，後世亡論大人，誰復爲天民哉？有伊尹之才而無伊尹之德者，博六是也〔14〕。有伊尹之心而無伊尹之時者，武鄉是也〔15〕，淡泊寧静，庶幾近之矣。然而覺民之道，概乎未之講也。

【校注】

〔1〕天民：孟子的道德倫理術語。指學問高、涵養深而次於“大人”（聖人）的人。《孟子・盡心上》：“有天民者，達可行於天下而後行之者也。”孫

奭疏："天民，爲之先覺者，志在於行道。然而既達而在位，可以行其道於天下，然後乃行之也；以其若窮而在下，未可行其道，則亦讓而不行矣，是其窮達一歸於天而已。"

〔2〕不大聲以色，不長夏以革，不識不知，順帝之則：典出《詩經·大雅·皇矣》。意爲不放縱於聲色犬馬，不長諸夏以變更王法，不輕易論斷不知道的事，順從上天的法則。

〔3〕有莘：古國名。商湯娶有莘氏之女，即其國。故址在今河南省開封市，舊陳留縣東。一説在今山東省曹縣北。

〔4〕五就桀，五就湯：伊尹曾多次往來夏、商之間。孟子曰："居下位，不以賢事不肖者，伯夷也；五就湯，五就桀者，伊尹也；不惡污君，不辭小官者，柳下惠也。三子者不同道，其趨一也。一者何也？曰，仁也。"

〔5〕時予之辜：天下有一人不得其所願，皆是我的罪過。

〔6〕親、義、敘、别、信：古代五種人倫。《孟子·滕文公》："父子有親，君臣有義，夫婦有别，長幼有序，朋友有信。"

〔7〕勞來、匡直、輔翼、振德：此堯命契以施教之方。

〔8〕弗友燮友：典出《尚書·洪範》："强弗友，剛克；燮友，柔克。"意爲對於强硬不能取勝的人，就要用强硬的辦法鎮壓；對於可以調和親近的朋友，就用柔和的辦法對待。

〔9〕皇建之極：君王建立政事要有中道，不偏不倚。

〔10〕蹎蹎瞑瞑：蹎蹎，穩重著實的樣子；瞑瞑，昏暗的樣子。《淮南子·覽冥訓》："當此之時，卧倨倨，興眄眄；一自以爲馬，一自以爲牛；其行蹎蹎，其視瞑瞑；侗然皆得其和，莫知所由生，浮游不知所求，魍魎不知所往。"

〔11〕徐徐于于：《莊子·應帝王》："泰氏其卧徐徐，其覺于于。"成玄英疏："于于，自得之貌。"徐徐，指緩緩躺下。

〔12〕知故：巧智詐僞。

〔13〕受衎：《淮南子·俶真訓》作"曼衍"。曼衍，綿延不絕。

〔14〕博六：即"博陸"。西漢權臣霍光的封爵。

〔15〕武鄉：諸葛亮的封爵。

與同館訂志文

語云士先志也。凡我同儕二三子，藜燃太乙〔1〕，館闢弘文〔2〕，戒匹馬于幾望〔3〕，和鳴鶴于在陰〔4〕，願效蓬麻之直，毋慚蘭芷之薰，相與訂志，不愧師門。

盖以人苞營魄，志號天君〔5〕，揮斥八極，緒使三靈，所至則至矣，踰於千里；所之則之矣，雄於九軍。是以衆川之水必爭流於□壑，百步之射必準的於張侯。志亦猶是，一曙定之而終身焉。比諆今夫太公之都磻溪，尼父之宅泗濱尚矣〔6〕。厥後白羽縞衣之士，各陳詞以自暢，而圯上、隆中之輩片言如持券者，夫固平時之見所自量也。

今與二三子訂其何以古人有言三不朽耳？立言、立功、立德是矣。吾儕志在文章也者，豈徒竄句、工詞、學非馬雕龍之辨而以自奇？繹經國之大業，窺未畫於庖羲〔7〕。吾儕志在事功也者，豈徒勒鼎書彝、詭尊王庇民之譽而以自尸？至周召而乃留〔8〕，行日昃以爲期。吾儕志在道德也者，又豈徒冠果解而配陸離〔9〕，禹行而舜趨而爲子張氏之賤儒〔10〕？從心則大矩在上，成章則流水可師。

三者備矣，而又何從以入之？曰大，曰恒，曰淡。而蹄涔無尺鯉，塊阜無丈材，區宇之狹也。吾曠然超榆枋之上，而毋與燕雀爲偕。觀逐者於返，觀行者於終，末路之難也〔11〕。吾悠悠見天地之心，而毋與鴻鵠乘風。嗜欲使人之志越，馳騁令人之心狂，淡泊之寡也。吾冲然在紛華之外，而且與造物者爲徜徉。至是，則湛爲道德〔12〕，浮爲英華，盖其灌輸之者厚而蘊藉者奢。

要之，清明在躬，志氣如神，是謂聖人。其次君子，用志不分，其神乃凝。莫憯于志，莫邪爲下〔13〕，是爲横目之民。凡我同儕，尚其訂志，以仰希乎聖神，而毋自墮于凡近之倫。若夫長統語之以爲樂〔14〕，茂先歌之以爲勵〔15〕，俱屬偏末，未足據也。

【校注】

〔1〕藜燃太乙：形容人通宵達旦勤學苦讀。晉王嘉《拾遺記》卷六：“劉向於成帝之末，校書天禄閣，專精覃思。夜有老人，著黄衣，植青藜杖，扣閣而進，見向暗中獨坐誦書。老父乃吹杖端，爛然大明，因以照向，説開闢以前。向因受五行洪範之文，恐辭説繁廣忘之，乃裂裳及紳以記其言。至曙而去，向請問姓名。云：‘我是太一之精，天帝聞金卯之子有博學者，下而觀焉。’乃出懷中竹牒，有天文地圖之書，‘余略授子焉。’”

〔2〕館闢弘文：弘文館，本爲唐設，掌校理典籍，刊正錯謬。明初亦設弘文館，不久即廢。宣德間，復建弘文閣，不久并入文淵閣。

〔3〕幾望：稱農曆月之十四日。幾，近；望，農曆每月的十五日。《易·中孚》：“六四，月幾望，馬匹亡，無咎。”孔穎達疏：“充乎陰德之盛，如月之近望，故曰‘月幾望’也。”大意爲月亮將盈而未盈，好馬失掉了匹配，没有過錯。

〔4〕鳴鶴于在陰：《易》六十一卦：“九二，鳴鶴在陰，其子和之；我有好爵，吾與爾靡之。”大意爲鶴在樹蔭下鳴叫，另一隻鶴附和；我有好酒，我與你共享。此處喻指友朋宴集。

〔5〕天君：舊謂心爲思維器官，稱心爲天君。

〔6〕泗濱：泗水之賓。泗水流經孔子家鄉曲阜。

〔7〕庖羲：伏羲，古代傳説中的三皇之一。風姓。相傳其始畫八卦，又教民漁獵，取犧牲以供庖厨，因稱庖羲。

〔8〕周召：周公旦和召公奭的合稱。周成王時二人共輔朝政，故合稱爲“周召”。

〔9〕冠果解而配陸離：《後漢書·逸民傳·逢萌》：“（逢萌）即解冠挂東都城門，歸，將家屬浮海，客於遼東。”屈原《離騒》：“高余冠之岌岌兮，長余佩之陸離。”

〔10〕賤儒：荀子《非十二子》：“弟作其冠，神禫其辭，禹行而舜趨，是子張氏之賤儒也；正其衣冠，齊其顔色，嗛然而終日不言，是子夏氏之賤儒也；偷儒憚事，無廉恥而耆飲食，必曰君子固不用力，是子游氏之賤儒也。”

〔11〕末路之難：走最後一段路程是艱難的。比喻越到最後，工作越艱巨。也比喻保持晚節不易。典出《淮南子》："夫觀逐者於其反也，而觀行者於其終也。故舜放弟，周公殺兄，猶之爲仁也；文公樹米，曾子架羊，猶之爲知也。當今之世，醜必托善以自爲解，邪必蒙正以自爲辟。游不論國，仕不擇官，行不辟汙，曰伊尹之道也；分別爭材，親戚兄弟構怨，骨肉相賊，曰周公之義也；行無廉恥，辱而不死，曰管子之趨也；行貨賂，趣勢門，立私廢公，比周而取容，曰孔子之術也。此使君子小人，紛然淆亂，莫知其是非者也。故百川并流，不注海者不爲川谷；趨行蹐馳，不歸善者不爲君子。故善言歸乎可行，善行歸乎仁義。"

〔12〕湛，原刻本缺漏，據上下文和《漢書·敘傳上》補。湛，沈也。《漢書·敘傳上》："今吾子幸游帝王之世，躬帶冕之服，浮英華，湛道德。"顏師古注："英華，謂名譽也。言外則有美名善譽，内則履道崇德也。"

〔13〕莫憯于志，莫邪爲下：語出《莊子·雜篇·庚桑楚》："兵莫憯于志，鏌鋣爲下。"憯，鋒利；鏌鋣，也作"莫邪"。古代寶劍名，常跟"干將"并説，泛指寶劍。

〔14〕長統：仲長統，東漢時人，有《樂志論》傳世。

〔15〕茂先：張華。係西晉文學家，字茂先。其《博物志》影響巨大。有《勵志詩》傳世。

册立暨分封禮成文武百官賀皇上表〔1〕

伏以聖人膺帝命而長發其祥，卜年卜世；主德燕天心而克昌厥後〔2〕，宜君宜王。元良啟萬國之貞〔3〕，一人有慶；侯衛樹四方之翰〔4〕，宗子維城〔5〕。喜溢宮闈，歡騰朝野。

恭惟皇帝陛下，政敷九有〔6〕，道奉三無〔7〕。以《洪範》皇極克剛柔，無有作威作福；以《采薇》《天保》治内外〔8〕，莫不來饗來王〔9〕。壽考中興，同符世廟〔10〕；聖神張武，接跡高皇。用頒寶册之淋漓，大啟瑶函之燦爛。迺曰，元子以濬哲温文之質，宜正位于青宮〔11〕；乃曰，諸王以顯允豈弟之懿，合分茅〔12〕於赤社。乾坤甲子，帝獨出於東方；樞極五星，光共輝於北斗。告諸郊廟，宣諭華夷。上以體聖母含飴之情，下以慰廷臣伏闕之望。

當兩宫之初建，兄及弟式相好而毋尤〔13〕；衍百世之隆平，本若支咸多福而益顯。况釐士女而從以孫子〔14〕，天開胤祚之祥；至惠宗公而御于家邦〔15〕，德備肅雝之美。此皆精明在於宸斷，即侍御不得而知；欣悦出自皇衷，非尋常之所能測。

臣等躬逢盛典，喜溢聯班。知羽翼之已成，不必商山四老；信藩籬之永固，有加漢室三王。期前後左右皆正人，明父子君臣之大道。瞻天地塗銀之榜，日重光而月重輪〔16〕；列星辰分野之彊，山如礪而河若帶。軒轅之有子十五人，青陽居首；周家之分封八百國，同姓爲先。宜稱都漢之觴，願效《卷阿》之頌，使聖主壽躋三代有道之長，爲天下君慶萬載無疆之盛。臣等云云。

【校注】

〔1〕册立：古代帝王封立太子、皇后。萬曆二十九年（1601），因大學士沈一貫等一再疏請，明神宗立皇長子朱常洛爲太子，同時立朱常洵爲福王、朱常浩爲瑞王、朱常潤爲惠王、朱常瀛爲桂王。

〔2〕克昌：《詩・周頌・雝》："燕及皇天，克昌厥後。" 鄭玄箋："文王之德安及皇天……又能昌大其子孫。" 後因稱子孫昌大爲"克昌"。

〔3〕元良：太子的代稱。《禮記・文王世子》："一有元良，萬國以貞，世子之謂也。"

〔4〕侯衛：自侯服至衛服之地。借指侯服至衛服之間的諸侯。此指太子之外的分封到外地的其他王子。

〔5〕宗子維城：語出《詩・大雅・板》："大邦維屏，大宗維翰。懷德維寧，宗子維城。" 大意爲大國是屏障，大族是棟梁。爲政有德國安寧，宗子是城墻。宗子原指嫡出的長子。

〔6〕政敷九有：教化九州。政敷，即布政，施行教化。《詩・商頌・長

發》："不竞不絿，不剛不柔，敷政優優，百禄是遒。"九有，指九州。

〔7〕三無：語出《禮記·孔子閒居》："孔子曰：無聲之樂，無體之禮，無服之喪，此之謂三無。"具體而言就是："夙夜其命宥密，無聲之樂也；威儀逮逮不可選也，無體之禮也；凡有有喪，匍匐救之，無服之喪也。"古代開明的君主往往追求"德奉三無，功安九有"。

〔8〕《采薇》《天保》：均爲《詩·小雅》篇名，過去認爲這幾首詩均爲文王之詩。《毛詩序》："文王之時，西有昆夷之患，北有玁允之難，以天子之命命將率，遣戍役，以守衛中國，故歌《采薇》以遣之。"後遂以"采薇"作調遣士卒的典故。《詩·小雅·天保》："天保定爾，亦孔之固。"鄭玄箋："保，安。爾，女也。女，王也。"後引申指皇統、國祚。

〔9〕來王：指古代諸侯定期朝覲天子。《書·大禹謨》："無怠無荒，四夷來王。"孔傳："言天子常戒慎無怠惰荒廢，則四夷歸往之。"

〔10〕世廟：指明世宗朱厚熜。此句是將萬曆皇帝和嘉靖皇帝類比。

〔11〕青宫：太子居東宫，五行家以青色配東方，故稱太子所居住的地方爲青宫。

〔12〕分茅：古代分封諸侯，用白茅裹著泥土授予被封者，謂之"分茅"，象徵授予土地和權力。

〔13〕尤，《詩》作"猶"。《詩·小雅·斯干》："秩秩斯干，幽幽南山。如竹苞矣，如松茂矣。兄及弟矣，式相好矣，無相猶矣。"

〔14〕釐士女而從以孫子：語出《詩·大雅·既醉》："其僕維何？釐爾女士。釐爾女士，從以孫子。"毛傳："釐，予也。"俞樾《古書疑義舉例》卷一："女士者，士女也。孫子者，子孫也。皆倒文以協韻。"女士，又鄭箋釋爲"女而有士行者"。從以，隨之以。

〔15〕宗公：先公，祖先。《詩·大雅·思齊》："惠於宗公，神罔時怨，神罔時恫。"毛傳："宗公，宗神也。"孔穎達疏："宗公，是宗廟先公。"馬瑞辰通釋："宗公即先公也。言其久則曰古公，言其尊則曰宗公。"

〔16〕重輪：日月周圍光線經雲層冰晶的折射而形成的光圈。古代以爲祥瑞之象。

聖壽無疆本支百世頌有序

皇上御極二十九年於兹矣[1]。壽考作人[2]，文武維后[3]。□泮涣優游之慶，際重熙累洽之休[4]。陽月叶吉，穀旦於差[5]。首建元良，次封藩國。天下咸慶吾君之有子，祝聖人以多壽，莫不曰社稷靈長之福，三代有道之長也。夫青陽位正，赤社星羅，至慈也；鴻名上加於宫闈[6]，至孝也；恩命覃敷於四海，至仁也。天表之應，厥有禎祥。于斯萬年，純嘏是常[7]。此其具備五福，奕舄千載[8]。煌煌乎，三五之矩，極治之象也。於乎，都哉！

雖然，自古子孫之多無如周二后[9]，而要以貽厥孫謀[10]，以燕翼子爲事，豈徒纘大承休[11]，襲上世之統而已？是以《天保》之詩曰“萬壽無疆”，昭君貺也；而繼之以“群黎百姓，遍爲爾德”，則戩穀罄宜[12]，月恒日升之基也。《文王》之詩曰“本支百世”，彰文德也；而繼之以“永言配命，自求多福”，則敬天法祖，卜世卜年之運也。君子之謂善禱善頌焉。臣與睹太平之業，竊效詩人之旨，乃作頌曰：

惟廿九年，皇帝御宇。受命既長，繩其祖武[13]。薄海内外，莫不懷柔。無疆爲恤，無疆爲休。皇王之德，夬抉乾剛[14]。大阿在手，爲龍爲光。皇帝之功，東征西討。旌麾所指，欃槍若掃。天眷聖德，大啟後昆。宜君宜王，文子文孫。一人元良，萬國以貞。如日重光，如月重輪。君子至止，鸞聲噦噦。泰山爲礪，黄河爲帶。卜年休曆，以萬爲期。與天罔極，勒于鼎彝。俾昌俾熾，三壽作朋。詢兹黄髮，及爾凝丞[15]。有典有則，肅肅雝雝。若周三后[16]，若殷三宗[17]。小臣作頌，我后明明。載矢文德，允保鴻名。

【校注】

〔1〕御極：登基，即位。

〔2〕壽考作人：《詩·大雅·棫樸》：“周王壽考，遐不作人。”孔穎達疏：“文王是時九十餘，故云壽考。”“作人者，變舊造新之辭。”後因稱年高

或長壽爲"壽考"，稱任用和造就人才爲"作人"。

〔3〕文武維后：君王有文德武功。《詩·周頌·雝》："宣哲維人，文武維后。"鄭玄箋："又遍使天下之人有才知，以文德武功爲之君故。"后，指君主。

〔4〕重熙累洽：指國家接連幾代太平安樂。

〔5〕穀旦於差：語出《詩·陳風·東門之枌》："穀旦於差，南方之原。"鄭玄箋："差，擇也。"朱熹集傳："差擇善旦以會於南方之原。"於差，選擇。一説同"於嗟"，嘆息之辭。穀旦，良晨，晴朗美好的日子。舊時常用爲吉日的代稱。

〔6〕鴻名上加於宫闈：指皇子之母被册封。

〔7〕純嘏：大福。典出《詩·小雅·賓之初筵》："錫爾純嘏，子孫其湛。"朱熹集傳："嘏，福；湛，樂也。"

〔8〕奕舃千載：《後漢書·班固傳下》："發祥流慶，對越天地者，舃奕乎千載。"李賢注："舃奕，猶蟬聯不絶也。"

〔9〕周二后：指周文王、周武王。

〔10〕貽厥孫謀：爲子孫的將來做好安排。語出《詩經·大雅·文王有聲》："詒厥孫謀，以燕翼子。"毛傳："燕，安；翼，敬也。"孔穎達疏："思得澤及後人，故遺傳其所以順天下之謀，以安敬事之子孫。"貽，遺留；厥，其，他的；謀，計謀，打算。

〔11〕纘大承休：承受前代美善。纘，繼承。

〔12〕戩穀罄宜：典出《詩經》："天保定爾，俾爾戩穀。罄無不宜，受天百禄。"戩穀，福禄，一説盡善；穀，善；罄，盡，指所有的一切。

〔13〕繩其祖武：踏著祖先的足跡繼續前進。比喻繼承祖業。繩，繼續；武，足跡。

〔14〕夬抉：抉斷。乾剛：謂天道剛健，亦用以稱帝王的剛健抉斷。

〔15〕凝丞：古代能直言諍諫的輔佐之臣。《孝經》鄭玄注："天子爭臣七人：師、傅、保、凝、丞、輔、弼。"

〔16〕周三后：謂古公亶父、季歷、姬昌。《史記·周本紀》："後十年而

崩，謚爲文王，改法度制正朔矣。追尊古公爲太王，公季爲王季，蓋王瑞自太王興。”

〔17〕殷三宗：湯所宗者太甲、太戊、武丁，太甲爲太宗，太戊爲中宗，武丁爲高宗。

《復》其見天地之心〔1〕

夫《乾》之謂大生，《坤》之謂廣生，則生者，天地之心也，而獨於《復》見之者，何哉？天地置大冬於空虛無用之地，百蟲閉蟄，草木隕落，而曰陽氣潛萌於黄鐘之宫〔2〕，信無不在其中，又何説也？於乎，此所以爲天地之心也！

夫有形生於無形，則天地安從生矣？夫惟不生而後能生之，惟不化而後能化之。不有根荄，何有苞甲？不有斂固，何有昭蘇〔3〕？剥極而復者，剥極故復也。匪剥天，何以專地？胡以翕無停機〔4〕也？月之朔也，於晦得之，晦朔之際無斷境也。以至味之有玄酒也，樂之有大音也，樹之有碩果也，人之有夜氣也〔5〕，皆是物也。貞下起元而復者〔6〕，《乾》之始也，所以大生也；元亨於貞而復者〔7〕，《坤》之終也，所以廣生也。是故復之爲言反也，如掌之有仰覆，無二掌也；復之爲言復也，如蠖之有屈信，無二蠖也。當其陰時，陽從何往？陰盛而陽自伏，不伏故不能復也。當其陽時，陽又從何來？陰極而陽自復，惟復乃所以復也。於《姤》僅稱天地之遇，而於《復》獨稱天地之心者可見於此矣，是生生之原也，聖人所以扶微陽也。既已復矣，陽氣何所不旁暢，而猶曰先王閉關，后不省方〔8〕，是生生之機也，聖人所以养微物也。

雖然此天道也，實聖學也。天地之剥而復也，即剥即復也，非剥之外又有一物焉以復之也。人心之迷而悟也，即迷即悟，非迷之外又有一心以悟之也。寂然不動，感而遂通，何思何慮，百慮一致，此敦復〔9〕也。其次則有不遠之復〔10〕，顔子以之，顔子潛心者也〔11〕。惟潛能克，惟克能復，故曰克己復禮爲仁。觀《復》可以知仁矣。是以見天地之心者求之《復》，見聖人之心者求之潜。

【校注】

〔1〕《復》：與後文的《乾》《坤》《剥》《姤》等均爲《周易》卦名。

〔2〕黄鐘之宫：十二樂律之一。古時用十二樂律代表十二個月，黄宫代表仲冬之月，即十一月。

〔3〕昭蘇：亦作“昭穌”。蘇醒，恢復生機。

〔4〕翕無停機：氣之一翕一張，如循環然，無停息也。

〔5〕夜氣：儒家謂晚上静思所産生的良知善念。《孟子·告子上》：“牿之反覆，則其夜氣不足以存；夜氣不足以存，則其違禽獸不遠矣。”

〔6〕貞下起元：表示天道人事的循環往復，周流不息。《易》：“乾，元亨利貞。”尚秉和注：“元亨利貞，即春夏秋冬，即東南西北，震元離亨兑利坎貞，往來循環，不忒不窮。”

〔7〕元亨於貞，疑似“元亨利貞”之誤。《坤》卦卦辭：“坤，元亨，利牝馬之貞，君子有攸往，先迷後得，主利，西南得朋，東北喪朋，安貞吉。”

〔8〕后不省方：《乾》卦卦辭：“先王以至日閉關，商旅不行，后不省方。”至日，冬至之日。關，城關。閉關，關閉城門。后，君王。省，巡視。方，邦國。

〔9〕敦復：《易》：“六五，敦復，無悔。”“象曰：敦復無悔，中以自考也。”意爲敦厚忠實地復歸正道，内心不會有什麼後悔。反省考察自己的言行以完善自我。

〔10〕不遠之復：語出《易·復》初九象辭：“不遠之復，以修身也。”意爲没走多遠，没過多久就回頭審視一下自己走過的路，總結一下做過的事，以達到修道養身的作用。

〔11〕顔子：顔回。《論語》：“顔淵問仁。子曰：‘克己復禮爲仁。一日克己復禮，天下歸仁焉。爲仁由己，而由人乎哉？’顔淵曰：‘請問其目。’子曰：‘非禮勿視，非禮勿听，非禮勿言，非禮勿动。’顔淵曰：‘回雖不敏，請事斯語矣。’劉子翬《聖傳論·顔子》：“《復》卦，《易》之門户也。入室者當

自户始，學《易》者當自《復》始。克己復禮，顔子之復也。”

尊德性而道問學[1]

蓋自鵝湖之辯[2]，而德性、問學之説若分壘然。世儒禘子静者曰[3]：六經注我，臯陶以上更讀何經？自心自性，不從門入。而左袒元晦者又曰：彼夫儒而禪者也，先天已矣，何以有《三易》《十翼》[4]？只曰無言，信人間有古今不也[5]？而要之子静之説爲長。至本朝王伯安和之曰[6]：廣大距於禮，皆德性也；致以距於崇，皆問學也。而其學益暢。伯安得之子静，子静得之子輿。學問之道在求放心[7]，此真的也。

夫天命謂性，得之爲德，足以維宇宙而含陰陽，横八紘而章三光。辟之陶能成萬器，終無一器能作陶者，德性能生萬物，終無一物能生德性者。而吾何以尊之？莫尊於天矣，惟無失其天之體之爲尊；莫尊於君矣，惟無失其君之體之爲尊。乃昔人有言[8]，彼以天爲父而身猶親之，而况其卓者乎？此以君爲愈乎己而身猶事之，而况其真者乎？斯又尊之至矣。

然而舍問學又何以尊之？問學者所繇以適於德性之路也。不問無以證所學，不學無以驗所問，不學不問無以明所性。有望而莫之見也，登高則矚焉；終日思而莫之得也，於學則悟焉。三千三百，發育萬物，峻極出其中。子静亦云，除却人情事變，别無工夫，此之謂也。

雖然，吾有説焉。訾子静、元晦者非也，宗子静、元晦者亦非也。聖賢道理，言成文章，便自徹上徹下，即如敬義博約，内外知行，往往對舉言之，執兩則成一，執一則成兩也。以尼父天縱之聖[9]，一以貫之，默識爲當，多識爲非，即謂先尊德性亦可。既已天縱之聖矣，而考信六藝，神明益煉，至五十而天命乃知，即謂之先道問學亦可。試觀人心空空洞洞之中，而萬事萬物，目之所見，耳之所聞，無不了了。雖謂尊德性即道問學亦可。又試想，嚮也途之人也，俄然讀古人之學，恍然見古人之心；嚮也混門室之辨也，俄而得師友片言，本心獨契，如針芥相投。謂道學問即尊德性也亦可。

子靜之言尊德性也，真能尊德性者也；元晦之言道問學也，真能道問學者也；世儒言天語聖曰德性也，反而問主人翁惺惺不[10]？不也；說玄說妙曰問學也，而終於古有獲不？不也。有命世大儒，乃可語真儒之實學。

【校注】

〔1〕尊德性而道問學：此爲《中庸》中語。

〔2〕鵝湖之辯：朱熹與陸象山曾經就理學和心學的一次辯論，因發生在江西鉛山鵝湖寺，故稱。陸九淵偏重"尊德性"，朱熹偏重"道問學"。

〔3〕子靜：陸九淵，字子靜，號象山。南宋著名理學家，宋明兩代"心學"開山之祖。元晦：朱熹，字元晦。南宋著名理學家，儒學集大成者。

〔4〕《三易》《十翼》：《三易》，傳說中的古易書《歸藏》與《連山》《周易》統稱爲《三易》；《十翼》，指《上彖》《下彖》《上象》《下象》《上系》《下系》《文言》《序卦》《說卦》《雜卦》，統謂之《十翼》。

〔5〕只曰無言，信人間有古今不也：朱熹《鵝湖寺和陸子壽》："却愁說到無言處，不信人間有古今。"此句比較費解，大意是說，擔心深入探討到最高境界，融會貫通了，雙方也就無言可辯了，也不相信有古今不同之理了，也就是"古今一理說"了。

〔6〕王伯安：明代理學家王陽明，幼名雲，字伯安，別號陽明。明代著名的思想家，陸王心學之集大成者。

〔7〕學問之道在求放心：語出《孟子》："學問之道無他，求其放心而已矣。"大意爲學問之道没有别的什麽，不過就是把那失去了的本心找回來罷了。

〔8〕昔人有言：下引文字引自《莊子·大宗師》。

〔9〕天縱之聖：孔子在世時被譽爲"天縱之聖""天之木鐸"，經漢董仲舒倡議獨尊儒術後，後世統治者尊爲孔聖人、聖、至聖、至聖先師、萬世師表。天縱，上天所賦予，才智超群。

〔10〕惺惺不：語出《朱子語類》："大抵學問須是警省，且如瑞巖和尚，

每日間常自問：主人翁惺惺否？又自答曰：惺惺。”主人翁，指自己的心。惺惺，清醒，覺醒。不，否。

歲寒松柏

子曰：“歲寒，然後知松柏之後凋也。”自是，名賢往往言之。莊生曰：“天寒既至，霜雪既降，吾是以知松柏之茂也。”荀卿曰：“松柏經冬不凋，蒙霜不變，可謂得其真也。”抱樸子曰：“大國倒生之柏，天齊其長，地等其久。”皆原於孔子之意，而惟《記》言得之〔1〕。《記》之言曰：“其在人也，如松柏有心也，故貫四時不改柯易葉。”蓋草木之性，根荄在下而枝葉在上，根荄者，所以生也；皮毛在外而神理在心，神理者，所以生生者也。

試觀夫太皞未明之時〔2〕，菁葱蒨蒨，不若華鄂之爲韡韡也。白帝司令〔3〕，萬寶成實，秀色可餐，厥果不碩，不若結實之爲離離也。然而玄冬凜冽，葉之美者解其柯，柯之美者離其枝，枝之美者拔其本；而松柏之菁葱蒨蒨、秀色可餐者，有如一日也。何者？惟其有心也。神理在心，震壓不慘青青者，惟松柏獨也。四時無常，松柏有常；榮枯有變，松柏不變。蓋取諸《坎》與《艮》之理〔4〕。《坎》其於木也，爲堅多心。坎者，天一之精，得其天一，所以常潤澤也。《艮》其於木也，爲堅多節。艮者，止也。得其常止，所以常青也。故曰松柏之有心也。物誠有之，人亦宜然。

今夫人生天地間，其所樹立者，蔚然千古，自足不朽，乃平居無所表于當世，惟至有大利害、大拂鬱卒然臨之，彼膚立枯槁之士，不摧折不止，而挺然獨秀者稱焉。是故當多事之秋，而知其能楨幹、奉明君者〔5〕，吾以爲徂徠、新甫之材也〔6〕。流離墊隘〔7〕，而知其鞠躬盡瘁、割據紆籌者〔8〕，吾以爲錦官城之森森也。國祚不振，而知規模天下、跨踔而行者〔9〕，吾以爲風聲之謖謖者也〔10〕。翔於千仞之上而榆枋不空，游於九淵之下而銜珠自照者，吾知其爲鸞凰之庇而虬龍之舞也。碩人之過孤嶺自標而恥爲茅靡者，吾知其脂之流於鼎而枝之干於霄也。何者？惟其真實心貫於金石，通於天地。雖雷霆驚之，風雨肅之，而所特操者卒未之有易，政與松柏等耳。豈與婆娑偃蹇，休息無爲，蒲柳之質，草木之腐，大枝癰腫，小枝拳曲，嗅其枝使人狂酲三日者，可同日語哉！

顧歲寒可以知松柏，而善言歲寒之生者不在松柏。秦之幹而爲五大夫，此不善名松柏之過也；百木之長而爲守閭宫，此不善用松柏之過也；本傷於下而末稿於上，此不善培松柏之過也；蔦與女蘿施之而冬枯，此不善附松柏之過也。井植生梓而不容甕〔11〕，溝植生條而不容舟者，狂生也。彼非狂生，故曰培塿無松柏。爰有樹檀，其下維蘀者〔12〕，穢藉也。彼無穢藉，故曰松柏之下，其草不肥。

人皆知春華秋實爲有用之用，而不知松柏爲無用之大用也，以歲寒知之也。人皆知蜚英騰茂爲有材之材，而不知苦節道窮者爲無材之大材也，亦以歲寒知之也。然昔人有言〔13〕，見根葉而知花者，上也；見蓓蕾而知花者，下也。孔子曰，何以歲寒知松柏乎？曰歲寒乃可以見松柏也有爲乎？其言之也，若必待歲寒而後知松柏者，晚也。

【校注】

〔1〕《記》：指《禮記》。

〔2〕太皞：秦漢陰陽家以五帝配四時五方，認爲太皞以木德王天下，故配東方，爲司春之神。《吕氏春秋·孟春》："（孟春之月）其日甲乙，其帝太皞。"高誘注："太皞，伏羲氏，以木德王天下之號。死，祀於東方，爲木德之帝。"

〔3〕白帝：司秋之神。

〔4〕《坎》：與《艮》均爲《易》卦名。《坎》，代表水。後文中的"天一"亦與水相關，天一、地六相合乃生水。

〔5〕楨幹：古代築墻時所用的木柱，豎在兩端的叫"楨"，豎在兩旁的叫"幹"。此處比喻可做爲支柱、骨幹的重要人才。

〔6〕徂徠、新甫：語出《詩·魯頌·閟宫》："徂徠之松，新甫之柏。"

徂徠、新甫，均指生長棟梁之才的大山。據説在今泰山一帶。

〔7〕墊隘：羸弱困苦。《左傳》成公六年：“郇、瑕氏土薄水淺，其惡易覯。易覯則民愁，民愁則墊隘，於是乎有沈溺重膇之疾。”杜預注：“墊隘，羸困也。”孔穎達疏引《方言》：“地之下濕狹隘，猶人之羸瘦困苦。”

〔8〕割據紆籌，原刻本誤作“割劇紆籌”，據杜甫原詩改。杜甫贊諸葛亮“三分割據紆籌策，萬古雲霄一羽毛”。

〔9〕跉踔：跳躍貌，跛行貌。《莊子・秋水》：“夔謂蚿曰：‘吾以一足跉踔而行，予無如矣！’”成玄英疏：“跉踔，跳躑也。”

〔10〕謖謖：勁風聲。典出《世説新語》：“世目李元禮謖謖如勁松下風。”李膺，字元禮，東漢潁川襄城人。出仕之初舉孝廉，後歷任青州等地太守、烏桓校尉、度遼將軍、河南尹。反對宦官专权，受到太學生所拥戴，被稱爲“天下楷模”。爲名士“八俊”之一。

〔11〕井植生梓而不容甕：語出《淮南子・覽冥訓》：“夫井植生梓而不容甕，溝植生條而不容舟，不過三月必死。”高誘注：“植謂材也。椽杙於溝邊因生爲條木也。”

〔12〕爰有樹檀，其下維蘀：語出《詩・小雅・鶴鳴》。樹檀，檀樹，比賢人。蘀，酸棗一類的灌木，一説枯落的枝葉，比小人。

〔13〕昔人：指北宋學者邵雍，字堯夫。據雍正版《陝西通志》記載：“一日州守延賞牡丹，時章惇爲商洛令，議論縱横。堯夫言，見蓓蕾而知花之高下者，知花之次也；見根蘖而知花之高下者，知花之上也。因陳天人理數之學，章愧服。”

惟聖人然後可以踐形〔1〕

論曰：必通乎形性之合者，而後可以言聖人之學。自世之稱天語聖者悉歸之於無聲臭無何有之鄉〔2〕，以爲必墮肢體而後爲聖人，而庸詎知聖人聖于人者也，非聖於人之外，而與天爲徒者〔3〕，即其與人爲徒者也。人受天地之中以生，有物有則，形不離性，即性而靈；性不離形，即形而麗。仁、義、禮、智周浹於君臣、父子、賓王、賢不肖之間，而顯設於耳、目、口、鼻、四肢之際。聖人所以立人極而體天道者〔4〕，舉不出此。盖聖人盡性者也。盡性，則百肢九竅，神明之護牖；盡性，則天地萬物，聖人之委形。

試觀人之所眭然能視者何物，目本自視，視本自明，舍目别無所謂天明者。聖人不增於明之外，不減於明之中，自無色以至於萬色，適得吾明而止，而吾之目形踐矣。彼衆人者，明與暗合者也；不然，則明暗半者也；又不然，則求多於明者也。又試觀人之所瞢然聽者何物，耳本自聽，聽本自聰，舍耳别無所謂天聰者。聖人不增於聰之外，不減於聰之中，自無聞以至多聞，適得吾聰而止，而吾之耳形踐矣。彼衆人者，通與塞合者也；不然，則通塞半者也；又不然，則求多於耳者也。

故曰，心之精神是謂聖，目之精神是謂明，耳之精神是謂聰。盖踐者，充也，充實而化之也〔5〕；踐者，履也，率履不越也〔6〕。自耳目以推本體皆然。故人知聖人能虚天下之實，不知聖人能實天下之虚者也致虚矣；人知聖人能静天下之動，而不知聖人能動天下之静者也致静矣；人知聖人神之神，不知聖人不神之神也致神矣。彼二氏者〔7〕，曰寂滅矣，猶有色空不移之説，色有而空無也；曰冲漠耳，猶有玄牝若存之説〔8〕，玄虚而牝實也。而況聖人宇宙在手，萬物生身，形性俱妙者哉！然則欲學聖人者宜何如禮天則也〔9〕。視聽言動無非禮者，所以復天則。己克而禮復，禮復而形踐。故曰，人必通乎形性之合者，而後可以言聖人之學。

【校注】

〔1〕踐形：體現人所天賦的品質。《孟子·盡心上》："形色，天性也，惟聖人然後可以踐形。"

〔2〕無何有之鄉：指空無所有的地方。《莊子·逍遥游》："今子有大樹，患其無用，何不樹之於無何有之鄉、廣莫之野。"成玄英疏："無何有，猶無有也。莫，無也。謂寬曠無人之處，不問何物，悉皆無有，故曰無何有之鄉

也。”

〔3〕與天爲徒：語出《莊子·人間世》："然則我内直而外曲，成而上比。内直者，與天爲徒。與天爲徒者，知天子之與己皆天之所子，而獨以己言蘄乎而人善之，蘄乎而人不善之邪？若然者，人謂之童子，是之謂與天爲徒。外曲者，與人之爲徒也。擎跽曲拳，人臣之禮也。人皆爲之，吾敢不爲邪？爲人之所爲者，人亦無疵焉，是之謂。成而上比者，與古爲徒，其言雖教，讁之實也，古之有也，非吾有也。”

〔4〕人極：綱紀，綱常。社會的準則。

〔5〕充實而化之：典出《孟子·盡心下》："可欲之謂善，有諸己之謂信，充實之謂美，充實而有光輝之謂大，大而化之之謂聖，聖而不可知之之謂神。”

〔6〕率履不越：典出《詩·商頌·長發》："率履不越，遂視既發。”孔傳："使其民循禮不得逾越。”率履，遵循禮法。履，禮。

〔7〕二氏：指佛、道兩家。前者持寂滅之説，後者持冲漠之説。寂滅，佛教謂斷除貪欲、瞋恨、愚癡和一切煩惱，不再輪回生死的境界；冲漠，虛寂恬靜。

〔8〕玄牝若存：語出《老子·六章》："谷神不死，是謂玄牝。玄牝之門，是謂天地根，綿綿若存，用之不勤。”玄牝，道家指孳生萬物的本源，比喻道。

〔9〕天則：猶天道。自然的法則。

《關雎》《麟趾》之意論〔1〕

自古國家之興，莫不本室家之道。是以聖人必慎妃匹之際，盖有后夫人之助焉。《禮》稱婚義，《書》美釐降〔2〕，冕而親迎，御而百兩〔3〕，誠重之也。故有《關雎》《麟趾》之意者，乃可以行《周官》之法度。

《關雎》，后妃之德也；《麟趾》，《關雎》之應也。《關雎》之精意在敬與和，《麟趾》之精意在仁與厚。《關雎》，《風》之始也，所以風天下而正夫婦也。善哉，匡衡之言也[4]！妃匹之際，生民之始，萬物之原；婚姻之禮正，然後品物遂而天命全。故“窈窕淑女，君子好逑”，言致其貞淑，不二其操，篤於行而廉於色，可以配至尊而主宗廟。而《韓詩》稱引孔子言[5]，《關雎》又有大焉者，仰則天，俯則地，神龍變化，斐斐文章，萬物之所繫根，群生之所懸命，馮馮翼翼，自東自西，自南自北，無思不服，王道之原，不外乎是。盖太姒其德，俔天之妹[6]，嗣太任之音。勤儉正静，則《葛覃》《卷耳》之風；慈惠周容，有《樛木》《螽斯》之咏。是以《麟趾》發祥，纘緒拓統[7]，諸姬競美，而以仁厚立國垂八百年。於時諸侯化之而爲《鵲巢》，諸侯夫人化之而爲《采蘩》，大夫化之而爲《羔羊》，大夫妻化之而爲《采蘋》，以至《汝墳》《江漢》，莫不瞿然顧化。豈非《關雎》之所符而自然之驗耶？

乾坤之德，至健至順，至易至簡，大生廣生，歸之闔闢男女間[8]。子思論天道[9]，聲臭俱泯，妙極言微，而至於天地聖人所不能盡者，在愚不肖之夫婦。於乎，《關雎》之義，盖可忽乎哉！

逮德下衰，《關雎》作刺，而艷妻哲婦之詩興[10]，龍漦燕尾之事出[11]，獒犬指鹿者往往而是。安在其爲《麟趾》也？語云，深山大澤，實生龍蛇，此之謂也。無惑乎治之不三代若也！此其義又備在《易》之《家人》：“《彖》曰，女正位乎内，男正位乎外，男女正，天地之大義也。家人有嚴君，父母之謂也。父父，子子，兄兄，弟弟，夫夫，婦婦，而家道正。家正，而天下定矣。”此美文王之詞也。今日之男女，他日之嚴君也。未有男不正位乎外，而女能正乎内者。文王以太姒爲妃，王季爲父，太任爲母，武王爲子，邑姜爲婦，二虢爲兄弟，上下内外，兼之父子兄弟夫婦，何所不正？故曰：“刑於寡妻，至於兄弟，以御於家邦。”“象曰：風自火出，君子以言有物而行有恒。”身之不修，家於何有？知風之自，知遠之近[12]。家之本在身，身之所出惟言與行，總不出乎和敬仁厚之心。

心正則身修，身修而天下國家一切舉之矣。此《關雎》《麟趾》之精意也。

【校注】

〔1〕《關雎》《麟趾》:《關雎》《麟趾》與後文的《葛覃》《卷耳》《樛木》《螽斯》《采蘩》《羔羊》《采蘋》《汝墳》《江漢》均爲《詩經》篇名,其中前六首均與男女愛情婚姻有關。

〔2〕釐降:本謂堯女嫁舜事。《書·堯典》:"釐降二女於嬀汭,嬪於虞。"孔傳:"降,下嬪婦也,舜爲匹夫,能以義理下帝女之心。"段玉裁《撰異》:"釐,整治之意;降,下也,整治下二女於嬀汭。"一説,釐謂治跡。後多用以指王女下嫁。

〔3〕百兩:古時車兩輪,故以兩計數。百兩,即百輛車。特指結婚時所用的車輛。

〔4〕匡衡:西漢經學家。《漢書·匡衡傳》:"臣又聞之師曰:'妃匹之際,生民之始,萬福之原。'婚姻之禮正,然後品物遂而天命全。孔子論《詩》,以《關雎》爲始。"

〔5〕《韓詩》:指漢初燕人韓嬰所傳授的《詩經》。《韓詩外傳》:"子夏問曰:《關雎》何以爲《國風》始也?孔子曰:《關雎》至矣乎!夫《關雎》之人,仰則天,俯則地,幽幽冥冥,德之所藏,紛紛沸沸,道之所行,如神龍變化,斐斐文章。大哉,《關雎》之道也!萬物之所繫根,群生之所懸命也。河洛出圖書,麟鳳翔乎郊,不由《關雎》之道,則《關雎》之事將奚由至矣哉?夫六經之策,皆歸論汲汲,蓋取之乎《關雎》。《關雎》之事大矣哉!馮馮翊翊,自東自西,自南自北,無思不服。子其勉强之,思服之。天地之間,生民之屬,王道之原,不外此矣。子夏喟然嘆曰:大哉,《關雎》乃天地之基也!"斐斐,文彩鮮明貌;馮馮翼翼,衆盛貌。

〔6〕俔天:《詩·大雅·大明》:"大邦有子,俔天之妹。"意謂大國有一個女兒,好比天上的僊子。爲贊頌文王所聘之女太姒之語。俔,如同。

〔7〕纘緒拓統:即纘緒垂統。纘緒,繼承世業,特指君主繼位;拓統,垂統,把基業留傳下去,多指皇位的承襲。

〔8〕闔闢:閉合與開啟。

〔9〕子思:名孔伋,字子思,孔子的嫡孫、孔鯉的兒子。子思在儒家學派

的發展史上占有重要的地位，他上承孔子中庸之學，下開孟子心性之論，并由此對宋代理學産生了重要而積極的影響。

〔10〕艷妻哲婦：指亂國的婦人。艷妻，特指周幽王的寵妃褒姒。《詩・小雅・十月之交》："楀維師氏，艷妻煽方處。"毛傳："艷妻，褒姒，美色曰艷。"哲婦，《詩・大雅・瞻卬》："哲夫成城，哲婦傾城。懿厥哲婦，爲梟爲鴟。"孔穎達疏："若爲智多謀慮之婦人，則傾敗人之城國。婦言是用，國必滅亡。"

〔11〕龍漦：古代傳説中神龍所吐唾沫。語本《國語・鄭語》：夏之衰，有二神龍止於王庭。夏后卜殺之與去之與止之，莫吉。卜請其漦而藏之，吉。及周厲王之末，發而觀之，漦流於庭，化爲玄黿。後宫童妾遇之而孕，生褒姒。周幽王寵褒姒，欲殺申后所生太子而立褒姒子伯服，引起申戎之亂，西周因此而亡。後因喻女子禍國。

〔12〕知風之自，知遠之近：語出《中庸》。意爲由風知源，由近知遠。

士品臣品辨

古人稱人曰品格，品格者，若丘與壑，言殊域也；評人曰品藻，品藻者，若堊與黝，言殊色也。是以金有品，味有品，而士有品，而臣亦有品。

古之論士品者多矣。惟道德、功名、富貴三者爲當，而其旨原於孔子。至於臣品，有態臣、聖臣、忠臣、良臣、權臣、重臣之别〔1〕，而無如孟氏容悦、社稷、天民、大人四者足以盡臣之品〔2〕，其説與孔子互相發。容悦直斗筲已耳〔3〕。行己使命，何渠不能爲社稷臣？上之斯天民，化之斯大人也，此定品也。

乃余所謂今之士與臣，其品又大異古之士與臣，一修之家者，往往獻之廷。泥蟠以此，天飛亦以此。今之士與臣，二修之家者，往往壞之廷。白龍而魚腹，安在雲蒸？此不可不辨也。古之士與臣，其辨在邪正。其士詭譎，必爲委瑣之臣；其士姱節，必爲孤介之臣。今之士與臣，其辨在真僞。其爲士也，好爲新奇之論，夷考其行，至垢膩不可邇，是謂僞儒。其爲臣也，又好爲模棱而博寬大之譽，口慷慨言天下事，及其當之，鮮不畏縮無人色，是謂佞臣。此不可不辨也。又今之士與臣不無一二自好者，其辨又在明與暗。其學不精，其居不疑[4]，非禮爲禮，非義爲義。徒知僞得之中有真失，而不知真得之中有真失，徒知僞是之中有真非，而不知真是之中有真非，是謂曲學小慧。此又不可不辨也。

雖然古今士之至者無若孔子，臣之至者無若周公。世無周孔，而概責之以大成兼施[5]，誣也。世有周孔，而但求之《周官》鄉黨，誕也。余願今之士與臣，處則爲躬行君子，出則爲社稷重臣，上之不敢徑望以天民、大人之德，而下之不敢自甘爲容悦、斗筲之人。此其品如金之精，如味之珍，高於丘岳，潔於白堊。詎不超然一代偉丈夫哉？而何必原人爲也[6]？

【校注】

〔1〕態臣：佞媚之臣。《荀子·臣道》："人臣之論，有態臣者，有篡臣者，有功臣者，有聖臣者。内不足使一民，外不足使距難，百姓不親，諸侯不信，然而巧敏佞説，善取寵乎上，是態臣者也。"

〔2〕容悦：謂曲意逢迎，以取悦於上。《孟子·盡心上》："有事君人者，事是君，則爲容悦者也。"趙岐注："爲苟容以悦君者也。"朱熹集注："阿殉以爲容，逢迎以爲悦。"

〔3〕斗筲：斗，容器，一斗等於十升；筲，竹器，容一斗兩升。形容人的氣量狹小，見識短淺。

〔4〕居不疑：居之不疑。對自己所處的地位，毫不懷疑。

〔5〕大成兼施：《孟子·萬章下》："孔子之謂集大，集大成也者，金聲而玉振也。"贊揚孔子思想集古聖賢之大成。《孟子·離婁下》："周公思兼三王，以施四事；其有不合者，仰而思之。"言周公想兼學夏、商、周三代之王而施行禹、湯、文、武之政。指并行先王之善政。

〔6〕原人：此指鄉原，也作“鄉願”。指外貌忠誠謹慎，實際上欺世盜名的人。

人心道心

人生而昭昭靈靈者何物也[1]？心是也。如是則心一而已，乃復有道心、人心者何？亦維是迷與覺之間耳。聖人無知無不知，是謂覺。百姓日用而不知，仁見爲仁，知見爲智，是謂迷。覺之，則牛繭毛絲，入微入細，故曰惟微；迷之，則旁曲蹊徑，自遮自陷，故曰惟危。非一心以屬道，又一心以屬人也。

試觀人心方迷之時，覺將何往？既覺之際，覺又何來？迷覺即迷，覺迷即覺，非有二也。後儒不察，乃曰道心之謂理義。夫心而可着一理義，是昔人所説眼中金屑也[2]。人心之謂形氣，形氣而可以名心，此肉團心也。無惑乎義理氣質有兩性也！此皆以識爲性，以意爲心，奚啻千里？

夫心者，無所不有，無所不無，動而非馳，靜而非寂，出非在外，入非居中，以爲非耳目口鼻，而未始非耳目口鼻。有者心耶？即有而聲臭俱泯。無者心耶？即無而法象全彰。動者心耶？波濤起而水性自如。靜者心耶？山岳峙而谷神常應。六合不能喻其寥廓，心何有内？纖塵不能入其空虚，心何有外？以爲在耳目口鼻，而聾瞶之人何以悟入？以爲非耳目口鼻，而聰明之用何以官止[3]？以此原心[4]，而虞廷所謂一[5]，孔門所謂貫者[6]，豈不瞭然如出一口耶？

要之，識非性也，而覺者即識爲性，灑掃應對，無非精神之用也。意非心也，而覺者即意爲心，喜怒哀樂，要皆未發之中也。原心者，毋外人心而别具一道心哉，則心可知矣。

【校注】

〔1〕昭昭靈靈：光明神奇。佛學上指大徹大悟。

〔2〕眼中金屑：佛教中有所謂“金屑雖貴，落眼成翳”的説法，比喻蒙蔽視綫，不能看清。唐末五代時期著名僧人文偃有《金屑眼中翳》詩：“金屑眼中翳，衣珠法上塵。己靈猶不重，佛視爲何人。”表達了學禪應破除思想上的蒙蔽，還原清淨本心的思想。

〔3〕官止：語出《莊子·養生主》：“方今之時，臣以神遇而不以目視，官知止而神欲行。”官，感官。

〔4〕原心：推究何爲心。

〔5〕虞廷所謂一：指《尚書·大禹謨》中虞舜所告誡大禹之言：“人心惟危，道心惟微，惟精惟一，允執厥中。”

〔6〕孔門所謂貫：《論語·里門》：“子曰：‘參乎！吾道一以貫之。’曾子曰：‘唯。’子出，門人問曰：‘何謂也？’曾子曰：‘夫子之道，忠恕而已矣。’”

肅紀綱正風教以維治安疏

今天下輕重大小繩結纏繆，豈不炳炳一代之名法而以是爲紀綱乎哉？非也。色澤雖在，神理不綿。辟之病者，靦然一具〔1〕，而腑絡已多否鬲。今天下禮樂文章鞶帨斧藻〔2〕，豈不賓賓士君子之林而以是爲風教乎哉？非也。摛麗春華，何益殿最〔3〕？辟之幻者，變態百出，而究竟皆爲鑿空。是朝廷之政事無大於紀綱，而今之極壞而不可收拾者亦無大於風教。此蓋原於上下之不交而名實之莫辨也。何者？紀綱者，上之所操以爲契，而下合之以爲符者也。我不自刻其齒，彼將奚合？風教者，上之所樹以爲的，而下觀之以爲儀者也。我數易其招，彼將奚觀？以此而希治安，是猶無舟楫而欲涉陽侯之波也，必不冀矣。

請以綱紀所繇不肅者言之。悍卒之譁於伍也，亂民之譁於市也，吏胥之豪爲政也，邊陲之同兒戲也，錢穀之化烏有也，猶其小也。至爵禄，人主持之；材貨，人主與天下共之。乃採金榷税之璫四出，而與匹夫爭利。疆埸之大吏，朝片紙而夕繫囹圄；市井之不逞，晚列名而早披金。紫風行之[4]，詔令倏布而倏更；夜半之斜封[5]，不知何起。壞法亂紀，莫此爲甚。而臣以爲有進於此者，則前所爲上下不交也。古人五日視事，猶以爲太緩。今堂陛遠于萬里[6]，奏牘積于山嶽，十餘年來而群臣莫得見其面。古人止輦受言，猶以爲不及。今喜不語之寒蟬，斥一鳴之仗馬[7]，數憑胸臆，而卿大夫莫敢矯其非。甚則平章之密疏信其小者，以爲温；不信其大者，以爲斷[8]。銓宰之論列疑此以爲市恩[9]，而并疑彼以爲植黨。因疑生間，因間生奸，而宵人之志行矣。黄頭小郎[10]，莫敢誰何之矣。如此，安在其爲紀綱？

以風教所繇不正者言之。俗士之習靡也，寒士之多偷也，闒士之好爲異同也，處士之横議也，豪士之蕩而無檢押也，才士之善爲標也。猶其後者也，至行已自有法度[11]，名教自有樂地[12]。乃戴圓履方之輩而與緇流爲伍[13]，萬念千聲稱引西方之高足，一語半偈指爲東土之印心。六經昭若日星，援而竄入；五教等於天地，去而空華。敗常滅禮，莫此爲甚。而臣以爲，有進於此者，則前云名實之莫辨也。狂狷所以傳聖[14]，真慕胡公之中庸[15]，似忠似潔者目爲圓融，不取狂狷而取鄉願；經濟所以經世，務效塞侯之微巧，如脂如韋者目爲老成[16]，不取經濟而取輭熟。甚則譽一人，即以周召兼鄒魯之著作未足盡其長；毁一人，即以温莽濟韓賈之奸私未足濟其惡。前者唱于，後者唱喁，而志士之心灰矣，紫衣大士不得不波流矣。如此，安在其爲風教？

世道交喪，一至於此。使賈生而在，不知凡幾流涕，幾嘆息也！於乎！治病者在通其否鬲，去幻者在察其鑿空。然則欲紀綱之肅，莫若信上下之交。股肱元首有何嫌疑？大君信大臣，大臣信小臣，近臣信遠臣，君臣一體，諸不在祖宗之法者毋得并行，而紀綱自肅。自古信上下之交而紀綱不肅者未之嘗聞，故曰君義則莫不義。欲風教之正，莫若核名實之辨。君子小人若蒼素，真是與真非辨，僞是與僞非辨，似是與似非辨，道德一致，諸不在孔子之科者，毋使并道，而風教自正。自古核名實之辨而風教不正者未之嘗聞，故曰經正則庶民興。

雖然，總在皇上一心耳。《詩》有之："之綱之紀，燕及朋友。”“不懈於位，民之攸塈。”嘉樂之德自上始也。皇上誠有無怨無惡之心，則群辟率由[17]，而天下之民日靖，何患乎紀綱之不肅？“成人有德，小子有造。古之人無斁，譽髦斯士[18]”，言樸棫之化自上行也[19]。皇上誠有亦臨亦保之心，則群策畢舉，而豪傑之士自興，何憂乎風教之不正？太平之業、極治至安之規，斯拱手而俟之耳。

【校注】

〔1〕靦然：面目具備之貌。

〔2〕鞶帨：腰帶和佩巾，比喻雕飾華麗的辭采。斧藻：雕飾，修飾。

〔3〕殿最：古代考核政績或軍功，下等稱爲“殿”，上等稱爲“最”。

〔4〕紫風：指頻頻頒布的詔書。詔書稱紫泥詔，典出《太平御覽》。古人以泥封書信，泥上蓋印。皇帝詔書則用紫泥。後即以指詔書。

〔5〕斜封：非朝廷正命封授（官爵）。

〔6〕堂陛：指朝廷。

〔7〕一鳴之仗馬：典出《新唐書·李林甫傳》：“君等獨不見立仗馬乎？終日無聲，而飫三品芻豆，一鳴則黜之矣。後雖欲不鳴，得乎？”仗馬，唐時曾用馬作儀仗，排列於宮門外。

〔8〕平章：同中書門下平章事。指宰相。此處的“小”疑似指申時行，“大”疑似指張居正。温：温和。斷：專斷。

〔9〕銓宰論列：指吏部選拔官員。論列，議論并列舉比較。與雷思霈同時的陳一陛在萬曆二十三年二月的一份奏疏中亦有類似説法：“吏部疏擬擢用，每蒙旨詰責，不以爲沽名植黨，則以爲市恩鬻權。”

〔10〕黄頭小郎：乾符年間，唐僖宗欲改元爲“廣明”，相字者説：之後會有一黄頭小郎自崖下而出，左足踏日，右腳踏月，從此天下大亂。後果出黄巢。

〔11〕行己自有法度：典出韓愈《與孟尚書書》：“凡君子行己立身自有法度，聖賢事業具在方册，可效可師。”

〔12〕名教自有樂地：典出《世説新語·德行篇》：“王平子、胡毋彦國

諸人，皆以任放爲達，或有裸體者。樂廣笑曰：‘名教中自有樂地，何爲乃爾也？’”

〔13〕戴圓履方：指儒者。典見《莊子·田子方》：“莊子見魯哀公。哀公曰：‘魯多儒士，少爲先生方者。’莊子曰：‘魯少儒。’哀公曰：‘舉魯國而儒服，何謂少乎？’莊子曰：‘周聞之，儒者冠圜冠者，知天時；履句屨者，知地形；緩佩玦者，事至而斷。君子有其道者，未必爲其服也；爲其服者，未必知其道也。公固以爲不然，何不號於國中曰："無此道而服此服者，其罪死！"’於是哀公號之五日，而魯國無敢儒服者，獨有一丈夫儒服而立乎公門。公即召而問以國事，千轉萬變而不窮。莊子曰：‘以魯國而儒者一人耳，可謂多乎？’”緇流：僧徒。因僧人多穿黑衣，故稱。

〔14〕狂狷：《論語·子路》：“子曰：‘不得中行而與之，必也狂狷乎！狂者進取，狷者有所不爲也。’”《孟子·書心下》：“孔子不得中道而與之，必也狂獧乎！狂者進取，獧者有所不爲。”

〔15〕胡公：指東漢名臣胡廣，字伯始，官至太尉。胡廣的一生以奉行中庸之道著稱，具有“性温柔謹素，常遜言恭色”性格，由於他一生“體真履規，謙虛温雅”，“柔而不犯，文而有禮，忠貞之性，憂公如家”，最終獲得了“窮寵極貴，功加八荒”的成就。京師爲其作諺語：“萬事不理問伯始，天下中庸有胡公。”

〔16〕如脂如韋：如油脂和軟皮。《楚辭·卜居》：“寧廉潔正直以自清乎？將突梯滑稽如脂如韋以絜楹乎？”後因以“脂韋”比喻阿諛或圓滑。

〔17〕群辟率由：語出《詩·大雅·假樂》：“無怨無惡，率由群匹。”群匹，群臣。群辟，四方諸侯，群臣。

〔18〕成人有德，小子有造。古之人無斁，譽髦斯士：此詩句出自《詩經·大雅·思齊》。古之人，指文王。無斁，無厭，無倦。譽，美名，聲譽。髦，俊，優秀。後文的“亦臨亦保”亦出自此詩，原句爲“不顯亦臨，無射亦保”。《通釋》的解釋爲：“臨者，臨視之義。保者，保守之義。”

〔19〕樸棫：《詩·大雅》篇名。《詩序》：“《樸棫》，文王能官人也。”能官人，能培養人。

蓬池閣遺稿卷之六

記二首

歸州新修文廟儒學記

《宜都記》曰："秭歸，盖楚子熊繹之始國[1]，而屈原之鄉里也。"舊治江南，嘉靖辛酉歲倐爾陸沈，高岸爲谷，迺徙於江以北，而學宫在州治山麓之右。先是人文鬱勃，與夷陵参等；徙近四十餘年矣，無一上公車者；至今上萬曆之戊申[2]，而州大夫張公始以形家言遷於州治山麓之左，不旬月而成。州大夫介幣於兩生，而以記請余。

惟孔子云"文王我師也"，而文王實師繹之先人鬻子，今所傳惟有兵法。而文王始作《易》，楚之臣猶有能讀三墳五典、八索九丘者，安知與鬻子所論説毋乃非《連山》《歸藏》之遺乎[3]？昔人自峽中得古《易》[4]，與今文絶不相類，亦安知其無也？十五國無楚風，而屈左徒始作《離騷》。假令生於孔子之時，其所删定，豈在齊秦魏晉之後耶？然以不及孔子，繼三百篇而别創一體，合于比興之義。不則，《風》《雅》之道亡矣。

而今之學孔子者，似欲舉孔子而私有之。語軍旅，則以爲武夫事，何以曰我戰則克[5]？語文章，則以爲壯夫所不爲，何以曰言之無文，行之不遠？語氣節，則以爲孤憤而不中于理，又何以稱志士仁人也？是取一椎魯無用之夫，與時俯仰，掇拾道學家一二酸語而以爲聖人也。烏在其學孔子？

夫鬻熊爲周家一代之師，左徒爲詞人萬世之冠。我聞歸人士多治《易》與《詩》。《易》與《詩》舍此安倣？真能學孔子者，乃能爲鬻子，乃能爲左徒。不得中行而與之，必也狂狷，狂者進取，狷者有所不爲也〔6〕。凡我多士，慎毋以鄉之人而易視之，慎毋以文章、氣節、功業與道德而歧視之。非惟不知文章、氣節、功業，亦且不知道德矣。大抵天地間有通理，必先有蹇剥。六經之道，如日月經天，如江河經地，無有已時。甫出而遭秦皇鬱攸之慘〔7〕，而後其書始厄，爲墻壁間物。馬上之習，始不足以治天下，而石渠天禄表章之力居多〔8〕，濂洛關閩諸君子繼之〔9〕，概字櫛句〔10〕，如日月之蝕而復明，如江河之塞而復决。無奈其值腥膻之季〔11〕，世界幾不復有人理。而我高皇帝用以經國取士，一道同風，登唐虞三代之理者繇此途出。盖大治以大亂乃生，大信以大絀乃成。多士之不克蒸變斧藻于世者不爲不久〔12〕，天地靈氣自南自北輾轉，固亦有時，遠或數百年，近或百年。由今觀之，此其時矣。夫豈無如前兩君子生其間者乎？若區區以形家爲言，則山川如昨，人民不改，此地又何得有熊繹之封疆、屈原之故宅也？

是役也，州大夫實董振之，而觀察使高南昌巡功兹土，愾然興嘆，力主其議。其費半出公鏹，半出學田之租，半出諸生之捐金。凡學宫所應有者，靡不庀具，惟廣文官舍未之有。改州大夫以吴中名士與諸生更始而誘進之，興二百年之甚盛事，厥功已侈大哉！《易》云：“觀乎人文，以化成天下。”《詩》云：“肆成人有德，小子有造，古之人無斁，譽髦斯士。”大夫之謂矣。張公，名尚儒〔13〕，和州人。兩生某某，是時州倅某，廣文某某，因并記之。

【校注】

〔1〕熊繹：芈姓，熊氏，名繹，熊狂之子，祝融氏分支鬻熊（鬻子）一支的後裔。《史記·楚世家》載：“熊繹當周成王時，舉文武勤勞之後嗣，而封熊繹於楚蠻，封以子男之田，姓芈氏，居丹陽。”熊繹爲楚始封君，丹陽爲楚之始都。一般認爲，丹陽即秭歸。

〔2〕萬曆之戊申：萬曆三十六年，即1608年。

〔3〕《連山》《歸藏》：三《易》之二。《周禮・春官宗伯》："太卜掌三《易》之法，一曰《連山》，二曰《歸藏》，三曰《周易》。"

〔4〕古《易》：見《紀行詩》"黄金藏"條注。

〔5〕我戰則克：語出《孔子家語・曲禮子夏問》。後文中的"言之無文"出《左傳》襄公二十五年，"志士仁人"出《論語・衛靈公》。均爲孔子之語。

〔6〕不得中行而與之，必也狂狷狂者進取，狷者有所不爲：語出《論語・子路》。中行：泛指中庸之道。

〔7〕鬱攸：火災。此指秦始皇焚書。

〔8〕表章：奏章。

〔9〕濂洛關閩：指宋朝理學的四個重要學派。濂指周敦頤，因其原居道州營道濂溪，世稱濂溪先生，爲程頤、程顥的老師。洛指程頤、程顥兄弟，因其家居洛陽，世稱其學爲洛學。關指張載，張家居關中，世稱橫渠先生，張載之學稱關學。閩指朱熹，朱熹曾講學於福建考亭，故稱閩學，又稱"考亭派"。

〔10〕概字櫛句：一字一句，仔細推敲。

〔11〕腥羶之季：指金元統治時期。

〔12〕蒸變：即雲蒸龍變，雲氣興起，神龍飛動。比喻英雄豪傑遇時奮起。

〔13〕張尚儒：由巴東知縣升歸州知州，在兩地建樹極多。康熙版《巴東縣志》、乾隆版《歸州志》、同治版《宜昌府志》均有許多記載。同治《宜昌府志》記載："張尚儒，爲歸州牧，崇尚儒術，建立廟學，民懷其德，士服其教。去任後民立祠以祀，與莫讚、陳琛名曰三公祠。"參見《巴東張令君考最序》。

太和游記

夷陵八日而至穀城，去太和山尚三百里，即隱隱見絶頂。頃之，青靄入，看無也。又一日而走山谷中，水瀧瀧，皆太和麓也。望闕臺復望見之，若數瓣青芙蓉，絶頂若葳蕤蕊，初日照之，其光熊熊，輕雲覆焉。

又一日而清微館，從此入治道，相與舍騎而步。道旁之觀，目不及眄，趾不及舉。太子巖以上，予與玉檢疲極矣。狀如兀者，平臺，始得輿[1]。孟孺、伯從鼓餘勇，紫霄始得輿。日下舂[2]矣，舍於南巖。夜半寒雨飛泉落枕上，不知其爲風聲也。樓居出樹杪，風斯在下耳。

早起，從房陵官道上太和宮，九轉而至絶頂。其高穎出，其大不過數十尺。入金觀，伏謁玄君。予拜手曰："不顯大神降於楚[3]，楚亦枌榆社也。採金四出，楚最煩苦，淘沙將盡，無所續之，請以黄金臺化櫟陽之雨作荆州貢也[4]，何如？毋亦惟是七星文在也。"俄而，白雲起封中[5]，往來衣袂間，如大海水，四望皆白氣，如萬竈烟蒸之浮浮遍大地，出琉璃色，奇矣！猶以山靈妒指點爲恨。俄而，日光下射，冉冉上升，如輕縠幕諸峰，略可名狀，如波，如列戟，如旗旌，如食前豆。下視清微諸宫殿，如海旁蜃氣，乍遠乍近，象生其中。上視白雲，如百匹布著天，其疾如駛，其相織如天孫杼[6]，益奇！須臾，變幻恍然，執化人之祛，同若士游也。久之乃辭去。

而太和人飲我於層樓之上。予一憑欄，目精欲瞀，足心欲酸。下三天門，即三磴道也。太和人復飲我於天門之上。酒數行，稱佛號者在山滿山，在谷滿谷。玉檢指靈祠戲曰："爾曹猶是六欲天事[7]，非究竟果也。"乃歌。歌聲遏雲，觀者舌吐。下文昌宫，讀中丞碑未畢，取道虎耳巖。佛子髪毿毿，盲矣。與語，憒甚。求佛之人尚不貪帝釋天主地位，況此區區將無惑亂天下男女在！大抵釋子盜虚聲，羽士媚阿堵，游人要明神，其一挾策，其一博塞[8]，其一多岐，亡羊均也。車驅之，而南巖人飲我於來薰之亭。亭臨幽壑而賓太上，相與談山中三事。此山自尹喜、陰長生、戴將軍、謝羅令外，不聞有玄武。玄武，北方水宿也。有此列宿，即有此山川。豈神農氏以前，天上無玄武神耶？若淨樂王是空劫事，此山當是灰餘，又孰從而知之？宋人好天書，以奉玄武。而文皇帝起北平，襲斗極，陰行姚少師之言[9]，神道設教，超五岳而登封之。世廟復起南甸，且在邦域之中矣，遂傅會爾耳。或者如曼殊室得之以居清凉[10]，肩吾得之以處太山[11]，三茅君得之以治華陽耶[12]？所不可知也。

此山雲多在腰際，腰以上皆頂也，下故不見頂；腰以下皆澗也，上故不見澗。其觸膚而合若在下[13]，崇朝而雨若在上，旦而西行若在下，夕而東返若在上，亦時有之。又此山遠望之，絶頂劣於諸峰；近望之，諸峰劣於絶頂。蓋諸峰參差前擁，絶頂獨後，目力所及，近者反高，足力所到，前者自下，無足怪也。再舍於南巖，過紫霄，而紫霄人飲我於禹跡池之上。歐陽孟弢爲予言："紫霄亘以絶壁，帶以天池，德刑牝牡，合形家言，爲天太紫，爲帝玉扆，即太和孤高，南巖奇絶，清微曲僻，玉虚夷衍，皆離宫之屬也。古稱福地不虚也。"過玉虚，玉虚人飲我於望僊之樓。祠宫以歌兒佐酒，若奏鈞天。予大叫："吾儕謫僊人也，誰爲吾師乎？"呼一僊，浮一大白，徑醉矣。玉虚一宿，而過遇真，謁張真人。真人七十年前曾一過予家，聞之貌古而衣垢，故廬尚在，何日重來也。

是游也，張孟孺、羅玉檢兄弟、楊伯從及予而五。於山，十不得一；於亭榭，七不得一；於宫觀，五不得一；於畸人，百不得一。而杖頭錢[14]且盡矣，怏怏各騎馬去。去，無日不雨；來，亦無日不雨。獨山中四日不雨，足以騁游目，亦一快事。

《記》云[15]："太和山區城周回五百里[16]，中央有峰名曰参領，類博山香罏，高二十里，望之秀絶，垂於雲表。清朗之日，然後見山。"乃知俗言"廣八百里，高八十里"非也。他如石門、石室、銅杖、石床之類，今亦不知何處。昔之學道者，心有隆替，百獸逐之，今學道何人；昔之采藥不返者，往往僊去，今靈藥何在；昔之丹室，今爲酒亭；昔之巢居，今爲錢孔。儵忽渾沌，不無損於山靈。然其爲巨麗觀也，方以内名山無兩。語岧峻，則穆天子之所不得游，而秦皇漢武之所不得褰裳而至者也；語火齊，則軒轅氏之所不能冶，而夏后氏之所不能鼓鞲者也；語規制，則五畤三觀之所爲積蘇，而祈年、集靈之所爲十舍避者也[17]；語林莽，則領於中涓而嚴於禁籞，五松三花莫爲之秀，而大椿豫章莫爲之年者也。昔僧見洛陽宫殿以爲彷彿忉利天宫，苐自然之與人力殊耳。予於此亦云：千古靈閟，顯自昭代。於楚得之，於乎盛矣哉！

【校注】

〔1〕始得輿，《湖廣通志》無此三字。

〔2〕下舂：稱日落之時。

〔3〕不顯：亦作"丕顯"，中國上古時代對於上帝及天子的尊稱，多見於商周金文與先秦古籍。《毛詩傳》解釋爲："丕，大也；顯，光也。"

〔4〕櫟陽雨：《史記·秦本紀》："十八年，雨金櫟陽。"張守節正義："言雨金於秦國都，明金瑞見也。"後因以"櫟陽雨金"喻意外的恩賜。

〔5〕白雲起封中：借用唐人詩句。唐人李正辭《白雲起封中》："千年泰山頂，雲起漢皇封。不作奇峰狀，寧分觸石容。冉冉排空上，依依叠影重。素光非曳練，靈貺是從龍。豈學無心出，東西任所從。"

〔6〕天孫：指傳説中巧於織造的織女。《漢書·天文志》："織女，天帝孫也。"

〔7〕六欲天：佛教語。欲界諸天，主要有四天王天、忉利天、須焰摩天、兜率陀天、化樂天、他化自在天，稱爲欲界六天。

〔8〕博塞：即六博、格五等博戲。本句典見《莊子·駢拇》。

〔9〕姚少師：即姚廣孝，蘇州長洲人，十四歲出家爲僧，法名道衍，字斯道。明初，爲燕王朱棣幕賓，助其奪得王位。後奉命還俗，賜名廣孝，受太子少師，曾參與重修《太祖實録》，編撰《永樂大典》。工詩文，著有《姚少師集》。

〔10〕曼殊室：文殊菩薩。中國佛教四大菩薩之一。山西省清凉山（五臺山）是文殊菩薩的道場。

〔11〕肩吾：傳説中的神名，事跡不可考。《大宗師》有"肩吾得之以處太山"句。

〔12〕三茅君：又稱三茅真君，漢代修道成僊的茅盈、茅固、茅衷三兄弟，是道教茅山派的創始者，道教及漢族民間所信奉的神祇。《梁書·陶弘景傳》載："于是止於句容之句曲山。恒曰此山下是第八洞宫，名曰金壇華陽之天，周

回一百五十里。昔漢有咸陽三茅君得道，來掌此山，固謂之茅山。”

〔13〕觸膚而合：謂雲氣逐漸集合。語出《公羊傳》僖公三十一年：“觸石而出，膚寸而合，不崇朝而遍雨乎天下者，維泰山爾。”崇朝，終朝。猶言一個早晨。

〔14〕杖頭錢：《晉書·阮脩傳》：“常步行，以百錢挂杖頭，至酒店，便獨酣暢。”後因以“杖頭錢”稱買酒錢。

〔15〕《記》：《武當山記》是迄今所知最早的直接以武當山命名的地理學著述。作者失考。最遲爲唐代人。此書已軼，《北堂書鈔》《太平御覽》《太平寰宇記》《輿地紀勝》等書有引述。雷思霈這段文字來自《太平寰宇記》：“《武當山記》云，區域周回四五百里，中央有一峰，名曰參嶺，高二十餘里，望之秀絶，出於雲表。清朗之日，然後見峰，一月之中，不過四五。清霄盖其上，白雲帶其前，日必西行，夕必東返，則惟其常，謂之朝山，盖以衆山朝揖之主也。”

〔16〕區城，疑似“區域”之誤。《太平寰宇記》《湖廣通志》均作“區域”。

〔17〕祈年、集靈：均爲漢宫闕名。

序十一首

送段大夫以楚憲副改關中督學序〔1〕

國家以治官之屬用天下之士，以禮官之屬總天下之士，以三歲遣諸臣典試事，收天下之士，而專設督學使者以董振天下之士而誘進之。兩都推直指稱學院〔2〕，惟外臺除補冢宰問治行，秩宗問文學〔3〕，御史大夫問特操，三者具而後膺斯命。鄭重如此。禮曹其體尊，其勢隔，其條例寬緩，第一以功令行，嚴於制而略於教。試事其簡士三十之一，其收士四十之一，其品題出於衆而禀於耦，東於取而嚴於舍。惟督學使者，士奉之如司命，身率而心攝，法必而化洽，弘獎之途廣，而斥逐之格亦多方矣。所以作士氣、端士習者在於是。

河南商城段公，由儀部出爲荆州觀察使。無何而改秦中學政，以秦中非公不可。秦中，帝王隩區，文獻陸海。孔子於《詩》《書》不廢，其《風》與《誓》至今頌之[4]，雄渾博大，拾遺、供奉猶能不失其聲[5]。所載一個臣即周公，操觚而議，相體亦不過是[6]。漢唐以來，代有顯人，西周之後，于斯爲盛矣。其最著者，若王端毅、彭襄毅、韓司馬、雍司徒、景真寧、程朝邑、張太宰、楊大理、吕高陵、李慶陽、康武功、王華州，皆大行奇節，高文博識，與百二山河并雄海内。誰謂秦無人哉？而今稍寂寂矣。

王華州亦言其風土[7]："廣川峻嶺，山形出三百里，河流之聲𠃟聞十舍。故士生其間，篋幽曖之行，亦無大畜之才。"又嘆："今世之才，亮直誠慤者十人而五；聰明洞徹者十人而九。"有味乎其言！大抵習俗繫乎山川，山川激，其人亦激；文章關乎氣運，文章詭，其人亦詭。盖天地嚴凝之氣常在西北，故其爲人多慷慨勁毅之風，不患靡，而患激；其爲文多真率沈著之意，不患詭，而患常。此本質也，世變江河，滔滔皆是。蘭荃之根化而成茅，常者詭矣；百煉之剛化而繞指，激者靡矣。亮直誠慤化而爲聰明洞徹，雕鑿盛而大朴破，機知生而純白滅。外彊中乾，非其質矣。故之詭而常之，常而後可文之以斧藻；之靡而激之，激而後可軌之以中庸。文之以斧藻，軌之以中庸，而後可以言蘊籍之道。蘊籍在古學，古學在識力。"天在山中，大畜。君子以多識前言往行，以畜其德[8]。"所以灑濯心源、沈潛先訓者漸矣。是在公與多士更始之而已。

昔薛河東督學三齊[9]，一時人士瞿然還鄒魯之舊。督學設官自河東始，而理學名世亦自河東始。公修河東之業而以學，學之以教，教之崤函之内。豈無有王宗貫、李獻吉諸君子出其間乎[10]？雖豪傑之士無待而興，况已有待，其興迺不更速耶？

余在長安四載，未得承顔色，而于江陵田東明氏得公之品[11]。及蒞我南土，又未得摳衣趨謁，而于公安袁中郎氏得公之學。甫下車，而非聖之書皆已屏絶，不法之令皆已驅除。嗟我百姓，若出火坑而沃清泠之水。而於州守杜丹陽氏得公精覈之才[12]。公先總天下士，今振天下士，異日者用天下之士。冰鏡在握，計無越此矣。適荆岳兩郡牧伯而下及長吏咸來乞余言以餞公行。不佞辭不獲，輒爲綴數語，見不佞某所以知公者深、期公者大耳。

【校注】

〔1〕段大夫：段猷顯。明進士。明俞汝楫《禮部志稿》記載："段猷顯，見郎中下。萬曆二十八年由兵部武選司調任，升祠祭司郎中。""段猷顯徽之，河南商城縣人，壬辰進士，萬曆二十九年由儀制司員外郎升任。""段猷顯徽之，河南商城人，萬曆壬辰進士，三十年由祠祭調任（儀制司郎中）。""段猷顯，萬曆三十三年起復補任，升湖廣副使。"乾隆版《廣德直隸州志》："段猷顯，字徽之，號二室，固始人。嚴明清慎，加意學校，會課諸生，置田贍之。單丁艱於輸納者，免之。設木差以禁需索，改糟米以便轉運，禁溺女，却贖鍰，潔己愛民。士民共戴。升兵部員外，歷任浙江參政。"雍正《陝西通志》："關中書院，在府治東南，明萬曆三十七年，布政使汪可受、按察使李天麟、參政熊應占、閔洪學、副使陳寧、段猷顯爲馮從吾講學建，其講堂額曰'允執'，從吾有記。"段猷顯與袁宏道、袁中道均有交往。袁宏道有《答段徽之學使》。憲副：大憲副。明朝按察副使之别稱。

〔2〕學院：學政。

〔3〕秩宗：官名。《尚書・堯典》："帝曰：俞，咨伯，汝作秩宗。"王莽據此改太常爲秩宗。後世用爲禮部的習稱。

〔4〕《誓》：《尚書》中一種體裁，其中時代最晚的一篇是春秋中期秦穆公的誓詞。

〔5〕拾遺、供奉：指杜甫與李白。杜甫曾任左拾遺，李白曾任翰林供奉。

〔6〕相體：宰相的風度。

〔7〕王華州：王維楨，明華州平定里人。他是嘉靖十四年（1535）進士，選授翰林院庶吉士，三年後授翰林院檢討。曾多次擔任考官，號稱得士多人。與雷思霈的經歷有些類似。王華州的相關文字出自他的《槐野先生存笥稿・答薛方山憲副書》。

〔8〕天在山中，大畜。君子以多識前言往行，以畜其德：出自《易・大畜》象辭。前言往行，指前代聖賢的言行。

〔9〕薛河東：薛瑄，字德温，號敬軒。河津（今山西省河津市）人。明河東學派的創始人，世稱“薛河東”。官至通議大夫、禮部左侍郎兼翰林院學士。謚號文清，故後世稱其爲“薛文清”。隆慶五年（1571），從祀孔廟。

〔10〕王宗貫：王恕，字宗貫，號介菴，又號石渠。三原（今屬陝西）人。明代中期賢臣。官至少傅兼太子太傅等。王恕歷仕英宗、代宗、憲宗、孝宗、武宗五朝。與馬文升、劉大夏合稱“弘治三君子”，《明史・王恕傳》稱：“弘治二十年間，衆正盈朝，職業修理，號爲極盛者，恕力也。”與其子王承裕并爲“三原學派”的代表人物。

〔11〕田東明：田大年。與段猷顯係同年進士。光緒版《荆州府志》記載：“田大年，字東溟，萬曆壬辰進士，官禮部主事。風格峻整，淹貫經史，一時宿學英流不能窺其閫奥。衆稍忌嫉之，遂退閑於家，不與外事。汲引後進，孜孜不倦。孫一緯、一纘，國朝順治間歲貢，曾孫際泰，雍正癸卯拔貢。”另據民國《大名縣志》記載：“田大年，號東明，湖廣江陵進士，萬曆二十年授魏縣。愷悌樂易，有操守，築漳隄，建橋梁，設義倉，獎士類，懲豪强。凡爲地方計者，如視家事。民画像祀之。”馮夢龍《古今譚概》中有一篇《江菉蘿（盈科）刺時語》：“田大年主政，丁憂家居，語江盈科曰：里中人見我貧，有兩種議論：一曰這人蠢，作縣六年尚無房住；一曰這人巧，富而不露。説蠢可耐，説巧不可耐也。江曰：里中俗兒重富不重廉，説我巧到耐得。”

〔12〕杜丹陽：疑似杜宗彝，南匯縣（今上海浦東一帶）人，萬曆乙酉舉人，官夷陵知州。雷思霈曾爲其父杜時騰撰墓誌銘。

羅服卿詩序

自有詩人以來，惟少陵氏及眉山氏詩格不無極鈍極拙者，而俱稱萬古詩中王，何也？夫人之所爲鈍拙者，真鈍拙也。二子之所爲鈍拙，非鈍拙也。鈍拙之極，神奇之極也。非二子無此鈍拙，亦惟鈍拙乃可以見二子。辟之海然，能容大身之物，或數千里，或數百里，浮沈汩没于波濤中，而海若不知其爲大者〔1〕，亦若是而已。予嘗和子瞻詩云："千里格外詩人膽，萬劫因中古佛家。"盖實録也。

夫如是則謂街談市語不可入詩者，十五國風何以多出婦人女子之歌及里巷之謡也？《離騷》何以多楚之方言也？謂樂府不可入近體，近體不可入古詩者，《幽風》何以繫之《雅》，復繫之《頌》也？《大雅》之篇何以曰"吉甫作頌""其風肆好"也〔2〕？作《易》者何以多韻語？是《易》亦可以爲《詩》也。作《書》者何以載有《虞氏之歌》《五子之歌》〔3〕，且間有似《詩》體者？是《詩》復可以爲《書》也。

謂唐以下人與事不可入詩者，是唐以下之人皆啞也，唐以下之世界皆昏黑也，唐以下之雷之風之雨之江河之潮之瀑布之金石之絲匏之禽蟲皆無聲音也〔4〕。唐之人之詩何以用陳隋之人之事也？語云：天不報人之形而報人之神。又云：神者不自許。苟得其神，雖鈍，神也，雖拙，神也。唐以上神也，唐以下亦神也。又何暇論時代雅俗乎哉？如是始可以言詩也已矣，始可以言服卿之詩也已矣。

【校注】

〔1〕海若：海神。

〔2〕其風肆好：與"吉甫作《頌》"均出自《詩·大雅·崧高》。吉甫，指西周太師尹吉甫，爲《詩經》的采集者、編撰者，亦是被歌頌者之一。

〔3〕《五子之歌》：出自《尚書·夏書》，是對帝王亡國的嘆息。

〔4〕金、石、絲、匏：均爲樂器類名，屬古代八音。韓愈《送孟東野序》："金、石、絲、匏、土、革、木八者，物之盖鳴者也。"

且孺堂詩序

退如嘗與予論詩曰："詩至唐而極矣，其體無所不具，其才無所不達，其調無所不變。婉縟音響，間雜六朝，則沈宋盧王先之矣[1]；神逸雄渾，凌空苦行，若人間世界別有僊禪，則供奉、拾遺兩大家先之矣；高華清絶，則王孟先之矣；奇僻嘔心，若可解，若不可解，則李長吉先之矣；廣大教化，主街談市語，稗官小説鼓舞筆端，則白香山先之矣；其勢險，其節短，吹枯吸槁，則韓盧郊島先之矣[2]。吾生於古人之後，欲越之而有所獨創則不能。吾求於古人之前，欲擬之而有所必合則不可。吾惟意所欲至，境所欲會，横口所出，横手所拈，貴且快意而止。子其謂何？"

余曰："若不讀楚《離騷》乎？主文譎諫[3]，稽實待虚，不淫不怨，有風雅之致，而要其結撰深思[4]，事，楚事也；語，楚語也；草木鳥獸，楚産也。有一代之制作，有一時之物情。會昌、元和不襲開元、天寶，武德、貞觀不襲義熙、永嘉，如是而詩之爲道始日新而不已。今之學詩者，大可駭異厭薄七子之業而過矯之，不傍盛唐而傍晚唐。傍盛唐尚不可，而況於晚？一二才有力者爲嚆矢[5]，而薄率之士群吠狺狺，樂於易就[6]，名高是詭[7]，乃至不傍古人而傍今人。傍古人尚不可，而況於今？青雲白雪，人笑于鱗阻于才之所不逮[8]，驅而之俚，于鱗亦更笑人也。語云：聲音之道與政通。天下之詩爲傳奇、艷曲、覆窠、打鈸之習[9]，哀颯氣嗅[10]，使人狂酲。於乎，是隋唐之季也！"

退如亦善余言。以故退如所爲詩不必古人，不必今人，不必盛唐，不必晚唐，不必宋，亦不必元。體具矣，正而不俳；才達矣，甘而不苦；調變矣，俊而不傷。退如其所言，快意而止；退如其爲人，如金如錫，如圭如璧。貌即之而温，言聽之而和。事大人如孺慕，惟恐離朝夕。視諸異母弟貧與俱貧，粟與俱粟，帛與俱帛。故名其堂曰"且孺"[11]，即以名詩。蓋孝友之性天植，仁人之言藹如也。

論其所爲詩，退如好雅而余好奇，退如如天閑之選，而余迺泛駕者[12]；退如康莊唐肆之馳，而余結曲窮世者也[13]；退如澄江千里，魚蝦鳬鷘，心性其中，而余閒喜而灩預如馬者也。古今文章家，其人必偶，其文不必偶，夫維不偶而後可以偶偶。不然，一退如足矣，何有何思哉！

【校注】

〔1〕沈宋盧王：指初唐的沈佺期、宋之問、盧照鄰、王勃。

〔2〕韓盧郊島：指中唐的韓愈、盧仝、孟郊、賈島。

〔3〕主文譎諫，原刻誤作“主人譎諫”，據《詩大序》改。《詩大序》：“上以風化下，下以風刺上，主文而譎諫，言之者無罪，聞之者足以戒，故曰風。”鄭玄箋：“主文，主與樂之宫商相應也；譎諫，詠歌依違不直諫。”謂通過合樂的詩歌，以寓規勸之意。

〔4〕結撰：《楚辭·招魂》：“結撰至思，蘭芳假些。”洪興祖補注：“撰，述也，定也，持也。”朱熹集注：“謂結述其深至之情思。”

〔5〕嚆矢：響箭。發射時聲比箭先到，比喻事物的開端。

〔6〕易就：容易成就。

〔7〕名高是詭：追求虚名。詭，追求。

〔8〕于鱗：李攀龍，字于鱗，號滄溟。歷城（今山東濟南）人。

〔9〕覆窠：指輕薄淺俗的言語。打鈸：鬼打鈸。用鬼話打動人。

〔10〕哀颯：謂凄涼肅殺。

〔11〕且孺：出自《詩·小雅·常棣》：“兄弟既具，和樂且孺。”具，同“俱”，聚集。孺，親睦。

〔12〕天閑之選：喻指朝廷選中的人才。天閑，皇帝養馬的地方。

〔13〕唐肆：空蕩的集市。《莊子·田子方》：“彼已盡矣，而女求之以爲有，是求馬於唐肆也。”郭象注：“唐肆，非停馬處也。”陳鼓應今注：“唐肆，空市場。”

王伯雨時秇序[1]

余不識伯雨，而識其大兄伯叔，皆爽俊有蘊籍。今年春而遣平頭持時秇若干首來索余序[2]。余不識伯雨，而識其文章，奇鬱典則，無經生氣，兼贈以佳篇。余不識伯雨，而識其時秇，亦能爲胸情語。

平頭至數日，余始自山中歸，得閱洞中五：鬼谷幽而僻[3]，其勝在澗與溪，澗如雪瀨，溪涌出如佛頭青[4]；蝦蟆在江之滸，其形惟肖，其勝在泉，桑苧翁所品"天下第四水"；三游在下牢溪，行者痀瘻始得入，其勝在名賢題刻；赤硃尾有孔[5]，每天雨水輒入洞中，平如掌，有重坎，水漫流，其勝在石，如獅王、香象，皆逼真，石鍾扣之如夜半到寒山寺中；惟師尼去州七十里而遥[6]，其勝差讓而高大過之，絶乾燥，如人居，曲房旋室以百計，高下小大不一狀，可卧可坐，羽士棲心，不似他洞僅可寓目，不可信宿。

由此觀之文章家，驟視之若奇怪可喜，竟以走險棄之，平淡中隱隱有奇氣者，多置高第，殆類此矣。吾師有言，文章期於入彀而已[7]，不期於傳世也。伯雨諸篇，殊有合作[8]，故余序之如此云。何日過我洞中，請畢餘論。

【校注】

〔1〕王伯雨：與袁中道、曾可前等都有來往。曾與袁中道等人游石首繡林。袁中道《珂雪齋集》外集卷一記載："將東游吴越，從石首發舟，已近巴陵，會寒甚，返棹抵繡林，以字聞長石，長石即入舟中，云：'歸來甚是，我正欲言之，前途荒甚，恐有他失。'王伯雨聞之，亦來舟夜話。"從這段文字看，王伯雨當是石首人。時秇：時藝，即八股文。

〔2〕平頭：僕隸所帶的頭巾，引申作僕人。

〔3〕鬼谷：鬼谷洞。位於當陽西北（古屬遠安）青溪雲夢山中，傳爲春秋戰國諸子百家中的縱横家創始人鬼谷子隱居之地。弘治《夷陵州志》："春秋晉平公時人，姓王，名詡。嘗入雲夢山採藥，得道，顔如少童，居青溪之鬼谷

洞。蘇秦、張儀嘗從問道三年，辭去，鬼谷子曰：‘二子輕松僑之永壽，貴一旦之浮雲，惜哉！’鬼谷子處人間數百歲，後不知其所之。”清朱錫綬《沮江隨筆》：“青溪東南五里，有山曰‘雲夢’，俗稱‘雲門’。‘門’‘夢’一音之轉，故訛。山麓有洞，相傳鬼谷子棲隱處。洞口纔容人，數武漸廣，然深黝不可測。行里許，水聲潺湲，石乳如冰柱，蝙蝠群飛。入愈深，水愈寬廣。盛夏嚴寒，炬火成碧。但見怪石森立，猙獰似奇鬼，似猛獸，似僵樹，種種詭誕難可名狀。約四五里，水深不見底，陰氣砭骨，游者輒駭而退。余意鬼谷當年，棲心元漠，其所止托，必尚在深處。安得筏渡，一窮其勝？”

〔4〕佛頭青：牡丹花的一種，繡球型。

〔5〕赤硃：又稱赭硃洞。乾隆《東湖縣志》：“赤硃洞，在大泉鋪，約四層，每層其頂若鐘，甚高而寬，旁有空穴。土人避亂，或結寨於頂，或依穴爲窟。内有風隨水出。”

〔6〕師尼：今失考。

〔7〕入彀：比喻合乎一定的程式和標準。

〔8〕合作：合乎法度的作品。

翼乘志序

晉使臣董狐書趙盾事[1]，孔子稱爲古良史，作《春秋》不易其字，故曰晉之《乘》、楚之《檮杌》、魯之《春秋》，一也[2]。司馬子長先世適晉，《世家》直書大略[3]。豈《春秋》成而列國之史遂不復行耶？後之托爲《乘》與《檮杌》者，一何陋也！衛閔鄉、裴侍中、郭著作皆有撰述[4]。而松之注《三國志》，子駰注《史記》，極爲該博，亦不聞載鄉之山川、謡俗、耆舊如《襄陽》《華陽》者[5]。惟唐人有《晉陽雜志》，南渡以後無傳焉，僅僅柳柳州一《晉問》而已[6]。

夫翼，古之舊都也。其文，《毛詩》《檀弓》《左轉》《國語》《史記》《竹書紀年》；其事，翼絳曲沃[7]；其人，皇帝、王霸、賢聖；其山，翔高[8]，鈃隥[9]；其水，汾、澮；其俗纖儉，力稼穡；其民矜懻忮[10]，任俠使氣，而要以忠誠篤摯危言譎諫沃大爲憂，憤發不能已已。莫詳乎《風·山樞》至《鴇羽》五篇[11]，皆都翼[12][時作，惜其人名姓不聞於世。以世本考，桓叔、莊伯、武公凡五伐翼]。翼人嬰城坐甲[13]，立一君，復立一君，終初不與。及武公滅緡，賄周天子，以一軍命爲侯，而翼人亦無可奈何矣。此其念故君，憂宗國，雖殷之遷民、楚之潭叟不過是。是以翼至今代有聞人，國多烈士。雖天意，盖亦風氣所開焉。

翼故有志，其鄉侍御史公惟良乃始丹鉛而斧藻之[14]。爲目凡二十又三，爲部五，爲卷凡十又二，體裁贍核，議論卓犖，文質彬彬，史才備具，而題之曰"翼乘"，明以廣《晉問》而續《晉志》也。公在朝廷觸邪指佞，磔鼠熏狐，磊磊軒天地。而其按楚也，值楚多事，疏凡數十上，饕餮窮奇爭自避匿，蒼鷹乳虎莫敢昌披，正得《檮杌》命名之意[15]。公簪筆以秉一代之是非，而殺青以章一邑之法戒。晉楚之史，可謂兼之，庶幾孔子作《春秋》之義乎。

余惟昭至緡皆稱翼侯，而獻公九年乃城絳，文公出奔，去絳十多年耳。一時碩畫深謀之士，負羈扞圉之臣[16]，誰非翼之自出，可採而爲列傳乎？或曰重耳返國，不復都翼也。良吏先賢事行多具[17]，國史家狀可考，而各自爲篇乎？或曰太史公志循吏，人不過數事；常璩志士女，贊不過數語而已，毋庸多也。[志]無雜俎，而醫和、卜偃、史蘇、史趙、史墨、史黿多奇術，可廣而爲方伎乎？或曰伎非國之經也。巖巖東高，在澮之陽，生我太后，維德之行。况又帝堯始封國也，可尊而爲帝跡乎？或曰此當在帝后紀，非一邑之所敢僭也。

[賜進士出身翰林院檢討楚南平雷思霈撰[18]]

【校注】

〔1〕董狐：春秋晉國太史，亦稱史狐。周大史辛有的後裔，因董督典籍，故姓董氏。董狐開我國史學直筆傳統的先河。

〔2〕晉之《乘》、楚之《檮杌》、魯之《春秋》，一也：此句話出自《孟

子·離婁下》。《乘》《檮杌》《春秋》本爲三國之史籍名。

〔3〕《世家》，順治版《翼乘》於此處作“作《晉世家》”。

〔4〕郭著作，原刻本作“郎著作”，據順治版《翼乘》改。

〔5〕《襄陽》《華陽》：指習鑿齒的《襄陽耆舊傳》和常璩的《華陽國志》，兩書均是我國古代著名志書。

〔6〕《晉問》：柳宗元擬漢初辭賦家枚乘的《七發》而創作的散體大賦。

〔7〕翼絳曲沃：又稱爲曲沃代晉、曲沃克晉。是春秋時代早期一次晉國長達近七十年的内戰。最後，晉國的公族曲沃武公攻入了晉都翼城，打敗了晉侯緡，取代了晉國的君主，小宗篡奪大宗，成爲禮樂崩壞的標誌事件。

〔8〕翔：指翔山，又名翺翔山。因形如鳥舒翼，凌空欲飛，翼城因此而得名。

〔9〕鈃隥，原刻本作“鈃澄”，現據順治版《翼乘》改。鈃，山名。隥，險峻陡峭。

〔10〕懭忮：强直剛戾。

〔11〕《風·山樞》至《鴇羽》：均屬《詩·唐風》。《山樞》，即《山有樞》。

〔12〕都翼：建都翼城。後面括號中的文字原刻本缺，現據順治版《翼乘》補。下同。

〔13〕嬰城坐甲：嬰城，謂環城而守；坐甲，謂披甲待敵。嬰，猶縈。

〔14〕史公惟良：史學遷。乾隆《翼城縣志》：“史學遷，字惟良，東河下人，萬曆辛卯鄉薦，壬辰進士。初任直隸威縣令，政惟寬大。及調滑，撫善戢暴，百度肅然。擢監察御史，巡湖廣屯田、北直、山東、河南，巡茶川陝，督學江南，指陳時事，抗直不撓，多薦名臣，奏疏所剡，如常熟縣楊漣、保定府張銓，後皆爲名臣。歸里後，修東山煤道，建陵下橋，一時稱便。待弟學光友愛備至，建怡怡堂以同居，都人士多爲詩歌美之。憫翼古禮久廢，編《四禮圖》一册，又著有《四書心言》《麟經》《三易草》諸書。”

〔15〕《檮杌》命名之意：明張萱《疑耀·檮杌》：“檮杌，惡獸，楚以名史，主於懲惡。又云，檮杌能逆知未來，故人有掩捕者，必先知之。史以示往

知來者也，故取名焉。亦一説也。”

〔16〕負羈扞圉：騎著馬抵抗防禦。

〔17〕良吏，原刻作“良史”，順治版《翼乘》作“良吏”。

〔18〕楚南平：夷陵五代時稱峽州，始屬前蜀，後屬南平高氏。南平又稱荆南、北楚，高季興所建，爲五代十國時期的十國之一。

江陵張維時《墨卿談乘》序〔1〕

故江陵張相國，李贊皇、王臨川以上人〔2〕，方之本朝，［若］泰和、永嘉〔3〕，庶幾近之。

大抵英雄作事，有識力，有膽力，有忍詬力。即破綻處亦質任自然，不作鄙儒愿子，遮曲護短。蓋其才太高，自視太大，法太峻，體勢太重。故當時或以爲過當，而至今思焉，想二十年以前光景，令人不得不思，此其功在社稷，猶將十世宥之矣。

余過江陵，與兩太史談天下事，未嘗不酸鼻淚數行下也。已而，諸郎出所作時藝閲之，如王謝家子弟，舉止真自不俗。及余返棹西陵，而太史維時所善宜都徐太學［從善］持太史《談乘》來〔4〕。余惟新都當國〔5〕，用修舉首〔6〕，而好事者有皮面之誚〔7〕。夫用修該博沈鬱，稱盖代之手，不愧科名，亦可以已矣。果爾，則今［之］登上第者，豈［皆］天人乎？是使殷無伊、巫，漢無袁、楊，宋無韓、吕〔8〕，而唐無宰相世系也。用修《丹鉛》諸録主創，故搜奇抉異，傲人以其所不知。維時墨卿《談乘》主述，故隨槧削牘臚列而稍辯駁，證人以其所知。

嘗一臠肉，可以知九鼎之味也。［政如相國，雅不喜著作，而辛未一録，亦足以雄當代］，何必多爲哉？相國功在社稷，亡論其他。即款虜近四十年矣〔9〕，而稱臣互市，解甲懸戈，不知其活幾百萬人生命！公卿必復：［余固］知江陵之後當有興者矣〔10〕。

【校注】

〔1〕張維時，《墨卿談乘》作“張惟時”。張惟時，張懋修，號惟時。張居正三子，萬曆八年（1580）進士，授翰林院編修，旋因其父被削夺官秩，抄没家産，被發配边疆至死。崇禎十三年（1640）平反。光緒《荆州府志》：“張懋修，字斗樞，居正三子。萬曆庚辰進士，殿試第一，授修撰。積書好古，清約如寒素，難作，怨憤投井，不死，累日不食，又不死，遂脱屣一切，日抱其父奏疏、尺牘諸手跡，嗚咽欲絶。昭雪後，始搜其散亡梓之。年八十卒。著有《墨卿談乘》《太史詩略》。仲兄嗣修萬曆丁丑榜眼，與懋修齊名。以上《三楚文獻録》。”“張敬修，字炎州，居正長子。萬曆庚辰進士，授禮部儀制司主事。籍没命下，刑部侍郎邱瞬等至荆，時酷暑，暴諸子烈日中，掠治慘毒，因諷以誣所不快，且旁摭荆郡大姓。敬修獄中報瞬書有‘先人在國數十年，賞賚外，無私入，賜第外，無别椽，剛介之節，海内共知’等語。瞬得書，掠愈急。敬修乃咋血爲書，報諸鄉人，抉一死。傾擠無遺力，敬修投繯死。事聞，詔留田千畝，室一區，贍其祖母。并下詔切責當事失罪人不孥之義，事得少解。莊烈帝即位，復敬修官以旌其孝，還居正二蔭。”明代著名戲剧家湯顯祖與張維時係會考同年，湯顯祖有《寄江陵張幼君》，另有《答江陵張維時四絶》。

〔2〕李贊皇、王臨川：分别指唐、宋時著名宰相李德裕和王安石。

〔3〕若泰和、永嘉，原刻無“若”字，據《墨卿談乘》補。後括號中文字皆據《墨卿談乘》補。泰和、永嘉分别指明仁宗朱高熾内閣首輔楊士奇和嘉靖時内閣首輔張璁。

〔4〕徐從善：見《宿徐從善山居》“徐從善”條注。

〔5〕新都：楊廷和，四川新都人，正德七年（1512）繼李東陽出任首輔。在任時大刀闊斧，革除武宗時一切弊政。

〔6〕用修：楊慎，字用修。楊廷和之子。正德六年，殿試第一，授翰林院修撰。楊慎多次上疏抗諫。嘉靖三年（1524），楊慎與王元正等二百多人伏於左順門，撼門大哭，自言：“國家養士百五十年，仗節死義，正在今日。”世宗下令將衆人下詔獄廷杖，當場杖死者十六人。十日後，楊慎及給事中劉濟、安磐等七人又聚衆當廷痛哭，再次遭到廷杖。楊慎、王元正、劉濟都被謫戍，後死

於戍所。舉首：指殿試第一。

〔7〕皮面：面皮。情面，面子。據明何橋遠《名山藏》記載：楊慎“二十四狀元及第，時廷和方在內閣，人未知慎才學，號爲‘面皮狀元’。”

〔8〕伊、巫、袁、楊、韓、吕：分别指伊尹、巫咸、袁紹、楊震、韓琦、吕蒙正。伊尹爲中國商朝初年著名丞相。其子伊陟在商王太戊繼位後擔任相國。巫咸是商太戊帝身邊的一位賢臣。他的兒子巫賢，在太戊帝孫子祖乙登基後，任宰相，也有賢臣之譽。《後漢書·楊震列傳》注引《華嶠書》云：“東京楊氏、袁氏，累世宰相，爲漢名族。”韓琦的後裔在宋朝一朝地位極其顯赫，其長子韓忠彦爲宰相，南宋權臣宰相韓侂胄係韓琦的曾孫。吕蒙正的後輩多有名人，如侄子吕夷簡，侄孫吕公著，均官至宰相。

〔9〕款虜：同意虜人納款入貢，雙方開放邊疆貿易，停止戰爭。過庭訓《本朝分省人物考》：“時同列諸公去且盡，獨居正與高拱在，兩人相得益密。會北虜請入貢通互市，亦惟居正贊之。”

〔10〕當，原刻本作“尚”，據《墨卿談乘》改。

【相關鏈接】

答江陵張維時四絶

湯顯祖

嘆沼魚不樂如塵趣累禪

失却龍門夜雨醒，旱池噓沫翳微萍。無因説與魚天子，只授金光一分經。

楚江採蓮

蓮心獨唱採蓮歌，葉裹菰粮衣敗荷。何似醉游沙市裏，琵琶相共鯽魚多。

江鄉聞雁

蘆葦滄凉自一時，彌天繒繳竟何施。洞庭彭渚春波闊，消息傳君雁字詩。

嗟五交哀二禪送客自嘲

送客無端只自嘲，楚江烟雨寄衡茅。远公卓老尋常事，生死無交勝絶交。

（《玉茗堂全集》）

巴東張令君考最序〔1〕

巴東古丹陽，夏孟涂聽訟之所〔2〕，而周熊繹始封之國也。《禹貢》所載“荆及衡陽維荆州”田賦物産，不言治道，啟臣孟涂僅見於此，則楚之吏治自巴東始。幅員五千餘里，火正陸終不載〔3〕，封邑彈丸黑子地，以文王時實始有國，雄視中原，則楚之疆域自巴東始。山從夔門而巫峽，參差十二，離離蔚蔚，雲霞氣表，素朝清霽，略現峰巒，必就長霄，始辨優劣，上接岷峨，下開衡霍；水從灩澦而荆門，雷济雲曳，贔怒鼓勝，波濤粘天，一日千里，爲九江，爲洞庭，爲彭蠡，孕沮漳而吞漢宗海，則楚之山川亦自巴東始。十五國風無楚詩，厥後有《離騷》，文藻姱節，與日月爭光。秭歸，故巴子國。則楚之文章、氣節又未嘗不自巴東始。况怪石頽波，危嶁傾岳，若有神氣性情以寫其雄渾奇鬱之態者，拾遺之東西瀼也。膏露凌霜，虬鱗鐵幹，引霹靂而化石者，萊國柏也〔4〕。烟鬟星珮，猿嘯鵑啼，趨萬壑而赴之者，明妃村也。石上叢生，大可合抱，火芽雷莢，烹清泉而兩腋風生者，桑寧翁茗也。雖風土文物僅足當周室之未成子，而要以高山巨川、名流勝跡，亦可邕遠韻而動其登高作賦之思。

惟有神明之宰臨長兹土，觀其謡俗，歷其險夷，長於諷諭，達於四變，其心淡然無所嗜，其志囂然有以自樂。淡然無所嗜，故不以窮鄉巖邑自鄙小；囂然有以自樂，故山川之壯麗與胸中之壘塊相遭互角。神往境來，若肖其意之所必至，筆之所欲吐，而鼓舞於前。其詩愈工，而其事愈辨。

則今張令君其人，余在京師於友人曾退如所得見。令君詩高華爾雅。比治丹陽，三載有成。化行南國，可歌可詠。移風易俗，絶無俗吏之習。政平訟理，吏畏民懷。上之人類能知之，百姓類能頌之〔5〕，荆之縉紳先生類能言之。

而余獨詳所以訓士者。余與巴人士善，巴人士咸來言令君之訓。慮多士之不若不迪〔6〕，則爲之日月省試，上下其較藝，而給之筆札、焚膏，若曰："爾毋自窳也〔7〕。"慮多士之溺於所聞而不自奓大，則弘之以古道，博之以多方，若曰："爾之國不有讀三墳、五典、八索、九丘者乎？爾之鄉不有能爲《九歌》《九章》者乎？爾之里不有絀巴歈而歌白雪者乎〔8〕？俊士不必鄒魯，椎士不必燕趙。今之吴越甌脱爲文士藪，古之荒服也。爾毋自狹也。"又慮多士之泥於風氣而無聳壑昂霄之志，則設神道以教之，用形家言創文昌閣，若曰："匡戴六星〔9〕，精揚天紀，爲文章司命。天地之氣，盈其不足。鄒生吹律，黍谷皆春。吾爲爾發其祥爾，形勝故自佳，爾毋自晝也。"而東自此多彬彬文學之士矣。

令君優游齋閣，以日計之，三理簿書，五治詞賦，二與多士談説古今。環者皆山，帶者皆水，密爲林樹，變爲烟霞。獄引經術〔10〕，仕兼隱名，所稱僊令不誣耳。在昔，河陽、彭澤、永嘉、宣城、忠州、通州、西湖、涪水，其人皆有睥睨萬物、揮斥八極之氣，而皆以流水了公事，青山作宦情，殆類令君矣。

陸務觀江行記言〔11〕：白雲亭，天下幽奇絶境，群峰叠見，古木森然，往往二三百年物。欄外雙瀑瀉石澗中，跳珠濺玉，冷入肌骨。下爲慈溪，奔與江會。自吴入楚，經數千，過五十五州〔12〕，亭榭之勝無如此者，正在縣廨廳事後。而今又連理、來江〔13〕，樓閣競勝矣。詩云〔14〕："緘書寄與神明宰，愛爾城頭姑射山。"安得一寓目，與令君酣飲亭上也！

【校注】

〔1〕巴東張令君：巴東縣令張尚儒，在巴東任職五年。康熙版《巴東縣志》："張尚儒，字廣漢，和州人。文思贍敏，爲當代知名士，萬曆間知巴東

縣，留心民隱，常申復茶税以省民力。又，是時施州衛新開險站，夫馬告困，乃建議改枝江撥運歸州麥折，并撤協濟枝江所官軍屯粮，派增夫馬，及加設站船水夫各有差。於是水陸交利，驛因頓蘇。其他興甚多，尤以文治爲先務，尋遷歸州牧。今州縣俱祀名宦。”乾隆版《江南通志》：“張尚儒，和州人，萬曆中由貢授巴東令，以政最遷歸州知州。新灘有險石，尚儒特命工鐫鑿以便行旅，人多頌之。”張尚儒在學術上的主要貢獻是輯録刊印了唐代著名詩人張籍的《張司業集》，此書《四庫全書總目》有介紹。

〔2〕孟涂：夏臣，掌管司法於巴地。《山海經》：“夏后啟之臣曰孟涂，是司神於巴。巴人訟於孟涂之所。”

〔3〕火正：帝嚳時的火官，後尊爲火神，命曰祝融。《左傳》昭公二十九年：“火正曰祝融。”《史記·楚世家》：“火正爲祝融，吴回生陸終，陸終生子六人。”“六曰季連，芈姓，楚其後也。”

〔4〕萊國柏：即萊公柏。在巴東舊縣。萊國公寇準任巴東縣令時，手植雙柏於庭，人比甘棠。

〔5〕頌之，原刻作“訟之”，據清徐國相《湖廣通志》改。

〔6〕不若不迪，疑似“不吉不迪”之誤。《尚書·盤庚中》記載：“乃有不吉不迪，顛越不恭，暫遇奸宄，我乃劓、殄滅之無遺育。”吉，善；迪，道。不道不善，不尊法紀。

〔7〕自窳：自甘墮落。窳，懶惰，惡劣。

〔8〕巴歈：指巴歈舞或巴歈歌。

〔9〕匡戴：星座名。因其在斗魁之上，形似筐，故稱。舊時傳説此星主文運。

〔10〕獄引經術：即“經義决獄”，又稱爲“《春秋》决獄”，是指兩漢時代儒家學者在審理案件過程中，拋開國家法律，引用《春秋》等儒家經典作爲依據審理案件的司法活動。

〔11〕江行記：指《入蜀記》。其相關記載爲：“白雲亭則天下幽奇絶境，群山環擁，層出間見，古木森然，往往二三百年物。欄外雙瀑瀉石澗中，跳珠濺玉，冷入人骨。其下是爲慈溪，奔流與江會。余自吴入楚，行五千餘里，過

十五州，亭榭之勝無如白雲者，而正在縣廨聽事之後。”白雲亭，在巴東舊縣治左，寇萊公建。

〔12〕五十五州，陸游《入蜀記》作“十五州”。

〔13〕連理、來江：均爲樓閣名。連理閣，張尚儒因連理棗建，并有《連理閣記》，同治版《宜昌府志》有録。來江樓，即縣治正門譙樓，舊稍前丈五許，不利。明萬曆三十三年（1605），張尚儒以形家言改建，司理王三善題名。

〔14〕詩：指唐代李頎的《寄韓鵬》：“爲政心閑物自閑，朝看飛鳥暮飛還。寄書河上神明宰，羡爾城頭姑射山。”

劉元定詩序

元定詩若干卷，曰《東山》《吴游》《淮北》《星槎》《西征》《一石》《關中》《南枝》《澥墅》《四牡》《廣川》，各以其時與事與地次之[1]，而海内諸名士爲之敘。及予告而歸，己酉名《己酉集》，庚戌名《庚戌集》，各以其年標之。而《己酉》《庚戌》又與他本異，各以其雜著附綴之，而余爲之敘。

余憶與元定共筆研者幾十年，倡予和汝，不知詩爲何道已。别去又幾十年，而元定詩格日長，詩體日變，詩料日富。余愧元定多矣。

然諸君子知元定者，知其爲才人爲雅人而已，而不知其爲大有用人。元定飲人以和[2]，而疏數細大[3]，一意孤立，不動如山。元定謔浪笑傲，若了不關世務者，而見事風生，决獄斧斷，如鷙鳥猛獸，如激雷怒霆。元定服用飲食，恣所美好，然使當國家緩急，脱在行間，即敝車羸馬，粗糲短褐，愈自快意。元定嘗與余言：“世界爲體面所壞，佛法爲道理所纏。”余大詫爲名言。而余謂：“今天下政事文章，非朱晦翁所云用大承氣湯不可[4]。”元定亦首肯之。故余每以張子孺、李文饒、吕易直比元定[5]，而文饒有言[6]：“文之爲物[7]，自然靈氣，恍惚而來，不思而至。”又殆類元定所爲詩矣。醉中常常愛逃禪，得平原酒法，取蝦蟆泉釀之，香冽而辣，一洗楚人似錫沾臺之舊，然携去數里輒發酸。余戲曰："麵生風味，頗有石醋醋之意[8]，得無蔡姬蕩耶[9]？"元定大笑。元定爲先大司空建祠東山，遂偃息于此，一月之間入城市者數日而已。周太常無日不齋[10]，一日不齋則醉；劉元定無日不飲，一日不飲則齋。然則，其如諸姬何？雖爲李白婦，何異太常婦，亦若是焉而已矣。

【校注】

〔1〕次：編次，編訂。

〔2〕飲人以和：使他人感受到自在、和樂。《莊子·則陽》："故或不言而飲人以和。"

〔3〕疏數：指親疏。元稹《病減逢春期白二十二辛大不至十韻》："推遷悲往事，疏數辨交情。"

〔4〕朱晦翁：朱熹，字元晦，一字仲晦，號晦翁。大承氣湯：中醫方劑名，一種藥性比較猛烈的瀉藥，具有峻下熱結之功效。

〔5〕張子孺：張安世，字子孺。西漢大臣，酷吏張湯之子，麒麟閣十一功臣之一。累官至大司馬、衛將軍、領尚書事，集軍政大權於一身，以爲官廉潔著稱。李文饒：李德裕，字文饒，唐代趙郡贊皇（今河北贊皇縣）人，與其父李吉甫均爲晚唐名相。吕易直：吕端，字易直。滄州節度判官吕兖之孫、後晉兵部侍郎吕琦之子。官至門下侍郎、兵部尚書，加右僕射。

〔6〕文饒有言：指李德裕的《文章》："文之爲物，自然靈氣，恍惚而來，不思而至。杼軸得之，淡而無味。琢刻藻繪，珍不足貴。如彼璞玉，磨礱成器。奢者爲之，錯以金翠。美質既雕，良寶所棄。此爲文之大旨也。"

〔7〕文之爲物，原刻無"爲"字，據李德裕《文章論》補。

〔8〕石醋醋：石榴的異名。

〔9〕蔡姬：王漁洋《香祖筆記》記録明嘉靖年"後七子"領袖李攀龍事，曰："李滄溟食饅頭，欲有葱味而不見葱，唯蔡姬者所造乃食。其法先用葱，不切入餡，而留饅頭上一竅，候其熟，即拔去葱，而以面塞其竅。此謝在杭《文海披沙》所載，即所謂'蔡姬典盡舊羅裙'者也。"

〔10〕周太常：據馮夢龍《古今譚概》："周太常澤，字稚都，清潔守禮。嘗卧病齋宫，妻窺問所苦。周以爲干犯齋禁，大怒，收送詔獄。時人爲之語曰：'生世不諧，作太常妻，一歲三百六十日，三百五十九日齋，一日不齋醉如泥。"

送夷陵守吴警予嘉令序〔1〕

唐虞之代以上，郡國之長而總名之曰牧，如九牧、五牧、十有二牧是已。漢魏以下，郡國長若令之賢者而總名之曰循，如循吏諸列傳是也。夫牧，養也，司也，治也。管氏所謂"牧民"，孟氏所謂"受人之牛羊而爲之牧，則必爲之求牧與芻"是已。循，序也，徧也，遵也。班固所謂"稟稟德讓之君子〔2〕"，太史所謂"奉法循理，可以爲治，何必威嚴"是已。由"牧"與"循"之義可以觀治道，故曰：峭法刻誅者，非霸王之略也；箠策繁用者，非致遠之術也。

《易》曰："體仁足以長人。"《書》曰："政在養民。"《詩》曰："樂只君子〔3〕，民之父母。"又曰："父母孔邇〔4〕。"《記》曰："豈以悦安之，弟以强教之〔5〕。"《春秋》曰："衆人之母也。"孔子曰："寬則得衆。"老氏曰："民之不治，以其多知〔6〕。"又曰："其政悶悶〔7〕，其民醇醇。"皆"牧"與"循"之義也。故由"牧"與"循"之義可以觀吴公之爲人。

公有長者之德、廉平之行，不爲刻核之事，亦不爲苟且之政，無奮矜之色，亦無機械之巧，破觚爲圜〔8〕，削雕爲樸，日計不足，月計有餘，其一念爲百姓之心，真懇篤摯，可對天地，可質鬼神。峙爲巫衡，流爲江漢。若水必寒，若火必熱。視所疾苦，若痛之在膚，必棄之而後快；若口之有物，必吐而後已。聽詞决獄，寧致疑於上官，而不肯得罪於百姓；車馬僕夫，寧酌減於騷路〔9〕，而不肯曲狥乎人情。遂使農夫得安於田里，商賈得寧於市肆，士得悠游於黌序，武弁得無嘩於軍旅，屬下吏得各理於職業，鄉之縉紳得逍遥於泉石之間。州之受其賜也，不已侈大乎哉？

公嘗曰："爲政之道，去其太甚者而已。無害即爲利，無作即爲興。進父老而課農桑之政，如某樹之不種，某池之不開，某田之不墾，里魁且藉以恐嚇之而罔其利，所損實多，僞增何益？違道以干譽，詭遇而獲禽[10]，如此類者，某竊恥之，不願爲也。"嗟乎，此千古名言也！雖《詩》所稱，何以加焉？今日之循吏，他日之牧伯也。

不佞有事史局[11]，郡國所上吏治皆得具書之，能無一言及公哉？是爲序。

【校注】

〔1〕吴警予：疑似吴民洪，字元度，號警予，蘇州吴縣人。治《易》。由舉人萬曆年間先後官湖廣松滋、興山知縣。

〔2〕廪廪德讓：《漢書・循吏傳序》："所居民富，所去見思，生有榮號，死見奉祀，此廪廪庶幾德讓君子之遺風矣。"廪廪，謂有風采，廪，通"凛"；德讓，本謂爲人的品德應謙讓。後即指禮讓。

〔3〕樂只：和美，快樂。只，語助詞。

〔4〕孔邇：很近。指父母仍健在，需要贍養。

〔5〕豈以悦安之，弟以强教之，此處引用或刻寫有誤。鄭玄《禮記疏》作"《詩》云'凱弟君子，民之父母'，凱以强教之，弟以説安之，樂而毋荒，有禮而親，威莊而安，孝慈而敬。使民有父之尊，有母之親，如此而後可以爲民父母矣。非至德，其孰能如此乎？"

〔6〕民之不治，以其多知：語出《老子》："智猶治也。以智而治國，所以謂之賊者，故謂之智也。民之難治，以其多智也，當務塞兑閉門，令無知無欲，而以智術動民邪心，既動復以巧術防民之僞。民知其術，防隨而避之，思惟密巧，奸僞益滋，故曰以智治國，國之賊也。"

〔7〕悶悶：寬大，寬厚。

〔8〕破觚爲圜：毁方爲圓。比喻去嚴刑而從簡政。觚，方；圜，圓。

〔9〕騷路：擾路。

〔10〕詭遇而獲禽：謂違背禮法射獵禽獸。典出《孟子》。

〔11〕有事史局：供職史館。明代國史館隸屬翰林院。雷思霈曾任翰林院檢討，其職責爲掌修國史。

賀李大參之沅江序[1]

國家二百年來，名卿鉅公多自制科中出[2]，制科中自卿貳出者十之四五[3]，自監司出者十之七八[4]。何以？當其爲尚書郎也，亦其登第使然，各修其錢穀、兵戎、刑法、匠作之事，以聽於内之主者，不備耳目之司，既無虚憍恃氣之態，退食委蛇，又得旁觀其一時之議論得失及其人之賢不肖而取衷焉已。而爲監司，亦其官局使然，無重内輕外、憤懣不平之意，又得兼修其錢穀、兵戎、刑法、匠作之事，及於山川之形勢、閭閻之疾苦、有司之貪廉，以聽於外之主者，多歷年所矣。一旦國家有緩急，授之封疆之寄，於以制禦夷狄，悉中機宜。抑或廟堂之上，公卿虚席，晉喉舌而筦樞要，調劑元氣以佐天子。左右惟其宜，文武惟其用，無異挹水於河，取火於燧，若黄頭之操舟於江[5]，廣額之鼓刀於市[6]，上下多寡，惟意之所之，不失方寸毫末。蓋耳目既博，習伏更久，取諸懷中，置之几上，恢恢乎有餘地矣。《淮南》曰："帷幕之外目不能見，十里之前耳不能聞。百步之外，天下之物，無不通者，其灌輸之者大，而斟酌之者衆也。"豈不信然哉！

惟我觀察李公，制科高等，初任民部，榷九江之關，轉昌平之餉，皆有清譽，所謂旁觀其一時之議論得失、人之賢不肖而取衷焉者，既綜且核矣。參藩三楚，作鎮澧陽，控洞庭雲夢之闊，意已吞之東陵南郡。凡山川形勢之險易，閭閻苦樂之興除，有考讀之差等，瞭然如指諸掌也。主爵者以公習於事，又習於楚事，加秩移楚之沅江。夫澧陽，古三苗地，羈縻易與；沅江與蠻爲鄰，時時狡焉思逞，戎心叵測。往者用黔蜀三楚之兵以剪刈之，特設一督府，已平則不復設。今得公彈壓鎮撫，兼治其兵戎、刑法、錢穀之事，庶可幸無事。主爵者亦以疆埸之事倏滅倏起，皆不可知，抑或夷種生心，即用公建牙置櫜於兹土以備非常，又何必别選天下之有大略者而圖回之乎？大略無如公矣。聞之古德云：擇御史必求之知推，擇大僚必求之舊屬，擇巡撫必求之監司。豈非以其練習曉暢於政體哉？吾且以公驗之矣。

不佞往赴都，取道荆門，適一相晤。不佞見公神明氣宇，沈静莊毅，卓有古大臣之風。隨典試閩中，又得聞公世家文學。今南郡二千石以下及諸令長皆謂予知公，乞一字爲贈，而予爲序論之如此，不知其爲當與否，知其爲他日名卿鉅公而已。

【校注】

〔1〕李大參：其人不詳。大參，參政的别稱。明代清初布政使的下屬官員。布政使掌管一省的政務，參政、參議分守各道，并分管糧儲、屯田、軍務、驛傳、水利、撫名等事，一般是從三品或正四品。時稱參政爲大參，參議爲少參。

〔2〕制科：朝廷設置的臨時考試科目，始於漢代，沿至清末。較重要的制科有賢良方正科、直言極諫科、博學宏詞科等。但明代文獻中，“制科”一般是指“進士科”。

〔3〕卿貳：次於卿相的朝中大官。即二品、三品的京官，特成一個階級，稱爲卿貳。卿是指大理寺正卿等三品京堂，貳是各部侍郎。

〔4〕監司：監察地方屬吏的司、道諸官。

〔5〕黄頭：船夫。漢代船夫都戴黄帽，故稱。

〔6〕廣額：屠夫。《祖庭事苑》引《涅盤經》云：“波羅奈國有屠兒，名曰廣額。”

荆楚文庫

雷思霈集

（下）

〔明〕雷思霈 著
周德富 輯注

荆楚文庫編纂出版委員會
湖北人民出版社

蓬池閣遺稿卷之七

序十二首

袁中郎《瀟碧堂集》序

六經之外別有世界者，蒙莊似《易》，荀卿似《書》與《禮》，左丘明似《春秋》，屈原《離騷》似《風》《雅》，皆楚人也。古之人能於六經之外崛起而自爲文章，今乃求兩漢盛唐於一字半句之間，何其陋也！而道學先生更自酸腐，見獨創神情之句，即推而遠之，曰："文士家語。"見根極理道之談，輒三讓而避之，曰："異端家語。"於乎，何其小視六經耶！

真者，精誠之至，不精不誠不能動人。强笑者不歡，强合者不親。夫惟有真人而後有真言。真者，識地絶高，才情既富，言人之所欲言，言人之所不能言，言人之所不敢言。言人之所欲言，有心中了了而舉似不得者，其筆之妙與舌之妙，令人豁目解頤，鼓舞而不能已；言人所不能言，雖千古未决之公案，與其不可摹之境、難寫之情，片言釋之如風雨，數千里不竭如江河；言人所不敢言，則世所幾平忽作神聖[1]，世所神聖忽作幾平。理不必古所恒有，語不必人所經道。後世而有知其解者，人證我也[2]；後世而有無知其解者，我證吾也。

中郎詩云："莫把古人來比我，同床各夢不相干。"能作如是語，故能作如是詩與文，如山之有雲，水之有波，草木之有華，種種色色，千變萬態，未始有極，而莫知其所以然，但任吾真率而已。昔人見前輩質其文，曰："兩漢也。"復質其詩，曰："盛唐也。"夫兩漢之文而已，非我之文也；盛唐之詩而已，非我之詩也。中郎之文，中郎之自爲文也，明文也；中郎之詩，中郎之自爲詩也，明詩也。設有一人焉，稱之曰："子真兩漢！子真盛唐！"其人色喜。又復有一人焉，稱之曰："子文，一代之文也；子詩，一代之詩也！直超漢唐而上之矣！"其人喜更百倍。由此觀之，不能自成一家言而藉古人以文其短，是强笑、强合之類也。使其必古之人而後可，則號爲一代作者，遂掩前良，何以其喜更倍也？

中郎胸中無塵土氣，慷慨大略，以玩世涉世，以出世經世，姱節高標，不入牛李之黨，不甘舒温之氣，有香山、眉山之風。諸所著作，出入兩君子之間，而要以性命之學〔3〕，證大智慧，具大辯才。鵝王之測水乳〔4〕，象罔之探玄珠〔5〕，則中郎獨知之契〔6〕，恐古人不多及也。

中郎，楚人也，今所刻《瀟碧堂集》若干卷，倘所謂於蒙莊、屈宋之外又別立世界者與！

【校注】

〔1〕幾平：近乎平淡。

〔2〕證：佛教用語。參悟，修行得道。

〔3〕性命之學：袁宏道曾倡言："獨抒性靈，不拘格套。"

〔4〕鵝王之測水乳：水乳同置一器，鵝王僅飲乳汁而留其水。比喻擇其上乘精華。

〔5〕象罔之探玄珠：象罔，亦作"象網"，《莊子》寓言中的人物。含無心、無形跡之意。《莊子·天地》："黄帝游乎赤水之北，登乎崑崙之丘而南望，還歸，遺其玄珠。使知索之而不得，使離朱索之而不得，使吃詬索之而不得也。乃使象罔，象罔得之。"王先謙集解引宣穎曰：似有象而實無，蓋無心之謂。後用爲典故。

〔6〕獨知之契：形容只有一人獨有的默契妙悟。

羅玉檢詩序

余行時，羅玉檢乞詩序，余曰："是在二泉之間[1]。"及至玉泉，而送者始至泉而返。與誨公談，與當陽馮家兄弟飲，而泉聲落枕上。及之荆門，委頓之極，不暇之泉亭，而田江陵至[2]，坐至雞初嗥，而泉流復入夢中矣。早起，行道上十里許，而風穴猛厲出，車却不前。夜宿茅店，纖雨成雪。夫天地間，風有氣而無形，雪與泉有形而無質。無形而形變，無質而質生，非復金石草木，塊然一物，辟之人身，風爲息，雪爲靈，液泉爲百脈。流達、高真、僊衆率出此途[3]。

辟之玉檢之詩，颯然而成，乍生倏來，無所不入，風是；皓岫瞥林，絶無纖垢，雪是；泠然泓然，噴珠漱玉，鳴佩吼松，令人神骨俱爽，泉是。然而泉之大也，至於百千萬億無央香海水；風之大也，至於執持世界；雪之太也[4]，至於亘天萬里，歷劫不消。則玉檢之於此道，方日新而未已。

玉檢善戲謔，膽知大於身軀，人以爲文朗，而自號肥伯。其歌喉，人以爲别調，而自號爲行家。其飲酒，人嘲爲不勝杯勺，遂至强嚼無算，甘於大吐。又善瘧，以文驅之而不得去。又善談禪，日披緇衣，入小沙門行中，而人皆號爲羅和尚。又最好游，聞好山好水，雖險絶必欲探其奇奥，如相對笑語，數日忘疲。却是能拼命，非是能殺人者。每游必有詩，詩必有警語。玉檢胸中故自多丘壑哉！

余行矣，覓得佳山水佳句，幸以一紙見寄，洗我塵土面孔也。

【校注】

〔1〕二泉：當陽玉泉和荆門龍泉。雷思霈均寫有詩歌。

〔2〕田江陵：疑似田大年。見《送段大夫以楚憲副改關中督學序》"田東明"注。

〔3〕流達：名流達士。

〔4〕太，據前文似應作"大"。

《當舟集》序

衛端木叔者，子貢之世也〔1〕，藉其先貲，家累巨萬，不治世故，放意所好。其嗜欲，雖殊方偏國非土所産育者，無不必致，猶藩墻之物也。其游覽，雖山川險阻，途徑修遠，無不必之，猶人之行只尺也。其賓客日集，庖厨之下不絶烟火，堂廡之上不廢聲樂。奉養之餘，以及宗族；宗族之餘，以及閭里；閭里之餘，以及其國。厥後散盡，無所藏之，不爲子孫留。滑釐聞之曰："端木叔，狂人也，不及祖矣。"段干木聞之曰〔2〕："端木叔，達人也，德過其祖矣。"衆意所驚，誠理所取。衛之持禮法之君子，固未足以得此人之心也。

王容之〔3〕，世家子，年少而文秀。間爲詩歌，才情有致，名之曰"當舟集"。方其有舟也，浮家泛宅，而曰"當菴"；及其無舟也，又以帷幕爲帆檣，荇藻爲波浪，而曰"當舟"。即此一事，其胸次已自灑灑，而其人又正在狂與達之間。

雖然，予有一喻。昔二士喜行俠，自言平生不一當俠客。俄，二客至，其談俠尤甚，恨相見之晚。一日，二客倉卒携一布囊至，血淋淋，甚殷，曰："吾數年不報之仇，今始如願，但得千金乃可脱離。"二士謀曰："吾兩人所積僅千金，不以捐之，不名爲俠。"久之，二客不至，而窺囊中，蓋豕首也。二士恚甚，而自此恥言俠矣。好作達者，亦復如是。

余固願容之之善學叔也。雖然，余猶願容之之善學賜也〔4〕。子貢曰："貧而無諂，富而無驕。"孔曰："貧而樂，富而好禮。"子貢曰："如切如磋，如琢如磨。"孔曰："告往知來，可與言《詩》。"於乎，此作詩之道也，亦作達之道也！

【校注】

〔1〕子貢之世：子貢的後裔。司馬遷《史記·貨殖列傳》載："七十子之徒，賜最爲饒益。……子貢結駟連騎，束帛之幣以聘享諸侯，所至，國君無不

分庭與之抗禮。”

〔2〕段干木：此故事出自《列子》，有的版本作“段干生”。

〔3〕王容之：失考。夷陵的世家子，王篆家族的可能性較大。

〔4〕賜：端木賜，字子貢，孔子的高足。

《公安縣志》序〔1〕

今大地皆志也，而世所傳者，《隨州》《武功》《雍紀》《青齊》〔2〕。《隨州》編年近迂，《武功》敘事近簡，雍青河山百二十二，足以作其氣而壯其爲文，旁引雜出，不能成一家言。由是觀之，大地不必皆志也。

楚志昉自《禹貢》《山海經》，惟言山川、田土、貢賦、物産，以至詭異神奸。今人所略，古人所詳。《檮杌》楚書始綜人理，《離騷》《九辯》始侈聲歌。而漢魏以來，輿地、圖經往往不乏。厥後，袁崧有《宜都郡記》，盛弘之有《荆州記》，庾仲雍有《江記》，宗懍有《荆楚歲時記》，羅含有《湘中記》，習鑿齒有《襄陽耆舊傳》，郭仲産有《襄陽記》，鮑堅有《南雍記》，鄒閎甫有《楚國先賢傳》，余知古有《渚宫遺事》，范致明有《岳陽風土》。諸君子以該博閎廓之學，發沈鬱藻贍之思，高山仰止，景行行止。履其地者，怳若曾游；想其人者，欣如可作〔3〕，未嘗不惆悵終日也。寥寥千古，誰傳盛事！

而余友中郎始有《公安志》，適錢令君屬之〔4〕。中郎文章言語俱妙天下。是志也，抉奇搜奥，辨物核情，絶無老博士一酸語，余以爲獨類習襄陽。予一至公安，坐中郎及弟小修柳浪瀟碧館中〔5〕，玉篠絲楊，長塘曲巷，晨鳧夕鶩，曝甲騰鱗，觴詠晤言，頗有習池氣味。而四海彌天，風期俊邁〔6〕，政足相當。襄陽首敘人物，中及山川。公安僅僅“江湖數片白，黄山一點青”而已，無隆中、峴首、鹿門、楚望洞壑林泉之勝，以角其胸中之磊塊；無司馬、諸葛、崔、徐、羊、杜、皮、孟之流，以寫其神韻、表其文采而垂後世。雖然陵谷遷變，世界密移。方言、市券皆具妙語，稗官、小説皆成至文，而况以一代才，作一邑志，井廬不改，文獻足徵，何必卑視時賢、仰資異代也？傳聞中郎爲子瞻後身，嗟乎！子瞻不敢作三國史，而中郎能爲一國志，豈隔世精靈乃更增益耶？《隨州》《武功》姑置之矣。

今公安所患苦腐城而嚙隄者，莫如江水，請以水道問中郎。中郎起家《尚書·禹貢》導江，東至於澧，過九江至於東陵。今江不入澧而入荆江，自夔門而下荆門，勢浩瀚不可遏。江之入澧也，禹導之也；江之入荆也，不知何時江自導之也。《書》曰："雲土夢作乂。"〔7〕《周官·職方》："其澤藪曰雲夢。"曰土與藪，其義自見。昔以長江入九江，故殺而漫；今以九江入長江，故扼而溢，勢使然也，業已不能復故道。獨不可解瞀儒疑經之大惑耶！

又請以水利問令君。令君生長澤國，習水形情。公安據油口〔8〕，上下數百里間，凡十多口，用洩江怒，使四出耳。今數百里皆隄矣，水土激而蕩，風雨乘之，上蕩而下漏，而決裂之勢成矣。今口定不可鑿，隄定不可去，不曰"善防者水淫之"乎〔9〕？是或一道也。油水出武陵白石山，與沲水會，而孱陵城背油向澤〔10〕，其油水流公安西，又北乃入江，是古城皆去江遠甚。今割江唇而與之爭，安能當陽侯之波？獨不可稍徙而築之高阜乎？令君公忠廉平，嫻于文詞，通于經術，而以身捍隄，隄不爲動；以法開渠，渠不爲厲，是必能辨此矣。中郎絶慎許可，國朝賢牧列傳不數人，而津津乎賢令君也，其人可知已，此志所由作也。

【校注】

〔1〕《公安縣志》：指袁宏道修撰的萬曆《公安縣志》。萬曆三十二年（1604），袁宏道受縣令錢允選之托編撰《公安縣志》，經兩年搜集整理，寫成志稿三十卷，後毁於兵燹。

〔2〕《隨州》《武功》《雍紀》《青齊》：指嘉靖任德的《隨州志》、弘治康海的《武功志》、嘉靖何景明的《雍大記》、元人于欽的《齊乘》。均爲古代著名方志。

〔3〕可作：復生，再生。《國語·晉語八》："趙文子與叔向游於九原，

曰：‘死者若可作也，吾誰與歸？’”韋昭注：“作，起也。”

〔4〕錢令君：指錢允選。雍正《慈溪縣志》：“錢允選，字選之。父良臣，字顯君，晚號層峰居士，嘗收邑子羨金，有孔姓者力不及，將鬻妻以償。良臣聞之大驚，置不問。後過市，有婦人抱嬰前拜曰：‘此乃向者君所寬也。’良臣佯爲不知，避之。袁宏道撰墓誌銘。允選由萬曆十九年舉人知公安縣，故窪澤割江爲城，每入夏，江漲，民多避郭西之斗隄，扶老携幼，哭聲聞數十里。允選爲審度形勢，環江築隄，兩歲功成，邑人立碑紀之，稱之曰‘錢公隄’。他如弭剧盜，清積逋，建學校，設郵署，善政甚多。以清節著。”

〔5〕柳浪瀟碧館：袁氏兄弟的宅院。柳浪湖在公安舊縣西南，湖中高阜數十畝皆種柳。

〔6〕風期：風度品格。《晉書·習鑿齒傳》：“其風期俊邁如此。”

〔7〕雲土夢作乂：語出《尚書·禹貢》：“九江孔殷，沱潛既道，雲土夢作乂。厥土惟塗泥，厥田惟下中，厥賦上下。”雲土夢，即雲夢澤；作乂，開發治理。

〔8〕油口：又叫油江口。在湖北公安北。赤壁戰後劉備曾駐軍於此，是古油水入長江口。

〔9〕善防者水淫之：《周禮·考工記·匠人》：“凡溝，必因水勢；防，必因地勢。善溝者水漱之，善防者水淫之。”善防，好的隄防。

〔10〕孱陵城：在今湖北公安縣柴林街（又名孱陵街）。

壽陳封公太孺人序〔1〕

今天下幅員延袤五千里，納百川而紀江漢。《王會》《職方》〔2〕，南北經緯，處天地之中，則楚爲最大。楚之名山如參上、巫陽、内方、翼望〔3〕，離離蔚蔚，乃在霞表；而苕葶峭峻，障雲隱天，匹四嶽而登封，則衡山爲最奇。負衡而郡者，土膏豐疎，秫稻魚蝦之利不仰給於他所。風俗愨樸，民少爭而惡嚚，士寡宦情而好詩書，則衡陽爲最饒。《詩》云：“嵩高維嶽，峻極於天。維嶽降神，生甫及申〔4〕。”韓子有言：“衡山之神，既遠且靈，蜿蟺扶輿磅礴而鬱積。”必有魁奇、忠信、材德之士生乎其間，而乃有封公。

封公世業儒。其人澹泊，不復知天地間何者美好；其性坦率，亦不復知何者爲機巧。老于文學而喜賦詩自娱。周人之急如己私，道人之善如己有。自宗姓肺腑之戚，以至閭黨里巷、山居谷汲之民，無不稱爲長者，宛然陳仲弓家法[5]。與太孺人攻苦操作，類鹿門隱者。里中劉大司空、曾大宗伯諸君子雅重其爲人[6]。生三丈夫子，而侍御蚤貴[7]，讀中秘書，爲蘭臺使者[8]，以覃恩得封如其品。先是，封公一至都門，太孺人未偕行，已念其鄉土而歸。而侍御君方以天子耳目之臣，值國家多事之際。封公、太孺人年各六十矣，未得舞繡衣稱一觴而心慕無已。夫人豈豕鹿也？而長群聚即使一堂之上，嬉嬉終身，無以揚鴻烈而爍懿猷[9]，即親心未必憂，而志亦未必樂。《詩》祝君子之萬壽也，而意在邦家之基，以藉光寵而茂德音。封公與太孺人饗無疆之休，而有侍御君以事一人，措國家於盤盂之安[10]，其愉快爲何如耶？

詩人之辭曰：“如南山之壽。”又曰：“三壽作朋，如岡如陵。”祝而必曰“山”者何？山艮止而體静[11]，滋物有壽者。相衡之爲山，絡坤維而鎮南服[12]，苞孕衆有，所産青臒、丹砂、石英、鍾乳、芝菌、便楠、鸞鶴、鸜鵒，珍禽異獸不可勝數。丹水涌其陽，醴泉流其左[13]，飛瀑如幅練而出雲霄，合不崇朝而雨，俱足以潤布天下。夫飲菊潭丹泉之水者，尚獲長年之享，况石廩、朱陵之精類所感[14]，而又維德之行莫不静好，苞孕潤布，復與同體者乎？其側往往多僊跡。封公類有道者，獨不能爲蘇耽[15]，而太孺人獨不能爲魏夫人耶[16]？

其大年，蓋未有艾也。侍御君少嘗築室嶽麓，探宛委岣嶁之藏，窺鳥跡螺書之字[17]。禹平水土，萬世之功也，而金簡玉文得之玄夷使者[18]。李長源歷事三朝，克復兩京，處人骨肉，可謂幃幄之才，而隱居分芋，領取十年平章。侍御君他日揚鴻烈而爍懿猷，茂德音於朝著，措邦國於盤盂。神禹、長源之後，復有人生乎其間，而以爲兹山重。而封公、太孺人聲施後世，與嶽爭峙，其庸顯豈不侈大矣哉！如是，即獻君山長生之酒，奏洞庭鈞天之樂，猶未足盡其愉快也。

【校注】

〔1〕陳封公：疑似湖南衡陽人陳廷策。康熙《衡州府志》："陳廷策，號建宇，太常宗契之父也。少孤貧力學，補諸生。有聲，自檢甚嚴，言行可師法，額所居齋曰'敬畏'，手書偶語云：'十目所視，十手所指，何如其嚴；如承大祭，如見大賓，只是個敬。'見者知公之學程朱之學也。初宗契由庶常拜御史，公馳書示曰：'天下有利害，宰相能行之，諫官能言之。然言之易，行之難。願兒無易言。'又曰：'蟬以抱葉槁，雁以不鳴烹。願兒無難行。'疾亟，又寓書曰：'老夫不善調，以致病滿，不升不降，愈在關膈。今日時政類此。兒能以予病喻國病乎？立身之學，終於事君。致身之餘，無力可竭也。'其言切當多如此。生平無惰容，無媟語。雖疾革，不廢櫛沐，常自笑：'管寧訟過以三朝晏起、兩日科頭爲憾，吾幸無此耳。'宗契既貴，與家約勿與外事。宗契嘗函文綺爲壽，卒封識不啟。食糲衣粗，泊如也。其行謹樸又如此。居鄉與同志爲詩酒歡，常對客題折足雊鴿，有'最喜能言學鸚鵡，可憐起舞似商羊'之句，衆擊節焉。萬曆丁未卒。宗契方按浙，聞公病馳歸，公將易簀，猶張目熟視，徐自吟曰：'兒歸事已畢，老至死何辭？'遂舉手而逝，馳封監察御史。"因其子宗契貴，被勅封奉政大夫，夫人寧氏封孺人。（康熙《衡州府志》）

〔2〕《王會》《職方》：先秦史籍《逸周書》中的兩篇。

〔3〕參上、巫陽、内方、翼望：分别指湖北的太和山（武當山）、重慶的巫山、湖北的章山（馬良山）、河南内鄉的紗帽嶺。

〔4〕甫及申：甫，指甫侯；申，指申伯，皆爲西周時姜姓封國。

〔5〕陳仲弓：陳寔，字仲弓，東漢潁川許縣人。德行高尚，深受鄉民擁戴，去世後吊喪者三萬人。"梁上君子"即是講他教化盜賊的故事。

〔6〕劉大司空：明、清習慣上常稱工部尚書爲大司空。夷陵人劉一儒曾任此職。曾大宗伯：明清稱禮部尚書爲大宗伯。衡陽人曾朝節曾任此職。

〔7〕侍御：御史。疑似雷思霈的進士同年（萬曆辛丑）、翰林院庶吉士同事陳宗契。康熙《衡州府志》有長篇傳記，此節選於此："陳宗契，字禖生，號

景元，通政。贈公廷策四丈夫子，公居其次，齠齔能文。贈公嘗口占‘嫩竹緑陰映地’屬公對，公應聲曰‘新荷赤箭摩天’，贈公知爲非常兒矣。年二十五舉於鄉，三十二成進士，與庶常，選補福建道監察御史，毅然以彈擊自任，一時風生臺閣。屢疏論輔臣李晉江廷機無所忌，時陝西税璫梁永蠱害按臣徐懋桓，朝廷置不問，公專疏請誅永以伸國法。又糾遼左税監高淮擅預兵機，乞正其罪，語極剴切，由是直聲震都下。未幾，遣視漕運，則剔宿弊，開泇河，京儲賴以不乏。已而奉詔按浙，聞贈公卧疾，予假遄歸，抵家而贈公適易簀，哀毀過節，病目經時，幾致傷明，淹里中者數歲。有旨督畿輔學政，以侍太夫人色笑不少離，辭不赴。熹宗踐祚，刷卷南都，晉通政司參議，蒿目時艱，抗章數上，大指謂有君無臣，有臣無法，乞斬辱國喪師者以爲戒，當時韙之。甲子拜北通政司左通政，丙寅升太常寺正卿。”著有《醒耳吹》《陳褋生文集》。詩作最有名的是《詠南嶽詩》，其佳句“青天七十二芙蓉，回雁南來第一峰”，現刻於衡陽回雁峰烟雨池畔。

〔8〕蘭臺：漢代宮中藏書的地方。西漢以御史中丞掌管，東漢置蘭臺令史，典校圖籍，治理文書。唐代爲秘書省的别稱，掌圖書秘籍。後人從此引申，宮廷内的典籍收藏府庫、御史臺和史官，都曾被稱爲蘭臺。

〔9〕懿猷：美好的事業。猷，功業，功績。

〔10〕盤盂：亦作“盤杅”。圓盤與方盂的并稱。用於盛物。古代常將銘言或功績刻於盤盂，以爲法鑒。

〔11〕艮止：謂行止適時。語本《易·艮》：“《彖》曰：艮，止也。時止則止，時行則行；動静不失其時，其道光明。”

〔12〕坤維：西南方或南方。

〔13〕丹水涌其陽，醴泉流其左：《水經注》引羅含語云：“望若陳雲，自非清霧素朝，不見其峰。丹水涌其左，醴泉流其右，山經謂之岣嶁山，爲南嶽也。”

〔14〕石廩朱陵：石廩，衡山五峰之一，因形似倉廩而得名；朱陵，朱陵洞天，道家所稱三十六洞天之一，在衡山縣石鼓山。

〔15〕蘇耽：又稱“蘇僊公”。傳説中的僊人。

〔16〕魏夫人：紫虚元君，又稱“南嶽夫人”，亦稱“南真”。姓魏，名華存，字賢安，傳爲晉任城（今山東濟寧）人，後修煉成僊。

〔17〕鳥跡螺書之字：相傳衡山岣嶁峰有“神禹碑”，古篆體書，傳爲古夏禹時所刻，字體奇異古怪，字形如蝌蚪，又似蟲書，很難辨識。

〔18〕玄夷使者：《吴越春秋》卷六記載，禹乃東巡，登衡嶽，血白馬以祭，不幸所求。禹乃登山，仰天而嘯，因夢見赤繡衣男子，自稱玄夷蒼水使者，聞帝使文命於斯，故來候之。“非厥歲月，將告以期，無爲戲吟。”故倚歌覆釜之山，東顧謂禹曰：“欲得我山神書者，齋於黄帝巖嶽之下三月，庚子登山發石，金簡之書存矣。”禹退又齋三月，庚子登宛委山，發金簡之書。案金簡玉字，得通水之理。

周明府四六序〔1〕

天地間無獨必有偶，二曜列宿，其類相旋爲偶；海嶽木石，其類相對爲偶；水火，其類相制爲偶；方圓、小大、修短、有無，其類相反覆爲偶；形影、聲響、魂魄、性情，其類相生相合爲偶；皇帝、王霸、世界，相遞爲偶；儒、墨、釋、老、道、術，相持爲偶；風雲、鳥蛇偶於陳律吕；凶吉偶於禮樂。天地間無非偶也。

上下千古，其人之遭遇有絶相似者；薄海内外，其事之稀奇有奇相值者〔2〕。六籍百家〔3〕，鳥書龍藏，其理不相入，其言不相蒙，而連類比事，依韻偕聲，合而爲文，有若天降地設然。大《易》文字之始，而圖畫、爻象、陰陽、縱横，無非偶也。由此觀之，物相雜曰文，成文曰章，謂駢偶之文盛，而渾噩之氣衰。此政如桃源中人，不知有漢，何論魏晉。率天下之人盡去律體而從古詩，此必不可之事也。

六朝靡靡，昌黎振之，何仲默以爲古文亡於韓〔4〕。陸敬輿疏剳不廢唐調〔5〕，古今以爲名言；而蛾眉狐媚、十世九人之詞〔6〕，遂使女主嘆嗟。天下傳誦，夫非六四體耶？大抵唐宋以下，國家訓誥典册率皆駢語，况章表通於下情，箋疏陳於宗敬〔7〕，所由來矣。歐陽永叔云〔8〕：

“往往作四六者，多用古人語，及廣引故事，以衒博聞。近惟子瞻述敘委曲精盡，不減古人，恐後此無有能繼者。自古異人出，參差不相待，余何幸見之也？”子瞻，蜀人，蜀自古多詞賦之士，而本朝楊用修亦雅好六朝之文〔9〕，識者多其學而少其才。

用修以後或不乏人，而余所善有周淑二甫〔10〕。淑二甫治楚丹陽有聲〔11〕，以文章經術潤色政事，非俗吏所爲。而他著作尤富，來京偶出四六一帙令予序之。余再三諦觀，其對待如雙蛾積雪，其層叠如劍門隱天，其相錯如蜀錦，其轉變如巴流，煉如剖冰之鋒，叶若瑟堂之響，學以濟其才，約以該其博，當在子瞻、用修雁行間，而世所傳梅亭橘山風斯下矣。余何似乃得見歐陽子之所見也！

【校注】

〔1〕周明府：疑似周仲士。周仲士，字毓所，四川仁壽縣進士，明萬曆二十四年（1596）至萬曆二十八年任枝江縣令。萬曆二十九年任河北懷柔縣知縣，纂萬曆《懷柔縣志》四卷。乾隆《枝江縣志》記載：“周仲士，字毓所，四川成都府仁壽縣人，萬曆壬辰進士，廿四年任。舊志稱：當枝士榛蕪之日，文教聿新；及播酋戎馬之時，民生不擾，公之力也。訂正《枝江縣志》。”參閱後面《周毓所〈四書考〉序》。四六：駢文。

〔2〕相值：猶相遇。

〔3〕六籍：六經。從“六籍百家”到“何論魏晉”，均引自劉勰的《文心雕龍》，是劉勰對駢文的論述。

〔4〕何仲默：何景明，字仲默，號白坡，又號大復山人。何景明是明代“文壇四傑”之一，也是明代著名的“前七子”之一，與李夢陽并稱文壇領袖。

〔5〕陸敬輿：陸贄，字敬輿。唐吴郡嘉興人。工詩文，尤長於駢文，所作奏議，多用排偶。

〔6〕蛾眉狐媚：語出駱賓王的駢文《討武氏檄》：“入門見嫉，蛾眉不肯讓人；掩袖工讒，狐媚偏能惑主。”十世九人：靖康之役後，隆慶太后垂簾聽政，時有請立太子者，太后拒之，言：“今强敵在外，我以婦人抱三歲小兒聽

政，將何以令天下？”（《宋史·后妃傳》）其告天下手詔曰：“雖舉族有北轅之釁，而敷天同左袒之心。”又曰：“漢家之厄十世，宜光武之中興；獻公之子九人，唯重耳之獨在。”（《建炎以來繫年要録》）

〔7〕宗敬：尊敬。

〔8〕歐陽永叔云：此段文字出自歐陽修《文忠集·試筆》，引文與原文略有出入。

〔9〕楊用修：楊慎。四川新都人。詳見《江陵張維時〈墨卿談乘〉序》注。周仲士是四川人，雷思霈因此特舉同爲四川人的蘇軾、楊慎類比。後文選用“蜀錦”“巴流”亦是因周仲士是四川人的緣故。

〔10〕淑二：可能是周仲士的號，或另一字。此處的“二”和“仲士”的“仲”當均是指其在兄弟中的排行。

〔11〕丹陽：枝江曾爲楚都城丹陽所在地，故以丹陽代稱枝江。

壽左文郊八十序〔1〕

人之願爲大年者，夫有所以安之，夫有所以用之。何以謂之安也？爲耳目聰明而心聖知也。縱使肢體不關神明之用，而無以與乎文章黼黻之觀、鐘鼓管弦之韻〔2〕。杖而後行，倚而後立，待人而食，待人而宴息，只自苦耳。甚之形茹神迷意澀，語復惛焉，如鹿豕然，則亦何益於人間世矣！而用之説，抑又精矣。行年而化，從矩不踰，此以道德用也。作詩自箴，説書傳往，此以詩書用也。天壽平格〔3〕，如岡如陵〔4〕，爲番番黃髮之臣〔5〕，爲魁艾之士，此大用之也。畢婚嫁之事，以經義訓其孫子，以禮率先鄉人，此小用之也。至於何肉周妻、豹内毅外〔6〕，二俱不涉，而爲養生無生之學者，斯又無用之用，而其用愈神。

以余觀於左先生，初爲令長，次佐郡國，皆有治聲。歸來近三十年，今八十矣。能識蠅頭書，能聞蟻穴鬬，能如嬰兒之色，能如少壯之趫桀，而雅好外家之言〔7〕，求安亦既安之矣，求用亦既用之矣。用之於外家之言也，無所用之而待盡者，一日猶多也；有所用之而後獲者，雖鼎鼎百年猶少也。或者曰：先生固嗇其精而晚多英穎之子。曰：容公、彭老偏侈妻妾，柱下、東方聞長子孫。蓮花生淤泥中，但取其香，不取其臭，在乎陰陽逆順之間而已。世人烏得而知之？或者又曰：先生專精鴻寶之方而黄金何日可成〔8〕？曰：大藥將開而飛去者，白香山也；大藥未就而别爲小服食者，葛勾漏也，有數存焉。夫王逸少善書〔9〕，而感白鶴道人之至；米元暉善畫〔10〕，而九十不衰。説者以爲得山水烟霞之氣，况日與金石草木之類相煉相和，而有不得其性情臭味者乎？於道日濃，則於世日淡者，非屏棄黜墮之謂也。辟之於飴，人以爲盜鑰之資〔11〕，而我以爲養老之具也。微矣，微矣，在乎《屯》《蒙》既未之間而已〔12〕。

由是觀之，先生之壽，盖未有艾也。先生有以用之也，《詩》之所謂難老，道家之所謂佚老也。不佞通籍十年矣，惟仰止老成人，於國得二人焉。今太宰孫富平明年八十矣〔13〕，舊相國沈宋州今年八十一矣〔14〕，二公俱以身繫天下安危。余願得如伊尹、如太公，爲國願之也。於里中得先生，先生好養生，願得如張蒼，如羅結，如李八百，爲鄉願之也，老老之義也。

【校注】

〔1〕左文郊：詳見《壽左文郊郡丞八十》“左文郊”條注。

〔2〕文章黼黻：語出《荀子・非相》：“故贈人以言，重於金石珠玉；觀人以言，美於黼黻文章。”楊倞注：“黼黻文章，皆色之美者。白與黑謂之黼，黑與青謂之黻，青與赤謂之文，赤與白謂之章。”

〔3〕天壽：天年。平格：公正至善。《書・君奭》：“公曰：君奭！天壽平格，保乂有殷。”孔穎達疏：“殷之先王有平至之德，故能安治有殷。”

〔4〕如岡如陵：喻長壽。

〔5〕番番：同“皤皤”，頭髮皆白。指老者。

〔6〕何肉周妻：何，指梁代的何胤；周，指南齊的周顒。周顒有妻子，何胤吃肉，二人學佛修行，各有滯累。後因以喻食色之欲。豹内毅外：典出《莊子・達生》。古代寓言中魯國人單豹和張毅的并稱。單豹强健而不知戒避險途，

死於餓虎；張毅應接世務恭慎而不知强身，死於内熱。此由二人各滯一邊，未能去其不及所致。後用作感喟養生之道難求的典故。

〔7〕外家：謂非儒家正經的傳記雜説等。

〔8〕鴻寶之方：漢代淮南王劉安秘藏《鴻寶》與《苑秘書》二書於枕中，據《漢書》記載，是書專言神僊使鬼物爲金之術，及鄒衍重道延命之方，世人莫可見。

〔9〕王逸少：王羲之，字逸少。

〔10〕米元暉：米芾的兒子米友仁，字元暉，號虎兒。

〔11〕盗鑰之資：《淮南子·説林訓》："柳下惠見飴，曰可以養老；盗跖見飴，曰可以黏牡。見物同，而用之異。"高誘注："牡，門户鑰牡也。"

〔12〕《屯》《蒙》：《易·屯》卦和《蒙》卦的并稱。喻萬物初生稚弱貌。

〔13〕孫富平：孫丕揚（1531—1614），字叔孝，號立山，明富平縣流曲鎮南街人。嘉靖三十五年（1556）進士。萬曆二十二年（1594），拜吏部尚書。由孫丕揚的出生時間可知此文當寫於1610年。

〔14〕沈宋州：沈鯉，字仲化，號龍江，歸德（古宋州，今河南商丘）人，官至禮部尚書，拜東閣大學士，加少保，進文淵閣。

壽王少宰八十序

國朝以來，楚無登太宰者，即佐太宰而總百官專且久者，亦不多得。惟公以少司寇移少宰最專且久〔1〕。是時江陵當國，急於用人，多破格事。舊例，右宰率以詞臣爲之，而江陵以公有知人之鑒，故特簡公汝寧，南遷，公復爲左宰。及江陵事起，修惓者以繫授之私中公〔2〕。公歸，盖五十有六歲也，閲今二十五年矣。

夫公居官時，軍國宫府大事非，凡所見，知無不言，言無不盡，江陵故私公；邊餉、馬政、吏治、民隱，無疑不問，無斷不成，江陵故私公；部院、督撫缺者，必曰某某可，再繼之，必曰某某可，各書衣袖中，合而後已，江陵故私公。由此觀之，昔之天下治耶，今之天下治耶？今之天下多事耶，昔之天下多事耶？昔之九邊宴然耶，今之九邊宴然耶？昔之有司貞耶廉耶，今之有司貞耶廉耶？江陵識既絶人，才復盖代，函盖水乳，英雄本色。公雖欲不爲知己，不可得也。而耳食目論之徒，又何知焉！乃説者曰：公用法術獎才知。不知本朝以法勝，法法者治[3]，無法是無治也。事固有逆之而順、毁之而成者，非權變無由辨也。叱咤風雲，吞吐山瀆，咄嗟可具，盤錯可解，非智謀之士，雖有尾生、孝己之行[4]，安所用之？然則江陵之于公，雖欲不結爲知己，亦不可得也。

至在吉安，羅文恭紀其政[5]；在考功[6]，高新鄭嘉其疏[7]；在操江[8]，王元美司寇序其功績[9]，且亡論矣。大抵天之生人，嗇於名而隙其實。嗇於名，故巧取者必算減。昔之誣公者百端，而公以身受之；今之辱公者百端，而公以心忍之。天不極予公以名，而極予公以年，此公之所以多壽考也。隙於實故隱德者必後昌。公有德于人而或未必報，公無兢于世而或有所侮。天不報人之陽而報人之陰，此公之所以多孫子也。

况公之生辰皆與壽徵，其年維戊，戊主中宫鎮星[10]，周天獨緩，此久視之驗也，一徵；其月維季夏，天地之大痡在夏，夏者，大也，長也，此繁祉之兆也，二徵；其日維望，三五而盈，其魄團團，此斟酌飽滿之志也，三徵；八十之期，其月維閏，閏之維言，餘也，此重光重輪之象也，四徵。"樂只君子，邦家之基。樂只君子，萬壽無期。""自今以始，歲其有。君子有穀，貽孫子[11]。"祝公者，在《周雅》《魯頌》之章矣。

州倅王君、州幕鄧君咸祝公，而乞余小子言以先禮幣。余不敢侈言他事，而惟道公所以報國及天所以壽公者，令天下後世知公心耳。公能不色喜而進八斗哉！［王君，汶上人，先人爲大中丞，有直聲。鄧君，新建人，文潔公之族。皆世家子，亦能公事，故并告之。］[12]

【校注】

〔1〕司寇：官名，掌管刑獄、糾察等事。後世以大司寇爲刑部尚書的别稱，侍郎則稱少司寇。

〔2〕修慽,《湖北文徵》、同治《宜昌府志》作“修隙”，報復舊日怨恨。慽，同“吝”，“吝”有“恥辱”之意。繫授之私：王篆與張居正有姻親關係。張居正長子張敬修女，許聘王篆子。當時朝中不少人認爲王篆“與居正憑里姻之舊”結爲私黨，王篆爲張居正之門客、心腹。

〔3〕法法者治：遵循法令，依法治國，社會就會安定。

〔4〕尾生、孝己：《莊子·盜跖》：“尾生與女子期於梁（橋）下，女子不來，水至不去，抱梁柱而死。”孝己：傳爲殷高宗武丁之子，以孝著，遭後母讒而亡。《史記·陳丞相世家》：“臣所言者，能也；陛下所問者，行也。今有尾生、孝己之行而無益處於勝負之數，陛下何暇用之乎？”此爲本句典源。

〔5〕羅文恭：羅洪先，字達夫，號念菴，江西吉安府吉水人，是王陽明學派的重要繼承者和開拓者。嘉靖八年（1529）中狀元，授翰林院修撰，遷左春房贊善。引疾歸，終日著書講學。卒後贈光禄少卿，謚文恭。王篆曾任吉水知縣。

〔6〕考功：吏部四司之一，主要執掌文官的處分及議敘，即官員的績效考核。

〔7〕高新鄭：高拱，新鄭人。嘉靖二十年進士。嘉靖時拜文淵閣大學士。萬曆時，高拱曾掌吏部。

〔8〕操江：明代官名，全稱提督操江，以副僉都御史爲之，領上下江防之事。

〔9〕王元美：王世貞，字元美，號鳳洲，又號弇州山人，明代南直隸蘇州府太倉州人。萬曆時期出任過湖廣按察使、廣西右布政使，鄖陽巡撫。王世貞與李攀龍、徐中行、梁有譽、宗臣、謝榛、吴國倫合稱“後七子”。李攀龍死後，王世貞獨領文壇二十年。

〔10〕鎮星：土星。

〔11〕貽：澤及。

〔12〕括號中的文字原刻本無，據乾隆《東湖縣志》補。

賀淳臺杜父母首薦序[1]

古今治道，多持剛柔之説。箕疇爲百姓請命於皇天而傳之周[2]。惟是沈潜高明之德，歸之于平康正直，所以無淫朋比德[3]，不侮煢獨，不畏高明[4]，而斂時五福，錫厥庶民[5]，臻王道蕩平之休於是乎在。即《易》之中正粹精[6]，《詩》之不茹吐[7]，《禮》之輕重，《典》《傳》之寬與猛相糾[8]，皆是物也。大抵天下事不必執一法，不必拘一見，調和劑量，乃克有濟。有則電掣漂至，若獅王奮迅，勇决之氣不可以已者；有則鳴和清節[9]，若六轡在手，若履春冰而抱赤子于懷者；有則若鷙鳥之擊，始伏而終于一逞者；有則若江河之流，觸石吼山，澎湃贔怒，及其入海，浩浩瀚瀚，而平衍悠漫，不見其滔天之勢者。蓋天尊地親，極旋其軸，而後陰陽之用神；火尊水親，體居其間，而後濕燥之性適。此在宥之上理，寧一之極致也。

余持此道以程量天下士，内之三事九列[10]，外之諸司長及守令，有能深詣顯設以養國家和平之福如上所云云者，指不一二下也。而今乃得之杜大夫。

夷陵土瘠而民貧，家無終歲之藏，人乏千金之産。歐陽永叔有云：惟山川秀美，差强人意耳。邇來，蒼乳縱横[11]，一國若掃。而主爵者難夷陵守，又急欲得夷陵守。以大夫清譽冠三楚，由崇陽晉之夷陵，此余聞於朱驗封。去崇陽而崇陽之思轉深，此余聞於王司理。體貌雖尊於令，而要以親生宅生則等[12]；州疆域不必大於縣，而要以風土謡俗文物則異。大夫不易其俗而易其政，不一其才而一其理。張弛惟其所用，左右惟其所宜。

崇陽之害在豪右，有奸如山，負嵎走險，莫可誰何。而大夫摶之如摶沙[13]，置之法，殺南山白額虎，闔邑稱快，此善用威。夷陵之害在皂吏，衙蠹如鬼如蜮，如鼠如狐。而大夫一切屏絶之，毋使爲雞犬憂，此善用威。夷陵之苦在濫訟，一朝之忿輒越訴而不情其辭[14]。而大夫每每善諭之："若曹奈何以薄忿小仇而至破生産？"而民無有爲訟師欺者，不知留得贖金幾許在也，此善用惠。乃大夫在崇陽以威勝，而在夷陵則惠勝，何者？夷陵之士大夫多斤斤自持，不敢扞文罔。夷陵之百姓亦固陋自甘，不敢武斷而爲市魁。而大夫有子産之治，猶之衆人之母，故人亦號曰"杜母"，而其在崇陽則又號曰"杜父"。此何異漢史所載循吏，惟成就安平，政平訟理，使民無愁憾嘆息之聲而已。始知大夫之治崇陽嚴，故自嚴猶之；治夷陵寬，故自寬也。正所謂"不剛不柔，敷政優優"者哉！合於箕疇之旨矣。

州倅王君與幕鄧君乞余言。余略論其概如此。余，史官也，大夫之多所興除，俟采而輯之，以備一代之列傳焉。

【校注】

〔1〕杜父母：杜宗彝，字孝若，杜時騰子，萬曆十三年（1585）舉人。乾隆《南匯縣新志》記載："杜宗彝，萬曆乙酉，崇陽知縣，彝陵知州，附詳時騰。"雷思霈曾爲其父杜時騰撰墓誌铭。首薦：首先推薦。

〔2〕箕疇：指《書·洪範》之"九疇"。相傳"九疇"爲箕子所述，故名。

〔3〕淫朋比德：語出《書·洪範》："凡厥庶民，無有淫朋，人無有比德，惟皇作極。"孔傳："民有安中之善，則無淫過朋黨之惡、比周之德。"蔡沈集傳："淫朋，邪党也；比德，私相比附也。"

〔4〕不侮煢獨，不畏高明：語出《書·洪範》："無虐煢獨而畏高明。"孔傳："單獨者不侵虐之，寵貴者不枉法畏之。"孔穎達疏："高明，謂貴寵之人。"

〔5〕斂時五福，錫厥庶民：斂，指積聚，聚集；五福，指《書·洪範》所載之壽、富、康寧、攸好德、考終命；錫，賜給。孔穎達："人君爲民之主……以施教於民，當先敬用五事，以斂聚五福之道。"

〔6〕《易》之中正粹精：語出《易·乾》："大哉乾乎，剛健中正，純粹精也。"孔穎達疏："純粹不雜。"

〔7〕《詩》之不茹吐：語出《詩·大雅·烝民》："人亦有言，柔則茹之，剛則吐之。維仲山甫，柔亦不茹，剛亦不吐，不侮矜寡，不畏强御。"茹，吃。

〔8〕《典》《傳》：《堯典》與《左傳》，二者均有寬與嚴關係的論述。

〔9〕鳴和清節：語出《後漢書·崔駰傳》："豈暇鳴和鑾，清節奏哉？"鳴和，鳴聲諧和的車鈴；清節，清脆鈴聲的節奏。

〔10〕三事九列：三事，三公。《詩·小雅·雨無正》："三事大夫，莫肯夙夜。"孔穎達疏："三事大夫爲三公耳。"九列，九卿。

〔11〕蒼乳：張蒼。此指貪官。張蒼，陽武人，秦時爲御史。後投靠劉邦，先後任常山守，代相，趙相，淮南相。漢六年（前201）封爲北平侯。漢文帝四年（前176）任丞相。張蒼免相後，年老，牙齒脱落，開始吃人奶，家中養了一些女人當乳母，供其享用。

〔12〕親生宅生：親生，猶言民之父母。宅生，猶言寄托生命。《元典章·吏部八·差委》："竊聞四海百姓宅生於刺史，懸命於縣令，親民之官，民命之所由寄也。"

〔13〕摶沙：比喻無凝結力而易散。此指不易管理。

〔14〕不情：不近人情，不合情理。

賀永平顧兵備序〔1〕

今天下監司，自錢穀、刑獄、屯牧、飛輓，以至有司賢不肖，兩臺所不能决者，悉以移之。然而惟治兵使者，爲兢兢疆場之事，干掫而戒不虞〔2〕，一聞警，秣馬蓐食，撊然登陴〔3〕，則兵道爲重。然而服以内治兵者，亦僅僅備非常，朝夕吹鼓角，春秋糶軍士而已，固未嘗裹糧坐甲，惟敵是求，直從枕席上過師〔4〕，堂之决而去〔5〕，則各邊之兵道爲重。

各邊治兵者，或一意備虜，一意備羌，一意備倭。惟永平爲京師左臂，東接遼左，近附大寧，備内虜，又備外虜；備外寇，又備内寇。無所不馳，無所不備；無所不備，無所不寡。其任鉅大，其事煩費，則永平之兵道尤重。彼一時也，三衛取羈縻之海上〔6〕，自劉廣寧戰後百餘年不近倭，時和年豐，無他擾，日就中丞受成事而已，則爲昔日永平之兵道易。此一時也，昂酋挾東虜而要賞〔7〕，叵生戎心。三韓樂浪間〔8〕，時時海倭出没。我防之何所，繕兵何所，取餉何所，具余皇封、斥堠、採金、榷税之使〔9〕，莫可誰何。兼以道殣相望，野有奧草，則爲永平今日之兵道難。此非文武互其張弛、剛柔操其緩急者不克辦此，乃今而有顧公其人。

公與余同籍士，以直指歷藩臬〔10〕，所至有聲。由霸州按察使晉右布政，治兵永平。於昂酋，陽爲德而陰控之，使不得狎易我；於海上，畫便宜，移兵修故壘，使不得潛窺我；所榷税願自百姓輸之，狐鼠使不得旁午窟穴爲奸；緣南畝而穿渠，使荷插者如雨；發廩廥使饑者就食，活以萬人；將士、有司一一及於寬政，使樂爲我用。公之治永平，此大略也。是永平非能重公，公自重永平；永平能難公，公無難永平也。逾年而主上推建儲之恩〔11〕，公得封祖若父如其官〔12〕，余惟令甲。國家有大典禮，外臺顯錫封章以寵異之，顧有朝受命而夕得此異數者惟公〔13〕，勞在封疆，功在社稷，克對揚休命〔14〕。封章能顯公，公亦能慊封章而無愧耳。方今主上拊髀思雄武才力之臣建大旗鼓，推轂中丞臺而制閫外〔15〕。“文武吉甫，萬邦爲憲”，計無踰公矣。師中元吉，王三錫命。他日天子所以寵異公者，又寧有既乎？

余因公屬下吏某乞一言先禮幣，乃敘公所繇不難重永平者，爲後法，而期公大用之如此云。

【校注】

〔1〕顧兵備：似指常熟人顧雲程。同治《蘇州府志》：“顧雲程，字務遠。號襟宇。萬曆丁丑進士，初任淳安縣，調繁嘉興，擢御史，出爲江西僉事，歷霸州兵備，至山東左布政，整飭永平，晉一品服俸，終南京太常寺卿。雲程初蒞淳安，適歲凶，撫按令禁糴，雲程曰：‘遏糴非救荒策也，但示販米者每十官

買其一，餘勿問。’及在嘉興，歲稔穀賤。雲程故緩催科，元旦問耆老曰：‘穀價視冬若何？’曰：‘石益一鐶矣。’雲程曰：‘如是趣完賦。’五日而畢。分巡九江時，有景德鎮之亂，藍芳威爲渠帥，巡撫欲用兵，雲程議撫降之，其後平哱平播，芳威俱在行間，爲時名將。在貴州，安撫容山、銅仁二苗。在霸州，税使馬堂横肆，雲程繩之以法。居永平八年，嚴禁搗巢，邊無烽警。”顧雲程萬曆十四年（1586）曾任湖廣道御史。《明神宗顯皇帝實録》記載，萬曆二十七年，“癸巳，升霸州兵備道左參政顧雲程爲山東按察使，管永平兵備道事”。

〔2〕干掫：本指夜間巡羅擊捕，後亦泛指捍衛。

〔3〕撊然：迅猛、勁忿貌。

〔4〕枕席過師：軍隊從橋上渡河，如在枕席上通過那樣安穩而容易。出自班固《漢書・趙充國傳》。

〔5〕堂之决：廟堂上决勝。指文官儒將在廟堂中制定出决定勝敗的策略。

〔6〕三衛取羈縻：明代在東北邊疆設置衆多的羈縻衛所，由其邊疆少數民族自治。

〔7〕昂酋：指朵顔三衛的酋長昂。朵顔是生活於今大興安嶺以東，直到女真地區，北抵黑龍江流域，南臨西拉木倫河的廣大地域的蒙古部落。

〔8〕三韓樂浪：三韓，韓半島（朝鮮半島）南部古代居民的總稱，包括馬韓、辰韓和弁韓三支；樂浪，郡名，是漢武帝元封三年（前108）西漢在衛氏朝鮮本土（今朝鮮大同江中下游地區）設置的邊郡，是當時的“漢四郡”之一。

〔9〕皇封：舊稱皇帝賞賜的茶、酒等。

〔10〕藩臬：亦作“藩臬”，藩司和臬司。明清兩代的布政使和按察使的并稱。

〔11〕建儲：立皇太子。此爲萬曆二十九年事。

〔12〕封祖若父如其官：康熙《常熟縣志》記載：“贈南京太常寺卿顧江，孫雲程貴，初贈山東左參政，以覃恩再贈今職；贈南京太常寺卿顧早，號怡東，孝弟力田，富而好行其德，以子雲程貴，得累贈。”

〔13〕異數：特殊的禮遇。

〔14〕對揚休命：對揚，答謝，報答；休命，美好的命令，多指天子或神明的旨意。

〔15〕推轂：指推車前進，古代帝王任命將帥時的隆重禮遇。此指重用。

贈陳學博序〔1〕

漢置博士，後以文翁化蜀〔2〕，令天下郡國皆學，置博士弟子，如公孫弘言〔3〕，經明行飭者乃得置焉，誠重之也。明興，功令愈重，廣厲學宫。即如西陵學博士，高帝時，有遂遷少宗伯者〔4〕。而今稍稍輕矣，師儒多腐豎，徒一款段盤辟而已〔5〕。不知今天下魁壘之士，鄉唐虞之閎道、興周召之規模者〔6〕，咸自此途出，在諸博士爐錘間，師儒顧不重耶?

今蜀有陳先生者，司訓於我西陵。先生世家也。蜀之文獻，則南充爲大；南充之閭右，則陳爲大。先生其先，文學起家，奕世載德，雖歷華膴、位台衡，而龍見不亢，鴻羽爲儀，海内高之。至所知交蜀中人，皆大父行天下士〔7〕。先生孝友文學，盖其天性然。自里閈以至膠序〔8〕，自州大夫而上，以至兩臺藩臬，無不多先生長者。先生信長者，言若不出諸口而木舌，談經義颯颯乎若決土囊也；貌不勝衣，而特操姱節若揭日月而於途也；才不自焜耀，而掞藻摛華若吞雲夢八九也；外不自爲臧否，而中若鑒不益空也。其爲多士之瞿然顧化〔9〕，則蜾蠃之祝速肖也〔10〕。其正儀，則的也；其孚，則時子之翼也。毋使溢於繩之外，則泰豆氏之御也〔11〕；毋使躍於中，則大冶之金也〔12〕。行修，將幣羔雁，不腆者不問也，貧者即不羔雁不問也。閱文講藝，則推食厚饋也，退食則苜蓿甘也。同官則若奉伯兄而弟畜也〔13〕，與上則不激，亦不隨也〔14〕。此其高誼，當求之南郡、關西，殆古師儒哉！在昔，父若子大拜者，漢賢、玄成〔15〕，後，明則張輔太師父若子而已。乃今得之文端公家〔16〕，又今相君正顯赫黄圖間〔17〕。

而先生毫無奮矜之容，若寒素徒步之子。文翁訓蜀，諸生相如爲首倡。先生以角執成都[18]，三巴之士請執牛耳，十上有司未得獲雋，而毫無愠色，斯人情所難耳。即上之以高等，論石渠天禄，何異漢諸儒？次之，以鳴琴稟度不下堂[19]，何異漢諸循吏？以是期月而已，而中丞臺、御史臺、藩司、監臬輶車使者遞致美詞，檄有司以上賓之禮禮之，廉者美其介，文章者彪其學，才諝者大其施，醇謹者張其儒行，大致類此。而尋且薦章上矣，漢諸儒、循良可掇之耳。又先生諸郎彬彬文雅，有萬石家風[20]，先生之後其更有興乎！

【校注】

〔1〕陳學博：疑似陳以堯，乾隆《東湖縣志》記載其爲萬曆時夷陵訓導。從文章内容看，當是隆慶年間首輔大學士陳以勤之弟或堂弟。其先祖爲北宋宰相陳堯佐。學博，唐制，府郡置經學博士各一人，掌以五經，教授學生。後泛稱學官爲學博。

〔2〕文翁化蜀：文翁，名黨，字仲翁，西漢官吏。廬江郡舒縣（今安徽廬江）人。景帝末年官拜蜀郡郡守。文翁治蜀首重教育，興辦學校。他是漢代郡縣學的發軔者，是中國歷史上地方政府設立學校之始。《漢書》："至今巴蜀好文雅，文翁之化也。"

〔3〕公孫弘：名弘，字季，一字次卿，齊地菑川人（今山東壽光），西漢名臣。先後被任爲左内史（左馮翊）、御史大夫、丞相之職。在職期間，廣招賢士，爲儒學的推廣做出了重要的貢獻。

〔4〕少宗伯：禮部侍郎。

〔5〕款段：小馬或駑馬。《後漢書》卷二十四《馬援傳》："士生一世，但取衣食裁足，乘下澤車，御款段馬，爲郡掾史，守墳墓，鄉里稱善人，斯可矣。"盤辟：盤旋進退。古代行禮時的動作姿勢。

〔6〕鄉唐虞之閎道：語出《漢書》："入則鄉唐虞之閎道王法，納乎聖聽；出則參冢宰之重職功列，施乎政事。"鄉，通"嚮"。

〔7〕大父行：祖父輩。

〔8〕膠序：殷學名序，周學名膠。後即用爲學校的通稱。

〔9〕顧化：謂引起重視，想要依照施行。

〔10〕蜾蠃：《詩經・小雅・小宛》："螟蛉有子，蜾蠃負之。"揚雄《法言》："螟蛉之子，殪而逢蜾蠃。祝之曰：類我，類我。久則肖之矣。速哉！"此比喻對弟子的深刻影響。

〔11〕泰豆氏：造父之師。《列子・湯問》載："造父之始從習御也，執禮甚卑，泰豆三年不告。造父執禮愈謹，乃告之曰：'古詩言："良弓之子，必先爲箕。良冶之子，必先爲裘。"汝先觀吾趣。趣如吾，然後六轡可持，六馬可御。'"

〔12〕毋使躍於中，則大冶之金也：典出《莊子・大宗師》："今大冶鑄金，金踊躍曰：'我且必爲莫邪。'大冶必以爲不祥之金。"大冶，技術精湛的鑄造金屬的工匠。

〔13〕弟畜：典出《史記・季布欒布列傳》："長事袁絲，弟畜灌夫。"講的是漢初名將季布的弟弟季心爲人仗義，因避禍逃到吴國，躲在吴國丞相袁絲家里，像事兄長一樣尊敬袁絲，又像待弟輩一樣友愛灌夫等人。《禮記》："順於道，不逆於伦，謂之畜。"

〔14〕不激、不隨：不隨便生氣或者附和，即不卑不亢。

〔15〕漢賢、玄成：漢代的韋賢和韋玄成。父子均爲丞相。

〔16〕文端公：隆慶年間的首輔大學士陳以勤。雍正《四川通志》記載："陳以勤，南充人。由進士選翰林庶吉士，同新鄭高拱侍講穆宗潜邸，拱去後獨侍九年，啟沃最多。會儲位不安，力爲保護，功著翊翼。穆宗初年，手詔以禮卿入内閣管樞務。於時巖廊畫一，海宇和寧。以勤之功居多焉。家居十七年，卒於里第。穆宗震悼，輟朝賜祭葬如例，謚文端。初公遲回宦轍，不屑投足幸門，或笑其迂。公嘆曰：'士君子立身行己，當自迂始，作法於迂，其弊猶通，作法於通，則孔光張禹之徒，且抗旌攘臂而前矣。'故迄今有談先輩典型者，必以以勤爲歸。"

〔17〕相君：對宰相的尊稱。此指陳以勤之子陳于陛。陳于陛官吏部右侍郎兼翰林院侍讀學士，萬曆二十一年（1593），拜禮部尚書，領詹事府事，尋以本官兼東閣大學士入閣參政。雍正《四川通志》記載："陳于陛，以勤子，由

進士入中秘，至參大政。是時帝方深居，群臣希進見，于陛心憂之，疏六事以獻，悉采其意行之。言官被斥者，南北臺省幾空，于陛亟疏其無罪，皆報聞。又請纂修五史備一代紀載，既得請，日夜編摩鈎校，不遺餘力，竟以此憊，病居而終。天子爲哀悼，輟朝賜諭祭，命皇長子往賻之，禮部郎一人持節護喪歸第，贈少保，謚文憲。”《明史·陳于陛傳》：“終明世父子爲宰輔者，惟南充陳氏。世以比漢韋平焉。”

〔18〕角執：比賽文藝。此指參加科舉考試。

〔19〕鳴琴稟度不下堂：典出《吕氏春秋》：“宓子賤治單父，彈鳴琴，身不下堂，而單父治。”稟度，受教。

〔20〕萬石：石奮。西漢大臣，字天威。景帝即位，列爲九卿，身爲二千石，四子皆官至二千石，號爲萬石君。其孝悌謹嚴的家風在歷史上被傳爲美談。

周毓所《四書考》序〔1〕

自唐虞三代，以至於鄒魯，斯道揭日月而中天，於時藏史始出〔2〕，天竺始聞，即尼父以南見稱龍〔3〕，西方稱聖者，而一慮百致〔4〕，殊塗同歸，彼無一是非，此無一離合。逮漢主訓詁，晉主虛寂，其一耳食，其一説鈴〔5〕，均之求馬於唐肆〔6〕，忘羊於多岐者也。宋儒崛起，羽翼斯道，元公伯子適爲主盟〔7〕，乃紫陽力張道學問之説〔8〕，而後德性焉。我注六經，還復六經注我，以是與子靜違言。明興，除元餘閏，日月重開，東越秉良知以詔來者〔9〕，千古斯文，其將在兹。一時彬彬若登洙泗然〔10〕。右袒紫陽者曰：彼夫禪而儒者也，陰瞿曇而陽托孔子。左袒東越者曰：彼夫守師心而溺聞見，子游氏之賤儒也。倉頡以上，夫讀何語？要以東越爲政居多，至於今，而學者師心，各爲雄長，拾瀋二氏〔11〕，命曰無上，隸視百家，塵視六籍。無論紫陽、東越，即鄒魯，嗷然在舌本間，幾於“此日而微，彼月而微”矣。

惟是，先生輾然爲吾道樹赤志，奉東越於壇坫之上，而以紫陽爲亞旅。政成之暇，著爲一書，直發環中，不由他悟，玄言如屑，名理泓然，絶不落今世學道家窠臼。無際若比海，不涸若天府。含若承影[12]，闓若化宫。探玄珠於罔象，得而未始有得；問鴻濛於雲將[13]，證而未始有證。魯還之魯，鄒還之鄒。可以紫陽則紫陽，可以東越則東越，可以兼紫陽、東越則兼之，可以善學紫陽、東越則善學之。

盖先生出貞復楊太史[14]，太史出近溪羅參知，相授秘密藏乃爾耳。不佞嘗謂蜀中如長卿，辭賦可以凌雲氣，而《子虚》《大人》不聞大理，子雲《法言》擬聖，《太玄》擬《易》，僭端乃見。莊君平契老氏之奥，以隱君子終。先生辭賦不下《子虚》，而仕優爲學，不擬議而變化[15]，不沉冥而淵默，其於四科[16]，可謂具體矣。

雖然孔氏天縱，不以其故廢多聞，則絀紫陽者非也。未悟以前，四勿爲少[17]，既唯以後，一貫爲多，則絀東越者尤非也。大道爲公，函三爲一，儒者以中和，釋氏以寂照，老氏以玄牝，猶五嶽有崑崙，四瀆有恒沙，則離之者非也。大道無宇，即一爲三，儒者以治世，釋氏以出世，老氏以住世，猶胡貉不共國，江河不同流，則合之者尤非也。是故瓦甓稊稗[18]，妙明中物，悟，即外家、諸子之語悉我竅，觀土苴糟粕，何關虚體；不悟，即繙經十二，猶爲數窮[19]。

先生盖以言者終日言之，而所以言言者未嘗言也。其斯爲是亦因彼非，亦因彼離即無離，合即無合，而爲玄同之旨乎？不佞亦借以發吾覆多矣[20]。

【校注】

〔1〕周毓所：周仲士，字毓所。見《周明府四六序》注。

〔2〕藏史：徵藏史，上古主管典籍之官。此指老聃。《莊子·天道》："由聞周之徵藏史有老聃者，免而歸居，夫子欲藏書，則試往因焉。"

〔3〕尼父以南見稱龍：《莊子·天道》："孔子見老聃歸，三日不談，弟子問曰：'夫子見老聃，亦將何規哉？'孔子曰：'吾乃今於是乎見龍，龍合而成體，散而成章，乘乎雲氣而養乎陰陽。予口張而不能嗋，予又何規老聃哉！'"

〔4〕一慮百致，似應作"一致百慮"。一致，趨向相同；百慮，各種考慮。

趨向雖然相同，却有各種考慮。儒家指慮雖種種，理歸於一。語出《周易·繫辭下》："天下同歸而殊塗，一致而百慮。"

〔5〕説鈴：不合於聖道的小説或指瑣屑的言論。語出揚雄《法言·吾子》："好説而不要諸仲尼，説鈴也。"

〔6〕求馬於唐肆：見《且孺堂詩序》注。

〔7〕元公：北宋理學鼻祖周敦頤。嘉定十三年（1220）賜謚元公。南宋理宗淳祐元年（1241）封汝南伯。又稱"周子"，後人編其作品名爲《周子全書》。

〔8〕紫陽：宋代理學家朱熹的别稱。朱熹之父朱松曾在紫陽山（在安徽歙縣）讀書。朱熹後居福建崇安，題廳事曰"紫陽書室"，以示不忘。後人因以"紫陽"爲朱熹的别稱。

〔9〕東越：指明代傑出的思想家王守仁。紹興古稱東越，王守仁是紹興人，故稱。

〔10〕洙泗：洙水和泗水。古時二水自今山東省泗水縣北合流而下，至曲阜北，又分爲二水，洙水在北，泗水在南。春秋時屬魯國地。孔子在洙泗之間聚徒講學。

〔11〕拾瀋：拾取汁水。比喻事情不可能辦到。二氏：指佛、道兩家。

〔12〕承影：寶劍名，與含光劍、宵練劍并稱商天子三劍。《列子》以上古這三把神劍喻道，使其變成了一個哲學概念。

〔13〕雲將：寓言中稱雲的主將。《莊子·在宥》："雲將東游，過扶摇之枝，而適遭鴻濛。"成玄英疏："雲將，雲主將也。鴻濛，元氣也。"

〔14〕貞復楊太史：楊起元，字貞復，號復所，明代名儒，尊羅汝芳爲師，以理學著。

〔15〕擬議而變化：語出《易·繫辭上》："擬之而後言，議之而後動，擬議以成其變化。"擬議，事前的考慮。

〔16〕四科：孔門四科，指德行、言語、政事、文學。

〔17〕四勿：孔子教顔回的四誡，即非禮勿視，非禮勿聽，非禮勿言，非禮勿動。

〔18〕瓦甓稊稗：磚瓦稗草，寓意比較平凡、瑣碎、低下的事物。

〔19〕數窮：謂言多必失，必有理屈之時。《老子》："多言數窮，不如守中。"

〔20〕發覆：去其遮蔽，揭露真相。《莊子·田子方》："微夫子之發吾覆也，吾不知天地之大全也。"

蓬池閣遺稿卷之八

序十三首引二首

送馬雲門序

余少時與馬伯子講業招提，而目宗人雲門子來自巴東，其貌棱棱，其言諤諤[1]，余詑爲偉男子。亡何，出其文章，皆奇甚，遂定交於筆墨之間，盖十多年矣。

及余登第，而雲門子始貢於京師，與余大醉數十日而别。余得予告歸里[2]，而雲門子復來自巴東，所携鹿脯、豹章并青茗，取蝦蟆泉水烹之，以爲漸兒復生，不易此味。又大醉數日而别。

今年戊申將之京師[3]，而雲門子又至矣。聞其欲就廣文一氈，余笑曰："子可以休矣。"雲門子曰："我來與太史作别，非與廣文作緣也[4]。吾且歸矣。"亡何，而張歸州遺書留之[5]。張先爲巴東，重雲門之爲人，其志與余合，言曰："君有不必出者三，有不可出者三。人皓首窮經，授一廣文，如博一第，將儌升斗之禄、諸生羔雁之資以娱老而遺子孫。君有田腴而廣，不乏菽粟，山不乏蘇，水不乏漁。所當幾何而自苦爲？一不必出。皓首窮經而授廣文，勢必貸子母[6]，捫錢汗溢，不忍出串紙。君豪舉，喜賓客，不惜杖頭錢，且日厭粱肉，而何以水精盤爲[7]？二不必出。君居山中，日科頭箕踞，白眼看人，長荷短蓑，不入城府。而一旦束冠帶，如鹿麋在圈，如鳥在筊，如衣蔽絮行荆棘中自取纏牽，如蠶作繭自縛。三不必出。君性嗜杯中物，興况所到，終日酣暢，不知天地間何者美好，直當取勸伯紅友，從事督郵，麯部尚書[8]，日游糟丘醉鄉，安能執括帖，作祭酒諸生？此不可出者一。性又率直，有言必吐，安能日折腰貴人前？舉趾甚澀，諾聲甚緩，何異螢火醯雞不離酸腐荼習[9]？此不可出者二。君有次子幼，而又不能携眷屬以往。一二蒼頭住破壁頹垣中[10]，老門者侍側如蜾蠃，有何光景而逐逐自勞，聽芭蕉夜雨，寂寂爲也？此不可出者三。”而雲門子乃大叫曰：“張公知我勝我自知。”遂買舟而西，秭歸山上聞子歸聲，看杜鵑花，不復戀烏紗與青衿，較月俸長短矣。

顧予獨奇子者三、惜子者二、箴子者一。壯甚豪伉，曾馬上擒數賊首，爲里中驅除大難而耻言功，奇一。醉而溺，如聲在牛皮中，不知其爲伏虎也，虎亦不動，奇二。醉而眠草茵上，有巨蛇繞匝其足，亦自不噬而去，奇三。此雖得全於酒母，亦英雄之氣有以奪之耶！雲門子文章甚奇絶，不似巴人士，而不得薦賢能書[11]，一老文章，可惜。雲門子讀史有諸不平，輒能自憤，其髮穿冠，鼻出火三尺，含光閃閃欲出，而不得備朝廷耳目之司，一老文學，可惜。獨所箴子者，《本草》云，酒亦有毒，能傷人，不然何以使人沉湎失心？誦《賓筵》《抑戒》之章[12]，願吾子之少節之也。

雖然，嗣宗作達[13]，伯倫埋照[14]，周太常終身不醒，屈左徒終身不醉，此其人俱未易軒輊；堯千鍾，孔百觚[15]，公孫高日與聖人居而不知，反醮讓之，則余淺矣。

【校注】

〔1〕譖譖：直言爭辯貌。

〔2〕予告：漢朝官吏休假制度。官吏休假稱“告”，二千石以上官吏經考課居最，法令可帶職休假，則稱予告。予告不得歸家，但居官不視事。東漢和帝時，此制廢。後代凡官員因老、病辭官，亦稱予告。

〔3〕戊申：萬曆三十六年，即1608年。

〔4〕作緣：謂發生瓜葛、聯繫，結緣。

〔5〕張歸州：張尚儒。原任巴東縣令，後升歸州知州。詳見《巴東張令君考最序》注。

〔6〕子母：子母錢，高利貸。

〔7〕水精盤：喻指精美的盤子。此指精美的食物。

〔8〕勸伯、紅友、從事、督郵、麯部尚書：皆爲酒的別稱。勸伯、紅友指飲酒應酬與飲酒致人臉紅而言。宋羅大經《鶴林玉露》："常州宜興縣黄土村，東坡南遷北歸，嘗與單秀才步田至其地，地主携酒來餉曰：'此紅友也。'"《世説新語·術解》："恒公有主簿善别酒，有酒輒令先嘗。好者謂'青州從事'，惡者謂'平原督郵'。青州有齊郡，平原有鬲縣。從事，言到齊（臍）；督郵，言到鬲（膈）上住。"

〔9〕醯雞：即蠓，酒甕中生的一種小蟲。比喻見聞狹隘的人。

〔10〕蒼頭：也作"倉頭"。古代指奴僕。

〔11〕薦賢能書：《周禮·地官·鄉大夫》："鄉老及鄉大夫群吏獻賢能之書於王。"賢能之書，謂舉薦賢能的名録。後因以"賢書"指考試中式的名榜。

〔12〕《賓筵》《抑戒》：《賓筵》，指《詩·小雅·賓之初筵》；《抑戒》，指《詩·大雅·抑》。元吴師道《吴禮部詩話》："衛武公《抑戒》《賓筵》二詩，極言荒湛之失。"荒湛，沈湎於酒色，行爲放蕩。

〔13〕嗣宗：阮籍，三國魏詩人。字嗣宗。陳留（今屬河南）尉氏人。竹林七賢之一，是建安七子之一阮瑀的兒子。曾任步兵校尉，世稱阮步兵。阮籍有曾遭母喪却飲酒食肉，醉酒卧鄰家少婦側等有違禮法的不羈行爲。

〔14〕伯倫：劉伶，字伯倫，竹林七賢之一，好飲，以宇宙爲狹隘，作《酒德頌》。《世説新語》記載："（劉伶）常乘鹿車，携一壺酒，使人荷鍤而隨之，謂曰：'死便埋我。'"埋照，猶韜光，喻匿跡不使顯露。

〔15〕堯千鍾，孔百觚：孔融《難曹公表制酒禁書》："堯不千鍾，無以建太平；孔非百觚，無以堪上聖。"

贈隱雲子序

丈夫掀髯抵几，思勒鼎彝垂春秋，而分途限格，莫能遇合於上官，則百煉之剛化爲繞指，而申椒其不芳也，遂囂然而作桃源洞口人[1]。入山惟恐不深，入林惟恐不密。此不得志而隱者之事也。抑或烈士壯心，不堪銷耗，迺侈談司馬、孫吴，學風角、占候[2]，修符籙、丁甲[3]之術。幸國家有事，思以一逞，此亂世英雄之事也。夫山林之士，入而不出泉石烟霞，何關玄理？彼説談外家者，亦直寄焉以遨世耳，安在英雄？雖海内騷動，而天下寧長固無奇？即有，安所用之？

隱雲仕不得意，亦儒亦俠，雕蟲非儒，使氣非俠，去而學神僊。神僊之道，盗陰陽而吸日月，非沉冥寂寞有天際想者，不能學也。既已出世，戴芙蓉冠，游衡岳，登西山，又何必有心於世，若衣絮行荆棘中，作冷澀寒蜓態？語云："小隱隱巖穴，大隱隱朝市。"此正言入水不寒[4]，奚自而水？入火不熱，奚自而火？七情即返丹，六塵即佛性。居纏出纏，何縛何束？不必巖穴而甘枯槁。豈以羶途、榮顯、利禄、融懿而借終南爲捷徑耶[5]？

如隱雲子，上有老母，中有妻妾，下有子女，外有田宅，亦何妨修煉？心遠地自偏也。古之歲星爲郎，噀酒爲使[6]。飛舄之於葉縣，驅蛟之於旌陽，此久已僊去。游戲人間，功德事耳。不然，龐公何以不入城市，司馬子禎隱天台，蘇子訓不奉詔，梅福去爲吴門卒[7]，賀監乞鑒湖，陳希夷終卧華山，若徐市之東海采藥[8]，文成、五利之役鬼鑄黄金[9]，公遠之月窟[10]，虚靜之天書，皆迂誕煽惑人主，何足言哉？近代陶邵之事可以爲鑒[11]，隱雲子聞之儻然若有失，必欣然若有得也。隱雲子又不茹葷而喜布施，有道氣，於學僊爲近，神僊之道，盗陰陽而吸日月，俟他時細論之。不可窮於筆，因綴以詩。詩曰："女封兩國子三公，點就黄金鐵與銅。駕鹿驂鸞雲霧裏，百靈朝拱遍虚空。"

【校注】

〔1〕囂然：閑適貌。

〔2〕風角、占候：均爲古代占卜方法。風角，以五音占四方之風而定吉凶；占候，視天象變化以附會人事，預言吉凶。

〔3〕符籙、丁甲：道教法術。符籙，道教法術之一種；丁甲，又名六丁六甲，是道教神名。

〔4〕入水不寒：《莊子・大宗師》稱述古之真人能“登高不栗，入水不濡，入火不熱”，郭象注云：“真人六行而非避濡也，遠火而非逃熱也，無過而非措當也。故雖不以熱爲熱而未嘗赴火，不以濡爲濡而未嘗蹈水，不以死爲死而未嘗喪生。”

〔5〕羶途：名利。融懿：和美。

〔6〕噀酒：指東漢欒巴噴酒爲雨事。晉葛洪《神僊傳・欒巴》：“正旦大會，巴後到，有酒容，賜百官酒，又不飲，而西南向噀之。有司奏不敬。詔問巴，巴曰：‘臣適見成都市上火，臣故漱酒，爲爾救之。’乃發驛書問成都，已奏言：‘正旦食後失火，須臾有大雨三陣，從東北來，火乃止，雨著人皆作酒氣。’”

〔7〕梅福去爲吴門卒：語出《漢書・梅福傳》。指漢梅福避王莽專政，變姓名，隱於會稽，爲吴市門卒。

〔8〕徐市：徐福，字君房，齊地瑯琊（今江蘇贛榆）人，秦著名方士。被秦始皇派遣，出海採僊藥，一去不返。有徐福東渡日本建國之説。

〔9〕文成、五利：均爲漢代方士。文成即李少翁，五利即欒大。

〔10〕公遠：唐代道士羅公遠。《唐逸史》：“羅公遠嘗與明皇游月宫，見僊女數百，皆素練霓衣舞於廣庭間，其曲曰《霓裳羽衣》，帝默記其音調而還，明日召樂工作是曲。”

〔15〕陶邵：指陶仲文和邵元節。陶仲文，原名典真。湖北黄岡人。明朝神霄派著名道士，被嘉靖帝封爲“真人”。與邵元節往來甚密，由邵元節推薦入朝，得到世宗信任。從此，紅極二十年。嘉靖三十六年（1557）因病乞請還山，獻還歷年世宗所賜予的莽玉、金寶、法冠及白金萬兩。嘉靖三十九年死，謚榮

康惠肅。邵元節，龍虎山上清宫道士，受明世宗寵信。嘉靖三年徵召入京，嘉靖五年封清微妙濟守靜修真凝玄衍範志默秉誠致一真人。賜銀印，領道教事。尋贈其父太常丞，母安人。嘉靖十五年，爲世宗建祈嗣醮，該年皇子誕生，録其禱祀功，授禮部尚書，賜一品服，孫、徒、師咸進高秩。嘉靖十八年逝世，贈少師，賜祭十壇，有司營葬，用伯爵禮，謚文康榮靖。

《枕中囈》引〔1〕

余自弱冠來，凡三病。每病道心輒生，慧心輒長，即詩與文輒進一格。盖病中四大各礙世事都捐〔2〕，毛髮枯槁，聲氣微細，飲而不食，似秋蟬息而不動，類冬蟄獨此了了者，病所不及耳。至少愈，而情構俗親，向之霍然者，亦復茫然矣。持此語人，人未必信。今讀愚公《枕中囈》，雅得此意。

愚公舊爲詩喜高俊語，而乃能孤神獨創，恣放自如。篇中所云水之淡、梅之酸、冰藕之甘而清，斯亦天下之至味也。至味無味，愚公之爲詩爾耳，斯亦天下之至文也。養生、達生、無生之旨，悉從枕上得之。維摩臞瘠，却有神通；簡子夢寐〔3〕，能之帝所。病亦何負於人也？愚公自敘："囈，妄語也；病而囈，妄中妄也。了知其妄，有不妄者存。"余曰："了知其妄，是亦一妄也。舉世以爲大妄者，是不妄也。揔之，病非病，其性皆空；囈非囈，都無實義。知此語者，始可與言詩也已。"以問愚公，愚公笑而不答。

【校注】

〔1〕《枕中囈》：陶孝若的詩集。陶孝若，即陶若曾，字孝若。詳見《東郊飲陳悦甫和孝若服卿韻》"孝若"條注。引：卷首語，序言。

〔2〕四大：佛教語。指地、水、火、風，爲組成宇宙、人身的基本原素。

〔3〕簡子：趙簡子。簡子之帝所的故事見於《史記・趙世家》。

【相關鏈接】

陶孝若《枕中囈》引

袁宏道

夫迫而呼者不擇聲，非不擇也，郁與口相觸，卒然而聲，有加於擇者也。古之爲風者多出於勞人、思婦。夫非勞人、思婦爲藻於學士大夫，郁不至而文勝焉，故吐之者不誠，聽之者不躍也。余同門友陶孝若工爲詩，病中信口腕，率成律度。夫郁莫甚於病者，其忽然而鳴，如瓶中之焦聲，水與火暴相激也；忽而展轉詰曲，如灌木之縈風，悲來吟往，不知其所受也。要以情真而語直。故勞人思婦，有時愈於學士大夫，而呻吟之所得，往往快於平時。夫非病之能爲文，而病之情足以文；亦非病之情皆文，而病之文不假飾也，是故通人貴之。

（《袁中郎全集》）

南北游詩序

袁中道

有一時，即有一時名士以爲眼目，若鳳麟芝苗爲世祥瑞；無其人則國家之氣運亦覺暗然而無色。夫名士者，固皆有過人之才，能以文章不朽者也，然使其骨不勁而趣不深，則雖才不足取。昔子瞻兄弟出爲名士領袖，其中若秦、黄、陳、晁輩皆有才有骨有趣者，而秦之趣尤深。吾觀子瞻所與書牘，娓娓千百言，直披肝膽，莊語謔言，無所不備，其敬而愛之若是。想其人，必風流蘊藉，如春温，如玉潤，不獨高才奇氣爲子瞻所推服已也。

予友陶孝若淡泊自守，甘貧不厭，真有過人之骨。文章清綺無塵坌氣，真有過人之才。而尤有一種清勝之趣，若水光山色，可見而不可即者。以故中郎於諸君子中尤敬而愛之。其詩風味亦近似中郎，盖染香潤露，有不言而喻者。予嘗比之於秦太虚，中郎亦以爲然。孝若年尚壯，精於舉子業，獨不肯數入場屋，日蓬首垢面，項帶竹簍子，如弄蛇兒容頭過身，非丈夫所爲。以故至門墻復彳亍不入者屢屢。迨最後爲廣文，自謂嘗鼎一臠，非欲充腸，能具八口饘粥即飄然矣。甚矣，孝若之能自貴也！予今年若不得意，已買得一舟，自拼入舟中，泛泛瀟湘龍茹間。孝若少涉宦途，其急來登予舟以逃名焉。

托跡廣文，其先便已不能不作美蛇兒矣。即此數語，已露孝若之骨，見孝若之趣。

（《珂雪齋近集》）

陶孝若南北游草序

黄汝亨

孝若往荆楚來西湖上，余未及班荆授麈。入長安，余適留滯旅處，往往逢之袁中郎、劉元定、曾退如坐上，詩筒酒杯數過，從亡間也。孝若才致瀟爽，與物昭晰，而胸貯武庫，足以副給。讀其詩如駿馬下坂，雕弓飛射，情至筆俱，無餖飣詰曲之態。此宜置金門玉堂，雄長詞林，而青氈一片，薄游新都，何邪？然道在則尊，孝若詩固已峙白嶽，摩青雲，豈問官哉？即如前三君，獨退如負公輔之望，而元定伏，中郎蝶化，余亦棲遲靈峰湖畔，嘯侶猿鶴。孝若名業政難涯量。余盖覽孝若韻而深去往寥落之感也。

（《寓林集》）

李秘書郎勅命序[1]

楚世家陸終、蚡冒，六姓三族，始之以鬻子，終之以屈平。厥後，黄江夏香、瓊、琬[2]，庾江陵易、黔婁、肩吾、信[3]，劉枝江虬、之遴、之亨[4]，杜襄陽預、審言、甫，代有顯人鴻士。國朝長沙、蒲圻、黄岡、興國[5]，率以辭賦自雄長，黄岡差勝，餘先後皆不振。至若撮諸家所長，成一代作者，三十年來復還正始，上薄風騷，惟雲杜本寧先生[6]，其於射策决科，奕世載德，亦未有如先生父子昆弟之盛者也。

方伯公生五丈夫子，長本寧先生，次博士，次孝廉，次國學典簿，最少爲中秘。方伯公絶憐愛之，諷誦詩書，未嘗離左右。好學嗜古，何減第五之名？二十年諸生高等，省闈都試皆數奇莫能遇，乃愈自彊奇鏟采[7]，謝塵去邑六十里而遥，杜門不出。已而作江湖游，遍覽山川，樂觀時變。即以施國者用之家，何不可爲也？

庚子秋，從伯兄修覲事，值國家廣侍從之途，君珥綬供事内廷[8]，拜試中書舍人。夫從文陛而給上方之札，何渠不能賦《子虚》《上林》？司馬長卿，夫非郎耶？甫五月，而天子覃東宫恩，詔中書實授予所得，勅命君授徵侍郎，封梁母太孺人，并其伉儷。先是，方伯公以伯兄在史局，晉授通奉階，令甲無再加例，嫡母王贈太夫人，陳母封如王母。本寧先生參知政事時，匡母始得贈太淑人，有所格而不得封。季兄初成進士，落落不合，輒棄去。太孺人者，有所待而不得封。而中秘君獨得之，祖孫、父子、兄弟、四母、諸父一時并被國恩，可謂縉紳之極榮，里黨之盛事。而中秘君逢時遘會，娱綵承歡，翟冠象服，愉快一堂之上，孰與伯仲多也？况君齒最少而有子最早，稱家孫鵲起，夙惠奇□，可方長源，意氣日上，駸駸欲度驊騮前[9]。君若曰：兄所不能得於母者，我得之；我所不能得於兄者，而可以得之，吾營菟裘[10]，盖將老焉。

君族望在隴西西平，忠武王之後，徙豫章，復徙雲杜，史稱西平諸子皆才，而憲、愬仁孝[11]，好儒術，禮法修整。余觀於先生，以著作之才兼岳牧之長，政事之大受其福。而人不知孝友之至，汙其才而已。無悶中秘君，坦易無他腸，簡淡若寒素，其情摯出於天性，其家居嚴於朝典，視西平二子爲何如也？雖爵位榮顯或少讓之，乃文采則大徑庭矣。

余素奉教於先生，及來京師，與中秘雅相善，亦舉所知者論列若此。後之讀世系者，李氏之望，又在雲杜矣。

【校注】

〔1〕李秘書郎：天啟朝吏部尚書李維楨五弟。勑命：亦稱誥命、勑諭，即皇帝的諭旨、聖旨。此指萬曆二十九年（1601）明神宗立皇長子朱常洛爲太子後大封天下的詔令。

〔2〕黄江夏香：黄香，字文彊，江夏安陸（今湖北雲夢）人。東漢時期官員、孝子，是“二十四孝”中“扇枕温衾”故事的主角。官至尚書令。其子黄瓊、曾孫黄琬，都官至太尉，聞名天下。

〔3〕庾江陵易：南北朝文學集大成者庾信的祖父庾易，字幼簡，河南新野人，後徙居江陵。黔婁：庾易長子，南齊高士，任孱陵縣令。肩吾：庾易子，庾信父。

〔4〕劉枝江虬：劉虬，南齊隱士。南齊南陽涅陽（河南鎮平縣南）人。字靈預，一字德明。與其子劉之遴、劉之亨俱隱居枝江百里洲。同治《枝江縣志》記載：“之亨字嘉會，之遴弟也。少有令名。舉秀才，拜太學博士，稍遷兼中書通事舍人，步兵校尉，司農卿。又代兄之遴爲安西湘東王長史、南郡太守。在郡有異績。數年卒於官，時年五十。荆士至今懷之，不忍斥其名，號爲‘大南郡’‘小南郡’云。”

〔5〕興國：今湖北陽新縣。

〔6〕雲杜本寧：禮部尚書李維楨。雲杜，湖北京山，西漢時爲雲杜縣。《明史》記載，李維楨，字本寧，湖北雲杜人，其父李裕爲福建布政使。李維楨隆慶二年（1568）舉進士，由庶吉士授編修，萬曆時穆宗實録成進修撰，出爲陝西右參議，遷提學副使。自是浮湛外僚幾三十年。後官至禮部尚書。李維楨才華橫溢，存世詩文衆多。

〔7〕弢奇鏟采：韜光養晦。

〔8〕珥綬：中書舍人的佩帶之物。珥，珥筆，古時近臣侍從常把筆插在帽子上，以便隨時記録；綬，指綬囊，古代官吏繫在腰間盛綬的口袋。

〔9〕駸駸：馬跑得很快的樣子。驊騮，周穆王八駿之一，比喻才華出衆的人。

〔10〕菟裘：古邑名，春秋魯地，在今山東泰安東南樓德鎮。後世因稱士大

夫告老退隱的處所爲“菟裘”。典出《左傳》隱公十一年。

〔11〕憲、愬：李憲、李愬，唐西平郡王李晟二子。《舊唐書·李晟傳》載：“晟十子，憲、愬最仁孝，及長，好儒術，以禮法修整。”

牟用一時文序〔1〕

制舉之文，古未有也。宋時經義，國初書疑，各以己見議論成文，猶有古意。體裁漸卑，屬對漸泥。數千載以下之人置身於數千載之上，代明聖而述作，辭不溢出，事不旁引，其篇不過數百言，其語不過數十句，則古人已矣。惟神理相與往來，則意中之意、言外之言，即使作者復起，亦足厭心，欣爲知己。予嘗辟之《畫史》圖寫古賢〔2〕，雖不能得其肖貌，而時代色物以意想像之，神采生態彷彿阿堵中〔3〕，望而知其爲有道人，以爲絶相類也。

夫文章小技，於道不尊。制舉之業，與時變易，今日所啖爲珍品者，明日已是宿物，不堪嘗客矣。是又不然，文章之變也，籀斯之不得不八分也〔4〕，古詩之不得不律也，皇帝王之不得不霸也。其文字世界，了不異也。道者屢變而日新，不新不變，不變不新，時使然耳。況日取古人經世垂世之言，密詣顯證，又取百家之精華不悖道者佐之，大可以扶道德性命之奧，次可以備禮樂兵刑之用，下不失爲醇厚爾雅之儒。章句括帖乃爲此義。毋論天下聰明才辨之士，父師之所訓，子弟之所率，耳目之所睹記，夢寐之所念想，而天下之所謂名人鉅卿亦多從此途出。造化之吉祥善事，朝廷之爵禄庸顯，亦莫加於此途。視之辭賦，其名卑而其實尊也。

予獨怪夫今之作者之誕也。先輩之文，典雅沈著，如前所云，意中之意，言外之言，皆自肥腸滿腦中流出，一時國家亦獲蕩平正直之效。迺今不假古本，不悉胸情，而務爲鑿空駕虚之説，求之太深而失之太淺，索之愈巧而出之愈拙，以至凡所有事，亦率務虚談而鮮實用，一時國家亦遂成因循苟簡之俗，其原皆本於竊釋氏之過也。釋氏之學，自是天地一種出世之理，與我儒名教實際亦自不入。今之人，夫何知大藏秘密，偶得世儒一二形似之語，而竊竊以爲若可解若不可解，因而用之，以爲若可測若不可測。此政如群盜之僕竊取群盜之所吐棄者爲生活計，可恥孰甚焉！生於其心，則作事而害政，信不誣耳。

語云文章關乎氣運。非氣運能爲文章，乃文章能爲氣運。何者？人，天地之心也；言，心聲也；文章，又言之華也。盖天下聰明才辨之士，耳目夢想畢力于此，而陰以奪朝廷造化之權，其用詎不大歟？而猶以爲小技，與世道何關，非有見之言也。

西蜀牟用一甫雅與予善。其人躬行君子，其詞賦有楊、馬風，上公車數矣而始成進士。制義絶不逢時〔5〕，有先輩典刑。道者日新而屢變，此文其變之時也。用一諸篇，其可以風世乎！予讀而序之，備載其説，覽者毋曰此老生嘗談，予既已知之矣。

【校注】

〔1〕牟用一：牟志夔。據清黄掌綸《長盧鹽法志》等書記載，牟志夔，字用一，四川南溪人，祖籍湖北公安縣，萬曆甲辰（1604）進士。萬曆四十三年（1615）任長盧巡鹽御史。天啟時親近魏忠賢，天啟七年（1627）任山西巡撫。湯賓尹撰有《牟母何孺人壽序》，楊守勤撰有《壽封侍御仁宇牟先生七十序》，對研究牟志夔生平有一定幫助。

〔2〕《畫史》：北宋書畫家米芾著。書中對各個時期的畫家、畫作進行品評和鑒賞。

〔3〕阿堵：六朝及唐人常用的指稱詞。相當於“這”或“這個”。典見《晉書·文苑傳·顧愷之》：“愷之每畫人成，或數年不點目睛。人問其故，答曰：‘四體妍蚩，本無闕少於妙處，傳神寫照，正在阿堵中。’”

〔4〕籀斯：史籀與李斯的并稱。他們都對中國文字的發展作出過重要貢獻。八分：指隸書。

〔5〕制義：八股文的别名。

壽吕太翁八十序[1]

古之修長生術者，恬淡寂寞，嗇精引意，耳目日閉，顔色日臞，慕期羨之遐屬[2]，效彭聃之所爲，吸沆瀣而餐朝霞，雖濟萬世不足以喜。而管夷吾言，養生之道，恣之而已，恣身所欲安，恣意所欲馳，兄昭弟穆，而日與真人居，不以千歲易此。一時，長生者服藥求僊，多爲樂談，千萬人不一遇也。長生之術，未必難老也。恣生者，美意延年，禀受既豐，用之不盡。恣生之道，亦未必不難老也。要之，二者皆非常道。莊生所謂聖人之材德不能備、養生之内外不能兼者也。夫惟上之不必爲吐納導引之術，下之未必不爲豪奢縱恣之事，順生而不逆生，仁義忠信恭儉推讓以爲府，詩書禮樂以訓其孫子，勿放勿壅，而自不至夭其天年。此人世壽，豈之休也？

乃今得之明南翁少司空之介弟也[3]，任俠喜客，氣意軒舉，初授史館校書，鴻臚典禮，久之棄去。而長公已有聲膠序中，冢孫諫議公遂以妙年成進士[4]，讀中秘書，爲朝廷司直之臣。翁年八十矣，而神愈王，氣愈完，燈下猶能作蠅頭小字，對客杯酒謔笑，即達曙不自爲罷也。平生他無所嗜好而雅愛菊，有數百種，葉翠，莖修，花腴，色艷。攬揆之晨，適與時會，環堂堆錦，列坐呼觴，群聚而觀之，落英可飧，郁馥可襲。視彭澤東籬，不免寂寂矣。

夫人之性必有所癖，則其神必有所寄，而物未必亂。菊之爲物，一名更生，一名延年，百草不芳，其花煌煌，輕身逸氣，令人堅强。自萌葉至扶疎，自初春至秋杪，自朝至夕，而直寄焉以爲樂。一切不蕩入其胸中，自不覺心飫葳蕤之精，體備嚴凝之氣。朱孺服葉而升雲，南陽吸液而長世，非虚語也。《記》有之八十拜君命[5]，一座再座；又曰八十常珥杖於朝。翁以隱德登大耋，天子修燕饗、飲食、鄉射之禮，執爵執醬，祝餶祝哽[6]，玄酒在堂，惇史記善[7]，此正翁設五豆時也[8]。

翁與周尚父皆吕姓。尚父年八十而始事文王，翁八十而久脱簪紱[9]。尚父勞其身以濟世，而有尚功尊賢之政；翁逸其身以避世，而有拾遺補闕之孫。尚父歷文、武、成、康之朝，而壽百五十有餘；翁歷嘉、隆、萬曆之際，而神王氣完眉壽無有害。尚父封於營丘，以表東海；翁長公娶于東蒙之望族，以開後人。則尚父之國之日，我翁級爵之日；尚父報政之年，諫議君秉政之年也。翁且優游而歌《南山》之末章矣。尚父所傳《六韜》皆軍國事，不聞有衛生之經，而丹書炳然。豈恣取美好者？順而委之，自至大年，辟之草木鱗介類固有久生者，蓋天授之矣。不佞於長公有世講之好〔10〕，於翁爲太公也。不佞所以壽翁者，無踰乎周尚父矣。

【校注】

〔1〕吕太翁：吕鳴瑒。浙江麗水人。

〔2〕期羨：安期、羨門，均爲古僊人。

〔3〕少司空：工部侍郎。此指吕鳴珂。吕鳴珂，浙江麗水人，字聲甫，號蒼南。嘉靖二十八年（1559）進士。歷官至工部侍郎。其祖文英以丹青擅名，鳴珂亦精其業。有《太常記》。同治《麗水縣志》記載："吕鳴珂，字蒼南，嘉靖二十八年進士，歷官中外，所至以廉能著。雖占籍順天，而遇鄉曲故舊情意周浹。官至工部侍郎，以盡瘁卒於官，贈尚書，予祭葬。"介弟：尊稱他人的弟弟。

〔4〕諫議公：吕鳴瑒之孫吕邦耀，字玄韜，號九如。官翰林院庶吉士、太常少卿，詳見《訪吕玄韜諫議苗家園》"玄韜"條注。

〔5〕八十拜君命：《禮記》原文作"八十拜君命，一坐再至瞽。"

〔6〕執爵執醬，祝飼祝哽：語出《後漢書·明帝紀》："尊事三老，兄事五更，安车輭輪，供綏執授，侯王設醬，公卿饌珍，朕亲袒割，執爵而酳，祝哽在前，祝噎在後。"李賢注："老人食多哽咽，故置人於前後，祝之，令其不哽噎也。"

〔7〕惇史：有德行之人的言行記録。

〔8〕設五豆：鄉飲酒禮。《禮記》："六十者三豆，七十者四豆，八十者五豆，九十者六豆。"豆，《説文》："豆，古食肉器也。"

〔9〕簪紱：仕宦者的禮服佩飾。簪，冠簪。紱，纓紱，絲質的帽帶。

〔10〕世講：語本宋代吕本中《官箴》："同僚之契，交承之分，有兄弟之義；至其子世亦世講之。前輩專以此爲務，今之人知之者蓋少矣。"後謂兩姓子孫世世有共同講學之情誼，或稱朋友的後輩爲世講。明代亦指同年。雷思霈與吕邦耀是進士同年，并同任庶吉士。

壽王母太宜人序[1]

武廟時，吾楚棗陽有直指王公者[2]，乃王母楊太宜人之王父也。夫馬平之於棗陽幾萬里遼矣，而天作之合，我郡丞公王父諭棗陽[3]，而樂昌遂得儷太宜人，太宜人歸而馬平有王母矣。曲周之於棗陽亦不啻萬里遼矣，而宜人伯兄徙曲周，從楊姓，其子爲大司馬雲衢公[4]。

余自按棗陽如王氏直指公之後，以女子而顯於他郡邑者，則太宜人。夫爲樂昌[5]，子伯氏爲清漳[6]，仲氏爲南郡，孝廉循良，父子相續。太宜人者遂得與樂昌及子伯仲顯矣。以丈夫而顯於他郡邑者，則雲衢公。上南宫，陟大司馬，爲世名臣，有社稷之役。儻亦敬仲之繇光遠而自他有耀者耶[7]？敬仲占叶鳳凰，其後之昌以王也八世。而曲周有大司馬，是以男子顯者自二世也。馬平有太宜人，是以女子顯者自一世也。曲周之顯，其赫耀差越馬平，而馬平之顯，其雲礽昆采蟬奕累世若大司馬者[8]，尚未有艾也。何者？樂昌之令樂昌，墮淚同於峴首[9]，尸祝并於桐鄉[10]，而爲讒者所中，止於令宰。伯仲氏之於漳於荆，撫字如陽城[11]，解繩如龔遂[12]，而止於郡丞。天之顯太宜人似有大醞結而不驟發者。安知五世八世之占不與敬仲代興乎？

太宜人嗜僊道，慕皇太姥魏紫虛王太貞之以女得僊，如旦暮遇之。語我公曰："爾與其禄養，毋寧以道養。今其年四百有二十甲子矣，匕箸日健，神明日固。"我公庀事荆南[13]，日啣陟屺之悲[14]，以不能如伯兄時著老萊衣，兹決意挂冠，得一味長生之術以事太宜人，而瑯璈靈簧可一日奏於瑶池上矣。昔白香山登列僊，爲蓬萊長真人，當其初爲丹竈幾成而命至，鼎遂飛去。儻非香山投老，幾不得爲蓬萊長。神僊、仕宦寧可兼乎？古未聞有。以謫僊而榮顯終身者，如曼倩，如青蓮，往往而是，又何疑於我公？

余於宜人，桑梓也。而我公視事西陵，口碑載道，固得悉太宜人起居。其何以爲宜人壽？請以吾楚江漢沮漳爲之觴，太和衡岳爲之豆，三湘七澤之産爲之葅，陽春白雪之曲爲之歌，交甫龐公之流爲之賓〔15〕，司馬孟杜之倫爲之子弟。以是壽太宜人，太宜人必解頤而顧仲氏及伯氏曰："爾果真以道養矣。何必千鍾之粟爲哉？他日有興者，毋忘楚。"

【校注】

〔1〕王母太宜人：王琰孫女，王三聘妻。

〔2〕直指王公：太宜人的祖父王琰。萬曆《襄陽府志》記載："王琰，字良璧，棗陽人。成化乙未進士，由進士除行人，升監察御史，巡按蘇、松有聲，吴地號難剧，琰清心竭慮，遍訊輿臺，巨奸宿蠹一剔而盡。平生清苦，人所不堪。宣廟時以直諫杖斃，棺衾不備，合臺資焉。曾孫一鶚爲都御史。"明蔣一葵《堯山堂外紀》收録其《題夏太常昶墨竹》詩："幽人研玉露，寫此青瑯玕。清標正相似，翛然同歲寒。"直指，即直指使者。

〔3〕我郡丞公：指荆州同知王應泰。當時的荆州同知駐施南。王應泰是廣西萬曆七年（1579）己卯科解元，馬平人，荆州同知。

〔4〕大司馬雲衢公：王一鶚。萬曆《承天府志》記載："王一鶚，字雲衢，嘉靖癸丑進士，官至都御史。封父世爵及祖永如其官。曾祖琰，監察御史，以直著。""王一鶚，直隸曲周籍，湖廣棗陽人，癸丑進士，四十年任（承天知府）。"順治《曲周縣志》記載："王一鶚，號雲衢，嘉靖壬子科癸酉進士，仕至太子少保、兵部尚書。初任南京兵部主事，時值兵變，單騎往諭，众悉解散。後爲閩中郡伯，有倭寇，公循城與士卒同甘苦，人情感激用命，城賴以全。居制府，握本兵，調度兵食，閱練士馬。使九边，絶烽燧之警，护神庙駕幸山陵，帝手解御佩玉环賜之。以盡瘁卒于官。諭祭，謂其功存社稷，名重華夷。加贈少保。"

〔5〕夫爲樂昌：其夫任樂昌知縣。此指王三聘。民國《樂昌縣志》記載："王三聘，馬平舉人，嘉靖四十年爲樂邑令。時場事不登，賦役煩苛。三聘勤撫字，剔奸弊，和顏析爭，與民休息。大羅山寇發，躬率兵禦之，鄰邑騷動，境獨無患。諸猺雜處，東鄉茅頭冲爲民害，按得馬長子等二十八人，置之法。增築西城，捐俸興學，籌增學租爲生徒膳。居四載，里曲無怨咨者。部使蔡某移檄嘉之，會言官誤用浮議，論罷。邑人張本等赴當道乞留，復詣闕訟冤，不報，爲伐石以志去思。"

〔6〕伯氏：長子。疑似萬曆元年（1573）廣西癸酉科舉人王應乾，馬平人，萬曆二十年任漳州同知。

〔7〕光遠：廣闊長久。典出《左傳》莊公二十二年："初，懿氏卜妻敬仲，其妻占之曰吉，是謂鳳皇于飛，和鳴鏘鏘。有嬀之後，將育于姜。五世其昌，并于正卿。八世之後，莫之與京。陳厲公，蔡出也，故蔡人殺五父而立之，生敬仲，其少也，周史有以《周易》見陳侯者，陳侯使筮之，遇《觀》之《否》，曰，是謂觀國之光，利用賓于王，此其代陳有國乎？不在此，其在異國，非此其身，在其子孫，光遠而自他有耀者也。"

〔8〕雲礽：亦作"雲仍"，遠孫，後代。昆采蟬奕：後昆采實去華，聯蟬奕葉。南朝梁江淹《無爲論》："有奕葉公子者，聯蟬七代，冠冕組望，多素紈黼衣繡裳。"

〔9〕墮淚：湖北襄陽峴首山有墮淚碑。《襄陽耆舊記》載："（羊）祜卒後，襄陽百姓於祜平生游憩之所，建碑立廟，歲時祭祀焉。望其碑者，莫不流涕，杜預因名爲'墮淚碑'。"

〔10〕桐鄉：古地名。在今安徽省桐城縣北。春秋時爲桐國，漢改桐鄉。《漢書·循吏傳·朱邑》："（朱邑）少時爲舒桐鄉嗇夫，廉平不苛，以愛利爲行，未嘗笞辱人，存問耆老孤寡，遇之有恩，所部吏民愛敬焉。……初邑病且死，屬其子曰：'我故爲桐鄉吏，其民愛我，必葬我桐鄉。後世子孫奉嘗我，不如桐鄉民。'及死，其子葬之桐鄉西郭外，民果共爲邑起冢立祠，歲時祠祭。"後因以爲官吏在任行惠政、有遺愛之典。

〔11〕陽城：陽城，唐北平人。德宗時官諫議大夫，有直聲。《唐書·陽城

傳》："陽城爲道州刺史，觀察使數誚責，州當上考功第，城自署曰：'撫字心勞，催科政拙，考下下。'"

〔12〕龔遂：西漢官員。《漢書·龔遂傳》："臣聞治亂民猶治亂繩，不可急也；唯緩之，然後可治。臣願丞相、御史且無拘臣以文法，得一切便宜從事。"

〔13〕庀事：辦事。

〔14〕陟屺之悲：《詩·魏風·陟岵》："陟彼屺兮，瞻望母兮。"鄭玄箋："此又思母之戒，而登屺山而望也。"後因以"陟屺"爲思念母親之典。

〔15〕交甫：鄭交甫。據傳爲周朝人，有漢江遇游女之事。西漢劉向《列僊傳》有記載。

李尚貞制義序〔1〕

本朝文章家李姓最著，北地獻吉，濟南于鱗，雲杜本寧，而尚貞又本寧先生門下士也。北地、雲杜皆早達，濟南亦不甚晚，故其制舉義不可概見，而所稱者多傳世之業。

尚貞在諸生中其名甚著，游太學而歸，已舉於鄉，遂成進士。其古文辭亦間有之，無專門，而所稱者皆應世之業。如以結撰致思，出入太學，亦無以異於三君子。今尚貞爲興安守，興安古秦中，獻吉之鄉，而于鱗、本寧所督學地也。三君子皆以郎署、中秘起家。而尚貞初試有司，比於二千石，其於民甚親，所稱者又在經世之業。然而登高作賦可以爲大夫，經術文章可以飾吏治，簿書之暇肆力於所謂傳世者，誠無以異於三君子，是在尚貞矣。其名谿谷者，亦取君家獻吉氏語自況云耳。

【校注】

〔1〕李尚貞：疑似雷思霈的進士同年李鍾元。康熙《安陸府志》記載："李鍾元，字見心，鍾祥人，萬曆辛丑進士。知陝西興安州，下車即力求所宜興除，以紓民困。常單騎咨訪屬邑，議賑議蠲，上於所司，皆得請。州有大盜，

固結數十年，公視事三月，即捕獲渠魁，其黨千餘悉解散。良民董邦枝無大故，而一家定九辟，公百方解之，得末灭。董邦枝率老幼焚香泣拜於庭，公曰：‘賴上司神明昭雪爾，於我何與也？’癸卯，分考秦闈。甲辰覲還，卒於官。”

楊别駕以西陵還府序代[1]

今上御宇，在宥天下，吏治蒸蒸如漢宣武帝[2]，至於今而稍稍骫[3]。比墨者無論，有則陽爲皎皎而陰爲熙熙，外爲厲而内爲荏；有則巽軟不事事[4]，藉口卧治，一切廢閣；有則委蛇觀望，惟欲遷去，何知潁川、渤海[5]；有則毛舉蝮鷙[6]，不問豪右而問百姓。之數者，皆吏治之蠹也。

惟我西陵，服在南楚，數十年以來，率多循吏，各有偏長。至於以攝事至而不自以爲攝事，無多事，無翫事，不吐不茹，惟明惟允，數月而治，則惟我公一人。攝事者往往以囊橐，公不復名一錢，惟日問豪大家吏胥奸如山者，悉治之法，不少貸。有一二主椽魁里，大冠若箕，大蓋若宇，以與我縉紳伍。公悉毁其冠，不少假。月朔及望，誘進諸生，章比句櫛，日中不休。民間僞造五金[7]，幾不可辨。公著爲令，僞造者法無赦。雖五尺之童，莫敢有欺。曩者，城爲之圮，門爲之陁。公日乘城而督之，必欲堅如漆，壯如列屏。一二鍰金，悉以犒卒。于思可歌[8]，即楚人城郢不過是。天不雨，自五月至於六月。公甫下車，即爲雩祀，帥諸緇流諸父老、諸百千夫長、諸博士弟子徒步自郊，隨甘澍如注，在谷滿谷，在丘滿丘。此非公誠實心信於百姓、士大夫，信於神明、天地，可能屏奸慝而民悦，説經而解頤，鳩工而子來，徒步禱而應如響也與哉？

維時，千夫長龍某者，余甥也，頗勝一劍之任[9]，辱公推轂之，乞余言以贈。公行，余請以劍喻。公以清廉爲鍔，以忠信爲鐔，其神用，搏之莫得其影，按之莫測其際，則殷后之含光也[11]；其燭物，文如列星之行，光如水之溢塘，則越王之純鈎也；其勇决，陸斷犀象，水截蛟螭，則歐冶之干將也。以是無留行[12]，無全牛，受韓棱之賜而佩吕虔之贈也[13]。其斯爲天下寶乎！恨西陵無能久借公，然以荆南視之，猶宇下也；以吏治視之，猶法程也。異日者，王别駕之事其在公矣！公行矣，余請以三劍贈公而列其事如此。

【校注】

〔1〕楊别駕：失考。别駕，係明清時通判的别稱。

〔2〕蒸蒸：純一寬厚貌。《漢書·酷吏傳序》："而吏治蒸蒸，不至於奸，黎民艾安。"顔師古注："蒸蒸，純一之貌也。"

〔3〕骫：枉曲。骫法，枉法。

〔4〕巽軟：怯懦。

〔5〕潁川渤海：指西漢大臣黄霸和龔遂。黄霸曾任潁川太守等職，善於治理郡縣，爲官清廉、外寬内明，文治有方；龔遂曾任渤海太守，公正廉潔，執法寬厚。

〔6〕毛舉：列舉不重要的小事。螋鷙：狠戾不仁。

〔7〕五金：古錢币名。榆莢錢的一種。金元好問《續夷堅志·古錢》："榆莢，其文一曰'五金'，一曰'五朱'，殆分'銖'字爲二也。"

〔8〕于思可歌：《左傳》宣公二年："宋城，華元爲植，巡功。城者謳曰：'睅其目，皤其腹，棄甲而復，于思于思，棄甲復來。'"杜預注："于思，多鬚之貌。"本爲宋築城者譏笑絡腮鬍子敗將華元之語，此爲贊美築城者。

〔9〕一劍之任：指獨力擔任艱巨的任務。

〔11〕含光：《列子》曰："魏孔周其祖得殷氏之寶劍，一曰含光，二曰承影，三曰霄練。"

〔12〕留行：指阻擋，阻礙。

〔13〕韓棱：東漢名臣，肅宗曾賞給他"龍淵"寶劍。

茅國芳《曼衍稿》序[1]

歸安有茅鹿門先生[2]，以文章名天下。是時吴郡、新安之學顯，而毘陵、晉江稍絀矣。歸安則獨不以爲然，嘗曰："百年後，天下當有知吾文者。"今未及五十年，吴郡、新安稍絀，而毘陵、晉江之學顯矣。以及先生，先生之文與毘陵、晉江一轍也。先生所選諸大家皆能闡繹奥旨以及其文章之妙，而時時與從子國芳揚榷之[3]。

國芳爲文似其先生。已而國芳俯就一官，喜作詩歌，在海外有《海外遊草》，在閩中有《閩中遊草》，爲詩亦似其先生。又有《樂府諸高士傳》諸詠。夫取古之循良有風謡者，采而爲樂府，此真樂府也。而國芳又系之以五言律體。以樂府名作律體，古亦有之，然余以爲不若李文正之變調雅有風致[4]。諸高士，聞其姓名已令人齒頰間有蓮花香味，而况讀其傳，復繼之以詩，然余以爲不若蘇文忠之《應真》諸贊，似俚似偈，别有神情。

夫與醉鄉豪客作紅粉文字之飲，其飲必不達；與山水間名人談天地儒墨之術，其於山水必不真也。然當車塵馬跡之時，而問隱鱗曳尾之事[5]，冕紱若薜蘿，皇堂具丘壑。昔人詩云："公事只堪對流水，宦情吾自有青山[6]。"此亦可以風矣。

國芳自序云："蘇子瞻居海外，其文與詩，讀之如翔鳳冥鴻，高蹈遐舉，往往有天際之想，而絶無牢騷乞憐之態。辟之飛天僊人，雖在羅刹鬼國中，愈多烟霞氣也。"此國芳所以爲詩之意也。

【校注】

〔1〕茅國芳：茅坤侄子。疑似茅一桂。雍正《朔州志》記載："茅一桂，浙江歸安舉人，萬曆三十八年知州。吟壇詩伯，藝苑詞宗，以經術經世，井井有條。雲路一開，科第勃發，舉出其門。升大同府同知。"清丁丙《善本書室藏書志》記載："《淮南鴻烈解》二十一卷，明刊本，陶石簣藏書。漢河東高誘注，歸安鹿門茅坤批評。臨海王宗沐序曰：'鹿門從子一桂，故嗜書，業已

訂《淮南鴻烈解》行海内，而鹿門子猶病其略，載所批評，讀之句若櫛，字若纓，不啻左右廣而導之前茅也。眉間刻批累累，卷前有記。”萬曆三十三年（1605），茅一桂曾官瓊州府（今海南）萬州知州，後升福建建寧府同知。與文中的“海外”“閩中”吻合。

〔2〕茅鹿門：茅坤，明代散文家、藏書家。字順甫，號鹿門，歸安（今浙江吴興）人，明末儒將茅元儀祖父。茅坤文武兼長，雅好書法。提倡學習唐宋古文，但反對“文必秦漢”的觀點。編選《唐宋八大家文鈔》，對韓愈、歐陽修和蘇軾尤爲推崇。茅坤與晉江王慎中、毘陵唐順之、太倉歸有光等，被稱爲“唐宋派”。

〔3〕揚榷：扼要進行論述。此指討論。

〔4〕李文正：李東陽，謚文正。

〔5〕隱鱗曳尾：比喻賢者待時而動。

〔6〕公事只堪對流水，宦情吾自有青山：出自嘉靖時歐大任的《姚元白枉書問訊因聞元白與陳子野俱已乞休賦寄二子》：“婆娑偶寄漆園間，荒徑苔深頗似閑。公事只堪對流水，宦情吾自有青山。牕中蝴蝶頻支枕，松下楞伽一掩關。聞道故人罷官早，白雲遥羨鳥知還。”

王公權《歸來辭》序

州大如人面著黑子，州俗如三家村，州貧如敗螺，枵然形具〔1〕，即有一二不乏阿堵，鮮有蒔花，購石，藏名家書畫、上代鼎彝，料理酒經茶事，開徑望三益者〔2〕。

公權雅嗜此道，與余好同。而稍不同者，余喜郊野，欲覓數畝之圃，了不可得。而公權於池亭隔舍數十步不屑也。州多山水，雄拔奇變足甲南郡。余有謝公之癖，而公權頗乏許椽之情〔3〕。州鮮世家，無藏書。公權偶得異本，輒手自抄録，如子瞻寫漢史。而余好字不好書，亦如子瞻好書不好作家書也。其稍同者，余喜詩，公權晚而亦喜詩。然余詩從門入習琵琶者，去本業十多年而始別得其音響。公權有激而言，直攄胸臆，不從門入，雖不合古人法，却不曾被古人引壞，如散聖高僧，不拘律典；如大心凡夫[4]，不由阿含[5]，立躋佛地，觀者自得之。若以唐調律公權，則余所不敢知矣。

【校注】

〔1〕枵然：空虚貌。

〔2〕開徑望三益：三益，借指朋友。語本《論語·季氏》："孔子曰：益者三友，損者三友。友直，友諒，友多聞，益矣。"江淹《雜體詩·效陶潛》："但願桑麻成，蠶月得紡績。素心正如此，開徑望三益。"

〔3〕許椽：一作"許掾"。晉時道人，與支道林、王羲之等當時名人都有交往。《世説新語》記載，許掾好游山水，而體便登陟。時人云："許非徒有勝情，實有濟勝之具。"

〔4〕大心：佛教語。指大菩提心。

〔5〕阿含：佛教語。指所傳承之教説，或集其教説所成之聖典。

王叔子《五雲房稿》序[1]

叔周有园，在城之東偏，與余居近。中惟竹樹，樹惟柳數株，大各數十圍，盖數百年物也。余絶愛之。春雨嫩絲緑漾堪把[2]；夏陰凉飈襲人，無暑氣；秋葉始脱，枝幹古拙，婆娑如畫；冬雪被體，若玉樹枒槎。叔周時時歌詠其中，感桓宣武之愾嘆[3]，動庾開府之賦思，得詩凡若干卷，幾於據梧而吟，對橘而頌矣。

叔周，世家子，遭多難而任誕作達，以言句消之。行歌澤畔，何必漁父之誚？曼倩山腰[4]，不爲蘇門所譏。大都孤憤之意少，而大雅之音多也。叔周又善飲，余嘗戲之曰："法有别傳[5]，音有别調，詩有别趣、别才，酒亦有别腸乎？"余間與叔周醉卧樹下，《詩》云"南有橋木"，余誦叔周之詩，以無忘此嘉樹也。

【校注】

〔1〕王叔子：疑似光禄寺丞王之宸，夷陵人。參閲《王叔周園子雪中牡丹花》《春日王叔周五雲堂》。五雲房：疑似即五雲堂。乾隆《東湖縣志》記載："五雲堂，基無考，明光禄寺丞王之宸建。"

〔2〕堪把：盈握。可以用手滿把地採摘。

〔3〕桓宣武：東晉名將桓温。庾開府，指北周文學家庾信。

〔4〕曼倩：東方朔，字曼倩，擅幽默。

〔5〕法有别傳：亦稱"教外别傳"，是一句禪林用語。它所指的是不借助文字、語言的輔助，直接領悟佛陀境界，也就是説禪宗師徒之間的相傳不依言教，而是以心傳心。禪宗的傳法是經教之外的另一種傳授，因此稱爲教外别傳。

袁元静《海棠香國風》引〔1〕

大地之西有州曰嘉，有國曰香海棠〔2〕。夫世之名花異草，不知其幾千萬種也，九錫之典，封疆不與焉，惟牡丹、都梁僅有其名〔3〕。僅有其名者，謂國能有之也，非能自爲國也，不能自爲國者。凡國之有牡丹、都梁者，皆香也。牡丹、都梁不爲國，然國皆爲君爲王。海棠獨稱香國者何也？謂能自有國也，非他國所能有也，能自爲國者。凡國之有海棠者無香，獨嘉州香也。獨嘉州香者何也？地使然也。所不可知也，海棠有其國，然不能有其君與王之名而號爲香海公。號爲香海公者，主人號之也。

國之中有主人焉，其志潔，其行芳，得《離騷》之兼體，喜與己同，故號之也。主人自公退食，凡所謂朝夕陰晴、風雨月霧，與夫臺榭亭沼、欄杆石竹之類，舉國所有者，皆制爲樂府詩賦百餘篇，以供香海公之歡，而總名之曰"風"。海棠自爲國，故"風"之也猶之乎十五國也。香海公亦好客，客至綦履，爵罍互酬交錯，秉燭相對，香海公亦不作嗔，嫣然而已。香海公又好高卧，語主人："《詩》曰：'獨寐寤言，永矢弗諼。’吾老吾國而已。”

夫花之有香也，猶女之有態也，士之有韻也，山之有色也，水之有光也。之數者，可得而見之，不可得而跡也。惟花之香可得而聞之，不可得而見也，而況橘柚鶴鴝之性，安土敦仁，上智不移，不得其國而入者，不可得而聞也。故曰夫子之文章可得而聞也，夫子之言性與天道不可得而聞也。國之外，靈巖奇絶，有神人焉，矩羅大士也。國之境，眉山奇絶，有才人焉，明允父子也[4]，皆他國所無也。國之中，香海棠奇絶，有主人焉，郴州袁子讓也；主人有友焉，峽州雷思霈也，皆楚人也。

【校注】

〔1〕袁元靜：袁子讓，字仔肩，郴州人，萬曆二十九（1601）雷思霈同榜進士。嘉慶《郴州總志》記載："袁子讓，郴州人，萬曆乙酉舉於鄉，辛丑成進士。授嘉定知州，課士愛民，振興文教，詞章題詠傳爲古跡。州南有香海棠亭，碑刻子讓《香海棠賦》。擢兵部員外郎，八都民攀轅泣留，入嘉定名宦祠。又題京都上湖南會館柱聯云：‘峋嶁坐衡宗，揖五盖九疑，青紫千層朝薊北；瀟湘匯郴水，帶三江七澤，風雲萬頃壯湖南。’"雍正《四川通志》記載："袁子讓，郴州人，進士。知嘉定九年，以廉明著，有惠澤及民。去任日，童叟士女數萬人，擁車泣送百里外，以其清白，多持芋蔬哭獻道左云。"擢兵部員外郎。著有《字學元元》《香海棠集》。

〔2〕有國曰香海棠：香海棠國最早指昌州，後指嘉定州。明陳耀文《天中記》引《花譜》："蜀花有香海棠，有色無香，惟蜀中昌州海棠花有香，其木合抱，故昌州號曰‘海棠香國’。州治前有香霏閣，每花或二十餘葉，香氣濃郁。"

〔3〕都梁：都梁香。澤蘭的別名。

〔4〕明允：蘇洵，字明允。

【相關鏈接】

香海棠詩序

趙用光

古來豪雄瑰磊之士，材與遇合，得極意用，生平無幾微憾歉者，可指數也；而厄於所遭，沈抑侘傺，老巖壑不一竟用者，往往而是。未嘗不低徊悲慨，謂造物忌多取，即於人亦靳不少縱，若此則夫嗇角齒足翼之用於鳥獸，而酌花木於色臭之間，不足多怪也。昔劉淵材恨海棠無香，自措大癡想。乃嘉州願實有香海棠。予友袁仔肩氏故守嘉，每爲予言，輒令人遠想。及徵其狀，謂香如蘭稍淡，即色深者亦若朱勻薄粉然，不盡渥丹也。色正赤而香濃，獨牡丹芍藥耳。昔人至品之花王花近侍，固已極賢豪之殊遭矣。嘉州海棠幾兼得之而各有遜焉。於王蓋扶余國主，於禁近抑管葛之流亞乎？此亦造物者靳不少縱之一驗也。仔肩蒞嘉最久，賦詠亦最多，裒而刻之燕中，而命予一言弁諸首。人亦有言，齊魯二大臣史失其名黄四娘何人者，以工部千載，然則此香棠者亦奇有遇矣。

（《蒼雪軒全集》）

送觀察侯覲墀入賀及覲省序[1]

今年辛亥秋八月爲皇上萬壽之期，天下郡國一二文武之臣捧表稱賀，綴舞班行，而楚中以我侯公往。公時觀察荆南，有重名，以公往，蓋重其人云。

又聞公便道歸里門，爲二尊人壽，曰人臣合萬國之歡心，祝萬年有道之天子，得身逢盛世而藉其靈寵，願以壽吾君者爲吾親壽。荆南幾五年所，未奉甘脆之養。然於荆國之民，務在成就安全以若其性命，於子爲衆父，於二尊人爲衆父父也，願以壽吾民者爲吾親壽。二尊人聞之色喜，爲加一爵。君子曰：公是行也，尊尊親親之道備矣。

余因是推言之，今夫天尊而不親[2]，地親而不尊，火尊而不親，水親而不尊，於治道亦然。天下郡國，統之以兩臺，理之以郡伯長令，而惟監司調劑其間。統之以兩臺，一切持大體而已，尊而不親。理之以郡伯長令，刑名錢穀尾瑣之事，日與胥吏黔首爲伍，又有所稟承不自用，親而不尊。監司調劑其間，上之所欲宣布於下者，監司自上下之。下之所欲請命於上者，監司自下上之。有賢監司，則兩臺不得以私爲德怨，郡伯長令不敢以意爲重輕。於兩臺則爲已親，於郡伯長令則爲已尊。由是觀之，上觀下獲，監司之任不爲細矣。

公在南郡，飲冰茹蘗，高自標致[3]，以誠爲轂，以公爲輔，載之以博大，運之以精綜，兼天地水火之德而濟緩急剛柔之用。苟有害於民者，如垢在體，去之惟恐不速；苟有利於民者，如渴欲飲，如寒欲衣，得之惟恐不蚤。諸侯王孫無不知宗政條也[4]，郡伯長令無不斤斤守三尺惟謹也，三軍之士無敢嘩於伍也，豪猾無敢因緣生奸也，盜賊無敢爲窟穴也，郡之士大夫無不奉以爲矩矱也，即三楚中之山叟小兒、婦人女子，風聲逖聽[5]，無不尊而親之也。

今公行矣，郡伯長令咸來乞余一言爲贈，且有詩人《九罭》之思[6]。余曰：公晉秩觀察使猶留荆南者，朝廷知荆州爲重地，而荆州士大夫及郡伯令長咸願久于其位也，諸君第安之，今楚中兩中丞，鎮鄂渚者有少司寇之召，鎮鄖西者尚未有人也。朝廷知公，又知楚人之德公，而於兩中丞推其一，是天之所以授楚也。諸君之庇於其宇下，寧有既乎？

雖然，公是行也，尊親之外，猶有大窾竅焉[7]，非衆所知也。昔黄帝、堯、舜皆百有餘歲垂衣裳[8]，而殷中宗饗國七十有五年，高宗饗國五十有九年，以知小民之艱難。周文王惟終身饗國五十年，以庶邦惟正之供[9]。天子假令召公問饗國長久之道，公舉黄帝、堯、舜、殷宗、周文以對，而因以罷采榷之使與天下休息乎無爲者，在此行也。公舊爲秘書郎，典試蜀中，號稱得士，文章爾雅。今士風文體壞極矣。公入而與學士大夫論經世之業，障百川而東之，以斡旋元氣，若唐之韓愈、宋之歐陽修者，在此行也。公舊爲吏部郎，具人倫之鑒[10]。今議論之紛淆，政事之龐雜，未有甚於此時者也。公入而與當事者談五視九徵之法〔11〕，若山巨源之有啟事從懷袖中出之，使群黨自涣，衆正自闢者〔12〕，在此行也。公以吏部參藩，絶無瞑恚〔13〕，亦絶無厭薄，惟日事事不敢怠遑，治行稱天下最，使後之君子不復以在外爲愧，若忠宣忠定恭簡，皆以外臺爲大卿爲名臣者，在此行也。講幄久虚，大僚缺署，當事者章疏百上而未奉俞旨，公入而贊成其議，使中外老臣碩彦得以登庸秉衡〔14〕，燮調輔導〔15〕，共成億萬載無疆之治者，在此行也。

【校注】

〔1〕侯觀墀：侯執躬，號淡軒，河南商丘人。康熙《商丘縣志》記載："侯執躬，字觀墀，父瑀見别傳。少嗜學，與從弟執蒲互相砥礪，萬曆戊子同舉於鄉，己丑成進士。出歸善楊起元之門。起元有文學盛名，世所謂楊復所先生者也。釋褐，授中書舍人。丁酉典四川鄉試，所得皆三巴名士，劉時俊、尹紳其最著者。以清望擢吏部文選主事，遷員外，轉驗封郎中。執躬爲人剛方介直，典銓時，苞且請托，遏而不行，權貴側目，遂外調湖廣參政，分守荆南道。治荆有勞績，加按察使，遷四川右布政，尋轉左。久之遷光禄寺卿。時蜀中殷富而藩伯爲材賦總匯，守其官者歲入不貲。執躬秉操如吏部時，絶不以脂膏自潤。又念吴蜀相距萬里，而父瑀守田里，篤老不能就養，時以白雲爲念。及内擢，即乞歸養親。杜門不出，枕經籍書，手批二十一史往往有卓見，爲時所傳。與鄉里故舊修布衣之節，初不知其爲貴卿也。兩鄉邦有大故，如治河修城等役，必身爲肩任，不惜傾橐。一時縉紳中之稱好義者無以尚之。卒年七十有七。"明郭正域《合并黄離草》："侯觀墀觀察。人自荆來者，道臺臺留心吏事，百廢俱興，吏畏民懷，風清弊息。而田曹二丈言之更悉，至留意人才，善惡不爽，衡鑒則冰壺水鏡，素有朗照，即以不肖菲劣，時刀存注，雖獎進溢美，不肖不敢承，而隆懷雅念遠過流輩矣。"覲省：探望雙親。此事發生於萬曆三十九年，即 1611 年。

〔2〕尊而不親：尊，威嚴，威勢；親，親近，親切。

〔3〕高自標致：高標準要求自己，清高脱俗。

〔4〕宗政條：掌管王室亲族的法規。

〔5〕逖聽：猶逖聞，在遠處聽到。常表示恭敬。司馬相如《封禪文》："率邇者踵武，逖聽者風聲。"

〔6〕《九罭》：《詩·豳風》中的一篇。《毛詩序》説："《九罭》，美周公也。周大夫刺朝廷之不知也。"

〔7〕竅竅：法則，訣竅。此指要務。

〔8〕垂衣裳：謂定衣服之制，示天下以禮。後用以稱頌帝王無爲而治。典出《易·繫辭下》。

〔9〕惟正之供：《書·無逸》："文王不敢盤於游田，以庶邦惟正之供。"言惟正税是進。後指正税。古代法定百姓交納的賦税。

〔10〕人倫之鑒：謂品評或選拔人才的才能。

〔11〕五視九徵：五視，指居視其所親，富視其所予，達視其所舉，窮視其所不爲，貧視其所不取；九徵，出自《莊子·列禦寇》："君子遠使之而觀其忠，近使之而觀其敬，煩使之而觀其能，卒然問焉而觀其知，急與之期而觀其信，委之以財而觀其仁，告之以危而觀其節，醉之以酒而觀其側，雜之以處而觀其色，九徵至，不肖人得矣。"

〔12〕衆正：群吏。

〔13〕瞋恚：佛教語。瞋恚者，不論自己是非，若人不順己意，便發盛怒，且不受人以理諭。

〔14〕登庸：選拔任用。秉衡：掌權。

〔15〕燮調：協和，調理。借指宰相的政務。

《懿行録》序

以予觀於耿隱君英之及隱君之耳孫之妻之節[1]，而知耿之有世德也。耿之先朝列大夫，暉守峽州[2]，子俊家焉，而生隱君。隱君爲博士諸生，讀書懷獨行君子之風。數傳而生君實，君實爲博士諸生，一日而卒。卒之日，楊孺人年僅十八，孺人生予友際虞僅五月，今在諸生中有聲。孺人稱未亡人四十年一日也。

夫人情多悋一錢，捫之汗出[3]，簞食見色[4]，刀錐必爭。隱君既已脱市人之難，饑予粟，婚予禽，喪予具，疫予藥。曩有司乏於軍興[5]，不憚征繕以待命，以爲閭里先。人情多尤，即兄弟且有曠林之戈[6]，斗米尺帛之謡[7]，而況在女弟。隱君視其女弟贅婿若兄弟，數分其産。人情多倉卒墮行。隱君有火流于屋，乃獨奉木主扶母氏以出，餘悉畀祝融君，而卒以飛尚書郎之雨[8]。

人情故多寡恥，或亡伉儷，即鳲鳩之子[9]，不甘寡鵠，而致《黄鳥》之譎諫，況以五月一呱呱之孤而季女者哉！而孺人矢匪慝以無忘于鳴雁[10]。即不然，人情以五月之孤，幸得不餒嘗烝之鬼[11]，足以報地下。而孺人不啻若文伯子輿氏之母，嚴以益慈，勞以成愛，脱簪珥，行修，舉君實所藏書督之，讀誦之聲與機杼相雜[12]，日夜望其有成立也。而令子遂有聲庠序中，交知賢豪長者，以張大先人未竟之業。人情即能矢匪慝，而多德色于姑[13]，多勃溪唇稽于姑[14]。孺人拮據操作以奉甘脆之養，病則加一飯脱然愈[15]，減一飯脱然愈，没則躬自負土而冢焉。歲時伏臘則灑酒而祭，有所稱引[16]，則曰："聞之先姑。"人情既拮據操作、攻苦食淡以仰給俯取，我爲政又何必得我而以寡爲解。孺人又性好施予，不時散舍，無所藏之，是隱君、孺人之懿行大抵如此矣，以是兩者相提而論。

隱君義不苟合當世，孺人稱未亡人而提五月之孤，義不辱，則特操同。隱君周人之急甚己之私，孺人好施予，則惠同。隱君之從容奉木主以出與孺人之奉甘脆也，勸民而出于孝情則同。隱君之視其女弟與孺人之成其子也，勸民而出於慈情則同。要以隱居穴巖之士，設爲名高，世固不乏，而以一寡婦人，而緇一呱呱之孤，以矢匪慝，蓋其天性也，是爲難耳！于以勸一風百，不已重乎？昔趙太后之問齊使也，齊之處士鍾離、葉陽無恙耶？何爲至今不業也？北宫之女嬰兒子無恙耶？何爲至今不朝也？此二士弗業、一女不朝，何以勤鄰國君？夫人之問，乃知處士之高標、貞女之姱節非細行也。今隱君無論其他，能助有司息養其民，而又不憚征繕以待有司之命，是何減鍾離、葉陽二士？孺人奉甘脆以養姑章，與北宫嬰兒徹環瑱以養父母，嫁與不嫁等耳！然孺人既以有家，空提一五月之孤以至今日，孰與北宫嬰兒多也？隱君雖不業，不願爲業，而有司旌其間。孺人雖不朝，行且以節聞，而有司立楔棹焉[17]，士大夫相與矢歌侈其盛。觀謡俗者，可採而爲《衡門》之章、《柏舟》之詠矣[18]！可但鄰國之問也已耶！夫自韋稀氏以後[19]，夫誰能不波？則處士爲難。以一寡婦人，不觀古列女諸書，又無師氏姆傅以爲磨厲，乃能匪慝不辱，則女德爲尤難。至以處士、女德先後爛焉，則尤難之難者也。

予故觀于隱君及孺人而知耿之有世德也，際虞其所由來矣。然則際虞率隱君之攸行以光大君實之業，而終孺人之教，成名於天下也。是爲奕世載德，不忝前人者乎？

英之名文會[20]，君實名光，際虞名應期。

【校注】

〔1〕耳孫：據《類篇・耳孫》，仍孫之子爲耳孫，也就是九世孫。泛稱遠孫。因爲耳孫離開高曾祖父很遠，只能耳聞而已，故稱。

〔2〕暉：耿暉。正統七年（1442）任夷陵知州。弘治《夷陵州志》記載："耿暉，河南祥符人，知州，爲政平易，民到於今稱之。""(公署）按察分司，在川治東南隅，正廳三間，卷厦三間，後堂三間，東西司房各二間，西二間無存，厨房三間，俱正統間知州耿暉建，弘治六年知州陳宣各新之。州治，在中水門内正街，洪武十年知州吴冲睿建，正統七年知州耿暉重修。"參見《旌表節婦耿母楊氏墓誌銘》。

〔3〕汗，原刻本譌作"汙"。

〔4〕簞食見色：比喻計較小利。語出孟軻《孟子・盡心下》："好名之人能讓千乘之國，苟非其人，簞食豆羹見於色。"

〔5〕果：同"果"，如果。

〔6〕曠林之戈：曠林，深林。《左傳》昭公元年："昔高辛氏有二子，伯曰閼伯，季曰實沈，居於曠林，不相能也，日尋干戈以相征討。"

〔7〕斗米尺帛之謡：《史記·淮南衡山列傳》記載，漢文帝之弟淮南厲王謀反事敗，被徙蜀郡，途中“乃不食死”。“孝文十二年，民有作歌歌淮南厲王曰：‘一尺布，尚可縫；一斗粟，尚可舂。兄弟二人不能相容。’”裴駰集解引《漢書音義》曰：“尺布斗粟猶尚不棄，况於兄弟而更相逐乎？”瓚曰：“一尺布尚可縫而共衣，一斗粟尚可舂而共食也，况以天下之廣而不能相容。”喻兄弟相殘。

〔8〕尚書郎之雨：用束皙典。《晉書》記載，束皙“察孝廉舉茂才皆不就。太康中旱，爲邑人請雨三日，雨注。歷尚書郎”。

〔9〕鳲鳩之子：《詩·曹風·鳲鳩》敘述鳲鳩有七子，“其子在梅”“其子在棘”“其子在榛”。《毛詩序》云：“《鳲鳩》，刺不一也。在位無君子，用心之不一也。”此指不專一。

〔10〕矢匪慝：發誓不改嫁。慝，通“忒”，變更。《詩·鄘風·柏舟》：“之死矢靡慝。”鳴雁：《詩·邶風·匏有苦葉》：“雝雝鳴雁，旭日始旦，士如歸妻，迨冰未泮。”毛傳：“雝雝，雁聲和也。納采用雁，旭日始出，謂大昕之時。”鄭玄箋：“雁者，隨陽而處，似婦人從夫，故昏禮用焉。”

〔11〕嘗烝：本指秋、冬二祭。後泛指祭祀。

〔12〕杼，原刻本譌作“抒”。

〔13〕德色：自以爲對人有恩德而表現出來的神色。

〔14〕勃溪：吵架，爭鬬，婆媳爭吵。語出《莊子·外物》：“室無空虚，則婦姑勃溪。”唇稽：即唇譏。

〔15〕脱然：病愈的樣子。《公羊傳》昭公十九年：“樂正子春之視疾也，復加一飯則脱然愈，復損一飯則脱然愈。”

〔16〕稱引：受得稱贊。

〔17〕楔棹：門旁表宅樹坊的木柱。此指牌坊。

〔18〕《衡門》：《詩·陳風》篇名，歌頌隱者。《柏舟》：《詩·鄘風》篇名，過去一般認爲是歌頌節婦之作。

〔19〕韋稀氏：一般作“稀韋氏”，太古之民。

〔20〕耿文會：弘治《夷陵州志》在《尚義》一章中記載其爲“東上鄉人”。

蓬池閣遺稿卷之九

序十首

贈羅體吾[1]

今天下鳴方術，無慮數十百家[2]，率左袒岐黄之言，惟挈長算效，功侔良相[3]。試溯世數，神農、長桑而下，不知幾千百年，而聖神遞作矣。是以醫道自古重之。《周禮》："醫師掌諸醫療之法，秩上士。"我明興，迪簡尤慎[4]，置院設秩，入侍禁闥，往往有加階比于三事六卿者[5]，視古尤鼎貴哉！

予總角，知慕衛生家言《胠篋》《素問》《丹溪》諸書，聞有習相君之技，輒把臂下之，願領謦咳[6]，顧立談，非不辨也，奇癥當前，斂手駭汗，計画無復之，比比而是，醫難言哉！醫猶操舟然，平波利艘以語驚湍怒浪則異；醫猶將兵然，平原曠野以語深林險阻則異。何則？伎倆止此，神明之爲難爾。粵人世業舟，則險夷一也；老將業兵，則奇正一也。昔人之醫，不三代不服其藥，故求十全于九折，百不失一焉。彼世授有真詮焉，非其幸耳。

余三載羈燕邸，風土不相習，燥濕不相宜，往往稱善病也。而閫以内猶甚[7]，伏枕羸瘠，至不能進匕筯。燕市醫家棋布，倒屣十數輩[8]，無足爲二豎難者[9]。乃于年友曾退如知賓甫羅君已，復于諸縉紳齒頰得賓甫活人狀，與退如若出一口，遂與定莫逆交。不數日而室中人病，病輒受賓甫匕劑，一投即瘥神。遂以王茅山氏之青蓮、茹洪景氏之九還丹不捷于此。乃知羅君之于醫，聖也。

予往晤諸醫，無不好自崖異〔10〕，延致多不至，至則矜詡生平，抵掌疇昔，屈指奇中，剌剌不休。賓甫無一言及之，嘗曰："奕世相襲，起人之疾，未可縷數，未能記憶。且醫，仁術也。先難後易，寧在脣吻間乎？"予深味其言，益敬慕之。時從退如丈一過其第，第見赫蹏旁午〔11〕，輿馬絡繹，踵曳肩摩，閧然如市。往往數十偵于通衢，爭相迎致，擁道相持，至不能行。君令各陳緩急，次第視之，殆者蘇，困者醒，侯門豪族、繩樞甕牖，皆一視之，不分爲兩。以故，長安莫不知羅君名。大宗伯雅重器之〔12〕，特拔君稠人中，委以庫務，同曹之流皆唯唯謝弗及。君研精百氏，神而明之，凡岐黄經方、扁鵲《八十一難經》，下至歷代編纂醫藥書，洞融澄澈，不泥陳言，如粤人之舟，風波不驚；老將之兵，震撼不變。旦肩輿出，夜篝燈歸，周歷數十里不言勞。薦紳揖于庭，窶夫拜于途〔13〕，六通四闢之區，見者共拱爲瑞，而未嘗有德色，人溺猶己〔14〕，不矜不伐，擬之良相不虛。

耳聞之，醫者，意也。古人隨所愜意，命筆紀篇，勒爲成書，遂至不朽。君入則侍直禁闥〔15〕，出則庫務紛挐，而長安百萬家需于君之視病若望歲然。吾固知君之腕無假爲著作計也，至録君十全之名勒在汗簡，與倉公并傳，則太史公事，退如兄爲政耳〔16〕，奚俟余之喋喋！

【校注】

〔1〕羅體吾：疑似羅橋軒，字體吾，又字賓甫。光緒《荆州府志》記載："羅橋軒，工醫術，天啟二年勅授太醫院掌院使。"參見後文"相關鏈接"。

〔2〕無慮：大約，大概。

〔3〕功侔良相：范文正嘗言：達則願爲良相，窮則願爲良醫。侔，等同。

〔4〕迪簡：謂選拔引進。

〔5〕三事：三種官職。《尚書·立政》："任人、準夫、牧，作三事。"王引之《經義述聞·尚書上》："三事，三職也。爲任人、準夫、牧夫之職，故曰'作三事'。"

〔6〕謦咳，原刻本作“罄咳”。謦咳，指咳嗽聲，引申爲言笑。後世常用親承謦咳指聆聽老師教誨。

〔7〕閫以内：妻室。

〔8〕倒屣：典故名，典出《三國志》卷二十一《魏書·王粲傳》。古人家居，脱鞋席地而坐。客人來到，因急於出迎，以致把鞋穿倒。後以“倒屣”形容主人熱情迎客。此指恭迎各路名醫。

〔9〕二豎：病魔。語出《左傳》成公十年。

〔10〕崖異：乖異。謂人性情、言行不合常理。

〔11〕赫蹏：古代稱用以書寫的小幅絹帛。此似指感謝醫生的錦旗、條幅之類。旁午：交錯，紛繁，到處都是。

〔12〕大宗伯：明清稱禮部尚書爲大宗伯。羅體吾的湖廣老鄉衡陽人曾朝節曾任此職。

〔13〕窶夫：窮人。

〔14〕人溺猶己：孟子曰：“禹思天下有溺者猶己溺之也，稷思天下有饑者猶己饑之也，是以如是其急也。”

〔15〕侍直：在宫廷内伺候聽命或宿夜值班。

〔16〕退如兄爲政：曾可前時任翰林院編修，俗稱太史。

【相關鏈接】

羅太醫宅狐

王同軌

京師石碑胡同王内相大宅一區，石首羅大賓甫賃得。人有以異祟告者，羅不信。携一童二歌童并酒榼入，以嘗動静，四壁明燭，深酌聽歌。至夜半，忽怪風礫石并起，壁燭皆滅，二童驚匿床下，公獨仗劍叱之，已揣無益於處，拉三童出。忽一老白狐携四小狐突入，公逐以劍。老狐躍起屋上，小狐不能從。公指之曰：“狐何敢作祟人間？我當盡屠爾子，以償往所虐於爾者。爾若懼我，繞屋行三匝，當以子還汝，而我避去矣。”狐始怒目如電，聞言即繞屋三匝。公以兩帚夾承小狐，次第授之，才及檐半，而皆手援以上。公曰：“爾能飲乎？”復以案頭壺榼上飲啜，皆盡。公笑謂二童歌曰：“今可無懼，能奏一曲侑狐飲乎？”竟口襟不能成聲，皆去。明日，但聞搬移之聲，及夜寂然。乃入居一歲所，大安泰，期滿徙出。繼者爲韓宗伯、沈太史二公家，口失者無慮數十人，皆棄去。自是空無居者。羅所徙宅，一日忽見老狐於墻上拱揖，有感悦意，仍勞以壺榼，醉飽躍去。狐本爲厲，而拗怒爲德，以不殺其子也。故狐尚有天性，人能充拓此心，狎海鷗，窺巢鳥，庶焉殺機一息，便作歡情，相去不十百耶？

（《耳談類增》）

重壽復生

王同軌

石首羅賓甫太醫在京生一子，以與其父同庚，曰“重壽”。長，慧敏，善讀書。乙未冬，兒病甚，常指顧鄰家，竟死。死時，鄰婦生子。丁酉，公丁艱歸，次年初夏，齋居，恍惚見重壽至前牽衣曰：“兒歸矣！”公訝然，太息語其母，旁有舊婢，聞聲哭不已。頃之閉目欲寢，又聞兒急呼曰：“爺起，兒歸矣！”公益驚訝，忽婢至，報曰：“某婦生孫。”蓋兒道立婦也，以其重來，因名“復生”，今性仍敏。賓甫談。

（《耳談類增》）

羅賓父媵

王同軌

石首羅賓父太醫丁艱南還。先是，在京娶媵張，年十八，懷妊不能携，留母家。已産一子，患産病死，累日復蘇曰：“離兒父三千里，我欲歸，以兒相托，令無以失母輕棄也。适黄河風浪大作，不得渡，哀訴攝鬼，令緩期，必一往，鬼爲期緩五日。母可善視我屍，今往矣。”時戊戌五月十日，復死，至十二日復蘇，曰："吾已至家欲入，而户神家神皆禁阻，予泣極哀。忽一鬼引從後門入，見兒父獨處齋室翻書，至晚始通以夢，令其善視兒。兒父仁善人，必不負我。"凡齋内外景物器皿纖悉皆言之，又謂母："可熟記，庶謂異日證也。"然是日，賓父齋居，夢張言其死而叮嚀以子屬焉。未醒而哭聲發於外，家人皆聞。久始得子生張死之耗。因之京，詣女家，各言其狀，抱子歸。賓父談夫既死而必欲托子於其父，山河不間，攝兒爲動，可以爲愛。莊氏曰："君臣以利合者也，父子以欲成者也。"此義外之説，可忘天性乎？觀於此，而母子天性孿結可知矣。

（《耳談類增》）

蕭公祠

王同軌

石首羅橘軒者，元旦赴郡謁守，而慮風阻，過蕭公祠禱焉。是夜，泊舟河滸，夢著緑衫白鬚老人曰："來日便風，可至柳林，即當登岸，吾以佑公來也。"是日，揚帆至柳林，風甚力，薄暮矣，即命童登岸，童以强所不欲，甚濡滯，急呼始擔行李陸行。已覺黑雲起，暴風大作，舟覆者十餘。歸舟刲豕祭焉。其子賓甫談。

（《耳談類增》）

歐陽孟韜太和游

寥嶺多異人，吾欲若士游[1]，孟弢遂先登，乞靈黑帝。吾讀《記》若詩[2]，卧而游七十二峰間也。異日，孟弢倒屣南巖，爲十日飲，吾舉太白，浮黑帝，借香爐爲豆，天柱爲箸，江漢爲尊，北斗爲杓，以澆塊壘，若何？

【校注】

〔1〕若士：僊人。

〔2〕《記》：指《武當山記》。

題羅服卿《淡碧齋》詩

雁字詩自中郎兄弟始〔1〕，後楚人皆有作，然皆不稱服卿。今得二十首，觀其構思摭事，猶有餘地，知楚之有人也，伯仲之間也。子瞻和淵明詩，子由以爲絶似。今元定善釀酒，亦作《飲酒》詩若干，爲中郎所嘆賞。而服卿亦《飲酒》詩二十首，其詞激，其楚聲也。服卿每飲，席中輒瞌睡，軟飽黑甜〔2〕，頗有我醉欲眠之意。詩中凡學王無功〔3〕，果爾，乃知醉鄉盖華胥國一縣也〔4〕。中郎逝矣，誰爲定服卿詩者？由前觀之，詞人之致；由後觀之，達士之旨。

【校注】

〔1〕雁字詩：是把雁群在空中飛行的行陣和姿勢想象成各種各樣有意義的字形，并賦予雁群以思想，然後創作出來的詠物詩。“雁字詩唱於楚人龍君御、袁中郎小修。海内屬和者，溢囊盈帙。”（項君禹《雁字詩》）“得李本寧先生書云：‘近讀《漁陽集》，不見雁字詩，便中幸寫寄我。’雁字詩乃予丙午春間作，因僧無迹作得二首，予與中郎於橘樂亭前相角，共得詩十首。後龍朱陵見之，嘆以爲佳，亦和得十首，龍君超亦得十首，曾、雷二太史各得二首，予詩刻之《篔簹集》中。”（袁中道《珂雪齋集》）“雁字之作，始倡於楚人。楚，澤國也，有洲渚，有平沙，有蘆蔣菇茭。東有彭蠡以攸居志，南有衡陽之峰曰所回翼也。故楚人以此宜爲之詠嘆。”（王夫之《前雁字詩》）雷思霈《雷檢討詩》中有兩首寫雁詩，是否即袁中道所説的那兩首不得而知。

〔2〕軟飽：謂飲酒。蘇軾《發廣州》：“三杯軟飽後，一枕黑甜余。”自注：“浙人謂飲酒爲軟飽。”黑甜：指酣睡。

〔3〕王無功：唐代詩人王績。性簡傲，嗜酒，能飲五斗，自作《五斗先生

傳》，撰《酒經》《酒譜》。其詩近而不淺，質而不俗，真率疏放，有曠懷高致。這些也是羅服卿其人其詩的特點。

〔4〕醉鄉：王績有《醉鄉記》，結尾有“嗟呼，醉鄉氏之俗，豈古華胥氏之國乎？何其淳寂也如是”的感嘆。

邢憲副《漫游稿》[1]

《師乙》有云[2]：“温良而能斷者，宜歌《齊》。”明齊音者見和而讓。而吴季札觀樂于齊，嘆其泱泱大風。由是觀之，齊之能爲聲歌自三代已然。漢之治三百篇者，遂有齊詩。厥後毛注行而齊魯之言廢。然六朝唐宗[3]，代有其人，而本朝爲盛。

本朝之詩莫盛于弘治，而邊廷實崛起翱翔于李何之間。再盛于嘉隆，而吴郡王元美，世所稱一代才者，獨推轂濟南，以爲古惟子美，今或于鱗。于時亦有許殿卿、殷正甫[4]其人。于鱗没，而今之言詩者，薄其格，譏其摹擬，務爲新奇艱澀之聲。仿古之跡漸以化而始正之音漸以漓矣。今齊之言詩者，能爲于鱗，而不必于鱗。馮臨朐、于東阿亦皆有集行于世[5]。

以余所聞，東萊復有邢惟脊，盖公時治兵冉駹[6]。余雖未獲睹公面孔，而余友羅生化倅茂州[7]，屬公宇下，以公詩見寄，屬余弁言。余諦視之，中多近體詩，其爲近體詩華實兼茂，今古并包，才情意象無所不有，亦無所不合，渢渢乎[8]，大雅之章也。昔公在江州，廉能有聲，潤以經術，已足比於古者讓而能斷之義。而其爲治兵使者，嚴明精綜，修武服而戒不虞，又卓然尚父膺揚之風[9]。《詩》云：“文武吉甫，萬邦爲憲。”“惟其有之，是以似之。”何愧焉？不佞即未獲睹公之面，而目其詩歌，耳其治行，其所得于公者，不已侈大乎哉？楚咻齊傅[10]，幾于引而置之莊嶽之間矣[11]。

【校注】

〔1〕邢憲副：失考。憲副，是都察院副長官左副都御史的别稱。

〔2〕《師乙》：《樂記》的一篇。

〔3〕唐宗，疑爲“唐宋”之誤。

〔4〕許殿卿、殷正甫：許指許邦才，殷指殷士儋，他們均是歷城人，與李攀龍相友善，共唱和。

〔5〕馮臨朐、于東阿：馮指馮惟敏，字汝行，號海浮，又號石門，臨朐人。于指于慎行，字無垢，東阿人。

〔6〕冉駹：民國四川《懋功縣志》記載，巴郎山，一名斑斕山，古稱冉駹。此處前後似有脱文。

〔7〕羅生化：疑似羅冕。參見後面《羅茂州章何二孺人墓誌銘》。倅茂州：任茂州屬官。

〔8〕渢渢：形容宛轉悠揚的中庸之聲。

〔9〕膺揚：威武貌。即“鷹揚”。《詩·大雅·文王》：“維師尚父，時維鷹揚。”此詩被認爲是稱頌武王伐紂時姜太公在戰場上英勇善戰，如鷹之展翅欲奮擊狀。

〔10〕楚咻齊傅：用一傅衆咻典。見《孟子·滕文公下》。

〔11〕莊嶽：齊國街里名。莊，街名；嶽，里名。

壽荆州太守欽所陸序〔1〕

今皇帝在宥二十有四年，是爲丙申〔2〕。先是歲，我公以尚書郎出守荆州，而是歲之十有一月之某日，實爲我公攬揆之辰。我公以良二千石轄十三城之令長，圖所以壽我公，而乞言于余。

余惟養生養民，其道均也。昔黄帝問治天下於牧馬者，曰“去其害馬者而已”，而天下治已。又過空同謁廣成〔3〕，廣成所言“大道惟是無摇爾精，無勞爾形，無使爾思慮營營，無他喬宇之説〔4〕”，黄帝得之以爲養生主，而天下治。其後長生家無過老氏，老氏得之黄帝，其言養生亦惟是，致虚守靜，實腹虚心；其言治道亦惟是，治大國如烹小鮮，治人事天，莫若卑服重情。總之，不離廣成者。

近是我公，其爲人醇厚純大，澹乎若谷，冲乎若虚，與乎若不涉，徐徐乎于于乎若不朋。其爲荆州，厥德仁明若黄潁川[5]，惟先寬和，智不必察淵魚，詳不必問馬矢。甫下車，而十三城之百姓若登春臺，十三城之令長奉條若令，相與共理，若朝于堂皇下而夕于側也。我公以養生者養民，去其害而鞭其後，削其煩而解其紛。庖丁之刃，恢恢有餘地矣。故曰：其真以爲身，其餘緒以爲國家，其土苴以爲天下[6]，我公之謂也。

乃者聖天子大起兩宫，詠《斯干》之雅。掄材天下，長者竟畝，大者蔽牛。其取材率倍往昔，其取材於荆州者又率倍他郡。往，荆州之屬州若縣取材若干，各自爲採，官緡不足，率多取于閭右家，騷然煩費矣。我公以楠杉豫章之材出江而集荆州，冬官榷焉[7]。其五方工師賈木于西南夷者咸在荆州，彼其斵木山中已數世，惟俟諸水力耳。我公以州若縣官緡先給之而取償焉。彼既以徼天子之庇，藉有司之力于以取材，若取諸懷也，是兩利之道也。於是州若縣之長吏不必心計于掄材，而州若縣之百姓亦不復知有掄材之苦矣。規隨成事[8]，蓋萬世之利。於是州若縣之百姓社稷尸祝之，舉手加額曰："願天賜我公壽。"且我公生之辰，天地來復，陽氣潜萌於黄宫。是月也，君子齋戒，身欲寧，事欲静，去聲色，禁嗜欲，安形性。衛生之經，孰大于是？是黄帝老聃之所以長生也，是我公所以自爲壽也，則天實開之矣。

夫荆州古江漢地，周文武壽考作之，于時召公巡行，以陰雨膏黍苗。厥後成王在祚，召公以元老輔政。江漢之民思公至於勿剪甘棠[9]，《甘棠》之詩是已。余荆州爲湯沐邑[10]，肅皇帝以壽考作之[11]，化行江漢，夫非周之岐山豐鎬乎哉？至今上而以我公治荆州，蓋知我公任郎署稱長者以治荆州耳。我公異日召拜九卿，爲國元老，有如召公，荆州之民敢忘甘棠耶？《南山》之詩曰："樂只君子，民之父母。"又曰："樂只君子，萬壽無疆。"惟樂只，乃有國之母；惟有國之母，乃壽無疆。然則諸令長其先以廣成諸言壽我公，修爵三已[12]，乃三歌《南山》以壽我公，我公其修爵無算。

【校注】

〔1〕欽所陸：失考。光緒版《荆州府志》所載萬曆時荆州知府中只有陸夢履與“欽所陸”的“陸”字相關聯，其餘均不相涉，録其生平供研究。同治《蘇州府志》記載：“陸夢履，字元禮，昆山人。萬曆十七年進士，授刑部主事。出爲荆州知府。覲畢過家，父疾，留侍湯藥者六月而父殁。服除，有修隙者持之，左遷山東運同。至則核課引，追逋丁，丈園畝，清編户，鹽政一新。遷知雷州府，東人詣臺請留，改守東昌。時方旱蝗，河工復急，夢履一意拊循安集，歲不爲災。尋遷沂州副使，東人又請留，再改東昌。兵備税璫馬堂貪暴，士民聚衆焚其廨，擊殺其黨。夢履苦心調劑，請撫按奏減東税三之一，而懲首亂一、二以彌禍。以兼攝三篆，積勞卒於官，東人立祠祀之。”

〔2〕丙申：萬曆二十四年，即1596年。

〔3〕過空同謁廣成：《莊子·在宥》：“黄帝立爲天子十九年，令行天下，聞廣成子在於空同之上，故往見之。”

〔4〕喬宇：譎詭，怪誕。

〔5〕黄潁川：指西漢黄霸。霸爲潁川太守時，爲政寬平，力行教化，治稱天下第一。

〔6〕土苴：渣滓，糟粕。比喻微賤的東西，猶土芥。語出《莊子·讓王》：“道之真以治身，其緒餘以爲國家，其土苴以治天下。”陸德明《釋文》：“司馬云：土苴，如糞草也。李云：土苴，糟魄也，皆不真物也。”

〔7〕冬官：上古設置官職，曾以四季命名。據《周禮》，周代設六官，司空稱爲冬官，掌管工程制作。後世亦以冬官爲工部的通稱。

〔8〕規隨：漢揚雄《法言·淵騫》：“或問蕭曹，曰：‘蕭也規，曹也隨。’”李軌注：“蕭何規創於前如一，曹參奉隨於後不失。”後以“規隨”謂按前人成規辦事。

〔9〕甘棠：木名。即棠梨。《史記·燕召公世家》：“周武王之滅紂，封召

公於北燕……召公巡行鄉邑，有棠樹，决獄政事其下，自侯伯至庶人各得其所，無失職者。召公卒，而民人思召公之政，懷棠樹不敢伐，歌詠之，作《甘棠》之詩。”後遂以“甘棠”稱頌循吏的美政和遺愛。

〔10〕湯沐邑：周代指供諸侯朝見天子時住宿并沐浴齋戒的封地。後來指國君、皇后、公主等收取賦税的私邑。安陸州（今湖北鍾祥）是嘉靖皇帝父亲興獻王朱祐杬的封地。

〔11〕肅皇帝：明世宗朱厚熜，嘉靖皇帝。

〔12〕修爵：猶行觴，依次敬酒。

送王司理尤名遷秩宗郎序〔1〕

古之名人巨士多好談列僊之事，非真欲餐霞飲露，槁體刳心，於世一無所用也。嵇叔夜好煉、好養生，而作《絶交書》，拘也；王逸少自誓不仕，而從五斗米之教〔2〕，鄙也。夫有高世之志者，必其能用世者也。彼其神明氣宇，揮斥八極，周流六虚，視禄途如漚，視名肆如幻。於世情淡，乃能覷破世情；於名理深，乃能游戲名理。寧封之爲陶正也〔3〕，錢鏗之爲大夫也〔4〕，聃之爲柱下史也，東方生之爲郎也，欒巴之爲使也〔5〕，葛稚川之爲勾漏令也，王之有喬也，許之有旌陽長史也，以不用爲用也，有僊術也。留侯之爲漢也，鄴侯之爲唐也〔6〕，以用爲不用也，有僊材也。錢若水之急流勇退也，下修僊一等也。張乖崖之嬰於世務也，李贊皇之啖靈藥而溺於欲，不能及顔平原也，有僊緣而無僊骨也。

余雅嗜此道，而吾郡司理公王尤名爲尤甚。尤名在吾郡五年餘，紛錯不穢其聰明，爭競不交于胸心，淡泊若休糧道者。其聽斷若懸寶珠，無所不徹；其苞孕若無央香水，能容大身衆生；其出入人罪如三天檢校〔7〕，惟從末減。而公餘之暇，較車之上〔8〕，危坐玄覽，能洞視五内。即與余書札往返，皆飛天僊人語。韓長季之遇瑋玄〔9〕，得道而愛民者也；劉子翔之遇馬皇〔10〕，愛民而得道者也。方之古人，如合一轍。

邇者銓部疏請治行著者，權補諸曹以需耳目之選，而尤名遷秩宗郎。是時，國是淆亂，人情朋黨。尤名必爲天子骨鯁之臣，以謀王斷國而涣爲大群[11]。其爲曼倩之譎諫乎？異日，位大責重，托喉舌心旅之寄，而納牖結知[12]，使天下恬然有樂生之心，而躋之仁壽之域，其爲子房、長源乎？黄石白衣用以不用，用以不用乃成大用。

尤名既嗜此道，而其兄孝廉君爲尤甚。太夫人春秋高矣，前年分校齊魯，一拜北堂，歡喜無量，今得釋簿書跋涉之苦，而與孝廉君階下舞也。人間之樂，無第二事也。以勾曲之茅、武夷之長、常山之周、廬阜之匡，而日侍上元紫薇之側。余故知尤名之所戀在此不在彼也明矣。居官政事之大，主上知之，縉紳先生知之，百姓士知之，寅僚屬吏知之。而余與尤名獨契者，又在子民年誼之外[13]，恐人未必知之也。

【校注】

〔1〕王司理：王三善。雍正《河南通志》："王三善，字尤名，永城人。萬曆辛丑進士。歷吏部文選，遷太常少卿。天啟二年，藺奢倡亂，黔省告急，命三善爲巡撫赴援。時黔省已被圍數月，三善躬擐甲胄，奮兵進戰，捷於龍里，復捷於蕈鋪隆崗，逐玀鬼於六廣河外，獻俘長安，升少司馬。復搗水西，至沙子坡，中賊詭計，暗糾烏撒土府之兵，雲集劫營，師大饋，三善猶手砍數賊，力屈被害。贈大司馬，兼太子太保，謚忠烈。"《明史》有詳傳。秩宗：古代掌宗廟祭祀的官，此指太常寺少卿。

〔2〕五斗米之教：五斗米道，是道教最早的一個派别。《晉書》記載王羲之（逸少）祖上幾代人均信奉此教，其後子孫，世喜養性、神僊之術。

〔3〕寧封：《列僊傳·寧封子》："寧封子者，黄帝時人也。世傳爲黄帝陶正。有人過之爲其掌火，能出五色烟，久則以教封子。封子積火自燒，而隨烟氣上下，視其灰燼，猶有其骨。時人共葬於寧北山中，故謂之寧封子焉。"

〔4〕錢鏗：殷代大夫，因受封於彭城，史稱彭祖。

〔5〕樂巴：字叔元，東漢魏郡内黄人也。好道。順帝世，曾以宦者給事掖庭，補黄門令。

〔6〕鄴侯：唐李泌。曾拜中書侍郎、同中書門下平章事，累封業縣侯，故稱。

〔7〕三天檢校：許旌陽成僊後，隋唐以後有各種敕封，諸如太一定命注生真君、三天按察都檢校、普奏諫議大夫、天醫大帝等。

〔8〕較車：指顯貴者所乘之車。此指公車。較，車箱兩旁横木。

〔9〕韓長季：韓崇。《太平御覽》："韓崇字長季，吴郡人也。漢明帝時人，少好道林屋，僊人王瑋玄曾授以流珠丹一法，崇奉而修之，太有驗。後瑋授以隱解而去，入大霍山度世，爲右理中監。"

〔10〕劉子翔：南北朝周武帝《無上秘要》："劉翊，字子翔，《後漢書》云，子翔，潁川人，世富，以濟窮爲事，爲陳留太守，去職，入山度名東華，任右理中監職。""劉翊遇馬皇先生，入桐柏山，授以隱地八術，服五星之華法。"

〔11〕謀王斷國：謀國家大事，決定國家大計。語本《漢書·薛宣傳》："經術文雅足以謀王體，斷國論。"

〔12〕納牖：《易·坎》："六四，樽酒簋貳，用缶，納約自牖，終無咎。"程頤傳："納約，謂進結於君之道；牖，開通之義。室之暗也，故設牖，所以通明。自牖，言自通明之處，以況君心所明處……人臣以忠信善道結於君心，必自其所明處乃能入也。"後遂以"納牖"謂導人於善。

〔13〕年誼：科舉時代同一年考中的人相互間的友情。雷思霈與王三善是萬曆二十九年（1601）的同榜進士。

賀陸大夫兩臺首薦序代〔1〕

守西陵者率多循吏，往者不具論，近於慶、曆得二人焉。其一爲陳南海〔2〕，其人廉而楛，觚而不朋，冠敝不改，衣垢不瀚，惟民事爲兢兢。其一爲蕭廬陵〔3〕，其人精綜，具大識，事不留行。稠人中，一目過輒知其姓名，肖其體貌。暇時稍舉王伯安之學以訓多士，于吴郡得二人焉。其一殷嘉定〔4〕，其人濯濯自喜，多聞，嫻於古學，其於政事一切以文章經術潤飾之。其一爲章毘陵，其人長者，坦率無他腸，壹以待人，建常平，爲後世利。乃今而有陸大夫，大夫世家大姓，競爽雲間。余曩爲金淵令[5]，業已聞名藉藉。及其歌《鹿鳴》[6]，余承試事，又復望而知其有道人。乃今爲西陵守，而佐理者适爲金淵之楊君。楊，諸生時爲余子羽[7]，歡相得也，而州幕朱廬江又同里閈，相與乞余言爲大夫贈。

余即素知大夫名，楊君即常爲余言大夫治狀，而屏居渚宫[8]，效劉遺民芰洲作膾，不至問謡俗，余何以徵之？余以二君之言徵諸直指、中丞之疏。直指之疏曰："古之人，而無與俗吏同，東浙有《甘棠》之詠，西陵有岐麥之歌。"[9]中丞之疏曰："省繁苛而壹以利愛爲本，清若松下之風，敏若雲中之駿。"夫直指、中丞不至下堂皇而走溪谷，又何以徵之？余以直指、中丞之疏徵諸他郡國之所風聲、監司二千石之所推轂、百姓之所弦頌、縉紳先生之所稱詡。蓋大夫其人直方，大不事誇毘，亦不事趨纖[10]，世稍巧宦我自樸，世稍紆縈我自軌，干造請謁不得行，叢神不得逞。時時以先大儒經義進諸生，毘陵、震澤法程具在，毋吊詭而薄考亭[11]。楚之人鬼溺事二氏，大夫爲條示之，與其聽於神而焚燒無用，毋寧聽於人而以與諸窶子[12]，而後乃有顧化者。其移風若此。故曰："古之人，而無與俗吏同。"在桐鄉，既已發縣尉之奸而置之罰，而政聲隆起。存問耆舊孤孱，遇之有恩，引見士大夫言，民事不可干以私，不啻朱仲卿爲嗇夫時[13]，至今百姓設尸祝，樹麗牲之碑[14]。故曰："東浙有《甘棠》之詠。"及爲西陵大夫，以桐鄉愛我西鄙，我西鄙亦以桐鄉愛我大夫。甫下車，天則不雨，躬雩而甘澍隨車至，穰穰滿車者[15]，大夫賜也。又時尋行，令百姓開渠樹桑柘。故曰："西陵有岐麥之歌。"大夫率簡淡，出不登筵几，入不設重豆，冠履之外無長物，束帛之類無煩禮。東城樓臺圮敝，大夫悉出公帑，鳩工庀材，毋輕百姓力。榷税者紛至，大夫曰："爾毋多取，多取則取者不至。"又謂百姓："爾毋匿藏，匿藏則藏者不保。"其愛百姓若此。故曰："省繁苛而壹以利愛爲本。"大夫即日聽訟，務在讋服之[16]，以禮律人則從重，以法律人則從輕，已於事而事已不責贖鍰。征輪無羨，市門無踪，惟課其家之人日績紡焉。魚可懸而游在釜，犢可留而佩在田[18]。故曰："清若松下之風。”大夫即日視事，日中而罷，片時可削數牘，片語可燭隱情。羽檄交馳，陸問車而水問舟者，悉爲區分，不至乏舟輿，而亦不至煩勞百姓。冠盖相望，或一日而數至，或一至而數月，悉爲供具，不至飾厨傳，亦不至露暴公廬，是其蜩可承[19]，若掇牛可刃而自餘也。故曰：“敏若雲中之駿。”夫直指、中丞既不下堂皇而采諸民風，詢諸稱譽，毋亦直寄焉以耳目之，而何以若善畫者得其皮毛，復得其神采？《詩》云：“鶴鳴于九皋，聲聞于天。”又曰：“鼓鐘于宫，聲聞于外。”大夫以忠實心誠信于人，居者無賡行，故舉者無讋言耳[20]。

大夫有南海之廉，而兼廬陵精綜；有毘陵之厚，而濟之嘉定之潤飾。於殷章而三，於陳蕭而五。君子以是知西陵多循良，桐鄉比於古之朱仲卿，而西陵比於今之四君子，爰清爰靜，不茹不吐。君子以是知大夫多善政，毘陵嘉定規隨相媲，金淵廬江左右攸宜，同里同官，秉於同德。况新中丞同鳴於國，郡太守同舉於鄉。君子以是知三吴多君子。而余曩所謂望而知其爲有道人者，於是爲不虚也。日者，天子且下璽書焉，又寧直一二薦章而已。

【校注】

〔1〕陸大夫：指當時的夷陵知州陸枝。同治版《蘇州府志》記載：“陸枝，字培吾，世居畢澤。萬曆丙子舉人，知桐鄉縣，廉平爲天下最，升彝陵知州，税閹將抵荆，爪牙吏恣爲奸利，枝率州民追而沈之，閹不敢問，彝陵勒碑記之。遷廣西平樂府同知，其治皆如桐鄉。致仕歸，以孝友爲政於家，規言矩行爲鄉人子弟矜式者二十年，年八十三卒。”明李樂《見聞雜紀》記載：“桐邑令陸公培吾枝在邑五年，守頗廉潔，政亦平易，人猶可及。家常熟，離桐一日夜之程爾，終其官無一親戚故人投刺囑托，留衙損譽。百姓以事入官，一面後久久識認，人不能欺，此古賢者所未易能也。今之從政者，鄉里親舊接踵填門已不以爲非，上官亦不以爲怪矣。公盖從政者之上品也。”他是萬曆二十一年（1593）到桐鄉任知縣的，五年之後到夷陵任職。據此可知乾隆版《東湖縣志》記載（府志沿用縣志的説法）陸枝在夷陵的任職時間爲崇禎朝是錯誤的。

〔2〕陳南海：陳良珍，字在樸（一作“璞”），嘉靖己酉（1549）南海舉人，先後官永州同知、夷陵知州、鬱林知州。撰《永州府志》《鬱林州志》《陳氏訓規》《在璞文集》《在璞詩集》等書。《明詩紀事》收録詩歌兩首。

〔3〕蕭廬陵：蕭景訓，江西泰和（古廬陵縣）人。乾隆版《東湖縣志》記載：“蕭景訓，由太和進士知州事，公廉明敏，案無留牘，有神明之號。萬曆八年丈田，躬巡阡陌，里婿無敢干其法。暇則進諸生解説經義，倡新建良知之學，士習翕然一變。”按，“太和”即“泰和”。崇禎版《泰州志》：“蕭景訓，號抑堂，泰和人，甲戌進士，萬曆乙亥年蒞州治，以英年而抱長才，政尚明決，人莫敢干以私，而且出之愷悌，未嘗輕入一辟。初政，深憫鹵瘠，小民爲别郡移累徭役，再三申罷之。作《平役録》，禁約佐貳，毋得輒受民詞，兩造在廷，剖斷如神，事之大者亦止蒲鞭示辱。錢糧緩徵，屏除火耗，鄉民遵期自納，門絶追呼之擾，吏胥奉簿書惟謹。每公暇，召青衿士聚之别所講談文藝，猶遵羅一菴東設鄉約以化民，梓《善俗録》廣勵民風，郡宦凌儒爲序。”同治版《泰和縣志》記載：“蕭景訓，字希之。幼穎敏，補邑弟子員即厭時藝，盡披古圖籍，抒心匠辭，成一家言。鄉會廷試，數舉高等。擢知泰州，敏練精詳，每有敷陳，大吏著爲令。察民徭役不均，乃以貧富分九則民便之，行鄉約，訓誨諸子弟，一倣古法。累遷工部營繕郎，兼屯田司，督壽宫，條四議，中官不得干没其間。敘功當得殊擢，以病卒。所著有《虚室塵譚》一卷，皆發明新建餘旨。”

〔4〕殷嘉定：殷都，字無美，一字開美，號斗墟，嘉定人。萬曆時曾任夷陵知州六年。生年不詳，1603年去世。工散曲，官兵部侍郎。常持御史中丞節，出撫鄖口。《曲品》云：“殷部郎觸目琳瑯。”萬曆《嘉定縣志》有他的傳記：“殷都，字開美，少負俊才，多長者之交。所爲文不專於應舉，而以辭賦有名。故晚而後遇。性豪舉。其居官刻苦自勵，守夷陵六年，爲職方郎又三年，歸貧甚，至質衣以奉客。然平生廉而不劌。蜀鹽禁嚴，販者常以風雨夜操小艇出峽，少不戒，人船俱没。都謂步擔易米，律所不禁也，皆縱舍之，遂無溺死者。楚蜀之界，群山造天，徑才容足，而下臨不測之壑，行者魂魄悸怖。乃鑿山爲道者九千丈，開辟之險至是爲坦途。及在職才，會火落赤爲難，西陲借虜王爲聲勢。都謂不當急之使合，與群議左，而執政深以爲然。二虜果次第解

去。已，虜會獵黄鶉口。邊人驟言虜至，石尚書星欲發兵乘城，都言虜必不敢爲寇，不宜輕動以損觀聽。已而，果獵也。尚書内慚，風言官劾奏左官，竟以罷歸。歸而自放於酒，與所善相倡和爲詩，如是者幾十年。既没而内閣王公表其墓，人謂知之特深。所著有《爾雅齋集》《十笏齋稿》《尺牘籌邊稿》《酒史》計八十餘卷。”另據光緒《寶山縣志》：“殷開之，字長文，居大場，諸生，職方郎，都長子。閉護讀書，有志節。學士雷思霈爲都門人，授以要津，札謝之，招之不往，贈以金，亦不受。子登死於兵。”據説殷都之妾韓氏也十分有才，“嘗賦《春曉》絶句，爲時所稱。有集附《十笏齋稿》後”。《太倉州志》著録其《韓氏集》。殷都與容美才子田宗文，夷陵名士雷思霈、劉戡之等都有詩歌唱和。

〔5〕金淵，疑似“金壇”之誤。

〔6〕《鹿鳴》：《詩·小雅》中的一篇，描寫宴會以美酒、音樂款待賓客，表現待客的熱情和禮儀。唐制鄉試試訖，長吏以鄉飲酒禮會屬僚設賓主，陳俎豆，備管弦，牲用少牢，歌《鹿鳴》之詩，與耆艾敘少長焉。唐以後常用“歌《鹿鳴》”指招待鄉試考官和舉子的宴會。

〔7〕子羽：澹臺滅明字子羽。《史記·仲尼弟子列傳》：“(澹臺滅明)狀貌甚惡。欲事孔子，孔子以爲材薄。既已受業，退而修行，行不由徑，非公事不見卿大夫。南游至江，從弟子三百人，設取予去就，名施乎諸侯。孔子聞之，曰：‘吾以言取人，失之宰予；以貌取人，失之子羽。’”

〔8〕渚宫：楚國的宫名。故址在今湖北省江陵縣。隱士劉驎之(字遺民)作膾的故事即發生於江陵，見《世説新語》和《渚宫舊事》。

〔9〕東浙：陸枝曾任浙江桐鄉縣知縣。岐麥：麥秀兩岐，一株麥子長出兩個穗子。爲豐收之兆，多用來稱頌吏治成績卓著。

〔10〕趨纖：巧佞諂媚。

〔11〕考亭：朱熹的别稱。

〔12〕窶子：窮小子。

〔13〕朱仲卿：朱邑，字仲卿，西漢官員，朱邑初任桐鄉嗇夫。班固《漢書》記載：“廉平不苛，以愛利爲行，未嘗笞辱人，存問耆老孤寡，遇之有恩，

所部吏民愛敬焉。”“爲人淳厚，篤於故舊，然性公正，不可交以私。天子器之，朝廷敬焉。”

〔14〕麗牲：碑石。古代祭祀時將所用的牲口繫在石碑上。語出《禮記·祭義》：“祭之日，君牽牲，穆答君，卿大夫序從。即入廟門，麗於碑。”《儀禮·聘禮》：“上當碑南陳。”漢鄭玄注：“宫必有碑，所以識日景，引陰陽也。凡碑引物者，宗廟則麗牲焉，以取毛血，其材宫廟以石，窆用木。”後世借指碑石。

〔16〕穰穰：豐收貌。

〔17〕讋服：因畏懼威勢而屈服。

〔18〕犢可留而佩在田：帶牛佩犢，典出《漢書》卷八十九《循吏列傳·龔遂傳》。原指漢宣帝時渤海太守龔遂誘使持刀劍起義的農民放棄武裝而從事耕種。後世遂以“帶牛佩犢”等比喻改業歸農之典。

〔19〕其蜩可承：用莊子佝僂承蜩之典，比喻做事精專，全神貫注。

〔20〕譫言：不實之言。

《陳氏族譜》序

夷陵士大夫多不講譜牒。余家譜自余大父安岳丞始[1]。余家自三國以至勝國咸居宜都善溪。余大父志其事，而余始得履其地。累累斧鬣[2]，十存六七，信譜牒之不可不作也。歐蘇譜惟詳所自出[3]，北地亦或非之[4]，而北地亦自言：“余家至于余乃可譜也。”譜爲吾而作，法不得不詳吾所自出，吾所自出多賢而有位者，勢又不得不詳吾所自出。其他世系則有大宗圖，大行大名則有列傳，亦不爲略。煩簡體裁，親親之道備矣。陳廣文此譜甚爲得之[5]。

廣文長者，亢宗篤友，天性孝謹。與父肩者[6]，雖少，以父事之；與身肩者，雖狎，以身下之。有《行葦》《伐木》之風[7]，是宜譜。高才弗售，至惠教黄陂，學者多勒石誌思。遷秩西平僅再越月而灑然歸田，有鴻飛冥冥之度[8]，是宜譜。夷陵亦少世家，惟廣文與余及數望姓而已，是宜譜。余家譜，何郡公爲之序，而郡公譜，江陵張相國爲之序，而廣文譜，余小子爲之序，是宜譜。

萬曆己酉歲仲春月吉日翰林院檢討里人雷思霈何思父頓首拜撰。

【校注】

〔1〕安岳丞：雷思霈的祖父雷九齡，嘉靖三十七年（1558）貢生，任四川安岳縣縣丞。乾隆版《東湖縣志》、同治版《宜昌府志》、乾隆版《安岳縣志》均有記載。《安岳縣志》作“監生”。

〔2〕斧鬣：墳墓。《禮記・檀弓上》：“昔者夫子言之曰：‘吾見封之若堂者矣，見若坊者矣，見若覆夏屋者矣，見若斧者矣。’從若斧者焉，馬鬣封之謂也。”鄭玄注：“俗間名。”孔穎達疏：“馬鬣之上，其肉薄，封形似之。”斧和鬣均指墳墓封土的形狀。後借指墳墓。

〔3〕歐蘇譜：歐陽修、蘇洵在北宋時各自創立了家譜，他們所使用的編修方法被稱爲歐蘇譜法。歐陽修創立“五世一提”的譜圖法，分階段圖列宗族世系的變遷，强調不同輩分之間的親疏之别和承傳關係；蘇洵創立了“大宗譜法”，譜記以世代爲主線，直系、旁系有别。歐蘇譜法對後世譜學影響很大。

〔4〕北地：李夢陽。李夢陽曰：“往君子謂予曰歐氏譜蓋有遠胄之謬，然歐蘇譜又率詳其所自出，乃益知不可矣。夫名實者不可以亡紀也，子孫而不録其先人，是悖亂之行也。夫李氏於吾乃亦可譜也已，於是作李氏族譜。”

〔5〕陳廣文：指陳珽。此譜由陳珽父親陳邦靖所修，後陳珽續修。乾隆《東湖縣志》：“陳珽、陳琨兄弟，并舉明經。珽，秉鐸黄梅（按，此處記載與雷思霈的説法小有出入）、西平。致仕卑居，修譜睦族，復斟酌古禮之合於時宜者，率鄉里并行之。琨，號荆璧，生有異稟，稍長益有文名，追古學而敦行誼。親喪，廬墓三年不見齒。州牧吴從哲稱其‘五世宦游，一經庭訓’，以爲不愧太邱。蓋自珽以上四世，皆以明經仕。琨子爾鼎，字公調，號臺山，以太學生官鴻臚序班。事母劉氏至孝，常刲股以愈其病。平生利濟爲懷，不事封殖，每舉‘勿自欺’三字爲子孫勖。著有《聚星閣》等集。”“陳邦靖、邦直昆弟五人，皆以明經顯。邦靖，號兩峰，初任閩縣，以定州同知致仕歸。其在南司城，天

子有‘不愧金吾’之褒。居官勤慎，所至有冰蘗聲。邦直，號兩臺，長眉廣顙，望之儼然，素以理學自任，且樂育後進，一時名流多經其指援。”同治《宜昌府志》記載：陳氏族“門婿”“向文璽，字國信，弘治乙丑進士，初任户曹，贊軍務有功，擢守盧州府，政務修舉，持法不阿，嘗賑活流移十餘萬人，積儲至十八萬石。升山東運使，鹹政流通，商民稱便。及以養親歸，清操益著，民歌思之，有‘來時扁舟此行李，去時行李此扁舟’之句。里居數年，惟日以化導鄉人爲事。”鄭元《夷陵陳氏族譜序》：“兩峰先生由南司城屢典畿郡，循績之懋，中山人有言之淚下者。晚取所爲先世譜而次第之。”向文璽《重新陳氏族譜序》：“陳氏於璽爲外族。璽自出就外父，即執經於陳氏之門。今叨陪士大夫後，陳氏之教也。即荆室之寵膺恩榮，亦孰非陳氏先人世德之貽？”“此譜甚爲得之”後一直到文章結束，原刻均缺。此據宣統重刊《陳氏族譜》補。

〔6〕與父肩者：與父親同輩的人。

〔7〕《行葦》《伐木》：《行葦》，《詩·大雅》篇名。《毛詩序》云：“《行葦》，忠厚也。周家忠厚，仁及草木，故能内睦九族，外尊事黄耇，養老乞言，以成其福禄焉。”《伐木》，《詩·小雅》篇名。《毛詩序》云：“《伐木》，燕朋友故舊也。至天子至於庶人，未有不須友以成者。親親以睦，友賢不棄，不遺故舊，則民德歸厚矣。”

〔8〕鴻飛冥冥：大雁飛向遠空。比喻遠走避禍。典出漢揚雄《法言·問明》：“鴻飛冥冥，弋人何篡焉？”

【相關鏈接】

送陳兩峰歸夷陵

張居正

清時甫上太平書，何事還尋江上居。驛路風花隨處好，河橋烟柳望中疏。白雲親舍思多少，青草池塘夢有無。自是錦堂宜介壽，歸來端不爲鱸魚。

（《張太岳文集》）

西陵何氏族譜序

張居正

法史氏年表爲歐陽氏譜法，禮家宗圖爲蘇氏譜，斟酌二氏而剔其遠冑之謬爲西陵何氏譜。何氏者，溧陽人，洪武朝始徙西陵，五世而至今。太守公以明經中第，歷躋通顯，於是何氏族甲於西陵矣。

自漢以來，取士悉重閥。閱士大夫推本世系，皆假借前代，托附名家以自表異。龍門系出重黎，蘭臺遠宗於搜，諸如此類不可殫記。至我國家立賢無方，惟才是用，采靈菌於糞壤，拔姬姜於憔悴。王謝子弟，或雜在庸流，而韋布閭巷之士，化爲望族。昔之侈盛競爽者溺於今之世矣。夫隆替靡常而澤施有限。歷觀前代侯王有土之君及卿大夫所以爲子孫計慮深遠者，豈不欲固其本根，期世世弗替哉？然或數十世，或一再傳，而存者什一而已。彼其先世之澤及身而已，淳者已漓而不思懋德以醞醇，厚者已薄而不知返薄以歸厚。如是即世家鼎族，亦烏有弗替乎？故君子垂世作則，不在族之繁微，而視其德意之凉厚；不在貽之肥瘠，而卜其規模之恢隘。序之譜牒，以治其昭穆，爲之禮節，以聯其屬姓，教之敦厚，示之省約，以振其風靡。斯寖隆寖昌寖流寖長之道也。

余觀何氏譜載先世行事咸質直忠厚，又觀太守公居官長者，不侈世好，故知垂範者遠矣！嗚呼！何氏其世有興者乎！

（《張太岳先生文集》）

鄧寅侯《峽州草》序[1]

今有鄧寅侯，於書無所不窺，於體無所不諳，秀句清辭，不雕而工，直與高筐、勾將、黄牛、白鹿、虎牙、狼尾、馬象、蝦蟆爭[2]，詭聞怪氣與之敵，蓋得于山水之間者居多。昔永叔時有一何處士[3]，亦不知處士詩道若何，而寅侯與余及元定相爲唱和，蓋此土率少於文章，屈宋以來數千年矣。永叔時求《漢書》不可得，今士人皆知有古文詞矣，如是視永叔孰多也？

【校注】

〔1〕鄧寅侯：鄧士亮，字寅侯，湖廣蒲圻（今湖北赤壁）人，明萬曆甲辰（1604）進士，曾任夷陵州學正，後升肇慶府推官，旋擢户部郎中，出任四川馬湖府知府、川南道尹。崇禎九年（1636）以薪俸購銅萬斤鑄觀音大士像立於蒲圻西門外大沙洲。這是亞洲最大的銅鑄觀音。鄧士亮擔任肇慶府推官的時候，“有紅夷（荷蘭）船、澳夷（葡萄牙）船肆掠海防，公多方守禦。适賊船遭颶風沈没陽江海口，公尋覓善水者撈探，方知船沈深水，架有大炮，隨浸沙泥。捐俸雇募夫匠，設計車絞，獲取大炮三十六門。總督胡公運解至京。又絞獲大紅銅炮兩門，儲肇慶府軍器局中。隨行差二炮至京，永鎮邊封”（嘉慶《蒲圻縣志》）。在 1626 年寧遠大戰中，袁崇焕將十二門“紅夷大炮”擺在城墻上，後金根本不知道這種武器的厲害，結果死了一萬七千人，努爾哈赤也在這次戰役之後死掉了。北京軍事博物館現保存有一門紅夷大炮。鄧士亮的《心月軒稿》一書，寫夷陵的作品衆多。鄧士亮有《贈雷何思太史五十六韻》《游劉民部東山八首》詩，劉民部即劉戡之。《峽州草》：是鄧士亮任職夷陵時的詩文，其部分作品後收録《心月軒稿》集中，但《心月軒稿》未收雷思霈這篇序。此文原刻本缺第一頁。

〔2〕高筐、勾將、黄牛、白鹿、虎牙、狼尾、馬象、蝦蟆：均爲夷陵奇特險要的山、灘、峽、洞等。

〔3〕何處士：何慘。宋人，居篤學坊，博學好義，不求聞達，人稱曰“處士”。歐陽修在其《彝陵歲暮書事呈元珍表臣》中自注“處士何慘居縣舍西，好學，多知荆楚故事”，常與之游。

闈録序〔1〕

今上之三十有七年秋八月，福建復當大比士。上以禮官言，命臣思霈偕給事中臣紹徽往典試事〔2〕。臣惟各郡國三年而一校士，三年一校士而醮士之文凡二[3]，制科以來，不知其幾牘矣。臣辭陛之日，欲具疏請如古之題辭，維紀歲月及共事之顛末，而不必他爲語；又欲修先臣所條例，先後埸皆擇諸生文尤雅者稍潤色之，而不必自爲語。然臣何敢以臣一人而輕易右文之典[4]？

臣歷炎逾險，冒靄冲嵐，舟馬交錯，形神委頓，适有負薪之苦[5]，五日始入城中，七日始入闈中。自七日雨，至於九日不絶，如注如傾。校士之室既窪且隘，水强三尺有咫，厲風隨之，上漏下濕，垣壞壁穿，卒難爲理。僉謀曰："其再卜期。"十日雨漸緩，人行泥淖中。於是以十有二日爲初試，距十有八日而試士畢，距二十有八日而試事畢。是役也，先馳至，飭内外惟謹而臣等受成事者，監臨御史臣某也；得九十人於三千五百有奇之中[6]，而博取以待試者，提學僉事臣某也；既董振庶務而復高其閈閎、泄其水道者，提調右布政使臣某、右參政臣某、監試按察使臣某、右參議臣某也；夙夜惴惴如不及，分校互參，而不以異同多寡爲嫌者，聘至檄至，同考試官推官臣某某、知縣臣某某、教諭臣某也[7]。

既録其文以獻而臣宜首爲言。臣不欲他爲語，又不欲自爲語，而臣何以語多士無已，則高皇帝之大訓在。夫以聰明神武之大聖人，所定經義，一秉於紫陽氏之旨[8]，《書》《禮》《春秋》咸遵傳注[9]，夫非一代之制耶？爲士而不守一代之制，其何以爲臣？且高皇帝御極之二年，是爲己酉，海内甫定，向用儒術，謂學士臣詹同曰[10]："古人文字或明道德，或通世務，如典謨之言，皆明白易知，即諸葛亮《出師》二表，亦何嘗雕刻爲文？而誠意溢出，令人感激。近世之士立辭艱深，意實淺近，縱使過於相如、楊雄，亦何裨實用！"大哉，王言！千古學士縉紳操觚而成名世之文，率不越此矣。盖蹈道履德者，雖欲好爲異説而不可得，指陳政事，言成文章，而後之利害得失，瞭然如視諸掌也。何至稱天語聖、啜竺乾流沙之唾而語以當世之務[11]？則今日言之而明日有不驗者矣，明日言之而異日又有不驗者矣。久之亦不自省爲何語，何其陋也！

去洪武六十年而爲章皇帝之己酉，蓋又聰明神武之大聖人，而君臣相得者，維此一時，賜大學士士奇、榮及幼孜鮮魚醇酒〔12〕，賦詩賡和《卷阿》《魚藻》之詠，無以加焉。而間與文敏論御天下之道在賞罰〔13〕，賞罰在無私，以天下之好惡爲好惡，不以左右之好惡爲好惡。大哉，王言！千古君天下相天下者，一德而成治世之業，率不越此矣。楊文敏爾多士之鄉人也，其人伉直而揮斤游刃，遇事立斷，曉暢阨塞險夷遠近及虜情順逆，文貞、文定皆自以爲不如〔14〕。先臣李夢陽所謂“君佚臣勞，代天之相”不其然與？

又百八十年而爲今皇帝之己酉，蓋又聰明神武之大聖人，而君臣相疑者，維此一時，何也？主上歷年多閑靜〔15〕，攝久，宮府之間微有隔耶？抑往者事明主之道未盡然耶？毋亦伺所好惡或有私耶？然爾多士之鄉，去文敏亦百八十年而始有興者，時與遇相遭乃爾耶！視文敏之時，難易爲何如也？正維值其難，而後可以見納牖之誠、幹蠱之道〔16〕。況閩之諸臣舉豫章、延平兩君子而附在俎豆之列〔17〕，亦維此一時。天地之氣有所鬱，必有所開，此正爾多士開之之候也。宋兩君子潛德而未見，更數百年乃議祀典。通人大儒俱在，士所自樹矣。臣所以語多士者止矣。

【校注】

〔1〕閩録：萬曆己酉（1609），雷思霈負責福建鄉試。此文爲試事結束後給朝廷匯報考試過程及結果的文字。

〔2〕紹徽：道光《濟南府志》：“王紹徽，陝西三原人，進士。萬曆時知鄒平縣，性宏而密，衷恕而慈，在官之日民不知有稱頭之羨，行户之賠，里甲之苦，衙蠹之擾，鄒平賢尹自薛瑞、李瑞之後，以紹徽爲最焉。仕至吏部尚書。”《湖北詩徵傳略》：“萬曆進士王紹徽，陝人，爲忠賢義子，嘗造《點將録》傾陷東林，目公（按，指左副都御史楊漣）爲五虎將天勇星大刀手（《遣愁集》）。”

〔3〕醮士之文：此指記録典試過程及其結果的文字，即本文這樣的文章。

這種文章，元代稱鄉闈紀録，明代稱鄉試録。

〔4〕右文之典：重視文事的制度。

〔5〕負薪之苦：負薪之憂。意指背柴勞累，體力還未恢復。古代士自稱疾病的謙辭。

〔6〕九十人：具體名單見《雷檢討詩集》所收《雷太史門人姓氏·己酉科福建鄉試》。

〔7〕推官臣某：疑似清代著名考據學家閻若璩的祖父閻世科。據清張穆《閻潛丘先生年譜》記載："札記《聞旌德令從兄聘試江寧》詩：'楚材原待晉，祖德自依孫。'自注：'參議公主試萬曆間，於今六十餘年。'案後六十餘年當爲康熙八年己酉也。釋地鍾伯敬述其座主雷何思檢討之言：'不得於言，勿求於心，不得於心，勿求於氣，告子是個大受用人。'萬曆己酉閩闈，先參議以湖州司馬聘往領房，雷何思爲正考，共事甚歡，亦偶及是語，故余家世實聞之。錢謙益《明詩人小傳》：'雷思霈，字何思，夷陵州人，萬曆辛丑進士。何思好學問，通禪理，講經世出世之法，其宗指在江陵、内江之間。己酉出典閩試，所撰程策，頗見大意。惜其未試而歿。《何思集》，其門生鍾惺所論次。'"

〔8〕紫陽氏：朱熹。

〔9〕傳注：指朱熹的《論語集注》《孟子集注》《書集傳》《詩集傳》等書籍。

〔10〕詹同：錢謙益《列朝詩集》："詹同，字同文，婺源人，初名書，元末爲郴州路學正，遇亂，家黄州，事陳氏。爲翰林學士承旨兼御史，歸附，賜今名，授國子博士直起居注，升翰林學士承旨兼吏部尚書。致仕復起爲承旨卒。宋景濂序其集，謂其酒酣耳熱，捉筆四顧，文氣絪緼從口鼻間流出，頃刻盈紙，爛爛皆成五采，其推服之如此。"同治版《宜昌府志》收有其《爾雅明月二臺》等詩。另據《宜昌府志》記載："郭思温，金吾將軍寶之孫，夙有文名。洪武中，命詹同等十人分道訪求賢哲，思温應薦而出，歷官至翰林學士，居禁近，所作誥敕，皆坦易練達，上每稱之。"

〔11〕竺乾流沙：代指佛教，佛法。"夫佛自竺乾，歷流沙，萬餘里以入震旦"（《佛法金湯編》）。

〔12〕大學士士奇：楊士奇，名寓，字士奇，以字行，號東里，謚文貞，江西泰和（今江西泰和縣澄江鎮）人。官至禮部侍郎兼華盖殿大學士，兼兵部尚書，歷五朝，在内閣爲輔臣四十餘年，首輔二十一年。據明徐學聚《國朝典匯》記載："(明宣宗宣德四年）四月南京進鰣魚，薦奉先殿，獻皇太后。畢，上御文華殿召大學士楊士奇、楊榮、金幼孜，特賜鰣魚醇酒，加賜御製詩，有'樂有嘉魚'之句。士奇等沾醉獻和章，上嘉之曰：'朕與卿等皆當以成周君臣自勉，庶幾不忝祖宗付托。'"

〔13〕文敏：楊榮，原名子榮，字勉仁，建安（今福建建甌）人。明初著名政治家、文學家，與楊士奇、楊溥并稱"三楊"，因居地所處，時人稱爲"東楊"。永樂十六年（1421）任首輔，宣德十年（1435）進升少師，去世後，贈太師，謚文敏。

〔14〕文貞、文定：楊士奇和楊溥。文貞是楊士奇的謚號，文定是楊溥的謚號。楊溥，字弘濟，號南楊，謚文定，湖廣等處行中書省荆州府石首縣（今湖北省石首）人。明朝内閣首輔、禮部尚書兼武英殿大學士，是仁宣之治的締造者之一。

〔15〕歷年多閑静：指明神宗多年不理朝政，長期深居宫中。

〔16〕幹蠱：子嗣賢明，能掩盖父母的過失。此指賢臣能補君過。

〔17〕豫章延平：指南宋學者羅從彦和其門生李侗。羅從彦，字仲素，世稱豫章先生；李侗，字願中，世稱延平先生。兩人均爲福建南劍州人。宋明時期，我國東南地區出現了一批研究、倡導、宣傳并發展二程理學的學者，經過數代努力，終於在學術上形成了有别於濂、洛、關學的獨立學派，史稱"閩學"。在這一學派中，最著名的是楊時、羅從彦、李侗、朱熹，即史稱"閩學四賢"。

蓬池閣遺稿卷之十

疏引

請藏經疏

伏以麗中天之炤，衆曜齊輝；衍大地之流，百川共赴。教惟鼎立，道迺綱收。自空有之分岐，致異同之聚訟。詎知鹿苑揚機，鷲峰付旨[1]。義并懸於河洛，趣靡别於華夷。果擲九還，解窮八卦。須彌納乎芥内，海水攝之毫端。響徹諸天，光搖六種。轉阿僧之劫，常注湛然；持風火之輪，一真寂若。毗邪杜口[2]，摩竭無言。用表廣長舌根，渾絶是非之相；大圓鏡智[3]，全消人我之形。四十九年間，説原非説；大千八部衆，聽乃無聽。多子塔開[4]，伽黎遞授；金河馭返，舍利焉尋。

骨豈落於唐灰，典實傳於漢馬。氈書始譯，貝葉初翻。恒沙飛縹緲之塵，洋海泛滄茫之色。厥後遺文間出，法幟長標；論律并興，宫商盡叶。實權雙泯[5]，俟山水之知音；半滿俱融[6]，賴筌簇之妙指。雖森然法相，而闃爾宗風。迨葦渡重溟，燈傳震旦。現威神之力，六宗忽拔於沈淵[7]；辟婆羅之門，五葉遂開於慧日[8]。曹溪香杳，荷澤陂分。頓旨分於嵩吴，漸途通於秦洛。移舟共水，舉棹迷源。乃至婆修盤頭[9]，入遍行之纏覆；佛陀跋陀[10]，守小乘之柴栅。甘默墮於癡禪，尋文逐於狂慧。盖愛牦牛之尾，便入輪回；挂羚羊之角，更何蹤跡。須從罔明地上，證求出定之因；彌勒天中，遍示闢門之智。楞伽山而峻絶，往來憑無礙神通；涅槃城以寂寥，居止依不思定力。然後墻壁瓦礫，悉聆清雅之聲；水鳥樹林，盡解伊吾之句。豈曰耳聽，都自眼聞。法原非有，性即不無。衣鉢久湮，梯航自在。

夷陵，荆陽僻郡，翼野分區。西通巴蜀，道脈接於岷峨；南控湖湘，宗旨派於衡嶽。借忍師之佛法，遥被一枝；挹智者之洪濤，近收半滴。二百祀來，巫峽雲開，大通靈氣；荆門日出，共浴禪波。家奉總持，人談《宗鏡》[11]。報恩古刹[12]，峽郡名藍。禮金粟以巍峨[13]，與玉泉而表裏。緇流仰集，白足皈依[14]。睹錦帙之無傳，慨瑶函之莫鎮。乃有比丘清見，勃發道心，公盟願力，謂向者探《華嚴》於海藏，龍樹潛求；佩法象於中都，摩騰遠涉。彼且入無涯之域，識乃微言；忘重繭之勞，傳兹奥典。况星連吴會，皈策森羅；壤達閶閭，金繩困護。天龍之所呵衛，羅刹之所守司。信解誠堅，顯微共助。宰官身居士輩，未迷在昔之緣；優婆塞優婆夷，亦結方來之果。欲資精進，先假布施。外無一物可慳，是名檀度；内無一法可舍，即印菩提。積米而可成丘，聚沙而能作佛。從此珠纓共結，寶味同斟。開檀越之福田，增山川之異采。横經則自阿含自方等自般若，弘搜大乘之宗；閲藏則若多羅若鞞曇若奈耶，迥徹三支之覽。非第止啼之葉[15]，信惟指丙之鋧。

霈於兹教典，夙受熏持，具老婆之心[16]，示頭陀之行。冀得一言道破，除非洞水逆流[17]；假令半偈未消，何得靈鍾西應。故水人和曲，豈屬摇唇；石女婆娑，非干把袂。辯莫馳於堅白，旨在味於膠青。渾沌則象帝之先，决了則紹王之種[18]。深窮止觀，罔報表遮。庶使幻忘鏡面，不迷演若之形；義泯卷舒，免逐兜羅之手。首可捐於師子[19]，盡是道場；劍即印於文殊，無非佛事。出息入息，常轉開士之經；京都業都，廣接如來之路。掘菴羅之果，純淨無枝；挈頻伽之瓶，虚空匪餉。乃知三車火宅[20]，無非利鈍之轅；大筏迷津，專渡淪胥之楫。所願超乎煩惱，脱去籠筌。悟循業發現之性原，離法塵分别之影事。理無失兔，意可穿牛。頓祛名相，何勞涬海算沙[21]；直領玄詮，竟自洪爐沃雪。螟蛉之子，入藏法寶非遥；化城之境，歸真樂宫不遠。就行門於彈指，泯業性於刹那。揚眉瞬目，盡解傳機；架箭張弓，足堪射聖。陰入處界之相，當體消鎔；生住異滅之由，本來靜寂。則無生契旨，呼爲忍辱之儔；不二除紛，唤作維摩之侣。金剛焰熾，外道心摧；智慧鋒銛，天魔膽裂。斯可同游三昧，共入一乘花雨，常敷法雲□蔭矣。

【校注】

〔1〕鷲峰：指靈山。古印度有一座山，因山形似鷲，山中又多鷲，認爲有靈氣，稱爲靈鷲山，略稱靈山。傳説佛教創始人釋迦牟尼曾在山中居住和説法多年。所以佛教中的許多傳説與此山有關。

〔2〕毗邪：古印度城名。釋迦牟尼於該地説法時，維摩詰稱病不去。釋迦派文殊師利前往問疾。文殊師利問維摩詰："何等是菩薩入不二法門？"維摩詰默然不對。文殊師利嘆曰："乃至無有文字語言，是真入不二法門。"古代詩文中，多以此佛教傳説故事爲杜口不言而深得妙諦的典故。

〔3〕大圓鏡智：謂可如實映現一切法之佛智。法相宗所説的四智之一。由轉第八識（阿賴耶識）而得。亦即在證入佛果之時，阿賴耶識舍斷一切煩惱習氣，轉依而成純粹的無漏智。此智能明察三世一切諸法，萬德圓滿，無所欠缺，猶如大圓鏡之能顯現一切色相，故稱爲大圓鏡智。

〔4〕多子塔：中印度毗舍離城的四塔（或謂六塔）之一。《聯燈會要》卷一載，世尊曾於多子塔前，分座予摩訶迦葉，圍以僧伽梨，密付其正法眼藏。此即古來禪家所謂之"多子塔付法説"。

〔5〕實權：佛智分爲權智與實智。諸法悉皆了知的智能、或知真實法的智能，名爲實智；知一切方便諸法的智能，名爲方便智，即權智。

〔6〕半滿：佛經以説世間法的文字爲半字，總説一切善法的文字爲滿字，表示一切惡法的文字爲無字。在我國佛典中，又有"半字教""滿字教"語。此中之半字教是指小乘教，滿字教是指大乘教。

〔7〕六宗：佛教稱因緣宗、假名宗、不真宗、真宗、常宗、圓宗。

〔8〕五葉：佛教傳入我國後，禪宗以達摩爲祖，稱"一花"；佛教禪宗發展演變的五個流派，稱"五葉"，即潙仰、臨濟、曹洞、法眼、雲門。

〔9〕婆修盤頭：印度羅閲城的人，爲禪宗二十一祖。

〔10〕佛陀跋陀：後秦時來華印度僧人。

〔11〕《宗鏡》：指《宗鏡録》，五代宋時高僧延壽纂輯的一部禪學名著，全書一百卷。

〔12〕報恩古刹：報恩寺，在夷陵州城北左門内，唐景福初建，明成化初重建，當時朝賀諸大典皆行禮於此。僧正司亦設於報恩寺内。

〔13〕金粟：金粟如來。佛名。即維摩詰大士。維摩，意爲淨名。

〔14〕白足：白足和尚。後秦鳩摩羅什弟子曇始，足白於面，雖跣涉泥淖而未嘗汗濕，時稱“白足和尚”。後亦用以指高僧。

〔15〕止啼之葉：用《涅槃經》“黄葉止啼”的典故。

〔16〕老婆之心：佛教語。謂禪師苦口婆心，多方設教，反復叮嚀如老婆婆。

〔17〕洞水逆流：出自《洞山録》。有僧人問：“如何是祖師西來意？”洞山禪師回答説：“待洞水逆流即向汝道。”僧人因而解悟。洞水逆流，指不可能發生的事。洞山之回答意在打消念頭，去除僧人的妄見。

〔18〕决了：謂確定明了。

〔19〕師子：佛家用以喻佛，指其無畏，法力無邊。

〔20〕三車火宅：佛經譬喻語。三車指羊車、鹿車、牛車。加上大白牛車則爲四車。依《法華經》《譬喻品》所載，有一長者，其諸子於火宅内嬉戲，不覺危險將至，長者乃以方便誘引，告訴諸子有羊車、鹿車、牛車在門外可游戲，諸子聞之，爭相出宅。至門外，向長者索車，爾時，長者賜諸子等一大白牛車。此中，火宅比喻迷執的人間界，諸子喻三乘人，三車四車比喻聲聞、緣覺、菩薩三乘及佛乘。

〔21〕算沙：善材童子，南行至名聞國，於自在主善知識所，習算沙法門。自在主言曰：我先於文殊師利，習學書算字印等法門，入於工巧神通。知一切法門。常與十千童子在河渚上聚沙爲戲，依此法門，得知世間書算界處等法乃至菩薩之算法。

廣濟寺禪林疏[1]

古之施宅奉佛者，如羅君章、許玄度、王逸少、王□□[2]，皆巨人鴻士。後有無盡居士、向夫人[3]。君章之宅，今荆州承天寺所云叢蘭者是已。向夫人之宅，今荆州龍華寺是已。及讀楊衒之《洛陽記》，多施於王公寺宦[4]，非奓豪奢則遭亂逆，此不足道。惟杜子烋以掘地得石銘而施者也，劉胡以鼓刀聞豕言而施者也[5]。三代以來，秦宫、漢闕、隋苑、唐陵半入招提，而雀臺、兔圃、梓澤、蘭亭、彦威之陂池、摩詰之輞川[6]、香山之草堂、汾陽之甲第，即欲不變而爲珠林祇舍亦不可得，所以往昔英雄神游世表，長物都捐，靈明袪練[7]，先辨舍心[8]。鳩留之木計四隘，舍也；飲光三代有金色身，舍也；阿育之造舍利浮圖，舍也；給孤長者之黄金布地，舍也；如來之鷹攫虎啖、筆骨紙皮、屠身泥髮，舍也。苟不能舍，則桑蔭關情，釧聲墮戒，一缽之愛，化作浮蛆[9]；千金之藏，繫成眠犬。淤泥心在牛胎，蹄鬣思留馬腹。乃知世界無一切可戀，不願成佛，何况生天法尚可舍，何况於他。故曰但願空諸所有，無實諸所無。

劉玄度以大白牛車出大火焰中[10]，以所居大第在宜都之南城外者立爲刹，而史令君顔之曰“廣濟禪林”[11]。廣，以普遍爲名；濟，以惠及爲義。能仁慈氏，皆此物此志。令君具豈弟之懷[12]，布中和之政，故標斯旨。夫玄度不有其宅，而宜都必不肯自有其材。聚沙摶佛，累土成埸，囊粟紙錢，何論半滿。他日相好端嚴，廊廡清肅，名僧德衆，法侶如林，梵唱潮音，缽聲互答，抑亦南平之盛事、西竺之奇聞也與哉！昔在京師，偶與石首曾退如談老來光景，不佞有玄度、逸少之志，而退如云：“聞宜都劉生業以張旗施宅，兄不必攙行奪市[13]。”一笑而止。今廣濟成矣，不佞致書以報石首，咸作數言記之。

【校注】

〔1〕廣濟寺：參見《第一津梁卷夷道劉聖達舍宅爲寺》“劉聖達”條注。

疏，舊時募捐簿前的簡短的説明文字。

〔2〕羅君章：羅含，字君章。歷任桓温别駕、宜都太守、長沙相。致仕後，居於荆州城西小洲之上，竹籬茅舍，布衣蔬食，怡然自樂。《晉書》有傳。魏了翁《承天禪院叢蘭精舍記》記載："是院也，世傳爲晉侍中羅君章之故居也。君章致仕還荆，而叢蘭生於階庭。人謂德行之感。"許玄度：東晉文學家許詢。終身不仕，好游山水，常與謝安等人游宴、吟詠，曾參預蘭亭雅會。是當時清談家的領袖之一，與孫綽并爲東晉玄言詩的代表人物。許詢晚年時，與王羲之、謝安等相約去四明山區的剡溪深谷隱居，舍蕭山的家宅爲寺。

〔3〕向夫人：北宋宰相張商英即無盡居士的夫人。

〔4〕寺宦：即宦官。宦官古稱寺人，故云宦寺。

〔5〕劉胡：北魏楊衒之《洛陽伽藍記》記載："里有太常民劉胡兄弟四人以屠爲業。永安年中，胡煞猪，猪忽唱乞命，聲及四鄰。鄰人謂胡兄弟相毆鬭而來觀之，乃猪也。胡即舍宅爲歸覺寺，合家人入道焉。"

〔6〕摩詰，原刻本譌作"摩結"。

〔7〕靈明祛練：修智慧，斷煩惱。意謂去除塵念，修煉智慧，便可成佛。

〔8〕舍心：舍乃施意，即除去一切心，而達無心境，所以舍心即無心，無心方爲道。

〔9〕浮蛆：浮在酒面上的泡沫或膏狀物。同浮蟻。宋陶穀《清異録·酒漿》："舊聞，李太白好飲玉浮梁，不知其果何物？予得吴婢，使釀酒，因促其功，答曰：尚未熟，但浮梁耳。試取一盞至，則浮蛆酒脂也。乃悟太白所飲蓋此耳。"

〔10〕劉玄度：劉芳節。詳見《第一津梁卷夷道劉聖達舍宅爲寺》"劉聖達"條注。大白牛車：《法華經》以羊車喻聲聞乘，鹿車喻緣覺乘，牛車喻菩薩乘。這三乘都是權乘，大白牛車喻佛乘，這一乘纔是實乘。

〔11〕史令君：疑似史紀棟。同治版《宜都縣志》記載的萬曆年間史姓知縣只有史紀棟一人。志載："史紀棟，字鉛臺，鶴麗（即鶴慶）人，舉人，萬曆壬子年任知縣，立社倉，請蠲逋，青莊鋪苦水害，捐俸築隄，至今賴之。"同治版《宜都縣志》此處記載他的任職時間爲萬曆壬子年（1612），但此前一年雷思

霈已去世。有三種可能，一是另有史姓知縣漏載，二是史紀棟正式就任之前還代理過幾年的宜都知縣，三是“萬曆壬子”的記載錯誤。第三種的可能性大些。雷思霈的《送史大夫之涿州》有“爲令思夷道”的詩句。“夷道”是宜都古稱，“專城”是指任主宰一城的州牧、太守等地方長官，“范陽”是當時涿州的治所，顯然這位“史大夫”是由宜都知縣提拔爲涿州知州的。查民國《涿縣志》，果然有“史紀棟，鶴慶舉人，知州”的記載。還有一種可能是史紀棟雖然調離宜都，但“廣濟禪林”四字仍然是請他題寫的。

〔12〕豈弟：愷悌。和樂平易。

〔13〕攙行奪市：跨行業搶生意。

【相關鏈接】

閨情集句

劉芳節

緑慘雙蛾不自持，曉庭和露折殘枝。長疑好事皆虛事，莫遣佳期竟後期。舊曲聽來猶有恨，柔腸結盡轉相思。遥知更有難忘處，射雉春風得意時。

纖纖初月上鴉黄，不把雙眉鬪畫長。素奈忽開西子面，芙蓉不及美人妝。對題錦字添新恨，閑對幽花識舊香。欲説春心無所似，池邊顧步兩鴛鴦。

劈破雲鬟金鳳凰，夢回余念屬瀟湘。徒勞掩袂傷鉛粉，但惜流塵暗洞房。兩臉酒醺紅杏妒，一叢高髻緑雲光。妝成只是熏香坐，欲卷珠簾春恨長。

舊事淒凉不可聽，含紅怨緑影亭亭。琴聲斷續愁兼恨，杯酒留連醉復醒。新睡起來思舊夢，夜香燒罷掩重扃。緑牕壁月移花影，銀燭秋光冷畫屏。

（《列朝詩集》）

（按，集句詩是集合古詩文句而成的詩。創作集句詩不僅要求作者博聞强記，而且要求作者對原詩句融會貫通，如出一體。這樣集成的詩纔能既無斧鑿之氣，意義又相連貫。上述四詩，每句均爲古人原句，但劉芳節將其集合在一起就成了一首新詩。）

劉玄度集句詩序

袁中道

子瞻與介甫同游蔣山，介甫指案上硯共集句。子瞻即朗吟曰："巧匠鑿山谷。"介甫不能續，乃曰："且趁天色，窮覽蔣山之勝，不須作此冷淡生活。"時同游二客背語曰："荆公困人伎倆，今日頓盡。"予謂子瞻亦機鋒偶觸，令齒牙間得利耳。使有所以應之而復角，吾亦不能保其後如何也。集句政自難。一咄嗟之頃，而倒腹笥，以冀一遇，要令宫商合調，如出一手，即子瞻猶難之，况介甫乎？

吾友劉玄度，少時即與予作忘形友。應試入郡，則同寓君章宅畔。每月夜，坐大堘上，譚或至達旦。自是十數年，一遇玄度於稠人之中，甫一戟手，即隱隱有譚勢。拉至空處，風雨波流，娓娓數百車，遂無一字重者。盖予退而心服玄度之慧也。凡慧則流，流極而趣生焉。天下之趣，未有不自慧生也。山之玲瓏而多態，水之漣漪而多姿，花之生動而多致，此皆天地間一種慧黠之氣所成，故倍爲人所珍玩。至於人，别有一種俊爽機穎之類，同耳目而異心靈，故隨其口所出，手所揮，莫不灑灑然而成趣，其可寶爲何如者。

予與玄度交二十餘年，初聆其譚，久之讀其文如其譚，久之讀其詩如其文。又久之，而觀其滑稽慢戲之詞，溢於詩文之餘者，其天趣正爾横生。今年復出閨情集句七十首示予，予曰：此蘇子瞻、王介甫所難者也。予與玄度交二十餘年，而知玄度不盡乎！

（《珂雪齋集》）

傳磬寺修殿引[1]

於乎，此無盡居士藏骨之地也。居士宋丞相，晚稱僊客，没而封於白洋。山荒月冷，野草寒烟。居士視四大寄也，孫子幻也，今古刹那也，大地山河塵也，水流花開禪寂也，蛙鳴鳥語梵音也，風雷迅擊、林木怒號喝棒機也[2]。

而今之圖風水者曰，是丞相墓也，或可生丞相也。洲渚，印也；縣案也；大江横而清江潮也，鼓臺，主；而大梁屹然雲霄[3]，賓也。不知此葬丞相者也，非葬而出丞相者也；此爲佛弟子之丞相也，非爲丞相而謗佛者也。

半里許爲故相國張江陵之祖地[4]，業已出丞相矣。墓前寺名傳磬。傳磬，猶傳燈也。燈從眼根入，磬從耳根入者也。當其踢翻溺器之時[5]，是因聞證入[6]，是名傳磬，故以無盡燈續無盡照，以無盡磬續無盡響也。寺舊有田若干畝，而寺僧不得有之。居士生爲丞相，没爲高真[7]，尚不能保墓田於緇衣白足之輩。而今之人乃欲置銅墻鐵壁以遺所不可知之人。古人往往舍宅立刹，捐田飯僧者，又何説也？

寺故無殿，僧持短疏來乞檀越[8]。余笑謂之曰："爾能爲兜率悦公破我疑團耶[9]？城中不乏給孤[10]，余爲爾作穿線人。諺云'看一面，看二面。日面佛，月面佛'作證，余爲爾解墓猶之可也，四大寄也；田猶之可也，大地山河塵也；殿不爲之結構不可也。是所謂無盡照無盡響也，是宜都宰官長者、居士、比丘之責也。"

戊戌秋[11]，余一宿大千精舍。大千臘七十餘矣，而日誦《雜華》不輟。與余窺無盡井亭，歷茶園。經行山下，有窣堵波碑[12]，石開裂，中無所有，得一齒，瑩潔如玉。是僧因地想具戒行者[13]。石上鐫"都綱"數字[14]。又建韋馱殿，得斷碑數片，字爾彷彿可識。則勝國前，此寺當有大摠持，苾蒭林立[15]，不至如今寂寂也。居士《决疑論序》云，李長者著論處[16]，里人咸嚴事之。時年豐和，人物吉祥。後乃叢淫祠而奉血食，遂有水旱夭札之災。居士曰："長者，文殊大士化身也。"

急命復其舊，此居士往事。安知居士非古大德而現宰官身者耶？宜都宰官長者、居士、比丘發大弘願，持大慈力，請以居士之事李長者事居士，請以事居士者上事釋伽如來。董其事者[18]，僧大千也，持疏來者有僧文等也，作引者宜都郡史氏雷思霈也。

【校注】

〔1〕傳磬寺：見《羅玉檢住白洋山傳磬寺新開一井味甚冽有詩來寄和以兩章首篇略用原語》“傳磬寺”條注。

〔2〕喝棒機：唐代臨濟義玄禪師教導學人多用喝，德山宣鑒禪師則多用棒，德山棒如雨點，臨濟喝似雷奔。兩者有相似之機鋒與鋭利宗風之特色。中國禪之形成，此宗風居於重要地位，兩者於禪録中經常被相提并論，堪爲禪者之代表。

〔3〕大梁：山名，在宜都，爲佛教聖地。

〔4〕張江陵之祖地：同治《宜都縣志》記載：“唐公望（旺）墓，在白洋驛，明大學士張居正之祖。”康熙《荊州府志》亦言：“唐旺墓，在白洋驛，明大學士張居正之祖。”

〔5〕踢翻溺器：《佛祖通載》記載：（張商英）公下車，至八月按部過分寧。諸禪迎之，公請俱就雲巖升堂。有偈曰：“五老機緣共一方，神鋒各向袖中藏。明朝老將登壇看，便請橫戈戰一場。”悦最後登座，貫穿前列，公大喜，遂入兜率，抵擬瀑亭。公問：“此是什麼？”悦曰：“擬瀑亭。”公云：“捩轉竹筒水歸何處？”曰：“目前薦取。”公佇思。悦曰：“佛法不是這個道理。”及夜話次，公云：“比看《傳燈》一千七百尊宿機緣，唯疑德山托缽話。”悦曰：“若疑托缽話，其餘即是心思意解，何曾至大安樂境界乎？”公憤然就榻，至五鼓，忽垂腳踢翻溺器，乃省前話。即扣悦寢，至謂悦曰：“已捉得賊了也。”悦曰：“贓物在什麼處？”公扣門三下。悦曰：“且寢去，來日相見。”翌日公投頌云：“鼓寂鐘沈托缽回，巖頭一拶語如雷。果然只得三年活，莫是遭他受記來。”

〔6〕證入：佛教語。謂以正智如實證得真理。

〔7〕生爲丞相，没爲高真：張商英是一位活躍於北宋中後期的官僚、佛教居士，早年信道，中年向佛，是北宋中後期佛教乃至道教最得力的外護居士。其佛教影響力遠超政治影響力。

〔8〕檀越：梵語音譯。施主。

〔9〕兜率悦公：北宋從悦禪師。江西人，俗姓熊。幼依普圓院嵩禪師出家，後參寶峰克文禪師而得法。師學通内外，能文善詩，率衆勤謹，遠近贊仰。謚號真寂禪師。張商英是在從悦禪師種種追詰逼問下悟得禪理的，參閲“踢翻溺器”條注。

〔10〕給孤：佛學术語，給孤独，長者之名，以其仁而聰敏，積而能散，賑乏濟貧，哀孤恤独，時美其德，號給孤独。

〔11〕戊戌：萬曆二十六年，即 1598 年。

〔12〕窣堵波：印度佛教建築的一種形式。指泥土磚石壘築的高冢。

〔13〕具戒：又稱具足戒，又稱近具戒、大戒，略稱具戒，是比丘、比丘尼受持的戒律，因爲這些戒律與十戒相比，戒品具足，所以稱具足戒。

〔14〕都綱：主管佛寺的官員。其官制始於魏晉，後歷代陳襲。明初，中央政府在邊遠地區設都綱司，設“都綱”之職，由其主管佛教一切事宜。

〔16〕苾蒭：即比丘。本西域草名，梵語以喻出家的佛弟子。爲受具足戒者之通稱。

〔17〕李長者：李通玄，世稱李長者，又稱棗柏大士，是唐代的華嚴學者，滄州（今河北省滄縣東南）人。青年時鈷研易理，到四十餘歲時，專攻佛典，潛心《華嚴》。《抉疑論序》的作者是李通玄親傳弟子比丘照明，這是一篇研究李通玄生平的重要文獻。

〔18〕董其事：負責這件事。

【相關鏈接】

重建關將軍廟記

張商英

道出陳隋間，有大法師名曰智顗，一時圓證諸佛法門，得大總持辯説無礙，敷演三品，摩訶止觀。是三非一，是一非三，即一是三，即三是一，隨衆生根而設教。後至天台，止於玉泉，宴坐林間，身心湛寂。此山先有大力鬼神與其眷屬，怙恃憑據，以帝神力故法行業，即現種種諸可怖畏，虎豹號擲，蛇蟒盤瞪，鬼魅嘻嘯，陰兵悍怒，血唇劍齒，毛髮鬅鬡，醜形妖質，剡然千變。

法師憫言："汝何爲者，生死於幻，貪著餘福，不自悲悔？"作是語已，音跡消絶。頎然丈夫，鼓髯而出，曰："我乃關羽，生於漢末，值世紛亂，九州瓜裂。曹操不仁，孫權自保，虎臣蜀主，同復帝室，精誠激發，洞貫金石，死有餘烈，故主此山。諦觀法師，具足殊勝，我從昔來，本未聞見。今我神力，變見已盡。而師安定，曾不省視，汪洋如海，匪我能測。大悲我師，哀憫我愚，方便攝受。願舍此山，作師道場。我有愛子，雄鷙類我，相與發心，永護佛法。"

師問所能，援以五戒。帝誠受已，復白師曰："營造期至，幸少避之。"其夕晦冥，震霆掣電，靈鞭鬼捶，萬壑浩汗，湫潭千丈，化爲平址。黎明往視，精藍煥麗，檐楹欄楯，巧奇人目。海内四絶，遂居其一。以是因緣，神亦廟食千里，内外廟供云。委玉泉之田，實帝之助。

歲越千禩，魔民出世，寺綱頽紊，椎佛虚設。帝既不怙，廟亦浸弊。元豐庚申，有蜀僧名曰承皓，行年七十，所作已辨，一大衆請，倏然赴感。有陳氏子，忽作帝語："自今以往，祀我如初。"遠近播聞，瞻禱愈肅。明年辛酉，廟宇鼎新，爾時無盡居士聞説其事，以偈贊曰：

關帝父子爲蜀將，氣盖中原絶等倫。喑嗚叱咤山嶽摧，義不稱臣曹孟德。憤烈精忠貫金石，英靈死至玉泉山。陰兵十萬部從嚴，鐵騎咆哮汗金甲。架鶚韝鷹走獒犬，鞭笞虎豹與龍蛇。膾肝脯肉飲頭顱，無上菩提豈知有。智者南來爲利益，默然宴坐橋木蔭。法力廣大不思議，溪山動蕩失安據。妖怪百千諸怖畏，神道究竭誓歸依。大威大猛大英豪，棄置愛戀如泥滓。將此山巒奉佛土，受持五戒懾身心。仰山南嶽及高山，佛佛道同五異化。見在住持承皓老，宗風孤峭帝所欽。未來補處出家人，萬木巖前希審細。宏我如來像季法，長風十里碧雲寒。

大宋元豐四年良月之吉。

（光緒間續修《玉泉寺志》）

白羊同行五六登無盡墓入義方傳慶寺讀鍾離公所書兩句贈八瓊張子高碑及呂公來訪事程教有詩次其韻

洪咨夔

鍾離權約同燒汞，呂洞賓呼共層瓊。便合身隨笙鶴去，底須冠劍葬空塋。墓前共幹直能奇，勾引先生讀斷碑。見説嘉禾曾有頌，平生行止不須疑。

（《平齋文集》）

無相上人請藏經始末[1]

夷陵，楚西偏一黑子地[2]。永叔在邑時，求《漢書》一觀尚不可得，况佛藏乎？歐陽即不好此，其僻可知。是時蘇子瞻、黄魯直、陸務觀往往游此，亦不聞有高僧與之偕。

無相上人，始一焚修香火僧耳，少即聰慧，能書，能誦，能棋，能博。晚而之落伽，之清凉，歸發大願力，請修多羅藏[3]。一時，人皆詈罵之曰："夫夫老髡[4]，而欲作天上之事。"余對公車，又雅爲贊嘆，人又皆詈罵之曰："夫夫一措大[5]，而欲使人探海中之寶。"無相志益堅，緣益不就，乃出所積襯施[6]，不足則典衣鉢，不足則貸子母錢。走西南數千里，覓得柏木數十片。之白下，之維揚，之濟上，之平原，之燕都，稍稍得售。

而余與羅宛平頗爲之助。復之白下，如所願而歸。是經也，楚中段諫議、趙户部、於比部之力居多。今年，余至自閩中，無相由白下上武林，候余同之京口，於觀察蔡君索一官舫，送藏之夷陵。無相更以募餘錢作水陸畫像，又爲寫金字《法華經》，皆大奇遘。余亦於嘉禾楞嚴寺請一小藏。荆門玉泉寺亦以是月始得北藏[7]，與無相先後行。玉泉名剎，無跡宿師[8]，數千年乃始有藏。郡剎數百年，至無相今始有藏，與玉泉等，逾益奇。無相歸而欲莊嚴此果，願力未已，則將如之何有其人以繼之也？覔之州里，而皆段諫議等其人力也，無其人以繼之也。待之天下，而不無段諫議等其人也。是行也，於法相寺，禮長耳和尚，是天下第一肉身；於虎丘，禮大士，是天下第一石像；於寒山寺，觀唐宋佛，是天下第一畫手；於金山，尋求泉孔，是天下第一水。夷陵從古無藏無僧，有之自無相始，是天下第一願力，緫之無第二事。

【校注】

〔1〕藏經：佛教經典。

〔2〕黑子：黑痣。比喻狹小的地方。語本北周·庾信《庾子山集·哀江南賦》："地惟黑子，城猶彈丸。"

〔3〕修多羅藏：意譯作經藏、契經藏。爲三藏之一。漢譯之經藏大別爲大乘、小乘二種。大乘經乃針對小乘經而立名。關於經藏之分類，諸家説法不一。

〔4〕夫夫：猶言這個男子。

〔5〕措大：舊指貧寒失意的讀書人。

〔6〕襯施：施舍材物給僧道。此指所施舍的材物。

〔7〕荆門玉泉寺：玉泉寺在當陽，明代當陽縣屬承天府荆門州。

〔8〕宿師：老成博學之士。

修東山寺募引

凡修一佛事，闡一佛教，堅一佛念，不名爲衆生[1]，皆是如來眷屬也。故有寧食無隔宿之舂而日飯闍黎[2]，衣有百鶉之結而金塗泥木，居有繩樞之陋而莊嚴梵刹。何以故？則宿根堅信[3]。故宿根堅信者，雖百方阻撓之不得也，百論破除之不得也。昔陸希聲相公謁仰山和尚，纔入門便問："三門俱開，從何門入？"山曰："從信門入。"故經云："信爲道元功德母，一切諸行，無不以信爲止因。"故信根完滿，即證菩提，而小果之因亦具功德，此如來不爲闡提説法，以不信故也。

東山梵刹爲州中大觀，遞年莊嚴，亦頗就緒。近以觀音閣三柱勢欲傾圮，其住持僧人募衆修葺，即有檀那善士爲之捐資，而欲與大衆共其功德，其悲願廣大可知。願若圓滿，亦琳宫一快矣。時座中有客竪拂而言曰："東山之修，殆非一次；居士之疏，殆不一書。將無爲里閈所厭。"與居士合掌和南曰[4]："已許空王爲弟子[5]，是即名爲報佛恩。居士堅以信根，雖百疏猶踊躍。諸檀亦堅此信根，即一滴一恒河矣。"

【校注】

〔1〕不名爲衆生：《涅槃經》云："見佛性不名衆生，不見佛性是名衆生。"

〔2〕闍黎：阿闍梨，又作阿舍梨、阿只利、阿遮利耶，略稱闍梨。意譯爲軌範師、正行、悦衆、應可行、應供養、教授、智賢、傳授。意即教授弟子，使之行爲端正合宜，而自身又堪爲弟子楷模之師，故又稱導師。

〔3〕宿根：宿世之根性。今則泛指修行之根基。

〔4〕和南：古印度人對長上問候用語，表示敬禮、恭敬之意。

〔5〕空王：佛的尊稱。

與僧便菴同游五臺送至真定相别

我峽州有比丘，合掌北上見大人，曰："僧有事于佛地，見佛軀，願乞一言以爲行者覺。"大人曰："何地何軀，欲求見佛？但識衆生，只爲衆生。迷佛非是佛迷。"僧曰："將有事於五臺。五臺，文殊清涼之山，佛行覺地耳。"大人曰："著境耶[1]，離境耶？凡夫即佛，煩惱即菩提，前面迷，後面覺，迷即凡夫，悟即佛。不然，五臺起白雲，封中忽琉璃，光生霎時，白雲連地起，鳥足共天飛。雲耶，天耶，佛性耶？即是是佛，不即是是佛？"噫，可語悟矣。

【校注】

〔1〕著境：《六祖壇經·般若品》："凡夫即佛，煩惱即菩提。前念迷即凡夫，後念悟即佛；前念著境即煩惱，後念離境即菩提。"

般若堂記

佛曰：飯凡人百，不如飯一善人；飯善人千，不如飯持五戒者一人；飯持戒者萬人，不如飯一須陀洹[1]；飯須陀洹者百萬，不如飯一斯陀含[2]；飯斯陀含千萬，不如飯一阿那含[3]；飯阿那含一億，不如飯一阿羅漢；飯阿羅漢十億，不如飯一辟支佛；飯辟支百億，不如飯一佛。發願求欲濟衆生也。飯善人，福最深重。凡人事天地鬼神，不如孝二親，二親最神也。

【校注】

〔1〕須陀洹：爲聲聞乘四果中最初之聖果。又稱初果。即斷盡"見惑"之聖者所得之果位。全稱須陀般那。又作須甦多阿半那、窣路陀阿鉢囊、窣路多阿半那。

〔2〕斯陀含：又作沙羯利陀伽彌。意譯作一來、一往來。係沙門四果之第

二果。

〔3〕阿那含：又作阿那伽彌、阿那伽迷。譯作不还、不來、不來相。是聲聞四果的第三果，斷盡欲界九品惑，不再返还欲界的聖者之名。

東嶽廟再募引〔1〕

州舊有岱宗宫，里中父老所爲，歲時伏臘有事于枌榆者也。後則崑崙王母宫，傍則戴匡文昌宫〔2〕，温關祠附焉。諸父老業已庀徂徠新甫之材〔3〕，巋然三觀，足稱常峙矣。然以緡錢不給，而門亭之上無螭頭，無脊甍。中宫所履，無瓴甋□磚錯地砌也〔4〕。諸司曹猶未得桃梗土偶儼然而貌之。文昌前虚無庭，猶未得膜拜而禮焉。語云“行百里者半九十”，蓋言末路之難。此九仞之時，諸父老以不給于緣錢而闕然已乎？

余以爲曩之徼惠于諸薦紳士庶而創始者，今之徼惠于諸薦紳士庶而落成者也。吾聞岱者，帝天之孫，主人間世七十二君，探金簡玉篋，則封禪答焉。肹蠁所通，豈爲叢祀？惟是諸薦紳士庶，相與再捐施以毋棄，其成則神所憑依，福生有基，且將白雲起宫中，八璈之響振庭〔5〕，六星之光燭天矣。豈惟諸父老相與有榮施？余因得列于右方者如此。

【校注】

〔1〕東嶽廟：據《夷陵州志》記載，東嶽廟在夷陵州城“在大南門内”。

〔2〕戴匡：即戴筐，星座名，即文昌宫。因其在斗魁之上，形似筐，故稱。

〔3〕徂徠新甫：生長棟梁之材的地方。《詩·魯頌·閟宫》：“徂來之松，新甫之柏。”

〔4〕瓴甋：磚。

〔5〕八璈：古代一種玉制樂器。

劉道人石像記

劉道人，先世家于潼川，年七十有九矣，而居松滋朱埠高山廟者[1]，一百八十六甲子。道人棕團、箬笠、破衲、長攙，不結林徒，不持資斧[2]。毋論名山大川，禹跡周封，即蠻烟瘴靄，狐蹤鳥道，往往捫蘿扳葛，宴坐棲心。晚乃斷鹽飯[3]，惟粗糲數甌而已。以至輒默朝太上，跪誦本行經，多靈異。禮斗母[4]，斗母降于壇，奇香，矞如雲盖。見片紙隻字，必和香焚之。嘗與文昌匡載六星通，過琳宫僊觀，見諸神衆鬚眉委脱，手指剥落，必堊鋈而始快意。一日，煎膏施人，至夕而不成液，假寐，夢神人與言“爾嘗體太上”。驚寤，遂割己血肉投之，一摶而結矣。

甲午[5]，余猶困諸生，借憩高山廟。道人出，問曰：“公何郡人？”予曰：“夷陵人。”道人不問余名姓，第問曰：“公知夷陵雷某不？”予駭然，莫測其所以，曰：“先君子也，不幸即世[6]。”道人曰：“公大父爲安岳丞時，老人與尊公同筆墨[7]，尊公才十有一歲耳。”相與泣下欷戲久之，出郫筒酒飲我[8]。自此道人遂爲故人，却不識道人爲何如人也。丁酉得舉于鄉，道人初持果餅來謁。而朱埠咸重道人，性喜施予，不受人斗粟寸縷之惠，乃道人更惠人，即十斛百尺不惜也。疑道人有他術，以問道人，道人不言也。乃余授史局，甲辰冬[9]，自京師歸，道人又持果餅來謁。今年春，予之荆州，而朱埠人咸言道人病大作，不可起。及自荆州取道松滋，而道人神氣愈王，又飲我以郫筒酒。又疑道人有長生術，以問道人，道人亦不言也。

廟有道人石像，絶肖。朱埠人乞余作記。道人神游八極，形爲委蜕，奚以高山廟之石像爲？道人在，而石道人亦在也；石道人在，而道人亦未始不在也。優填思而刻木[10]，五湖去而範金[11]。此與畏壘之民尸祝社稷之意同[12]，不可無記。記已，作贊。贊曰：“精誠之極，貫金穿石。叩之成語，呼之或起。”今夫掘之而雉化而羊群者，又何物耶？而况其形色相貌絶相類者？白骨可肉，長河可酥。又安知其不變化而超忽也與哉？留侯遇圯上老人曰：“他日穀城下黄石即我也。”予雅好辟穀事，不待功成便欲拂衣，而道人又無素書韜略之術。予與之游，由來可知。則今日高山廟一具石，是道人耶，抑非道人耶？吾其問之黄石公，吾其問之赤松。

【校注】

〔1〕朱埠：在松滋，今名朱家埠。

〔2〕資斧：材貨器用。

〔3〕鹽飳，疑爲“鹽豉”之誤。

〔4〕斗母：亦作“斗姆”。斗母元君，是道教崇拜的女神。

〔5〕甲午：萬曆二十二年，即 1594 年。

〔6〕即世：去世。

〔7〕老人：劉道人自稱。

〔8〕郫筒酒：宋祝穆《事文類聚》記載：“郫縣人刳竹傾春釀於筒，閉以藕絲，苞以蕉葉，信宿，馨達於竹外，然後斷之以獻，號爲郫筒酒。故杜詩云‘酒憶郫筒不用酤’。”

〔9〕甲辰：萬曆三十二年，即 1604 年。

〔10〕優填思而刻木：優填指優填王，爲佛世時憍賞彌國之王。因王后篤信佛法，遂成爲佛陀之大外護。他因思佛心切而病倒，他的弟子們用紫檀木雕刻成高達五尺的佛像，讓優填王得以瞻仰，早晚禮拜，以解除思念之苦。傳這就是佛像雕刻的開始。

〔11〕五湖去而範金：范蠡助勾踐滅吴之後，遂乘輕舟以浮於五湖，莫知其所終極。王命工以良金寫范蠡之狀而朝禮之，浹日而令大夫朝之，環會稽三百里者以爲范蠡地。

〔12〕畏壘之民：《莊子·庚桑楚》記載：“老聃之役有庚桑楚者，偏得老聃之道，以北居畏壘之山，其臣之畫然知者去之，其妾之挈然仁者遠之；擁腫之與居，鞅掌之爲使。居三年，畏壘大壤。畏壘之民相與言曰：‘庚桑子之始來，吾灑然異之。今吾日計之而不足，歲計之而有餘。庶幾其聖人乎？子胡不

相與尸而祝之？’”

修元陽洞菴引

州北十里有元陽洞，揖月峽而帶三江，于中結夫坐[1]，旁置菴樹椽，盖羽客緇流息心之所也。二十年來，僧鑒暉主之，欲稍葺理而求布施。此地僻而賓江，間有方士俗所稱提手者，往往潛行匿跡以鈎來者，而僧人亦遂爲惡少所苦，胥徒所困辱。今當屏絶此輩，一意功課，以消主者盆頭米價[2]。前世欺壓人，故今生得此短身，此僧鑒暉果報。今生若復有人欺壓矮髡者，來世其短更甚，且亦現有短少處，此又今人花報也[3]。書此以勸人發喜施心，以戒人作冤對業。

【校注】

〔1〕夫坐：即趺坐。佛教徒盤腿端坐的姿勢。

〔2〕盆頭米：據孔尚任《節序同風録》記載："設小口瓦罌於竈上，每炊時撮米於中，至次年初五日破之曰盆頭米。"

〔3〕花報：指在獲得果報之前、在當世獲得的業報，也叫現世報。果報是指由業因造成的結果。

執笏山修玄帝殿引[1]

州之南，隔江二十餘里有執笏山，其形如手板，中白，其白處亦復如象簡[2]，儼如人立朝端拱北極也[3]。袁山松所紀白鹿巖疑即此地[4]。往有玄帝廟，乃故劉司空疏稱錫福也[5]，亦因土語多訛耳。今廟以風雨不蔽，日就圮壞。而山下諸父老咸欲修葺之，以奉香火，爲一方祈福捍災，而來索予數語，于以齊一衆志，非如往時游食道侶作酒肉費也。予于此山，舊有《誦玉皇經》一疏在焉。

【校注】

〔1〕執笏山：乾隆《東湖縣志》記載："執笏山在烏石鋪，縣南三十里，高百餘丈。山傍立一小山，大小相湊，如人執笏狀。笏上有元（玄）帝觀。文石壁一，白跡，儼若老人峨冠執笏危坐蒲團上，因名。"

〔2〕象簡：即象笏。象牙制的手板。

〔3〕朝端：朝廷。

〔4〕白鹿巖：酈道元《水經注》引袁崧《宜都山川記》記載："江水又東，逕白鹿巖。沿江有峻壁百餘丈，猨所不能游，有一白鹿，陵峭登崖，乘巖而上，故世名此巖爲白鹿云。"

〔5〕劉司空：劉一儒。

【相關鏈接】

執笏山

陳正言

山下看秋光，秋光在山頂。山上看秋光，秋光歸一迥。今古此浩然，曠觀人平等。萬籟發其中，星河動炯炯。靜測所由然，於兹得清醒。

（乾隆《東湖縣志》）

與執笏山僧

文安之

移榻就松陰，霜津落葉深。一僧凌霧去，歸路正堪尋。

（乾隆《東湖縣志》）

安福寺化佛聖誕供物[1]

既云穿笋作巢[2]，其行最苦，何以指天劃地，惟吾獨尊？諸天散花，八部吐水[3]，祇因濁世聊現凡情，居兜率院而藏名[4]，折還骨肉；升忉利天而説法，寧假胞胎[5]。天下太平，那用趙州之語？聖人降誕，每宣支遁之詞[6]。凡此維梓之鄉，咸作伊蒲之供[7]。

【校注】

〔1〕安福寺：在今枝江市安福寺鎮。弘治版《夷陵州志》記載："安福寺，在（宜都）縣北三十里，元建。"聖誕：佛的生日。

〔2〕穿笋作巢：用唐代詩人羅隱《杜處士新居》典："翠斂王孫草，荒誅宋玉茅。寇餘無故物，時薄少深交。迸笋穿行徑，飢雛出壞巢。小園吾亦有，多病近來抛。"

〔3〕八部：乃指守护佛法之諸神。

〔4〕兜率院：佛教謂天分許多層，第四層叫兜率天。它的内院是彌勒菩薩的淨土，外院是天上衆生所居之處。

〔5〕忉利天：又稱三十三天，是佛教宇宙觀用語。根據佛教理論，忉利天處在須彌山頂，中央爲帝釋天所居，四面各有八天，總共三十三天。

〔6〕支遁：東晉高僧。字道林，世稱支公，也稱林公，别稱支硎，本姓關。

〔7〕伊蒲之供：伊蒲饌。齋供，素食。

重修土城寺普濟院引[1]

州僧無相，横擔榔栗[2]，半挂軍持[3]，南走吴，北走燕，爲圓通閣覓一大藏，尚不能滿此因緣，而土城院不勞而得之。其遇甚奇，其山甚靈異，其僧常住田畝視他寺而獨多。而路出巴蜀，其爲名公所題詠，亦往往而在。歲久，殿漸圮，僧淨松等欲重修之而乞余言，爲舉近事。

東山自歐陽永叔、陸務觀游後，寶刹化城已爲烏有。而州大夫童滎縣于萬曆癸巳年復之[4]，巋然爲一州勝概。則今日有童滎縣其人，而土城修矣。荆州古天皇寺有自來古佛，而賈人林姓者創亭宇樓閣，殊勝莊嚴。則今有林居士其人，而土城修矣。公安二聖寺，舊無十方院，宰官袁六休儀部領衆結聚[5]，遂成寶林。則今有袁儀部其人，而土城修矣。當陽玉泉自隋唐以來，智者説止觀之地[6]，關壯繆侯所護持[7]，殿爲蟻食。而度門僧無際發大願力[8]，稱南北講師，感慈聖，捐千金，鳩集而工，已次第舉。則今之僧有無際其人，而土城修矣。宜都龍興寺[9]，余爲之作碑記，實彼中徐太學諸長者之力[10]。則今有徐太學諸長者，而土城修矣。土城藏多缺失，余命僧稍知文義者，一一檢函中，録若干卷，予就京師經場中補之，以此作些小功德耳。

僧持卷至，拈筆作此，受菩薩戒[11]，不敢修綺語也。

【校注】

〔1〕土城寺：見《觀土城寺二首》“土城寺”條注。

〔2〕楖栗：指楖栗木所製手杖。一般爲僧人所用。

〔3〕軍持：源於梵語。指澡罐或淨瓶。僧人游方時携帶之，貯水以備飲用及淨手。

〔4〕童滎縣：夷陵知州童世彦，同治版《宜昌府志》記載：“四川滎縣人，舉孝廉。萬曆丙申知彝陵，修廢舉墜，有廉幹聲。常建橋以利涉，民因以童公名其橋。復採形家言，修東山寺以崇州鎮，至今賴之。後人因立祠寺側，榜曰‘生慈祠’，以志遺愛。”參見王篆《東山寺記》。

〔5〕袁六休儀部：明代公安派文學領袖袁宏道，號六休，曾官禮部儀制司主事。

〔6〕説止觀：南朝陳、隋時代的高僧智顗是天台宗的開宗祖師，他的主要貢獻是將慧文、慧思開創的止觀法門體系化，使禪師自身修證實踐的“行止觀”，變爲在更廣闊範圍中向大衆“説止觀”的社會實踐。

〔7〕關壯繆侯：關羽。

〔8〕無際：即無跡法師。據乾隆版《當陽縣志》記載：無跡法師“年二十詣荊南訪天柱和尚，柱器之，留三年，遍閱大藏。柱没，乃之兩都，登講席，慈聖太后賜千金修玉泉寺”。詳見《度門寺戲簡誨公》“誨公”條注。

〔9〕龍興寺：在今枝江安福寺横溪河。弘治版《夷陵州志》載：“在（宜都）縣北四十里。元建，正統間重修。”雍正六年（1728）《古今圖書集成方輿匯編職方典荊州府部》載：“龍興寺在縣北四十里，地名横溪，元建，明時修。”

〔10〕徐太學：指徐從善。

〔11〕菩薩戒：大乘菩薩所受持之戒律。又作大乘戒、佛性戒、方等戒、千佛大戒。反之，小乘聲聞所受持之戒律，稱小乘聲聞戒。菩薩戒之内容爲三聚淨戒，即攝律儀戒、攝善法戒、饒益有情戒等三項，亦即聚集了持律儀、修善法、度衆生等三大門之一切佛法，作爲禁戒以持守之。

齋僧引〔1〕

古德有云：齋一萬僧，不如齋一羅漢；齋一萬羅漢，不如齋一菩薩；齋一萬菩薩，不如齋一佛。然安知此十萬八千衆無一成佛者？又安知此十萬八千衆無有如來、應供者〔2〕？又安知此十萬八千衆無不個個證無上道〔3〕，如十千思城、十千釋天主者〔4〕？又安知飯此十萬八千衆之檀越無不個個證無上道，如金粟、鳩留者〔5〕？又安知此十萬八千衆檀越眷屬無不發歡喜心，證無上道，以至如恒河沙數不可思議者？如此一發願，僧便當如文殊法王子人天師〔6〕。

【校注】

〔1〕齋僧：謂以齋食施給僧人。

〔2〕如來、應供：佛在梵語中是覺悟的人的意思，在漢語中稱“佛”，佛有十個稱號：如來、應供、正遍知、明知足、善逝、世間解、無上士、調御丈夫、天人師、佛。

〔3〕無上道：指如來所得之道，更無過上，故名。

〔4〕釋天：帝釋天，是梵文音譯，全稱叫做“釋迦提桓因陀羅”。其中“釋迦”是姓“能”的意思；“提桓”是“天”的意思；“因陀羅”是“帝”的意思；合起來即“能天帝”“天帝”，是古印度的大神。

〔5〕金粟、鳩留：均爲菩薩名。

〔6〕人天：指人界及天界，係六道、十界中之二界，皆爲迷妄之界。

重修夷陵東嶽廟引

《夷堅志》載[1]，夷陵東嶽舊在南城外，其修時有巨木若干自峽江來，回旋不去，取而爲殿，修短多寡一一中工匠之用，真大奇事。今殿自洪武初來移入南城，其取材或自峽江來者，未可知也。萬曆癸未，里中父老復光大之。去歲春，雷神忽自厨湢[2]，佛堂火光團團，轉入殿之北角下，擊其鄰婦，聲震中柱幾碎。夫雷聲之震動，勢不能不及于棟，而必先自殿中出，豈先告言，而後行事耶？余與里中人咸欲易之，兼亭榭頹傾，不可久支。此非一手一足之力也。殿後有地數丈，意願購之作一閣而有未逮，姑徐圖之。

夫泰山之神王召人魂魄[3]，人之罪福皆莫能逃。況衆生之性，語以德禮，未必速化，而憚之以因果，詭之以報應，未有不改行易慮者。是神道設教之一仁術也。

於乎，江神貢木，雷神稟命，其靈異可知，矧伊人乎不以寸縷斗粟作功德也。余爲此廟募文凡三四作矣。玆復再言之，無非念枌榆之意云耳。

【校注】

〔1〕《夷堅志》：文言志怪小説集。南宋洪邁撰。書中保存了大量史料。

〔2〕厨湢：厨房和浴室。

〔3〕泰山之神王：據西晉張華《博物志》載，泰山一名天孫，言爲天帝之

孫，主召人魂魄，知望命之長短者。

修城隍廟疏

城隍之神載在祀典，皆古之名人烈士爲之。舊傳張益州主夷陵[1]，是未可知也。大美大慝，神皆關白上帝，降祥降殃，捷於影響[2]。故父老子弟歲時伏臘祈報惟虔。今前殿後寢，稍稍圮壞，庀材鳩工以新廟貌，此父老子弟及諸守土者之事也。敢爲一白之。

【校注】

〔1〕張益州：張飛。張飛曾任宜都太守，他是有史記載的夷陵第一任太守。

〔2〕影響：影子和回聲。多用以形容感應迅捷。

豐寶山修玄帝廟引[1]

豐寶山去城四十里，下有豐溪謁舍，輶軒往來度不能入城市，亦有托宿于此者。其峰獨峙，身鋭而頂平。昔袁東莞守此[2]，題爲鐵砧山，取其形相類耳。上有玄帝觀，竹樹繞匝，四望諸山在烟雲杳靄間，亦林徒禪伯棲心習静之所也。觀與廡歲久頹圮，僧人欲修飾之，是在里中之好施及四方之來游者。大厦非一木之力也，處處武當，家家玄帝，何必北走頂上，乃爲勝因哉？

【校注】

〔1〕豐寶山：據同治版《宜昌府志》載："在（東湖）縣北三十五里，上産石子，紅白二色。""紋彩燦爛，名曰紋石。"

〔2〕袁東莞：詳見《過水府祠和舊太守袁浣沙作》"袁浣沙"條注。

庚戌歲起枇杷菴

枇杷菴者，以菴有二枇杷故。菴已勉爲之。菴之内外，願諸君子作檀施焉。摶沙俱是道場，一錢便爲功德，或半或滿，總之了此因緣而已。

隆興山施茶引

余八年前走北道，剷巖削石，便于車馬。彼阻矣，岐有夷之行〔2〕。問之，知爲僧真從所修也。已，又建大士菴，置施茶亭。自夷陵至者七十里而遥，冠蓋相望，負擔相屬，勞瘁極矣。取道當陽八十里，由平途趨險徑，其勞更倍。少息，飲茶湯數甌，不啻甘露漿也。僧老矣，且貧。茶亭日圮，茶具不備。炎天烈日，往來者不得息肩解腸，大非初心。於是索余數字，以爲檀越首倡，此鳩留長者之因也〔3〕。於乎，滿盤脱出，俱生禪悦之心；兩腋風生，如坐清涼之境。此之功德，無有等量。

【校注】

〔1〕隆興山：縣府志未見記載。乾隆版《東湖縣志》記載有隆興寺，“隆興寺在界嶺後鋪，唐建，明宏治朝及萬曆二十五年重修，邑人雷思霈有記。”寺與山是否有關，待考。

〔2〕彼阻矣，岐有夷之行：出自《詩・商頌》。“彼阻矣”一作“彼徂矣”。

〔3〕鳩留：阿鳩留。曾爲富商，嘗行布施而生於天上，見《阿鳩留經》。

彌羅宫募化紙爐偈〔1〕

天上玉鼎烟雲結，人間香火千年鐵。中焚紙素飛上天，化作丹霞成五色。鼓鞲原是陶安公〔2〕，能通玄杳赤蛟熱。守爐處處有趙師，一銖一粒皆功德。

【校注】

〔1〕彌羅宫：乾隆《東湖縣志》記載："彌羅宫，在城内東北，元皇慶間魏海建。"弘治《夷陵州志》記載："道正司，在彌羅宫内，置官道正一員。"

〔2〕鼓鞲：鼓風機。陶安公：《搜神記》記載："陶安公者，六安鑄冶師也。數行火。火一朝散上，紫色衝天。公伏冶下求哀。須臾，朱雀止冶上，曰：'安公！安公！冶與天通。七月七日，迎汝以赤龍。'至時，安公騎之，從東南去。城邑數萬人，豫祖安送之，皆辭訣。"

法華懺引〔1〕

據經，世尊以開佛〔2〕，知見一大事因緣〔3〕，故説此經。然五百弟子皆獲受記。觀此，是人人可成佛也，事事可成道場也。今之請誦是經者，有如是等人，即有如是等之佛。誦畢，又爲無遮大會〔4〕，度脱受苦衆生。有如是等度脱衆生，即有如是等菩薩。爾諸比丘作如是功德，則其導師如文殊等是也。佛無大小，無衆寡，無粗細。是亦一事也，是亦因緣也。

【校注】

〔1〕法華懺：天台宗立有四種三昧，其中之半行半坐三昧又分爲方等三昧、法華三昧等二種。法華三昧又作法華懺法、法華懺。即依據法華經及觀普賢經而修之法，以三七日爲一期，行道誦經，或行或立或坐，思惟諦觀實相中道之理。

〔2〕世尊：佛陀的尊號之一。意爲世間及出世間共同尊重的人。

〔3〕一大事因緣：《法華經》卷一："諸佛世尊，唯以一大事因緣，故出現於世。舍利弗，云何名諸佛世尊唯以一大事因緣故出現於世？諸佛世尊，欲令衆生開佛知見，使得清淨，故出現於世；欲示衆生佛之知見，故出現於世；欲

令衆生悟佛知見，故出現於世；欲令衆生入佛知見道，故出現於世。舍利弗，是爲諸佛以一大事因緣，故出現於世。”

〔4〕無遮大會：佛家語。指布施僧俗的大會。無遮，没有遮攔，指不分貴賤、僧俗、智愚、善惡，平等看待。

蓬池閣遺稿卷之十一

祭文墓銘

祭田儀部母文[1]

嗚呼，古之母有勖其子以廉者，陶氏之母能得之于士行[2]；有勖其子以直者，范氏之母能得之于孟博[3]。甚而王義方發仲甫之奸[4]，其母勵之以立名；桓彦範誅昌宗之肆，其母勸之以光國。此其高誼遠識，有豪士烈丈夫之風焉。東明公之太夫人殆其庶幾矣。

公爲令時，有范萊蕪之貧，假太夫人嫌甑底之塵[6]，公不能不苦于廉；爲郎時，有汲長孺之戇，假太夫人慮淮陽之卧[7]，公不能不苦于直。雖直與廉，猶其小者也，公能擔當世，故領袖朝紳，扼擘披昌[8]，盱衡軟美[9]，議論不淆于國是，檢柙不洽于俗情。謀王定亂，有梁國魏國之風；旋乾轉坤，有武侯業侯之略。雖犯當路之忌，而太夫人無疾色；雖中讒者之口，而太夫人無戚容；雖里黨子姓目之以癡，指之以拙，而太夫人曰："此真吾兒也，吾復何憾哉！以此立名，云胡不顯？以此光國，何有于家？"比于王桓二母，安在古今人不相及哉？

公謗于萋菲[10]，竇是稼穡[11]。吾儕日夜偵太夫人之志以待公起，而不幸太夫人即世。數年之内，茅靡波流[12]，誰作推挽？梁摧棟折，誰作支持？英雄豪傑之氣，誰與振勵？人世幾何，河清難俟。余小子哭太夫人者，其憂甚大，其痛轉深耳。夫豈效兒女子淚數行下，而致生死之恨已耶？於乎，太夫人有知，必以余小子之言爲是也。

【校注】

〔1〕田儀部：疑似田大年。詳見《送段大夫以楚憲副改關中督學序》“田東明”條注。儀部，爲禮部主事及郎中的别稱。

〔2〕陶氏之母：晉代著名大將軍陶侃（字士行）的母親。

〔3〕范氏之母：東漢直士范滂（字孟博）之母。

〔4〕王義方：唐代侍御史。

〔5〕桓彦範：唐代宰相。

〔6〕甑底之塵：用甑塵釜魚之典。甑裏積了灰塵，鍋裏有蠹魚。魚，這裏指蠹魚，而非游魚。形容家貧困頓斷炊已久。出自《後漢書·獨行傳·范冉》：“所止單陋，有時絶粒，窮居自若，言貌無改。閭里歌之曰：‘甑中生塵范史雲，釜中生魚范萊蕪。’”史雲是范冉的字，萊蕪是范冉任職之地。

〔7〕淮陽之卧：西漢名臣汲黯（字長孺），因身體不好，卧治淮陽郡，深受百姓擁戴。

〔8〕披昌：猖獗，猖狂。此指鋒芒不露。

〔9〕盱衡：揚眉舉目。

〔10〕萋菲：萋斐。花紋錯雜貌。語出《詩·小雅·巷伯》：“萋兮斐兮，成是貝錦；彼譖人者，亦已大甚！”後因以“萋斐”比喻讒言。

〔11〕寶是稼穡：語出《詩·大雅·桑柔》：“好是稼穡，力民代食。稼穡維寶，代食維好。”相傳爲周大夫芮伯責因周厲王用小人，行暴政，招外侮，禍人民的罪行，陳述救國之道所作。

〔12〕茅靡波流：隨波逐流，隨風而倒。比喻胸無定見，趨勢而行。

祭工部趙太室封翁〔1〕

嗟呼，太翁以連城重趙，未酬善價于當時；以嬴經貽燕〔2〕，乃食美報于令嗣〔3〕。予小子與令嗣先後出馮先生之門下〔4〕，稱昆友。即以先後擁太翁之膝下，稱比兒〔5〕。不知其父，視其子，而以其孝信其慈。嗣君道業勝超[6]，玄韻標起[7]。明月照而同孤[8]，朱弦清而自語。《魯論》半部，固已家侍作相之弓裘[9]；《周禮》一書，實則國藉考工之規矩矣。既而，綸命榷荆工[10]，通商惠，巨蔽兕象，長竟畝丘[11]，關不暴而皆來；小如鳧鷺，大如鴻雁，旅出途而不畏。口碑如林，歡喜畢萃。誦衆父之明德，共江俱永；祝五福之繁駢，如川斯會。而胡竟不愸遺耶[12]？雖其無窮者若江河，未免有憾者在天地。

予小子盖深感于逝者如斯，而無解于天乎不吊。於乎，魂兮無所不之！悲哉，秋之爲氣！白蘋薦酒，紅蓼如醉。長天秋水，摇白練以若飛；孤鶩落霞，迂丹旐而俱淚[13]。想輮人在疚[14]，雞骨難支。召巫陽以陳辭，愴予心之如醉。於乎，國有逸民，鄉有遺直，言爲菁華，行爲儀則。試觀夫餘慶之家，而見爲君子之澤。不朽者名，難忘者德。

【校注】

〔1〕趙太室：趙國琦，趙曾任工部營繕郎，這是一個負責主管皇家宫廷、陵寢建造、修理等事的官員，故稱太室。太室，太廟，借指皇宫等。同治版《蘇州府志》載："趙國琦，字伯玉，南昌人，進士，萬曆二十七年自廬江調繁常熟，操守清謹，嘗親行阡陌察核荒田，又以額派餘米三千石抵坍荒。居三載，擢刑部主事，後官至参政。"趙國琦在任工部主事時負責荆州關税（主要是木材税）的徵收，采取了一系列的改革，大受歡迎。去任時袁中道代人寫有《榷荆關工部主事趙公去思碑記》，郭正域寫有《趙太室榷荆事竣序》。這兩篇文章對我們瞭解明代萬曆時鄂西、四川的伐木徵税等方面的情况很有幫助。

〔2〕貽燕：《詩・大雅・文王有聲》："詒厥孫謀，以燕翼子。"毛傳："燕，安。翼，敬也。"後以"貽燕"謂使子孫安逸。

〔3〕食美報：指好的報應。食報，受報答或受報應。

〔4〕馮先生：馮有經，字正之，號源明，慈溪人，曾分校春闈，典湖廣應天鄉試，得人稱最。詳見《上馮源明老師》注。

〔5〕比兒：侄兒。

〔6〕道業：謂善行、美德。因其可以化導他人，故稱。

〔7〕玄韻：高尚的氣韻。亦可爲玄妙的氣質。

〔8〕明月照而同孤：語出杜甫《江漢》："片雲天共遠，永夜月同孤。"

〔9〕作相：宋王祐事太祖，爲知制誥，太祖遣使魏州，許以使還爲相。及還而未果，祐笑謂親賓曰："某不做，兒子二郎必做。"二郎即其仲子旦，後果爲真宗相。後因以爲子侄爲相的典故。弓裘：語本《禮記·學記》："良冶之子，必學爲裘；良弓之子，必學爲箕。"指父子相承的事業。

〔10〕綸命：典故名。典出《禮記·緇衣》："王言如絲，其出如綸。王言如綸，其出如綍。"後遂以"綸命"指天子的詔命。

〔11〕巨蔽兕象，長竟畝丘：指伐自西南夷，途徑夷陵荆州運往宫中的粗大的楠木樟木等上等木材。此指裝載木頭的船只。李攀龍《送王中丞督理河道序》："掄材使者乘傳出西南夷，得因巴蜀吏蔽物致其君長，而喻以天子德意，使下所伐材木杉楠、豫章鬱結輪囷，長者竟數畝，大者蔽兕象，其液如凝膏，其理如戛石，椐椐疆疆，由瞿唐而望荆門，蕩若垂天之雲，被江流而下也。"

〔12〕憖遺：願意留下。《詩·小雅·十月之交》："不憖遺一老，俾守我王。"天不憖遺，天老爺不願意留下這個老人。常用作對老人的哀悼之詞。

〔13〕丹旐：猶丹旌。舊時出喪所用的紅色銘旌。

〔14〕棘人：《詩·檜風·素冠》："庶見素冠兮，棘人欒欒兮，勞心慱慱兮。"鄭玄箋："急於哀戚之人。"後人居父母喪時，自稱"棘人"。在疚：在憂病中。《詩·周頌·閔予小子》："遭家不造，嬛嬛在疚。"毛傳："疚，病也。"鄭玄箋："在憂病之中。"後指居喪。

祭祖塋〔1〕

方雷之族〔2〕，起自西陵。至於蜀漢，血戰爭盟。世家夷道，開我後昆。善溪五隴，樵採不禁。國初遷峽，再立宗枋〔3〕。奕世載德，咸有令名。維予小子，備乏詞臣。仰承先志，況復舊塋。英爽如在，異代同歆。

【校注】

〔1〕祖塋：雷思霈祖塋在今枝江市白洋善溪。參見《白洋山茶》“善溪”條注。

〔2〕方雷：宋王應麟《姓氏急就篇》：“方雷氏，《國語》方雷氏注：西陵氏之姓帝系曰黄帝，娶於西陵氏曰累祖，實生青陽、縉雲氏。《左傳》注：黄帝時官名。”

〔3〕宗枋：宗祠的桷子枋，代指宗族一脈。

祭曾懷翁年伯〔1〕

長公退如日夜以翁年爲懼，故都門之日少，里門之日多。戊申三月，某相遇退如於江陵。是時，退如得請而歸，爲侍翁也，聞翁益健。及冬，而某之京師，退如亦間有書至，言翁良食。今歲初夏，而民部袁天遇來，云翁逝矣。不勝悲悼，且以退如雞骨爲念。亡何，退如亦有書至矣。

記甲辰春，翁先數日一至京師，而退如有禮闈之事，是科分校諸臣，列名最早。翁亦以嫌不出，某僅再見顔色，未得申杯酒之歡。場事甫畢，而翁行矣。又一年，退如假歸，某買舟過之，退如已在郡中，適猛風簸江，望繡林不獲渡，又未及登翁之堂以接言笑。期歸來一往，而翁逝矣。

四月之十有九日，爲翁懸弧〔2〕；小子有母，亦以是日懸帨，退如與某在京師遥相祝也。又一年，同退如之襄陽，走宜城道，是日共就佛寺中遥相祝也。已相喜爲壽，又相詫爲奇。某與退如在諸生，聲名相亞，意氣相許，翁亦知有雷家兒。後同讀書中秘，聲名不及，意氣如昨。退如視我真兄弟數〔3〕，翁亦知兩家兒若一身。某又與石首士大夫周旋者衆〔4〕，愈得悉翁平生。

翁世家，補增廣生，於書無所不讀，於物無所不識，而於人無所不讓，於事無所不簡。無厲聲，無遽色，亦無有服食美好。其體若不勝衣，其言若不出口。忍辱若飴，視痛猶己。自少至老，自戚至遜[5]，自臧獲至王公大人[6]，自食貧至通顯，無間也。不肯居城市，郊外之宫，一畝而已；不大嚼，數杯微醺而已；無他嗜好，家戲爲樂而已；不多言，言必中，與人子言孝，與人弟言弟而已。

於乎，我翁大而有天子之寵章，代言者爲名手；小而有詩人之歌詠，屬和者皆巨公。生而曾臨武、馮臨朐諸先生爲之序其美[7]，没而江夏郭美命先生爲之誌其石[8]。小子不揆亦表墓左[9]，竊比於中郎之不愧[10]，猶未遑具草。近退如輯古長者之行，名曰《風林》《風世》也[11]。其爲父子兄弟足法而後民法之，即退如孝友其天性，于翁之身教居多。

今翁葬有日矣，直道其相與之意，而不敢混以他辭。翁視某猶子，亦無文之義也。道遥歲逼，不能執紼於黄腸之前[12]；而濕絮束芻[13]，願更陳詞于白楊之下。

【校注】

〔1〕曾懷翁：曾可前的父亲。

〔2〕懸弧：古代風俗尚武，家中生男，則於門左挂弓一張，後因稱生男爲懸弧。語本《禮記・内則》："子生，男子設弧於門左，女子設帨於門右。"此指生日。

〔3〕兄弟數：兄弟之間。

〔4〕周旋：應酬。

〔5〕遜：遠，不是近親。與"戚"相對。

〔6〕臧獲：奴僕。

〔7〕曾臨武、馮臨朐：曾臨武即曾朝節，湖廣臨武人，萬曆五年（1577）一甲第三名進士，授翰林編修，官至禮部尚書。馮臨朐指馮惟敏，字汝行，號海浮，又號石門，臨朐人。

〔8〕郭美命：郭正域，字美命。明黄佐《南廱志》記載："郭正域美命，

湖廣江夏縣人，萬曆癸未進士，改翰林院庶吉士，授編修，歷升右春坊、右庶子兼翰林院侍讀，二十九年九月升詹事府詹事、禮部右侍郎侍讀學士。”嘉慶《湖北通志檢存稿》：“郭正域，字美命，號明農，江夏人，明禮部侍郎，贈尚書，謚文毅，其傳詳載《明史》，所著《江夏縣志》爲鄉人所共推，今書失傳。王一寧稱其小序必博採詳辨，少或數百字，多或千言。王一寧續修《江夏縣志》，自云多仿其意。”

〔9〕不揆：自謙之詞。不自量。

〔10〕中郎：漢代的中郎蔡邕。其《郭有道碑》是碑文創作的典範，被譽爲表墓之作的正宗。蔡邕曾有“吾爲碑銘多矣，皆有慚德，唯郭有道無愧色耳”之語。

〔11〕《風林》：共五卷，現藏日本前田育德會。是曾可前唯一存世的作品。

〔12〕黄腸：黄腸題湊。西漢帝王陵寢椁室四周用柏木堆壘成的框形結構。根據漢代的禮制，黄腸題湊與梓宮、便房、外藏椁、金縷玉衣等同屬帝王陵墓中的重要組成部分。但經朝廷特賜，個別勛臣貴戚也可使用。此指墓穴。

〔13〕束芻：捆草成束。《後漢書·徐稚傳》：“及林宗有母憂，稚往吊之，置生芻一束於廬前而去。”後因以“束芻”稱祭品。

祭劉年伯〔1〕

蓋自己丑余小子始與令子玄度定交〔2〕。越辛卯，乃得謁翁于江陵，余北面而執子弟禮。于時翁膂力故剛，議論故慷慨，神故王，氣故骯髒〔3〕。不有此翁，焉有此子。

亡何，而余先人即世。余浮沈諸生中，玄度業已選於衆而入成均矣。玄度輒以余侘傺爲不平。及余就玄度徵翁起居，道翁亦余侘傺爲不平。余輒對玄度泣下：“爾有父翳，我獨無。”丁酉，翁及于貢，而余與玄度舉于鄉。夫翁之可以及貢也久矣，而丁酉之役，與令子會；玄度之可以升鄉也久矣，而丁酉之役，與余小子會。翁大喜，以兩生臭味之好而徽世講，亦一大奇也。戊戌，余與玄度不售于太常，歸而在南陽道間遇翁北上。于時翁議論故吾也，神氣故吾也，膂力亦猶故吾也。翁且以老博士自嘲，而吾儕以封公爲解。亡何，而聞吾鄉之貢自京師者卒于道，聞翁之歸自京師者卒于家。余勃駭久之。大德壽考，天道寧論？曩時謂玄度"爾有父，我獨無"，乃今若翁猶吾翁也。

於乎，傷哉！世界缺陷虧盈成毀，九陽百六〔4〕，五福具備，吉祥善事能幾許？

於乎，公已矣！余家大人與翁，秦楚兩大；兩家之子，齊晉遞盟，其標格亦大略相當。翁與先人即不至如公孫朝，而德全杯酒則同〔5〕；其負氣，面折人，不與俗子伍則同；其解紛，居間有事，爲閭里先則同；其喜事好客則同。要以翁年及耆，先人及艾〔6〕；先人以諸生終，而翁以歲薦；翁見玄度之有成名，而余先人不及見也，則余小子不天之罪，所不同于翁者也。

余與玄度其好古嗜學則同，其揮麈而博外家則同，其持箸而談天下事則同，其仇原人而作達則同，其老母在堂終鮮兄弟則同。要以玄度早自擢青雲，而余幾爲泥蟠；玄度以其才可以縱横萬里，陶鑄千古，而余斤斤焉繩以内，則余小子十舍之辟，所不同于玄度者也。

於乎，翁以余坎壈而侘，以余遇合而喜，視余猶子也。余與玄度猶兄弟數也。若翁者，人以爲衆父，余以爲教父者也。

於乎，翁已矣！翁故達士也，浸假而以翁爲列星〔7〕，爲昂，爲歲，爲乘白雲，爲兜率，爲他化，翁則以應。翁故豪士也，浸假而以翁爲碧，爲濤，爲修父，爲司籍，爲芙蓉城主，爲遮須王，翁則以應。天地豈以此區區者而弗畀〔8〕？造化豈以此拘拘者而弗變也？

於乎，公可以無憾矣！至于我翁爲冶，玄度爲裘，經術則韋之賢也〔9〕，而有玄成也；躬行則陳之仲弓也，而有元方也；文章則司馬之談也，而有遷也；姱節則楚人之伯庸也，而有靈均也。里之有月旦也，國之有顯名也，朝之有封章也，一于其身，一于其子。夫人而能爲舌也，夫人而能爲耳也，寧俟余小子言哉！故不敢以些辭而叩九閽〔10〕，亦不敢以誄詞而彰大行。惟直以宿昔所一二結歡者，舉而酹酒，翁庶幾其飲我矣！况余先人亦以是歲遷葬於大江之西，翁卜兆于清江之涘，相去九十里而遥，俱爲南條山隴。異日者，兩家橋木相望，子若孫，以累世通家相援繫也〔11〕。豈非翁所願聞者哉？翁庶幾其飲我矣！

【校注】

〔1〕劉年伯：指劉芳節父。

〔2〕己丑：萬曆十七年，即1589年。

〔3〕骯髒：高亢剛直的樣子。

〔4〕九陽百六：泛指災難之年或厄運。

〔5〕公孫朝而德全杯酒：《列子》記載，子產有個哥哥叫公孫朝，有個弟弟叫公孫穆。公孫朝嗜好飲酒，公孫穆嗜好女色。子產用禮儀、名譽去勸説他們，他們回答説，這樣的生活是他們理智的選擇，爲的是享盡一生的快樂，受盡終生的樂趣，因爲這是符合自然和人性的。列子認爲這是真人。

〔6〕及艾：年滿五十。

〔7〕浸假：假令，如果。

〔8〕畀：給與。

〔9〕韋之賢：韋賢。韋玄成爲其子。兩人連同後文提及的陳仲弓、陳元方，司馬談、司馬遷，伯庸、屈原均是歷史上父子相承而成就大業的人。

〔10〕些辭：悼辭。因其仿《楚辭·招魂》以“些”字煞句，故稱。

〔11〕援繫：猶攀附。舊謂求婚之謙詞。雷思霈的妹妹嫁劉芳節。

祭楊二尹雙源〔1〕

嗟乎，公之質行藉甚大者，業載墓門之石矣。公於不佞等，故嘗以猶子子之也。嘗主盟吾黨，是所稱北面嚴禮者也，蒸蒸厚遇〔2〕。追惟曏者與公仲子結社于石臺書屋中〔3〕，公以黄髮執牛耳，據臯比虞諸子〔4〕，以舌爲業也。躭躭而視，每視必步步必趨。論文無不祖三代而隸六朝，旁及夷堅、齊諧[5]，若懸河而出。甚則，儵忽所未鑿[6]，象罔所未探。已而青州從事，無不浮大白而醉二三。會諸子屬草，公一覽無留牘，稍不軌于繩者，輒刺刺不休。得一獨詣語，起而距踊不自知其若狂[7]。爾時，公何知孰是仲子，孰是諸子，踊躍冶中，公不以爲不祥。丁酉之役[8]，生等徼天幸，公色又無不沾沾喜。公何必吾子，何必不吾子。有謂勝諸子而因以信吾子，猶非知公之深也。

吁嗟！公於生等非直㲉嫗之，又以蟄啟之。生我者父乎，生而成我者，惟公能也；範我者吾師乎，師我而知我者，亦惟公能也。乃竟僊僊乎天游哉！吾黨猶記公云："人世榮瘁，目中空華耳。從空生有，即有還空。"以彼達解玄同[9]，則萬期須臾、小年大年等也。且公仲子輩代興，方且脱堊室而摩天可立致者[10]。凡兹不朽之聞，皆其未没之齒。公今而後，喜可知也。

嘉平之吉，仲子奉公返真宅[11]，某等重趼上太常，未能執紼奠之成禮。冥冥有知，則有今日之生芻在。

【校注】

〔1〕楊二尹雙源：楊雙源，疑似楊伯從之父。從文中内容看，當是雷思霈中舉之前的老師之一。查乾隆版《東湖縣志》和同治版《宜昌府志》，嘉靖四十一年貢生中有一名楊應臺者，福建建寧縣丞。乾隆版《建寧縣志》載："楊應臺，彝陵州人，由選貢任，署篆，廉明。"此人是否爲楊雙源，缺乏足夠的佐證材料。雷思霈與楊伯從關係親密，雷思霈有多首詩歌寫到楊伯從及其書屋，詩中"平臺怪石"諸字與本文中的石臺書屋的"石臺"吻合。二尹，明清時對縣丞或府同知的别稱。

〔2〕蒸蒸：純一寬厚貌。

〔3〕追惟：追憶，回想。

〔4〕臯比：古人坐虎皮講學。後因以指講席。虞：企望，期待。此指培養教育。

〔5〕夷堅、齊諧：分别語出《莊子·逍遥游》和《列子·湯問》，是中國

很早寫鬼怪之人，亦被視爲小説之祖。

〔6〕儵忽：傳説中的神名。南海之神爲儵，北海之神爲忽。《莊子·應帝王》："南海之帝爲儵，北海之帝爲忽，中央之帝爲渾沌。儵與忽時相與遇於渾沌之地，渾沌待之甚善。儵與忽謀報渾沌之德，曰：'人皆有七竅，以視、聽、食、息，此獨無有，嘗試鑿之。'日鑿一竅，七日而渾沌死。"

〔7〕距踊：跳躍，蹦跳。

〔8〕丁酉之役：萬曆二十五年（1597），雷思霈中舉。

〔9〕玄同：謂冥默中與道混同爲一。

〔11〕脱堊室：指結束守喪。堊室，古時居喪者居住的屋子，四壁用白泥粉刷。一説壘坯爲室，不塗頂壁。

〔12〕返真宅：指正式下葬。真宅，墓穴。

薦王郇生鏡予二年丈〔1〕

佛有弘慈，尚度往音之眷屬；人同此念，可忘共事之友生？言念已故翰林院檢討王陞、南京提學御史王基洪，沈潛剛明，互用正直，忠厚無偏，或在館閣之中而文章冠世，或居耳目之寄而議論生風。一時紳笏之規模〔3〕，他日朝廷之柱石。宛其逝矣，傷如之何！空抱經綸，已子淵之不壽；徒成弓冶，悲伯道之無兒〔4〕。雖鼠臂蟲肝，聽所施于造化；而龜毛兔角，等如幻於繁華。某誼叶塤篪〔5〕，心同金石。一生知己誰定，吾文天下幾人？莫爲我貧，敢邀佛力，用布微忱。建大慈航，度超苦海；燃巨慧火，照破冥途。俱升兜率之天，經行内院；共來安養之國，出入清池。豈但一生二生三生，兼之百劫千劫萬劫。

【校注】

〔1〕王郇生，疑係"王劬生"之誤。即王陞，見《王德懋同年西郊》"王德懋"條注。

〔2〕鏡予：王基洪，字廷藎，號鏡予，山西襄垣縣人。萬曆二十九年

（1601）登進士，授翰林院庶吉士，授監察御史，出按陝西，再按浙江，又爲應天督學。因與同官不合辭職歸鄉。

〔3〕規模：典範，榜樣。

〔4〕伯道：鄧伯道。舊時對他人無子的嘆息。《晉書·鄧攸傳》："天道無知，使鄧伯道無兒。"

〔5〕塤篪：古代用陶土燒制的一種吹奏樂器，圓形或橢圓形，有六孔。亦稱陶塤。

【相關鏈接】

哭王鏡予侍御年兄

王元翰

木天八子重思皇，十載升沈暗自傷。雄職一經搖海嶽，直聲早已震巖廊。虒亭雨暗孤鴻斷，潞子沙飛落日黄。雙淚爲君江上墮，何年秋冢踏青霜。

（《王諫議全集》）

楊母易宜人墓誌銘〔1〕

宜人姓易氏，其先太原人，在元日暹，都督峽州諸軍事，家焉。傳逢吉爲金堂令〔2〕，生詔爲盟津令，里中稱世家矣。詔生文魁，爲諸生久之，賜爵一級。爲人俶儻有大節，善屬詩離辭，配羅氏。惟德行足比《雞鳴》士女，生宜人，以兄弟數名之坤云。宜人少見父擊棋，雅好鼓琴，學之無不進乎技。父奇之，固以棋琴之技嘗其巧，則豈不得已者乎？爲授《孝經》《列女傳》《女誡》諸書，宜人常習誦讀，心知其義。父益奇之。母未之奇也，以爲女子惟酒食是議，奈何從閨閣中奪人兒子事？旦暮往之女家矣。宜人由是不肯竟學，去學女紅、刺繡、文飾、厨治，具繭絲、組馴、洴澼絖。

辛酉歸武略君[3]，稱冢婦[4]，則日侍姑，惟謹侍姑[5]。以侍其姑惟謹，食必以進，事必以聞。姑始莊臨之，然且怡然，恐不得當，逢彼之怒者，聞人姑婦勃谿，輒憤然作色曰："婦當事舅如父，事姑如母。寧有反唇而譏者？"先是歸武略君，郡諸生耳，宜人數以力學勞勉，悉去綺縞以女紅佐其後應。督學有司試，橐中裝空，爲脱簪珥給焉。久之，數奇，俯首鄉校中，莫能厚遇。會德明大父，乃老武略君，世其官，蓋庚辰歲也。宜人又以職業勞勉，數亦奇，不得調縣官，禄希所入，宜人乃拮據黽勉，椎布操作以供其困乏。又以讒挂吏議武略君怏怏欲病免矣，宜人復從旁勞勉之。事卒以白，不失其職。蓋二十年無一語不相合，亦無一語相加遺者矣。

又其念母家無已時。先是，父死；明年，母亦死。宜人日夜涕泣，有懷二人。亡何，伯氏死，丘嫂又皆死。宜人爲存其遺孤，泣謂仲氏曰："天乎！我父死，母又死，今伯氏丘嫂又皆死。惟我與爾先二人之所遺也。以是藐諸孤辱在爾[6]，其濟不濟，則亦惟爾。"

故宜人深沈好書，悉知古事。其諸女紅已于事而竣，乃進德明與其弟永禎前，爲稱説古今忠孝辛苦事，并其世家大父、父事。即德明多所博外家之語，宜人聞之，未嘗不曰："古之人，古之人，吾不願而徒讀父書也。"及德明既廩有司，宜人又曰："吾爲而家冢婦，聞先世俱以文學起家，然不甚顯，是在而大而之門，以成名于天下。僅以既廩有司，吾豈爲甘毳之養乎[7]？而勉旃[8]！而從二三子游！而急之此二三子矣！"又宜人性喜施予，乃曰緩急所時有。以不能容人之過，又不能面折[9]，心嗛之。生之前八日卒，以是死，蓋萬曆丁亥十月十八日也，距生嘉靖庚子十月二十五日[10]，二十年處女，二十年冢婦，八年稱宜人，才四十八年耳。

武略君名俊，子二，德明名永祚，宜人長子；次永禎。永祚娶徐氏，輝邑公女；永禎猶未聘。女三人，歸太學陳萬言者名永宜[11]，舅轉運公[12]；歸王延甲者名永順，舅京幕公；字徐儒臣者名永敬，儒臣亦輝邑公子。卜己丑十月二十日，葬于石板溪田間。

余惟女子以刺繡、治具、組馴、洴澼絖[13]，安見深沈好書，稱説古事？居則曰："古之人，古之人。"宜人于文學，其天性也。喜施予，必曰："緩急所時有，期于當厄。"極工刺繡文，手指皸瘃[14]，勿恤爲之，而悉去綺縞，惟裘褐是衣，所謂不敢爲天下先者耶？晝見怪入室，室中虚無人，有積薪牖下，大索之，不見乃已。有其氣如此，而其侍姑以侍其姑惟謹。武略君爲諸生時，曰："寧獨不得爲樂羊子之婦乎？"不俛焉，日事詩書而徼世。及爲及稱武略君矣[15]，又曰："勖哉！奈何中道棄之？"説之敦之其可以將。武略君長者，數益奇，不得調，則操作拮據，以我御窮德耀，亦前知伯鸞之偃蹇有今日也。優孟之妻之計[16]，貪吏安可爲？廉吏安可爲？吾以寧廉矣。彼譖人者，謂我何所數勞勉者如此？自以冢婦，作色勃谿，則惟其身自無之也。不則，安能食必以進，事必以聞，莊臨之，怡然也？是率人而出于孝情者也。以伯也藐焉之孤，辱在仲氏，是不難，而宜人孰與仲多？是又率人而出于慈情者也。

德明未弱冠，既廩有司，與吾黨工爲古文詞，一當作者，以成名于天下可知已。何以異崔子貞之母誦詩讀書以成其子者哉[17]？向使宜人未嘗誦讀，肯令其子從吾黨游也？即今以四十終，不得奉甘毳之養乎！與有榮施矣[18]。武略君，長者，三十年無一語不相合，亦無一語不相加遺，而有子如此。既知其夫，以知其婦；既知其子，以知其母矣。宜人卒之明日，余與陳齊諧過德明，大父爲余兩人言，爲袝也，母者，三十餘冢婦無一惡聲，是又齊諧所以知宜人者也。

乃爲之銘曰：亦惟是式，亦爲是宜。亦既率孝，亦既率慈。不聽于神薪以徙，寧聽于人讒以止。又不敢爲天下先，又欲天下以成其子之賢，其天性則然。于焉攸藏，于焉久藏。

【校注】

〔1〕楊母易宜人：易逢吉曾孫女、易詔孫女。

〔2〕逢吉：易逢吉，弘治十七年（1504）貢生，少時曾與同輩諸生講讀於

夷陵墨池書屋。正德間任四川金堂知縣，曾組織重修金堂石城。去世後祀夷陵鄉賢祠。其子易詔，正德十三年舉人。

〔3〕武略君：失考。

〔4〕冢婦：嫡長子的妻子。

〔5〕日侍姑，惟謹侍姑，此句似有衍文。

〔6〕藐諸孤：幼弱的孤兒。

〔7〕甘毳：同“甘脆”，美味，佳肴。《史記·刺客列傳》：“臣幸有老母，家貧，客游以爲狗屠，可以旦夕得甘毳以養親。”

〔8〕勉旃：努力。多於勸勉時用之。旃，語助，之焉的合音字。

〔9〕面折：當面批評、指責。

〔10〕距，原刻本作“詎”，於上文不通。

〔11〕陳萬言：同治《宜昌府志》：“陳萬言，字心一，號虚舟，禹謨子。以太學生選授固原州同，駐惠安堡，專司鹺務，以廉幹稱。請急歸養，遂不復出。睦鄰收族，尤多懿行。”

〔12〕轉運公：指陳禹謨，曾任兩淮運副。詳《贈陳九山》“陳九山”條注。

〔13〕治具：置辦宴客所需的物品。

〔14〕皸瘃：手足受凍坼裂，生凍瘡。

〔15〕及爲，疑爲衍文。

〔16〕優孟之妻之計：據説楚莊王要授予優孟相位，優孟回家聽取妻子的意見，他的妻子對他説：“貪吏而可爲而不可爲，廉吏而可爲而不可爲。貪吏而不可爲者，當時有汗名；而可爲者，子孫以家成。廉吏而可爲者，當時有清名；而不可爲者，子孫困窮被褐而負薪。”

〔17〕崔子真：東漢後期政論家崔寔。

〔18〕榮施：譽人施惠之辭。

羅茂州章何二孺人墓誌銘[1]

羅茂州先後盖兩孺人，章孺人稱冢婦，　年而卒，葬江以西之小溪。繼何孺人，　年又卒，卜兆于虎市鳳凰山之陽[2]。僉日吉，乃起章孺人之窆，以某年某月而合葬焉。

按狀，章事先姑，而何專内政，甘苦異。章去，家大人近尚饒資斧，而何以茂州肆力經生業，不問生産，多所拮據，勞逸異。章侍姑，一切事姑董庀之，而何以茂州交游日廣，婚媾日富，宗族日昌大，緒使爲煩[3]，簪褘是脱，難易異。其女紅、刺繡同，其夙夜靜好，有雞鳴解珮之風同，其躬績織、親庖湢、籌廥廩、蕃孳蓄同，其家政肅肅若朝典同，其周急里黨同，其年皆不足四十外同。章孺人事姑孝，姑善病，曲意將順，得其歡心，飲食衣服恣所美好，侍藥餌數月，未嘗解帶。章孺人卒，大兒才七歲，小兒僅離襁褓，而何孺人撫之不啻己子，以至文藻爾雅，風氣日上，皆何孺人力。一篤于孝情，一篤于慈情。其地異，其德同。

余與茂州結社講義若兄弟數，無細大皆相印，可坐東山者年所。二子又皆從吾游。余即半夜至其家，未嘗不飲，飲未嘗不若夙具也者。大抵何孺人日儲甘膬，以奉賓客及茂州父若子而已。甘粗糲，與臧獲同之。孺人生五子，皆有烏童之痛[4]，而得三女。中女字余兒闇。茂州與袁中郎兄弟善，修淨土之業。而孺人亦自食淡，口誦彌陀，日膜拜觀大士也。

茂州來京師稱選[5]，而家報至，曰某克備矣，某次第舉矣，某成禮矣，茂州咸來向余言，因嘆内政不置。亡何，而孺人訃音至矣。茂州重繭而歸，日夜痛悼無已。李獻吉有云："妻亡而後知余妻也。"茂州亦云。孺人無子，而二子事孺人惟謹。今復與章孺人同穴。女其女，子其子。先後其德，翟服之榮[6]，尚未有艾也。

乃爲之銘，銘曰：孝于姑，以其夫。慈于子，以其母。咸有一德，是訓是則。鳳凰之墩，同體合氣，宜爾子孫兮。

【校注】

〔1〕羅茂州：羅生化，茂州倅，疑似羅文彩仲子羅冕。乾隆《東湖縣志》記載："冕，字服卿，餼於庠，有詩名，與公安袁宏道兄弟友善，常限韻作雁字詩，一夕成七律二十首，工力悉敵，袁僅半之，曰：'吾當避君三舍。'又與里中雷思霈爲莫逆交，傾動一時。"

〔2〕虎市：虎腦市，即古猇亭。

〔3〕緒使：謂服勞役的開端。此指家务。

〔4〕烏童之痛：揚雄《法言·問神》載，揚雄之子揚烏，聰明絶頂，九歲即能與父研討《太玄》，可惜早卒。揚雄慨嘆："育而不苗者，吾家之童烏乎？九齡而與我玄文。"後遂以童慧或早夭謂"童烏"。

〔5〕稱選：参加貢生考試。

〔6〕翟服之榮：翟服是中國古代后妃命婦的最高級别的禮服。

楊宿松墓誌銘〔1〕

自世廟以及今上〔2〕，州大夫最者楊永嘉、陳南海、袁東莞、蕭廬陵、殷嘉定、童榮縣、陸常熟〔3〕，皆稱公長者。及公爲丞，自所部都御史而下，若漕河，若操江，自所部御史而下，若督學，若屯鹽，若太守，皆稱公廉吏。里中一時有劉司空、王少宰。司空獨嚴事公〔4〕，而少宰肩隨之也〔5〕。蓋公爲人篤于行，有特操，又坦易近人，嗜古學，狀具矣〔6〕。

寺丞公與程孺人十乳九女〔7〕，晚得公，宜憐愛少子甚。游太學，聞寺丞公訃，匍匐歸，哭泣幾無人色。每所稱説，曰："聞之先人。"之田間某山某水，唏嘘曰："先人所遺也。"手樹松柏于墓所，歲時伏臘斞水灌之，摩挲者三，自擁帚除去落葉，過之輒涕泣沾襟也。大姊歸于王，而火其廬，公爲之築室。二姊歸于宗而嫠矣，矢匪慝，遂大歸于公所，公事之五十年一日也。族人貧者居居之，衣衣之，食食之，不厭也。公不學，宦游而得宿松丞。公曰："宿松哉，縣有松可哦也[8]，足矣！"錢穀無羨，市門無跡。不餘月，而政聲大起，得士民歡心。不餘年而解組歸矣。既以賣瑯琊之田，赴彈冠之會。及歸而橐中裝不置一錢也。公自束斤斤者，而於人温如也。與老人言，依于老人；與少年言，依于少年。與人孫子言，言其先大父行；與他邦人言，言其風土。客至即治具也，客數數至，亦無不治具也。親戚知交有事，禮無不腆也。雖有絲管，不爲溺也；雖有戲謔，不爲虐也。爲人所紿，公不問也；爲人所侮，公不忤也。

公少精制舉義，不能博一第。游太學，好古文辭、天文、地理、人事之紀，旁及外家，下及稗官小説，一覽輒記，國史家乘，無不考也。楚之山水、物産，無不覈也。於文好《淮南》，于詩好白樂天。晚而著作益富，年八十猶不釋卷，謂可益神知也。

公所難能于人者二。公之妻之徐孺人亡也，公未艾也，可以繼室也，而弗之繼。即亡一姬，進一姬，亦無敢當夕者[9]。公之族子彬，以秭歸椽爲解徒亡去者所誣，而波及公，公力爲白之。彬旋以舞文讁戍，已，竟死獄中。捕其子，公又力脱之，力脱之矣。其子死原隰，公又舉槥以收骨焉。是爲難耳。

公所得于天者二。公之致爲丞而歸也，期年而吴楚亡命寇宿松間，公以歸得脱難。公之就木也，适有宿松人至，公與語，猶張目問曰："松人無恙乎？"始瞑，其人大號若喪考妣也。則公之有造于宿松而食其報者也，天也。公五十始得一子，六十又得一子。次者爲楊家烏童。長君好古博學，有父風，式穀似之[10]，天將昌而熾也。公見其爲諸生，見其數舉子，八十乃卒，則又公所以交得于天人之間，而爲吉祥善事者也。鄉先生所嚴事，州大夫所揚詡，中丞御史臺所弘獎有以也，狀具矣。

余取其大者爲實録云。銘曰：今之論人者，華窮乎樸，貌羡乎情。惟漢之中郎[11]，不愧《有道》之作。而惟公之篤行，庶幾三代之英。有天道焉，不貳其行；有親道焉，不棄其惸。寧陷而入于恭，而道固委蛇也，長者之稱，何不宜也？寧廉而劌[12]，而清白遺也，廉吏何不可爲也？于以止之西天山之趾也，環之以江水也。君子有穀貽孫子也。

【校注】

〔1〕楊宿松：失考。疑似楊伯從之父。參閲《祭楊二尹雙源》。

〔2〕世廟：嘉靖皇帝。

〔3〕楊永嘉、陳南海、袁東莞、蕭廬陵、殷嘉定、童榮縣、陸常熟：分别指楊言、陳良珍、袁昌祚、蕭景訓、殷都、童世彦、陸達吾。其中陳良珍、袁昌祚、蕭景訓、殷都、童世彦前面已有介紹。同治版《宜昌府志》記載："楊言，字惟仁，鄞縣人。正德十六年進士，官行人，以建言屢謫，事詳《明史》。後復以南京吏部郎中，坐事謫知彝陵，累官湖廣參議，爲政多著聲績。溧陽、彝陵俱崇祀名宦。""陸達吾，舊志逸其名，常熟人，萬曆間任夷陵州牧，有惠政。既解組歸，邑紳郭宗儀寄以詩，有'甘霖曾記隨車日，湛露長懷下榻年'之句。"

〔4〕嚴事：師事。《史記·仲尼弟子列傳》："孔子之所嚴事，於周則老子……於鄭，子産。"

〔5〕肩隨：猶追隨。

〔6〕狀具：行狀上都記載清楚。行狀，專指記述死者世系、籍貫、生卒年月和生平概略的文章。也稱狀、行述。

〔7〕寺丞公：同治《宜昌府志》載，嘉靖三十一年（1552）壬子科夷陵貢生楊時中，官苑馬寺丞。楊時中是否爲此文中的寺丞公，待考。另，同治《六安州志》記載："（嘉靖時安徽六安同知）楊時中，湖廣彝陵人，選貢，升苑馬丞。"

〔8〕哦：吟哦。

〔9〕當夕：指侍寢。

〔10〕式穀：謂以善道教子，使之爲善。《詩·小雅·小宛》："教誨爾子，式穀似之。"朱熹集傳："式，用；穀，善也……戒之以不惟獨善其身，又當教其子使爲善也。"

〔11〕漢之中郎：漢代蔡邕。其《郭有道碑》是碑文創作的典範，被譽爲表

墓之作的正宗。蔡邕曾有“吾爲碑銘多矣，皆有慚德，唯郭有道無愧色耳”之語。

〔12〕廉而劌：反用廉而不劌。廉而不劌，有棱邊而不至於割傷别人，比喻爲人廉正寬厚。

旌表節婦耿母楊氏墓誌銘

余曾爲耿君際虞敘其家《懿行録》〔1〕，耿母貞淑之操，盖詳哉其言之。今耿母逝矣，際虞從苫塊中泣請于余〔2〕，曰：“某母氏稱未亡人，業辱大君子言，爲採風者獻。某不孝，不即隕，禍延先慈。知吾母者，無如大君子。願勿忘夙誼，爲先慈誌之。”余愀然曰：“余業爲母也敘，得不爲母也銘？”余無辭也。

母姓楊氏，處士廷相女也。楊之先有大異者〔3〕，原醴陵人，嘗授《春秋》於胡宏所〔4〕，嘉定成進士，授衡陽簿，調龍泉尉，移遠安令，因家夷陵。傳至春〔5〕，中永樂癸卯鄉試。世不乏誦讀者，然皆敦素樸。

母年十六歸耿公君賓。君賓名光，以《毛詩》補郡諸生。公家居，距郡數十里而遥，方從郡大夫諏吉歌于邁，以少年自旅舍偕同輩沐浣沙渡〔6〕，溺卒。母聞之奔溺所，慟絶欲自沈之以殉，姑姜氏捄止之。葬君賓東山畢，尋從雉經，姑復捄之，得不死。時際虞生五月矣，姑諭之曰：“是呱呱而泣者，即吾兒爲不亡。汝死，若吾與呱呱者何？且將從而後矣。”母始悟，視褓孤爲謹。奉舅姑食既，惟號泣。每經日不食以爲常，曰：“不能下咽也。”姑愛憐少女，罄槖中裝與之母弗問。鄰人有利其産者，欲重貲售之，母弗聽，耿氏竟無失業。際虞就外傅，躬紡績爲佐幣脩，及補諸生，玄纁羔雁之資〔7〕，悉取諸機杼、洴澼洸，不少匱。舅姑之喪，殮殯諸具，無一弗戒，梱内外言〔8〕，一稟諸禮。持節者四十年，有司以聞，核得實，表其閭凡十三次，歲給粟布。所未獲奏聞者，當事責也。母十八早孀，越四十年以節聞，至今又十三年，以疾卒。生嘉靖戊戌六月廿五，卒萬曆戊申六月廿六日，年七十一歲，持節五十三年，孝慈無間。噫！如母者可以風矣。子一，曰應期，郡諸生。配向氏。孫二，介、星。女孫三。卜是年十月廿六，葬於廟堂冲之陽。際虞以其狀來。余惟母之徽音業與郡乘不朽〔9〕，是可銘也。

銘曰：德則之秀，名家之婦。於姑則子，於子則父。以孝以慈，於節斯苦。視此貞瑨，永光列祖。

【校注】

〔1〕際虞：參見前面《懿行録序》。

〔2〕苫塊："寢苫枕塊"的略語。苫，草席；塊，土塊。古禮，居父母之喪，孝子以草薦爲席，土塊爲枕。

〔3〕楊之先有大異者：楊大異。弘治《夷陵州志》記載："楊大異，醴陵人，從胡宏授《春秋》，嘉定登進士，授衡陽主簿，調龍泉尉，皆有惠政。移遠安令，有峒寇擾民，大異以一僕自隨，肩輿入峒，喻以禍福，皆願自新出降，以功升四川制置司參議官。元兵入成都，大異從制使丁黼巷戰，身被數創死，詰旦復蘇獲免。後召對，極言時政，進直秘閣，封醴陵縣男。"順治《遠安縣志》記載："宋楊大異，醴陵人，博學篤行，才兼文武，從胡宏授《春秋》，登嘉定進士，授衡陽主簿，有惠政，升高安令。時洞寇擾民，公以一僕自隨，入洞諭降，進四川制置司參議。元兵寇成都，又從制使丁黼巷戰，被創復蘇，以功封醴陵男。後召對，極言時政，進直秘閣。迄宋末，與弟太齊隱郡之小洋坪，遂家焉。今子姓繁衍，前恭秀權，今嘉桂、嘉右、嘉樹、近聖、齊聖皆其後裔。"

〔4〕胡宏所：指湖南衡山的五峰書堂，南宋湖湘學派創始人胡安國的兒子胡宏所築。

〔5〕春：楊春，官湖廣提學僉事。乾隆《東湖縣志》有記載。

〔6〕浣沙渡，係"浣紗渡"之誤。弘治《夷陵州志》記載："浣紗渡，在遞運所前，水泛船渡，至冬水涸，耕一渠，約丈餘闊，居民作板橋而濟之。""遞運所在大北門外。"

〔7〕玄纁羔雁：均爲朝廷聘賢士的禮品。此指朝廷提供給諸生的學費。

〔8〕梱内：閫内，門内。指家室。梱，門檻。

〔9〕徽音：猶德音。指令聞美譽。

張令君墓誌銘代〔1〕

公諱銑，字純之，一曰念、文念、張文也。其先高郵人，洪武初，祖得榮徙家夷陵焉。四傳曾大父琮，郡諸生。大父倫〔2〕，鄰水博士。大母何。父大用，開封博士，用盖長者，開封橐中裝數十金耳。母易，有婦德。

嘉靖戊戌八月二日生。公生而嶷穎，長即之開封讀父書，學官中歸而試爲諸生輒高等。及其爲諸生，行學使者輒試輒高等。乃受毛詩王少宰先生所，而因以授里中知名士，説之解頤〔3〕。凡八上有司，足第也而竟不第。庚辰不及貢也，适江陵秉國，汰罷士〔4〕，公徑以既廩十有七年而貢之京師。廷試，公復得列高等，爲漢陽蕭司成所賞鑒〔5〕，以其文獻于天子，歷年辛卯謁選。是時，宋冢宰纁躬廉貪貞淫之行明于題才試〔6〕，公文爲天下第一，人大奇之。欲授州大夫弗果，授合浦令。

甫下車，即召父老問民所疾苦，或里魁無苞苴行。百姓惟正之供，毋得加羨〔7〕。屏一切因緣爲奸者四十餘人。例當核民數，公除浮者六百，已于事而竣五日耳，邑稱神君。邑故多壙土，其民視珠若桑柘，視池若沼，雖有膏壤，猶之石田。公曰："奈何捐蒲茅襏襫不事事〔8〕，而探難得之貨，走死地如鶩〔9〕，以干國網？"於是躬步自郊，令民緣南畝，而三年始登其賦。防者淫之，闕者疏之。自是舉臿如雲，墾田清水原數十所，而邑遂無奥草矣。邑故多豪亦墾田爲畬，而匿不賦，則縣官又何賴焉。公入爲學田，歲給諸生貧士。邑故多盜賊，海壖巖邑，界在瓊山五嶺，鳩以亡命，挺而走險，公悉知根窟所在，引入他郡縣去。邑故有海防之舟之役，匠氏每一人僦錢一金，悉出諸民間，不下三五百金，及期則相與泣下，安得此金，權子母而息未已，則鬻所有未已，則溝中瘠〔10〕，公曰："此夫窶人之子〔11〕，歲三五百金，計安出耶？有司捐錙銖之費，而令民出五百耶？且縣亦自不乏匠氏，而又估價在官，請益之足矣。”而民遂得歲減五百金額外之費。邑故多濕，往平糴之法，三年一易，三年則紅腐矣[12]。上取盈于司計[13]，則官病；司計取盈于百姓，則民病。公計每歲每石稍益升斗以爲常，司計更不得多取于民，兩利之道也。邑人王士尚爲新寧博士，俸未及支而歸，歸告公，公以檄取之。博士貽公書數册，啟視之，中黄金也。公大怒曰：“博士何得以糞土加我？”還之，人咸謂孟公還珠公還金也[14]。西門失火，比屋延燒，公捐二十金而廬焉。歲旱，公雩而雨隨，雨凡三年，稔。每較士，好稱説經義，歲予膏粟。一日靈山令以事去，太守謂公兼治靈山饒爲之，公固辭爲止。公爲政三年而聲譽鵲起，百姓有豈弟君子之謡，監司藩臬遞致美詞，蕭中丞、王侍御會登薦剡而公卒[15]。公卒之日蓋在桂林道間，甲午九月十六日也，春秋五十有七。

於乎！以公文學才諝，即射策决科，位至台鼎，有如拾瀋[16]，而一令長，年五十餘，格不敵學，位不盡才，年不當德。然予雅知公孝友于兄弟，其天性也。公季，伯諸生録、仲鈿先公卒，公爲治具治葬而視其子。平生未嘗以疾言遽色加諸人，即人有盛氣，亦和顔色受之。而獨嚴于其子，勞而爲愛，厲以成慈。每告誡，稱古事，不夏楚而威[17]。即合浦太守郭公，其人介然有特操，獨雅重公。雷陽、合浦兩觀察凡三四易，雖其人静躁不同，而無不謂長者，非公薰然仁慈，心誠信于士大夫，百姓何以有豈弟君子之謡也！郭公聞公卒于邑，久之，以書貽公子，亦謂公豈弟君子也。國家失此良吏哉！

於乎！家爲修士，國爲循良。何必公輔，乃爲庸顯。桃李不言，下自成蹊。人貌榮名，寧有既乎？况令子翩翩文雅，未竟之業，是在後人。不於其身，於其子孫，其公謂耶？公娶楊氏，子一，景良，郡諸生，娶陳貢士女。女二，一適黄養正，一適雷思霈，俱諸生。孫一，生于合浦，字還珠，聘龍將軍女[18]。

景良以丙申三月二十九日辰時厝公于青草溪牌山之陽[19]，而以狀索予銘。余受業劉大司空之門，與定父爲友[20]。時公館於司空，公爲定父師，定父又公甥也。余嚴事公，狎習公行事〔21〕，是宜爲銘，銘曰：

奕世載德稱儒行，孝友文學其天性。合浦還珠有孟嘗〔22〕，張公爲政紀循良。久安此丘封若斧，宜爾子孫繩其武。

【校注】

〔1〕張令君：雷思霈岳父也是雷思霈的蒙師張銑。據道光《廣東通志》載，張銑，湖廣夷陵監生，萬曆二十年（1592）任合浦知縣。

〔2〕大父倫：乾隆《東湖縣志》記載，張倫，正德三年（1508）貢生，官訓導。張大用，嘉靖四十年（1561）貢生，官教諭。

〔3〕解頤：謂開顔歡笑。典出《漢書·匡衡傳》："匡説《詩》，解人頤。"顔師古注引如淳曰："使人笑不能止也。"頤，面頰。

〔4〕罷士：無行的男子。

〔5〕蕭司成：蕭良有。民國《廬陵縣志》記載："蕭良有，字以占，號漢冲，曲山人，時中四世孫也。父客漢陽，遂以寓籍，舉萬曆庚辰會試第一，廷試一甲第二名，授翰林院編修，累官祭酒，卒贈禮部侍郎。"國子監祭酒俗稱"大司成"。

〔6〕宋冢宰纁：宋纁，字伯敬，號栗菴，官至冢宰，即吏部尚書。

〔7〕加羨：增加其他税收項目。

〔8〕蒲茅襏襫：斗笠和蓑衣。《國語·齊語》："脱衣就功，首戴茅蒲，身衣襏襫，沾體塗足，暴其髮膚，盡其四支之敏，以從事於田野。"

〔9〕鶩，原刻本譌作"鶩"。

〔10〕溝中瘠：指因貧窮而困厄或死於溝壑的人。語本《荀子·榮辱》："是其所以不免於凍餓，操瓢囊爲溝壑中瘠者也。"

〔11〕窶人：窮苦人。

〔12〕紅腐：謂陳米色紅腐爛。

〔13〕取盈：定額徵收，不得短少。司計：官署名。唐對比部的改稱，掌材物出納稽核。

〔14〕孟公還珠：孟嘗，字伯周，東漢官吏。會稽上虞人。初仕郡吏，後舉

茂才。歷任徐縣令、合浦太守。合浦原産珠寶，因官吏搜刮漸移他地，他上任後革除前弊，去珠復還。典故“合浦還珠”“孟守還珠”，即由於此。

〔15〕薦剡：指推薦人的文書。引申作推薦。

〔16〕拾瀋：比喻事情不可能辦到。《左傳》哀公三年：“無備而官辦者，猶拾瀋也。”杜預注：“瀋，汁也，言不備而責辦，不可得。”

〔17〕夏楚：古代學校兩種體罰越禮犯規者的用具。

〔18〕龍將軍：龍德溥。乾隆《東湖縣志》記載：“龍萬化，字德溥，號龍城，彝陵守禦所千户龍勝四世孫也。歷任至黎靖衛總鎮。生而岸偉，美髭髯，兼工詩文，有古名將風。安民下士，所在謳思。從征大方，討播酋，守章蠟，屢立其勛。子孫蕃盛。年六十九卒於家。”

〔19〕厝：停柩，把棺材停放待葬，或淺埋以待改葬。

〔20〕定父：劉戩之，字元定，劉一儒子，張居正婿。詳見《劉元定詩序》校注。

〔21〕狎習：親近熟悉。

〔22〕孟嘗，原刻誤作“孟常”。

蓬池閣遺稿卷之十二

論

漢儒一時傅會辛卯科試[1]

在漢，去三代未遠，《詩》《書》往往間出，禮樂燦然復興。考於六藝，此其稽古之力，後世與有榮施。而宋之君子以爲傅會而輕訾其訛舛也。

夫國於天地，必有與立，經緯萬端，役使群動，豈不以禮哉？伯夷典教，終古負圖。自周以來，乃遂可著其《禮》。在魯而孔子得之聃郯。惟戰國，諸侯削籍鐫簡，子輿僅得崖略[2]。秦焚而後，儒術從此詘焉，缺有間矣。漢除挾書[3]，而王河間者獻之，藏諸秘府，世莫得而言矣。自劉歆列序[4]，而有杜子春、賈大夫、鄭司農父若子，言《禮》者，高堂生而有曲臺[5]，大小戴所由來矣[6]。六經惟《禮》爲兢兢，亦惟《禮》爲樊然淆亂[7]，甲可乙否，此是彼非，共氏分門，同經異旨，此其大抵也。《月令》出不韋，《緇衣》出公孫龍子，《王制》出文帝博士家言。《冬官》缺，而《考工》與《五官》又若滅若没。然皆祖述，非創始，蠹朽，非駕説[8]。何至如綿蕞明堂[9]，改服正朔[10]，委蛇聚訟，爲不足道哉！而以爲非傅會也。

彼見七篇，《王制》與《大司徒》抵牾則然，天子一畿[11]，列國一同，五爵三土。《大司徒》又以公五百里，侯四百里，伯子男差次於前。夫分土以三，而公侯等耳，何刺謬若此乎！侯不皆有附庸，附庸古上公連帥職也[12]。井邑不皆五百里，五百里則所爲林麓疆埸也。不然，《明堂位》何以稱魯有其七，徐宅海東，顓臾邾之錫也[13]。不然，州方千里，何以凡國二百有奇？天子縣内，何以凡國九十有奇？東西南北，而經緯皆千里也。又不然，千里四公，又何所得閑田加地乎？不然，一夫百畝之分耳，何以有不易、一易、再易之田[14]？又有萊上五十、中百、下倍之乎？而肥磽易地，乃所以均也。賦十一耳，何以遠郊二十而三，漆材之徵二十而五？上下校常，乃所以均也。此其言，人人殊，若枘鑿，若矛盾，而井乎有條，累累若珠。總之，周公博大之規，恢如天網；綜理之密，析若秋毫。奈何以爲漢附會之書而置之不敢道？此與耳食何異哉！非周公之才之美已。

且如《月令·四時》，布政當在七月，亞旅之間有王者興，不可廢也官制，雜秦固秦人耳。何爲縣千金不易一字乎？并聖人之法而竊之矣。考正其事，葆舉其詞，窔奥其言，梓人匠氏，亦皆聖人。目力所竭，嘗臠肉而知味。安知非《冬官》萬分一乎？而太平之跡斂然，聖王之文章具焉，以圖回天下于掌上。奈何以爲傅會而詘之也？則《冬官》缺文而互存之，一説也。《冬官》散見棋置而臚列之，一説也。擇尤雅言者爲經，而以《月令》《考工》《檀弓》七篇爲諸子，又一説也。夫渡利舟，汲利繘，漢儒者剽外廓，昧中扃，而言禮至今存。奈何享其利而不以爲德？一切弁髦而蔑視之乎？然則安知漢儒之爲傅會也？

生而适他國者，其見城廬而愀然動色，鼪鼬之徑，聞蛩然之音而喜。漢儒言六經，即《易》《書》《詩》《春秋》，皆可誦法表章，至今愀然若見聖賢而聆謦欬，喜可知已。况軒轅之鼎不爐，終不以其故貶大；有夏之璜纇矣，終不以其故貶美。漢儒迂大不經[15]，猶之不爐之鼎；不絶如線，猶之瑕纇之璜。第令秦火無傳，雖欲傅會，惡得而傅會之？然則又安知漢儒之功之不多於宋也？

且宋之言六經，《禮》絀《周官》《儀禮》而以《記》，《易》絀京、管而以程，《書》絀《尚書》壁間大序而以蔡，《詩》不言卜子夏、毛、韓而以東萊、新安，《春秋》不一稟於魯君子而以康侯。况所爲議濮王禮者，一何憒憒也？然則又安知宋之不自相爲傅會也？

蓋侮六經之言者行禽也，厭薄六經而上之者塵飯土羹也，强記者説鈴也[16]，拘者刻舟，詭者射覆也，擬者三年之於楮葉也。傅會者竊國竊鈎，實不中窾，而以辯博濟之也。漢儒果且無傅會乎哉？果且有傅會乎哉？相如襲五三六籍，而以封禪進，傅會也；公孫子稱水旱餘烈而堯湯不引爲己咎，傅會也。谷永傅王氏而比周召，揚雄傅於新而以《詩》《書》所稱，班固亦傅於竇將軍而燕然之銘不減《六月》之雅。然則又安知漢儒之不傅會也？而要以言《禮》爲傅會，則非傅會者也。漢則括帖自愛，師守顓門，潤飾吏事，片言居要，辟之耳目手足，皆适爲用，而橘柚梨楂，皆可於口。宋則稱天語聖，一言響答，不下七十子之於孔子，以干世務，辟之玉巵而無當。其訓詁呫嗶而口耳之者，惟漢；其著爲疏，若功令而至今傳者，惟漢；其揭六經，若日月而中天者，惟宋；其法六經，若甕牖而窺人者，亦惟宋。漢理瑕而苞事，宋文瑕跳而匿諸理。宋僭而漢卑，漢疏而宋藝。然則又安知漢宋之功過不相當也。不然，而不敢議宋儒者，是亦傅會也。

【校注】

〔1〕辛卯：萬曆十九年，即 1591 年。科試：每届鄉試之前，由各省學政巡回所屬府州舉行考試。凡欲參加鄉試之生員，要通過此種考試。考試合格者，方准應本省之鄉試。

〔2〕崖略：大略，梗概。

〔3〕除挾書：廢除秦代不准民間藏書的法律。

〔4〕劉歆：西漢後期的著名學者，古文經學的開創者。曾與父劉向同校皇家藏書，繼父業，集六藝群書，分類撰爲《七略》，爲中國第一部圖書目録。

〔5〕曲臺：漢時作天子射宮，又立爲署，置太常博士弟子。爲著記校書之處。

〔6〕大小戴：戴德和戴聖，兩人爲叔侄關係，爲西漢梁國人，是注《禮記》的著名學者。

〔7〕樊然淆亂：紛雜錯亂。

〔8〕駕説：傳佈學説。

〔9〕綿蕞：據《史記・劉敬叔孫通列傳》載，叔孫通欲爲漢高祖創立朝儀，使徵魯諸生三十餘人，叔孫通"遂與所徵三十人西，及上左右爲學者與其弟子百餘人爲綿蕞野外"，習肄月餘始成。引繩爲"綿"，束茅以表位爲"蕞"。後因謂制訂整頓朝儀典章爲"綿蕞"。

〔10〕改服正朔：《禮記・大傳》："立權度量，考文章，改正朔，易服色，殊徽號，異器械，别衣服，此其所得與民變革者也。"孔穎達疏："改正朔者，正謂年始，朔謂月初，言王者得政，示從我始，改故用新，隨寅、丑、子所建也。周子，殷丑，夏寅，是改正也；周夜半，殷雞鳴，夏平旦，是易朔也。"

〔11〕一畿：千里爲畿，百里爲同。

〔12〕連帥：古代十國諸侯之長。

〔13〕顓臾邾：《説文解字》云："魯縣，古邾國，帝顓頊之後所封從邑。"

〔14〕不易、一易、再易之田：分别指一年一收的地、收一年歇一年的地、收一年歇兩年的地。《周禮・地官・大司徒》："不易之田家百畝，一易之田家二百畝，再易之田家三百畝。"

〔15〕迂大不經：迂曲妄誕，不合常理。

〔16〕説鈴：不合於聖道的小説或指瑣屑的言論。

無逸人君之法丁酉鄉試

人主之心，不可使之有所侈而無所畏，其惟法天行者乎！夫有所侈，則必無所畏，廣肆而因以擾天下；無所畏，則必寬然而有侈心，呰窳而因以忘天下〔1〕。其究以逸豫滅德，宴安耽毒，而天命幾不可知。此皆自逸之心爲之也。無逸人君之法旨哉！請得畢其説。

夫人君摶捖陰陽〔2〕，宰割大有，一顰笑，則天下恬愉；一震怒，則天下騷動。使徒以泰山高天之尊，而僅同監門臣虜之奉，必使股無胈，膚無毛，黧色瘠容，而後可以理天下，則人主亦奚利於有天下？而顧使人君日端拱大内[3]，聞聲稱朕，無所事事，勢必有釜鬵煬竈之害[4]，而天下亦何利於人主之有天下？人主之有天下，一日二日萬幾，豈可芻狗萬物[5]，剖析斗衡，而假修渾混赫婿、大庭、太豆之術[6]？即不然，而衡書角藝，詳察馬矢，巧伺敝席，博綜核之跡，而徼焦礅之名。是彼以天下爲蘧廬[7]，此以天下爲切操，濕薪束之耳[8]。此豈真能無逸者哉！

夫惟無逸之主，乃可以饗其逸；夫惟不自逸之主，乃可以逸天下。無逸者，惟法天爲兢兢。今夫天蒼蒼耳，夫然而四時，夫然而五令，夫然而七政，夫然而群物祖，而惟太極之真，天行自運，一刻不□□□乾坤幾乎息。是天且不能以自逸，而況天命君，君法天，而可自逸爲也？

於是伏而思曰：天命何常，一得則再避，三讓不可逃。一不得，則爲侯爲王不許。以此思危，危可知已，而奈何以自逸也？徼我先公先王，櫛風沐雨，以有今日。一或不德，一夫作難，九廟爲墟。吾仰視榱題[9]，俯視几筵。以此思懼，懼可知已，而奈何以自逸也？天下之屬我者僅方寸耳，而左右之投我者萬。以一敵萬，其數不勝。一或不慎，必有狐鼠，必有伏寇。是胡越起於輦下，而羌夷踵門庭也，而奈何以自逸也？天下之民方半菽不食，短褐不完，而吾乃藻冕玉饌；天下之民方飛芻挽粟，日夜輸而京師，而吾乃以供吾左藏之朽蠹。吾不自爲計，以與百姓相煦育，恐天下之行且一合而軋已也[10]，而吾奈何以自逸也？亡命無賴俠少年之徒，横戈如雨，白晝嘯市；四夷九邊，秋高馬肥，海防風便，以躪蹂我方隅，虔劉[11]我黔首。吾不能以懷撫之，而使爲我發大難，則單于大横，懷、滑可鑒[12]，而吾奈何以自逸也？

惟是無列鶴於譙麗，無徒驥於緇壇[13]，無狎龍陽而寵前魚[14]，無禪云亭而謁款[15]，無宫山海而煮鑄，無高柏梁而採豫章楩梓，無坐深宫而不見顔色，無憚直戇而疏留中[16]，毋匹后二嫡而煩青蒲[17]，虞燕啄[18]，無沈湎而俄弁，無恣長夜而作書，而日與左賢右戚、前丞後輔須厲以出，游刃以解，即至治功成，祥休見，而愈自振刷，不敢頃刻寧以得罪於上帝。

是謂有所畏，無所侈，不忘天下而天下定，不擾天下而天下寧。不則逸心一萌，必且爲廢閣，必且爲因循，必且爲恣睢。前數者之患，不旋踵而至矣。昔者周成王，盖足爲萬世法矣。周公拮據王室，以成王冲，四方多難日進，《無逸》之謨與《七月》之什并奏。以是王不敢康[19]，以宥密基帝命，悟感於鴟鴞，患弭於桃虫，而至今稱令主焉。若成王者，真能無逸者哉！惟不敢康，所以自不得逸也。

後之人君，上法天道，下法成王，于以保治凝命[20]，惟在無逸之心哉！語曰："水流不腐，樞勤不蠹。"盖言無逸也。故曰：人君不可頃刻忘天下之心。又曰：人君不可不知乾道。

【校注】

〔1〕呰窳：苟且懶惰。

〔2〕摶捥：亦作"嫥捥"，調和。

〔3〕大内：皇宫。

〔4〕釜鬵：釜和鬵。皆古代炊具。《韓非子》載："今夫水之勝火亦明矣，然而釜鬵間之，水煎沸竭盡其上，而火得熾盛焚其下，水失其所以勝者矣。今夫治之禁奸又明於此，然守法之臣爲釜鬵之行，則法獨明於胸中，而已失其所以禁奸者矣。"此指君臣之間不理解。

〔5〕芻狗：典出《老子》："天地不仁，以萬物爲芻狗。"指古代祭祀時用草紮成的狗，在祭祀之前是很受人們重視的祭品，但用過以後即被丟棄。

〔6〕赫胥、大庭、太豆：赫胥氏、大庭氏、太豆氏均爲傳説中遠古時代氏族首領名，或以爲古國名。

〔7〕蘧廬：典故名，典出《莊子·天運》："仁義，先王之蘧廬也，止可以一宿，而不可久處。"郭象注："蘧廬，猶傳舍。"

〔8〕濕薪束之：長期捆著的潮濕柴草。比喻思想保守，不易接受新事物。

〔9〕榱題：屋椽的端頭。通常伸出屋檐，因通稱出檐。

〔10〕一合而軋：《漢書·刑法志》："鰓鰓然，常恐天下之一合而軋己也。"

〔11〕虔劉：劫掠，殺戮。

〔12〕懷、滑：西晉孝懷帝、孝滑帝，二人均因荒政而被外敵所殺。

〔13〕列鶴於譙麗，無徒驥於緇壇：《莊子·徐無鬼》："君亦必無盛鶴列於麗譙之間，無徒驥於緇壇之宮。"列鶴，指陳兵；譙麗，指高樓。徒驥，猶言步騎。緇壇，宫名。

〔14〕狎龍陽而寵前魚：《戰國策·魏策》載："魏王與龍陽君共船而釣。龍陽君得十餘魚而泣下，王曰：'有所不安乎？如是何不相告也？'對曰：'臣無敢不安也。'王曰：'然則何爲涕出？'曰：'臣爲王之所得魚也。'王曰：'何謂也？'對曰：'臣之始得魚也，臣甚喜；後得又益大，臣直欲棄臣前之所得矣；今以臣之兄惡，而爲王拂枕席；今臣爵志人君，專人於庭，避人於途；四海之内，美人亦甚多矣，聞臣之得幸王也，必親上而趨大王，臣亦猶恐臣之前所得魚也，臣亦將棄矣；臣安能無涕出乎？'魏王曰：'誤，有是心也，何不相告也？'於是布令四境之内，曰有敢言美人者族。"

〔15〕謁款：虔誠拜謁。《史記·司馬相如列傳》："故聖王弗替，而修禮地祇，謁款天神。勒功中嶽，以彰至尊。"

〔16〕留中：指將臣子上的奏章留置宫禁之中，不交辦。

〔17〕青蒲：指犯顔直諫。

〔18〕燕啄：指趙飛燕姊妹陰謀毒害皇帝的子孫。借指後妃暗算皇子。班固《漢書·孝成趙皇后傳》："燕燕，尾涎涎，張公子，時相見。木門倉琅根，燕飛來，啄皇孫。皇孫死，燕啄矢。"

〔19〕不敢康：語出《詩·周頌·昊天有成命》："成王不敢康，夙夜基命宥密。"成王，武王子，名誦；康，安樂，安寧；基，謀劃；宥密，寬仁寧靜。

〔20〕凝命：謂使教令嚴整。《易·鼎》："象曰，木上有火，鼎，君子以正位凝命。"王弼注："凝者，嚴整之貌也。……凝命者，以成教命之嚴也。"

王者以天下爲一家辛丑會試

惟王者無所私於心，而乃能無所私於天下。無所私於天下，藏天下於天下之道也。夫王者一心耳，不有天下以奉一人，而以有於天下，天下皆吾有也。有天下以爲左藏，若天下皆吾有，而卒乃己亦不有於天下，是私與不私，得失之林也。盖惟無所私於天下者，萬物至而制之，萬物至而命之。辟之置樽中道，往來者斟酌焉，而後能措國於不竭之府，貸國於不涸之源，割宰大理，而宇宙理矣。則王者以天下爲家之説也，請申論之。

盖古有鶉居鷇處而治天下者矣[1]，分域九區，其民徐徐于于[2]，標枝野鹿[3]，無所公而無所私，與天地鴻洞，天下自家，而無以爲之。古又有紩衣攣領而王天下者矣[4]，分域十二區，其民噩噩悶悶，鼓腹嬉游，伊誰之力，無所左而無所右，與天地終始，天下自家，而無爲以爲之。厥後民稍開其蒙童之心，而介焉有自膏潤之意。於是王者以廣大域之我，不自爲家，而天下亦不自爲家，合天下以爲大家，罣牢制之若制子孫焉[5]，而無所不爲天下計，何者？人主猶之家督也，而群黎百姓詎非屬毛離裏之人哉[6]？人主之政猶之家政也，而四海九州詎非外府外藏之寄哉？以屬毛離裏之人而置之度外也，則溝中之瘠也；以外府外藏之寄而斂之宫中也，則竭澤之漁也。而安在以天下爲王者？

起而思曰：吾道貴因，持盈與天，節事與地，定傾與人[7]，吾不爲凌也。吾道貴公，山海自煮鑄[8]，舟車自往來，民生自利用，吾不爲厲也。吾道貴誠，雕蹄修股，吾羽翼也；蠉飛蠕動，吾肢體也。罪吾，泣也；網吾，解也，吾不爲誕也。我方且投珠抵玉，方且却獒驅犀，方且散粟取陳，方且師垣宗翰[9]，方且爲百姓請命於皇天。而奈何君與臣爭民，野與朝爭市，上與下爭利，而區區兢刀錐、營錙銖爲哉？夫后除民害，不爲害民，害民非其后，惟其仇。后爲類民，后弗類民，不以我爲后，惟其怨[10]。億兆至衆，后一而已。我自家其家，而不有天下；天下亦復自家其家，而不有我。如是我何利於天下，而天下亦何利於我？

我欲天下往，惟以天下之家家之。我欲天下不饑，不能人人而給一升斗也，即使人人而給之升斗也，其不能無饑，亦明矣。無重傷農而得緣南畝，則無饑矣，以己之惡饑度之也。我欲天下不寒，不能人人而給以布帛也，即使人人而給布帛也，其不能無寒，亦明矣。無重傷女紅而罷織貢，則無寒矣，以己之惡寒度之也。欲天下逸，而天下不能自逸也，惟無馳于奔命，無費于軍興，而人人逸也，以己之逸度之也。欲天下富，而天下不能自富也，惟無採金于水、涸銅于山、榷于江海，而人人富也，以己之富度之也。

何家之不欲無饑無寒？我予之，我雖欲無飽無暖，而不可得也。何家之不欲無勞無貧？我予之，我雖欲無逸無富，而不可得也。羿之弋不必得也，張天下以爲羅，則無不得也。任之綸不必得也，環江湖以爲網，則無不得也。王者之于天下，亦不必得也，齊天下以爲家，則無不得也。試觀庶人，其自爲家計，罔不心計，能索者移之。爲人主則不然，觀人主其自爲家計，亦罔不心計，能索者移之。爲天下則又不然，乃王者直以天下爲家，則其安家所以寧天下也。彼庶人之家，且有一天子以爲其家計，而彼又安得不以萬家爲天子計。故知有餘不足，天下之公患也，患無以公天下而已。

於乎！尹鐸藏富于晉陽，水漫而民不叛，以晉陽爲家也；西門豹藏富于鄴，而後世無改賢令之渠，以鄴爲家也；越勾踐藏富于越，卒用其民破吴，以越爲家也。况乎王者具萬品，臨萬民，以天下爲家者哉！禹之水，湯之旱，家天下者也，即于禹湯取法焉；文之寧，武之清，家天下者也，即于文武取法焉；其他置平準，積敖倉者，固無足數。而至曰爲天下者不顧家，曰胡越一家，總之猶有自私之心在。其視王者，不由昏之仰旦也乎？雖然國之公卿、佐輔，家亞旅也；百官、庶司，家之孽也；内侍、暬御[11]，家綱紀之役也。亞旅不可不篤也，支孽不可不親也，綱紀之役不可使之悍也，則所爲天下爲家之本，而至于無所私于君心之一言，則又本之本也。

【校注】

〔1〕鶉居鷇處：如鵪鶉一樣居無定所，像幼雛一樣飢不擇食。比喻生活儉樸，不求享受。鷇，須母鳥哺食的雛鳥。

〔2〕徐徐于于：《莊子·應帝王》："泰氏其卧徐徐，其覺于于。"于于，自得貌。

〔3〕標枝野鹿：典出《莊子·天地》："至治之世，不尚賢，不使能，上如標枝，民如野鹿。"標枝，樹梢之枝，比喻上古之世在上之君恬淡無爲；野鹿，比喻在下之民放而自得。

〔4〕紩衣攣領：縫補之衣和卷結之領。

〔5〕罿牢：牢籠，籠絡。罿，古同"皐"。

〔6〕屬毛離裏：典出《詩經·小雅·小弁》："靡瞻匪父，靡依匪母。不屬於毛，不離於裏。"比喻子女與父母關係的密切。

〔7〕持盈與天，節事與地，定傾與人：典出《國語》："越王勾踐即位三年而欲伐吴。范蠡進諫曰：'夫國家之事，有持盈，有定傾，有節事。'王曰：'爲三者，奈何？'對曰：'持盈者與天，定傾者與人，節事者與地。'"持盈，保守成業；節事，處置得當；定傾，使危險的局勢或即將傾覆的國家轉爲穩定。

〔8〕煮鑄：煮鹽、鑄鐵。

〔9〕師垣：典出《詩·大雅·板》："價人維藩，大師維垣。"鄭玄箋："大師，三公也。……王當用公卿諸侯及宗室之貴者，爲藩屏垣幹，爲輔弼。"後以"師垣"指宰相的職位。

〔10〕后除民害：此段文字典出《逸周書·芮良夫》："后除民害，不惟民害，害民乃非后，惟其讎。后作類，后弗類，民不知后，惟其怨。民至億兆，后一而已，寡不敵衆，后其危哉！嗚呼！野禽馴服於人，家畜見人而奔，非禽畜之性，實惟人民亦如之。"

〔11〕暬御：近侍。《詩·小雅·雨無正》："曾我暬御，憯憯日瘁。"毛傳："暬御，侍御也。"

大人正己而物正己酉福建程式[1]

夫惟聖人迺能因天下而天下化之者乎？因天下者，無以有我也。天下惟無我而物無不備，物無不備而後能物物[2]。至於物物，而物與我合，而成大則，我與物合，而咸歸於正矣。

聞諸有道者之言曰[3]：道德不生萬物，而萬物自生焉；天地不含群類，而群類自託焉。故天地億萬而道王之，衆陽赫赫而天王之[4]，陰氣漻漻而地王之[5]，百川并流而江海王之。凡此者，不爲物主而物自歸焉，無有法式而物自治焉，不任力智而物自畏焉。夫何故哉？體道合和[6]，無以物爲而物自爲之化，微矣哉！此可通於大人正己物正之説也。

今夫人生而目自能視，耳自能聽，手自能持，足自能運，心自能思。既無缺少，自無奇邪，何嘗不正而故欲正之耶？正吾之視，而明亂於色矣；正吾之聽，而聰亂於聲矣；正吾心之思，而妄念生矣；正吾身手足之動，而舞蹈失矣。乾道變化，各正性命。既各正矣，而又安用正之！正者，物自正而已，非以正物也。辟之夏日之陰，冬日之陽，不招而自至。若於己也，既以正乎己者正之；而於物也，又以正乎物者正之。是己達而達人者有二念也，克己而天下歸仁者有二時也；綏斯來而動斯和者有二事也[7]，而烏在其爲大人乎哉？

嘗觀諸《易·乾》之二、五[8]，皆大人也，五之大人爲二之所利見，而二之大人又爲五之所利見，未可以飛見論，未可以上下分。然大人者，先天弗違，後天奉時，聲應氣求，水濕火燥，萬物快睹，各從其類，豈不恢恢乎天德也哉？而轉而在下者，僅僅庸言庸行以存其誠而已，而亦稱君德焉[9]，何也？愚者知之，而聖人有不知，聖人不能，愚不肖者能之，而聖人有不能[10]。聖人不能不肖，聖人而同於愚不肖也，是愚不肖而皆同於聖人也。而烏有一之不得其正者乎[11]？

子輿氏亦嘗言，大人矣，曰不失其赤子之心。赤子之心，悦之不喜，觸之不嗔，蒙蒙然如大荒之初剖，侗侗如鵠卵之未翼[12]，有形而無情，有覺而無識。故知巧機械之事，無自而生；仁義道德之談，亦無自而入。惟其無情而有形，無識而有覺，故不以目求乳，不以耳向明，不以手求行，不以足持物，而因天之自便。夫《康誥》之保民也[13]，視如赤子，求之以赤子；遽伯玉之爲傅也[14]，彼爲嬰兒，與之爲嬰兒。而況大人因天下以爲化者乎？我無必信之言，而何至規規焉以言求人？我無必果之行，而何至翦翦焉以行求人？大人無必，赤子之心無必也。天下有號爲禮者，舉非禮也，人之所履而最不安者也，人心所不安則不爲。天下有號爲義者，舉非義也，人之所由而最不欲者也，人心所不欲則不爲。大人無爲，赤子之心無爲也。因天下之宜以爲言行，而我無必；因天下之則以爲禮義，而我無爲。因物之自然，因物之無不然，而物自化。其化之也，若春風之鼓勾萌苞甲，茁生怒生而不可以已；若灝氣之制不仁而之仁[15]，無形而之形，千變萬軫而未始有極。

是故大人之格民也，非格民也，民格之也。其格君也，非格君也，君格之也。優而游之，使自得之；厭而飫之，使自趨之[16]。正天下之道，終之以格君。而所以正天下之道，如之以格物。格物者，通乎物之理而已。通萬物於我，而萬物亦我也。萬物亦我，則我化而爲物而不見我。不見我，而我止其所矣，我止其所而我正。通我於萬物，而我亦萬物也。我亦萬物，則物化而爲我而不見物。不見物，而物止其所矣，物止其所而物正。吾無忿懥，則吾無怒之心正，而天下之爲怒者正。吾無好樂，則吾無喜之心正，而天下之爲喜者正。吾無恐懼憂患，則吾不憂不懼之心正，而天下之爲憂懼者正。功在社稷者，有以安之，吾無安之，而不知其所以安。道在天下者，有以行之，吾無行之，而不知其所以行。大抵天下之不得其正多起於有。惟小則有，惟大則無。小如形器，據其内者不能入室，於此者不能彼，則有之爲隘故也。大如空虚，無所不入，無所不出，無彼無此，無人無己，無古無今，無故無新，無鉅無細，無高無卑，無同無異，無合無離，無邪無正，無是無非。如大堯之世，賢知奸愚，共在一朝之上，而不礙其蕩蕩之天。如大道之公，百家九流，分門各派，混焉於其中，而無損其渾渾之體。則亦惟其大焉故也。

此之爲道，古聖臣之道也，見於《乾》而備於《坤》，初爲冰霜之堅，六爲玄黄之戰〔17〕，非其道矣。于二之直、方、大，不習無不利〔18〕，而見大人不有其德之道；於三之含章從事，無成有終，而見大人不有其功之道；於四之無咎無譽，而見大人不有其名之道；於五之黄裳元吉，而見大人正中文明，德博而化之之道。總通乎物理之情，使天下不離其蒙童之心，而得其大宗之本。

於乎，微矣哉，未易言也！以九二之大人而遇九五之大人者，惟舜而已；以九二之大人而不遇九五之大人者，惟孔子而已。於乎，未易言也！

【校注】

〔1〕大人正己而物正：語出《孟子》的《盡心章句上》。程式：規定的格式。此指主考給試子寫的範文。

〔2〕物物：役使萬物。典出《莊子·在宥》："有大物者，不可以物；物而不動，故能物物。"成玄英疏："不爲物用而用於物者也。"

〔3〕有道者之言：指西漢道家學者嚴君平的《老子指歸》。

〔4〕赫赫：氣勢盛貌。

〔5〕漻漻：寒冷。

〔6〕體道：體悟大道與躬行正道。

〔7〕綏斯來而動斯和：語出《論語·子張》。大意爲安撫百姓，百姓就會來歸附，發動百姓，百姓就會團結有力。

〔8〕二、五：指《易·乾》之九二、九五兩爻。九二爻云："見龍在田，利見大人。"九五爻云："飛龍在天，利見大人。"

〔9〕稱君德：此段文字亦出自《易·乾·文言》："九二曰：'見龍在田，利見大人，何謂也？'子曰：'龍，德而正中者也。庸言之信，庸行之謹；閑邪存其誠，善世而不伐，德博而化。'"

〔10〕而聖人有不能，此句疑似衍文。

〔11〕不得其正：《禮記·大學》曰："所謂修身在正其心者，身有所忿懥

則不得其正，有所恐懼則不得其正，有所好樂則不得其正，有所憂患則不得其正。心不在焉，視而不見，聽而不聞，食而不知其味，此謂修身在正其心。”

〔12〕侗侗：長大貌。鵠卵：鶴之卵。形體較大。比喻大材。鵠，通“鶴”。

〔13〕《康誥》：《尚書》中的一篇，是西周時周成王任命康叔治理殷商舊地民衆的命令。

〔14〕遽伯玉：衛國的大夫，名援。春秋時衛國的大臣，他是衛國有名的賢人。

〔15〕灝氣：正大剛直之氣。

〔16〕優而游之，使自得之；厭而飫之，使自趨之：比喻爲學之從容求索，深入體味。

〔17〕六爲玄黄之戰：《坤》上六：“龍戰于野，其血玄黄。”龍戰指陰陽交戰。玄黄，指天、地之色。

〔18〕直、方、大，不習無不利：語出《易·坤》。大意爲平直、方正、遼闊，一個人具備了這樣的德性，即使不修習也不會不利。

蓬池閣遺稿卷之十三

表

擬唐命翰林學士陸贄條奏當今切務贄引《否》《泰》《損》《益》以對上褒納之謝表建中四年　辛丑會試[1]

伏以天下濟而光，清問啟合宫之訪；海承流而潤，和顔抽大易之詞[2]。榮聯供奉之班，志每殷於納牖[3]；奏對清華之陛，喜獨溢于轉圜[4]。在皇上真能用木從繩，在小臣自愧以人爲鑒。

臣贄誠惶誠恐，稽首頓首。竊惟極治之朝，亦贊襄于都俞吁咈[5]；太平之世，猶黷貞于反復平陂[6]。是以月望日中，時切亨娛之戒；而風行雷動，在通正大之情。晦昧伏於雲雷，經綸斯起；虚咸出自山澤[7]，翕受爲心[8]。《革》在變更法[9]，有宜於治曆；《蠱》能幹濟時，更妙于先庚[10]。迨方朔射覆殿庭[11]，僅同兒戲；如京房直符爻象[12]，别重禨祥。妄擬成玄，安在庖犧之畫[13]？用何爲體，寧關蜀國之銅？不信老生之談，致使諸君子肥遯之幾益堅介石[14]；空説六家之指，遂爾大聖人洗心之密徒托空言。

賈生曾嘆息於時艱，劉向故抗言於災異。然未有重離自照[15]，上競民事之圖；《大有》不盈，俯聽臣鄰之對[16]。如今日者也，兹盖伏遇，有湯躋聖敬之德，有禹拜昌言之風。以《洪範》箕疇克剛柔，以《天保》《采薇》治内外。常懷十漸[17]，媲美三宗[18]。乃於恭默之思，時下咨詢之詔。以謙謙之君子，用蹇蹇之王臣[19]。爰命詞曹，見吐咳自九天而下；敷求時務，想精神已萬里而遥。如臣者，稽古無能，雖奏小子雕蟲之技；披丹有待，欲希大臣補衮之衷。

竊以今時之切務，無過古《易》之微言。上下之情，不可不通，不通則有偏閼偏壅之弊；君民之用，不可不酌，不酌則有獨肥獨瘠之虞。請詳否泰之交，毋以否來而泰往；請觀損益之際，毋以損下而益君。釜鬲當防，樸滿宜慮。君子道長，小人道消，堅冰不履，恐致血于玄黄；十九在民，十一在官，地水爲師，似無煩於赤白。庶生靈有托，咸詒寧一之休；而時事可瘳，自制虚盈之數。朝無忌諱，國有讜言。如臣自謂，愚忠兼收。未及尚能，告則用圭。况遇聖明博採已勤，敢不直哉如矢。辭多過激，心實無他。

第鼯鼠五窮，技止此耳；而祥鸞九德，翔而下之。謂《易》道用彰，正有裨于今日；謂臣言不謬，是可見之躬行。出温旨而褒嘉，榮愈紼絻〔20〕；望天顔而只尺，光被蒭蕘。是用益篤，披鱗有謀。入告我后，惠徽止輦。

非道不陳王前，伏願嚴神明而默成，屏思慮而一致。心已七日而見，造先天未畫之前；問莫三人而迷，邁千古獨隆之治。學日益而道日損，驕游能辨于樂三；乾作始而坤作成，奥義深規于用九。衍緑字赤文之緒，河出圖，洛出書；詠黄童白叟之歌，日重光，海重潤。

臣贊無任瞻云云。

【校注】

〔1〕《否》《泰》《損》《益》：《周易》卦名。這四卦爲全書之樞紐。否泰者，天道之自然；損益者，人事之進退。

〔2〕大易：即《周易》。

〔3〕納牖：《易・坎》："六四，樽酒簋貳，用缶，納約自牖，終無咎。"程頤傳："納約，謂進結於君之道；牖，開通之義。室之暗也，故設牖，所以通明。自牖，言自通明之處，以况君心所明處……人臣以忠信善道結於君心，必自其所明處乃能入也。"後遂以"納牖"謂導人於善。

〔4〕轉圜：轉動圓形器物。常用以代指便易迅速之事。《漢書・梅福傳》："昔高祖納善若不及，從諫若轉圜。"此指從善如流。

〔5〕都俞吁咈：《書・堯典》："帝曰：'吁！咈哉！'"又《益稷》："禹曰：'都，帝，慎乃在位。'帝曰：'俞！'"皆爲古漢語嘆詞。吁，不同意；咈，反對；都，贊美；俞，同意。本以表示堯、舜、禹等討論政事時發言的語氣，後用以贊美君臣論政問答，融洽雍睦。

〔6〕反復平陂：語出《易・泰》九三爻："無平不陂，無往不復。"意爲凡事没有始終平直而不遇險阻的，没有始終往前而不遇反復的。

〔7〕虚咸出自山澤：咸，卦名。此卦爲異卦相叠（艮下兑上）。上卦爲兑，兑爲澤，爲陰；下卦爲艮，艮爲山，爲陽。上兑下根是爲山中有澤，山氣水息，互相感應；上陰下陽，陰陽交會，萬物亨通。《象》曰："山上有澤，咸。"崔覲曰："山高而降，澤下而升。山澤通氣，咸之象也。"

〔8〕翕受：合受，吸收。《書・皋陶謨》："翕受敷施，九德咸事，俊乂在官。"孔傳："翕，合也。能合受三六之德而用之，以布施政教。"

〔9〕《革》：與後面《蠱》均爲卦名。

〔10〕先庚：謂頒布命令前先行申述。《易・巽》："先庚三日，後庚三日，吉。"孔穎達疏："申命令謂之庚。民迷固久，申不可卒，故先申之三日；令著之後，復申之三日，然後誅之。民服其罪，無怨而獲吉矣。"

〔11〕射覆：原爲一種猜物游戲。將物品藏在碗盆下，讓人猜想，也用來占卜。《漢書・東方朔傳》："上嘗使諸數家射覆，置守宫盂下，射之，皆不能中。朔自贊曰：'臣嘗受《易》，請射之。'乃别蓍佈卦而對曰：'是非守宫即蜥蜴。'上曰：'善。'賜帛十匹。"

〔12〕京房直符：西漢京房撰《京房易》，多言災異之説。直符，凶日名。

〔13〕庖犧：即伏羲。史載庖犧氏曾畫卦以立象。

〔14〕肥遯：《易・遯》："上九，肥遯，無不利。"孔穎達疏："子夏傳曰：'肥，饒裕也。'……上九最在外極，無應於内，心無疑顧，是遯之最優，故曰肥遯。"後因稱退隱爲"肥遯"。

〔15〕重離自照：語出《易・離》："明兩作離，大人以繼明照於四方。"

因該卦兩離相叠，孔穎達疏："明兩作離者，離爲日，日爲明。" 因以重離指日。借指帝王。

〔16〕《大有》:《易》卦名。爲盛大豐有之象。臣鄰:《書·益稷》:"臣哉鄰哉，鄰哉臣哉!" 孔傳:"鄰，近也。言君臣道近，相須而成。" 本謂君臣應相親近，後泛指臣庶。

〔17〕十漸：指《十漸不克終疏》，是唐代魏徵所寫的一篇文章，文章列舉了唐太宗執政初到當前爲政態度的十個變化，以此警醒統治者要居安思危。

〔18〕三宗：指殷商時的太宗大甲、中宗大戊（一説祖乙）、高宗武丁。

〔19〕蹇蹇：忠直貌。

〔20〕紼絻：亦作"紼冕"。古代禮服。也借指高官顯位。紼，通"芾"。

策

第一問丁酉鄉試

夫君德靜綏〔1〕，天表之應，應之以德；君德回邪〔2〕，天表之應，應之以禍。顧君之所爲休、咎徵〔3〕，而天之所爲降休祥、降災沴者大略有二：人君法天之煦育以賞天下，法天之震怒以罰天下；而天亦得以人主之賞罰以賞罰人主。此有形者也。惟是吾一恬愉而帝若色喜，吾一摩厲而帝若我翼〔4〕，吾一回邪而帝且默讓而交譴。此無形者也。君人者以無形法道，以有形法陽，陰則事天之極軌也。請因明問而得悉數於前。

夫説天莫辨于《易》與《書》，乃至《春秋》紀火災十四，不書事應。非無事應，夫事而能爲應也，盖尼父僖宫之旨〔5〕，非裨竈宋野之説〔6〕。下逮孟堅志五行，言火政甚具。而建元以來，三殿火焚，其故可知已。豈非德不足而災沴生耶！我高皇帝以火德王天下，於時輕重互典，恩威丕㫥〔7〕。陽以法求天下，而陰以道化天下，至二百餘祀，而海内宴然。著爲訓詁，可考而原也。

我皇上以聰明英毅纂大承休有年所矣[8]。乃者熒惑不祥，祝融作祟。或者主於陰陽、德刑、賞罰、喜怒之言，以爲賞輕罰重致然。彼盖見夫功伐者，人臣所以計不旋踵[9]，義不反顧，以徼惠主上之富貴，始以富貴蹈功伐，卒功伐成而富貴絀。如是尚謂賞不輕乎？近習不稱旨，大者幽戮，小者鞭箠；言官一不稱旨，大者削籍，小者斥去。如是尚謂罰不重乎？

然賞罰有形者也。皇上所以致是者，抑有在賞罰外，而生得妄論焉。一曰主德，夫天日動，王者法天日行，識德虔刑，皆是物也。奈何日處大内，動稱疾病？無之則爲不祥，抑有之則亦不過淫佚壅底之事耳[10]，則朝見急也。一曰大臣，夫大臣權不足自行，惟恃上之能信，假上之能指揮。奈何頻年不一見天顏，致使有釜鬵之虞，無國是之定？則晉接急也[11]。一曰太子，夫天子在早教諭，教諭在早建立。奈何不躬自貽謀，使不睹十五年以前勤節之事，而徒聞今日之奢侈，以效之尤也？則元良宜端也。一曰小民，夫財者，民所天也。奈何盡天下供輸以爲左藏朽蠹，而急無藝之求也[12]？則内帑宜捐也。誠能悉此數者，以終天心仁愛之事，而無負高皇帝無疆之休，即宫殿之災，直以爲祥桑耳！儻《易》《書》《春秋》旨乎[13]！

【校注】

〔1〕静綏：安撫平定。

〔2〕回邪：邪曲不正。

〔3〕休、咎徵：吉兆、凶兆。

〔4〕摩厲：切磋，磨煉。此指發奮。

〔5〕僖宫：宋洪咨夔《春秋説》記載：“五月辛卯，桓宫、僖宫災。孔子在陳聞火曰：‘其桓、僖乎？’何以知其爲桓、僖也？親盡，廟當毁也。”

〔6〕裨竈宋野：裨竈是春秋魯大夫。裨竈於魯昭公二十八年（前514）根據天象，預測鄭國將再次發生火災，後來不驗。

〔7〕丕𢙼：大暢。

〔8〕纂大承休：掌握大權，承受美善。

〔9〕計不旋踵：腳跟還未轉過來，計議就定了下來。形容在極短的時間内就拿定主意。也比喻行動迅速，毫不猶豫。

〔10〕壅底：阻塞。

〔11〕晉接：進見，接見。

〔12〕無藝：無限制，没準的。《左傳》昭公二十年："布常無藝，徵斂無度。"

〔13〕儻：大概，或許，也許。

第二問

夫所謂國是者，當與衆共定之，而不當與衆共摇之者也。惟當與衆共定之，則政權不可不自上操，而操之不已，且爲束薪，必合群議而成一尊，而後政自定也。惟不當與衆共摇之，則議論不可不自下息，息之不已，且爲廢閣，必定大政以收群策，而後議不摇也。故率作興事之朝，不廢耳目股肱之翼；稽聽詢庸之君，不廢衢室揔章之訪[1]。盖政與議不偏爲輕重而互爲張弛者也。

乃今之時，則大謬不然。人各有心，衆欲爲政。紛紛國是何日而定乎？是在宸衷之獨斷矣。然太斷必生優柔之蔽，太剛必生摧折之虞。國家凡遇政事，雖三事九卿不敢專擅而言成事[2]，可不謂政無旁落？第衡石傳餐[3]，非美政也。大臣不敢自擅，而一二小臣遂敢張膽吐舌以與大臣爭衡。利十而害一，則指陳其害以掩其利；因敗以爲成，則陰毁其成以幸敗。夫公卿議事，非凡所見事必不從。乃以魁壘耆碩之臣而闕其口於一二乳臭之子，則皇上之所爲獨攬而無旁落者，正旁落之漸也。國家凡遇建言，雖臺諫重臣不難嚴譴，可不謂議有指歸？第監謗禁言，非令圖也。重臣不難彈壓，而一二豪暴遂敢哆口偶語，以與天子爭權。一令出，而此以爲可，彼以爲否，互持長短；一事動，而甲以爲是，乙以爲非，妄分黑白。夫朝廷三尺森嚴，誰謂可矯命？乃以游俠亡命之徒而暗奸天憲於其嗫嚅頤頞間[4]，則皇上之所爲弭議而有指歸者，正無指歸之漸也。

然則欲攬政柄而息議論，在乎上無務有操之名而有操之實，下無務爲壅之名而收不壅之用。衆所獨是則從獨，非從獨也；衆所共是則從衆，非從衆也。有時乎雷厲風行不爲驟，有時乎納污藏垢不爲迂。期於小臣不敢與大臣爭衡，小民不敢與天子抗令，而國是定矣。此三代有道之長也。

【校注】

〔1〕衢室揔章：相傳堯徵詢民意的處所。《周禮·考工記》載："神農曰天府，黄帝曰合宫，堯曰衢室，舜曰揔章，夏曰世室，殷曰陽館，周曰明堂，在國之陽。"

〔2〕三事：三公。

〔3〕衡石傳餐：形容君主勤於國政。典出宋代李綱《建炎進退志·總敘下之上》："近君子而遠小人，雖不親細務，大功可成；不然，雖衡石程書，衛士傳餐，亦無益也。"衡石，古代稱重量的器物，此指用衡石來計算文書重量。

〔4〕天憲：朝廷法令。

第三問

謂諸子百家之説盡非乎？曰：非也。諸子百家者非諸子百家之言而道之言也，道不必盡非也。謂關閩濂洛之説盡是乎[1]？曰：非也。關閩濂洛者非關閩濂洛之言而道之言也，道不必盡是也。道不必盡非，即稗官小説，吾猶以爲妙道之談，而况於言理之家。辟之梨楂橘柚，不同味而皆可於口。道不必盡是，即言出聖神，吾猶以爲偏至之鋒，而况於傳述傅會之語。辟之塵飯土羹[2]，可以爲戲而不可以飽。如是而始可與談性學矣。

今學士大夫無不侈口而談性學，而尸祝宋儒不啻鼻祖，甚且疑孔尼父而不敢置喙宋儒片語；視他百家不啻奴隸而兼制之，不以出諸齒頰也。故議宋儒者，過也；謂不敢議而遂不議者，尤過之過也。

夫性以心爲含藏[3]，心以性爲覺體。不變隨境，名之爲性；隨境不變，名之爲心。非性無心，非心無性。性者，不一而常一；心者，常一而不一。而何論性者多岐岐也[4]？諸子自荀、楊、韓而外，固不謂合軌於道，亦不必悉畔於道。謂性乃神氣會者，則精神謂聖之旨也[5]；謂性以教成以治内，則率性明誠之旨也；謂不性其情何以行正，則攝情歸性盡性之旨也；復性而咎情，辨性而咎愛，則約性攝情養性之旨也。如使必出於關閩濂洛然後可，則性本無形，何以曰形體爲性？性本無離，亦復無合，何以曰合虚與氣？且以何爲虚以何爲氣而合之也？性本無一，亦復無二，何以曰天地氣質[6]？而兩之戾於相近之説也。性本無動無静，何以曰動而善惡分？性本無言無不言，何以曰言性即非性也？是漢以來之儒未必非，而宋之儒未必是也。

且其言曰，子輿氏而後道無傳焉，而後有周子。夫漢以下無道，豈其皆去，而君臣棄，而父子若戴角披毛者乎[7]？何誕也！乃今之學又異矣！一切非薄儒者[8]，而醉心竺乾之書，以通圓因緣爲上，則又宋儒之罪人也。

願今之學者不必爲宋儒，而亦不必爲宋儒所罪，則剖晰貴精，踐履貴實。謹奉此兩語爲後世學聖之儀的云[9]。

【校注】

〔1〕關閩濂洛：宋代儒家理學的四大派别，即關中張載，閩中朱熹，濂溪周敦頤，洛陽程顥、程頤。

〔2〕塵飯土羹：一作“塵飯塗羹”，指兒童游戲。比喻没有用處的東西或以假當真。典出《韓非子·外儲説左上》：“夫嬰兒相與戲也，以塵爲飯，以塗爲羹，以木爲胾，然至日晚必歸餉者，塵飯塗羹，可以戲而不可食也。”

〔3〕含藏：藴藏，内藴。

〔4〕岐岐：語自《詩·大雅·生民》，形容聰穎早慧。

〔5〕精神謂聖：語出《孔叢子》："心之精神是謂聖。"

〔6〕天地氣質：張載認爲，人性有兩層，一是天地之性，一是氣質之性。天地之性即稟太虚之氣而成，太虚之氣的本性也就是人和物的共同本性，是先天的本性。

〔7〕戴角披毛：指披著毛，長著角，指牲畜。出自於宋釋道元《景德傳燈録》："學人不負師機，還免披毛戴角也無。"

〔8〕非薄：非難鄙薄。

〔9〕儀的：目標，目的。

第四問

國家用人，猶工者用木，合抱與欂櫨相持〔1〕，豫章與杞梓兼採，然後可以幹明堂而奏《斯干》之雅〔2〕。故材不必論淹速，期於當機；成不必論早暮，期於底績〔3〕。如使掄材者而拘淹速，則泛駕之才以持重見絀，却顧之士以欲速敗功〔4〕，淹與速兩無當也；如使考成者而計早暮，則耆艾之謀爲喜事致疑，摶割之用爲迂闊見棄，早與暮兩無當也。

試以往事論之，夙惠者，稚齒化芭〔5〕，弱冠棄繻〔6〕，博學美號無雙，獻賦咸稱國器；晚成者，坶野克咸〔7〕，金城奏績，遲暮取封侯之印，崦嵫著夾日之功〔8〕。然不得以子奇、終生之早〔9〕，掩充國、柬之之暮也〔10〕。才小者，鉛刀一割之用，駑馬十駕之行，即累日不離於常局；才大者，霜蹄足以逐風電，游刃足以剸犀革，即片時不害爲元輔。然不得以黄髮老成之言廢飯牛版築之速也〔11〕。是左雄、劉邵諸人之議，固可兼聽并觀，以爲程量人群之術矣。

至於今而在朝縉紳轉相彈射，互有低昂，不爭國是而爭體面，不籌國計而籌私囊，不任事而任官，不讓官而讓事，不畏君而畏敵，不畏民而畏上官。其大臣有重臣權臣之嫌，而不敢獨斷；其小臣有喜事喜言之風，而肆爲亂言。其君子與君子有南北之部，其君子與小人有甲乙之黨。始猶私却相訐，久則平生之知己交章列之矣；始猶吠聞上言，久則人倫之師表不難點之矣。新進詆前輩爲巽懦〔12〕，前輩詆新進爲躁妄。幾若熏蕕〔13〕，以意信絀〔14〕。究且國政紛紜〔15〕，而何益成敗之數哉！

是在二三君子和衷協力，以共襄聖天子休明一德之治〔16〕。大臣與小臣互爲和适，君子與小人互爲調停，將臣與相臣不相冰炭，内臣與外臣不相凌援。惟才之使，淹可，速亦可，速而淹、淹而速亦可；惟事之成，早可，暮可，早而兼以暮，暮而兼以早亦可。何憂乎賢才之不爲世用，而國家不收賢才之用哉！慎毋曰天下乏才也，天下固自不乏才也。

【校注】

〔1〕欂櫨：柱上承托棟梁的方形短木，即斗拱。此指短小之木。

〔2〕《斯干》：《詩・小雅》篇名，爲祝賀西周奴隸主貴族宫室落成的歌辭。《毛詩序》説："《斯干》，宣王考室也。"鄭箋説："考，成也。……宣王於是築宫室群寢，既成而釁之，歌《斯干》之詩以落之，此之謂之成室。"

〔3〕底績：謂獲得成功，取得成績。

〔4〕却顧：猶言反復考慮。

〔5〕稚齒：指年幼，未成年。化芭，疑爲"化阿"之誤。參"子奇、終生"條注。

〔6〕弱冠棄繻：《漢書・終軍傳》："初，軍從濟南當詣博士，步入關，關吏予軍繻。軍問：'以此何爲？'吏曰：'爲復傳，還當以合符。'軍曰：'大丈夫西游，終不復傳還。'棄繻而去。"後因用爲年少立大志之典。

〔7〕坶野：古地名。即牧野。唐李石《續博物志》卷八："牧野，《竹書》作坶野。有比干墓。前有石銘。"克咸：能感，皆善。

〔8〕崦嵫：山名，在今甘肅省天山縣西，古指太陽落下的地方。太陽迫近崦嵫山，比喻人已到暮年。

〔9〕子奇、終生：子奇，相傳爲春秋時齊國人。《新序》曰："子奇年十八，齊君使之化阿。至阿，鑄其庫兵以爲耕器，出倉廩以賑貧窮，阿縣大化。"。終生，指漢代的終軍。

〔10〕充國、柬之：趙充國，西漢著名將領。張柬之，唐代名相。二人晚年皆有奇功。

〔11〕飯牛版築：版築，造土墻。《書·説命上》載：相傳商代賢者傅説築於傅巖，武丁用以爲相。飯牛，餵牛。《吕氏春秋·舉難》載：春秋時衛國賢者寧戚飯牛車下，扣牛角而歌，桓公異之，拜爲上卿。後以飯年版築爲賢臣出身微賤之典。

〔12〕巽懦：卑順，怯懦。

〔13〕熏蕕：香草和臭草。喻善惡、賢愚、好壞等。

〔14〕以意信絀：隨意褒貶，隨意取舍。

〔15〕究且：最終。

〔16〕休明一德：清明美好，同心同德。

第五問

語曰：治之其未亂也，安之其未危也。故國家之患，莫大乎上有危亡之事而下不以聞，即聞矣，而上不以爲危亡也。如是者危。國家之治，亦莫大乎上振法，下歸心，朝不亂聽，野無廢人，伏沴内消〔1〕，而暴氛外寢也。如是者安。以此相提而論我國家治亂之故，可借前箸而籌矣〔2〕。

今天下已泰已寧矣，乃執事獨桑憂杞慮〔3〕，以六事進諸生而揚榷之〔4〕。我諸士明發念亂久矣，請得陳崖略而數之。

紀綱者，人主所以摩鈍厲世之具〔5〕。今者民攫於伍，以令甲爲弁髦〔6〕，視有司若兒戲。論議者，人主所畢群策而定一尊。今者每一事出，可否互持，是非莫决，鼠首兩端，而成敗一任之。事後任之者一而議之者百，其頓且繁久矣。我以爲主晝一之規，吾法無赦，吾政無撓，敢有矯命者，問我刑書，而綱紀肅矣；疑事無功，疑行無成，吾以政事爲議論，不以議論爲政事，議者不當則罪議者，任者當則賞任者，而議論息矣。

宇宙大矣，深山大澤，實生龍蛇，巖穴豈無才謂？然而僅廑側席，未講弓旌[7]，即有千里之士，且以跅弛而退矣[8]，是必無限途次而扞。文網毋求太寬而用太嚴，毋以一不效而即擯逐，毋愛賞爵，毋私愛憎，而真才得矣。

戰者，國之司命。遼左隴右，苟非我建前茅而集戈鋋，何以捷書飛報、露布宣聞[9]？乃薊永宣大重與虜絶[10]，而不敢言戰，恃互市有年。彼未嘗生戎心，我且以待驕子。然恐一旦起疆，庚戌可鑒[11]。其當陽款，陰爲戰，且以待彼不虞。然而擺酋近且稱兵内挾[12]，則款亦無可恃。款無恃，而吾何以制其死命，令彼不敢南嚮而牧馬？即來，何以使之隻輪匹馬無返也？其當借款而議戰，可款則款，可戰則戰，勝常在我。倭奴分十二師以與我中國爭朝鮮，我遣重臣宿將以禦之藩籬外。其勢不可輕敵，一不勝，而中國褻威重甚矣。彼萬一直指天津，則神京可虞，當以重保朝鮮，而毋久困朝鮮。日謹海防，而又分兵各謹，海防勝亦或常在我。

人心甚不可攖[13]。囊者，士習裒博，民安田畝，誰敢言亂？今而在在喜多事矣。深在士，則言草昧海島；淺在民，則言潢池、萑苻[14]。是在一士習，使化其厲亢；一民心，使寬於奔命，乃可已也。雖然此猶肢體之病，至於腹心，則在皇上誠能恭修明德，克謹天戒，時時以安攘之策進二三老臣，以圖未危未亂，將元氣與神氣并固，而危亡之萌息矣。不然者，則下士不敢深言也。

【校注】

〔1〕伏沴：潛伏的惡氣。

〔2〕借前箸而籌：借你前面的筷子來指畫當前的形勢。後比喻從旁爲人出主意，計劃事情。典出《史記·留侯世家》："臣請借前箸，爲大王籌之。"

〔3〕桑憂杞慮：比喻不必要的或缺乏根據的憂慮和擔心。桑憂，用《詩·大雅·桑柔》典。杞慮，用《列子·天瑞》"杞人憂天"典。

〔4〕六事：謂貌、言、視、聽、思心、王極。古人以爲此六者有失，必致

六氣相傷，發生災害。

〔5〕摩鈍厲世：鈍，魯鈍；厲，勸勉。指磨礪世人，使笨拙的人奮發有爲。《漢書·梅福傳》："故爵禄束帛者，天下之砥石。高祖所以厲世摩鈍也。"

〔6〕弁髦：弁，黑色布帽；髦，童子眉際垂髮。古代男子行冠禮，先加緇布冠，次加皮弁，後加爵弁，三加後，即棄緇布冠不用，并剃去垂髦，理髮爲髻。因以"弁髦"喻棄置無用之物，引申爲鄙視。

〔7〕弓旌：古代徵聘的禮物，以弓招士，以旌招大夫。

〔8〕跅弛：放蕩不檢點。

〔9〕露布：古代軍隊的捷報。

〔10〕薊永宣大：似指明朝的四軍鎮，即薊州、永平、宣府、大同。

〔11〕庚戌：指明嘉靖二十九年（1550）。這年，蒙古默特土俺答汗瀕臨北京城下，明廷震恐，堂堂京師幾於淪陷，君臣幾至棄都南逃，最後以蒙軍突然北撤而結束。因當年是庚戌年，史稱"庚戌之變"。

〔12〕擺酋：明朝回族酋長。

〔13〕攖：擾亂。

〔14〕潢池、萑苻：指農民起義或盜賊、草寇。潢池，積水塘。指"潢池弄兵"，典出《漢書·龔遂傳》。萑苻，澤名。指"萑苻之盜"，典出《左傳》昭公二十年。

第一問辛丑會試

蓋嘗讀乾元之義[1]，而知君德也。夫初，潛也，惟躍惟見惟飛而潛之用始大，惟無亢而潛之用始神。語有之，"亢則害，承乃制[2]"，殆有合於乾體。惟乾剛而坤順以承之，用九之道也，所以用潛而爲先天者也。

以是語君德，亢，毋乃悔乎？蓋君不剛，則靡熱虧月，究且以人臣竊大君之柄；而君太剛，則管急弦煩，究且以大君侵人臣之事，而乾體失矣。《書》云："惟辟作威，惟辟作福[3]。"《詩》曰："勉勉我王，綱紀四方。”剛之德也。而堯何以四牧？周何以六官？則又剛而不折者也。至如法家言，警察不情，善用之則牽群策，不善用之則舍道而行督責之術者。

三代往矣，漢之綜核，東漢之不任三公，宋之獨屏左右，頗得用剛之意。而獨怪唐德宗兢兢苛下，至一陸宣公而幾不免焉[4]。用九謂何？我高皇帝得天統矣，一著戎衣而驅胡大漠，毋俾易種於兹邑。大芟艾之，勢不得不剛。赳赳之雄斷，罷中書省而任六卿，勢不得不自創。至令後世子孫毋用我法太峻，則用九之極也。

我皇上遠法高皇而執斗魁，群臣有片言不當，即麗之法[5]。四夷惟其指撝[6]，無不讋服[7]。然生願皇上以潛爲見而毋自見，以坤爲乾而毋自乾也。牽其權於大臣而仍借其權於内豎，張其權於寇敵而稍抑其權於財府。豈公卿碩輔悉恇懦，無所事事，而中外諸臣不皆靖共爾位者乎[8]？一國三公，吾誰适從？輿尸或懼不及[9]；千金之裘，非一狐腋，獨斷或懼不周。君有二柄，當合而操之於一；朝有庶臣，當分而責之於衆。何者？始以輕大臣而自裁之，裁之且自厭，而權且旁落於不可知之人，則欲鄭重而反尋常。始以疑言臣而自度之，度之且自玩，而權且别寄於不可知之地，則以猜疑而成廢格。

惟是超然遠覽，曠然蕩平，置心而推，和顔而受。朝至朝下，夕至夕下。大言則大利，小言則小利。以衆耳目爲一耳目，以衆肺腸爲一肺腸。水下流而潤澤，君下臣而聰明。總攬以兼委任，委任以成總攬。用九莫大於是。不然，君，天道也，不法其於穆不已[9]。時行而物生之天，而法其晦濁珥珮之天，即非所以善法天，非所以善法高皇者也。

故曰：天積衆精以自剛，君積衆賢以成聖。

【校注】

〔1〕乾元：《易·乾》：“大哉乾元，萬物資始，乃統天。”孔穎達疏：“乾是卦名，元是乾德之首。”朱熹本義：“乾元，天德之大始。”後以“乾元”形容天子之大德。

〔2〕亢則害，承乃制：語出《黄帝内經·素問·六微旨大論》。張介賓注曰："亢者，盛之極也。制者，因其極而抑之也。蓋陰陽五行之道，亢極則乖，而强弱相殘矣。故凡有偏盛則必有偏衰，使强無所制，則强者愈强、弱者愈弱，而乖亂日甚。所以亢而過甚，則害乎所勝，而承其下者，必從而制之。"

〔3〕惟辟作威，惟辟作福：只有君王纔能獨攬威權，擅行賞罰。辟，指君主。

〔4〕陸宣公：唐陸贄，爲唐德宗内相，卒謚宣。

〔5〕麗法：施行法律。

〔6〕指撝：指揮。

〔7〕讋服：畏懼服從。

〔8〕靖共爾位：語出《荀子》："《詩》曰：'嗟而君子，無恒安息，靖共爾位，好是正直。神之聽之，介而景福。'"

〔9〕輿尸：以車運尸。《易·師》："師或輿尸，大無功也。"

〔9〕於穆：對美好的贊嘆。語出《詩·周頌·維天之命》："維天之命，於穆不已。"

第二問

人臣之事君也，猶耳目手足之各相爲用也，而後可以效官止之神；猶日月水火之各相爲功也，而後可以效乾坤之德。故古之罪典衣而兼罪典冠者[1]，以其不職也；古之賞聽言而兼賞能言者，以其不居也。吾緯自恤[2]，彼庖奚代孔子守道不如守官之旨也？古有守官者，大將軍不能得漢天子璽於一曹郎，他可知已。古有不侵官者，左丞相户牖侯不對錢穀問[3]，他又可知已。何者？天下事以一人治之則治，以兩人共治之則不治。是一棲兩雄之説也[4]。自爲謀，自爲任，則治；人爲謀，我爲任，則不治；我爲謀，人爲任，則亦不治。是連雞俱飛之説也[5]。故禹不兼廷堅於明刑，益不兼伯夷於典禮。政事不必爲文學之科，臨淮不必效汾陽之法，即帝王所以釐工績事，亦率由此。

乃今則有不然者，一人而兼數事矣。夫人即敏捷，安得左畫方而右畫圓？數事兼焉，而不能收數事之用也，甚且不能用一事也。一官而擬數人矣，夫人即多才，亦安能左爲袒而右爲袒？數人擬焉，而未獲收數人之用也，甚且不能用一人也。官與守既不相蒙，則侵與曠必轉相病。吾之位在此而假之彼，衆人之事在衆人而侵之一人。假則局之外爲侵也，侵則事有所利，而吾且掣其肘，事有所害，而吾又且脱其綱。吾在外之内，而及其廢弛也，則外代之受病，而人之官且不守，是以侵而成曠。假則局之内爲曠也，曠則事有專責，而吾且曰身兼數器〔6〕；事有旁午，而吾且曰王事埤益〔7〕。吾在内之外，而及其廢弛也，則内代之受病，而己之官亦且不守，是以曠而成侵。况人之才品猷念有修長，有方圓，有静躁，有遲速，有宜，有不宜，安所得聖神之士，而一一假之，克有濟乎？

予以爲位不可假也，而權猶不可假也。位者，天地之分位不可移，山澤之定位不可移。此不可以爲彼，彼不可以爲此。使位而可假，則小臣可以行大臣之事，外臣可以預内臣之謀；弓矢與詩書較，讞獄與錢穀計也〔8〕。而權者，輕重至而衡在，多寡至而量在。兩賤不能以相治，兩貴不能以相使。惟權而假之〔9〕，則大臣有規議，小臣垂拱而受成焉；内臣有條畫，外臣俯首而聽命焉。將與相自爲調，宫與府自爲諡也。如是則有官守，無侵官；無侵官，則無曠官；無曠官，則又不省官。吴兢、畢仲游之説，亦微可行矣。

【校注】

〔1〕罪典衣：典出《韓非子·二柄》："昔者韓昭侯醉而寢，典冠者見君寒也，故加衣於君之上。覺寢而説，問左右曰：'誰加衣者？'左右對曰：'典冠。'君因兼罪典衣與典冠。其罪典衣，以爲失其事也；其罪典冠，以爲失其職也。"

〔2〕吾緯自恤：典出《左傳》昭公二十四年："嫠不恤其緯，而憂宗周之隕，爲將及焉。"寡婦不怕織得少，而怕亡國之禍。舊時比喻憂國忘家。

〔3〕左丞相户牖侯：指西漢的陳平。西漢陽武户牖鄉人，曾被劉邦封爲户牖侯，劉邦死後又被吕后封爲左右丞相。

〔4〕一棲兩雄：典出《韓非子·揚權》："毋弛而弓，一棲兩雄。一棲兩雄，其鬥嚬嚬。"比喻兩雄對峙，勢不并存。

〔5〕連雞：縛在一起的雞。喻群雄相互牽掣，不能一致行動。

〔6〕數器：衡量輕重長短的器具。

〔7〕埤益：厚益。語出《詩·邶風·北門》："王事适我，政事一埤益我。"毛傳："埤，厚也。"孔穎達疏："若有賦稅之事，則減彼一而厚益我，使己困於資材。"

〔8〕讞獄：審理訴訟，審問案情。

〔9〕惟權而假之，此處疑似有脱文或錯訛。否則，其説法與前面"權猶不可假也"相左。

第三問

古今之論諫者數也，無出直與諷兩途，而孔子意常在諷，則諫君信莫如諷。

卜子夏曰〔1〕："主文而譎諫〔2〕，言之者無罪，而聞之者足以戒。"則諷之説也。夫人有不得于天，則號呼之，敢曰："爾爲勃厲〔3〕，是區區者，而不予畀也。"而因以有詛。人有不得於父母，則隱動之，敢曰："其或不悛焉〔4〕，而羊可證也。"而因有以怨。人君其尊天也，其親父母也，奈何以翹直暴吾君之過於國人若鼓而桴之？是人臣之過也。使其君視其臣有遠心焉，而直寄焉以賈譽，且以爲獵華膴階也。是亦人臣之過也。夫朝上一疏，夕上一疏，萬言盈牘，人主即目十行下，且不及也。誰爲當可而言者？嘉猷一告〔5〕，退而後言矣。誰爲對客不言主上之非者？皂囊白簡〔6〕，唯恐其不傳于後世也。誰爲避人焚諫草者？望清光而屏人，即痛切言之，安能必其終善遇也？和顔色而披衷，即逆耳進之，安能必其中懷之盡而從之也？幸東都而血可殷輪者有之，孰知夫請修葺之爲止法也？救遷謫而且以爲罰諫臣者有之，孰知夫但以親老爲辭而令人主以爲我愛也？於乎，是皆得諷之道者也！

夫人臣非愛君，肯以身爲嘗，願從殷太師之後[7]？豈不得已者乎！即辭有過激，實無他腸，第言之而期於君之志道，則踟躕焉，徘徊焉，積信積誠焉，直以爲天王明聖，偶此片雲點清虛耳。如是則東方之詼諧、狄梁公之六博皆可爲也。故曰：欲道行於君者，其詞婉。不然，一鳴斥去，雖駢首無益也[8]。夫人主非甚暗，彼其聰明神智必有天光發竅之時，即其所行稍或不秉軌物[9]，亦必有惕然内愧之念。炎炎隆隆，迨馬倦車休，而忽然若有所失也。我惟潛以誘之，隱以諭之。不信則告圭，不投則納牖。貨可好，色可好，勇可好，而不必爲魏之懷鷂、程之折柳也[10]。主必悟矣。故曰：道明主者，其道宜諷。不然，以激而成疑，雖碎階不入也。夫伊尹豈不出一語規湯孫？而置之桐，以俟自艾。周公又豈不能爲詩遺王於東居之前？而以俟自悟也。豈非以誠感者耶？人臣爲諫正直，在本乎忠誠；而人君聽諫弼拂，在知其真懇。如徒曰："吾左執鬼中[11]，右執殤宫。予既已聞之矣，寧知其他？"毋論直，即諷亦安所用之？

【校注】

〔1〕卜子夏：春秋時晉國人，孔子弟子。後面所引文字出自《詩大序》，《詩大序》舊傳爲子夏所作。

〔2〕主文而譎諫：指婉言規勸，通過詩歌的形式，用比喻的手法進行諷諫。

〔3〕勃厲：因天時不和而引起的疾疫。勃，通"悖"。

〔4〕不悛：不悔改。

〔5〕嘉猷：治國的好規劃。

〔6〕皂囊：黑綢口袋。漢制，群臣上章奏，如事涉秘密，則以皂囊封之。白簡：古時指彈劾官員的奏章。

〔7〕殷太師：比干。因直諫被剖心致死。

〔8〕駢首：駢首就戮的省略，指一并被殺。

〔9〕軌物：規範，準則。

〔10〕爲魏之懷鷂：用“唐太宗懷鷂”典。魏，魏徵。

〔11〕鬼中：猶録鬼簿。《國語·楚語上》：“靈王虐，白公子張驟諫。王患之，謂史老曰：‘吾欲已子張之諫，若何？’對曰：‘用之實難，已之易矣。若諫，君則曰：“余左執鬼中，右執殤宫，凡百箴諫，吾盡聞之矣，寧聞他言？”’”韋昭注：“執，謂把其録籍，制服其身，知其居處，若今世云能使殤也。”

第四問

臣道無先和衷矣，然和亦難言也。列星順軌，二曜遞照，四時以和；水火相憎，鱅在其間，五味以和；八風五色，相宣相叶，律吕以和。和者不主同，亦不主異，惟協於一，惟體於公，從平康正直之道而出，從喜怒哀樂未發之中而來。舍是無以定國是而平人心。是和與不和，治亂升降之大會也。

唐虞三代不論矣，同心一德，後亦不乏人。精察長厚之丙魏參焉而治[1]，善謀善斷之房杜參焉而治[2]，尚通尚法之張宋參焉而治[3]。梁公不知師德之薦己[4]，萊公不知旦之薦己[5]，以不知知焉而治。若相戾而實相成。耕者日以進，織者日以却[6]，其功一也。乃以紹興之兩君子稍悖焉，而幾於不治。夫以小人繼小人而不治，如南宋，此不足怪。獨如東漢，以君子繼君子而亂，何也？彼其時欲博奮矜焦赫之名[7]，甘陵南北部爲俑[8]，三君八顧爲標黄玄之血[9]。一戰而履霜之冰逾堅，擊之而不勝，已僇其身[10]，擊之而勝，而漢祚移矣，則以不和故也。又如元佑紹聖以君子攻小人，遞爲攻，遞爲政，而亦亂，何也？彼介甫新法之行，亦不過欲效管氏《海王》鹽策耳。而諸君子排之甚力，彼持之益堅，而惠卿輩進矣。天下事非一家私議，而伯子有言：“新法之行，吾儕與有過焉。”卒之蜀洛之黨興而蔡董輩又出矣。攻之而勝，已摧其氣，攻之而不勝，而宋祚遷矣，則亦以不和故也。

和者，不隨不憒，無偏無陂[11]。君子與君子，不必自爲門户，亦不必各爲藩籬；君子與小人，不必爲調停，亦不必太爲分别。有獨爲君子之恥，毋亢爲君子之悔，則可以使君子用君子，使小人自知爲小人，亦使小人亦自恥爲小人，則可使小人用於君子。此將可與於天地之交泰，夫豈其爲上下之和同？

雖然，今之所謂君子小人又異矣。不辨其僞君子，亦不復辨其爲真小人。廟堂則坐鎮與模棱同德，諫諍則谷子雲與劉子政之疏同忠[12]，令長則安全與僞增同治，邊防則逗遛與陷陣同賞。此亦一是非，彼亦一是非。雖無南北蜀洛之風，而亦無丙魏房杜之治，政以患其同耳。和衷之大臣，其尚以協恭爲臣鵠哉[13]！恭則不同，不同則和，而天下治矣。

【校注】

〔1〕丙魏：丙吉、魏相的并稱。兩人均爲漢宣帝時丞相，以知大體、爲政寬平名重當時。參：相互學習，取長補短。

〔2〕房杜：唐名相房玄齡、杜如晦的并稱。

〔3〕張宋：據《通鑒紀事本末》卷三十一："上即位以來，所用之相，姚崇尚通，宋璟尚法，張嘉貞尚吏，張説尚文，李元紘、杜暹尚儉，韓休、張九齡尚直，各其長也。"可知"宋"爲宋璟，而"張"疑爲"姚"之譌。

〔4〕梁公：狄仁傑。宋人王讜《唐語林》記載："狄梁公與婁師德同爲相。狄公排斥師德非一日。則天問狄公曰：'朕大用卿，卿知所以乎？'對曰：'臣以文章直道進身，非碌碌因人成事。'則天久之曰：'朕比不知卿，卿之遭遇，實師德之力。'因命左右取筐篋，得十許通薦表，以賜梁公。梁公閲之，恐懼引咎，則天不責。出於外，曰：'吾不意爲婁公所涵，而婁公未嘗有矜色。'"

〔5〕萊公：寇準。元代吴亮《忍經》記載：寇準數短（王）旦，旦專稱準。帝謂旦曰："卿雖稱其美，彼專談卿惡。"旦曰："理固當然。臣在相位久，政事闕失必多。準對陛下無所隱，益見其忠直。此臣所以重準也。"帝以是愈賢旦。中書有事送密院，違詔格，準在密院，以事上聞，旦被責，第拜謝，堂吏

皆見罰。不逾月，密院有事送中書，亦違詔格，堂吏欣然呈旦，旦令送還密院。準大慚，見旦曰："同年，甚得許大度量？"旦不答。寇準罷樞密使，托人私求爲使相，旦驚曰："將相之任，豈可求耶！吾不受私請。"準深憾之。已而除準武勝軍節度使、同中書門下平章事。準入見，謝曰："非陛下知臣安能至此？"帝具道旦所以薦者。準愧嘆，以爲不可及。

〔6〕耕者日以進，織者日以却，此處引用錯誤，《淮南子·繆稱》："夫織者日以進，耕者日以却，事相反，成功一也。"高誘注："耕者却行。"此當係誤引。

〔7〕奮矜焦赫：驕傲自大。

〔8〕甘陵：《後漢書·黨錮傳序》："初，桓帝爲蠡吾侯，受學於甘陵周福。及即帝位，擢福爲尚書。時同郡河南尹房植有名當朝，鄉人爲之謡曰：'天下規矩房伯武，因師獲印周仲進。'二家賓客，互相譏揣，遂各樹朋徒，漸成尤隙。由是甘陵有南北部，黨人之議，自此始矣。"

〔9〕三君八顧：東漢時期，太學生把敢於同宦官進行鬥爭的清流人物，冠以"三君""八俊""八顧""八及""八厨"等稱號，表示對宦官集團的不滿和蔑視，其中以"三君"竇武、劉淑、陳蕃爲領軍人物。

〔10〕僇：侮辱。

〔11〕無偏無陂：不偏向，不邪曲。

〔12〕谷子雲與劉子政：漢代的谷永和劉向。

〔13〕臣鵠：臣子追求的目標。

第五問

國與天地必有與立，當其盛也，以其重重之而臻大理；及其衰也，以其重重之而不可反。而又無聖人繼焉以制其變，則不可爲也。備以弭患，而患復生患，備化爲患。救以維敝，而敝復生敝，救化爲敝。

周之分於列國也，則大封支庶之遺也；漢之危於外戚也，則分王諸吕之遺也；東漢之激於黨錮也，則崇節義之遺也；唐之衰於藩鎮也，則宿兵外地之遺也；宋之弱於夷狄也，則釋兵權之遺也。治亂相尋，而可坐而議矣。

我國家法制度越千古，内外大小相維繫，重輕大小相縮結，迄今二百餘年，而天下晏如。即有漢濠，不敢問鼎徹侯[1]，食税衣租而已[2]，不敢預國政。殉節之士不乏，何敢植朋相煽？大將統百萬兵，可尺紙而下寢室。即南有倭，北有虜，中有屬夷，皆不踰踵而定，鞭箠可使，兼周、漢、唐、宋四代之制而得其强，無四季之弱，都哉！可謂無前之烈矣。第國家詳於治官而略於求治，亦有可揚搉者[3]。

自朝廷以及天下，安若覆盂，而求治之途多爲法縛。是以其臣固不必如秦如楚如莽如巢，其夷狄不必如金如女直[4]，而公卿亦不必如周如召，其循良不必如黄如龔，其將帥不必如李如郭如岳如韓。何者？爲法所束，即有聖神之智，不得一逞，即有奇異之才，不得以畢事責效。則我國家之所以與天地立者，此亦在後之聖子神孫制而變之之時也。而今乃有大可異者矣。人不談經濟而談佛老，則周之季也；不談詩書而談讖緯，則漢之季也；不談禮樂而談干戈，則唐之季也；不談漢官儀而談夜郎、尉陀、虬髯之事，則宋之季也。人之心忽忽焉而思離也，人之口嘖焉而思亂也。辟之良醫之視人，其人色澤如故也，飲食如故也，步履如故也，察其脉理，已有腹心之病焉。今日人心之謂也。毋亦皇上用法太明，使其愀然失其性命之情；而求利太廣，使其莽然喪其樂生之心乎？夫群黎百姓，高皇帝之所櫛風沐雨而輯寧之者也[6]，而忍使其他念乎？

惟願流豈弟而大更始，以與百姓相休息乎無爲，而徐廣求治之途，以輔偏重之勢，以維四季之衰，直將過周曆焉，而漢以下勿論矣。

【校注】

〔1〕徹侯：古代的一種爵位名。秦、漢二十等爵的最高級，由商鞅變法時設。

〔2〕食税衣租：依靠百姓繳納的租税生活。

〔3〕揚搉：評述。

〔4〕女直：即女真。

〔5〕責效：求取成效，取得成效。

〔6〕輯寧：和平安寧。

問

古今治亂之機，不歸之人事，則歸之天道。兩者孰爲勝也？古未有問天者，自屈子始，彼以其牢騷不平之氣，直寄焉于若可解若不可解之辭，以泄其憤懣已耳。然維天之問，則所遭於人者可知，亦無可奈何矣。其後葛洪、柳宗元與韓愈、劉禹錫言天道者，其說皆甚異。是非得失，可指而言之耶！諸君子大略謂天無預乎人事，而術數家又悉舉人事歸之於天。然可謂天無預乎人，不可謂天不因乎人。歷觀往代，及於近時，天各因其人之所爲爲之，因治而治，因亂而亂，因人之所好而爲好。而天固不自爲治，不自爲亂，不自爲好也。其治亂好向〔1〕，可指而言之耶！今之所好向者，日靡焉，若江河之下也。語曰："東海之極〔2〕，水至而反，夏熱之下，化而爲寒。"此盖有大亂大治之機焉。反今之所好，而移天之柄，使天之所命爲顯名大秩者，在此不在彼，將操何道而可？若夫天人相感相勝之説，則既習聞之矣，諸生其勿贅言！己酉福建程式

天下之生久矣，一治一亂，一亂一治，如環無端。天爲之耶，亦人爲之耶？有定耶，無定耶？語有之，"使治亂存亡若高山之與深溪、白堊之與黑漆，則無所用智，雖愚猶可矣〔3〕"，"使興與亡皆有陰騭之數〔4〕，非人謀焉能亢，則但取聾瞽者而相之，立土木偶而尊之，被以章組〔5〕，列於廟廊，斯可矣"。不知洪荒以後，皆聖神事也。假令世無聖人，縣棧而度，捫蘿而走，至無人跡之境，但有草木披靡，蹄爪相錯，則天亦土石之類而已。吉祥善事少而六極之害多〔6〕，善人少而不善人

多，如水瀉地，政復縱横，略無方正，則天亦盎甕之寄而已。孔子曰：“盛德大業，日新富有，顯仁藏用，鼓萬物而不與聖人同憂。”夫不與聖人同憂，則天不憂聖人之憂，天不憂聖人之憂，而聖人所爲治者，天烏得而亂之？不肖人所爲亂者，天又烏得而治之哉？天不能爲人，而未始不因人之爲。人不能爲天，而亦未始不動天之爲。

吾以其小者言之，空中火可立取也，霧可合也，寒谷可春也，天街之暈可破也。吾以其大者言之，五石可補也，十日可射也，貫月之槎可乘而游也。吾以其粗者言之，晝夜可以矩表候也[7]，星月之行可以曆推得也，雷霆之聲可以鐘鼓寫也，風雨之來可以音律知也。吾以其精者言之，天地有高卑之體，而無乾坤之用，乾坤之用，由吾心之易簡而成也；水火有濕燥之體，而無坎離之用，坎離之用，由吾心之直闢而成也。氣運者，人心之所移也；世界者，人道之所造也。故曰禍福存亡皆在已，雖有天災地妖，不能殺之。

然古之言天道數數矣，而未有問天者，自屈正則始，名曰《天問》，以叩之呼之莫得，不敢問之於天，猶不敢問之於君云爾。其辭惝恍悠誕，奇怪無端崖[8]，不可訊詰[9]。讀之使人慨焉而嘆，茫然而若有失。遥大之物，自有不必其理之事；極忠之思，自有不得其平之鳴。又奚擬之，奚對之，而奚解之也？其後郭洪氏以爲天生人，猶水之有魚，然任其修短小大，而水不知。猶人身之有蟲，然任其淨穢苦樂，而人亦不自知。至於疾厄薄蝕之類，人與天皆不能避。夫漠漠然神鬼變化，疑有物乎其間。然有知莫人若，而了不曉身中事。于以徼天之我知[10]，愚矣。陽九大極，天且無可奈何，而乞天之我憐，逾愚矣。柳子厚與韓退之、劉夢得三人者言天，抑又異甚，曰：“物壞而蟲生，元氣陰陽壞而人生，蕃而息之，天必怒，日薄歲削，天必賞之。”是以天爲果蓏之實也[11]。若爾，則必其無人之類矣，而可乎？然以爲窾疏融液，盡抉天地之藏，使萬物不得其情者，非激論也。又曰：“天所能者，生殖；人所能者，法制。”舟旅之喻。若以亂爲天理，理爲人理，過德乎人，過怨乎天，亦大不情矣。然其言蒼蒼然者，一受其形於高大，而不能自還於卑小；一乘其氣於動用，而不能自休於俄頃。惡能逃乎數而藏乎勢耶？此其説精矣。

而方術家又以人事率歸之於天，其所推測亦各異意，或據斗精，或式太乙，或軌之易策，或倍之干支。遠者，或萬年，或數千年；近者，或數百年，數十年。天地一天地，災祥一災祥，治亂一治亂，安得憑其胸臆而短長之？況自身而上，至於荒芒，亦遠矣；自後而天地無窮，亦滔矣。奈何以一定之法而制無定之世也？有驗有不驗，曷足怪焉？

愚持中道於兩者，以爲天無預乎人，而能因人。何以明其然也？天地萬物，皆氣之爲也。煩氣爲蟲，精氣爲人。氣滋而有象，氣含而有知，氣觸而有合，氣積而有變，是其精氣上下，周圜複雜，已互相因應。而況其心之正可爲石，心之一可爲碧，心之憤可爲波濤，心之靈可爲列星，心之怨可爲霜，可爲不雨，心之怒可以回日貫虹，心之魂魄可以之于帝所者乎！精與精乃相通，神與神乃相浹。轉危爲安，易亡爲存。天亦不應憒，憒而不予畀。蓋天之道，亦以其人之所爲爲之，因治而治，因亂而亂。何以明其然也？有聖人焉，其道能爲治，其人與天之正氣偶，而天遺之極言之士[13]。極治之所至，罔不治，治匪自天。有不肖者焉，其道能爲亂，其人與天之戾氣偶，而天遺之善諛之士。極亂之所至，亦罔不亂，亂亦匪自天。

吾徵之近古，戰國取士以游説，漢以選舉，魏晉六朝以門閥，隋至今以射策決科，而高爵大禄多生其中。西漢好經術，東漢好節義，晉好清談，唐好詩賦，宋好議論，而名人魁士亦多生其中。皆以一時之好向，成天下之風俗而奪造化之權。吾又徵之近時三十年，士大夫重名實，務爲刻覈[14]，而尊名顯秩即以此得之，結而成名法之世。後陰陽浮沈，與世俱波，士大夫務爲洽比[15]，而尊名顯秩亦即以此得之，結而成苟簡之世。

今漸漸趨囂競矣，囂競生巧薄。囂競者，如烈火之炎，不時焚燒，可迴邇耶？巧者如幻師之術，寧有實耶？薄者如弱雲之在輕霄，飄風颺之，寧有物耶？幾欲結而成淩奪之世矣。東海之極，水至而反；夏熱之下，化而爲寒。物不可以復，益則必歸其初。歸其初，必還之於樸。還之於樸，不有大亂，必有大治。不善反之，則必爭，爭而不已，則必至於亂。亂是用長，雖欲不爲鄙野而不可得，此亂機也。幸而其局尚未定，其勢尚未高張。二三君子以夙德鎮之，以雅道持之，以正義彈壓之。使巧者知拙之爲工，薄者知厚之爲實，囂兢者恬焉淡焉而俟其自化，使天之所命爲尊名顯秩者，在此不在彼，而惟吾之所好好之，此治機也。

雖然，與其天下好向奪天之權，孰若人主自端好向，奪天與天下之權。如此則一念而可以爲天，一日而可以爲治。

【校注】

〔1〕好向：社會風尚。

〔2〕東海之極：此處所引文字出自《吕氏春秋·審分覽》。

〔3〕雖愚猶可矣：上段引文出自《吕氏春秋·察微》。

〔4〕陰騭：冥冥之中。此段引文出自唐代文學家權德輿的《兩漢辨亡論》。

〔5〕章組：官印以及佩帶。

〔6〕六極：謂六種極凶惡之事。《書·洪範》："六極，一曰凶、短、折，二曰疾，三曰憂，四曰貧，五曰惡，六曰弱。"孔穎達疏："六極，謂窮極惡事有六。"

〔7〕表候：以圭表測影。劉禹錫《天論中》："天形恒圓而色恒青，周回可以度得，晝夜可以表候，非數之存乎？"

〔8〕端崖：邊際。

〔9〕訊詰：訊問，詢問。

〔10〕于以：是以，因此。

〔11〕果蠃：植物名。即栝樓。《詩·豳風·東山》："果蠃之實，亦施於宇。"

〔12〕融液：猶言融爲一體。

〔13〕極言：謂直言規勸。

〔14〕刻覈：苛刻。

〔15〕洽比：融洽，親近。

問

夫道一而已，而學不必一。道一，雖千聖不得而異也；學不必一，雖千古不得而同也。《易》曰："天下一致而百慮，同歸而殊途。"惟百所以一，惟殊所以同也。夫所謂學者，爲其足以經世而已，不能經世，不名爲學。而世道移易，耦化應變，安能一一而同之？即百家之學，雖不足語於大理，然亦有不可磨滅之見，則獨至故也。豈惟百家，即聖賢，治天下與國不必同，其爲著述亦不必同。故古之經世諸君子，皆各自攄其所得，不相踵襲，各有成名。説者乃謂三代以下有豪傑而無聖賢。此不通於學術之論也。聖賢豈異人？任學焉而各得其性之所近已耳。古稱不學無術者二人焉，果無術耶，抑有術耶？古稱續聖人之經學者二人焉，果有學耶，抑無學耶？臨川、涑水皆一代之偉人，而一以憤，一以激。其於學術，孰爲有無耶？學不必專爲儒，而宋儒專爲學，其爲學有用耶，無用耶？本朝諸儒又視宋爲何等耶？諸生欲以豪傑而志聖賢之學，寧爲狂狷，毋爲鄉願。其各言其所自得！

語云，三代以下有豪傑而無聖賢。此不通於學術之論也。三代非無豪傑也，夫聖賢而皆豪傑也。三代以下非無聖賢也，夫豪傑之氣不除而聖賢之名不立也，學焉而各得其性之所近也。一其道，不一其學；不一其才，一其用，此之謂學術也。後世其道不明，而遂使漢唐宋諸經世之君子不得列於大賢之林，而别創爲儒者，舉孔子而私之，若東家有也。一何其自隘矣乎！不知聖賢而無豪傑之具，則其爲聖賢也必僞，願人之屬而已〔1〕；豪傑而無聖賢之裹，則其爲豪傑也必粗，奸人之雄而已。是故聖賢者中行也，而豪傑者狂與狷之士也。古之豪傑不必爲今之所爲，則今之豪傑亦不必爲古之所爲。狂之豪傑不必爲狷，則狷之豪傑亦不必爲狂。各信其是，各呈其胸懷而已。故曰："天下一致而百慮，同歸而殊途。"

吾以外家之學，言之墨子之兼也，申韓之刑名也，公孫子之同異也，老莊之虛無也，荀卿之法後王也，皆以其所自得者持之，不相踵襲。其傾而出之也，若家儲；其壅而放之也，若决河隄。其篤好若文王之嗜菖蒲葅，曾子之嗜羊棗[2]，齊王之嗜雞跖必數千而後已[3]。其成一家言，若造墨之必黑，若釀醯之必酸，若藝之有專門，經之有專師。雖皐陶之刑、賁育之勇、孫武之兵法，撼之而不變其所守，攻之愈力，傳之愈久。不善用之，有以惑世；而善用之，有以佐世。何者？則誠一之所必至焉故也。而況大聖大賢兼百家而有之，不化爲百家者乎？《孔叢子》曰："心之精神是謂聖。"此理綿密宇宙，穿穴今古，自不得强生分別，而要其有所旁通，有所獨契。其於學術，亦各以聖性得之。是故黄帝、堯、舜、禹開物成務[4]，治天下不必同；商周治天下，文質先後不必同；太公治齊，伯禽治魯，尚功尚親不必同[5]；伏羲始畫《易》，夏首艮，殷首坤，周首乾，孔子終之以夬，其意象亦不必同；玄王以得位師天下，箕子以失位師天子，孔子以無位師後世，其所談説不必同；諸弟子治六藝與問仁問政，其指授亦不必同。五臣分職，終身不徙，亦其天性學力使然。假令治五刑而畀以高山大川之任，釋播種而戛金擊石以爲韶，恐亦未必驅龍蛇於澤而致鳳鳥之儀也。何者？皇帝、王霸，異統也；正直、剛柔，異質也；山川風俗，民生其間，異宜也；禮樂兵刑煩簡，異制也；三光五嶽之精，昔厚而今薄，異氣也。西北東南，袤縮之異也[6]；戎狄，强弱之異也；兵農，分合之異也；士選，舉之異也；百官名號，綰轄之異也。古文籀篆，略而八分也[7]，書策稠濁[8]，殺青削簡，易而楮素也[9]。古之文數則，而今數十則也；古之賦力寬而用足，今賦力十倍而用不足也；古各郡國取士而未嘗無才也，今地輿之大，門户之多，而未嘗有才也；古之時雖百家二氏之學未盡有也，今之時雖三苗五胡之習未盡除也；古之王者與諸侯王，群臣得日見之也，今之王者若天若鬼神，而群臣不得歲見之也。天下之變，亦多岐矣，而咫尺繩之，方隅狹之，蔽於一曲，暗於大理，群犬投骨，共聲一嗥，衆盲相引，爲道在是。於乎，彼孰知夫不同之爲大同也哉！

愚所謂學術者，取其有用於世而已。有用於世，雖曰未學，吾謂之學也；無用於世，雖曰學，吾謂之未也。愚所謂有用於世者，不泥古學，不蹈前良，自然之性，一往奔詣。其識力欲卓而突，能超世；其才力欲大而沈鷙，能維世；其膽力欲堅忍而神，能持世；其骨力欲重而不軟媚，能振世；其氣宇閑而其肝腸熱，其心在眉睫而其舌在肺腑。志之所顓至[10]，雖捐其身萬世不能以一瞬，而甘之如飴。權之所便宜，雖污其名，天下人有所不知，而樂之如鐘鼓。若然者，自秦以後，代不數人，漢則張留侯、霍博陸、諸葛武侯，晉則王茂弘、謝安石，唐則房喬、姚元之、狄梁公、郭汾陽、李贊皇、業侯，宋則李文靖、王文正、韓稚圭、范希文、寇萊國、文潞國諸君子，亦多自道法刑名。

縱横家出，不專爲儒，其中稱不學無術者二人焉，曰光曰準。博陸進止有常，不失尺寸，小心翼翼，暗與道合，非武皇雄姿偉識，安能知之？家雙產子，輒能引殷祖甲、許釐公、楚大夫，及其文長倩、滕公[11]，而證先生爲兄，抑何其廣博多聞也！當昌邑時，夫豈不念及阿衡事[12]，固以放而復辟與廢而更主[13]，自非一例。突得延年一語，借而行之，若以爲不知有此者。况奏辭爾雅，朝典穆清，擢璽郎，立公孫病已，一屬之張、金、田、丙。真古大臣，斷斷無他技之風。然則天下之絶有學術者，博陸是也。萊國太剛，多與時賢忤，不使丁謂在人下，然丁亦非無才之小人也。張益州大有膽知，亦謂“澶淵之役，我不能爲”。當是時，與畢士安謀之，而借高大尉决之。車駕既入，擲骰子矣，酣飲矣，鼻息如雷矣，使人主陰釋其懼與疑之心。是何其暇而整也！及對虜使閉門縱奴子博二事，又何多長者之言與行也！人所千言而不得者，萊國一言而盡，其學可知。然則天下之絶有學術者，萊國是也。

其外，號能爲聖人之學者二人焉，曰楊子雲，曰王仲淹[14]。夫仲尼豈易爲者耶？雄擬之而通竊之。雄於漢室，心自附莽；而通於孔門，身自爲莽。雄作《太玄》，未始無據，何必仿《易》之體而艱其辭？門人見收，遽爾投閣[15]。若一出入，息頃值大利害[16]，又安适耶？謂揚雄氏不學無術可矣。通所著亦頗可採，餘阮逸所僞作，然必欲復井田、學校、封建、肉刑而後可爲理由。其道不足以治天下，不足治天下，即不謂之學。謂王通氏不學無術可矣。臨川、涑水，標格醞藉[17]，亦一代偉人也。一以學術壞天下事，一以學術激天下事，激亦卒至於壞。謂之有學術而無學術亦可矣。

然則宋諸儒若何？曰宋之儒者，明二帝三王之道，其説迂回而緩，不能救天下之亂，而能成天下之治。在宋固不用，用之無濟於宋之亡。在我明無所不用，兼用之，逾益其盛用。夏變夷，定功保大，綢繆其禮樂，繁縟其文章，以開太平之業，登三五而莫之與京[18]。然則本朝諸儒若何？曰宋有腐學而無僞學，明有新學而無實學。真儒大用，其王文成乎？庶幾所云豪傑而聖賢者與？次則泰州之嫡派乎[19]？他，愚不敢言之矣。

總之，古人以聖賢掩豪傑，後人以豪傑掩聖賢。宋儒學聖賢，不必聖賢之學；本朝用豪傑，不盡豪傑之用，大略如此矣。獨異乎今之爲學者，漆園氏之所謂盜儒，蘭陵氏之所謂賤儒也，行能不及乎中人，而兼乎聖人。辟之醫師，或湯熨，或針砭，或膏液，或治神，或治毫末，或治血脉肌膚，或治牛馬，獨精其所一道。而今饒爲之略，檢古方書諸目具者，至則投之已耳，不知時同而運變也，病同而候變也，不知《本草》《素問》作何語，而欲爲神農、黄帝之所爲也。其於殺人也不少矣。於乎，安得真狂之士而與之言學術乎哉！

【校注】

〔1〕願人：鄉願。

〔2〕羊棗：何綽《義門讀書記》釋云："羊棗非棗也，乃柿之小者。初生色黄，孰則黑，似羊矢。"據傳周文王嗜昌歜，春秋魯曾點嗜羊棗。後用以指

人所偏好之物。

〔3〕雞跖：雞足踵。

〔4〕開物成務：通曉萬物之理，得以辦好各種事情。語出《周易·繫辭上》："夫《易》開物成務，冒天下之道，如斯而已者也。"

〔5〕尚功尚親：馮夢龍《智囊全集》載："周公問太公何以治齊，曰：'尊賢而尚功。'周公曰：'後世必有篡弑之臣。'太公問周公何以治魯，曰：'尊賢而尚親。'太公曰：'後寢弱矣。'"

〔6〕袤縮：廣狹。

〔7〕八分：隸書的一種。

〔8〕稠濁：繁多雜亂。

〔9〕楮素：紙與白絹。借指文字。

〔10〕顓：同"專"。

〔11〕殷祖甲：與後面的許鳌公、楚大夫、文長倩、滕公，均曾生雙胞胎。

〔12〕阿衡：商代官名。師保之官。伊尹曾任此職。引申爲任國家輔弼之任，宰相之職。

〔13〕廢而更主：霍光曾與車騎將軍張安世、大司馬田延年秘密商議，最後廢掉了昌邑王劉賀。

〔14〕王仲淹：王通，字仲淹。隋文帝時人。家學淵源深厚，精通儒學，學問極好。

〔15〕投閣：《漢書·揚雄傳贊》記載，揚雄校書天禄閣時，劉棻曾向雄問古文奇字。後棻被王莽治罪，株連揚雄。當獄吏往捕時，雄恐不能自免，即從閣上跳下，幾乎摔死。後有詔勿問，但京師紛紛傳語："惟寂寞，自投閣。"後用爲文士不甘寂寞而遭禍殃之典。

〔16〕息頃：頃刻，一會兒。

〔17〕標格：風範，風度。

〔18〕三五：指三王五霸。莫之與京：大得没有什麽可與之相比。形容首屈一指，無與倫比，京，大，高。

〔19〕泰州之嫡派：泰州學派發揚了王守仁的心學思想，反對束縛人性，引

領了明朝後期的思想解放潮流。泰州學派的創始人是王根。主要傳人有王棟、徐越、李贄、趙貞吉、何心隱等。其中李贄、趙貞吉對雷思霈影響很大。

問

人臣所以持衆美而效之君者，獨此章奏已耳。章奏之不通，未有甚於此時者也；而君臣之相隔，亦未有甚於此時者也。明主可以忠言，可以理奪。我皇上聰明睿知，群臣莫及焉，蓋千載一君矣。理不能奪而忠言之，無益於聽，是調五味之和以獻之而未之嘗也。此其中蓋甚疑之矣。而所以致疑者安在？夫忠義之士鬱鬱而憤發其所爲，言天下之勢亦少激矣。而我皇上不爲之分別其邪正，而使之自决，則其爲害不少，宋臣蘇轍言之矣。抑皇上之所疑者，或以其言之多耶？相疑之心已非朝夕，即不以其言之多也，而言亦無少瀆乎！文章之道各有體裁，況於章奏所以承德意，白忠悃，扶善類，觸群邪者，其語隱而僻，其辭褻而不經，得無於體裁少有乖耶？以猜疑之心而中之以龐雜之説，無惑乎言路之愈不通也，則唐臣牛希濟言之矣。諸生懷勿欺之心者，其廣二子之論而極言之勿諱。

人臣之言之也，不可有翹然自喜之心；而人君之於其言之也，無樂乎一切厭薄之而置之不理。夫一切厭薄之而不復理者，非薄群臣也，薄天下也。薄群臣不過使其言之不行而已，然而有後世名群臣之言，理天下之言也。薄理天下之言，是薄天下也。而天下者，誰之天下耶？天下可厭薄耶？且國家之用諫官也，固欲其言之耶！

今一時而數十人，一人而數十疏，言之多，從古未有。是言之開，皇上之自爲開也。一時而數十人，即未必人人可聽，必有可聽者矣；一人而數十疏，即未必疏疏可行，必有可行者矣。一切厭薄之而以爲不足理，是言之塞，亦從古未有。皇上奈何倏自開之而故自閉之耶？雷霆風雨之變，霽則爲白日；霜雪之慘惻，進則爲陽和。若使終歲而陰曀晦冥如暗谷幽巖，不復仰窺高天也，亦何理於人世矣？我皇上端居深閟若齊威王之鳥〔1〕，何時飛鳴？群臣之無由覲末光而承清問者三十年。到今矣，近三十年，輔臣卿臣不知其幾去者留者，皇上皆不識爲何面孔，是君臣否鬲亦從古未有。所可獻納者，獨此數行之牘而已，又一一留中，不復省記。豈惟群臣爲然，卿臣之奏，百不得一也。豈惟卿臣，即輔臣之揭，亦十不得一也。然而中涓採榷之請〔2〕，百上而百得之也，十上而十得之也。不令天下有以探其微乎？此草野之士所疑而未得其解者也。

得毋以天下事有人焉未必治，無人亦未必亂，用其言未必得，不用其言亦未必失，自以聰明才智群臣莫若焉，而有奮矜之色與？夫其神靈威武所變化，群臣莫及，此具天下耳舌久矣。顧聰明不用，與愚暗同。聰明在於流覽，流覽在於決斷。安有閉其耳目，墮其肢體，熒惑其心志，而墨墨焉如此哉？貴天道者，貴其不已，不已而已，則亦塊然腐敗之具而已，而何以制萬命乎？得毋以人臣不可有權，少猜焉而輕之與？始也執政欲收臺省銓曹之柄而攬之，不得舉而歸之於上，不復收之，亦不復寄之，而臺省銓曹輕；久之亦不寄之執政，而執政亦輕。三臣者非輕臣也，不可使之有所擅，而可使之無所寄乎？誰言之而誰任之也？又得毋以天下本無事，亦毋庸有事，如曹相國代酇侯〔3〕，日飲醇酒；又如陽城爲諫議〔4〕，三年不言，與其弟及其客亦日飲醇酒而後快乎？此非可以清淨寧一，用盖公言爲之也〔5〕，乃進延齡，罪陸贄之時也〔6〕。使懿侯當此〔7〕，不啻臨七十餘戰，而道州率王仲舒上書猶晚也〔8〕。以此較彼，何得爾哉！又得毋以言者皆有所私，而昵比焉以相排擊〔9〕，卒難辯與？熊、羆、朱、虎自爲一類，驩兜、窮奇、饕餮、檮杌自爲一種〔10〕，孔子、顔回、子貢相與汲引，盜跖、東陵之徒相與得朋，如天地之分位，如河山之定形，如戎夏之異宇，皆不可易，其爲辯别，亦無甚難。何者？天下有客氣之君子，而絶無陰氣之君子；天下有使氣之小人，而絶無陽氣之小人；天下有用權力之君子，而無不顧名義之君子；天下有附名義之小人，而無不媚權力之小人；天下有任怨之君子，而無修怨之君子；天下有多事之小人，而無肩事之小人；天下有絶人之君子，而無傾人之君子；天下有譽人之小人，而無不詆人之小人。此其是非可立決之，而不可使之自決。使之自決，其害未有已也。宋臣蘇轍若爲今日言之也，曰士氣憤悶而不得發，一二豪傑不忍其鬱鬱之心，起而振之，而世之士大夫好勇而輕進，喜事而不攝者，皆樂從而群和之〔11〕。然天下猶有所不從，餘風故俗猶衆而未去，相與抗拒，而勝負之數未有所定。而上之人不從而遂决其壅，則天下之賢人又不勝其忿而自决之，發而不中，故大者傷，小者敗，横饋而不可收。辟之東漢，當時之君不爲分别天下之邪正以快其氣，而使之憤發自决，而天下遂以大亂。於乎！今之世不幸而無大君子以廓清之，尤幸而無大小人以鈎黨竊弄其間。不然，天下事未可知也，幾於宋之季矣。愚故曰人君之於其言之也，不可厭薄之而置之不理。

夫所謂人臣不可有翹然自喜之心者又何也？言之無大利，何敢不言？言之無大譴，何所不言？憂國者急於言，急則慎；嗽名者競於言，競則喜。人臣愈言，而人君愈厭，則無論遠久迂闊之事厭之，雖軍國之大，朝上而夕下者，亦無不厭之矣。人君愈厭，而人臣愈言，則無論所不敢言與其不能言者言之，雖借而言、不得已而言與其不必言者，亦無不言之矣。夫觸邪指佞，發奸摘伏，使公道詘而復信，清議蝕而復明者，言爲之也。然連章累牘，無忠誠惻怛之思；别逕分岐，無蕩平正直之道。於存議論之念多，而於動君父之念少；於樹奇節之見多，而於維國體之見少。使朝廷不以爲重，士大夫不以爲難，亂臣不以爲懼，天下聞之不以爲尊，則亦言爲之也。《書》曰："辭尚體要。"《詩》曰："好言自口，莠言自口。""無易由言〔12〕，無曰苟矣。"孔子曰："辭達而已。"孟子曰："言近而指遠。"太史公曰："談言微中，可以解紛。"蘇子曰："有意而言，意盡而言止者，天下之至言也。"隱僻之語，如射覆解閉，此不可施之朋友，而况君臣之間？蕪穢之語，如反脣長舌，此不可及於几筵，而况庿堂之上？以猜疑之心，中之以龐雜之説，以不信之形，瀆之以再三之告，開之所起，即塞之所伏，欲聽之不厭，庸可幾乎？唐臣牛希濟之論具矣[13]，曰："歷觀往代策文奏議及元和以前名臣表疏，辭意簡切，質勝於文。夫聰明睿哲之主，非能一一奥學深文，研窮古訓，豈在屬辭比事[14]？人君以表疏爲急者，竊以爲希，况覽之茫然，又不親近儒臣，必至傍詢左右，倘或改易文義，淆亂是非，逆鱗喜怒，略不爲難。故《禮》曰：'臣事君不援其所不及。'且一郡一邑之政，訟者之詞蔓引數幅，尚或棄之，况萬乘之主，萬幾之大，焉有三復之理？"即先臣韓忠定亦曰[15]："草疏者，毋文，文弗省也；毋多，覽弗竟也。"斯古大臣進諫之道乎！愚故曰：人臣之言之也，不可有翹然自喜之心。

【校注】

〔1〕齊威王之鳥：典出《史記・滑稽列傳》："齊威王之時喜隱，好爲淫樂長夜之飲，沈湎不治，委政卿大夫。百官荒亂，諸侯并侵，國且危亡，在於旦暮，左右莫敢諫。淳于髡説之以隱曰：'國中有大鳥，止王之庭，三年不蜚又不鳴，王知此鳥何也？'王曰：'此鳥不飛則已，一飛衝天；不鳴則已，一鳴驚人。'於是乃朝諸縣令長七十二人，賞一人，誅一人，奮兵而出。諸侯振驚，皆還齊侵地。威行三十六年。"

〔2〕中捐採榷之請：宦官有關採礦和榷税的奏章。

〔3〕曹相國：西漢開國功臣，名將曹參。曹參任相國後，主張一切順應自然，採取"無爲而治"的做法。酇侯：指蕭何，西漢的第一位相國，曹參是第二位相國。

〔4〕陽城：韓愈同時代人。其事跡見《資治通鑒》卷二百三十五。

〔5〕盖公：曹參的老師。《漢書・曹參傳》記載：孝惠之年，丞相曹參求爲治之道，盖言："治道貴清静而爲，民自定。"曹參參用其術，使國安定。一時從學者甚衆。

〔6〕延齡罪陸贄：陸贄貞觀八年（634）出任宰相，十年，陸贄因上書極陳寵臣裴延齡奸詐事，觸怒德宗，被免爲太子賓客。十一年，裴延齡誣陷陸贄煽

動軍心，陸贄被貶爲忠州别駕。

〔7〕懿侯：漢朝開國功臣、丞相灌嬰。

〔8〕率王仲舒上書：道光《直隸定州志》載：“陽城，遷諫議大夫，時諫官論事多細苛，陽城未肯言，居位八年莫窺其際。及裴延齡誣逐陸贄、張滂等，城曰：‘吾諫官不可令天子殺無罪大臣。’乃約拾遺王仲舒，守延英閣上書，極論延齡，申直贄等，帝欲抵城罪，以太子開救得免。帝欲相延齡，城大言曰：‘某爲相，吾當取白麻壞之，哭於廷。’帝不獲相延齡，城之力也。”

〔9〕昵比：親近。

〔10〕驩兜、窮奇、饕餮、檮杌：古代傳説中的四凶。

〔11〕樂從而群和之：此段文字出自《蘇轍集·君術策五》。

〔12〕由言：説話。《詩·小雅·小弁》：“君子無易由言，耳屬於垣。”陳奂傳疏：“此詩乃深戒幽王，當慎用其言，不得易出諸口。”

〔13〕牛希濟之論：指牛希濟《表章論》。

〔14〕屬辭比事：原指連綴文辭，排比事實，記載歷史。後泛稱作文紀事。

〔15〕韓忠定：明成化間户部尚書。《貞勝編》記載：“郎中李夢陽勸尚書韓文劾劉瑾。文令夢陽具草，既成，讀而芟之曰：‘是不可太文，文弗省也，不可多，多覽弗竟也。’疏具，遂合九卿諸大臣上之。”

蓬池閣遺稿卷之十四

啟

上馮源明老師[1]

海王納百瀆，沮漳江漢一并朝宗；匠石領群材，杞梓楩楠悉歸楨幹[2]。謬謂得人之盛，敢忘知己之恩。

恭惟老師逸氣凌雲，雄才蓋代。金臺索駿[3]，已空冀北之群；石匱探奇，更發江南之秀。藏山大業[4]，取裁副在青編；煉石膚功，作賦聲摩碧落。董胄子之教[5]，緝熙弼以仔肩[6]；爲王者之師，左右諧於汝翼。求忠於孝，帝稱貴寵之馮勤；若位與年，人信平章之趙普。曩者視草螭頭之直[7]，因而較文鶉尾之分[8]。白雪、陽春若許千人之和，夜光、明月盖訴三獻之奇。摶扶搖而三千，是誰假之羽翼；吞雲夢者八九，久已識其心胸。郢斧能操[9]，楚弓不失。偕來計吏[10]，兼文章政事之科；得人宫墻，見宗廟百官之美。共慶冠裳之集，言羞沼沚之毛[11]。八年於兹，尚未備六尊而陳五几；二月初吉，敢於仰七曜而望三台。九十爲群，昵就八磚之日；二三而醉，春生四座之風。館號翹材，愿濫參苓之數；門多彦士，自成桃李之蹊。瞻紫氣以遥臨，光浮蒼王；干青雲而直上，寵溢黄扉[13]。

【校注】

〔1〕馮源明：馮有經。光緒《慈溪縣志》記載："馮有經，字正之。《慈湖

者舊詩傳》：號源明。父贊，寓居順天，中嘉靖四十三年舉人，早卒。母劉守節撫之。《馮氏譜》：有經五歲而孤，哀戚如成人，就傅受經，過目成誦，十歲能文，韓少宰呼爲小友。登萬曆十七年進士，選庶吉士，授編修。預修《實録》，兼起居注。官遷中允，充東宫講官。《詩傳》：每以禮匡皇儲，歷以善敗相啟迪。再遷諭德，歷庶子兼侍讀，請告歸。有經少事母以孝聞。《詩傳》：進講東宫，光宗恒目屬之曰：'馮先生孝子也。'至是，奉父母柩歸葬，復疏母節於朝，得旌，遂不出。以疾卒於家。天啟初，推光宗講讀舊恩，特贈禮部侍郎，賜祭葬，蔭子。嘗分校春闈，典湖廣、應天鄉試，得人稱最。"康熙《大興縣志》記載："一日朝謁皇太子，偶不爲起，有經奏曰：'臣等承乏春宫，輔導無狀，致殿下失起立禮，敢請其罪。'光宗改容謝之。"道光版《寶慶府志》記載："萬曆二十五年丁酉主考總修慈溪馮有經，字源明；主事获嘉馮上知，字衡洲；解元江夏熊廷弼，字飛伯。是科，寶慶二人。題擇可勞二段，知恥近乎勇，有事君人者二節。"明舜居相《直述科場情形以遏流言疏》："臣等入場時，數與主考二臣馮有經、傅新德及房考諸臣韓光祐等相約，雖落卷亦檢閲數四，且調房互閲。"

〔2〕楨幹：築墻時所用的木柱，豎在兩端的叫楨，豎在兩旁障土的叫幹。後指重要的起決定作用的人或事物。

〔3〕金臺：黄金臺的省稱。代延攬士人之處。

〔4〕藏山大業：指修史。杜牧《上宰相求湖州第一啟》："求女媧煉石之方，潛禆碧落。就太史藏山之事（一作'筆'），試學青編。"膚功：大功。典出《詩·小雅·六月》："薄伐玁狁，以奏膚功。"

〔5〕胄子：古代稱帝王或貴族的長子。

〔6〕緝熙：《詩·大雅·文王》："穆穆文王，於緝熙敬止。"毛傳："緝熙，光明也。"又《詩·周頌·敬之》："日就月將，學有緝熙於光明。"鄭玄箋："緝熙，光明也。"後因以"緝熙"指光明，又引申爲光輝。

〔7〕視草：起草詔書。螭頭：唐代史官起居郎、起居舍人的别稱。此用舊稱。

〔8〕鶉尾之分：指楚。鶉、尾指翼、軫二宿，古以爲楚之分野。較文鶉尾

之分，指典湖廣鄉試。

〔9〕郢斧能操：用《莊子·徐無鬼》“運斤成風”典。

〔10〕偕來計吏：《史記·儒林列傳序》：“郡國縣道邑有好文學、敬長上、肅政教、順鄉里、出入不悖所聞者，令相長丞上屬所二千石，二千石謹察可者，當與計偕，詣太常，得受業如弟子。”司馬貞索隱：“計，計吏也。偕，俱也。謂令與計吏俱詣太常也。”後遂用“計偕”稱舉人赴京會試。

〔11〕沼沚之毛：語出《左傳》隱公三年：“苟有明信，澗溪沼沚之毛……可薦於鬼神，可羞於王公。”沼，小池；沚，水中小洲；毛，草。

〔12〕黄扉：古代丞相、三公、給事中等高官辦事的地方，門塗爲黄色，故稱。

答鄒彦吉老師〔1〕

匠石掄才，散木與楩楠并集〔2〕；海王納穢，潢流隨江漢朝宗。愧兹九九之庸，仰受多多之益。

竊某者歌非白雪，技異成風。久辱泥塗，自訝衆人之遇；一經弘獎，言過萬户之封。識射斗光芒，摩挲華玉；償連城重價，剖判荆岑〔3〕。龍德在田，謬備門中之客；鳳輝覽下，長瞻池上之毛。

伏惟老師門下氣壓層霄，才空百代。九州博物，恢然天地之奇；千歲上觀，坐致星辰之遠。正宜縱横萬里，師表一時，而人情朝三，天道陽九〔4〕。指荃蕙而爲艾，謂申椒其不芳。遂致領略青山，歸作五湖之長；遨游玄圃，遥思三島之僊。詩名翔洽於雞林〔5〕，法性皈依於鹿苑。灰心南郭，猶然名士風流；企足北牕〔6〕，故想真人天際。處則爲遠志，謝公再起蒼生；入而啖紫芝，商叟還來赤漢〔7〕。繫帛方慚於塞雁，緘書忽寄於江魚。八會靈文〔8〕，三皇古篆。縹緗巨麗〔9〕，如登群玉之岡；筐篚綢繆，更惠百朋之錫〔10〕。淋漓真宰，森梢烟霧如飛；揮灑纖毫，盤礴山川生色。捫心沾汗，拜手焚香。若稽諸古人，則惟知我生我，備聞斯言；旋反之獨知，亦曰念兹在兹，敢忘明德。海天異地，何時左右之依；雲樹含情，詢美東南之望。紅顏生羽，願假刀圭[11]；白足冥心，敢煩金篦[12]。

【校注】

〔1〕鄒彦吉：鄒迪光。詳見《題鄒彦吾先生畫》“鄒彦吾”條注。參見後面《與鄒嵎谷先生》。從文中内容看，此書信當寫於鄒迪光被罷官之後。

〔2〕散木：原指因無用而享天年的樹木。後多喻天才之人或全真養性、不爲世用之人。

〔3〕剖判：辨别，判斷。此指選拔人才。荆岑：本指荆山。語出漢王粲《登樓賦》：“蔽荆山之高岑。”後泛指古楚國境内的高山或荆南地區。此指後者。

〔4〕陽九：謂困厄的時運。

〔5〕翔洽：上下祥和融洽。

〔6〕企足：踮起腳。

〔7〕商叟：指秦末商山四皓。

〔8〕八會：道教謂闡述最高教義之書。

〔9〕縹緗：指書卷。縹，淡青色；緗，淺黄色。古時常用淡青、淺黄色的絲帛作書囊書衣，因以指代書卷。

〔10〕百朋：指極多的貨币。《詩·小雅·菁菁者莪》：“既見君子，錫我百朋。”

〔13〕刀圭：中藥的量器名。借指藥物或醫術。

〔14〕金篦：古代治眼病的工具。形如箭頭，用來刮眼膜。據説可使盲者復明。

【相關鏈接】

再過錫山訪鄒彦吉先生

鍾 惺

歸帆猶帶别時霜，道路無多計日長。游盡未殘山雪影，到遲堪待澗梅香。念余寒夜舟何處，對此良朋水一方。但記去來皆見月，中間陰霽亦相忘。

（康熙《常熟府志》）

答徐江防書[1]

恭惟門下式如玉[2]，式如金，一成規，一成矩。郭喬卿之仁明[3]，徐有功之平恕[4]。多凶多懼，值時事之多艱；不激不隨，待小人之不惡。救此一方民，借爲四岳長。胸次雅吞乎雲夢，南國諸侯；兵威夙重於洞庭，東方千騎。循良奏最，屏翰稱雄[5]。

某卑卑一第，碌碌無奇。門閭近表，已嘉拜乎瓊瑶；尺素遠來，更惠徽於稠叠。感曷維已報，胡以圖維[6]。肅清湖海，心先天下之憂；徵召巖廊[7]，道并域中之大。

【校注】

〔1〕徐江防：疑似徐堯莘。安慶府潛山人。乾隆《潛山縣志》記載：“徐堯莘，字賓岳，萬曆丙戌進士，由户部主事出知永州，鞭樸不施，郡中大化。歷荆州知府。中官陳奉開礦沙市，掘冢瀦室，道路以目，莘約其騶從不得逞。大帥劉綎征播，調兵數省，途出於荆，民爭避之，莘爲經紀，信宿地民獲安堵。神宗嘉其勞，賜以銀卮。歷廣東按察使、廣西布政司。”还曾任湖廣按察司副使。《袁中道全集》中亦對徐堯莘有記載，稱其爲“江防徐公”。

〔2〕式如玉：語出《左傳》昭公十二年：“思我王度，式如玉，式如金。”孔穎達疏：“思使我王之德度，用如玉然，用如金然，使之堅而且重，可寶愛

也。”

〔3〕郭喬卿：漢劉珍《東觀漢記》：“郭賀，字喬卿，洛陽人。爲荆州刺史，百姓歌之曰：‘厥德仁明，治有殊政。’顯宗巡狩，賜以三公之服、黻冕之旒。”

〔4〕徐有功：唐代循吏徐弘敏。《太平寰宇記》：“徐弘敏，字有功，東海人。則天時，官至司刑卿。凡活者五百家。盧黄門曰：‘當雷霆之振，能全仁恕，千載未見其儔。”明陸應陽《廣輿記》：“徐弘敏，蒲州司理，政尚仁恕，不施杖罰。民感其恩，更相戒曰：‘犯徐參軍杖者，必共斥之，迄代不辱一人。”

〔5〕屏翰：《詩・大雅・板》：“價人維藩，大師維垣。大邦維屏，大宗維翰。”後因以“屏翰”比喻國家重臣。

〔6〕圖維：謀劃維持，設法維護。

〔7〕巖廊：典出《漢書》卷五十六《董仲舒傳》。虞舜的時候，虞舜常常在宫殿的走廊裏散步。後遂以“巖廊”等指高峻的廊廡。後借指朝廷。

復楊少卿〔1〕

恭惟門下嵩極炳靈，河流毓采。夙王清華之氣，翰苑擒□；榮聯供奉之班，明光啟草〔2〕。鼎調六膳，漢家光禄之勛；風逐四蹄，周室冏卿之重〔3〕。直聲滿天下，公論在朝廷。兩都淵塞之臣〔4〕，四牡馳驅之力。

不佞謬云附驥〔5〕，實愧鞭駘。聞宇宙大名，瞻如喬嶽；渴江湖夢想，遠矣秦淮。望大海之波瀾，三千是繫；備天王之法駕，十二維閑。玄武池邊，萬里之行掣電；白門柳下，五花之錦如雲。歌太乙之歌，奏先鳴於八駿；服上公之服，兆久著於三魚〔6〕。敬抒尺素之章，用報瑶函之錫。

【校注】

〔1〕楊少卿：疑似楊鳳。明俞汝楫《禮部志稿》記載，楊鳳，字儀虞，河

南杞縣人。萬曆癸未（1583）進士。授翰林院庶吉士，改禮科給事中。二十一年（1593）由户部主事升任禮部員外郎。歷任南京太僕寺少卿。

〔2〕明光：明光殿。漢王商借明光殿起草作制誥。杜甫《十二月一日三首》其一："明光起草人所羨，肺病幾時朝日邊。"

〔3〕冏卿：《書·冏命序》："穆王命伯冏爲周太僕正。"後因稱太僕寺卿爲"冏卿"。

〔4〕淵塞：思慮深遠而篤實。

〔5〕附驥：蚊蠅叮附馬尾而遠行，比喻攀附權貴而成名。

〔6〕三魚：東漢楊震居湖城，有冠雀銜三條鱣魚飛集講堂前，當時視爲吉兆。後以"三魚"爲位至三公之典。

與州刺史

政績考成，無思不服。璽書增秩，有命自天。久驅五馬之榮，即御兩熊之駕。清兮若水，聽石澗之流泉；直哉如繩，視周行之大道。遠用虞廷之典，車服以庸〔1〕；近循漢代之條，公卿在召。恭申燕賀〔2〕，聊綴鴻書。

【校注】

〔1〕車服以庸：《書·舜典》："敷奏以言，明試以功，車服以庸。"孔傳："功成則賜車服以表顯其能用。"孔穎達疏："人以車服爲榮，故天子之賞諸侯，皆以車服賜之。"庸，功勛。

〔2〕燕賀：謂祝賀新厦落成。此指祝賀。

與防道顧箴吾〔1〕

恭惟門下吴中望族，海内具瞻。玉以彫磨而文，松柏之柯不改；劍因繡澀而古，薑桂之性愈存。所至皆有聲名，遇事每多抗直。施仁似水，洞庭之萬八千頃爭流；執法如山，衡岳之七十二峰并峙。信朝廷之柱石，江漢之屏藩也。

某楚之賤士，國之腐儒。望湘渚之上游，久仰范希文之胸次；慚郢歌之下里，幸藉韓荆州之品題[2]。知會晤之有期，片帆東下；想譽命之伊邇[3]，一紙南來。

【校注】

〔1〕顧箴吾：顧起淹，字師範。吴縣人。箴吾疑爲其號。先後官江西臨江知府、福建延平甫同知、湖廣鄖陽府同知、廣東副使，清和自持，不狥權勢。崇禎《吴縣志》："顧起淹，字師範，治春秋，歷官廣東副使。"康熙《湖廣鄖陽府志》："顧起淹，吴縣進士，萬曆十五年同知，府事盡心，或務恒以忠義教人，人懷去思。"明伍袁萃《林居漫録》："顧箴吾，名起淹，吴縣人。""顧箴吾有俊才，令貴溪，吏畏而民安之矣。衹以將迎之誤得過上官，轉少府。今爲憲僉，中間曾守臨江，又以恤民故，與税監構，被論左遷。都人士高之。然自庚辰迄今，幾三十年，不離五品外官。視彼速化者，奚若也？而公之守正，亦可見矣。"

〔2〕韓荆州：韓朝宗，時任荆州長史兼襄州刺史、山南東道採訪使。李白《與韓荆州書》："一經品題，便作佳士。"品題：指評論人物，定其高下。

〔3〕譽命：《易・旅》："射雉，一矢亡，終以譽命。"射野雞，一發命中，其人因而博得善射的美名。伊邇：將近，不遠。

壽王少宰八十[1]

天地之氣長嬴，萬物滋蕃，正值中天之運；日月之行相望，八旬伊始，况當重閏之期。功德在朝廷，天下咸受其賜，而已被其誣[2]；福澤在孫子，一時暫晦其明，而後食其報。艱難險阻之地，巽以行權[3]；人情事變之中，忍乃有濟。年益高而益下，常懷衛武之詩[4]；神愈王而愈藏，有類張蒼之學[5]。燈下作蠅頭之字，搦管游龍；尊前呼鵲尾之觴[6]，張拳賽馬。此八僊之賀季真，而九老之李元爽也。

某誼同桑梓，辱在葭莩[7]。繼科名當四十年，酌大斗願八千歲。生同丙子，久飲瓊漿；日在壬寅，敢瞻僊旆。千金之祝，悠也久也，如隨蓬島之游；一國之人，鼓之舞之，盡效兒童之戲。人間至樂，古來所稀。歌成北斗南山，門有青牛紫氣。

【校注】

〔1〕王少宰：參見前面《壽王少宰八十序》。

〔2〕被其誣：張居正被清算後，王篆被張居正的政敵視爲其私黨和爪牙。

〔3〕巽以行權：語出《易·繫辭下》。晉韓康伯注："巽順而後可行權也。"唐孔穎達疏："巽順以既能順時合宜，故可以權行也。若不順時，制變不可以行權也。"

〔4〕衛武之詩：指《詩·小雅·賓之初筵》。這首詩通過描寫宴飲的場面，諷刺了酒後失儀、失言、失德的種種醉態，提出反對濫飲的主張。《詩序》以爲是"衛武私刺幽王"之詩，朱熹引韓詩認爲是"衛武公飲酒悔過也"。

〔5〕張蒼之學：張蒼，西漢丞相，精通天文曆算。

〔6〕鵲尾：香爐名。此指鵲尾香爐形狀的酒杯。

〔7〕葭莩：蘆葦稈内的薄膜。比喻關係極其疏遠淡薄。此指較疏遠的親戚。

賀朱上愚銓部[1]

昭代爵從周典[2]，虛中書而寄六卿。朝常寄法殷邦，總百官以聽太宰。矧佐邦治，則掌下大夫；其列天文，則首諸郎位。具有人倫之鑒，始知人品之精。特選周才，更符僉望[3]。

恭維門下名如太山北斗，器則干將莫邪。惟楚有材，在江之滸。廿年登第，雪飄郢里之春；兩宰名區，花滿河陽之樹。人所應有不必有，選於衆士之中；爾所不知舉其知，任以三銓之重。廉平祇慎[4]，足兼盧李之長；簡要精通，信掇王裴之勝。六計弊吏，三載考成。在朝廷有公是，有公非，秉一正以開衆正；惟王道無作好，無作惡，散小群而爲大群。作天喉舌之司，由小宰而均四海；爲帝股肱之佐，晉中臺以毗一人。其謬以樗櫟之才，幸在枌榆之社。

曩逢驛使，千里心期；遐想江潮，十行面吐。乃大君有命[5]，六乙集而稱平；將毋來歸，匹馬驅而再驟。徒繫鷦鷯之念[6]，馬棧多慚；但勤燕雀之情，魚緘莫寄[7]。惟是國家之需才甚急，生民之受病已深。分涇别渭之明，不可不章於表著；廉貪貞淫之法，不可不嚴於有司。庶舉臯陶而不仁者遠，有汲黯而逆謀者消。少獻涓埃，以補河嶽。知登龍之伊邇[8]，托鄉雁而陳詞。

【校注】

〔1〕朱上愚：《湖廣通志》："朱光祚，字上愚，江陵人，萬曆乙未進士，初令錢塘，改授邯鄲，擢吏部主事，檢拔精明，一時推重，晉太常卿都御史，總河道，卒於官。舊通志。"《大清一統志》："萬曆中知錢塘縣，善聽訟，片言立決，勸墾荒地數千畝，皆成良田，建築七坊以資蓄，溉田無算。"《欽定續文獻通考》："湣帝崇禎六年，漕運愆期，奪總河尚書朱光祚官。時良城至，徐塘淤爲平陸，以致漕運愆期，命奪光祚官。"明文秉撰《烈皇小識》："河連年冲决，直犯泗陵，總督朱光祚、周鼎與榮嗣皆被逮，朱、劉皆斃於獄，周後以宜興力庇，免死，遣戍。"康熙《玉泉寺志》、同治《枝江縣志》均收有其作品。銓部：吏部。

〔2〕昭代：政治清明的時代。人臣常用其稱頌本朝。

〔3〕僉望：衆望。

〔4〕祗慎：敬慎。

〔5〕大君：天子。

〔6〕鷦鷯之念：《莊子·逍遥游》："鷦鷯巢於深林，不過一枝。"比喻安本分，不貪多。

〔7〕魚緘：書信。

〔8〕登龍：比喻成名發跡，飛黄騰達。此指身居要職。

【相關鏈接】

十方禪堂碑文

朱光祚

萬曆中，去當陽玉泉之一舍許，沮漳合流之間，有居士名曰乘舟，字慈航，姓任氏。初爲豪俠，自喜之行，後乃頓改初服，歸心三寶，以其居爲粥飯舍，以待四方之行脚者。

壬寅歲，西川黄太史平倩、公安袁吏部中郎訪無跡法師正誨，酌玉泉，過居士之廬，目睹其修檀度也而嘉之，且謂之曰："玉泉爲天下四絶之一，今法門草深矣，即行脚者竟無一棲息之處，居士何不以此願回施於堆藍勝地，庶垂永賴乎？"居士合爪曰："諾。"

是時無跡方有勝願修玉泉大殿，居士亦與效一臂之力。殿垂成矣，居士乃謀於玉泉住持，於殿之右有空閑處，剃草去石，以爲菴基，取黄、袁二公及諸宰官居士所檀施，遂先立十方堂一處，十方行脚始有靈宇。并鬻田四百余畝，以爲供衆資。行之數年，居然藥山往日僧郵光景矣。居士復嘆曰："自大殿成，金像紺容，光明照耀，佛寶具矣。十方菴成，往來龍象絡繹不絶，僧寶集矣。夫未有三寶不全而可以成阿練若者！"乃備貲糧，與無跡、法孫、法宣入京，同請龍藏。時無跡法門白衣弟子侍中、乘鸞等得無跡書，多方效力，遂得如願。自是法寶燦然畢萃矣。三寶既具，叢林一新，即垂之千百年可以不毁。而居士念年已遲暮，懼前後不相繼，有負夙願，丐所以不朽者於予，予曰：

斯地也，爲十方設也，諸宰官居士不得而有也，玉泉常住不得而有也，即慈航居士亦不得而有也。夫諸宰官居士輩，行檀度於十方，即有結白社之緣者，豈乏買山之資，而顧須此一袈裟地爲也？故曰宰官居士不得而有也；玉泉香火之田，自前代以來，於今不絶，則袈裟院中各有資生之業，既無一粒一盂以及十方，而諸宰官居士所共設以待十方人者，又可認爲寺中物乎？故曰玉泉常住亦不得而有也；十方堂之設，雖慈航有所檀施，而諸宰官之檀施爲多，慈航因而卒成之耳，既爲十方常住，即當擇十方之高賢爲主而已不與焉，盖古人創修一處，必不久居，不惟一餐一宿，桑門遺風，亦以避藉它自利之嫌故也，故曰即慈航居士亦不得而有也。

夫今之檀施宰官居士，固皆深信因果者也，其有指既捐之材物爲已物者？固萬萬無有。設異世之後，宰官居士之子若孫有不識祖父遺意而妄認一草一木者，予以爲佛法不容也，即避藉也。今玉泉見在本寺之僧，亦皆知有因果者也。其有指十方之叢林爲本寺物者，固萬萬無有。設異世之後，相繼之比丘弟子有懷貪心，而認十方之一草一木以爲已寺有者，予以爲佛法不容也，即王法亦不容也。今慈航居士任氏俗門之子侄亦皆知有因果者也，即居士之施乎僧者俗不得與。况非居士一人之施乎！則其睥睨助道之資，破壞和合之衆者，固萬萬無有。設異世之後，任氏之子侄有懷貪心竊認一草一木以爲任氏物者，予以爲佛法不容也，即王法亦不容也。

夫明有護持，幽有鬼神。向者之宰官居士，固爲此地金湯。後之相繼者，豈無人乎？敢有紊十方法堂規制者，三尺具在，誰能庇之？此明有護持，不可干也夫！此地非武安王精靈顯赫地歟？王無所不在而實宅神於此，且職司護法，誰能容壞法之人？考之《雲溪友議》載：玉泉有三郎祠，即關三郎也。人之誠敬者，彷佛似睹之厨子先嘗食者，頃刻掌痕出，其面雖近，時少聞肸蠁。而冥冥誅殛，實屬神威。如往年干没玉泉大殿貲材，立取凶夷者，可鑒也。此幽有鬼神不可犯也。以此觀之，即有欲爲菴中之蠹者，且將息心焉。諸蠹既絶，而慈航惟擇一十方高僧以授之，以完黄、袁二先生付囑遺意，即與浩劫同久可也，何必别求所以不朽也哉？

會慈航來覓記於予，遂書此意以勒之石，以告見在未在若僧若俗知有因果者云。萬曆四十三年乙卯。

（康熙版《玉泉寺志》）

賀周分巡升光禄[1]

霜飛虎節[2]，幾年朱旆住南州；春滿鶉分，一旦温綸來北闕[3]。恩隆異數，喜倍恒情。

恭惟門下盛世禎祥，清朝柱石。浩浩直方之氣，業已充塞兩間；巍巍盛大之名，不啻高懸九鼎。昔龍在野，中外之望想頻深；今鳳鳴陽，荆楚之藩垣伊始。播仁聲於七澤[4]，拉朽吹枯；流闓澤於三湘，淪肌浹骨[5]。教之田里而樹蓄，籌畫直逼姬公；出諸水火而奠安，保艾何殊召父。星懸執法，攝諸大姓强宗；雨沐行車，漸爾遐方僻邑。公薦揚於四岳，曾推尚璽之尊；膺召命於九重，遂晉大卿之貳。班聯八座，寵高青綬銀章；位列三臺，星重朱衣白馬。朝廷幸有珪璋器，國家喜得老成人。

况辱帡幪之深[6]，宜何踊躍而起。棠花蔽芾[7]，日封殖而長思；槐影紛披，幸攀援之可即。伏願益隆斧藻，特秉台衡。同漢時光禄勛，鹽梅鼎鼐[8]；拜唐家門下省，喉舌股肱。聊陳燕喜之私，以作兕觥之祝。

【校注】

〔1〕周分巡：周應中，字正甫，會稽人。萬曆三十二年（1604）荆州兵巡道。在荆州有惠政，荆州爲其立生祠，袁宏道爲之撰《周公生祠記》。萬曆三十三年任分巡僉事時在湖南嶽州府平江縣一帶亦建樹較多。康熙《會稽縣志》記載："周應中，號寧宇，隆慶辛未進士。聘陶，奉旨歸娶。初令元氏，調繁真定，鄰邊無城，遣戍防秋，歲費金錢。應中以城真定爲請，當事難之，應中躬操畚鍤以先庶民，不數月城工落成。又疏滹沱河，通水利，教民種稻，北方水田自應中始。邑患盜，應中以保甲法清之。會以事忤中貴馮保，又書刺江陵奪情，亦大恚，當大計，群小誣以貪，過吏部堂，堂上大呼曰：'某官貪。'應中大聲應曰：'某官不貪。'真定守徐曰：'委不貪，第傲耳。'調崇陽，均徭役，嚴清丈，勢家病之。役未竣而轉崇府審理，署印者亟索篆，應中持勿與，

自持篆印，户由册，册成召主者給之，乃行。至今民呼其田爲周公田。庚辰大計，復列不謹永錮，應中視之蔑如也。家居二十餘年。起補曲周令，累遷潞安兵備，故太宰王國光里居，坐不法，應中按以律，其私人力擠之。復論調，又家居七年。起任荆南道，荆南臨長江，漕舟時覆溺，應中酌爲幫運支收之法，官民便之。楚藩構亂，殺趙巡撫，聞應中至，拱手就縛。在荆南三年，治尤最。朝士有知應中者，内擢光禄少卿。而荆司理王三善以夙憾中傷，復論調。應中曰：'吾老矣，不能事群少年待辱也。'抗疏乞身，得放歸里。應中負經濟大才，屢起屢蹶，不究其用，識者恨之。林居三十年，九十歲而卒。"

〔2〕虎節：周朝山國使者出行時所持的符節。《周禮·地官·掌節》："凡邦國之使節，山國用虎節，土國用人節，澤國用龍節，皆金也。"

〔3〕温綸：皇帝詔令的敬稱。

〔4〕七澤：相傳古時楚有七處沼澤。後以"七澤"泛稱楚地諸湖泊。

〔5〕淪肌浹骨：透入肌肉和骨髓。比喻感受深刻。淪，深入；浹，浸透。

〔6〕帡幪：庇蔭，庇護。

〔7〕棠花蔽芾：《詩·召南·甘棠》："蔽芾甘棠，勿翦勿伐，召伯所茇。"後因以"棠芾"喻惠政。蔽芾，樹木茂盛、濃蔭覆蔽貌。

〔8〕鹽梅鼎鼐：於鼎鼐中調味，比喻處理國家大事。多指宰相職責。鹽梅，梅子與鹽，調味品；鼎鼐，古代兩種烹飪器具。

書　牘

與鄒嵎谷先生〔1〕

昭代文章家，吴郡、新都往矣〔2〕；執牛耳於詞壇，鼎足而立者，惟我老師，次四明，次雲杜耳。然撮兩家之勝，成一代之言，則梁谿爲大矣〔3〕。

某何幸得出門下也，方蠖屈雌伏時，悠謬半生[4]，莫能厚遇，非藉湔沸[5]，何以至此？昔人云，天下有一人知己，足以不憾，此之謂也。畢此生不以國士報者，只當投彼有昊已耶[6]！我師門庭峻絶，高自標舉，目無千古，意不可一世。人至妬娥眉以善淫，憎百煉之剛爲繞指也。言之可爲於邑。

某卑卑一第，而展轉伏枕一年於兹，以是闕然脩候。如天之罪，所不能道[7]。我師不惟不復譙讓，而瑶函珍錫稠叠而下，文藻意念，眩目刺心，諦觀登受，慚仄無已。

某少也賤，雅志斯道，欲一洗近時抵掌捧心之習，而懶慢成性，歸念竺乾。已又遇一二畸人，更聞九鼎之事，遂戒綺語，不復肆力於文章。雖千秋不朽，視一日爲多，阿僧祇劫殺那間耳。

我師爲大法王，何以惠我？兼海内多故，入山惟恐不深，而名根未斷，徼一命後，方始軍持不借，從東海覓安期，向吴門尋僊尉，隨我師杖履以往，不獨碣石譚天，後堂呼酒已也。盖不待婚嫁畢矣。昔贊元禪師語舒王障道者三："受氣剛大世緣深，以剛大氣遭深世緣，必欲任天下事，懷經濟之志。用舍不能必，則心未平。以未平之心，持經世之志，何能一念萬年哉！又多怒，而學問尚理於道，爲所知愚，此其三也。"[8]

某三復斯言，用以自砭，老師以爲然否？張君快士也，道興居甚悉。次公世兄，聞躭躭有食牛氣。博士膚言，何能爲役？黄孝廉，門下士也，造謁之便，托奏記室。不腆之儀，聊以布意。

【校注】

〔1〕鄒嵎谷：清永瑢《四庫全書總目》："鄒迪光，字彦吉，無錫人，萬曆甲戌進士，官至湖廣提學副使。年四十即罷歸，築室惠山，多與文士觴詠，優游林下者幾三十年。時王世貞已没，迪光欲代領其壇坫，然竟不能也。是集凡賦一卷，詩二十九卷，雜文二十四卷。其詩文皆欲矯雕鐫，翻成淺易，故朱彝尊《静志居詩話》深不滿焉，特略取其絶句而已。"清彭藴璨《歷代畫史匯

傳》："鄒迪光，字彦吉，號愚谷，梁谿人，萬曆甲戌進士，歷官湖廣學政，罷官時年尚壯，卜築室錫山下極園亭，歌舞之勝。山水脱盡時格，咄咄大小米黄倪間，一樹一石必求精妙，然頗多代筆，難得真跡。工詩文，點綴風雅。年七十餘卒。著有《内外集》二三百卷。無聲詩史。"参見前面《答鄒彦吉老師》。

〔2〕吴郡：指王世貞，字元美，吴郡太倉人。新都：指楊慎，四川新都人。

〔3〕梁谿：流經無錫的一條河流。此代指無錫。此指無錫人鄒迪光。

〔4〕悠謬：荒謬。

〔5〕湔沸：亦作"湔拂"，熏陶，浸染。

〔6〕投彼有昊：語出《詩・小雅・巷伯》："豺虎不食，投畀有北！有北不受，投畀有昊。"毛傳："昊，昊天也。"投彼，《詩・小雅・巷伯》作"投畀"。

〔7〕逭：逃避。

〔8〕此段文字是蔣山贊元禪師答王安石語。出自《宋稗類鈔》卷之七。

與王緱山年丈〔1〕

弟諸生時伏讀大篇，以爲古之子長、子瞻合而一人者。十餘年矣，而得同臭味之好。已而承顔接詞〔2〕，追琢其章，金玉其相〔3〕，匪直學窺二酉〔4〕，才蔚三都。即語默皆稱象爻〔5〕，方圓動中規矩。天壤之間，乃有王郎也。伊之尹而陟也〔6〕，韋之賢而玄成也〔7〕。昭代比於南充〔8〕，事功壽考，當爲過之。後來作宰相譜者，李韓諸世家不得獨艷千古矣。

伏枕五六月，仕宦之心如冰，徒索長安米，安所用之？雖仰眠床上，看屋梁而著書，誰傳此者？惟欲混跡緇黄中，他時從落伽謁大士〔9〕，向東海訪安期〔10〕，以瓢笠過君家緑野平泉，平生願足矣。

玄札及長石、集虚〔11〕，每道及弟，心乎愛矣，何日忘之？唐叔達兄未得别啟〔12〕，會時幸爲致意。殷無美先生已作古人〔13〕，聞其家貧甚。俾先生没而有餘榮，二孤弱而無外患，計將安出？弟辱知己之誼，不敢不效區區也。惟仁丈憐而孚字之[14]。使者旋，貿貿無可言者。遥望吴山，曷任戀戀。

【校注】

〔1〕王緱山：王衡，字辰玉，號緱山，别署衡蕪室主人，江蘇太倉人。萬曆戊子（1588）順天榜解元，辛丑（1601）會魁，中一甲二名榜眼，授翰林院編修，官至一品光禄大夫。後辭官歸隱，中年早卒。萬曆時期首輔王錫爵之子，明末清初畫家王時敏之父。王衡是雷思霈萬曆二十九年（1601）的同科進士。婁堅有《緱山子傳》，篇幅很長，記載翔實。

〔2〕承顔接詞：侍奉周圍，聆聽教誨。

〔3〕追琢其章，金玉其相：語出《詩・大雅・棫樸》。舊説以爲贊美文王能用人。此句大意爲既有美好的外飾，又有優秀的内質。

〔4〕二酉：指大酉、小酉二山。在今湖南省元陵縣西北。二山皆有洞穴。相傳小酉山洞中有書千卷，秦人曾隱學於此。後即以"二酉"稱豐富的藏書。

〔5〕語默：出言或沉默。語本《易・繫辭上》："君子之道，或出或處，或默或語。"

〔6〕伊之尹而陟：伊尹及其子伊陟均爲殷朝的著名相國。

〔7〕韋賢：西漢大臣。善求學，精通《詩》《禮》《尚書》，號稱鄒魯大儒。宣帝時代蔡義爲丞相，元帝時，其少子玄成，復以明經位至丞相。

〔8〕南充：指隆慶年間的首輔大學士陳以勤，南充人，其子陳于陛亦位至宰輔。

〔9〕落伽：山名，即普陀。

〔10〕安期：即安期生。僊人名。

〔11〕長石、集虚：指曾可前和李胤昌。兩人均爲雷思霈的進士同年。據《民國昆新兩縣續補合志》記載："李胤昌，字文長，號集虚，中丞公同芳（庚辰會魁，山東巡撫，右副都御史）長子。李氏自懷石公孝友起家，中丞以仁厚之德光而大之。胤昌能兼成祖父之志。天姿穎異，力學好修，雖文譽翕集，常

抑然自下也。萬曆庚子領鄉薦第一，海内爭傳其文，文體爲之一變。辛丑成進士，選庶常，授翰林院編修。丁未分校，所拔皆名雋，其冠本房者即左光斗也。壬子主楚試，尤號得人。癸丑以中丞與按臣爭福藩莊田事不合請告，胤昌乃先期假歸，侍養惟謹，每先意承示，以極其歡。先是劉太夫人止生胤昌，早世，胤昌哀慕終其身。然念終鮮兄弟，請父增置庶媵，生二弟，既中丞远宦，凡幼而撫育，長而教訓，皆胤昌身任之。及中丞歸，以俸入所存，悉推二弟，曰：'兒能自立，當以是爲少弟資膏火。'其躬行孝友之實，父子間能深論之。中丞有天鑒録貽於後人，謂相成乎諸弟者至也，至里居清白，恥言干謁，所得門下士官鄰邦者相望，絶不與通，曰：'吾以訓彼廉也。'其惜宗族，賑貧生，一推中丞之意而行之，歲以爲常，至其子孫不替云。中丞殁，哀毁過當，相繼卒，年五十二。"

〔12〕唐叔達：唐時升。南直隸蘇州府嘉定（今屬上海）人，受業歸有光，年未三十，棄舉子業，專意古學。工詩文，用詞清淺，善畫墨梅。家境貧寒，然好助人，人稱好施與。與婁堅、李流芳、程嘉燧合稱"嘉定四先生"，又與里人婁堅、程嘉燧并稱"練川三老"。嘉慶《直隸太倉州志》："唐時升，字叔達。父欽堯，字道虔，事母孝，與弱弟友愛。爲人倜儻，多大略，學贍氣豪。由貢生選撫州訓導，未任卒。時升少有異才，年未三十謝去舉子業，讀書汲古，志大而論高，嘗以李德裕自期。王錫爵執政時，升偕其子衡讀書，縱論天下事，凡兵農錢穀，具言始終沿革。時東西構兵，萬里外羽書旁午，獨逆料，情形無不奇中，衡問何以知之，時升曰：'吾觀古人事固有類此者，竊意之耳。'詩才雄健，古文師法歸有光。知縣謝三賓合婁子柔（婁堅）、李長衡（李流芳）、程孟陽（程嘉燧）詩文刊之號《嘉定四君集》。"唐時升有《答雷何思吉士書》，《明文海》有載。

〔13〕殷無美：殷都。

〔14〕字：撫養。

與麻城令劉年丈[1]

麻城，劇邑也，楚稱難治，百家之習無不有，五方之俗無不具。以弟竊觀，縉紳、大夫、孝廉諸君，咸兢兢繩削之内[2]，而士之喧豗，民之剽悍，吏胥輿臺之因緣爲奸[3]，往往有之。

年丈宏才鉅識，敷政優優。大事烹鮮[4]，細事摶斧。良者鳳鸞，豪者鷹隼。曾不逾時，而四民瞿然顧化，無思不服。黄人來者皆曰父母，古之劉寵也，豈非史所稱勝任而愉快者耶[5]？干將一試，斷蛟截犀，何艱腐輩哉！

【校注】

〔1〕麻城令劉年丈：劉文琦，字德華。雷思霈的進士同年。四川西充縣人（光緒《黄州府志》作“南充”）。歷任麻城縣知縣、陝西省關南道參政、甘肅鞏昌府知府。所著有《德輿集》《負薪集》。

〔2〕繩削：引繩削墨，指木工彈拉墨線後據以鋸削。比喻恪守、拘泥於成法。

〔3〕輿臺：據《左傳》昭公七年，輿臺爲古代十等人中兩個低微等級的名稱。輿爲第六等，臺爲第十等。後指服賤役、地位低微的人。

〔4〕烹鮮：典出《老子》："治大國如烹小鮮。"

〔5〕勝任而愉快：語出《史記·酷吏列傳》："當是之時，吏治若救火揚沸，非武健嚴酷，惡能勝其任而愉快乎？"指有能力擔當某項任務或工作，而且能很好地完成。

與某令君

前護藏人歸，道新政如雲，闓澤如雨，單父之琴，不下堂而治[1]。弟聞之，以門下閎才，此鸞刀試一割耳。華嚴巖朗師，但得復舊物，以了此一段公案，殊無住山意。其藉大庇者，欲使此山終此世界，爲遠録公説法場耳。無量功德，當在門下矣。

【校注】

〔1〕單父之琴，不下堂而治：典出《吕氏春秋·開春論·察賢》："宓子賤治單父，彈鳴琴，身不下堂而單父治。"後因以"單父琴"或"不下堂"爲稱頌地方官治績之典。

與武昌侯司李[1]

以不佞所聞，治武昌者得二人焉，汝州爲太守，永嘉爲司李。其一如干將莫邪，莫敢攖其鋒；其一如渾金璞玉，莫知名其器。皆不佞所願爲執鞭而不可得者。夫司李，二臺之所藉爲耳目，而監司、牧伯、都尉、長吏之所望顔色而震焉者也。决大事，讞大獄[2]，上之不必於約文，下之不必於原擬，而孤立一意，多所平反。此又在情法之間。門下推心置腹，直道而行，不茹不吐[3]，無頗無側，譬之冰鏡然，任物之自形而已，不益。

不佞爲百姓喜得賢者，爲苞孕而封殖之[4]，不啻飢渴之時易爲德矣。郭生、于生，少年神駿，皆執經於不佞所者。郭生見拔，于生見賞。門下眼力，當是陸鴻漸品水，蔡君謨品茶[5]。他日領袖朝紳，可使天下無滯才也。久未申尺一之謝[6]，時以便候興居，江樹含情，實勞遐思。

【校注】

〔1〕侯司李：失考。司李，即司理，意即掌獄論之官。爲明至清初對推官的習稱。

〔2〕讞：審理。

〔3〕不茹不吐：形容人正直不阿，不欺軟怕硬。出自《詩·大雅·烝民》。

〔4〕封殖：栽培。

〔5〕蔡君謨：蔡襄，字君謨。北宋著名書法家，精於茶。主持制作武夷茶精品“小龍團”，所著《茶録》總結了古代制茶、品茶的經驗。

〔6〕尺一：書信。

與夷陵陸太守〔1〕

眷屬北行，極辱厚貺〔2〕，感何可言！聞王司李至州中，所勾當何事，有一二可議者，皆前倅爲之，詭以供其乏，而陰以濟其貪也。爾雅臺，自晉郭景純始，此豈可廢者？至喜亭，在西塞門外，歐陽永叔所建，後爲之吏者，皆願得永叔之爲人也。去其亭，是剪伐甘棠之事也。蜀人至者，何以舉酒相慶乎？小河囊冬時口涸〔3〕，公取其魚以資公費，奈何使小民得爲漁也？若必以中涓爲辭〔4〕，江陵不聞賣落帽臺，松滋不聞毁一柱觀，宜都不聞賖清江口也。此三者，所得不過百金，而所失遂皆千古人豪之跡，不亦過乎！小江者，大禹斷江之遺，陸幼節之城在焉。爾雅之土咸自北方載之，其性直，前人成之，亦何艱也！永叔之於夷陵，有大功德焉。且此亭創之者蕭廬陵，此碑書之者章常熟〔5〕，而忍使之湮滅乎？則前倅藉爲之以自恣，門下所不及知也。此金見在庫藏，即以還之，有何不可？不然者，即以申之兩臺，亦不失爲盛德事。門下欣然恢復，此使後之傳者以爲中涓廢之，而門下還之，是永叔以後一人也。乃至喜率多爲火患者，亦有説，亭之四面餘地皆至喜亭也，都爲居民所侵耳，舊籍可復也。

不佞不忍古人之跡至於今大敗，乃敢瑣瑣，非有他意。不佞日者爲門下作傳，即以此爲稱揚之，見楚人寧無申包胥哉！笑笑。此紙不可令人見之。門下自舉自斷，夫何難哉！辱知己之誼，乃以此言進，惟宥其愚而裁察之。幸甚。

【校注】

〔1〕陸太守：疑似陸達吾。同治《宜昌府志》記載：“陸達吾，舊志逸其

名，常熟人，萬曆間任夷陵州牧，有惠政。既解組歸，邑紳郭宗儀寄以詩，有‘甘霖曾記隨車日，湛露長懷下榻年’之句。”亦有可能是乾隆《東湖縣志》、同治版《宜昌府志》記載的“陸枝”，見《賀陸大夫兩臺首薦序》注。這兩個人有可能是同一人：一、二人都是常熟人，但查常熟的古方志只有陸枝的記載，而無陸達吾的記載，一個官至知州的人不可能在家鄉的方志中没有記載；二、兩人的姓名只一字之差，陸枝，字培吾，極有可能是《東湖縣志》和《宜昌府志》錯把字當名，并且將“培”錯成了“達”；三、乾隆版《東湖縣志》和同治版《宜昌縣志》均稱舊志逸其名，這就説明在乾隆《東湖縣志》之前的宜昌方志中没有陸達吾的信息，而乾隆版《東湖縣志》加上去的依據極有可能就是郭宗儀的那首詩。而私人著述中往往是稱别人的字的。也就是説郭宗儀的那首詩是寫給陸枝的，出於尊重，稱其字“陸培吾”。結果可能因爲傳抄或刻本字跡模糊等原因，“陸培吾”就變成了“陸達吾”；四、陸枝他是萬曆二十一年（1593）到桐鄉任知縣的，五年之後到夷陵任職。據此可知乾隆《東湖縣志》記載（府志沿用縣志的説法）陸枝在夷陵的任職時間爲崇禎朝是錯誤的。

〔2〕厚貺：豐厚的贈禮。

〔3〕小河：指三江，上接大江之水，流經西塞壩三里出口，仍會於大江。按兩江值大江泛溢，則上流俱通，名曰“通三江”，冬至大江稍退，兩江皆竭。

〔4〕中涓：指宦官。萬曆皇帝曾讓宦官到全國各地監督税收。

〔5〕章常熟：章有成，常熟舉人。章有成和蕭景訓都是陸達吾之前的夷陵知州。

與荆州太府徐九瀛〔1〕

不佞諸生時讀門下時藝，而嶽峙珠含，毘陵、震澤不足爲其古也〔2〕。已又於友人所讀《鳩兹集》，而雲漢章天，江河行地，直當據昌黎、柳州以上，北地、勾吴不足爲其奇也〔3〕。迺者天授楚而麟符熊軾〔4〕，爲衆父父，沃以膏雨，肅以嚴霜。十三城之赴訟〔5〕，朝至夕返，曾不留行。飲水操冰，雖胡威、楊震之清，不過是。江陵舊俗，琵琶多於飯甑，措大多於鯽魚[6]。而邇來大浸稽天[7]，中使旁午[8]，閭廬蕭然若三户，士人沾沾括帖[9]，不復知有屈宋之辭。

門下寬和平易，務在安全。簿書之下，弘獎誘進，期月而已鬱爲國華。傳經問奇，有馬季長之風[10]。謡俗弦歌，無非白雪。近代稱良二千石者，趙太宰、徐宗伯，於門下而三矣。

不佞展轉伏枕幾一年所。囊辱瑶函，未得裁謝[11]。雖懶慢之性則然，亦無奈柳生於肘何矣[12]。童子曹衡，頗知學古，一遇韓荆州，便成佳士。沈長孺老師處[13]，缺焉久不聞問。今起家閩中，玄札往來[14]，萬惟道意，不佞不敢以一字妄干，恐有借名以行者，幸勿聽!

【校注】

〔1〕徐九瀛：萬曆三十年（1602）荆州知府徐時進，浙江鄞縣人。雍正《浙江通志》記載："徐時進，字見可，萬曆乙未進士，授南京工部主事，遷郎中，出守岳州府。時採榷使絡繹四出，楚璫尤横郡縣，皆畏不敢抗，時進獨不爲禮，亢顔相對。璫亦憚其嚴，斂跡他往。壬寅調荆州，免沙市税，舟清，宗禄詭籍，罷單民門税，禁郵使折乾，築長隄，甃龍陂，荆人德之。丁艱，起補惠州，擢廣東副使，監惠潮，以方略擒盜海，患悉平。天啟改元，加大理卿致仕。"主要著作有《鳩兹集》《啜墨亭集》和《逸我堂餘稿》。

〔2〕毘陵、震澤：指明代唐宋派文學家唐順之和歸有光。

〔3〕北地、勾吴：指明代文學家李夢陽和王世貞。

〔4〕麟符：古代朝廷頒發的麟形符節。熊軾：伏熊形的車前横木，用以指代有熊軾的車，古時爲顯宦所乘，借指太守。

〔5〕十三城：當時荆州府下轄十三州縣。

〔6〕琵琶多於飯甑，措大多於鯽魚：典出《北夢瑣言》："江陵在唐世，號衣冠藪澤，人言琵琶多於飯甑，措大多於鯽魚。"意爲江陵在唐朝時，號稱是士大夫聚集的地方，人們都説琵琶多於蒸飯的甑子，失意的讀書人多於鯽魚。

〔7〕大浸稽天：形容水勢大。《莊子·逍遥游》："大浸稽天而不溺。"成

玄英疏："稽，至也。"大浸，大水。

〔8〕旁午：四面八方，到處。

〔9〕括帖：亦作"帖括"。科舉應試文字。比喻迂腐不切時用之言。

〔10〕馬季長：馬融。

〔11〕裁謝：作書致謝。

〔12〕柳生於肘：典出《莊子集釋》："俄而柳生其左肘，其意蹶蹶然惡之。"郭慶藩集釋引郭嵩燾曰："柳，瘤字，一聲之轉。"後因以"柳生肘"指疾病或災變。此指疾病。

〔13〕沈長孺：沈一中。乾隆《鄞縣志》："沈一中，字長孺，一貫從弟也，萬曆八年進士，授虞衡司主事，議罷神嶺山採石，民得不擾。稍遷儀制郎中，時浉藩負大力，有干請，俞旨輒從中出。一中爭甚，强半得寢。出爲按察副使，備兵上荆。荆多庶宗，貧無賴，不受約束。一中委曲區置，貸其困，已而稍整齊之，遂奉法。荆素多水患，一中周行下邑，務廣隄防，以遏其衝壞，荆之民皆獲寧宇。擢山東參政，以兄居揆席（宰輔），引嫌屏居者九年，起補福建參政。税璫高寀與紅毛番通，擅許貢市，尋以疏請，番船已泊漳門，一中抗言，疆臣無延冠八門理下令集舟師，逼使去，璫疏遂格不行。累遷貴州布政使。築安撫嘗苦豪右侵，爲具請，使内比爲州，拓地千里。未幾力請致仕。歸，一貫柄國，每自遠避，與人語，未嘗一及之。人或問相君起居，唯唯而已。"

〔14〕玄札：書信。

與荆州司李王彭伯〔1〕

伏讀佳篇，神采秀發，名理泓然。曾退如所謂抽關啟鑰〔2〕，薛明府所謂寫照傳神，政爾道著。門下勒法明刑，惟詳惟允。自是臯陶、蘇司空、張釋之一流人，法行升聞，爲三楚最。彼榷税者，自詒伊戚耳〔3〕。大都此事後能辦此者，須是綜覈嚴厲，無使吏胥小人同緣窟穴，其中救得一半，即他官箴，亦不出此也。何如何如，朝正在邇，而門下政聲赫赫，一時同籍咸謂有人，何用介介也〔4〕？

又

豚犬得在高列[5]，劉景升寧不愧死耶？失學從兒懶，長貧任婦愁[6]，古今同情也。且餘波及諸老生。大抵夷陵之人，謂不佞謬與辛丑之末[7]，故來言者衆。不佞亦藉此爲貧而老者計耳。吾鄉襄陽鄭廷尉，平生不説一儒生姓名。不佞既有愧於襄陽。而盱江羅近溪先生[8]，出游於道，有求者則與當事言之，稍不從，則詭曰："吾已受其賜也。"其實并其人之相貌皆不識也。此乃大斷名根人。而不佞於此事，前此未有關説，終有愧色。是復不如盱江也。

吾丈看此公案，書此一笑。

又

不佞數年不入都門者，貪生之念太重，只欲與勾漏、旌陽爲伍，然絶苦無同志山林之友。聞令兄終日誦《石函記》，果有所授乎？抑亦無師之智耶？藥物如何？想茅家兄弟，俱有僊骨，幸以見示，竟當略子民年齒之情，而爲道德性命之友，肯見許否[9]？

近覔得一奇士，似是鐵柱，會中人，乃蕭文貽之嫡孫，諱卿者，近居沙市。不佞欲遣此人問令兄道術，臺丈以爲若何？其同也，是天以君家兄弟賜不佞與蕭子也；如其異也，是天以不佞蕭子與君家兄弟也。面晤者數數矣，而未暇言及此，猶有皮面在，非肝膽個中事。門下愛我最切，知我最深。夫僊人者，薄聖人而不爲，是何心行？一笑。其他世情語，一字不及。

【校注】

〔1〕王彭伯：王三善，字彭伯，當時的荆州推官，雷思霈同年進士。詳見《送王司理尤名遷秩宗郎序》校注。

〔2〕抽關啟鑰：比喻詩文要吸收禮、樂、射、御、書、數的精華，求得率真淡泊。

〔3〕自詒伊戚：比喻自尋煩惱，自招憂患。

〔4〕介介：耿耿，介意。

〔5〕豚犬得在高列：指世無英雄，豚犬輩得執牛耳。典出《三國志·吴志·吴主傳》裴松之注引《吴歷》："生子當如孫仲謀，若劉景升兒子，豚犬耳。"

〔6〕失學從兒懶，長貧任婦愁：出自杜甫《屏跡三首》。

〔7〕與辛丑之末：指雷思霈中辛丑科進士。

〔8〕羅近溪：明中後期著名學者，泰州學派的代表人物。被譽爲明末清初黄遵憲、顧炎武、王夫之等啟蒙思想家的先驅。清程嗣章《明儒講學考》："羅汝芳，字惟德，號近溪，（江西）南城人。嘉靖三十二年進士，仕至雲南參政。汝芳少時閉關，臨田寺，置水鏡几上，對之默坐，使心與水鏡無二。冬之病，心火偶過僧寺，見有榜，急救，心火者以爲名醫也，訪之則顔鈞聚徒講學其中，聽其語悦之，往拜稱弟子，盡受其學。爲太湖令，召諸生論學，公事多决於講座。歷寧國知府，創開元會，罪囚亦令聽講。官參政，初入覲，勸徐階講學。再入覲，講學於廣慧寺，朝士多從之者。張居正惡之，屬言官借他事劾罷，歸，遂遍游吴、越、楚、蜀、閩、廣，益張其學，所至弟子滿座。"

〔9〕見許：答應我。

與劉元定

自出范陽，已與麯生風味别矣〔1〕。得兄佳釀〔2〕，以爲過之。不知當時平原客有此不？弟初覺醉，及歸而與孫兒爲樂，含飴之愛，今古同情，飲苦茗數碗，醉更復醒。弟欲借兄一畝宅，拜醉鄉侯也。麯生風味，一至於此乎？恐兄家白墮〔3〕，未免入苛政耳。朱虚侯行酒〔4〕，侍兒崇德亦頗似之。主人既有伯倫之飲〔5〕，又多子雲之箴〔6〕，復具公榮之興〔7〕。衆客且逃，何論弟也？然寧可一醉，不甘活埋也。笑笑。

【校注】

〔1〕麯生：酒的别稱。

〔2〕得兄佳釀：劉元定曾得平原酒法，自釀美酒。見《劉元定詩序》。

〔3〕白墮：人名。北魏楊衒之《洛陽伽藍記·法雲寺》："河東人劉白墮善能釀酒。季夏六月，時暑赫晞，以罌貯酒，暴於日中。經一旬，其酒不動，飲之香美而醉，經月不醒。"後因用作美酒的别稱。

〔4〕朱虚侯行酒：《史記·齊悼惠王世家》載："高后立諸吕爲三王，擅權用事。朱虚侯年二十，有氣力，憤劉氏不得職。嘗入侍高后宴飲，高后令朱虚侯劉章爲酒吏。章自請曰：'臣將種也，請得以軍法行酒。'高后曰：'可。'頃之，諸吕有一人醉，亡酒。章追，拔劍斬之，而還報曰：'有亡酒一人，臣謹行法斬之。'太后左右皆大驚。業已許其軍法，無以罪也，因罷。自是之後，諸吕憚朱虚侯，雖大臣皆依朱虚侯，劉氏爲益强。"

〔5〕伯倫：劉伶，字伯倫。魏晉時期"竹林七賢"之一。性嗜酒。其《酒德頌》流傳千古。

〔6〕子雲之箴：西漢揚雄（字子雲）有《酒箴》傳世。

〔7〕公榮之興：公榮指魏晉名士劉公榮。《世説新語》有這樣兩則記載："劉公榮與人飲酒，雜穢非類，人或譏之。答曰：'勝公榮者不可不與飲，不如公榮者亦不可不與飲，是公榮輩者又不可不與飲。'故終日共飲而醉。""王戎弱冠詣阮籍，時劉公榮在坐。阮謂王曰：'偶有二斗美酒，當與君共飲。彼公榮者，無預焉。'二人交觴酬酢，公榮遂不得一杯。而言語談戲，三人無異。或有問之者，阮答曰：'勝公榮者，不得不與飲酒；不如公榮者，不可不與飲酒；唯公榮，可不與飲酒。'"

與鍾伯敬〔1〕

游清凉幾一月矣，以肉眼觀之，石也，土也，巖也，壑也，草也，木也，此予所知也；以道眼觀之，金也，琉璃也，燈也，光也，銀橋也，玉殿也，象也，獅子也，非予所知也。作有數詩，懶得書；作一日記，亦未成帙。惟同行有一中菴者，大有意人，今在北塔寺中，亦與陶不退往來〔2〕。兄可與李長叔常常相見〔3〕，必更有人也。

會諸丈一一爲不佞寄聲，不及作如許書也。茂之兄爲我道意〔4〕，遲遲以清涼日記奉覽。明年欲游白下，便是我主人也。

【校注】

〔1〕鍾伯敬：竟陵派文學領袖鍾惺，字伯敬，號退谷、退菴，别號晚知居士。湖廣承天府竟陵（今湖北天門）人。鍾惺能詩文，冠絶一時，公推爲竟陵派之首，與譚元春合稱“鍾譚”。他提倡“勢有窮而必變，物有孤而爲奇”，寫作别具風格，“求新求奇”“孤行静寄”。吴景旭《歷代詩話》卷七十九説：“伯敬詩清迥自異，全用歐九飛盖橋玩月筆法，與譚友夏選《古唐詩歸》，一時翕然稱之。”1610年，雷思霈負責庚戌會試時賞識并選拔鍾惺，使其高中進士，被鍾惺尊爲座師。他與鍾惺的關係遠遠超過了一般的考官與考生的關係。在鍾惺看來，“從來座主、門生不爲少矣。吾兩人覺别有神情，别有契合”。鍾惺一生對雷思霈感恩不盡，并推重他的品格和才幹。在鍾惺的文集中述及雷思霈的文字比比皆是，且處處飽含深情。在赴蜀上任的途中，得知雷思霈去世後，他立馬下船，親赴雷思霈靈堂祭奠，後又先後寫作近兩千字的《告雷何思先生文》和《哭雷何思先生十首》“五言韻語”以紀念恩師。鍾惺在《先師雷何思太史集序》中高度評價雷思霈：“其識力卓而突，能超世；其才力大而沈鷙，能維世；其膽力堅忍而神，能持世；其骨力重而不軟媚，能振世。”萬曆三十九年（1611）鍾惺重病垂危，自感將不久於人世，於是將父母的後事托付給密友，却將國家後事托付給雷思霈。他認爲當時的社會已廢弛停滯，“已成一不快世界”，必須有人“用一番更張，露一番精采”，這個社會纔可救藥。在他看來這個能做“傷元氣之事”的“一等傷元氣之人”就是他的恩師雷思霈。

〔2〕陶不退：陶珽。字紫閬，號不退，又號稚圭，自稱天台居士，姚安（今雲南姚安）人。萬曆三十八年進士，官至武昌兵備道。交袁宏道、董其昌、陳繼儒，時以詩文唱和。錢謙益爲其作品寫序。

〔3〕李長叔：李純元，字長叔，湖北竟陵人。是譚元春的表兄，與公安三

袁、楊嗣昌、鍾惺等交往甚密，唱和較多。曾在工部任職。李純元與鍾惺、陶珽都是萬曆庚戌（1610）會試出雷思霈房中的進士，都是雷思霈的門人。

〔4〕茂之：林古度，明末清初著名詩人，字茂之，號那子，别號乳山道士，福建福清人。林古度一生歷經明萬曆、天啟、崇禎三朝和清順治、康熙二朝，終身不仕，以布衣終老。詩文名重一時，但不求仕進，游學金陵，與曹學佺、王士禎友好，與竟陵詩派代表鍾惺、譚元春交往達十來年。甲申（1644）變後，家園被占，化作車庫馬廄，從此家道中落，晚年淒苦。詩人吴嘉紀曾寫道："囊底徒餘一錢在"，"乃是先朝萬曆錢"，這既形容林古度晚年的貧苦，又體現了他不忘前朝的節氣。林古度以遺民身份活躍於閩浙，與"閩中三才子"許友、徐延壽、陳浚，寓居南京的大才子余懷，明清詩壇領袖錢謙益、王士禎都有密切的往來酬唱，被稱爲"東南碩魁"。參閲《觀林茂之所藏雷何思太史草書〈蝦蟆石研歌〉鍾伯敬先生書跋作歌以貽茂之》。

與門生王貞含〔1〕

諸僧來，知爾苦行，此是普賢大士行願第一義〔2〕，有此何愁不到西方也？來書猶是葛藤，此段大事，不是將文章學來，心思想來，他日摸着鼻孔，方知吾言之不謬也。州中聰慧能了此者惟爾，無日不在我心，勉之勉之！得此即一切無礙也。

請藏事，不問男女，不計貧富，不論多寡，得出些子〔3〕，共成此事，多多益善。那個不具彌陀，講經易而請藏難，非見相之與，不見相也。講經之費小而請藏之費大耳。若有不足，待吾回日補之，不必紛紛爲俗人態。州中所以不肯心者，只慮其多也，正不必在此，爾以爲何如？依吾法行之，時節因緣到，自成也。《北藏》〔4〕，非名山不可得，非大官不能得，姑且置之。時事多難，即要人多出，便不是平等心。佛法中第一在不疑，不疑即佛，佛即不疑也。笑笑。

【校注】

〔1〕王貞含：王維章。見《蓬池閣遺稿序》“王維章”條注。

〔2〕普賢大士行願：指佛教經典《普賢行願品》。

〔3〕些子：少許，一點。

〔4〕《北藏》：即《永樂北藏》。明成祖永樂八年（1410）敕令雕印。始刻於明成祖永樂十七年，完成於英宗正統五年（1440）。是一部大型官版佛教經典。

與羅雲連〔1〕

別來無日不思，聞會袁中郎、小修。此兩公用七佛精進力，爲玉泉大檀越。弟慕中郎久矣，今之子瞻也，何時得揮麈而談乎？時事日非，弟得授官，便爲武陵人矣。前所托事何如？可否幸以字示？好佛而欲天女散花，學僊而求采娥侍衛，亦是腰纏十萬，騎鶴揚州之妄想也〔2〕。笑笑。

又

高門大族，何敢爲偶？乃得結陳朱之好者〔3〕，政以重管鮑之交耳。弟在里閈時，一言一話，無不就仁兄商之，非傾肝膽，則進藥石。此固非世俗交情，第他人不知所以耳。別來改歲矣，而弟猶然一書生，日執經函丈〔4〕，又不暇肆力於古文辭，苦矣。孟孺委禽何如〔5〕？政不在貴顯者。昔人云芝草無根〔6〕，亦有見也。

【校注】

〔1〕羅雲連：夷陵人，貢生。夷陵名人羅文彩的從子羅化，字雲連，官柳州通判。與雷思霈、劉元定、袁中郎、袁小修等均有交往。

〔2〕腰纏十萬，騎鶴揚州：典出南朝梁殷芸《商芸小說·吴蜀人》：“有客相從，各言所志，或願爲揚州刺史，或願多貲材，或願騎鶴上升。其一人曰：‘腰纏十萬貫，騎鶴上揚州。’欲兼三者。”

〔3〕結陳朱之好：指結爲婚姻。白居易《朱陳村》："徐州古豐縣，有村曰朱陳。……一村唯兩姓，世世爲婚姻。"羅雲連的堂弟羅服卿的二女許配雷思霈之子雷闇。此信似乎是雷思霈請羅雲連作媒。參見《羅茂州章何二孺人墓誌銘》。

〔4〕函丈：《禮記·曲禮上》："席間函丈。"意思是老師講席與學生坐席之間要留出一丈的空地。後以"函丈"作爲對老師的尊稱。

〔5〕孟孺：雷思霈的妻弟張景良。《蓬池閣遺稿》的編訂者。詳見《太和游記》注。

〔6〕芝草無根：比喻人的成就，沒有任何幫助，出於自己的努力。語出三國吴虞翻《與弟書》："揚雄之才，非出孔氏之門，芝草無根，醴泉無源。"

【相關鏈接】

羅雲連

袁宏道

歐公極稱夷陵山川奇秀。向日會兄，都不一言。又貴鄉多士如此，兄皆不能稱述一二，豈弟不足與言耶？抑老髯識不足也？弟心已在三游洞前矣。倘有便舟，當偕數衲入峽一觀。元夕後不雨，當了此願也。又弟每游，必挾多衲，不知貴土可托鉢否？不然，未免以白腐青蔬困諸君子也。佳作甚暢，他時明倫堂中，恐著此騷雅，不得致聲。元定諸公，舊雅新知，快晤一堂，人間第一樂也，夢寢以之。

（《袁中郎全集》）

三游洞記

袁中道

泛舟於江西上，水之曼衍者忽自山止，路幾窮，旁睨有兩山夾江若練，如從大道折入永巷中。山奇高，水奇深，是爲入蜀第一峽也。峽右之山，有阜特起。

舍舟而陟之，覓所爲三游洞者，或曰："洞在陰。"予怏怏曰："洞與水背耶，無能爲也。"過山上劉封城，數武而下，聞水聲幽悄，與江聲相呑答，則下牢溪之水，繞洞迸入於江。山在江與溪之間，若墻，西去不知其極也。東峙峽口，山突止，而山背之面下牢溪者，其半忽横裂如人張口，即爲洞。洞在絶壁，不可至，而裂之處，若人下唇微豊者。故人從洞後緣之以達於洞，而未至洞數步，又若口角然，故須蛇行乃得度。既至，乃知其負江面溪。溪之上又爲山，溪水與石子相薄，瑟瑟然，戛戛然。江聲滂湃，聽宜遠；溪聲涵淡，聽宜近。江也大，溪也僻，習静於僻也，宜面背，誠當甚矣，予之淺也。

洞外少狹而中寬，其上石乳下滴，積千百年，反騰而上，以挂於頂，若怪松不見顛，若風中淚蠟，若細腰長人，森然立若垂楊柳，婆娑委地，參差以列若屏，遂有房與皇也。洞之中又有小洞數十若蜂房，皆可趺坐。出有斜路可達於溪兩岸，石根甚瘦，有大石出水上可坐。西行深入兩山間，或如塑壁，人馬蟲魚之跡了了，或如鐘鼎爐龜其上，或如石梁，水從梁下淙淙下注。其竅奧玲瓏之形，丹碧斑駁之色奇甚，土人或未之見也。

搜尋未央，而山上有聲清刻慘切，聞之腸痛，或曰："此猿嘯也。"巫峽啼猿數行淚，信矣！月已上，水石汩汩，猿聲逾多，慘然不可久住，乃覓故路以達於舟。洞名"三游"，始於元及白，偕其弟爲三。元白偶聚於此，亦苦别，然猶得偕游。而吾輩兄弟朋友，蕭然星散，是非獨洞之不幸，乃予之不幸也。時同游者爲元定劉君、雲連羅君兄弟，皆西陵名士。

（《珂雪齋集》）

與羅服卿

一日而君家三兄書并至，各各神情，如見其面。吾兄欲屏除人事，一味制舉文，雅是快事。玉檢輩[1]，其才俊爽，政可與兄相濟也。弟日日羸馬道上，未得一展卷。其他詩文債，安得吾兄爲弟償之？子美詩曰："安得詩如陶謝手[2]，令渠述作與同游。"彼猶借才異代，如吾在里閈而不得同游，思之何如！

爲弟報季玉弟，棋非復吴下時也。癸卯之冬，負局以俟。

又

兄之文，常苦其重，而今輕矣。夫輕而有滋味，有波瀾，乃所謂極重也，必中之技也。韓退之、蘇子瞻之集，不可不讀。而子瞻尤爲變化，得無中生有之妙。

弟近作每以應酬人了事，亦於了債處隨境生趣。太白、子美都是此法，即時文亦然。悔當時墮學究門風，如五歲小兒寫紅字，大可笑也。京師無他事，惟九月二十三日四更有流星從下臺星下，其落如雨。占曰：大將出師，大臣有罪。又曰：人民流失。此異事也。弟病四十日方起，出世之念，如救頭然，轉欲急耳。秋事近矣，好爲之。

又

前過玉泉，觀諸賢所作[3]，張孟以後寂寂也，古體七言絶無佳者。袁家兄弟詩已見，但未見黄平倩詩[4]，幸即以墨跡發一目。弟亦有作，可互證耳。

又

拙刻惟《百衲閣》最行，政以有名筆耳[5]。今又得數十首，亦欲入梓，敢再煩一揮，如《樂毅論》《東方贊》，皆不甚佳，得右軍一書，遂流傳人間。容躬謝不一。

又

泉酒池茶，皆弟所急需者，可謂清貺。扇頭詩佳甚[6]，豈奪得吴越山水佳麗之氣，故頓進數格，兼以筆法陡峻。弟一日得此二寶，豈世間真有揚州鶴耶[7]？

又

學黄便黄，學蘇便蘇，辟之韓王孫用兵，驅市人而戰，無所不可。容屬和[8]，不知學服卿，便服卿不也。一笑。

又

二詩奇甚，信知詩不必唐宋，取其真而已。傍人學人成舊人，自成一家如逼真，此之謂也。日來腹痛作瀉，卷册都未暇料理。今日頗凉，當爲兄揮汗一書。工不工不論也。

又

讀佳篇，穠縟高爽[9]。視弟所偶成者，不啻天之與淵矣。第不可令吴儂見耳[10]。笑笑。如欲題諸卷，弟亦不憚管城君[11]，惟恐貽後人嗤。玉冠在上，知我形穢耳。

又

偶閱涪翁集[12]，因爲寫行紀以奉覽，陸續書之，便覺有興，但不能到古人神妙處，奈何？乃知夷陵宋時又有一傅子正也[13]，刻者誤作“傳”字，今爲改之。

又

天孫詒牛郎，何得冉冉到人間，亦如麻姑案蓬萊山，頃刻即至蔡經家也。後復得七夕詩四首，俚誕不經，未暇呈上。

【校注】

〔1〕玉檢：羅玉檢。詳見《太和游記》注。

〔2〕安得詩如陶謝手，《杜工部集》作“焉得思如陶謝手”。

〔3〕諸賢：疑似《唐賢詩碣》。《唐賢詩碣》是唐代詩人詠玉泉的詩碑。此碑今已不存。碑上所録到底是哪些人的作品已無從知道。查閱康熙版《玉泉寺志》可知詠玉泉的唐代詩人有張九齡、孟浩然等。參閱文後“相關鏈接”。

〔4〕黄平倩：見《和黄庶子平倩》“平倩”條注。黄輝亦爲公安派的重要成員，有不少寫玉泉和夷陵的詩歌。

〔5〕名筆：有名的書法。據文意推知，羅服卿的書法在當時較有名气，雷思霈的《百衲集》當是羅服卿題寫的書名。

〔6〕扇頭詩：題寫在扇面之上的詩。

〔7〕揚，原刻本譌作“楊”。

〔8〕屬和：指和别人的詩。

〔9〕穠縟：猶縝密。

〔10〕吴儂：吴人。

〔11〕管城君：唐代韓愈曾寫《毛穎傳》，説毛筆被封在管城，叫“管城君”。後因爲毛筆的代稱。

〔12〕涪翁：黄庭堅。晚號涪翁。

〔13〕傅子正：黄庭堅《黔南道中記》中提到的一個人。

【相關鏈接】

唐賢詩碣跋

劉一儒

此碑没於榛莽若干年矣。往年，余由選部養痾山中，臨眺所至，憐而惜之，思有以立之，未能也。頃，大中丞汝陽趙公以觀風臨其境，識之榛莽中，亟欲立而新之。而藩參太康王公、憲使内江鄧公、郡守寧國趙公僉同此誼，領其事者實惟當陽縣令富順方子、留守參軍休寧任子。

然則諸君子固皆得與於斯文者也。余以銜命赴闕，道經此中際，觀其美，因樂道之而附名於石。時萬曆乙亥夏五月二十一日。

（康熙《玉泉寺志》）

玉泉寺同黄平倩賦

袁宏道

藍堆翠撲幾千年，銀浦何人也覆船。龍伯徒來方闢地，鼉叢緣此遂登天。紅霞抹額將軍拜，白石横烟幼婦眠。閑與故人池上語，摘取僊掌試清泉。

（清栗引之《玉泉寺志》）

黄平倩至玉泉以書見邀倍道趨之馬上感舊有作

袁宏道

曉枕濃和發清嚏，知是家人呼我字。翩然一鶴自東飛，銜得巴江箋子至。蠟花滿幅堆明戀，邀我共踏青溪翠。怒帆一掣截長波，馬不待鞭捶以轡。頳藍叠緑瀉平田，纈林稠葉點青膩。當時京國好兄弟，謝堂佳月城西寺。幾年抛没嘆吹雲，又作飛鴻留爪地。老去怕逢緣熟人，夢回每説金華事。欲知銷折幾番心，看我衣衫重叠淚。

（清栗引之《玉泉寺志》）

與楊伯從

服卿書佳甚，惜弟詩不能稱此耳，且弟歸來不坐酒肉地獄，則入黑風鬼國[1]，尚未得與高賢輩一談，真辜負此一回也。

【校注】

〔1〕黑風：佛教語。指恚嗔心。此指疾病。

與張孟孺

弟幸而中，又以甲數後，幸而不得選；乃以不向大貴人投一刺者，幸而得選，則天實定之耳。弟諸肺腑，惟仁兄賑我愛我容我規我者獨至，事無大小，一一煩兄。今而後，事且夥矣。令堂眠食甚安，弟極喜。吾兄麟兆在即[1]，想自繩繩[2]，惟願精神日固，無及他徑，則壽命千億之原也。弟他時倘得留内，則歸而就南郭湖亭，日飲酒與兄共樂，弟之夙志也。

又

功名固自有命也。弟猶記壬午年，夢許穎陽以二藤棍見與[3]，許公三甲吉士也。己酉，先人夢一旗書一"吉"字。丙申元日，弟夢主上以酒沃我，以目送我，此館臣事也。庚子十月，王少宰夢弟謁太宰不下拜，館中一長揖，此舊例也。弟今年二月夢入皇極殿，一桌在右之第七槅門，弟在寫書文字，俄主上出，門開如鸞鳳音，今聽之果然。弟即趨左房數間，一人持飯與弟食，謂弟在此做官。弟又夢張江陵與弟言天下事，其衣如戎裝，予在江陵坐席之後聽之。江陵，吉士也。諸如此類，不可勝數，信乎！有開必先[4]，非人之所能爲也。

弟之選，無一人相爲者。其他紛紛者皆不得，而弟得之，豈非命乎？

又

樓上書，有綱目，有《十七史詳節》，便人帶來。京中書貴極矣，恨無銀以購之。會王開老，將高中玄、張太岳二公奉疏[5]，求寄來一看。館中留否，大不可知。然當代之事，不可不考。二公之見，自不凡故耳。近日皇長子作一對："席上集夔龍，齋中希孔孟。"觀此對，他日當爲令主[6]，即當危疑之際，亦無愁怨之意。其爲天下本，可知也。

又

弟懶寫書，而家書每每數千言者，思家與思兄也。以是州中人來，不得家信，忙然如有失[7]。兄於閑時寫下，封在弟家中，有便人過即與之，亦快事也。前曹鳴陽有字來説，與葛蒼林言當時南園相與之情。諸君惟弟有此一步。此段交情，何日忘之！

【校注】

〔1〕麟兆：紱麟兆祥。指生日。晉王嘉《拾遺記·周靈王》："周靈王立二十一年，孔子生於魯襄公之世……夫子未生時，有麟吐玉書於闕里人家，文云：'水精之子孫，衰周而素王。'故二龍繞室，五星降庭。徵在賢明，知爲神异，乃以繡紱繫麟角，信宿而麟去。"後以"紱麟"爲慶賀生辰之典。

〔2〕繩繩：众多。

〔3〕許穎陽：許國，字維楨，號穎陽，明南直隸徽州府歙縣人。明朝嘉靖四十四年（1565），考中進士，歷仕嘉靖、隆慶、萬曆三朝，先後出任檢討、國子監祭酒、太常寺卿、詹事、禮部侍郎、吏部侍郎、禮部尚書兼東閣大學士，入參機務。

〔4〕有開必先：開考時必先登第。必先，唐時應試舉子相互間的一種稱謂。謂其登第必在同輩之先，有推敬之意。

〔5〕高中玄、張太岳：高拱和張居正。

〔6〕令主：賢德的君主。

〔7〕忙然：猶茫然。若有所失貌。

附鍾伯敬與孟孺書

仁兄爲雷先生後事至忠至密，弟所刻骨不能報者。雷先生一字一筆落人家者，皆當廣搜之。不要緊處，偏有深致，即作者亦不自知。

弟住夷陵一日，而從筆工處獲其一贊一跋[1]，從黄山人處獲其二詩，皆妙有風骨，遠過古人。則其遺落者多矣，在著意搜求之耳。世間大有意思人，生前文字不肯留稿，此自名根淡薄不沾帶處，爲其後死者却不可如此也。

【校注】

〔1〕筆工：與後文中的“黄山人”均失考。從文章内容看，當是夷陵人。

蓬池閣遺稿跋

余與太史雖肺腑戚然，臭味所結，別有真契，不以其淺薄也。太史高明磊落，凡與之游者，輒心醉意消。經世之業，斟酌千古，獨知獨信，不以標榜於人。一切衾影屋漏[1]，皆懷獨行君子之德。人知太史之品近於狂，而不知實有其獧[2]，此則余之所密證於太史者也。學道一念，雖不求名，至文字緣，似於名根未放。每每脱稿不留，人有詰其故者，漫應之曰："此覆瓿物，何示人以璞也？"余曰："此得非名根乎？"太史笑云："彌勒大士亦號'求名'[3]。名於此際，非大智慧莫能割也。"

太史存目，自刻僅詩五種，爲《歲星堂》《百衲閣》《醉石齋》《勾將館》《甘園》諸集，聊寄真焉，不自以爲足也。其餘詩若文，有自留者，有得之它所者。他所之存，或其所弗留者，或留而復失者，今皆不忍釋也。桂林懸圃，即一枝片玉[4]，無不可見本來，則余竊尸之耳。寸蒐尺討，以成兹帙。何敢言勞？

余與太史生死交情亦於此寄之耳。儻太史至今在，種種著述當有端緒。方之獻吉、元美、于鱗諸君子，可無軒輊[5]。今閲諸合作，亦自前無諸君子，不必參評於異代也。所遺憾者，太史之事業文章皆未能自快其意，而遂以蚤世。余三復斯集，涕泗横流，敬覓之貞含，訂次授梓，庶幾垂不朽云。

内弟張景良孟孺甫識[6]。

【校注】

〔1〕衾影屋漏：衾影無慚，屋漏不愧。指能慎獨，行爲光明，問心無愧。賈誼《新論·慎獨》："獨立不愧影，獨寢不愧衾。"《詩·大雅·抑》："相在爾室，尚不愧於屋漏。"

〔2〕獧：同“狷”。

〔3〕彌勒大士亦號“求名”：《法華經》説彌勒初名“求名”，經佛陀教化，後“當作佛，號名曰彌勒”。

〔4〕懸圃：亦稱“玄圃”。傳説在崑崙山頂，爲神僊居所。

〔5〕軒輊：車前高後低爲軒，車前低後高爲輊，喻指高低輕重。

〔6〕内弟：妻子的弟弟。舊時男人稱自己的妻子爲内人，因引申稱妻子的弟弟稱内弟。

荆楚文库

方志、總集、別集等
所收雷思霈其他詩文

荆州方輿書[1]

《山海經》曰："景山東北百里曰荆山[2]。""荆及衡陽維荆州"，蓋即荆山之稱而制州名矣。荆州諸山水皆出自嶓塚、岷山。禹平水土，嶓塚導漢，過三澨，至於大别；岷山導江，過九江，至於東陵。江漢朝宗於海，沱潜既導[3]，雲土夢作乂。下逮《周官》職方氏辨九州島之國，正南曰荆州，藪曰雲夢，川曰江漢，而荆州之山水始可考而原也。至漢武侯稱"荆州東連吴會，西通巴蜀，利盡南海，北據漢沔，蓋用武之國"云。而祝融降生於江水，孟涂司神於巴人，藩屏提封於丹陽[4]，羽獵奓言於雲夢[5]。非獨其形勢勝也，抑亦神明之奥區矣。

荆州轄州二，縣十有一，附郭爲江陵。蓋自荆山委迤而南曰紀山[6]。紀山去城四十里，爲荆南之紀，上有龍湫而雩雨焉。紀山之東南二十里曰龍山，山蜿蜒猶游龍，高嶺二八道西北而來。其支爲白馬山，爲蛇山，爲雞山，爲摩棋塚，爲龜塚。東至於太暉山。又東盡於落帽臺，晉桓温參軍孟嘉九日登龍山落帽處也[7]，臺畔有龍王宫。總之，皆龍山也。而龍山之西北隅曰擲甲山，漢關羽棄甲於此，故名。今有羽廟在。城東五里曰岳山。又東三十里曰諸倪崗，五代高季興賜將軍倪福可田[8]，後子孫家焉。城東南十五里曰鎮流砥，在沙市，激激江聲，一名象鼻嘴，今已淤矣。

江水自枝江内沮沱水，會於逍遥湖[9]，過虎渡口，徑於龍洲。洲周三十里，晉李衡隱居種橘柚於此。洲東有寵洲，二淵之間，世擅多魚，漁者投罟歷網，往往斷絶。有潜客泳而視之，見水下兩石牛，嘗爲罾害。漁者莫不擊浪浮舟，鼓枻而去矣。其下謂之�里洲。洲有高沙湖，齊聘士文範家於此[10]。湖東北有小水通江，名曰曾口。江水又出李家埠、石馬頭，繞天鵝洲。石馬頭疑即馬頭，昔陸抗屯此，與羊祜對壘，大弘信義，談者以爲華元子反復現於今。江水又逕御路口，東播於沙市津巷口，即古江津口。《家語》曰："江水至江津，非方舟避風[11]，不可涉也。"又東出柳林、黄潭堤，過油河口、郝穴；又過獐捕穴，過文村，達於荆江；過魯洑口，與夏水合流。江水枝流又由逍遥湖分入梅槐港，達秘師橋，過石斗門，直過太暉觀，至於城西之隍。又由虎渡口過張稍尾，逾虎第，會爲柘林白沙湖而沱湖，由郝穴口北分爲倚北湖，南分爲倚南湖，而西北又有赤湖，上承龍陂、楊水。龍陂，古天井水也，廣圓二百步。龍陂北有楚莊王釣臺，高二丈，南北六丈，東西九丈。又逕郢城南，東北流，謂之楊水。又東北，路湖水注之，湖在大港北，港南曰中湖，南堤下曰昏官湖。三湖合爲一水。楊水又東北流，得東赤湖、水口湖，周五十里，城下陂池皆來會同。而楊水又北逕竟陵西北注於沔——今龍陂水，過岳山，入草市，東流晉建武中所鑿漕河道，自羅堰口入大漕河，由里杜穴達沔水口，直過襄漢，即今草市河也。又東北爲三海水，陸抗所築，高保融名爲北海。紹興，逆亮將渝盟[12]，李師夔櫃上下海以遏敵。劉甲再築上下中三海，吴獵修築之，孟珙又再築之，引沮水及諸湖水注之三海，綿亘數百里，遂爲江陵天險。又爲八櫃蓄泄水勢，金人犯荆門，距江陵纔百里而去，以三海之險也。三海又名海子，其水出蛟尾，與漕水合流，入於三湖，又入於廖臺湖，而草市之漕水間，亦泝流達於白雲橋，環城池遂北接龍陂矣。蓋荆州江陵視紀山若扆，而城負之。江漢沮漳，前後縈流若帶，其地壇曼靡陁，四周如砥。即紀山諸嶺，高不過尋丈而墳起者。地且以東南傾，故多垣金堤耳。

然而江陵故郢郡，古句亶王國，往往多古跡。郡西有鍾離山石穴，有廩君土舟。今城，漢關羽所築基也。城以内，西有高季興子城，今湘王城。西南有羅含、庾信宅。又有含熙春臺，今并爲承天寺。君章階下，倏生叢蘭，至今蘭若猶稱叢蘭也[13]。含又有渫新臺，今爲城隍之祠。而西濯纓臺，則唐段文昌過江陵一大第，醉枕流渠，濯纓足，曰："我爲江陵節度使，必買此宅。"後果然爲築濯纓臺也。西南則絳帳臺，漢馬融教授諸生處也。城以外，北十里爲紀南城。城西南有赤坂岡，岡下有瀆水，東北流入城，名曰子胥瀆，蓋吴師入郢所開。又東北三里爲郢城，子囊遺言所築城也[14]。昭王十年，吴通漳水灌紀南，入赤湖，進灌郢城，則郢與紀南蓋二城云。郢城門曰修門，曰龍門，曰兩東門，皆《離騷》所稱也。南門有息壤祠，《山海經》："鯀竊帝之息壤，以湮洪水。"《溟洪記》云："江陵南門有息壤，唐元和中，裴宇牧荆州，陰雨彌旬不止。羽士歐陽獻謂宇曰：'若作一石室瘞之，雨即止。'宇驚曰：'前日棄藩籬下者是也。'乃從獻言，雨即止。後人掘地得石，其狀與江陵城同，徑六尺八寸。徙棄之，是歲雨不止，埋此乃止。"蘇軾序云："今江陵南門外，有石狀若宇，陷於地中而猶見其脊，旁有石記云'不可犯'，畚插所及，輒復如故，以致雷雨。"歲大旱，屢發有應，後失其處。萬曆壬午，新築南門城，乃得之，輒瘞以土而祠其上。夫息壤，一石耳，乃象江陵城，故知城不可擅易矣。

東南有渚宫，楚頃襄王之離宫，而宋玉之故宅也。梁元帝即位楚宫即此。後高從誨鑿城西南隅，爲池亭，亦曰渚宫。渚宫之側有鶴澤，晉羊祜鎮荆州時，多取教舞以娱賓客。城西南里許有五色潭水，氣常浮五色，下有九鐵牛、三鑊鎮遏水災。城東一里有畫扇峰疑即今土門，十里有魯宗壘、司馬休之壘，五里有庾信臺，東六十里有畢漸臺，東南五里有雍臺今呼鳳凰臺，又五里爲沙市城，宋趙雄知江陵，以無險可恃，築此自固。而元末，僞漢將姜珏增築之，今尚遺其基也。沙市有忠臣里，有孝子巷，其北有天井淵，椒茨淵，娥眉洲。而郡境以荆州濟江，西岸有地肺，洪潦常浮不没若肺，故地名肺也。

泉凡一：曰感通泉，出泰山廟東，相傳禱於神者，以紙錢投之，誠則沈，否則浮。元時覆亭於上，因名焉。

井凡四：曰八角井，在鎮流門内，井底有海眼，潛與江通；曰澆花井，在章臺寺内，世傳楚靈王所甃；曰高氏井，季興後庭之井也，宋兵至，高繼冲覆輪其中，給宫人乘此偕行，而溺者甚衆；曰九陽井，在草市景明觀，唐吕真人丹井也。

穴凡有九，水口凡十有三。在江陵者二，曰郝穴，曰獐捕穴；松滋則采穴；監利則赤剥；石首則楊林、調弦、小岳、宋穴；潛江則里社穴。九穴之口合虎渡、油河、柳子、羅堰爲十三口，皆江陵諸水之爲利害也。

洲凡九十有九。西至上明，東至江津。楚諺曰："洲不百，故不出王者。"桓玄有問鼎之志，乃灒一洲以充百數，僭號數旬，宗滅身屠，及其傾敗，洲亦消毁。後忽有一洲自生，沙流回薄，城不淹，時宋文帝龍飛江陵矣。

其爲市者五：曰草市，在新東門外；曰沙市，城東南十里；曰石馬頭市，在城西南五里；曰龍灣市，在城東北一百二十里〔15〕；曰赤岸市，在城東一百二十里，其地有大戰崗，相傳曾經關羽兵火，故名也。

爲街者十四：曰公安門正街，在城南；曰新東門正街，在府治東；曰北門正街，在城西北；曰西門正街，在城西；曰大北門正街，在城西北；曰佛樓十字街，在府東；曰鼓樓街，在府治正南；曰察院街，在府治東北；曰河泊巷街，曰武安橋街，俱公安門外；曰草市街，在新東門外；曰正街，曰後街，俱沙市。

寨凡二：曰馬家寨，在城東南六十里；曰岳山寨，在草市北。

渡一：曰虎渡，在龍洲南。

關一：曰東關，即草市。

而江陵之編户凡一百二十五里，曰在城，凡五圖；曰沙市，凡三廂；曰馬頭，凡三圖；曰府西莊，凡九里；曰潭字莊，凡九里；曰諸倪莊，凡四里；曰梅林莊，凡二里；曰俞潭莊，凡六里；曰八井莊，凡四里；曰化港，凡五里；曰獨楊，凡五里；曰文村莊，凡四里；曰日字莊，凡六里；曰高得莊，凡□里；曰旦甲莊，凡五里；曰降乙莊，凡四里；曰室丁莊，凡□里；曰室丙莊，凡□里；曰上四十八都，凡□里；曰中四十八都，凡五里；曰下四十八都，凡□里；曰官第一都，凡五里；曰虎第一都，凡五里；曰第二都，凡三里；曰新編，凡五里。其所管轄，東西廣三百八十七里，南北袤二百九十里。東至潛江縣界七十五里，南至公安縣界六十里，西至松滋縣界四十里，北至荆門洲界二十里，東南到監利縣清泰橋一百二十里，東北到荆門州藻湖村一百里，西南到公安縣浮萍渡五十里，西北到當陽縣三界塚九十里，而幅員甲於他州縣矣。

【校注】

〔1〕荆州方輿書：雷思霈應聘修《通志》時所撰，萬曆《荆州志》、康熙《荆州府志》均有收録，此處所録依據萬曆《荆州志》，參校康熙《荆州府志》。

〔2〕景山：在湖北房縣南。《山海經》："沮水出東汶陽郡沮陽縣西北景山，即荆山首也。"

〔3〕沱潛既導：沱、潛，水名。沱，指江水的别流；潛，指漢水的别流。既導，謂水已治理，沱、潛入江得循故道。

〔4〕提封：猶版圖、疆域。

〔5〕奓言：誇大之言。漢代司馬相的《子虚賦》裏的楚國人子虚在齊國人烏有面前誇説楚國雲夢地方的廣大和楚王狩獵時的盛況。

〔6〕紀山：東周楚國之名山，位於湖北省荆門市沙洋縣最南端的紀山鎮境内，南距荆州二十公里。

〔7〕孟嘉：字萬年，湖北江夏人。爲陶侃第十女婿，陶淵明外祖父。345年，孟爲荆州刺史桓温參軍。陶淵明有《晉故征西大將軍長史孟府君傳》。"孟嘉落帽"典出《晉書》，今已成爲形容才子名士風雅灑脱、才思敏捷的典故。

〔8〕高季興：五代十國時南平國（也叫"荆南"）的創建者。唐朝末年，高季興爲荆南留守，後唐封爲南平王。占有今湖北荆州一帶地方。至高繼冲，歸降宋朝。

〔9〕逍遥湖：古屬當陽，靠近今萬城大堤一帶。

〔10〕聘士：猶徵士。指朝廷以禮徵聘的隱士。

〔11〕非，原刻作"北"，據《永樂大典》改。方舟：兩船相并。

〔12〕渝盟：背叛盟約。

〔13〕蘭若：寺院。

〔14〕子囊：楚莊王第三子，名貞，字子囊，又稱公子貞。任令尹後，爲挽楚國頽勢，曾先後六次北伐。後率軍伐吴失利，彌留之際遺言，一定要在郢地修築牢固的城墻。

〔15〕城東北，康熙《荆州府志》作“城東南”。

東南七十里而近爲公安。公安城西二十里，爲孫夫人所築孱陵城〔1〕。北二十五里爲吕蒙城〔2〕。西北二里許爲劉備營。備領荆州牧，屯營於此，即今油河口也。縣賓江而城，垣以長堤。城始猶去江七里許，今岸善崩，江水决堤嚙城下，城中皆堤矣。江水支流繇虎渡口，經縣之三穴橋以入洞庭。又油水從西北來，注於江。江水衍溢，入於油河。三十里至三穴橋，又會虎渡水以入洞庭。近油河遂塞，不與江水合。又縣東一里，又有石浦河，淺不堪運。正統間知縣俞雍築壩瀦水，以便民漕，而流達於洋港可十里許。近不復達城流矣，則皆以江水嚙城，堤爲之障也。公安卑下，若澤中焦，其戟地而立者，曰泰歲山而已。縣之東四十里有重白湖。逾數里有神油湖，東南十餘里有洋港湖，西南三十五里有蒲家湖，西南七十里有軍湖，西八十里有貴紀湖。縣北有萊公竹，昔宋寇準貶雷州，卒歸葬西京，道出於此，人皆祭哭於路，折竹植地挂紙錢，逾月盡生筍，衆立祠祀之是也。

其爲市者十：曰孱陵市，在大光村；曰郭道口市，在毛穗村；曰孫黄市，在七里村；曰王家市，在牛頭村；曰高家壋市，在灌洋村；曰竹家岡市，在爪渚村；曰横堤市，在西辛村；曰毛家市，在魯陂村；曰鄭公渡市，在谷昇村；曰浮萍橋市，在茅穗村。

鎮一：曰斗斛鎮，在斗湖。

街凡七：曰澄清坊街，在縣治前；曰倉堤街，在布政分司前；曰斗斛堤街，在未寧坊；曰采市街，在儒學東；曰孱陵街，在大光村；曰學前街；曰石浦河街。

渡凡十七：曰大江渡，曰芭芒渡，曰簡家渡，曰孫黄渡，曰大渡，曰蘇家渡，曰太歲渡，曰嚴灘渡，曰辛家渡，曰霸城河渡，曰焦石溪渡，曰江管渡，曰流橋渡，曰惠果渡，曰王家堰渡，曰新渡，曰尹家渡。

其編户凡三十有五里，曰廖解村，凡二里；曰爪渚村，凡一里；曰大光村，凡三里；曰灌洋村，凡半里；曰板橋村，凡半里；曰谷昇村，凡二里；曰東西七里村，凡二里；曰長安村，凡二里；曰走坡村，凡二里；曰魯坡村，凡二里；曰特立村，凡二里；曰平樂村，凡一里；曰西辛村，凡四里；曰刀環村，凡一里；曰牛頭村，凡二里；曰茅穗村，凡四里；曰白湖村，凡一里。東西廣一百三十里，南北袤一百一十里。東至江陵縣四十五里，南至安鄉縣界一百里，西至松滋縣一百里，北至江陵縣界十五里，東南到石首縣一百二十里，西南到澧州一百九十里，西北到江陵縣七十里，東北到潛江縣一百五十里，而幅員稍狹於江陵矣。

【校注】

〔1〕孱陵城：《明一統志》："在公安縣，一名孫夫人城，乃漢昭烈（劉備）妻夫人所築。夫人，權之妹，疑備故，别作此城，不與同居。"

〔2〕吕蒙城：《大清一統志》："在公安縣東北。陸游《入蜀記》：'光孝寺後有廢城，髣髴尚存，《圖經》謂之吕蒙城。'"

東南北八十里爲石首。石首，亦古華容地。石首者，石之首也。又縣北三里，江邊有石孤立，名石首山，故縣名取此。縣治之東二里曰龍盖山，上有石湫，號曰龍穴。唐李衛公征蕭銑，取道江陵，屯兵於此。南二里曰馬鞍山，吴陸遜解鞍處也。稍西曰繡林山，漢劉玄德娶孫夫人此山下，結繡如林。西二里曰楚望山，一名望夫山。玄德入蜀，孫夫人鑿石登臺望之也。又西二里許曰八僊山，有僊人之局在焉〔1〕。縣東三十里曰獵賀山、小埏山。逾此而三十里曰焦山，與東山控爲華容界，焦公於此耀兵也。縣之西七十里曰黄山，其下有玉井。

石首之城半乘山，而下枕江流。江水自公安北逕楊岐，過子夏口而得龍山。昔禹南濟江，黄龍夾舟，舟人五色無主，禹笑曰："吾受命於天，竭力養民，生死命也，何憂龍哉？"於是二龍弭鱗掉尾而去，故名龍穴也。由龍穴而逕石首山，又逕楊子洲，洲在大江中，有蛟患，荆次飛濟此，遇兩蛟，斬之，自後罕有所患。而江之北遂逕劉郎浦矣。

水口凡九：大者曰楊林，曰調弦；曰小岳；曰柳子，柳子通漢沔；曰斷岡，宋楊幺所鑿。

套凡五：曰洪家套，縣東二十里；曰陳壅套，縣東三十五里；曰白沙套，縣東四十里；曰沙套，縣西三十里；曰官家套，縣西六十里。

港凡四：曰焦山港，縣東六十里；曰彭田港，獵河山下；曰喪停港，縣西六十里；曰竹林港，在縣西六十里。

湖凡十七：曰陳家湖，在縣北四十餘里；曰黄田湖，在縣南十里；曰田坪址湖，在縣南四十里；曰萬乘湖，在縣東四十里，相傳諸葛武侯屯兵於此也；曰披甲湖，在縣東七十里，三國曹劉約戰處也；曰冷水湖，在縣九十餘里；曰沙湖，在縣四十里；曰曹屯湖，魏曹操屯兵飲馬處也；曰張屯湖，在縣西四十里，張飛屯兵處也；曰龍城湖，在縣西四十里；曰鸛巢湖，縣東南二里；曰平湖，在縣東南十里；曰白泥湖，在縣東二十里；曰上津湖，在縣東南四十里；曰澧田湖，在縣西四十五里；曰熟田湖，在縣西南四十八里；曰栗田湖，在縣西南六十里。

灣凡六：曰潭子灣，在縣四十里；曰李金灣，在縣東六十里；曰燒窯灣，在縣西二十里，湘府曾於此置陶冶焉；曰萬石灣，在萬石堤下；曰豬水灣，在縣西北二里，曰竹林灣，在縣東北九十里。

井凡三：曰雲井；曰玉井，在黄山謝公祠傍，相傳水與雲井通，旱禱輒應；曰廉泉井，縣正街，其水瑩潔清冷，雖大旱亦不涸焉。

池一：曰藕池。

穴一：曰宋家穴。

臺三：曰董王臺，董允與諸葛亮駐兵處也；曰望夫臺；曰繫馬臺，漢昭烈曾屯兵於此也。

街凡二：曰縣前街，曰十字街，俱縣治前。

渡凡三：曰調弦渡，在縣東六十里；曰金牛渡，在縣南七十里；曰沙埠渡，在縣西三里。而縣東之六十里有調弦亭，伯牙鼓琴處也；楚望之上有錦幘亭，漢昭烈於此駐兵；又白楊鋪北，昔有麒麟産此，人以爲怪，撲而埋之，故名麒麟塚焉。

其編户二十四里，曰一都，凡五里；曰二都，凡五里；曰三都，凡五里；曰四七都，凡五里；曰武侯轄，凡二里；曰大江轄，凡一里；曰華容轄，凡一里。東西廣三百八十里，南北袤一百里。東至監利縣塔市驛一百二十里，南至華容縣界二十里，西至公安縣走陂村六十里，北至江陵縣界八十里，東南到巴陵縣紫雲鋪一百三十里，西北到安鄉縣紫荆渡六十里，南北到監利界八十里，西北到公安沙堤鋪六十里，而幅員稍狹於公安矣。

【校注】

〔1〕局：棋盤。

東二百里而遥爲監利，古華容地。晉太康五年立縣。土卑下，澤多陂池。西南逕於雲杜，爲雲夢之藪，夏水出焉。水以夏流冬涸，故名夏水。夏水自大江來，東流中夏口，是夏水之首，江之沱也，屈原所謂“過夏首而西浮”也〔1〕。春秋吴伐楚至於夏汭，是夏之尾也。夏水東過古華容城，又東北逕古成都王國〔2〕，乃逕縣東南流，由魯洑口過龐公渡，又過小沙口，至柴林直步口與漢水合。魯洑口是吴將軍魯肅援劉征曹時於此屯兵，故名魯洑也。自龐公渡塞，而夏水遂不與漢沔合流，既不合禹道潛沱經義，而又頻有决堤之患，且於縣形勢不便，徒以豪右貪兩岸之利，而議者多道築耳〔3〕。

縣近百里皆原隰，可遠眺者，三山而已。東百里而遥曰白螺山，有石鏡焉，光可以鑒；曰楊林山，其山多楊；曰獅子山，其上有軒轅井，其下監利之舊城也。三山而外，則有僊人之三盤棋，曹子建之倉庫垸，高季興所築之古堤垸，至今賴防水患。又有珠臺，楚王游之荆臺，楚靈王築之章華臺，屈原歌《漁父》之濯纓臺，申包胥之舊臺，南平王躍馬之走馬岡。

子胥所插之倒插槐，元御史薩德彌不根而生之瑞竹。而所可誌怪者，則木頭淵之木，其木修數畝，大可蔽牛，横亘堤下，不可數計。父老相傳言，高王綰所藏之木，居民有欲取者，皆夢神與語“勿取”狀。詰朝往見，大蛇蟠木上矣，遂錯愕而止。

車水灣之堤，宋，夏六月，江水决堤，忽夜多怪，風雨雷電大作。旦，有司巡視，得雷車轂木，因依轂跡而城堤，是名車水灣。又《容城記》曰〔4〕：“堤下有小兒浮出水上，自稱爲天神，招縣令與語。”其説益迂誕不經矣。

其水凡十：曰夏水；曰魯洑江；曰太馬長川，在縣南一里，周環二百餘里；曰胭脂河，在縣北七十餘里，僞漢陳友諒侍妾胭粉之需，以此河魚利供之也；曰盛洪堰河，在縣北八十里；曰龍潭河，在縣北九十里，有龍嘗起於潭也；曰分鹽河，在縣七十里，荆水分流處也；曰三汊河，在縣東六十里；曰新冲河，在縣西四十里，與江陵漕河相通；曰林長河，在縣東北三十里，周回縣治三百餘里，通舟楫往來，而兩岸林木最稱蓊蔚焉。

湖凡十九：曰古江湖，曰石頭湖，曰蓮花湖，曰化丘湖，曰周黎湖，曰爛泥湖，曰胭脂湖，曰分鹽湖，曰小沙湖，俱在縣之北；曰白艷湖，曰小吡湖，俱在縣之東；曰南江湖，曰蓮頭湖，曰家錦湖，水紋若錦，曰乾港湖，曰朱義湖，俱在縣之西；曰蔣師湖，曰東江湖，曰藤纏湖，俱在縣之南。

水口凡十一：北則浴牛口，新穴口，毛家口；東則錦水口，上洪口，柳港口，蓼湖口；西則黄蓬口，黄穴口；南則尺八流水口，舊江口。

淵凡二：曰木頭淵，在縣北七十里，中有水，編次若簰；曰龍淵，在縣東三里，外障古堤，泉旱不竭，相傳嘗有蛟龍出没。

灣凡三：曰車水灣，曰瓦子灣，曰槎子灣。

穴凡二：曰侯家穴，曰魯師穴。

套凡一：曰馬公套。

洲凡一：曰兔兒洲。

港一：曰曹鞭港，在縣東二里，魏曹操行軍至此，擲鞭處也。

池凡五：曰白水池；曰小山池；曰瑞蓮池，在學宫内，永樂間産并蔕蓮，明年裴綸及第；曰孟家池，在縣東一里，産千葉蓮〔5〕；曰許家池，在縣東南百里，其廣如湖，民漁其中焉。

井凡七：曰軒轅井，在獅子山上，黄帝南巡煉丹之所也；曰縣市井，深丈餘，味極甘美；曰八角井；曰衙内井；曰縣廳前井；曰十字街井；曰侍郎井。

市凡十三：曰分鹽市，曰新冲市，曰窯圻市，曰灌子市，曰戴子市，曰白螺子市，曰瓦子灣市，曰裴家市，曰朱家河市，曰雞鳴渡市，曰文家市，曰三汊河市，曰李家埠市。

街凡二：曰十字街，曰後街。

渡凡四：曰龐公渡，曰雞鳴渡，曰石家渡，曰馬公渡。

其編户凡四十一里，曰中下村，凡一里；曰雞鳴村，凡三里；曰流沙村，凡四里；曰沙灘村，凡二里；曰朱郭村，凡三里；曰上坊村，凡六里；曰北州村，凡一里；曰趙湖村，凡二里；曰長安村，凡二里；曰明暉村，凡一里；曰延壽村，凡二里；曰林長村，凡一里；曰沙城村，凡二里；曰崇南村，凡二里；曰歸德村，曰新興村，曰寧遠村，凡一里；曰新編村，凡一里；曰順義村，凡一里；曰新添村，凡一里；曰安化村，凡一里；曰福德村，凡一里。東西廣一百二十五里，南北袤三百二十五里。東至沔陽州界一百七十里，西至江陵縣界九十里，南至華容界二十五里，北至潛江界八十里，東北到江陵縣三百三十里，東南到臨湘一百二十里，西南到華容一百里，西北到景陵二百五十里，而幅員稍廣於石首矣。

【校注】

〔1〕浮，原刻本作“泛”。可查到的其他古籍均作“浮”，從之。

〔2〕成都王國：《明一統志》：“在監利縣，晉割南郡之華容、江陵、監利、豐都四縣，置成都王穎國。”

〔3〕道築：築室道謀的省略。欲構築房舍，而向過路的人請教如何做。比

喻人多口雜，難有定論，以致不能成事。

〔4〕《容城記》：似指元人張崇德的《華容城記》。

〔5〕千葉蓮，原刻本誤作“千葉道”，據萬曆《湖廣總志》改。

西南北二十里爲松滋，古鳩玆地也〔1〕。樂鄉城在其東，吴陸抗與羊祜對壘處。上明城在其北，晉荆州刺史桓冲所築。諸葛城在其西，諸葛亮征南夷時所築。郥城在其東南，楚昭王郥公所築。南極亭在縣之北三十里〔2〕，正德中，寺僧掘地得碑，漫滅不可讀。

山曰九岡，去縣九十里。南五十里有山，高昂如虎頭，名曰虎山。南八十里有山，似縮頸睡鶴，戢其左翼，舒其右翼，名曰鶴山。南八十里有金羊山，相傳有人掘塘得石羊，其色如金，故名。逾此十里有山似鳳，曰鳳凰山。又逾數里曰文公山，朱晦翁曾講學於此。又逾十里，有高峰山，峰上二池，常有游魚出見，黑虎馴繞，唐慧禪師修行處也。又逾數里，曰雲臺山，秀拔，常興雲霧，禱雨者以爲驗。諺云“臺上雲插天，三日雨漫漫”是也。東三十里曰龜山，山似三龜相逐。至盡處有一池，旁有石洞，名靈龜洞。又逾數里曰竺園山，隋開皇間，西方僧過此，指此山曰：“似吾舍衛國竺園山也。”峰曰秀峰，四時常葱鬱。又有雙劍峰，上有丹臺，唐吕真人之所憩也。崖曰射垜崖，漢昭烈入蜀，以是崖爲垜，用矢射之。又有阿彌崖，昔有僧於崖上禮佛，遂化去也。

水曰岷江，江至此播爲三江，過三十里而復合爲一，達江陵，入大江也。

溪凡四：曰學前溪，自城南流水入學宫，東入大江；曰潘家溪，在縣之五里；曰清幽溪，自添平、麻寮來〔3〕，一分至孫黄渡入江，一分至虎渡口入江。

泉凡三：曰石泉；曰六眼泉；曰竹泉，在南九十里，宋政和初，有僧浚井得竹筆，後黄庭堅謫黔過之，視筆曰：“此吾過峽中蝦蟆背所墜也。”後其筆忽成竹，固知此泉與蝦蟆水通云。

洞凡三：曰僊女洞，在縣南九十里，有門九重，一竅深遠；曰新勝洞，在縣南四十里，洞門屹立，水色澄清；曰靈龜洞，其深不可測。而旱禱即應，則三洞等耳。

嶺凡二：曰走馬嶺，曰馬鬃嶺。一以形名，一以漢昭烈曾馳馬於此也。

坡一：曰鹿頸坡，在縣東三十里，兩崖削壁。

河一：曰黑淘河，在縣南三十里，宋黄山谷洗筆處。

湖凡二：曰丘家湖，在縣東三十里；曰張白湖，在縣南七十里。

潭凡二：曰龍潭，在縣東十里，有龍潛於此；曰佘家潭，在縣東二十里。

洲凡二：曰上萊洲，在縣北三里；曰裹河洲，在縣東南九十里。

池凡二：曰天鵝池，湘獻王養天鵝於此，今没於大江；曰蓮花池。

坑一：曰沱老坑，在縣東六里，即《禹貢》所謂"沱潛既導"也。

口一：曰讓口。

井凡二：曰麻山井，在縣西南十五里；曰義井，在縣西南五十里，昔僧人悟真淘浚，以濟往來之人。

市凡五：曰朱家埠市，曰采穴市，曰涴市，曰倉頭市，曰大橋市。

街凡四：曰東街，曰西街，曰南街，曰北街。

渡凡二：曰松滋渡；曰虞氏渡，世傳虞舜南巡過此，故名。

寨一：曰西平寨，昔人屯兵之所也。

其編户凡二十四里，曰一都，曰上二都，曰中二都，曰下二都，曰上三都，曰下三都，曰上四都，曰下四都，曰上五都，曰下五都，曰上六都，曰上八都，曰下八都，曰上九都，曰中九都，曰下九都，曰上十都，曰下十都〔4〕，曰十一都，曰十二都，曰上下七都，曰在市廂，曰朱市廂。東西廣一百一十八里，南北袤一百三十里。東至江陵界七十八里，南至澧州界一百里，西至枝江界四十里，北至枝江界一十里，東南到公安一百二十里，西南到石門界三百里，東北到江陵一百八十里，西北到枝江八十里，而幅員又狹於監利矣。

【校注】

〔1〕鳩兹：康熙《松滋縣志》記載："安王二十二年，蜀伐楚，取鳩兹，即今松滋地。""元改松滋爲鳩兹縣，殘碑舊刻尚存。""明仍改鳩兹爲松滋。"

〔2〕南極亭：光緒《荆州府志》："一名江亭，在縣東三十里。唐杜甫《泊松滋江亭》詩：'紗帽隨鷗鳥，扁舟繫此亭。江湖深更白，松竹遠逾青。一柱全應近，高唐莫再經。今宵南極外，甘作老人星。'"

〔3〕添平、麻寮：土司衛所，在今湖北五峰、鶴峰，湖南慈利一帶。

〔4〕下十都，原刻誤作"下五都"。

西北八十里爲枝江，古羅國地也。江沱枝分，東入大江，故以枝江爲稱。《禹貢》"東别爲沱"是已。又有白水自容美出縣境東南〔1〕，北與沱水會〔2〕。沱水又與沮口水合流於江。江中有洲十二：曰蘆洲，在縣南七里；蘆之下曰澌洲，寬五十里；澌之南曰洋洲，其上白滻洲；縣東二十里曰㴩洲，約寬十里，民耕其上；㴩之下曰㴾洲；㴾之下曰關洲〔3〕，約寬三十里，民居其上；縣東六十里曰灞洲，曰漏洲；稍南曰苦草洲，曰南渚洲；而北六十里曰百里洲，最爲大，是惟枝江舊城〔4〕。桑田甘果，映江依洲。有縣人劉凝之故宅，凝之慕老萊嚴子陵之爲人，非力不食。後梁陸法和有異術，亦隱居此洲。

灘凡三：曰金沙灘，在洲之北岸；曰罐子灘，在洲之南岸，冬，水涸石出，有傾罐聲；而堆塢灘在縣之南岸矣〔5〕，入蜀第一灘也。

縣背江而城，城之西南皆山也。南五里，曰著紫山，漢昭烈初入蜀，載景帝木主於此息馬更衣而祀焉，因名紫山。下有神井，行者不敢飲馬。西五里曰金紫山，在鴉湖之側，日出湖光蕩映，金紫可掬也。南二十里曰石龍口山。西一里曰覆船山。西十里曰挂榜山。西南三十里曰官木，而大通寺之後又有金雞山。南二十里而爲天生堰，在官木山之巔，每雲霧必作雨，曰："雲掩天生堰，有雨即日見。"又西南三十里而爲羅老洞，是雲霧之所出也，龍潛其中，歲旱禱洞下，即雷作，水溢出幕洞口也。東南三里江涯有石如筏浮水面，曰石簰。逾七里有石峙江側，形如鼓，曰石鼓。

湖凡三：曰老鴉湖，在縣西一里；曰滄灘湖，在縣北百六十里；曰孫家湖，在縣東七十里。

溪凡五：曰渃溪，在縣東三十里；曰花溪，在縣西南十里；曰洋溪，在縣南；曰三郎溪，在縣南三里；曰滄茫溪，在縣東十五里。

口一：曰董塘口〔6〕，在縣東六十里，四方商賈於此貿易焉。

池二：曰蓮花池，産白蓮，則兆豐年；曰飲馬池，昭烈飲馬處也。

泉一：曰石笋泉。

井四：曰大通井，可療疫疾；曰神井，在著紫山下，有乘騎者，至此汲水飲馬，人止之，不從，馬立仆焉；曰鐵瑣井，在縣西，曾有女見瑣，拽之不盡，尋不見；曰儒井，在學内。

臺二：曰庾臺，庾亮講經處也；曰豐臺，即鳳臺也。

市凡四：曰東門市，曰北門市，曰沙沱市，曰洋溪市。

鎮一：曰白水鎮。

街一：曰李公街，知縣李智所築也。

渡二：曰白水渡，曰北門古渡。

其編户凡八里，曰一都，曰二都，曰三都，曰四都，曰五都，曰六都，曰七都，曰八都。東西廣二百一十五里，南北袤九十三里。東至江陵界一百一十里，南至松滋六十里，西至宜都界三十里，北至宜都白洋驛三十里，東南到澧州二百九十里，西北到夷陵一百二十里，西南到長陽魚洋關一百五十里〔7〕，東北到當陽一百二十里，而幅員視之松滋僅三之一矣。

【校注】

〔1〕白水：俗稱九道河，在今枝城白水港入江。

〔2〕沱水：長江支流，此指百里洲北邊的江流，今已成長江主河道。

〔3〕洲洲、瀫洲、關洲：在今枝江顧家店江中。咸豐十年（1860）的長江特大洪水，把洲洲、瀫洲冲洗殆盡，不遺痕跡。後來修建葛洲壩和三峽水利水

利工程，關洲復現。

〔4〕枝江舊城：從晉到南宋，枝江縣城設在今百里洲鎮赫家窪子江邊。故城舊址已被江水所淹。

〔5〕南岸，同治《枝江縣志》作“北岸”。考之枝江地理，堆塢灘在今顧店青龍山，在枝江老縣城枝城之北。

〔6〕董塘口：指今董市。又作“董灘口”。

〔7〕魚洋關：今属五峰縣。

又西二百八十里而近爲夷陵州。州倚東山爲屏。東山之首曰對馬山，漢關羽與吕蒙對馬此山中。東山亘綿數十里，中横爲路，滇蜀之人東北走神京道也〔1〕。州吞三峽而縮轂其口，城東南有二湖，東有二公官池，可溉千畝。城西北隅有郭景純注《爾雅》臺，東隅有洗墨池，爲景純洗硯處，今其水尚黑。三峽千里，日月蔽虧，波濤澎湃，至夷陵始劃然開豁，若披雲霧睹青天也。行者至此，咸欣然相慶，舍險而易矣。歐陽永叔爲《至喜亭》記之。

三峽之水由歸州而下，逕獺洞灘，下使君灘，晉楊亮爲益州刺史，於此覆舟，故名使君灘也。又逕虎頭灘，鹿角灘。又過狼尾灘，而歷人灘，二灘相去二里。人灘水至峻峭，南岸有青石，夏没冬出，其石嵚崟，數十步中，悉作人面形，或大或小，其分明鬚髮皆具，因名曰人灘也。

又東爲黄牛山，灘曰黄牛灘，江中三石磥砢，南岸重嶺壘起。最外高崖間，有色如人負力牽牛〔3〕，人黑牛黄，成就分明。既人跡罕至，莫得究焉。此巖既高，加江湍紆回，雖途逕信宿，猶望見之。故行者歌曰：“朝發黄牛，莫宿黄牛，三朝三莫，黄牛如故。”漢武侯於此立黄陵祠。國初，封爲江石灘之神。或曰此神佐禹鑿三峽，至此而化爲黄牛，其跡存耳。今廟中有神龜，有金蓮花若三株樹，肹蚃所通，行者無不膜拜而禱矣。黄牛而下爲查波灘，宋寇準謫巴東，舟經此灘，聞水中人語，出視之，見一裸體者爲之挽舟，準問之，曰：“我黄魔神也，公異日當大用，故爲公挽舟耳。但裸體不敢見。”準以錦袱投之，神即以袱被體而去。

又過爲蝦蟆，其石如蝦蟆，大數丈，石上出泉，陸羽稱爲天下第四水也。黄庭堅云：“從舟中望之，頤項口吻，酷似蝦蟆，尋源泉，入洞中，石氣清寒。”流泉出石骨，又似虬龍吼也。

又過，爲黄金藏，崖竇中有金簡玉字，宋陳膺得其一以歸，乃古《易傳》，但曰“易”，無“周”字，與今《周易》絶異，豈古《連山》《歸藏》？膺幾於包山丈人矣。獨其書至今不傳耳。

又過石鼻山，高五十餘仞，有巨石横六十餘丈，又名曰石牌。

江水又東，與下牢溪水合。下牢溪有州舊城，或曰劉鋒城[4]，三游洞在焉。唐白居易與其弟行簡、元稹同游勒石，故名三游也。其洞由劉鋒城而上，削壁懸崖，僅五尺道，蚫行踵武數十步始得洞。洞可一畝許，中垂二柱，闐然若門。下臨幽壑，溪水潺潺。遥望峽中，騰雲冠峰，高霞翼嶺。江聲雜棹歌，響振林，亦一奇也。

乃始得明月峽，懸崖間有白石狀入日月西陵峽[5]。西陵峽即夷山也。袁崧曰：“自黄牛灘入西陵界，至峽口一百許里，山水紆曲，而兩岸高山重嶂，非日中夜半，不見日月。絶壁或千許丈，其石彩色，形容多所像類。林木高茂，略盡冬春。猿鳴至清，山谷傳響，泠泠不絶。所謂三峽，此其一也。”崧又言：“常聞峽中水疾，書記及口傳悉以臨懼相戒，曾無稱有山水之美也。及余來踐躋此意[6]，既至，欣然始信之，其壘崿秀峰，奇構異形，固難以辭敘。林木蕭森，離離蔚蔚，乃在霞氣之表，仰矚俯暎，彌習彌佳。流連信宿，不覺忘返。目所履歷，未嘗有也。”

江水自西陵峽而歷禹斷江峽，北有北谷村，兩山間有水清深，潭而不流。耆舊傳言：昔是大江，及禹治水，此江小，不足瀉水，禹更開今峽口，水勢并衝，此江遂絶，於今謂之斷江也。

江水出峽，東南流，逕郭洲[7]，有步闡故城，西陵督步騭故城。孫皓鳳凰元年，闡復爲西陵督，據此城降晉，遣太傅羊祜接援，未至，爲陸抗所陷。又東即爲陸抗城，今名西塞洲。

北有赤溪水出焉，西北有浣紗水出焉。夏月水泛，其水有紋，如浣紗然。所謂浣紗女事，綜其實不然。子胥出昭關，脱漁父難，乞食江上，遇浣紗女，正在今溧陽，何渠得至夷陵？即始也奔宋，亦不得從郢中上至夷陵也。

西有姜詩溪水出焉，東流注於江。溪上爲漢姜詩祠，詩避亂徙居此山，事母至孝，所謂泉出江水，水躍雙鯉者也。今其井具在，水甚甘洌也。由此山而西數百里，楚所入蜀道也。山皆磴斗絶造，容人左擔，不可復易，足二分垂在外，若九折羊腸，一步一息。每夏月，灩澦、瞿唐多不可渡而起陸者，陸又險崿，難以叱御去。安所得夸娥二豎子移之！及萬曆十有四年，諸有司始合策議治道。“彼岨矣，岐有夷之行”。漢昭烈從秭歸攻房陵，屯猇亭，通佷山，升夷陵之馬鞭山[8]，燒鎧而斷石門。在今治道，有李太史維禎西徼治道碑文，辭甚嫻也。其治道左右諸山，若天柱，若天臺，若筐山，亦當抗峰瀺，疑在巫峽伯仲間耳。其山下皆出泉，分流注於姜詩溪而與江水合。而江水遂逕孤山，過白鹿崖，出荆門、虎牙之間，浩浩旰旰，至於宜都，不復有三峽之湍激矣。孤山者，今名葛道山，從江中仰望，壁立峻絶。袁崧爲郡，嘗登之矚望焉，故其《記》曰：“今自山南上至其嶺，嶺容十許人，四面望諸山，略盡其勢，俯臨大江若帶，視舟如鳧雁矣。”北對夷陵城。城南臨大江。秦令白起伐楚，“三戰而燒夷陵”是也。夷陵西五十里有石門洞，衆龍居之，雩雨輒應。上有張僊人以土書數字，風雨不變也。孤山望見之北三十里有穴，名白馬穴，常有白馬出穴食，人逐之，入穴潛行出漢中。漢中人失馬，亦常出此穴，相去數千里。袁崧言：“江北多連山，登之望江南諸山數十百重，莫識其名，高者千仞，多奇形異勢。自非烟褰雨霽，不辨見此遠山矣。余嘗往返十許過，正可再見遠峰耳。”

至荆門、虎牙，則所謂江關，楚之西塞也。荆門有十二山，若十二峰，上合下開，若門。相對爲虎牙山，石壁上門有白文[9]，類牙形，故名虎牙。江水從中流，甚急。郭景純《江賦》曰“虎牙桀豎以屹峰，荆門闢竦而盤薄”此也。漢建武十一年，公孫述遣任滿、田戎將兵，據險爲浮橋，横江以絶水路，營壘跨山，以塞陸道。光武遣吴漢、岑彭將六萬人擊荆門，漢等率舟師攻之，直衝浮橋，因風縱火，遂斬滿等矣。

其爲市者二：曰東門市，曰北門市。鎮一：曰白水鎮，在城南二里，元時居民十萬八千，後以兵毁，今基尚存也。街三：曰大十字街，曰小十字街，曰土街。渡三：曰臨江渡，曰長橋渡，曰浣紗渡。關一：曰西津關。

而編户凡十里半：曰境上東鄉，曰僊壽南鄉，曰東西鄉，曰西下鄉，曰南下鄉，曰安福南鄉，曰東上鄉，曰新興鄉，曰新安鄉，曰撫治鄉，曰撫安鄉。東西廣二百五里，南北袤八百八十里。東至當陽界一百四十里，西至歸州界一百一十五里，南至石門界五百三十里，北至南漳界三百五十里，東南到枝江二百四十里，東北到遠安四百里，西南到巴東八百里，西北到興山四百里，而上流諸邑，當以爲首稱矣。

【校注】

〔1〕滇蜀，原刻誤作“滇濁”。康熙《荆州府志》、乾隆《東湖縣志》均作“滇蜀”，據改。

〔2〕神京：指帝都京城。

〔3〕色，有的方志作“石”。負力：亦作“負刀”。

〔4〕劉鋒城：《湖廣通志》作“劉封城”，“劉封城在三游洞頂”。據《三國志》等文獻記載，劉封城係漢末蜀主劉備養子，副軍中郎將劉封，約於建安十九年（214）與孟達同任宜都太守所築禦敵城壘。

〔5〕有白石狀，入日月西陵峽，此處疑有错漏。疑爲“如日月，入西陵峽”之誤。

〔6〕意，似爲“境”字之誤。

〔7〕郭洲，原刻作“漷洲”，但查其他古籍均作“郭洲”，從之。

〔8〕馬鞭山，乾隆《東湖縣志》、同治《宜昌府志》均作“馬鞍山”。

〔9〕有白，原刻模糊不清，據康熙《荆州府志》補。

宜都，在夷陵之東南可九十里，古夷道縣。武帝伐西南夷，路由此出，故曰夷道。昭烈改爲宜都郡。縣東四百步故城，陸遜所築也。夷水從佷山縣南東北逕宜都城注於江，水色清照，十丈分沙，名曰清江。蓋佷山溪水所經皆石山，略無土岸。其水虚映，俯視游魚如乘空也，淺處多五色石。冬夏激素飛清，旁多茂木空岫，静夜聽之，恒有清響。百鳥翔集，哀鳴相和。巡頽浪者不覺疲而忘歸[1]。與江水合流，有涇渭之分。縣城吐内二江，猶斗之構矣[2]。江東有蒼茫溪[3]，溪中生五色紋石，紅如瑪瑙，碧似玻璃。縣北有湖里淵[4]，橘柚蔽野，麻桑暗日。西望佷山諸嶺，重峰疊秀，青翠相臨，時有丹霞白雲游曳其上。縣北有女觀山，厥處高顯，回眺極目。故老傳言，昔有思婦，夫官於蜀，屢愆歸期，登此山絶望憂感而死，山木鞠爲童枯[5]，鄉人哀之，固名此山爲女觀山焉。葬之山頂，今孤墳尚存矣。西五十里有大梁山，高峰霞舉，峻竦層雲，可以遠矚。西北二十里有宋山，崒嵂巀嶭，尚有雲氣，下爲僊女井。又西北有望州山，山形竦峻，峰秀甚高，東北白巖壁立，西南小演通行，登其頂，望見一州之境，故曰望州。東三十里有石羊山，高一百八十餘丈，山畔白石伏地如羊，豈初平所叱也[6]？東十五里有滾鍾坡，古有金鍾寺，忽一日，鍾躍地，遂入大江，揚聲而去。至今山坡有滾鍾之跡，所過處草下垂也。

其爲嶺三：曰界嶺，在縣之北六十里；曰明星嶺，在縣之南三里；曰走馬嶺，在縣南五里，昔陸遜窺蜀習馬處也。

洞凡三：曰桃子洞；曰石門洞，洞門深邃，潭深莫測，旱禱輒應焉；曰僊女洞。

磧一：曰馬鬃磧，在大江之右，夏没冬出，行舟畏之。

溪七：曰善溪；曰梔子溪；曰雅石溪；曰蒼茫溪；曰富金溪，旁多竹木，民賴其利；曰白巖溪；曰横溪。

池一：曰雲池，在大江中，水涸則現，魚蝦甚富。

窝一：曰龍窝，在大江之右，泓深莫測，龍潛其中。

泉三：曰無盡泉；曰赤魚泉，有赤鯉游其中，禱雨多應；曰五眼泉。

井一：曰僊井。

臺一：曰吴相臺，吴丞相陸遜屯兵處也。

鎮三：曰灣市鎮；曰白羊鎮；曰紅花沱鎮。

街四：曰東街，曰南街，曰北街，曰新街，知縣王伯琦所築也。

渡三：曰白水渡，曰白洋渡，曰清江渡。

其編户凡八里半，曰郭下保，曰灣市鄉，曰天地莊，曰宇字莊，曰宙字莊，曰洪字莊，曰長安鄉，曰日字鄉。東西廣一百三十里，南北袤七十五里。東至當陽玉泉界八十里，西至長陽磨石界五十里，南至枝江石口子界二十里，北至夷陵穿孔石界五十里，東南到松滋九十里，東北到遠安一百九十里，西南到石門一百八十里，西北到長陽一百里，而視之彝陵僅半垂矣。

【校注】

〔1〕頽浪：頽波，向下流的水勢。

〔2〕構，疑似“杓”字之誤。康熙《荆州府志》作“杓”。

〔3〕蒼茫溪：今名瑪瑙河。《大清一統志》：“在宜都縣東北三十里，一名瑪瑙溪，《輿地紀勝》：‘蒼茫溪生五色石，細紋，紅如瑪瑙，青如玻璃。’舊志：‘源出宜都縣東北三十里岡即東林陂，曲折成溪，下流入大江。’”

〔4〕湖里淵：《大清一統志》：“在宜都縣西北。《水經注》：‘夷道縣北有湖里淵，淵上橘柚蔽野，桑麻暗日，西望佷山諸嶺，重峰疊秀，青翠相臨，時有丹霞白雲游曳其上。’”

〔5〕童枯：光禿枯竭。

〔6〕初平：傳説中的僊人。葛洪《神僊傳·皇初平》有記載。

長陽在夷陵之南可九十里，古佷山縣。夷水出焉，夷水自沙渠入縣流。昔巴蠻有五姓，未有君長，約乘土舟浮者當以爲君，惟巴氏子務相獨浮，因共立之，是爲廩君[1]。乃乘土舟從夷水及夷城。夷城石岸險曲，其水亦曲。廩君望之而嘆，山崖爲崩。廩君登之，上有平石，方二丈許，因立城其旁而居之，今長陽界也。夷水東逕難留城[2]。是山也，獨立峻絶，今名龍角山。西面上里餘，得石穴，把火行百步許，得二大石磧并立穴中，相去一丈，名陰陽石。陰石常濕，陽石常燥。每水旱不調，居民作威儀服飾往入穴中。旱則鞭陰石，應時雨多；雨則鞭陽石，俄而天晴。相傳往往有效，但捉鞭者不壽，人頗忌之，故不爲也。東北面又有石室，可容數百人。每亂，民入石室辟賊，無可攻者，因名難留城也。夷水又東逕石室，在層巖之上，石室南向，水其下，懸崖千仞。自水上望之，每見陟山嶺者，扳木側足而行，莫知其誰。有村人小時到此室邊採蜜，見一僊人坐石床下凝矚不轉。還招村人重往，則不復見。鄉人今名爲僊人室。夷水又東逕佷縣故城，南對長陽溪。今縣名“長陽”取此，但以“楊”爲“陽”耳。又東北之風井山，迴曲有異勢，穴口大如盆。袁崧云：“夏則風出，冬則風入，春秋分則靜。四月中，去穴數丈，須臾寒栗，至六月中尤不可當。往，人有冬過者，置笠穴中，風吸之，經月還，步楊溪，得其笠，則知潛通矣。其水重源顯發，北流注於夷水。此水清冷甚於大溪，縱暑伏之辰，尚無能澡其津流也。”又東“至平樂村，有石穴出清泉，中有潛龍。每至大旱，平樂村左近村居輦草穢著穴中，龍怒，須臾水出，蕩其穢草。旁側之田皆得澆灌。從平樂村順流五六里，東亭村北，山甚高峻，上合下空，空徹東西廣二丈許，高起如屋，中有石林，甚整頓。旁生野韭，人往乞者，神許則風吹別分，隨偃而輸[3]，不得過越。不偃而輸，輒凶”。今不復然矣。大抵長陽在四山中，連山競險，接嶺爭高，多不可辨。

至爲民害者，則縣之二百里餘有百里荒，深林茂菁，熊虎猿狖之藪。横僅百里，縱不知幾千里，多諸蠻獠所盤據，而無賴亡命亦得因緣其間，以虔劉我行旅[4]。每至荒口，必聚衆乃可入耳。

其爲山二十七：曰方山；曰雞公山；曰七丘山；曰青桐山；曰金子山；曰紗帽山；曰將軍山，山勢雄峻，崖石如帶鎧甲狀，上有藺將軍廟焉；曰龍角山；曰香花山；曰馬鞍山；曰石橋山；曰蓮子山；曰鳳凰山；曰桃山；曰鯉魚山，天色晴明，隱若鯉魚；曰巫靈山；曰寶尖山；曰綺黄山；曰石笋山；曰馬連山；曰望州山；曰桑木山〔5〕；曰石柱山；曰雲繞山；曰若葉山；曰櫻桃山；曰黄連山。

巖凡十四：曰麃子巖；曰雙柱巖；曰挂鍾巖；曰觀音巖；曰挂榜巖，峰屹臨河，石色青白相間，彷彿字書，如懸榜狀；曰龍頭巖；曰象鼻巖；曰赤巖；曰獅子巖；曰咬草巖，徑通州城，行者扳崖援草而上；曰白馬巖，其石狀馬而色純白；曰隔虎崖，下有潭，虎莫能渡；曰赤馬巖；曰僊人巖。

峰一：曰文筆峰。

嶺凡六：曰馬鬃嶺，曰東峰嶺，曰青岡嶺，曰鵝嶺，曰蒲嶺，曰老鴉嶺。

洞凡五：曰僊女洞；曰龍門洞，兩崖劍立，巖穴幽邃，泉瀑飛注，旱禱輒應；曰僊人洞；曰藏書洞，宋郭雍藏書處也〔6〕；曰麻巖洞。

坪凡六：曰永和坪，曰白石坪，曰磨石坪，曰栗子坪，曰金坪，曰東山坪。

埡凡二：曰當水埡，曰漏峰埡。

荒凡二：曰石板荒，曰百里荒。

溪凡二十一：曰馬連溪，曰鵝溪，曰磨石溪，曰株木溪，曰後山溪，曰柳金溪，曰津洋溪，曰菖蒲溪，曰釣魚溪，曰車溪，曰平樂溪，曰烟市溪，曰固昌溪，曰險門溪，曰肆響溪，曰紙方溪，曰蘆溪，曰拖溪，曰杋木溪，曰珍珠溪，曰副纜溪。

灘凡十七：曰肆灘，曰會灘，曰三節灘，曰惡灘，曰大王灘，曰副金灘，曰鰲浪灘，曰秋浪灘，曰西寺灘，曰鱺魚灘，曰州涯灘，曰石羊灘，曰靖安灘，曰飛魚灘，曰龍吟灘，曰虎嘯灘，曰資木灘。

臺一：曰鳳凰臺。

市有六：曰下魚市，曰津洋市，曰平樂市，曰磨市，曰烟市，曰固昌市。

鎮一：曰資求鎮。

寨有四：曰紅崖寨；曰珍珠寨；曰小城寨，四圍削壁如城；曰山羊寨。

街二：曰大街，曰仁厚街。

渡有三：曰縣前渡，曰務河渡，曰津陽渡。

關二：曰古捍關，曰梅子八關。

堡一：曰招來堡。

其編户凡八里半，曰從教鄉，曰安德鄉，曰安寧鄉，曰崇善鄉，曰永定鄉，曰宋興鄉，曰蒙恩鄉，曰新興鄉。東西廣三百六十五里，南北袤五百里。東至宜都界二十五里，西至巴東界五百里，南至石門界八百五十里，北至夷陵界五十里，東北到宜都六十五里，東南到枝江八十五里，西南到容美宣撫司一千里，西北到歸州四百里，而疆域又下宜都一等矣。

【校注】

〔1〕廩君：廩君種。唐代杜佑《通典》記載："廩君種，不知何代。初巴氏、樊氏、瞫（音審）氏、相氏、鄭氏五姓皆出於武落鍾離山（在今夷陵郡巴山縣）。其山有赤黑二穴，巴氏之子生於赤穴，四姓之子皆生黑穴，未有君長，共立巴氏子務相是無。廩君從夷水下，至鹽陽（按，今夷陵郡巴山縣清江水名，夷水一名鹽水，其源出清江郡清江縣西都亭山），廩君於是君乎夷城，四姓皆臣之，巴梁間諸巴皆是也。"

〔2〕難留城：酈道元《水經注》記載："夷水自沙渠縣入，水流淺狹，裁得通船。東逕難留城南，城即山也，獨立峻絶。"雷思霈此處對難留城的介紹基本來自《水經注》。

〔3〕輸，疑爲"揄"。《水經注集釋訂訛》作"揄"。

〔4〕虔劉：劫掠，杀戮。

〔5〕桑木山，原刻作"桑山木"。據康熙《荆州府志》改。

〔6〕郭雍：乾隆《東湖縣志》："郭雍，字子和。其先洛陽人。父忠孝，

師事程頤，著《易説》，號兼山先生。雍傳其父學，通世務，隱居峽州，放浪長楊（即今長陽）山水間，號白雲先生。乾道中以峽守任清臣、湖北帥張孝祥薦於朝，旌召不起，賜號冲晦處士。孝宗稔知其賢，每對輔臣稱道之，命所在州縣，歲時致禮存問，後更封頤正先生，令部使者遣官就問。雍所欲言，備録繳進。淳熙初，學者裒集程顥、程頤、張載、游酢、楊時及忠孝、雍凡七家爲《大易粹言》，行於世。”七家指二程子、張子、楊時、游酢、郭忠孝及穜師郭雍七家之説。

遠安，在夷陵之東北可二百里畸，古臨沮地也。沮水出縣西，内漳水，又青溪注之，水出縣西青山。山之東有濫泉[1]，即青溪源也，口徑數丈，其深莫測。其泉甚靈潔，至於炎陽，以穢物投之，輒能暴雨。其水導源東流，以源出青山，故以青溪爲名。尋源浮奇爲深峭。盛弘之云：“桐木傍生，凌空交合，危樓傾岳，恒有落勢，風泉傳響於青林之下，巖猨流聲於白雲之上。游者常若目不周玩，情不給賞[2]，是以林徒棲托，雲客宅心，多結道士精廬焉。”唐田游崖愛此山[3]，廬其側，高宗親至門，謂：“先生此佳否？”曰：“臣所謂泉石膏肓，烟霞痼疾者也。”縣西南有青溪山，一名雲夢山，宋法琳大師居山洞中誦經，一女頻來獻食，詰之曰：“汝何女？”曰：“我龍女也，我家岷峨，聞師誦經功大，故來供獻。”師曰：“巖泉聒我，奈何？”女曰：“易爲耳。”遂辭去。忽一日，水從巖下流，半里許，方有聲。後人建龍女祠於側。其山之陰爲鬼谷洞，春秋時鬼谷子游此。山中蝙蝠大者多倒懸，得而服之，使人神僊。李白云：“余聞荆州乳窟近清溪諸山，僊洞往往，窟中玉泉交流，有白蝙蝠如鵶，千年之後身如白玉[4]，盖飲乳水而長生也[5]。”北五里有亭子山。又西北十五里有鹿溪山，在鹿苑寺側，山皆鹿疃。梁陸法和曰：“吾著腳名山多矣，無如此山者。”遂棲隱焉。又北十五里有鳳凰山，唐韋臯爲令，下鳳於此。又西十里有鳴鳳山，峰巒秀麗。相傳宋寶祐間，有鳳鳴鼎新之讖，山以此名矣。又西五十里爲百井山，極高峻，登之可望江陵。稍北則白馬山，上有白石狀如馬，故名。

巖一：曰招僊巖。

峪二：曰撞兒峪，張果老尋兒處也；曰羅漢峪。

洞凡十一：曰甘霖洞，巖穴深邃，其泉不可測；曰洪巖洞；曰呼兒洞；曰磨臍洞；曰玉虚洞；曰雲飛洞；曰法林巖洞；曰老龍洞，山高洞深，内有石巖三門及龍床之異；曰僊女洞；曰觀音洞，石壁聳峙，奇拔可愛；曰鬼谷洞，春秋時鬼谷子游此也。

坑一：曰天坑，周圍山聳，中闊十里，雖霖雨横流，須臾自消，殆如天造焉。

溪三：曰清溪；曰白龍溪；曰靈水溪，冬温夏凉，四時不竭。

湖二：曰官湖；曰香橋湖，深不可測。

口一：曰筧水口，源出雞鳴山石孔中，人以木竹爲梘，引水以灌田。

灘一：曰將軍灘。

井凡七：曰西市井，曰劉公井，曰義井，曰滌心井，曰聖泉井，曰東市井，曰聖水井。

槽一：曰石馬槽，關公屯兵所鑿也。

窟一：曰乳窟，其中玉泉交流。

市凡二：曰舊縣市，曰洋坪市。

街凡七：曰東門街，曰西門街，曰南門街，曰北門街，曰大十字街，曰小十字街，曰學前街。

渡二：曰譚家渡，曰李家渡。

堡一：曰南襄堡。

其編户凡八里，曰甘泉鄉，曰豐泉鄉，曰近悦鄉，曰尚義鄉，曰移風鄉，曰易俗鄉，曰崇仁鄉，曰安民鄉。東西廣一百一十五里，南北袤一百八十里，東至荆門界七十里，西至夷陵界一百一十里，南至宜都界一百里，北至南漳界五十五里，東南到當陽界九十里，東北到南漳四百五十里，西南到夷陵一百八十里，西北到南漳五百里，而疆域稍狹於長陽矣。

【校注】

〔1〕濫泉：《水經注》："青溪水出縣西青山之東，有濫泉，即青溪源也。口徑數丈，其深不測。其泉甚靈潔，至於炎陽有亢，陰雨無時。以穢物投之，輒能暴雨。其水導源東流，以源出青山，故以青溪爲名。尋源浮溪，奇爲深峭。"

〔2〕給賞：充分欣賞。原刻譌作"稆賞"。《永乐大典》《水經注》均作"給賞"，據改。

〔3〕田游崖，一般作"田游巖"。《新唐書》有傳。

〔4〕千年，原刻譌作"十年"。

〔5〕乳水，原刻譌作"浮水"。

西五百里而遥爲歸州，州一名歸鄉。《地理志》曰："歸子國也。"《樂緯》曰："昔歸典叶聲律〔1〕。"宋志曰〔2〕："歸即夔，歸鄉即夔鄉矣。"一名秭歸。屈原有賢姊，聞原放逐，亦來歸，喻令自寬。鄉人異其見信，因名秭歸。即《離騷》所謂女嬃嬋媛以詈余也。州舊有丹陽城，楚熊繹始封丹陽之所都，即夏啟臣孟涂"是司神於人，巴人訟於孟涂之所，其衣有血者，執之，是請生，居丹山"，丹山，即丹陽也。有夔子城，楚熊摯所治夔子之國。有劉備城，昭烈征吴，連營七百里，下秭歸所築也。有屈原舊田，名玉米田，雖畦堰縻漫，猶保屈田之稱。又有原故宅，累石爲基，名其地曰樂平里。宅之東北六十里，有女嬃廟、搗衣石猶存。又有宋玉故宅，其師與居耳。故《宜都記》曰："秭歸，盖楚子熊繹之始國，而屈原之故鄉也。"秭歸城凡數遷，今在江之東岸，城殿山而面江。

江劃兩岸而流。江有鐵心肝石；又有烏石灘；曰叱灘，水石相激如噴叱聲；曰蓮花灘；曰洩灘；曰新崩灘；曰麻家灘；曰和尚灘；曰石門灘；曰番灘；曰滑石灘；曰楊公灘，水甚惡。

溪曰香溪，出昭君溪。昭君出此，遺香囊，經宿香不絶也。其側有下牢溪，而西北之一里有寺溪，南二里有蘇溪，逾此而三里有羅五相溪，又二十里有沙城溪焉。

峽曰白狗峽，西峽，崖龕中石隱起有形，形狀具足。曰兵書峽，漢武侯藏書處。曰馬肝峽，峭壁間懸石如馬肝。曰鐵棺峽，在白狗峽東。唐王果爲雅州刺史，舟經三峽，仰見崖腹一棺臨空半出。緣崖觀之，有石志曰："欲墮不墮遇王果，五百年後重收我。"果視之愴然，曰："數百年後知我名，不忍舍去！"因爲收窆而祭焉。曰空舲峽，峽甚高峻，即古宜都、建平二郡界也。其間，遠望交嶺表有五六峰，參差互出，上有奇石如二人像，攘袂相對，俗傳兩郡督郵爭界於此。宜都督郵，厥勢少東傾，議者以爲不如也。自空舲峽而過埵竈下[3]，江之左案，壁立數百丈，飛鳥所不能棲，有一火爐埵在崖間，望見可長數丈。父老傳言，昔洪水時，行者泊舟崖側，以餘燼埵之崖側，至今猶存，故相承謂之埵竈也。由埵竈而逕流頭，其水并浚激奔暴，魚鱉所不能游。行者常苦之，其歌曰："灘頭白勃堅相持，倏忽淪没別無期。"袁崧曰："自蜀至此，五千餘里，下水五日，上水百日也。"

洞曰玉虚。唐天寶中，有人遇白鹿於此，薄而視之，其洞可容千人，石壁異文，多龍虎花木之狀，有石乳結成形像，皆温潤如玉，非人工所能雕琢。曰龍湫洞。曰雷鳴洞，在叱灘之中，駭浪激石，聲若雷鳴。

山凡有七：曰楚臺山，或云楚襄王遇神女處也；在州北之五里者，曰卧牛山；十里者，曰八學士山；其旁曰野豬山；東之十五里者，曰破石山，有大石破爲"十"字，人登陟者，咸經其間；而雞籠山在其東，牛角山在其西焉。

池一：曰洗馬池，楚襄王洗馬處也。

泉三：曰清冷泉，在州東之五里，水極清冷；曰濯纓泉，在東南之十里，其中有神蛇，人穢其水輒見；曰獨清泉，其泉冬夏不渴[4]，甘美稱最焉。

井二：曰楚王井，在楚臺山之上；曰張公井，水出無貯，人皆爭取於源之頭，有相告訐者，正德間，張僉憲伐石，甃一大池貯之，民咸稱便。

街二：曰河街，在城之外；曰遠安街，在通濟門之外。

關一：曰貓兒關。

其編户凡四里半，曰龍池鄉，曰龍城鄉，曰長城鄉，曰東陽鄉，曰歸化鄉，曰歸仁鄉，曰三閭鄉，屈原之故鄉也，曰建東鄉。東西廣三百八十里，南北袤四百七十里，東至夷陵界二百里，西至巫山界一百八十里，南至長陽界二百里，北至房縣界二百七十里，東南到長陽四百里，東北到遠安六百里，西南到四川建始縣八百九十里，西北到四川大寧縣四百里，而視遠安稍加廣矣。

【校注】

〔1〕典：負責，主管。相傳夔爲堯、舜時樂官。

〔2〕宋志，《水經注》作“宋忠”。是宋忠給前一句作注。宋忠，東漢末學者。南陽人。建安中，荆州牧劉表立學官，求儒士，以忠與綦母闓等撰《五經章句》，稱爲後定，忠又注《易》，俱佚。

〔3〕埵：豎立，堆砌。

〔4〕不濁，疑似“不涸”之誤。

興山，在歸州之西北二百里，舊有高陽城，以高陽之苗裔也。其山曰羅金山[1]；曰練城山；曰荆子山；曰盤龍山；曰高頭山；曰爛柴山；曰天竺山；曰高蘭山；曰九衝山；曰僊侶山，高數千丈，層峰叠嶂，上於青雲，其最高處又平衍如地，相傳有群僊集其上。

峽曰龍口峽，曰建陽峽，縣東南水四十八渡，至建陽村與香溪水會。

塢曰簝葉塢，長亘二百里，怪石横梧，叢林葱鬱，路通襄鄖，行者必聚衆而入。

寨曰高雞，是在夷歸之間，昔有豪者，鋌而走險，弄兵此山中，集數百人，白晝而掠居民，今稍平矣，猶能作賊。

潭曰珍珠潭，王昭君盥水，墜珠花於此。

村曰昭君村。

溪曰南陽溪，自鄖陽房縣來，逕縣治下，會流入大江。

荒曰八里荒，在縣東之百里，夾兩邑之間，林深路隰。

灘曰新奔灘，曰白馬灘。

池曰龍池，宋狀元洗墨處也。而學宫之後有清泉引流，繞殿後，環入泮池，至關南門外，會香溪入大江。而縣南里許，有昭君臺，不知何時建也。

其編户凡二里半，曰公平鄉，曰未安鄉，曰長安鄉，曰長和鄉，曰長樂鄉，曰長順鄉，曰永順鄉。東西廣三百里，南北袤五百里，東至夷陵界一百五十里，西北巴東界一百五十里，南至歸州界六十里，北至房縣界二百五十里，東南到遠安三百九十里，東北到鄖陽府四百五十里，西南到建始縣三百八十里，西北到四川大寧縣六百三十五里，而管轄稍隘於歸州矣。

【校注】

〔1〕羅金山，同治《宜昌府志》、光緒《興山縣志》均作“羅鏡山”。光緒《興山縣志》：“南十里羅鏡山，高千尋，上有雙峰，一名雙戟山，或云古有羅經結廬此山，故一名羅經山，一名螺金。此南瀕香溪爲縣治，《方輿紀要》稱‘山自西北來，綿亘百餘里’，是也。案，《方輿紀要》又稱：‘縣北有四通山，山形陡絶，旁有四徑可上。’今羅鏡山四徑可上，疑羅鏡山一名四通山。”

巴東，在歸州之西九十里，古丹陽地。上接夔巫，當三峽之中，群山合圍，江流中激。自三峽七百里中，兩岸連山，略無闕處。重巖叠嶂，隱天蔽日，自非亭午夜分，不見曦月。至於夏水襄陵[1]，沿泝阻絶[2]。王命急宣，有時朝發白帝，暮到江陵。其間千二百里，雖乘奔御風，不以疾也。春冬之時，則素湍淥潭，回清倒影。絶巘多生檉柏，懸泉瀑布，飛漱其間，清榮峻茂，良多趣味。每至晴初霜旦，林寒澗肅，常有高猿長嘯，屢引淒異，空谷傳響，哀轉久絶，故漁者歌曰："巴東三峽巫峽長，猿鳴三聲淚沾裳。"

山曰石門山，上合下開，洞達東西，緣江步路。昭烈爲陸遜所破，經走此門，追者甚急，燒斷鎧道，踰山越險，僅乃得免，即此山也。南一里曰巴山，縣治依之。又五十里則桐木山，逾此而二百五十里有虎頭山。又二十里有鐵爐山，稍東則石柱山，稍西則馬鞍山，北五里曰飛鳳山。又十五里曰天橋山，曰青銅山。又十里曰羊乳山。逾此而四十里曰金盖山。又二百八十里曰梁臺山。稍西則招蜂山，明月山，紫陽山，向王山，高大無樹木，嘗有雲氣，冬則先有雪，古有向王耕此山也。曰石羊山，曰二分山，曰小戒山，極高峻，惟一道從崖過，止容一人，過此則平曠，可容百家，昔人多避兵於此也。曰長豐山，懸崖峭壁，高千萬仞，崖間多蜜，民每用索懸崖上攀取之。東七里曰羅頭山。又七十里曰七寶山。又二百五十里曰金籠山。其旁有紅葵山。西二十里曰野龍山。又二十里曰覆磬山。又二百六十里曰雙磏山。逾此而十里，則畫眉山、鎮南山在焉。

溪曰東瀼溪、西瀼溪，皆入江流，杜甫草堂在焉。曰羅溪、風溪、紫陽溪、赤溪，皆在縣之北。曰龍窩溪，在其南。曰白水溪、舊縣溪、廣都溪、九安溪，在其西。而東瀛溪，則在西北焉。

城曰樂鄉，曰信陵，曰羅平，曰雙城，曰新化，曰土城，皆古遺堞也。

洞曰白鹿。相傳有異人至，白鹿輒鳴。有萊公柏，萊公謫爲令時所植，民以比於甘棠。有公孫述柱，《荆州記》："巴東有一折柱，孤直，高三丈，可十圍。相傳公孫述摟柱久而不仆。"

龍舟，在西瀼溪崖壁間。相傳元時，五日，居人戲舟，因醉，鼓噪而過，龍怒涌水，人爲所溺，惟舟棹駕此。高萬餘仞，今猶不朽矣。

而峰三：曰東峰，曰鐵峰，曰火峰。

嶺四：曰西嶺，曰長嶺，曰長子嶺，曰馬嶺。

荒一：曰株楠荒。

坪一：曰百萬坪。

水四：曰蜀江；曰三潮水，石間有水，一日三潮故也；曰清江河，江水皆濁，惟此獨清故也；曰三壩河，源出九府坪，一流入房縣，一流入大寧，一流入西瀼溪，合大江也。

潭一：曰白磁潭。

灘四：曰香爐灘；曰八斗灘；曰横梁灘；曰石門灘，中有巨漩萬餘丈，舟行不惧則覆溺[3]；曰清水灘，江水泛急，觸而爲漩，舟人戒嚴於此也。

峽三：曰東奔峽，曰破石峽，曰門扇峽。

沱五：曰渦龍沱，清深不可測，相傳有靈物宅焉；曰苟使沱，中有巨漩，舟人少忽，則俄頃流入於沱，必覆没也；曰驢子沱；曰萬户沱；曰雲沱。

磧一：曰腹裹磧。

井五：曰天澤井；曰温涼井；曰通幽井，相傳飲此可療疾，下常有鼓樂聲；曰陰時井，其上有雲則雨，無雲則晴；曰舊鹽井。

街三：曰上街，曰中街，曰下街。

其編户凡九里，曰在市里，曰安居里，曰清平里，曰長豐里，曰前一都，曰前二都，曰後一都，曰後二都，曰新興都。東西廣二百四十里，南北袤五百里，東至石門界四十里，西至巫山界九十里，南至長陽三百五十里，北至房縣界六百里，西南到建始八百里，西北到大寧三百一十里，東南到歸州二百二十里，而視之興山則稍衍矣。

【校注】

〔1〕襄陵：水勢浩大，漫過山陵。

〔2〕沮絶，疑似“阻絶”之誤。《永乐大典》《水經注》均作“阻絶”。

〔3〕不惧，疑似“不慎”之誤。萬曆《湖廣總志》作“不慎”。

至於陵墓，江陵則梁元帝陵在故郢城；梁宣、明二帝陵在紀山；楚莊王墓在龍山，有陪塚；楚康王墓在郢城西；楚平王墓在廖臺；孫叔敖墓在江陵舊城白玉里，叔敖曰："葬我於此，後必爲萬户邑。"顏之推父若母墓在江陵東郭；高氏三王墓在龍山；唐介墓在龍山；畢狀元漸墓在赤岸；湘王墓在太暉觀西；遼諸王墓在八嶺山；衡陽諸王墓在海子山；宜城諸王墓在秘師橋；劉尚書儁墓在秘師橋，永樂初，儁征跤趾死焉，肝膽塗地矣，上命有司葬衣冠於此；張尚書純墓在龍洲；錢知縣醇墓在白馬山。

石首，梁宣三公主墓在高陵岡；晉謝安墓在長亭港；唐尚書劉慶墓在東山；宋將謝誨墓在黄山；宋學士趙觀墓在白泥湖；宋學士趙嘉猷墓在苗田岡；元都御史蕭明墓在楚望山東畔。國朝文定楊溥墓在高陵岡〔1〕；又有文簡張璧墓、襄袁宗臯墓、尚書王之誥墓。

監利，伍子胥墓在梅林，子胥既以鴟夷浮之吴江〔2〕，何以猶得葬鞭尸之地？或其先舉若奢墓耳；跤趾太守胡寵墓北，漢太傅廣身陪陵，而此墓側有廣碑，世謂廣冢，非也，其文是蔡邕之詞；范西戎墓，晉《地里記》,《太原記》，盛弘之、劉澄之記并言是越之范蠡，惟郭仲產言："在縣東，檢其碑題云'故西戎令范君之墓'，碑文稱，'蠡'是其先也。"郭太師墓，城西南江岸。

松滋，國朝張僖墓，毛道成墓，伍尚書文定墓，在臺山。

枝江，楚穆王墓，在長樂鄉；楚昭王墓〔2〕，在枝江、當陽界間；楚懷王墓在縣東〔3〕。

夷陵，國朝劉尚書一儒墓在東山。

宜都，陸遜墓在縣東南十一里，有疑冢三十六；宋張商英墓在白羊驛。國朝鄒師顏墓，余謙墓〔4〕。

長陽，唐曹王臯墓，縣西南六十里。

興山，宋邑人敻狀元谷珍墓。

夫陶牧昭丘，仲宣作賦，至白起燒我先王墳墓，而子胥遂以鞭箠之，益慘於發掘之禍矣！因并論及之。

（萬曆《荆州志》）

【校注】

〔1〕楊溥：明代著名“三楊”之一，大學士，首輔。謚文定。其子楊旦的繼室是宜都（今屬枝江）人太常卿余謙的妹妹。

〔2〕楚昭王墓：王粲《登樓賦》：“北彌陶牧，西接昭丘。”李善注引《荆州圖記》：“當陽東南七十里，有楚昭王墓，登樓則見，所謂‘昭丘’。”今枝江問安鎮青山古墓群、荆州熊家冢兩處的可能性較大。

〔3〕楚懷王墓：懷王立三十年，爲張儀所詐入秦，以其子頃襄王即位第三年，卒於秦，秦人歸其喪。《史記·楚世家》注不云葬處。其云墓在枝江，始自唐代詩人宰相張説，清朝大詩人王士禎亦有詩。

〔4〕余謙墓：在今枝江市董市鎮檀樹溪村（古屬宜都縣青泥鋪，地名青泥灣）。

施州衛方輿書

施州衛，《禹貢》，荆梁二州之服，古蠻境也。周廪君國，春秋界於巴國，而戰國實楚巫郡云。秦伐楚，取境，更名巫縣，屬黔中郡。漢初屬臨江，尋隸南郡。王莽改屬南順郡。建武初仍改屬南郡。三國，蜀主析南郡，置宜都郡，及置佷山縣隸焉。吴孫休初置固陵郡，永安三年，置建始、沙渠縣，及更爲建平郡，隸焉。建安十三年，魏更屬臨江郡。二十五年，屬新城郡。晉太康初，仍屬建平郡。尋析牂牁，又置夜郎郡及縣，隸之。東晉之末，桓誕始竄大陽蠻中，築城，自號施王，子孫世焉。宋泰豫元年，誕復以沔北降魏，遂爲向氏所據。後周建德初，向鄒兄弟四人相率内附，始置施州，更置爲清江郡。又析都亭山北置亭州。隋開皇初，郡廢。五年，復置清江縣，屬荆州總管府。大業初，更亭州爲庸州，治石城。義寧二年，復爲施州，治鹽水。尋爲冉安昌所據〔1〕。

唐武德四年，仍爲施州，治清江，屬江南道。開元二十一年，又更爲清江郡，屬黔中道採訪使。天寶初，更清化郡。乾元元年，仍爲施州。五代天福初，陷，屬王建。後唐同光三年平蜀，遂屬南平。長興二年復陷，蜀孟知祥改屬寧江軍節度使。宋乾德初，平蜀，仍置爲施州，隸夔州都督府。治道三年，更屬峽路轉運使。咸平四年，又屬夔州路轉運使。開慶初，徙治倚子山。元至元十三年，仍治清江。十五年，屬夔州路總管府，置施州分鎮萬户府於城南。二十二年，以清江縣省入，止領建始縣。二十五年，復治清江縣，分隸夔州路總管府。至正十二年，峒蠻叛，四川行省招降之，升州爲施州等處招討使司都元帥府。十七年，明玉珎僭據〔2〕。明洪武四年，仍置爲施州，領縣建始，屬夔州府。十四年，又置施州衛指揮使司，屬湖廣都指揮使司所，領千户所三，而軍民千户所二，宣撫司三，安撫司八，長官司七，蠻官司五。其容美宣撫司亦其境内云。

曰軍民千户所，爲大田。大田，古蠻國，秦屬黔中，漢屬武陵郡，唐屬黔中道，五年爲感化州地，宋爲富州地，尋更爲柔遠州，元爲散毛峒。洪武五年定其地，二十三年屬千户所，名散毛，尋更爲大田軍民千户所，領百户所五，土官百户所十，及剌惹等三峒。

曰宣撫司，爲施南，爲散毛，爲忠建。施南轄領東鄉、忠路、忠孝、金峒安撫司，凡四。散毛轄領大旺、龍潭安撫司，凡二。忠建轄領忠峒、高羅安撫司，凡二。總爲八安撫。而施南及忠孝、忠路，即荆梁二州西北境，屬巴子國。春秋楚子滅巴子，兄弟五人流入五溪今忠孝地。金峒故亦蠻國。蠻與羅子共敗楚師，復振，遂屬之。楚昭王伐之，略至黔中郡。漢更武陵，唐隸黔中都督云。宋崇寧中，施南覃都管駡始納土輸賦，令隸施州。時東鄉五路爲細沙寨，實順州西，而忠路屬之龍渠縣，忠孝爲西高州，金峒爲磨磋、洛浦地也。元初，置沿邊溪峒招討司，及於西高州署大奴、管勾等峒長官司。尋於順州西界，仍至細沙寨，而更忠路、金峒，俱屬施州。至正二年，施南叛，都元帥紐璘諭降之，遂更爲施南道宣慰使司。十一年，更大奴等長官司爲忠孝軍民府。

十五年，仍更爲軍民安撫司。明玉珎據蜀，始更宣慰爲施南宣撫司，忠孝軍民安撫爲忠孝宣撫司，及置東鄉五路與忠路宣撫司。而金峒時爲鎮邊五路總管府治所。洪武四年初，置施南宣慰司，更忠路爲安撫。六年，更東鄉五路及忠孝俱爲安撫。尋以金峒叛。二十三年，定其地，及廢東鄉五路與忠路、忠孝安撫司。永樂初，又更施南宣慰爲長官司。四年，復升爲宣撫司。五年，始置金峒安撫司，而東鄉、忠路、忠孝復置如故。宣德三年，令東鄉領猺把、上下愛茶三峒馬官司[3]，及鎮遠、隆奉二蠻官司[4]，令忠路領劍南長官司，金峒領西平蠻官司。又增置中洞安撫司，與忠孝俱隸施南云。

散毛及龍潭，蠻國。秦惠王欲楚黔中地，以武關易之，即散毛地，統云“五溪”。漢屬武陵，唐屬黔州都督，五代亦爲感化州，宋爲富州地。大旺，初未通中國，宋熙寧中，章惇經制，始納土屬州。龍潭屬施州，尋更富州爲柔遠。元初因之，尋廢，爲散毛峒。尋以大旺地大翁迦峒屬師壁洞安撫司。而龍潭則更置安撫司。至元三十一年，峒主覃順入貢，始進散毛爲府。至正六年，又更散毛、誓厓等處爲軍民宣撫司，置官屬，給符敕[5]。至明玉珎而復更爲散毛沿邊軍民宣慰使司，更龍潭長官司，及置大旺，俱爲宣撫司。洪武四年，又更宣慰爲沿邊宣撫司，更龍潭爲安撫。尋與大旺俱叛。六年，仍置大旺宣撫司。十四年，定散毛地，後俱叛，又平之。二十三年，遂升爲散毛宣慰司，廢龍潭安撫。三十五年，復置之。永樂中，更大旺亦爲安撫。宣德三年，令領東流及蠟壁峒二蠻官司，與龍潭俱令隸於散毛。

其忠建，亦古荒服[6]。莊王既霸，遂服於楚。白起略置，屬黔中。漢屬武陵。而忠峒實漢充縣地，吴屬天門梁，爲建昌縣地。陳廢之，而隋初屬壽州，十八年，更屬充州。高羅，古山獠，夜郎國，唐貞觀中始開山峒，置舞州龍溪郡，領夜郎、麗臯、樂源三縣。長安四年，復省麗臯、樂源，領夜郎、渭溪。開元中，更名鶴州。二十年，又名業州。大曆五年，以隆珎山名珎州，置夜郎郡。元和二年復廢，五代仍置鶴州。宋乾德三年，刺史田景遷内附，仍賜名珎。開寶初，以景遷言更名高州，尋曰西高州。忠建時爲保順州地[7]，忠峒又更爲順州。元初，置爲忠建軍民都元帥府，而以順州置湖南鎮邊宣慰司，及於西高州置石溪峒長官司。後又更高羅寨長官司，尋又升爲宣撫司。明玉珎據蜀，仍忠建都府，惟更湖南鎮邊宣慰，置沿邊溪峒宣撫，而高羅則更爲安撫司。洪武四年内附，六年遂更忠建宣撫司，尋叛。十四年平之，更爲安撫。二十三年，諭定其地。永樂四年，復置爲宣撫，及置忠峒、高羅二安撫。而高羅又領木册長官司，木册故元置安撫司也。明玉珎更云長官。洪武四年仍之。後又增置思南長官司。俱以隸於忠建。

其直隸施州衛長官司二：曰鎮南，曰唐厓。鎮南，故酉溪地也，唐屬黔州采訪使，宋爲富順、溪高，四川界。元初，爲茅嶺峒。至正十五年，置宣化鎮南五路軍民府，領提調軍民鎮撫所，蠻軍民千户所。尋更爲湖廣鎮邊茅嶺峒宣慰使司。而明玉珎復更爲鎮南宣撫。洪武四年内附，仍之。三十三年復廢。永樂五年，遂置爲長官司。唐厓，蠻落，五溪西界也。《春秋》："庸人率郡蠻叛。"即其地云。唐屬黔中都督，宋屬紹慶路。元始置長官司，尋更爲軍民千户所。明玉珎更曰宣撫。洪武六年，仍置長官司，尋廢。永樂四年，復置之云施州，置大田軍民千户所一；置施南宣撫司，領安撫司四，長官司四，蠻官司三；置散毛宣撫司，領安撫司二，蠻官司二；忠建宣撫司，領安撫司二，長官司一。又置長官司，距州城東南二百里外，曰容美。洪武四年，置爲宣撫司，尋廢。永樂四年，更置之，領四長官司，曰椒山瑪瑙長官司，曰五峰石寶長官司，曰石梁下峒長官司，曰水盡源通塔坪長官司，皆置自洪武六年，至十四年復廢，永樂五年復置之。後又曾置安撫司一，曰盤順安撫司，俱隸於容美宣撫司焉。

又按，自明黄中之叛，設憲臣一人，駐彛陵鎮之，尋革。而覃璧復叛，楚蜀兵共相底定[8]，乃以荆郡丞代倅往撫其地，守署移建衛城，檄武臣居守之。復以憲臣之按荆南者，兼兵銜，專時巡以詰邊鄙，由是稱稍靖焉。顧其溪氛瘴霧，飄忽蒙密，而箐道險絶，單騎馳阪，猶或難之。若衛之東南二百二十里，爲容美宣撫司，領長官宣撫司四，曰椒山瑪瑙，曰五峰石竇，曰石梁下峒，曰水盡源通塔坪。後又曾置盤順安撫司，皆與衛壤屬，而山川靡所考論，猶容美云。

（康熙《荆州府志》）

【校注】

〔1〕冉安昌：巴東人。隋末、唐初蠻族首領。隋煬帝時，冉安昌據有巴東（時巴東郡包括今四川奉節以東至湖北巴東、秭歸諸地），爲“蠻帥”。唐高祖武德四年（621），唐軍討伐割據大江南北的蕭銑，冉安昌率兵順江而下，配合唐軍進圍江陵。高祖任其爲招討使。“蠻”民由此附唐。

〔2〕明玉珎：元末大夏政權的建立者。元末隨州人。

〔3〕馬官司，疑似“長官司”之誤。萬曆《湖廣總志》作“長官司”。

〔4〕鎮遠，原刻無“遠”字。據萬曆《湖廣總志》補。

〔5〕符敕：敕命文書。

〔6〕荒服：古“五服”之一。稱離京師二千到二千五百里的邊遠地方。亦泛指邊遠地區。《書·禹貢》：“五百里荒服。”孔傳：“要服外之五百里，言荒又簡略。”

〔7〕建，原刻無此字。據萬曆《湖廣總志》補。

〔8〕底定：平定。

太和絶頂

萬峰參嶺白雲屯，昭代登封玄帝尊〔1〕。若比崑崙真伯仲，只疑衡霍是兒孫〔2〕。參差官闕懸金色，隱見松杉倒石根。便欲臨風生羽翼，想因呼吸徹天門。

又

金觀峰頭禮上玄，香爐三磴散晴烟。雲生下界俄浮海，雨洗層巒半插天。北枕常山縈似帶，南窺大别小如錢。僊才靈氣今應在，不比燕昭漢武年。

（《六岳登臨志》）

【校注】

〔1〕昭代登封：在明朝統治的二百餘年間，皇帝頒發的聖旨就多達二百五十八道。由於統治者的大力扶持，武當道教达到了鼎盛時期。

〔2〕衡霍：即衡山。衡山，一名霍山，故稱。

三聖菴同王德懋太史〔1〕

南客偏宜水，北田亦插禾。雲光朝欲合，山色晚來多。群鴨蒲邊戲，有人林外歌。視聽殊未盡，無奈夜深何。

（明劉侗、于奕正合撰《帝京景物略》）

【校注】

〔1〕三聖菴：三聖菴位於北京南城陶然亭北。明劉侗、于奕正合撰《帝京景物略》載：明時的三聖菴在“德勝門東，水田數百畝，溝洫會川上，隄柳行植，與畦中秧稻分露同烟，春緑到夏，夏黄到秋”，“有時春插秧歌，聲疾以欢；夏桔槔水歌，聲哀以啭；秋合酺賽社之樂歌，聲嘩以嘻。然不有秋也，歲不輒聞也”。

飲奈子樹下〔1〕

一株奈樹相傳古，不記何年植此土。交枝拂地仍拂雲，細葉淒風復淒雨。花開花落如紅雪，城中看花人不絕。夜來猶宿韋公祠，晨朝復過花言别。

（明劉侗、于奕正合撰《帝京景物略》）

【校注】

〔1〕奈子樹：《帝京景物略》記載："京師七奇樹，韋公寺三焉。""寺在左安門外二里，武宗朝常侍韋霦建，貲竭不能竟，詔水衡佐焉，賜額'弘善寺'。寺東行一折有堂，堂三折有亭，亭後假山，亭前深溪。溪里許，蘆荻滿中，可舟爾而無舟。寺無香火田地，以果實歲。樹周匝層列，可千萬數。寺南觀音閣，蘋婆一株，高五六丈。花時鮮紅新緑，五六丈皆花葉光。實時早秋，果著日色，焰焰於春花時。實成而葉竭矣，但見垂累紫白丸，丸五六丈也。寺内二西府海棠，樹二尋，左右列。游者左右目其盛，年年次第之，花不敢懈。寺後五里奈子樹，歲奈花開，奈旁人家擔負几案酒肴具，以待游者。賃賣旬日，卒歲爲業。樹旁枝低亞入樹中，曠然容數十席。花陰暗日，花光明之。看花日暮，多就宿韋公寺者。海棠、蘋婆、奈子，色二紅白，花淡蕊濃，跗長多態。海棠紅於蘋婆，蘋婆紅於奈子也。崇禎己巳冬之警，我師駐寺，海棠蘋婆以存，奈子樹，敵薪之。"

【相關鏈接】

奈子花歌和雷何思張去華雷實先

劉戡之

長安三月春將暮，有客相携奈花樹。來往此地三十年，今日方與此華遇。孤根折屈矯龍蟠，密盖垂陰結四門。銅皮鐵梗蒼苔蔟，秀葉亞枝翠黛繁。相傳此樹不記年，一歲一度春風顛。墮蕊落英撲人面，素萼香穠色自研。風狂日暖攪晴雪，車馬紛紜游不絶。朱輪緑幰埋輕塵，滿眼都媮盡通徹。吁嗟游人爲客花爲主，此花看盡無今古。百年此地看花人，惟有城南一抔土。

（《竹林園行記》）

慈慧寺留别魏肖生水部魏叔伯太史〔1〕

去去影將别，携携到竹林。繞階窺塔字，補衲聽僧砧。井鑿虚空出，堂開古佛臨。遲回車馬側，日落帝城陰。

（明劉侗、于奕正合撰《帝京景物略》）

【校注】

〔1〕慈慧寺：位於北京北月牙胡同十一號。《帝京景物略》記載："萬曆己丑，黄南充輝，是入詞林，其詞翰見天下。時，其友楚僧愚菴自蜀弘法北上，曰：'京城内外巨剎，四事之奉甲東土，而釋子問法，至者無弛擔所。'乃募建寺。檀施半出宫中。壬寅，寺成，賜名慈慧。安像，安藏，安十方僧單，十方僧供，而愚菴飲水戢蕉其中，若客然。陶祭酒望齡乃撰寺碑，南充乃書。寺周匝列大樹，墻百堵，亂砌石，曰虎皮墻。隨其奇角，塊塊壘壘，龍鱗虎斑。寺後有閣，供栴檀佛。南充手定坯範，鑄成，居然瑞像也。蜘蛛塔碑、甘井碑、金剛塔碑皆南充書。蜘蛛塔者，南充誦金剛經次，一蜘蛛緣案上，正中立，向佛而伏。驅之，盤跚復來，就前位伏。南充曰：'聽經來者。'爲誦經終卷，爲説情想因緣竟，蜘蛛寂然矣。舉之而輕視之，遺蜕耳。以沙門法龕之，塔之，碑之。"另見前面《贈愚菴法師》一詩及校注。魏肖生：魏説。當時文學界較活躍的一個人，與魏大中、公安三袁、鍾惺、鄧士亮等多有來往。嘉慶《大清一統志》："魏説，字肖生，蒲圻人，萬曆進士，官工部郎中。典試粤東，督學四川，釐正文體，得人稱盛。嗣授山西按察司副使，轉參政，復除山東按察使。所在多惠政。山東妖賊煽衆，圍邑攻郡，勢逼省會。説點烟丁守城，騰檄招撫，賊乃靖。遷太僕寺少卿。尋除應天府府尹，却私饋，減征額。未幾，擢户部侍郎，兼都察院右僉都御史。以不附魏璫致仕歸。著《青山閣集》八卷。"魏叔伯：不詳。

摩訶菴訪羅玉簡〔1〕

春草西郊遍，幽棲静者心。山烟旋佛頂，塔勢聳雲簪。桃片紛成雨，松聲鼓作琴。遠思蓮社客，晴日幾登臨。

不爲尋玄度〔2〕，何緣入化城。徑迂衹樹隱，畦隔石橋横。老衲三春曝，荒亭一鳥鳴。看花惟看緑，處處踏莎行。

（明劉侗、于奕正合撰《帝京景物略》）

【校注】

〔1〕摩訶菴：位於八里莊慈壽寺塔東邊。明代嘉靖二十五年（1546）由太監趙政集資創建。趙政建此菴并把自己安葬在這里，希望有寺僧世代爲他燒香。據説修建此菴所用的磚木都是修建故宫剩下的餘料，整個建築相當精美。《帝京景物略》記載："近市焉，非菴所也；近名也，非僧事也。遠之而後可。有游者，爲招尋計矣。菴近不欲市，遠不欲山。僧高不至聖，卑不至傖。郊外菴，韻中僧，聊可娱耳。阜成門外八里之摩訶菴，嘉靖丙午年建也。高軒待吟，幽室隱讀。柳花、榆錢、松子飛落，時滿院中。詩僧非幻，琴僧無弦，與客耦俱。萬曆中，宇内無事，士大夫朝參公座，優曠闊疏，爲與非幻吟，爲聽無弦琴，住斯菴也，浹日浹辰，盖不勝記。留詩菴中，久久成帙焉。菴有樓，以望西山。天啟中，魏璫過菴下，偶指樓曰：'去之。'即日毁。自是人相戒不過。僧日畏不測，漸逃死，菴則漸廢。東法藏菴，無弦别院也。西大乘菴，與摩訶菴盛相妒，衰相後先。"羅玉簡：又作"羅玉檢"，與雷思霈、袁中道交往密切。詳見《壽羅玉檢》注。

〔2〕玄度：玄妙的法理，指佛法。三國魏曹植《釋愁文》："願納至言，仰崇玄度，衆愁忽然，不辭離去。"趙幼文注："玄度，妙法之意。"

來青軒〔1〕

石磴幾千級，滃勃夾長柏〔2〕。奔泉冷山骨，卧聽知水脉。夕陽空翠生，身身變衣色。殷其怒豐隆〔3〕，四顧膚雲黑。驚起老蛟精，倒卷渾河瀉〔4〕。須臾天開霽〔5〕，亭檻俯石壁。乍聞深澗濤，吼山山欲擘。峰饒林木青，溪借沙路白。我家萬山中，終日對山碧。别來已四載，見此欣有得。塵上汙緇衣〔6〕，城中車馬客。

（明劉侗、于奕正合撰《帝京景物略》，另載乾隆《當陽縣志》、《湖北詩徵傳略》、康熙《玉泉寺志》）

【校注】

〔1〕來青軒：位於香山寺圓靈應現殿和西佛殿間，建於明代。原建築爲齋室五楹，自軒中遠眺前傾，稻田盡收眼底，草木芬芳撲面而來。明萬曆皇帝御題“來青軒”。該軒建在依崖叠石之上，登軒四望，青翠萬狀，故名“來青”。乾隆曾多次游幸此地，稱這里“遠眺絶曠，盡挹山川之秀”。并重題“來青軒”匾額，并定位静宜園二十八景之一。1860年毁於英法聯軍之手。寺内還有護駕松、丹井等古跡。《帝京景物略》：“京師天下之觀，香山寺當其首游也。一日作者心，當二百年游人目，爲難耳。麗不欲若第宅，纖不欲若園亭，僻不欲若菴隱。香山寺正得廣博敦穆。崗嶺三周，叢木萬屯，經塗九軌，觀閣五雲。游人望而趨趨，有丹青開於空際，鐘磬飛而遠聞也。入寺門，廓廓落落然，風樹從容，泉流有雲。寺舊名甘露，以泉名也。泉上石橋，橋下方池，朱魚千頭，投餌是肥，頭頭迎客，履音以期。級石上殿，殿五重，崇廣略等，而高下致殊，山高下也。斜廊平檐，兩兩翼垂，左之而閣而軒。至乎軒，山意盡收，如臂右舒曲抱。過左軒又盡望，望林摶摶，望塔芊芊，望刹脊脊；青望麥朝，黄望稻晚，晶望潦夏，緑望柳春；望九門雙闕，如日月暈，如日月光。世宗幸寺，曰：‘西山一帶，香山獨有翠色。’神宗題軒曰‘來青’。‘來青軒’而右上，轉而北者，無量殿，其石徑廉以閎，其木松。轉而右西者，流憩亭，其石徑漸漸，其木也，不可名種。山多跡，葛稚川井也，曰丹井。金章宗之臺、之松、之泉也，曰祭星臺，曰護駕松，曰夢感泉。僊所奕也，曰棋盤石。石所形也，曰蟾蜍石。山所名也，曰香罏石。或曰香山，杏花香，香山也。香山士女時節群游，而杏花天，十里一紅白，游人鼻無他馥，經蕊紅飛白之旬。寺始金大定，我明正統中，太監范弘拓之，費巨七十餘萬。今寺有弘墓，墓中衣冠爾。盖弘從幸土木，未歸矣。”康熙《玉泉寺志》、乾隆《當陽縣志》、《湖北詩徵傳略》亦收此詩，題爲“登玉泉來青閣”。從詩中的“石磴幾千級”“渾河”“别來已四載”“城中車馬客”來看，當是北京的來青軒，而非當陽玉泉寺的來青閣。再者，從幾本

書的問世時間看,《帝京景物略》更早，自然更可靠。

〔2〕滃勃：即滃渤，霧出貌。郭璞《江賦》：“氣滃渤以霧杳。”

〔3〕殷其怒豐隆，四顧膚雲黑：乾隆《當陽縣志》作“倏鼓豐隆怒，四顧膚雲黑”。豐隆，古代神話中的雲神。

〔4〕渾河：即今之永定河，位於北京的西南部。永定河流域多暴雨、洪水，春旱也嚴重。上游黄土高原森林覆盖率低，水土流失嚴重，河水混濁，泥沙淤積，日久形成地上河。河床經常變動。善淤、善决、善徙的特徵與黄河相似，故有“小黄河”和“渾河”之稱。因遷徙無常，又稱“無定河”。乾隆《當陽縣志》此處作“銀河”。

〔5〕須臾，乾隆《當陽縣志》此處作“素朝”。

〔6〕緇衣：古代用黑色帛做的朝服。

滴水巖〔1〕

水滴危巖客到稀，狐蹤虎跡萬山圍。陰風吹壑雲朝度，白月横溪僧夜歸。癖性自來耽絶險，懶心端合返初衣。家園遠在荆門里，石洞玄宫瀑布飛〔2〕。

斷崖懸棧度僧居，窅窱疑藏太古書〔3〕。龍卧碧潭歸海後，鹿鳴深澗獻花初。虚無嵐靄山腰盡，真氣淋漓石牖疏。擾擾紅塵欣暫息，明朝車馬政愁予。

群峰沓合半斜陽，醉卧僧寮枕石梁。折去楊枝當麈尾，到來蘿徑幾羊腸。暝鐘應谷溪雲濕，削壁懸流夜月凉。北望居庸關塞險，桑幹一線海天長〔4〕。

半遮蘿蔦半雲烟〔5〕，除却西方鷲嶺巔〔6〕。一壁滿身皆是洞，有巖無竅不飛泉。乘槎欲貫琉璃月，説法如登兜率天。坐久老僧談異事，夜深風雨九龍還。

（明劉侗、于奕正合撰《帝京景物略》，另載《湖北詩徵傳略》）

【校注】

〔1〕滴水巖：在今北京市門頭溝區西北。《清一統志·順天府二》記載，滴水巖“在宛平縣西四十里……懸崖千仞，巖洞皆削成無縫，泉布石面。旁有穴，然炬以入，廣三十餘丈。洞中石乳爲蓮花，垂爲象鼻。右一石床，幕以石龍，再入則潭深莫測”。《帝京景物略》記載：“過仰山村，舍澗行碎石中。石没故道，履剥其面，芒鞋割其耳。蹄翻石，濺如雪，火星星。舂碾聲應四谷。叉腰望嵯岈天一行，壁高氣陰，登雖憊，不汗而栗。上黄牛岡口，壁益恣不度，兩柱白白及天，路益峻又滑也。周望無路，折而忽通者，十八叠，移步亦折，或數里折，叠叠之石，體色競異，亦十八法。望烟一縷，有朱垣如，紺屋如，上上益力，路折不通矣。壑其前，直下視，漆漆無所見。度人以棧，人無敢棧度者。能度此，步跬。有洞而僧，有殿而佛，休休止止。又棧度只則巖也。巖額覆，爭上讓下，日月不流。天光側入者，巖中空也，其深廣三丈，如斧之而成。石更無隙，水滲滲生石面，既乳乃垂，既珠乃移，既就乃滴。上百千點，下百千聲，亂不成聽。剡剡密於棋方酣，局欲闌；删删疏於秋雨去，檐疑住。身巖滴中，視滴透瑩，如失串珠，如側下冰簾，散未編也。巖而冬也，冰則凝，肥纖柱之，柱垂末竟之巖，中邊滿之。巖旁石洞，深三十餘丈，燃炬入，北一石壁，如覆半敦，噹噹亦滴聲。西一石坳，水清且甘，石床中央，龍年年見床上。西北一垂石，下有竇，人蜿蜒入，級級下行，石巧出於泉，泉巧貫於石，人蹻蹻躡石，闊狹其步，時見有光如星再入。石隙一潭，幽不可以測，龍所蟄也。僧云：山中二白猿，高俱五尺，有時來坐巖下聽泉。”此詩詩題，《雷檢討詩集》作“滴水巖同公孝與王伯舉”，《湖北詩徵傳略》作“滴水巖同公孝伯舉”。

〔2〕玄宫：僊人居住的宫殿。也指道觀。

〔3〕窅窱：幽深貌，陰暗貌。

〔4〕桑幹：河名。今永定河之上游。相傳每年桑椹成熟時河水幹涸，故

名。

〔5〕蘿蔦：女蘿和蔦。兩種蔓生植物。常緣樹而生。

〔6〕鷲嶺：鷲山。北周庾信《陜州弘農郡五張寺經藏碑》："雪山羅漢之論，鷲嶺菩提之法，本無極際，何可勝言！"倪璠注："鷲嶺在王舍城，梵雲耆闍掘山是也。"借指佛寺。

紅　梅

似是梨花靠杏芽，又飛柳絮裹桃花。嵰山紺雪僊娥頰[1]，玉座丹砂道士家。豈爲秾香非素質，故將冰蕊當鉛華。廣平心事渾如鐵[2]，作賦何妨嫵媚奢。

（《佩文齋詠物詩選》）

【校注】

〔1〕嵰山：小而高的山。嵰，古同"嶔"。

〔2〕廣平：唐宋璟的别稱。玄宗時名相，耿介有大節，以剛正不阿著稱於世。因曾封廣平郡公，故名。宋璟有《梅花賦》。《梅花賦》全篇共計五百六十字，以花喻人，贊梅抒情，詞麗言切，備受歷代文人所稱道。初唐宰相、詩人蘇味道欽佩《梅花賦》作者之才華和志氣，向當朝力薦宋璟。晚唐文學家皮日休評説《梅花賦》"清便富麗"。清代乾隆皇帝曾揮書《東川詩》，贊頌宋璟梅花骨格，忠心爲國。

北郊鷹房[1]

遼城金壘古鷹房，羊角風沙接大荒[2]。野窟舊無狐兔跡，小池今有芰荷香。黄鸝獨語遮深柳，粉蝶叢飛戀短墻。千古幽州還禹甸[3]，卜年開統憶先皇[4]。

（《明詩綜》）

【校注】

〔1〕鷹房：古代宫廷飼養獵鷹的地方。《元史·兵志四》："冬夏之交，天子或親幸近郊，縱鷹隼搏擊，以爲游豫之度，謂之飛放。故鷹房捕獵，皆有司存。"明沈德符《野獲編補遺·畿輔·内府畜豹》："世宗初年，革内府鷹房諸鷹犬，令放縱幾盡矣。""原鷹房在德勝門外中鄉。臣等謹按：鷹房有二，西鷹房地屬郊西，其東鷹房在土城關外西北五里許，水磨村之東，今僅存其地名耳。"（清英廉等奉敕編《日下舊聞考》卷一百七十）

〔2〕羊角：旋風。

〔3〕禹甸：《詩·小雅·信南山》："信彼南山，維禹甸之。畇畇原隰，曾孫田之。"毛傳："甸，治也。"朱熹集傳："言信乎此南山者，本禹之所治，故其原隰墾闢，而我得田之。"本謂禹所墾闢之地。後因稱中國之地爲禹甸。

〔4〕卜年：占卜預測統治國家的年數。亦指國運之年數。

有所思〔1〕

何用遺君玳瑁簪，雙珠明月照同心。原來得自鮫人室〔2〕，説到相思淚不禁。

（《列朝詩集》）

【校注】

〔1〕有所思：係漢樂府古題，後人沿用衆多，比如南朝詩人蕭衍、沈約、初唐四傑之一的楊炯以及唐代詩人盧同等。

〔2〕鮫人：中國神話傳説中魚尾人身的生物。鮫人神秘而美麗，他們生産的鮫綃，入水不濕，他們哭泣的時候，眼淚會化爲珍珠。

青草灘（殘句）[1]

東嶺直趨青草渡，南湖横繞緑蘿溪。

（乾隆《東湖縣志》）

【校注】

〔1〕青草灘：乾隆《東湖縣志》記載："在縣東南十五里，水漲則平，水落則激。吴俞彦守彝陵詩云：'青草灘長雲滿渡，紅花套遠水含烟。'郡人雷思霈詩云：'東嶺直趨青草渡，南湖横繞緑蘿溪。'"大約在今宜昌大公橋寶塔河一帶。

春日過枝江

楚宫舊是丹陽地[1]，春草低迷春雨饒。沙岸微微穿荻筍，釣舟隱隱繫楊條。山分巫峽千峰色，江合沮漳二水遥[2]。九十九洲從此始[3]，欲同高士寄魚樵。

（同治《枝江縣志》）

【校注】

〔1〕丹陽：歷史上，一直有枝江爲楚國都城故地之説。劉宋時的裴駰在注司馬遷《史記·楚世家》時，引："徐廣曰：'楚丹陽在南郡枝江縣。'"唐代杜佑《通典》説："楚都丹陽，爲今之秭歸縣，武王遷枝江亦曰丹陽，是枝江之丹陽。武王徙都以故地名之者也。"

〔2〕沮漳：沮河和漳河。沮河發源湖北房縣，流經遠安縣，在當陽與漳河匯合，在枝江匯入長江。

〔3〕九十九洲：見《贈白道者原姓王自滇中來荆州》"九十九洲"條注。

題聖水寺[1]

無跡法師剃髮地[2]，有田四十畝。

聖水何年寺，深山半夜鐘。有僧開法席[3]，無地即田農。天眼千山月，潮音兩澗松。僧來籠小栗，爲説草茸茸。

（乾隆《當陽縣志》）

【校注】

〔1〕聖水寺：清乾隆《當陽縣志》記載："在治東南二十里。寺前有石洞，名'聖母'，歲旱祈禱多應。唐德宗爲道明禪師建。雲岫爭奇，烟巒競秀，其地最爲幽勝。"

〔2〕無跡法師：見《度門寺戲簡誨公》"誨公"條注。

〔3〕法席：講解佛法的座席。亦泛指講解佛法的場所。

慈化寺[1]

一入臨沮境[2]，嵐烟似黛鬟。村村皆佛土，處處是僊山。暮雨隨舟至，春雲逐鳥還。漫游存野性，濁酒笑酡顔。

（乾隆《當陽縣志》）

【校注】

〔1〕慈化寺：清乾隆《當陽縣志》記載："在治南二十里，唐黄龍師建。左環溪水，右帶沮河。"

〔2〕臨沮：古遠安。漢代稱臨沮縣。郭璞曾任臨沮令。遠安與當陽交界，領域互有交錯，且常常變化。

欲往青溪

我聞青溪山，凌空稠木生。濫泉最靈潔，流與沮漳并。風溪傳林響，崖猿唳雲深。乳窟縣白蝠，陰壑老黄精。曲阿通精廬，峻嶺皆寶城。游目有餘覽，欣賞多羡情。

（康熙《荆州府志》）

青溪寺泉水〔1〕

十里青溪水，一條碧玉東。月光童子室〔2〕，西極化人宫〔3〕。心在冰壺裏，身如石鏡中。朝朝騰白氣，直欲接長空〔4〕。

（康熙《荆州府志》，另見順治《遠安縣志》）

【校注】

〔1〕青溪寺泉水，順治《遠安縣志》作“游青溪”。

〔2〕月光童子：佛經中人名。

〔3〕化人宫：僊人所居之處。語本《列子·周穆王》：“化人之宫構以金銀，絡以珠玉；出雲雨之上，而不知下之據，望之若屯雲焉。”也指寺廟。

〔4〕直欲接長空，順治《遠安縣志》作“朝朝騰白氣，細細盖長空”。

再和中郎玉泉詩

平刦龍湫建刹年，如浮大海湧樓船〔2〕。嶺盤猿狖忽無地，路出沮漳别有天。衣讓一師知法幻，禪書古佛著身經。眠茶此後添僊掌〔3〕，水經旁搜少二泉。

（清栗引之《玉泉寺志》）

【校注】

〔1〕中郎：指袁宏道。袁宏道寫玉泉寺的有《玉泉寺同黄平倩庶子賦》《人日同度門發足上玉泉》《智者洞》《雪霽看月和度門韻》《示度門》《玉泉寺同黄平倩賦》等六首詩。從韻腳看，雷思霈所和的詩歌應當是《玉泉寺同黄平倩賦》（見“相關鏈接”）。

〔2〕樓船：玉泉寺所在的玉泉山又叫覆船山。

〔3〕僊掌：指玉泉名茶僊人掌茶，産於湖北省當陽玉泉山。唐肅宗上元元年（760），玉泉寺中孚禪師雲游江南，在金陵恰遇自己的叔子李白，以此茶作見面禮。李白《答族侄僧中孚贈玉泉僊人掌茶并序》云：“其水邊處處有茗草羅生，枝葉如碧玉。惟玉泉真公常採而飲之，年八十餘歲，顔色如桃李。而此茗清香滑熟，異於他者，所以能還童振枯，扶人壽也。余游金陵，見宗僧中孚，示余茶數十片，拳然重疊，其狀如手，號爲‘僊人掌茶’。蓋新出乎玉泉之山，曠古未覿。”這首寫“僊人掌茶”的詩，算得上名茶入詩最早的詩篇。

【相關鏈接】

人日同度門發足上玉泉

袁宏道

燒却門符紙，匝地競如蟻。青眉稚齒兒，堂上誦夫子。余也亦皇皇，趁時治山水。瓢笠共山僧，緇衣附行李。是壑即吾居，是雲即吾市。逸思觸東風，吐若爭春蕊。冒霜遵修途，十里黄埃起。

西眉東衡匡，天公賜我履。道遠不能從，玉泉且經始。幾年説堆藍，未語頰先起。夢中見青溪，石泉帶雪洗。叠身智者洞，和我先鄉里。鄉人説鄉事，真切彌可喜。問我氏伊何，作講堂者是。

（《袁中郎全集》）

智者洞

袁宏道

其下有龍淵，潛通印度天。雲疇螺子地，霧頂樹王年。就石爲君枕，迷津指我船。向來神怪事，勿爲小儒傳。

（《袁中郎全集》）

示度門

袁宏道

北平曾記寫疏時，黄帕親封下赤墀。三十四年薄宦客，一千七衆講經師。藍堆山續開皇詔，僊掌茶抽穀雨旗。鬼斧神工仍七日，直教重勒玉泉碑。

（《袁中郎全集》）

雪霽看月和度門韻時將發玉泉

袁宏道

一片牙光地，南宫墨不成。近牕花淡泊，就枕夢孤清。吊古前朝淚，耽幽後夜行。刻期峰頂上，踏雪共題名。

（《袁中郎全集》）

游鳴鳳〔1〕

孤磴陡峻七盤水，一月看山獨有此。劈取巉巖半腰雲，釋却堆藍與盖紫。

（順治《遠安縣志》）

【校注】

〔1〕鳴鳳：位於遠安，爲著名的道教聖地。

壽隆寺僧普義常住碑記[1]

郡中有居士爲予言，遠安縣壽隆寺僧普義者是末法中一大比邱也，予異之。已而，其徒覺能至，予問曰："汝師以何因緣而稱比邱？"能乃具道行腳某年，具某戒某年，請某經某年，造某懺，施某刻，鑄某像也。予聞而欲吐，是未脱木魚氣，何至與予言大比邱爲？復訊何往？能曰："師今以大士像詣補陀米數十斛，飯諸眷屬，語某甲當棲其山作爨者，數十年足矣。是吾師少時所持行也。"予矍然曰："寒山拾得子皆大士也，方其供爨行吟，人鮮知者。及其身投石壁，莫知所之，人然後頂禮瞻呼，謂非復火頭衲子也。爾往作爨，當更有向上事否？"能云："師言有向上事，便無爨可作，此語於帝釋鼻稍稍磕著，異日者，義上人倘亦是石壁上人耶？即其行腳所爲，請經諸福德相，皆無礙莊嚴也。"

（同治《遠安縣志》）

【校注】

〔1〕壽隆寺：順治《遠安縣志》記載："舊縣東北三十里，鳳凰山前。元大德丁酉建，明正統三年重修。"

黄山頭（殘句）

江河數片白，黄山一點青。

（康熙《湖廣通志》）

祭趙如城先生文[1]

嗚呼，先生扶輿孕秀，維嶽生申[2]，樹清標於寶婺，宏大道之經綸。惜也，位不配其德，畎畝之誦讀[3]，未親見乎君民。人之云亡[4]，運遘其屯[5]。衹令吾黨之小子慟泰山而悲梁木者，淚盈三楚，慟徹八閩[6]。

噦吁乎，江漢秋陽之余澤，感寤寐而彌親。惟吾先生道德性成，孝友天植。文登著作之壇，學踐程朱之室。磨不磷而涅不淄[7]，口不言而心是則。是故量洪千頃之波而節峻千尋之石。樵川筮仕[8]，如日之暾；含香粉署[9]，師表群倫。當斯時也，某嘗周旋於函丈，而備悉乎爲人。盖曠其若谷[10]，觚而不痕[11]。以人情爲海濱之鷗鷺，視遷轉若大造之寒温。内無倚頓、陶朱之積，外無金張許史之援[12]。而人望所屬，名實彌尊。昭武之人心不泯，廟堂之公論猶敦。於是乎緩急相資，爲時杞梓[13]；忠直無欺，親承褒旨。乃眷西土[14]，虚席以俟。竊以爲旂常竹帛之方懸[15]，而安富尊榮之伊始。某等幸得循數仞之墻[16]，見百官之美。以是爲吾道之所期，而私心所竊喜。胡爲乎天道之不可憑，而人事當其否，不慭遺一老，而圖南中止[17]？

嗚呼哀哉！蜀道之難，萬水千山。猿聲淒楚，鳥道間關。長風挂席，灩澦瞿塘之迫阨。而旅櫬蕭條[18]，出没乎其間，巴童渝客所爲宛轉長號而不忍去者，此何爲也哉？誠發乎其中之不自覺，而非語言文字之所能删。且造化之不愛靈秀，以獨鍾一先生者，取精何其厚，而用物何艱！清心寡欲，四知自嚴。登仕籍者一十七載，而食不二味，衣無餘縑，家四壁其徒立。藐焉髫齔之遺孤，蕭然環堵之關。

嗚呼！落落巾車，翩翩丹旐。霜露淒其，圖書照耀。清風琴鶴之蹤，酌水懸魚之操[19]。有心者欲藉先生之廉以風世，夫孰爲身後之眷，貌叔敖之衣冠而克肖？

某等以葑菲之材[20]，側身於桃李之門。自升玉堂，歷樞曹而外，或蹣跚躃躄乎風塵久矣。夫屬纊之音不入於耳[21]，而得凶問於太守之從者，泣血成痕。没不與築室之列，生不聞易簀之言。日月忽其再易，在三之誼何存[22]？江楓湛湛，極目九原。楚人能爲楚些，慘南顧以招魂。絮酒炙雞[23]，越在冀北[24]。天各一涯，悲心惻惻。夫豈獨以翦拂之私情[25]，政以出處繫蒼生之望，有如先生者，一逝不可再得。嗚呼哀哉！

（時與雷學士同事者五人，杜天培、胡大壯、周藎臣、石國柱、胡可格[26]。既爲壇於都門，又不遠千里專人致詞，師生之誼篤矣。其事可風，其文可録。）

（康熙《東陽縣志》）

【注釋】

〔1〕趙如城：雷思霈的恩師趙賢意。《金華府志》："趙賢意，字伯順，萬曆乙未進士。理刑邵武。邵故稱劇郡，宿案山積，意剖決如流，平反不可勝計。時内使以採辦四出擾民，前驅至邵，意力拒之。先是妖黨晁天王等勾結海寇爲患，意選壯士間行入賊中，以計擒巨魁，脅從者皆散。益嚴保甲，躬臨屬邑，凡不事生業者，懲之不少縱，四境肅然。升南曹車駕司，草場宿弊厘剔無遺，條上十二事，悉中款要，遂著爲令。轉工部營繕郎，特論礦税之害，不報；會諸興作一時并舉，因上言積例宜破，浮費宜節，亦不報。尋奉命典粤東試，事竣。時，安綿利保等備兵缺，土兵數亂，或憚行，朝議屬諸意。學士雷思霈爲賦《蜀道難》，意曰：'君誠愛我，然未識致身之義耳。'既至，誅勾連爲難者，餘悉定。綿州爲二州要衝，嘗巡視險隘，察土俗，撫流移，以勞疾卒。三入闈中，簡拔悉知名士。思霈，楚中巨儒，意拔之鄰房遺卷中。所著有《性理》《明銓》《史論補》《禮要》及《醫藥須知》等集。崇祀鄉賢。"道光《東陽縣志》："性善容納，尤喜獎掖後進。投之以文者，一見輒識其終身。其品題高下，蓍蔡勿若也。一聘楚闈，次本州同考，次典粤東試，搜羅簡拔悉知名士，聲稱藉甚，卒不自標置。雷公，楚中儒者，意拔之鄰居遺卷中。庚戌雷公分校南宫，最後爲公同郡某，某方年少，盛意氣，謁見，議論蜂起，旁若無人。意默默而已。雷公探知，乃大驚，悉召其門下爲詣謝。意曰：'無庸少年自爾，顧所論某事及某人小未當，因爲條列其説。'皆俯首至地，出相謂曰：'乃今知有先生，吾輩瑣瑣，安敢望後皆自樹立爲世名卿？'"趙賢意生於嘉靖十二月十一日，卒於萬曆辛亥七月十八日。據此可推知雷思霈此文寫於他去世前幾個月。

〔2〕維嶽生申：典出《詩・大雅・崧高》："崧高維嶽，駿極於天。維嶽

降神，生甫及申。維申及甫，維周之翰。四國於蕃，四方於宣。”疏家云，申，申伯也。甫，甫侯也。皆以賢知入爲周之楨幹之臣。四國有難，則往捍禦之，爲之蕃屏。四方恩澤不至，則往宣暢之。比喻趙賢意爲國之棟梁。

〔3〕畎畝：田地，田野。此句用《孟子·萬章》典：“與我處畎畝之中，由是以樂堯舜之道，吾豈若使是君爲堯舜之君哉？吾豈若使是民爲堯舜之民哉？吾豈若於吾身親見之哉？”

〔4〕人之云亡：語出《詩·大雅·瞻印》。指賢人死亡了。舊時用來懷念那些身繫國家安危的賢人。

〔5〕屯：屯蹇。意謂艱難困苦，不順利。

〔6〕三楚、八閩：趙賢意曾先後主持湖廣和福建鄉試，選拔了一批優秀的人才。

〔7〕磨不磷而涅不淄：磨了以後不變薄，染了以後不變黑。語出《論語·陽貨》：“不曰堅乎，磨而不磷；不曰白乎，涅而不緇。”比喻意志堅定的人不會受環境影響。淄，古同“緇”，黑色。

〔8〕樵川：福建邵武府城旁的一條河流，此代指邵武。筮仕：指初出做官。邵武是趙賢意最初的爲官之地。

〔9〕粉署：即粉省。尚書省的別稱。唐制尚書省下轄六部。趙賢意曾任工部主事。

〔10〕曠其若谷：典出《老子》：“敦兮其若樸，曠兮其若谷。”形容純樸得好像未經雕琢，曠達得好像空谷。

〔11〕觚：觚棱。宮闕上轉角處的瓦脊成方角棱瓣之形。比喻言行方正剛烈。

〔12〕金張許史：漢時，金日磾、張安世并爲顯宦。許廣漢爲宣帝許皇后之父。史指史恭及其長子史高。恭爲宣帝祖母史良娣之兄。宣帝即位，恭已死，封高爲樂陵侯。許史兩家皆極寵貴。後因以此四姓并稱，借指權門貴族。

〔13〕杞梓：原指兩種木材名字，後比喻優秀的人才。

〔14〕西土：指位於四川綿陽的安綿利保。趙賢意曾於此任職。

〔15〕旂常：旂與常。旂畫交龍，常畫日月，是王侯的旗幟。張居正《答應

天巡撫孫小溪》：“先朝名臣，所以銘旂常、垂竹素者，不過奉公守法、潔己愛民而已。”

〔16〕數仞之墻：典出《論語・子張》：“叔孫武叔語大夫於朝曰：‘子貢賢於仲尼。’子服景伯以告子貢。子貢曰：‘譬之宫墻，賜之墻也及肩，窺見室家之好。夫子之墻數仞，不得其門而入，不見宗廟之美、百官之富。得其門者或寡矣。夫子之云，不亦宜乎。’”

〔17〕圖南：典出《莊子・逍遥游》。大鵬背負青天，上淩霄漢，飛往遥遠的南冥。後比喻志向和前途的遠大。

〔18〕旅櫬：客死者的靈柩。趙賢意客死安綿關保的任上，安綿關保位於今四川綿陽。道光《東陽縣志》載：“歲餘以老成疾。廳事有神祠，例當祭獻，以非祀典所載，悉屏去。至是左右請禱，意曰：‘死生有定分。’不以禱而免遣去醫士，不吃藥。卒，綿人家設位奠如父母。有於途中撫棺哭者。”

〔19〕懸魚：《後漢書・羊續傳》：“府丞嘗獻其生魚，續受而懸於庭；丞後又進之，續乃出前所懸者以杜其意。”後以“懸魚”指爲官清廉。

〔20〕葑菲：《詩・邶風・谷風》：“采葑采菲，無以下體。”鄭玄箋：“此二菜者，蔓菁與葍之類也，皆上下可食，然而其根有美時有惡時，采之者不可以其根惡時并棄其葉。”蔓菁，即蕪菁。蕪菁與葍皆屬普通菜蔬。葉與根皆可食。但其根有時略帶苦味，人們有因其苦而棄之。後因以“葑菲”用爲鄙陋之人或有一德可取之謙辭。

〔21〕屬纊：喪禮儀式之一。即病人臨終之前，要用新的絲絮（纊）放在其口鼻上，試看是否還有氣息。因而“屬纊”也用爲臨終的代稱。屬，放置。

〔22〕在三之誼：敬師之義。《國語・晉語》：“‘民生於三，事之如一。’父生之，師教之，君食之。非父不生，非食不長，非教不知，生之族也，故一事之，唯其所在，則致死焉。”韋昭注：“三，君、父、師也。”後以“在三”爲禮敬君、父、師的典故。

〔23〕絮酒炙雞：《後漢書・徐稚傳》：“設雞酒薄祭。”李賢注引三國吴謝承《後漢書》：“稚諸公所辟雖不就，有死喪負笈赴吊。常於家豫炙雞一隻，以一兩綿絮漬酒中，暴乾以裹雞……以水漬綿使有酒氣，斗米飯，白茅爲藉，

以雞置前，醊酒畢，留謁則去，不見喪主。”後以“絮酒炙雞”指菲薄的祭品。

〔24〕越在冀北：遠在京城設祭壇。

〔25〕翦拂：爲馬修剪毛鬣，洗拭塵垢。用以比喻對人才的贊揚，提攜。

〔26〕杜天培：湖廣德安人，舉人，官至貴州遵義府知府。胡大壯：湖廣巴陵人，官南寧浦州知州。周藎臣：湖廣黄岡縣人，授石泉知縣。石國柱：福建和平人。胡可格：刑部右侍郎價之第三子，萬曆乙酉（1585）舉人，絶意仕進，家居數十年。

游青溪

初曦明嶺路，草木有餘欣。曲曲貯秋水，山山學夏雲。亂橋縈澗脈，九子露峰紋〔1〕。已過緋桃洞，僊凡自此分。

其　二

僅有幽棲地，堪怡草木年。逢巖思結屋，愛水欲求田。白氈石溪淨，青螺壁影妍。飛禽不到處，猶自有樵烟。

（同治《荆門直隸州志》）

【校注】

〔1〕九子：山名。乾隆《當陽縣志》記載：“九子山，在治北十里，九峰嵂崒，紫翠絪緼以擬九華。有僊姑洞，石磊磊如旋螺，傳爲曹何兩僊姑棲真之所。”此詩和下面的《鹿苑山》作者存疑。同治《荆門直隸州志》作“雷思霈”，順治《遠安縣志》、《湖北詩徵傳略》、《珂雪齋近集》均作“袁中道”。録此待考。

鹿苑山

鹿苑纔入眼，匝地烟雲迎。七度桃花水，十里翡翠城。安能營數笏，便可娱餘生。誓欲新蘭若，和公作證盟。

此山即陸法和舊邸也。

（同治《荆門直隸州志》）

唐安寺傍二泉[1]

海眼透山骨[2]，飛聲雜梵咒[3]。如來按指頤，童子入定後。

（李柏武《明代詩人詠荆門箋注》）

【校注】

〔1〕此詩及後面三首轉引自李柏武《明代詩人詠荆門箋注》，原始出處不詳。

〔2〕海眼：泉眼，泉水的流出口。古人認爲井泉的水，潛流地中，通江海，故稱。

〔3〕梵咒：指陀羅尼中的“咒陀羅尼”，爲總持。即佛菩薩從禪定所發之秘密言辭，傳有不測之神驗。

游蒙惠二泉二首[1]

其　一

看水要看飛練水，愛僧不愛賜衣僧。竹林原近桃花渡，總有僊源暫一登[2]。

其　二

每到有山偏苦雨，今來得主况多明。嵇康可識天書未，王烈還逢石髓增[3]。

（李柏武《明代詩人詠荆門箋注》）

【校注】

〔1〕蒙惠二泉：位於荆門市區象山東麓。泉水從石縫裏翻湧而出，噴珠吐玉，匯於文明湖中，再流進竹皮河，繞古城三面流淌，注入漢水。蒙泉，因從蒙山流出而得名。蒙山乃象山的古名。惠泉，據説因泉水冬日猶温，優惠於蒙泉而得名。

〔2〕僊源：道教稱神僊所居之處，借指風景勝地或安謐的僻境。

〔3〕嵇康可識天書未，王烈還逢石髓增：典見《晉書·嵇康傳》："康又遇王烈，共入山，烈嘗得石髓如飴，即自服半，餘半與康，皆凝爲石。又於石室中見一卷素書，遽呼康往取，輒不復見。烈乃歎曰：'叔夜志趣非常而輒不遇，命也！'"王烈，葛洪《神僊傳》有載。

宿唐安寺聽惠泉謁象山祠[1]

唐安一夜雨，三日滯荆門。池泛藍天色，山空白月魂。聽知泉脈遠，觀取道心存。旁謁先賢像，苔衣長石痕。

（李柏武《明代詩人詠荆門箋注》）

【校注】

〔1〕象山祠：陸夫子祠，位於湖北省荆門古城西象山東麓的文明湖西南岸。祠北有龍泉蒙泉惠泉順泉等象山四大名泉、龍泉書院和老萊山莊，祠南是建築於唐朝的唐安寺。祠前有清河橋，文明湖的泉水流經其下，向東注入竹皮河。古祠倚山傍水，掩映在蒼松翠柳之中，四季鳥語花香，景色宜人。陸九淵，字

子静，自號象山，是我國古代著名的理學家和教育家。光宗紹熙元年（1190），陸九淵受命任荆門知軍。他上任後，立即奏請構築荆門城郭以鞏固邊防，抵禦南侵的金兵。他在荆門任職期間，採取過一些措施，改革官場陋習，改變了舊的風俗習慣，很受荆門百姓的愛戴。他死後，光宗皇帝封謚他爲文安公，所以陸夫子祠又叫陸文安祠，俗稱陸公祠。

荆門有感

時平冠帶多簪筆，世亂城池半點兵。紈綺將軍猶跛扈，桀驁酋長尚縱横。山川鑠近金銀氣，道路訛傳土木精。奏疏滿朝何日下，秋風颯颯野猿鳴。

（李柏武《明代詩人詠荆門箋注》）

荆楚文库

附　録

雷思霈友朋相關作品

曾退如雷何思過柳浪湖時退如初度有詩見示次韻荅之[1]

袁宏道

醉裹烏藤手自扶，閑隨鷗鷺過澄湖。一江浩雪浮箕舌，千畝深篁露頂顱。且與青娥删白髮，休將五岳换三孤[2]。烟巒好在消摇侣，慚愧虚名老顧厨。

虞翻謂公安地形如箕舌[3]。

（《袁中郎全集》）

【校注】

〔1〕本詩光緒《荆州府志》也有録，詩題作“同曾退如雷何思過柳浪湖”。柳浪湖，光緒《荆州府志》記載：“在（公安）舊縣西南，湖中高阜數十畝，皆種柳。”是三袁故里。清朝詩人侯家光在一首詩中寫到，“柳浪湖上柳如烟，柳浪湖下水接天”。後人將“柳浪含烟”列爲公安八景之一。現存的柳浪遺址，爲袁宏道棄官回鄉在斗湖隄西南買地建的柳浪館，爲避暑勝地。當時的文人雅士多聚集於此讀書，吟詩，參禪，悟道。後來，文人多慕名游覽，賦詩抒懷。

〔2〕三孤：《通典》：“孤，特也，言卑於公，尊於卿。”《北堂書鈔》引許慎《五經異義》：“天子立三公曰太師、太傅、太保……又立三少以爲之副，曰少師、少傅、少保，是爲三孤。”三孤之名至明清猶沿用，爲正一品官職。三公、三孤合稱爲“公孤”。

〔3〕虞翻：三國時期吴國學者、官員。他本是會稽太守王朗部下功曹，後投奔孫策，自此仕於東吴。據説他很會勸降。吕蒙取南郡的時候，虞翻曾勸降

了公安傅士仁。《三國志》記載：“將軍士仁在公安拒守，蒙令虞翻説之。翻至城門，謂守者曰：‘吾欲與汝將軍語。’仁不肯相見。乃爲書曰：‘明者防禍於未萌，智者圖患於將來，知得知失，可與爲人，知存知亡，足别吉凶。大軍之行，斥候不及施，烽火不及舉，此非天命，必有内應。將軍不先見時，時至又不應之，獨守縈帶之城而不降，死戰則毁宗滅祀，爲天下譏笑。吕虎威欲徑到南郡，斷絶陸道，生路一塞，案其地形，將軍爲在箕舌上耳，奔走不得免，降則失義，竊爲將軍不安，幸熟思焉。’仁得書，流涕而降。”

與雷何思

袁中道

居玉泉兩月，候兄不至，遂遍游鳴鳳、鹿苑諸山泉。鹿苑之奇拔地，石峰峰色如砂翠，而水濼七渡，流聲震天。地不獨楚中所無，即天下亦未見如此奇勝也。寺久雕敝，弟頗懷修葺之想。聞仁兄亦有此願，不知果否？法和居士自是郡中第一個神聖，恐亦當表章也。長石有字來〔1〕，道及仁兄四月内有東下意。果爾，弟當掃三徑以待。中菴從北來，弟留之過夏，而渠欲一至西陵奉晤。弟所修玉泉柴紫菴〔2〕，正少主人，得此君淨修其中，遠希白社故事，亦甚快。望仁兄爲贊成之，何如？

（《珂雪齋集》）

【校注】

〔1〕長石：指曾可前。

〔2〕柴紫菴：萬曆三十八年（1610）九月，宏道病逝，袁中道悲慟過度，大病一場，幾乎死去，這年冬天，他遂隱居玉泉山，讀書學佛，修身養性，還建造一座柴紫菴作爲居所。《當陽縣志》記載：“南堂曰淨名，明公安吏部袁中道建，祀諸護法居士者，中爲維摩詰，右爲關侯，右爲太史袁宗道、黄輝、雷思霈、吏部袁宏道諸公。”

與雷何思

袁中道

弟聞僊蹤在君章宅畔[1]，即欲飛渡長江。雖時方病脾，弗顧也。行至摇頭鋪[2]，雨色黯黯，竟爾復返，一步一憾矣。不知寓此尚有幾日。言之惘惘。若同長石居士入繡林者，便道過柳浪，少話亦快。弟雖病，猶能奉陪作竟夜譚也。倘此會不可，得弟病愈後，同中郎作西陵游，更佳。若此時會，弟且喜且恨，喜則以知己聚首，足快生平；恨則爲二豎相牽，諸公掀髯狂譚，而弟舉止羞澀如三日新婦，殊令豪士短氣耳。弟已戒酒矣，稍飲地黄五加皮，酒至於欲將永戒之。聞仁兄又納新姬，真有力健兒，羡羡。長石居士，想歸時必晤，不更及。

（《珂雪齋集》）

【校注】

〔1〕僊蹤：古人比喻升遷入朝爲登僊，因借稱應召赴京者的行蹤。君章宅：《太平寰宇記》記載："羅君章宅在江陵城西三里，庾信亦嘗居之。"光緒《荆州府志》記載："是院也，世傳爲晉侍中羅君章（羅含）之故居也。"

〔2〕摇頭鋪：在公安縣。

與雷太史何思

袁中道

弟自中郎去後，懷抱鬱鬱，胸中如有積塊不得消釋，觸目增悲。以此聞黄太史有入楚消息[1]，即先至玉泉候之。太史之來不來不可知，然弟棲隱之志頗决。已於小退居之上購得百笏之地，將建菴而老焉。與無跡老子看山聽泉，不覺便過一日，沈屙頓釋。自信於泉石有緣也。近日往游青溪，溪聲溪色自是天地間一尤物。其上有桃花洞[2]，雪雲飛舞，真是奇絶。汪茂才道依溪有田可市。若玉泉有菴，青溪有田，吾事濟矣。又聞鷥嘯鹿苑山川秀，遂將以春初次第收之。浪游二十年，到處覓佳山水，而不知卧榻邊有如此秀媚境界，真所謂睫在眼前人不見也。兄春來無事，不知有游山之興否？如有興，弟當陪杖履同往。幸寄一消息來。又玉泉田地事，體極是雜，法門日就凋殘，幸有蘇雲浦在臺可以料理[3]。改火事須大護法來一張主之。適游青溪，後過馮濟華丈處，以有便人，作此字，奉寄無跡師，并寶方皆在[4]，統寄聲也。

（《珂雪齋集》）

【校注】

〔1〕黄太史：黄輝。詳見前面《和黄庶子平倩》“黄庶子平倩”條注。

〔2〕桃花洞：順治《遠安縣志》載《當陽邑侯區懷瑞游青溪秀壁山記》：“龍女祠左方上爲卧雲洞，即雲光法師寫經處，上有大士洞、桃花洞。”

〔3〕蘇雲浦：見前面《頭陀寺募引》“蘇舍人”條注。

〔4〕寶方：光緒《荆州府志》：“虎溪錫禪師，臨濟十六代，住公安天寧寺。寶方戒律精嚴，爲二聖旦過堂開山祖。袁中郎兄弟及龔惟長、蘇雲浦、曾長石、黄平倩諸公皆稱之。”

游居柿録（節選一）

袁中道

有便人至西陵，作字與雷何思及劉元定。諸衲皆先歸，予亦行，夜宿玉泉。

閱《佛祖通載》，方知玉泉寺原名一音寺也。然一音寺巖上又有一音寺，至弘治年間方毁。豈後又另建一寺，名一音歟？晚，雨甚作雪，步前嶺，望諸山猶帶雪，微日照耀，晶瑩可愛。柴紫菴間行定草亭址，步至乳窟，溯流而上，至泉上枯坐。會雷何思以字至，約於燈節後至此相晤，寄有五臺香菌。

除夕，度門來玉泉同守歲[1]，携所作青溪詩五首來。夜間，予得二絶，傷逝者之捐棄，腸痛不可喻。予謂度門曰："今年受生人之苦，骨肉見背[2]，受別離苦，一也；功名失意，求不得苦，二也；自歸家來，耳根甚不清淨，怨憎會苦，三也；秋後一病，幾至不救，病苦，四也。生人之趣盡矣！"度門曰："不如是，居士肯發此勇猛精進心耶？"

（《珂雪齋集》）

【校注】

〔1〕度門：指無跡法師。即正誨。

〔2〕見背：去世。指袁宏道於1610年去世。

【相關鏈接】

度門漫興

僧正誨

天詔曾聞下玉泉，一回經此一潸然。斷碑有字埋荒草，廢塔無名起暮烟。衣自六傳滄海變，法當千載鬼神憐。今人不識唐朝寺，只把金沙作墓田。

（同治《當陽縣志》）

初得玉泉響水潭

僧正誨

到處名山策杖行，歸來還愛玉泉清。乞錢買得蹊三畝，流水聲中過一生。

其　二

斷巖曲水石磷磷，好向茅廬寄此身。緑樹不翻紅葉雨，青山還照白頭人。

（同治《當陽縣志》）

寄楊石父

僧正誨

水有源頭便是泉，人無私欲那非天。買山支遁十分俗，閉户揚雄一味玄。世眼直看金面佛，阿誰肯問石頭禪。知君亦是攢眉者，和尚開池自種蓮。

（《湖北詩徵傳略》）

游居杮録（節選二）

袁中道

日午抵公安，居篔簹谷，同年景陵鍾伯敬典試貴州，以一字相聞，拘於例不見。客致其所刻新詩并其師雷太史詩。太史詩精選之，僅得二册。姑毋論其爲唐爲宋，要以“筆下有萬卷書，胸中無一點塵”二語，太史真足以當之矣。在伯敬之見，必欲其精；而在予，則謂此等慧人之語，一一從胸中流出，盡揭而垂之於天地間，亦無不可。昔白樂天，詩中宗匠也，其所愛劉禹錫詩，都非其佳者。豈自以爲工者，人或不以爲工；而自以爲拙者，反來世之激賞也。不若并存之爲是。

（《珂雪齋集》）

游居杮録（節選三）

袁中道

十月初三日至都[1]，寓城外柳巷普濟菴，見雷何思字二幅，大有筆意，乃“南浦花臨水，東樓月伴風”[2]“菊花宜泛酒，蒲葉好裁書”[3]語也。

（《珂雪齋集》）

【校注】

〔1〕十月初三日：萬曆四十三年（1615），袁中道一路北上，十月初三到達北京，先住在城外柳巷的普濟菴，後移住城内的三元菴。此次出行，袁中道的主要目的是準備應對明年春天的會考。這是他第四次參加會考。

〔2〕南浦花臨水，東樓日伴風：爲唐人白敏中的詩句。伴，《唐詩紀事》作“映”。

〔3〕菊花宜泛酒，蒲葉好裁書：爲唐人楊炯《和酬虢州李司法》中詩句。

師友見聞語（節選）

袁中道

雷何思太史名思霈，夷陵人，少有俊才，博通三教，詩文極清綺。爲人温夷冲粹，胸中無纖毫柴棘[1]。年僅四十七而終。無子無弟，有老母在堂，天之報施善人如此，可悼也。

（《珂雪齋集》）

【校注】

〔1〕柴棘：比喻人陰險狠毒。

聞雷何思之訃[1]

袁中道

九月初三日，聞雷何思之訃。何思，名思霈，號何思，夷陵人，與予同爲諸生，丁酉舉於鄉，辛丑成進士，讀中秘書，改檢討。博學異才，頗好言僊。己酉典閩試[2]，試録奇麗甚[3]。庚戌歸，數邀予游衡廬，屢來屢以他事止。時忽聞其訃，真令人腸欲斷也。爲人心地淨潔，不沾纖毫塵俗氣，真是僊品。母老，無子，且無弟，得年僅四十七。哀哉痛哉！終夜太息，傷文人無命，善人無福，欲問天而無從也。

（《珂雪齋集》）

【校注】

〔1〕原無題，標題爲筆者所加。

〔2〕典闈試：主持福建的鄉試。

〔3〕試録：明清時，將鄉試、會試中試的舉子姓名籍貫名次及其文章匯集刊刻成册，名曰試録。

贈劉玄度孝廉爲雷太史同年好友〔1〕

鍾　惺

精神堪警俗，耳目不知喧。就此機鋒裏〔2〕，窺君静慧根。敏皆從好學，中豈厭多言。益見交非泛，吾師卓識存。

（《隱秀軒集》）

【校注】

〔1〕同年好友：劉玄度與雷思霈同爲萬曆二十五年（1597）丁酉科舉人。也是雷思霈的妹夫。

〔2〕機鋒：佛教禪宗用語。指問答迅捷鋭利、不落跡象、含意深刻的語句。泛指機警鋒利的語句。

僧至自五臺得座師雷太史書〔1〕

鍾　惺

悔從暇日負名山，接得凉雲片片閑。向肯相隨拚一月，此時應共此僧還。

又

渴筆摩崖幾處拈，山僧去後解莊嚴。歐公自寫游山記，不必銀鈎借子瞻。

（《隱秀軒集》）

【校注】

〔1〕座師：明、清兩代，舉人、進士對主考官的尊稱。雷思霈爲鍾惺庚戌會試的主考官。

報座師雷太史

鍾　惺

僧方厚至，得師七月二十六日手書，知五臺之游甚適甚滿。當時惺肯從杖履〔1〕，書至之日便是還都之日。觀政進士〔2〕，旬日内有何正務可妨，乃從長安塵土間錯過，甚可惜也。百泉寓目後，想徑還家矣。明年歸楚，可謁師廬，聞所未聞也。有便足即刻面發〔3〕，殊不能備。

（《隱秀軒集》）

【校注】

〔1〕杖履：對老者、尊者的敬稱。

〔2〕觀政：士子進士及第後并不立即授官，而是被派遣至六部九卿等衙門實習政事，這就是明代進士觀政制度。此制度肇始於洪武十八年，貫穿有明一代，延至明末尚存。

〔3〕面發：當面陳詞。

跋《坐位帖》[1]

鍾　惺

唐人學書，最重右軍[2]，雖以旭顛素狂[3]，其合處往往有十七帖，情法是以無佻卞之習[4]。今觀魯公此帖，無一筆不從蘭亭聖教中出，雖極勁逸，而筆墨内外，隱隱隆隆，常有裝裹。宋人書似多祖子敬[5]，米覺尤甚。然吾師雷何思太史平生多仿米書。而予所藏手札八道，筆筆出於《坐位》。然則今之從佻卞處求米者，又似未睹米書者也。夫米書乃雲飛翥沈著矣[6]。

（《隱秀軒集》）

【校注】

〔1〕《坐位帖》：唐顔真卿的書法作品。行草書墨跡最著名的作品，是顔真卿與郭僕射書信稿。此稿真跡有七紙，宋時藏於安師文處。安氏摹刻上石。蘇軾見而稱之，親拓數十本携歸。真跡久佚，傳世翻刻極多。顔真卿，别號顔清臣、顔魯公。善書法，楷書雄渾，人稱“顔體”。

〔2〕右軍：晉王羲之，官至右軍將軍，故稱。善書法，草隶冠絶古今，後人稱其爲“書聖”。

〔3〕張顛素狂：唐張旭和懷素。

〔4〕佻卞：輕佻而急躁。

〔5〕子敬：晉王獻之，字子敬，小字官奴，王羲之第七子。善書法。

〔6〕雲飛翥沈：比喻懸殊極大。

章章甫詩序（節選）[1]

鍾　惺

庚戌，予舉南宫時，禮俗如蜡。座師雷何思先生偶試余《毛詩》六義，予次第奏之。先生顧笑：“吾以占子[2]，胸中暇整[3]，居官精勤一端耳。”予愧不能當，而服其持論居都[4]，讀書作詩文不以爲玩物適景，而以爲消閑習苦之助然。

（《隱秀軒集》）

【校注】

〔1〕章章甫：鍾惺的朋友，廬江縣令。

〔2〕占：窺察。

〔3〕暇整：好整以暇，既嚴整有序又從容不迫的樣子。起初用於形容軍隊，後也可以用於個人。

〔4〕都：大。

告雷何思先生文

鍾 惺

歲萬曆三十九年秋九月一日，夷陵雷太史何思先生卒於里第。其門人鍾惺有使蜀之役[1]，取道夷陵謁先生，則是月之三日也。先一日遭偵者於途，有傳先生訃音者，叱焉，唾焉，以爲作是語者狂邪。入其里門，先生家有持刺逆者[2]，非先生刺也，疑焉，駭焉。進使者問故，噤不能言者食頃，曰：“予何爲是惘悅者，悸邪？”登先生之堂，不見先生，哭焉，奠焉。已，自意曰：“茲帷内帷外，堂上堂下，剪紙樹旐[3]，籍籍紛紛者，夢耶？”某心不敢信，而以爲似狂、似悸、似夢也；口不忍言，而直以爲真狂、真悸、真夢也。使竣，反楚蜀之路，作如是想者三閲月。再過夷陵，省先生之母若室[4]，撫其嗣，搜其遺文若書。終不見先生，乃稍悟先生亡也，則冬十一月二十日矣。始爲辭以告先生之靈，非歌非哭，不能成聲。

其辭曰：嗚呼！某於先生所得至今日者，不可謂非座主、門生之故矣；然直可謂座主、門生，遂能有今日乎哉？記去歲六月，與先生盧溝別去[5]，遺某書曰：“從來座主、門生不爲少矣。吾兩人覺別有神情，别有契合，豈往劫中互相師友[6]，乃有今日邪？”又寓書某所知[7]，曰：“鍾伯敬，清遠神駿，今世界似少此人。”嗚呼，某何足以當此！

然此豈一切座主、門生之言哉！某與先生稱師友年餘，相聚不數月，月相晤不數日，日不數語，然先生每借論文之因，時以德業、學術、國是、人才，旁及人外之旨，微言挑我[8]，以觀其應。某時有痛癢[9]，偶中機鋒，相覿粲然，一開先生之口處，而汙不至阿[10]。亦時有所不必合，先生不惟以爲不必合，而且以爲相成。吁嗟乎！盖真有古師友之道焉。

大要，先生期我者遠，而某亦以期之；求我者備，而某亦求之。先生負盖代之才與志、與格、與識、與氣骨，以聖賢豪傑自任。其於經世、出世、度世，處處著腳，無不以爲立可就。而某私心愛先生至，報先生深。於先生廣處恒欲其要[11]，高處恒欲其實，大處恒欲其精，孤處恒欲其定，鋭處恒欲其沈，銛處恒欲其厚，透處恒欲其涵，奇處恒欲其渾。察先生平日神意議論，似恒服膺趙學士大洲者[12]。嗚呼，時事至今日，非用大洲時哉！予過大洲之鄉，讀其書，想其人，精神志學、原委指歸，多與先生合。今世頗知惜江陵，不知思大洲。而某恒慮先生異日爲大洲，萬一失足而爲江陵，欲俟見稍定，交稍久，時稍暇，率胸懷以語先生。

吁嗟！某盖自揣才術短，無用世之具；命相薄，無生人之福[13]。先生有其才、其志、其格、其識、其氣骨，感激酬知，欲一效之先生也。今年二月居燕，某病矣，病而垂絶，自謂不復見先生矣。以老親後事屬密友，國家後事屬先生。爲書一紙遺先生，略曰：“私情説不得，言國事即私情也。今方景象，底滯痿蹶[14]，已成一不快世界。中復虚羸，度之運數，必有泱人居其間[15]，勢必用一番更張，露一番精采，恐必將有一等傷元氣之人，與傷元氣之事迎之。虚羸之身，迫以金石[16]，有速斃耳。大賢處此，必當平心深慮，大費調劑。”某幸而起，書亦不達。嗚呼！區區一念，無亦慮先生異日當事，極則必反，矯或過直耳。予作是書訖，密友骨肉，摩足飲泣，而予頗翛然，無怖無挂，顧笑諸泣者曰："令雷先生在此，必不爾爾。"嗚呼！某遺言已就，而竟不成死；先生暴死，而不遺一言。

聞先生知某來，誅茅掃榻。遲我半年，而不肯延之數日〔17〕。世之膚立色取〔18〕，奄有時名者，名歸利遂，然且至百年；而先生靳於數日。死而分香履〔19〕，顧妻孥，囑田宅者，彌留之餘，厭厭刺刺，語不可了；而先生速絶，使不得一語。先生不分香履，顧妻孥，囑田宅，可以無語。使先生得語，語當有可傳者〔20〕。嗚呼！"人之云亡，邦國殄瘁。"〔21〕天何輕奪先生之身，而重留先生之言哉！

以人道世法論，先生在堂、在室、在身後者〔22〕，可悲可慮居多。二三子當爲先生計〔23〕。然先生嘗察某喪子而戚，一日問某曰："子以爲數百年前名賢子孫在今日者，能盡識其祖考姓名丘里乎？"予曰："不能。"先生曰："更數百年後，吾與若子孫亦復如是。"嗚呼！先生能作是語度人，必能自度。某不以此慁先生〔24〕。記去歲先生憩報國寺長松下，二三子從。語及大道之要，或曰："世緣未斷，恐礙大道。"先生曰："大道何必斷世緣哉？道念深，緣念自淺。必緣盡而後學道，是世終無學道之人也。"某以此一語，抹平生退轉之根。某嘗自歉，讀書一過，少會其意，不能再讀。先生曰："不求甚解，欣然忘食，是何意象？子試參之！"其要言不煩，轉語相逗〔25〕，率此類。使某得再見先生，言所欲言，聞所欲聞，寧渠止此？然某所欲言於先生者，如塊填海，石補天。雖不得再見先生，猶得述其意以告先生。某所欲聞於先生者，如饑者於食，病者於醫。今何處叩先生哉？嗚呼，先生其亦聽之矣！

（《隱秀軒集》）

【校注】

〔1〕使蜀之役：萬曆三十八年（1610）鍾惺中進士，次年，即1611年，他以奉節使臣出使成都。

〔2〕持刺逆者：拿著名刺前來迎接的人。刺，名刺，古代在竹簡上刺書名

字，故稱。類似今天的名片。逆，迎。

〔3〕旐：引魂幡。

〔4〕母若室：母親和妻子。若，和。

〔5〕盧溝：今北京盧溝橋一帶。

〔6〕往劫：猶往世。

〔7〕所知：朋友。

〔8〕微言挑我：委婉含蓄地啟發引導我。

〔9〕痛癢：喻指指陳時弊。

〔10〕汙不至阿：語出《孟子·公孫丑上》："宰我、子貢、有若，智足以知聖人，汙不至阿其所好。"不知道如何爲取得某人的好感而迎合他的愛好。

〔11〕恒欲：常常想要，常常希望。

〔12〕趙學士大洲：即趙貞吉，字孟静，號大洲，四川内江人。官至翰林院編修、禮部尚書、文淵閣大學士，因得罪嚴嵩遭到罷職，卒謚文肅。爲人剛忠英偉、議論慷慨。所作詩文亦雄快駿發。著有《文肅集》。與楊升菴、任瀚、熊南沙合稱"蜀中四大家"。

〔13〕生人：猶救人。

〔14〕底滯痿蹶：泛指拘泥迂執，廢弛停滯不前。

〔15〕泱人：氣魄弘大。

〔16〕金石：指古代丹藥。

〔17〕遲：等待。延之數日：不肯等我幾天。鍾惺到夷陵時，雷思霈已去世兩天。

〔18〕膚立：謂極其膚淺。做表面工作。

〔19〕分香履：當爲"分香賣履"的省文。舊時比喻人臨死念念不忘妻兒。語出曹操《遺令》："吾婢妾與伎人皆勤苦，使著銅雀臺，善待之。於臺堂上安六尺床，施繐帳，朝晡上脯備之屬，月旦、十五日，自朝至午，輒向帳中作伎樂。汝等時時登銅雀臺，望吾西陵墓田。餘香可分與諸夫人，不命祭。諸舍中（指衆妾）無所爲，可學作組履賣也。"

〔20〕語當有可傳者：此句是説，如果雷思霈能留下遺言，一定不是家庭私

事、兒女之情。

〔21〕人之云亡，邦國殄瘁：語出《詩·大雅·瞻印》。意爲朝廷中失去了賢人，國家將困窮危殆。

〔22〕堂室：指母與妻。

〔23〕二三子：猶言諸君，幾個人。此指雷門弟子，意爲我們弟子們。孔子常稱學生“二三子”。

〔24〕慁：驚動，打擾。

〔25〕轉語：佛教語。禪宗謂撥轉心機，使之恍然大悟的機鋒話語。

哭雷何思先生十首并序

鍾 惺

鍾子以先生卒之第三日入蜀，道夷陵，欲爲位哭焉，不能，且不忍。至自蜀，始書千五百餘言以告先生，所可讀也，言之長也，乃復爲五言韻語十章，使讀者易終，聽者不倦。付其家嗣，仍語曰：“鬼不必時至家，必時時誦之，或令侍子知書嘗司筆研者誦於所嘗游息處[1]，以逢其至。鍾子歸，亦且爲位祀先生，朝夕誦此招之。”《記》曰：其神氣則無不之也，無不之也[2]。是以誦於家，以冀先生之一至焉。

人言師與友，吾直惜其人。世事有今日，我生何不辰[3]。他時思柱石，後進失陶甄。豈意登堂約，翻成築室身[4]。

又

于役亦王事[5]，迂途意爲誰。兹來覺無謂[6]，獨反欲安之。曠士友爲命，奇人世所司。感恩知己外，别自有吾私。

又

斯人天遽奪，似欲重群疑。弟敢稱師美，人其謂我私。十年官幾日，半面友同悲[7]。朝野思如此，平生品可知。

又

忽忽悠悠體，惓惓亟亟心。攢眉别有念，抱膝豈徒吟。局外觀之審，閑中得者深。感知忘自量，還欲效砭針。

又

必有真豪傑，斯無僞聖賢。二句檃括先生語[8]。兹言猶在耳，自待豈徒然。膽識曾相證，機鋒果孰圓。會當須見定，密坐義重宣。先生曾問予："膽、識二字孰先？"予對曰："膽到處亦能生識。"先生對："恐當是識到處方能生膽。"予曰："初無先後，但到處自能相生耳。"先生思之良久，首肯。

又

側聽平時語，恒稱趙大洲。及予窺述作，似不異源流。各負匡時氣，同懷出世謀[9]。惜哉殊秀實[10]，易地道相侔。

又

乘化忽焉去，遺書不一存。分香非所屑，易簣可無言[11]。忍遽隔生死，時猶共笑喧。往還三月路，半信始招魂。

又

每於偶爾處，言下察其微。一往多寒色，將無近殺機。真人皆氣骨，道韻豈脂韋[12]。理數尋常語，難參意外幾。

又

惺也燕中病，諄諄寄子聲。有書言後事，無字及私情。豈若盡忘語，尤爲真達生[14]。聞兹應問我，來去孰分明。

又

早知八月至，猶得暫周旋。子獨靳三日，人皆忝百年。半生興盡矣，一晤數存焉。始悟長松下，微言不偶然。庚戌六月，先生坐報國松下，與二三子譚有爲之教、出世之旨。

（《隱秀軒集》）

【校注】

〔1〕侍子：本指可以侍奉雙親的兒子。這里可能是指雷思霈的繼子或侄子。據袁中道文，雷思霈無子無兄，但有一妹，即宜都著名詩人劉節芳的妻子。是否有女兒，未見記載。

〔2〕無不之也：《禮記・檀弓下》："延陵季子適齊，於其反也，其長子死，葬於嬴博之間。孔子曰：'延陵季子，吴之習於禮者也。'往而觀其葬焉，其坎深不至於泉，其斂以時服。既葬而封，廣輪掩坎，其高可隱也。既封，左袒，右還其封且號者三，曰：'骨肉歸復於土，命也。若魂氣則無不之也，無不之也。'而遂行。孔子曰：'延陵季子之於禮也，其合矣乎！'"

〔3〕不辰：不得其時。《詩・大雅・桑柔》："我生不辰，逢天僤怒。"

〔4〕築室：築室道謀，比喻做事自己没有主見，缺乏計劃，一會兒聽這個，一會兒聽那個，終於一事無成。此句是説，自己失去恩師，缺少指導後將無所適從，難有成就。

〔5〕于役：行役。謂因兵役、勞役或公務奔走在外。此指鍾惺"使蜀之役"。

〔6〕無謂：不具備意義或結果。

〔7〕半面：《後漢書・應奉傳》："奉少聰明。"唐李賢注引三國吴謝承

《後漢書》："奉年二十時，嘗詣彭城相袁賀，賀時出行閉門，造車匠於内開扇出半面視奉，奉即委去。後數十年於路見車匠，識而呼之。"後因用以稱瞥見一面。多指相識不深，雖見過半面而瞭解不多。

〔8〕檃括：就原有的文章、著作加以剪裁改寫。雷思霈曾説："聖賢而無豪傑之具，則其爲聖賢也必僞，願人之屬而已。豪傑而無聖賢之裹，則其爲豪傑也必粗，奸人之雄而已。"

〔9〕出世：此處謂出仕做官，立身成名。

〔10〕秀實：《論語·子罕》："苗而不秀者有矣夫！秀而不實者有矣夫！"後因以秀實謂人成年。此指成就事業。

〔11〕易簀：更换床席，指人將死。

〔12〕道韻：氣韻，氣質。脂韋：油脂和軟皮。《楚辭·卜居》："寧廉潔正直以自清乎？將突梯滑稽如脂如韋以絜楹乎？"後因以"脂韋"比喻阿諛或圓滑。

〔13〕達生：《莊子·達生》："達生之情者，不務生之所無以爲。"晉郭象注："生之所無以爲者，分外物也。"後因以"達生"指參透人生、不受世事牽累的處世態度。

薦先師雷太史疏〔1〕

鍾　惺

生天成佛〔2〕，文人妄作後先；慧業冥心〔3〕，大道何分靈蠢。佛所比之應類，世乃認爲上因，非仗弘慈，終難超拔。痛念先師翰林院檢討雷某，宿緣清淨〔4〕，至性靈通，亦曾願作佛弟子，非無戒、定、慧之根〔5〕，未免猶爲世名人。即其貪、嗔、癡之處〔6〕，惺等師友情關，量其没後，或無往愆，淪落老婆心〔7〕。切懼其生時，偶爲慧識牽纏，仰資津送之功〔8〕，得出輪回之路，罔使平生正骨熱腸，翻成有漏〔9〕，夙世文心妙識，總墮無明〔10〕。速登彼岸，永脱諸緣〔11〕。謹疏〔12〕。

（《隱秀軒集》）

【校注】

〔1〕薦：祭祀。

〔2〕生天成佛：生天乃佛教常用語。丁福保《佛學大辭典》："生天，如四天王乃至非想天，爲衆生可生之天處，即六趣中之天趣也。"佛教認爲生命的流轉是無始無終的，生和死是一件事，就好像是手有正面和背面，一紙兩面，生了又死，死了又生。佛家認爲，恪守十善的人死去就可轉生於天上。"生"字蘊含著"輪回"的意味。

〔3〕慧業冥心：佛教語。慧業，指智慧的業緣。丁福保《佛學大辭典》："業緣，善業爲招樂果之因緣，惡業爲招苦果之因緣。一切有情盡由業緣而生。"冥心，泯滅俗念，使心境寧靜。

〔4〕宿緣：佛教指前定的因緣。

〔5〕戒、定、慧：又名三學，或三無漏學。戒是戒止惡行，定是定心一處，慧是破妄證真。持戒清淨心則安，心安則可得定，得定則可觀照分明而生智慧。持此戒定慧三法，能對治三毒，成就佛果，所以又叫做三無漏學。

〔6〕貪嗔癡：并稱三火、三毒、三垢、三不善根。又作貪、恚、癡，淫、怒、癡。即貪欲、嗔恚、愚癡等三種煩惱。據《大智度論》卷三十一載，有利益我者生貪欲，違逆我者生嗔恚，此結使不從智生，從狂惑生，故稱爲癡。此三者爲一切煩惱之根本，荼毒衆生身心甚劇，能壞出世之善心，故稱爲三毒。三毒有正、邪之分，如諸佛淨土僅有正三毒，無邪三毒。又《大藏法數》卷十五區分二乘及菩薩各有三毒，二乘者欣求涅槃爲貪欲，厭離生死爲嗔恚，迷於中道爲愚癡；菩薩廣求佛法爲貪欲，呵惡二乘爲嗔恚，未了佛性爲愚癡。戒、定、慧是對治貪、嗔、癡的方法。

〔7〕老婆心：佛教語。謂禪師反復叮嚀，急切誨人之心。

〔8〕津送：照料護送。

〔9〕有漏：漏是煩惱的别名，有漏就是有煩惱。漏含有漏泄和漏落二義：貪、嗔等煩惱，日夜由六根門頭漏泄流注而不止，叫做漏；又煩惱能使人漏落於三惡道，也叫做漏，所以有煩惱之法就叫做有漏法，而世間的一切有爲法，

都是有煩惱的有漏法。

〔10〕無明：是煩惱的别稱。又作無明支。爲十二因緣之首，一切苦之根源。

〔11〕諸緣：總稱一切現象世界之因緣。色、香等百般之世相，總爲我心識之所攀緣者；如舌嘗於味，而知苦辣。然依大乘之實義，則諸緣實係心識之所變現。緣，指因緣。

〔12〕疏：僧道拜懺時所焚化的祝告文。

跋先師雷何思太史書卷

鍾　惺

雷先生書從膽識出，其落筆停筆具見豪傑之氣，非書家比也。惺與先生分義如此〔1〕，而生前自手札數通外，不得其半紙，意以爲後此得先生書非難。辛亥，惺使蜀，將訪先生里第，且齎佳紙數通以往〔2〕。而先三日，先生捐館矣。異人筆墨，得之有命，雖弟子不能强之師，况其他乎？此紙蓋庚戌六月〔3〕，先生將出都，予爲林茂之乞書者也〔4〕。書成，予同年中有極好先生書者，從茂之手攫得之。茂之窮，予爲賺而還焉〔5〕。向使予以自爲計者爲茂之計，則茂之亦安得有此書也？丁巳寓白門，偶過茂之，值其他出，從架上抽得此，感而識其本末。

（《隱秀軒集》）

【校注】

〔1〕分義：情分；情義。

〔2〕齎：携帶。

〔3〕庚戌：萬曆三十八年，即1610年。

〔4〕予爲林茂之乞書者：參閲《觀林茂之所藏雷何思太史草〈書蝦蟆石研歌〉鍾伯敬先生書跋作歌以貽茂之》。

〔5〕賺：誑騙，欺哄。

題胡彭舉畫贈張金銘（節選）

鍾　惺

先師雷何思太史有言，人生第一樂是朋友，第二樂是山水，朋友則其人也，山水則其畫也。

（《隱秀軒集》）

湯祭酒五十序（節選）[1]

鍾　惺

（湯祭酒）與先師雷何思太史善，其人亦相似，皆憐才而喜談天下事，於士有一之不知，嘗引爲恥事，有一之不可爲，不啻身憂之。循資旅進[2]，異日皆可爲救時宰相。

（《隱秀軒集》）

【校注】

〔1〕湯祭酒：湯賓尹，字嘉賓，號睡菴，别號霍林，安徽宣州人。萬曆二十二年（1594）鄉試中舉。萬曆二十三年榜眼，授翰林院編修。湯賓尹在翰林，内外制書、詔令多出其手，號稱得體，經常受到神宗的獎賞。後晉升爲中允，又署國子監司業事，再升爲南京國子監祭酒。曾三次出任鄉、會試考官，所取皆當世名士。他好獎掖人才，每有學子提出一些疑難問題，湯賓尹"殆無虚日"。他還好縱論天下安危大計，常刺譏時人，所以與時不合。

〔2〕循資旅進：按年資逐級晉升。

雷母龔孺人壽序

李維楨[1]

嘗覽《圖經》，蜀山川若五丁鑿道，九折回車。夔門、巫峽，猿鳥不得度；瞿塘、灧澦，如象如馬，望者股弁魄奪，不敢上下，抑何其險絶也！

出峽而至南郡之夷陵，則山爲嵩爲㕊，爲巋爲章，爲霍爲鮮；水爲瀾爲淪，爲澤爲瀆，爲洲爲川。天日清曠，雲霞藻焕，烟波漭沆。貨材殖，寶藏興，舟車所至，人力所通，浩穰輻湊，天下之大觀具矣。故蠶叢、魚鳧、杜宇、鱉靈之屬竊據一隅，不可以久；而聖帝明王宅中圖大，蜀不與焉。

余昔游蜀，備嘗所謂蜀道之難者，侍御僕從朝夕戒懼，即夢猶脅息，談猶變色。而抵夷陵，如使絶域還，如空谷聞足音，跫然而喜。夷之爲言，平也；平則坦易而不艱阻，平則廣大而不迫隘，平則優裕而不苛急，平則和適而不乖戾。險者反是。聖人之作《易》也，知物不可以終過，故《大過》之後次《坎》，他卦雖重，不加其名，獨於坎加習，而釋之曰重險。其彖曰：天險不可升，地險山川丘陵，王公設險以守其國，險之時用大矣哉！其象曰：君子以常德行習教事。教而可習，德行而可常，則平之義也。險而時用，則時有不用也。三才之道，在平不在險，如此。

余友太史雷何思，夷陵人也，與余交，稔習其爲人坦易廣大，優裕和適，使人親而敬之，久而不忘。其發爲文章亦然，大雅不群，玩索而有餘味。扶輿旁魄之氣鍾於人傑，必夷陵而産何思，固不偶耳。久之，何思舉進士爲今官，則余少弟以秘書過從[2]，稱通家兄弟，甚歡忘厭。而何思歸省母龔太孺人，少弟亦以母梁太孺人予告歸寧，而又皆以東宫覃恩，拜命婦爵龔太孺人，年及耆。少弟於何思有升堂拜母之好，屬余致辭以侑何思慈庭萬年之觴。余官與才俱退，類丘靈鞠，而何思方爲文章司命，奚取余言？無已，則第舉平險之説申之。《書·洪範》六三德，平康正直五皇極，王道平平而徵應，斂五福，錫庶民，身康强，子孫逢吉歲月日時，無易百穀用成。

余聞太孺人相夫訓子，質任自然，合於天則。何思式穀，爲世聞人，習教事而常德行，則《易》之由也。無作好惡，無偏黨反側，則疇之指也。地靈人傑，余鄉□□慕何思，以爲生於夷陵非偶然，亦形家方伎之術不可據準，近而求之《易》《書》，聖謨洋洋，明徵定保，天壽平格，必至之符，又何祝焉！何思委蛇玉堂之署，待時而相天下，躋世太平，其德施益弘。太孺人母儀益章明，祚胤益昭融悠久，引伸觸類，如斯而已，又何祝焉！何思將無哂曰老生常談，故平平耳。蓋余母梁太孺人平康之德不在雷母下。余兄弟不能，肖憎多難，殊甚慚於何思。何思錫類之孝，其尚有以督誨之，俾慰母心。余兄弟敢徼惠於太孺人，從何思後，九頓首而奉觴！

（《大泌山房集》）

【校注】

〔1〕李維楨：見《李秘書郎勅命序》"雲杜本寧"條注。

〔2〕余少弟：見《李秘書郎勅命序》"李秘書郎"條注。

贈雷何思太史五十六韻

鄧士亮〔1〕

淑氣群峰積，高文一水纏。異人特領秀，神物自生研。階雪蒲千葉，篝燈柳數編〔2〕。名山親啟秘，瑞穴幾探玄。腸浣西江夢，銘通建武鐫〔3〕。大言驚拔地，峭勢倚横天。累牘風霜字〔4〕，連箱月露篇。星芒繡口射，雲脅錦心穿。綵鳳霞標舉〔5〕，金鰲海浪褰。自應成獨往，誰復并登先。東觀徵才集〔6〕，南宫列俊翩。瓊雲標帝座，璧月煥奎躔〔7〕。虎署讎經切，龍圖視草專〔8〕。銅函封内史，寶勅捧中涓〔9〕。便殿敷陳密，承明著作偏〔10〕。班分五夜漏，筆載上林烟。簡傲貂臣妒，詼諧聖主憐。宫坊頻賜問〔11〕，講幄數需筵。袍錫麒麟麗，羹分駝鳳鮮。金門人不識〔12〕，碧樹隱常便。柳暗侵旗轉，花明帶月旋。香風清綵扇，紫陌度輕鞭。興劇情偏逸，詩成句自傳。祥光駭的礫，妙琢喜規圓。不數開元際，直凌正始前。李生輸敏捷，杜老失鉆研。内侍傾羅綺，歌伶被管弦。雄心問海嶽，赤手造坤乾。問亦臨池水，有時拂楮箋。如猊怒抉石，似驥渴奔泉。古幅横披錦，湘裙亂掃顛。但欲購一字，那復計千錢。閱世才稱大，合方器復全。範時依典則，舉身絶尤愆。得道崆峒上[13]，凝思坱圠邊[14]。靈根歸嘿照，妙氣守真詮。不忝師臣望[15]，允符名世賢。帝心加寵眷，群品屬陶甄。纔典八閩試，又操六宇權。藻林花并放，艷圃翠全宣。擊穴臨珠浦，披沙踐玉田。鳳池推朗鑒，管庫識澄淵。異貢環車續，奇珍載路延。排霄萃鶴鷺，選駿得驊騝。結網寧疎漏，拔茅罔棄捐。人欣陟鼎鼐[16]，意暫涉山川。橘柚秋城墅，芙蓉烟水船。桂橑朝霧引，芝椀落霞牽。位本龍門峻，名尤月旦平。時才望剪拂，庶類仰蹄筌。待酌衢樽廣[17]，忘疲寶鏡懸。吹噓多遠道[18]，顧盼及寒氈。細語杯前洽，濃情格外綿。豈能酬鼓鑄[19]，終自愧迍邅。桐爨收焦尾[20]，樗殘列棟椽。微軀欣有托，大力附雲端。

（《心月軒稿》卷一）

【校注】

〔1〕鄧士亮：見《鄧寅侯〈峽州草〉序》“鄧寅侯”條注。

〔2〕篝燈：置燈於籠中。古人常用“篝燈呵凍”形容寫作之勤奮。

〔3〕建武：指後趙建武四年（338）銘鎏金銅坐佛，該像有後趙建武四年的銘文，是現存最早的有明確紀年可考的中國佛教造像。

〔4〕風霜字：喻文筆褒貶森嚴。

〔5〕霞標：高峻的挺立之物。此幾句是寫他才華横溢。

〔6〕東觀：東漢洛陽南宫内觀名。明帝詔班固等修撰《漢記》於此，書成，名爲《東觀漢記》。章、和二帝時爲皇宫藏書之府。後因以稱國史修撰之所。此幾句是寫他在宫中大展才華。

〔7〕奎躔：二十八星宿中的兩個星宿。

〔8〕視草：古代詞臣奉旨修正詔諭一類公文，後亦稱詞臣起草詔諭爲“視草”，也泛指代皇帝起草詔書。

〔9〕中涓：古代君主親近的侍從官。這些句子都是説他受到皇帝的喜愛和

重用。

〔10〕承明：侍臣值宿所居。

〔11〕宫坊：指太子的官署。古代稱太子的住所爲青宫或東宫，太子的官署爲春坊。

〔12〕金門：金明門，唐時宫門名。金明門内爲翰林院所在。

〔13〕崆峒：山高俊貌。

〔14〕坱圠：地勢高低不平貌。

〔15〕不忝：不辱，不愧。師臣：對居師保之位或加有太師官號的執政大臣的尊稱。

〔16〕鼎鼐：喻指宰相等執政大臣。

〔17〕衢樽：謂設酒通衢，行人自飲。《淮南子·繆稱訓》："聖人之道，猶中衢而致尊邪，過者斟酌，多少不同，各得所宜。是故得一人，所以得百人也。"

〔18〕吹嘘：比喻奬掖、汲引。寒氈：指清苦的讀書人。

〔19〕鼓鑄：陶熔鼓鑄。比喻給人的思想、性格以有益的影響。

〔19〕焦尾：語本《後漢書·蔡邕傳》："吴人有燒桐以爨者，邕聞火烈之聲，知其良木，因請而裁爲琴，果有美音，而其尾猶焦，故時人名曰'焦尾琴'焉。"後遂用焦尾琴、焦尾、焦琴、焦桐等指美琴或比喻歷盡磨難的良才、未被賞識的寶器。

詣陸州哭雷何思館兄

王元翰[1]

我昔遭讒去國年，君來灑淚百門泉[2]。豈知患難肝腸友，倏作雲霄變滅烟。身後無兒一親老，案頭有草萬人傳。鹿門卜築成虚約[3]，目斷襄江啼杜鵑。

（《王諫議全集》）

【校注】

〔1〕王元翰：雷思霈的同榜進士，生前摯友王伯舉。詳見《滴水巖同公孝與王伯舉》“王伯舉”注。

〔2〕百門泉：指河南輝縣之百泉。萬曆三十八年（1610），四十五歲時王元翰“流寓泉（輝縣百泉）上，粗成別業，此後蹤跡莫定”（《凝翠集·詩集》）。袁宏道在《與王給事書》記載：“兩過共城（輝縣），皆值翁兄遠出。百泉、九山之勝，雖一再收，而三湖、自鹿，終落夢想間，未卜何日得遂此道也。”（《袁宏道集箋校》卷五十五）

〔3〕鹿門：在湖北省襄陽市。雷思霈生前曾有隱居襄陽的想法，參見《同王諫議伯舉卜居襄陽》。

觀林茂之所藏雷何思太史草書《蝦蟆石研歌》鍾伯敬先生書跋作歌以貽茂之[1]

邢　昉[2]

夷陵太史書法卓，獨以文章名四海。墨蹤雖亦喧人間，大抵未足當玄宰[3]。壯哉蝦蟆石研歌，歌辭長吉何磊磊[4]。筆勢磅礴亦相似，雄傑瘦硬仍瀟灑。不似他人學怒猊[5]，倔强離披寡豐采。世上寧須有子孫，筆底已足驅溟澥[6]。隻字能令魯公活[7]，千秋休嘆若敖餒[8]。書如王右軍，猶以俗見嗤。退之病其騁姿媚，此語良足百代師。我觀今之書家，姿媚如墻施[9]，學士盡化爲蛾眉。前有徐會稽[10]，後有黄慎軒[11]。稍能驅駕脱纖靡，令人如見龐眉尊[12]。太史奄有此兩家，尺素之價同璵璠。茂之師鍾主，亦自擅其妙。昔時太史誇絶技，此卷書贈長安道。書成忽爲貴者攫，神色黯慘日呼叫。間關復得歸篋笥，四壁之間光照耀。退谷先生書本劣，跋語數行何其工。筆軟墨淡字欹側，此意不以點畫雄。吁嗟林子昔壯歲，契合并得雷與鍾。淋漓翰墨足千古，何況作賦聲摩空。世事轉盻倏遷改，夷陵景陵後先死。眼中之人不可見，十年卧病形枯羸。平生玩好盡零落，大半流離易薪米。手持此卷復嘆息，質錢將欲酬參術。參术如山米甕虚〔13〕，千錢一字猶不足。太史此書，奇絶不可當，竊疑呵護有神物。借觀三日却相還，恒恐破壁與穿屋，君其慎之還韞櫝〔14〕。嗚呼！不見雷霆轟薦福，貧士聞之淚盈掬。

（《石臼集》）

【校注】

〔1〕林茂之：林古度。見《與鍾伯敬》“茂之”條注。關於林茂之所收藏的雷思霈的這幅書法的來歷，可參見鍾惺的《跋先師雷何思太史書卷》一文。

〔2〕邢昉：字孟貞，一字石湖，因住家距石臼湖較近，故自號石臼，人稱邢石臼，江蘇高淳人。明末諸生，復社名士。明亡後棄舉子業，居石臼湖濱，家貧，取石臼水釀酒沽之。詩最工五言，著有《宛游草》《石臼集》。清代詩人王士禎在他的《漁洋詩話》中論次當時的布衣詩人，獨推邢昉爲第一人。

〔3〕玄宰：董其昌。明代官吏、著名書畫家。字玄宰，號思白、香光居士。

〔4〕長吉：指唐朝傑出的詩人李賀，字長吉。

〔5〕怒猊：即怒猊渴驥。猊，狻猊。如憤怒狻猊攫扒石頭，口渴的駿馬奔向泉水。形容書法遒勁奔放。

〔6〕溟澥：大海。

〔7〕魯公：顔真卿，曾封魯郡公，故稱。

〔8〕若敖：若敖氏之後代楚國令尹子文，擔心其侄兒越椒將使若敖氏滅宗，臨死時聚其族人，泣曰：“鬼猶求食，若敖氏之鬼，不其餒爾？”後若敖氏終因椒的叛楚而滅絶。事見《左傳》宣公四年。後因以“若敖鬼”指絶嗣。雷思霈無子。

〔9〕嫱西：古美女毛嫱、西施的并稱。

〔10〕徐會稽：徐浩，字季海，今浙江紹興人，唐書法家。官至吏部侍郎，封會稽郡公。人稱“徐會稽”。書工行楷書，得其父徐嶠傳授。

〔11〕黄慎軒：黄輝。詳見《和黄庶子平倩》。

〔12〕龐眉：眉毛黑白雜色。形容老貌。此處指唐代詩鬼李賀，李賀自稱“龐眉書客”。

〔13〕參术：中藥名，人參和白术。

〔14〕韞櫝：藏在櫃子裏。指珍藏。

寄雷何思

袁　向〔1〕

龍山春雨鵠磯霜〔2〕，離合那禁歲月長。愧我蕭蕭蓬鬢客，羨君楚楚秘書郎。才名自昔誇龍劍，誦賦於今重柏梁〔3〕。明月清尊能念我，洞庭時有雁南翔。

（《湖北詩徵傳略》）

【校注】

〔1〕袁向：湖北石首人。《湖北詩徵傳略》記載：“袁向，字盼如，諸生，有《擊筑集》。向少負奇氣，與同里曾退如、夷陵雷何思相友善。文藻冠絶一時。”

〔2〕龍山：在江陵。陶淵明在《孟府君傳》中説孟嘉落帽的龍山在江陵。鵠磯：黄鵠磯。在今武漢市蛇山西北，其上有黄鶴樓。

〔4〕柏梁：柏梁體。又稱“柏梁臺體”“柏梁臺詩”。一般古體詩只要求雙句押韻，近體詩則多是首句入韻，隔句押韻。柏梁體每句七言，都押平聲韻，全篇不换韻。柏梁體是七言詩的先河。據説漢武帝築柏梁臺，與群臣聯句賦詩，句句用韻，所以這種詩稱爲柏梁體。

喜雷何思太史至

歐陽明〔1〕

春水連宵漲，荆門報急流。故人天上至，窮巷雨中留。解榻元徐孺〔2〕，維舟愧子猷〔3〕。無能具雞黍，猶作舊時游。

（乾隆《東湖縣志》）

【校注】

〔1〕歐陽明：詳見《贈李仲文獨遊三遊洞兼呈歐陽孟𧿹》“歐陽孟𧿹”條注。

〔2〕徐孺：江西南昌人，東漢名士。當時重臣陳蕃曾爲他專門置一榻，只有徐孺來的時候纔給他用，平時都挂起。

〔3〕子猷：晉代王徽之的字。王羲之之子。性愛竹，曾說：“何可一日無此君！”居會稽時，雪夜泛舟剡溪，訪戴逵，至其門不入而返。人問其故，則曰：“本乘興而行，興盡而返，何必見戴！”

江幹送雷何思太史

歐陽明

野亭尊酒思徘徊，橘緑楓丹照酒杯。巫峽雲峰遥在望，上林霞綺共誰裁。久存結襪殊多意〔1〕，欲效彈冠愧不才。舊日雷陳情更切，江風楚雨同銜哀。

（康熙《荆州府志》）

【校注】

〔1〕結襪：《史記·張釋之馮唐列傳》：“王生者，善爲黄老言，處士也。嘗召居廷中，三公九卿盡会立，王生老人，曰‘吾襪解’，顧謂張廷尉：‘爲我結襪！’釋之跪而結之。既已，人或謂王生曰：‘独奈何廷辱張廷尉，使跪結襪？’王生曰：‘吾老且賤，自度終無益於張廷尉。張廷尉方今天下名臣，吾故聊辱廷尉，使跪結襪，欲以重之。’諸公聞之，賢王生而重張廷尉。”後因以“結襪”爲士大夫屈身敬事長者，或士人蔑視权貴之典。

同雷太史徐上舍宿紫盖寺[1]

劉芳節

衡岳飛來第一峰，峰形如盖紫蒙茸。樵山舊侶迎徐孺，蓮社新盟得次宗[2]。百丈倒窺丹井碧[3]，一龕深照佛燈紅。松篁也解賡禪韻[4]，却共檐鈴話夜風。

（同治《當陽縣志》）

【校注】

〔1〕徐上舍：似指徐從善。宋代太學分外舍、内舍和上舍，學生可按一定的年限和條件依次而升。徐從善是太學生。是劉芳節關係极亲密的朋友。關於徐從善，詳見前面《宿徐從善山居》等詩校注。

〔2〕次宗：雷次宗。見前面《無相請經南還》校注。

〔3〕丹井：紫盖寺在湖北當陽，寺院中有一古井（今仍保存完好）。據傳葛洪（一説郭玄）曾煉丹於此。參見《送紫盖寺極虛上人》校注。

〔4〕賡：賡和，唱和。

同何思實先飲玉泉山望湖亭[1]

劉戡之

玉泉山下望湖亭，噴玉光寒水自泠。南望明湖通紫極[2]，西來爽氣入青冥。源深石鑿疏龍首，日暖天空墮鶴翎。取醉不妨頻濯足，滔滔誰識客爲星。

（《竹林園行記》）

【校注】

〔1〕實先：雷叔聞。光緒《荊州府志》："雷叔聞，字實先。父沛，嘉靖戊午舉人，授太康令，有德政。叔聞七歲能文，里中稱爲神童。萬曆戊子舉於

鄉，除知灌縣。以治最調成都，不避權貴，有强項風，案無留牘，胥吏不敢受一錢。遷應天推官。再轉景東同知。乞歸養，築室東郊爲棲隱計。嘗自跋其詩曰：‘五言律童子能習之，而白首不能造其域。唐人杜子美，群推律聖，出有入無，合乎自然，所以難及。其次王摩詰、孟襄陽，亦頗警絶。明如大復、昌谷、庭實、蘇門，可與王孟比肩。崆峒雖才冠諸公，而體枯氣迫，未是當家，庶幾與子美狎主齊盟者，其在斯乎！’其自負如此。晚逢喪亂，被賊拘繫襄陽，以老放還，卒於家。著有《雷子小言詩文集》若干卷。嘗編集楚中詩爲《郢里陽春集》，行於時。參《郢書》、《湖北詩佩小傳》。”雷叔聞與雷思霈也是朋友。本詩所寫玉泉山應該是北京的玉泉山，而非當陽的玉泉山，康熙《玉泉寺》應該是誤收。明宣宗朱瞻基曾在北京玉泉山下修望湖亭以觀西湖。此詩在劉戡之《竹林園行記》中是編在《浮雲編》中，《浮雲編》中的詩全部是在京城所寫。

〔2〕紫極：星名。借指帝王的宫殿。

坐何思齋中四首

劉戡之

與君銜雪向江臯，江上論文興獨豪。萬點素輝邀綵筆，一天寒色照綈袍。

長幹千仞鬱岑華，散作城南綵鳳霞。食實九疑三萬里，虞庭此去未應奢〔1〕。

欲從何處覓金丹，句漏真人下紫鸞〔2〕。窈窕空山誰得似，娥眉天際醉中看。

山作樓臺十二行，分明天上鬱相望。長江萬里横如帶，一片銀河夜有光。

（《竹林園行記》）

【校注】

〔1〕虞庭：虞舜的朝廷。代指“聖朝”。

〔2〕句漏：句漏令，此指東晉葛洪。葛洪年老欲煉丹以求長壽，聞交趾國産丹砂，遂求爲句漏令（句漏在今廣西北流縣），帝許之。相傳他曾在夷陵葛道山（今磨基山）煉丹。

何思惠以小山

劉戡之

石竇穿雲入，孤峰只自騫。移來東海上，酬以八公篇。

（《竹林園行記》）

喜雷何思登第却寄〔1〕

劉戡之

忽承第捷報江東，吾輩文章道不窮。荆璧干秦今得價〔2〕，郢歌高楚舊推工。桂爭建業千枝秀，蹄逐燕臺八駿雄。自是風流天下重，徒令佇想笑言同。

（《竹林園行記》）

【校注】

〔1〕雷何思登第：此指雷思霈中萬曆二十五年（1597）丁酉科舉人。

〔2〕荆璧：即和氏璧，産於楚國荆山。

聞何思上春官却寄[1]

劉戡之

計偕滿路薦雄文[2]，凌厲中原獨有君。楚國沮漳通北極，虞庭干羽動南熏[3]。至尊已卜當年夢，太史應占五色雲。此日籌邊親賜問，請纓且莫效終軍。

（《竹林園行記》）

【校注】

〔1〕上春官：指舉人進京會試。春官，上古傳爲顓頊氏五官之一，爲木正。又爲《周禮》六官之一，掌禮法、祭祀。唐代光宅年間曾改禮部爲春官，後“春官”遂爲禮部的别稱。

〔2〕計偕：《史記·儒林列傳序》：“郡國縣道邑有好文學，敬長上，肅政教，順鄉里，出入不悖所聞者，令相長丞上屬所二千石，二千石謹察可者，當與計偕，詣太常，得受業如弟子。”司馬貞索隱：“計，計吏也。偕，俱也。謂令與計吏俱詣太常也。”後遂用“計偕”稱舉人赴京會試。

〔3〕干羽：古代舞者所執的舞具。文舞執羽，武舞執干。借指文德教化。南薰：指《南風》歌。傳爲虞舜所作。

答雷何思吉士書

唐時升[1]

往歲無美先生從楚中歸迎[2]，謂所厚善者曰：“吾於夷陵得一奇士，恨不能携之來與二三君子游。”因道門下之姓字[3]，且出《送行序》於篋中，以示坐客。相與反復觀之，如天球琬琰之陳於前，黄鐘大吕之叠奏於左右也。是時想見其人，白雲爲車，紫霞爲裳，容與層霄之上。

兹者，薄游京師[4]，適會門下在石渠東觀與天下士馳騁著作之場。無美先生必且拊掌哂笑，自詫其知人，而僕亦得慰其數年願見之懷。乃辱問瞽者以蒼素之辨，聾者以宫徵之音。豈先生曾以僕姓名欺門下乎？僕夙遭閔凶，不及受先人之遺訓。又才拙性懶，不敢妄意作者之事。偶聞長者之餘論，有心識之而已。

蓋文章爲經世大業，大而三才[5]，小而庶物，無所不載。中古以前，吾不能知若伊吕之治國，賈晁之論事，孫吴之言兵。苟其闕如，皆不可以稱作者。若夫書疏傳志碑記之類，皆與世酬酢人事，不可已者。方杼軸於懷[6]，豈不尋其條理於茫昧之表，索其端緒於棼亂之中？及其得之於心而出之於手，則見者以爲固然，但人不能知而我能言之耳。採玉於重巖，吾以爲圭爲璧，能顯玉之美，而出玉者山也；採珠於深淵，吾以爲珥爲佩，能盡珠之用，而産珠者水也。苟知此道，則於文章殆庶幾乎！今之昧者，言不必由其意，華不必副其實。陳籩豆於雞豚之社[7]，奏鐘鼓於爰居之前[8]。慰遷謫者，則謂在廷皆蜚廉[9]；稱賑施者，則謂素儒亦郭解[10]，此陋俗所沿。在文章之司命一洗之，非門下誰望哉！長石、少玄諸君亦乞以是語之。

（《三易集》）

【校注】

〔1〕唐時升：字叔達，號灌園叟。詳見《與王緱山年丈》條注。

〔2〕無美：殷都，字無美。詳見《賀陸大夫兩臺首薦序代》“殷嘉定”條注。

〔3〕門下：敬辭，稱對方。

〔5〕三才：天、地、人。

〔6〕杼軸：比喻詩文的組織、構思。

〔7〕籩豆：古代食器，竹製爲籩，木製爲豆。雞豚社：古時祭祀土地神後鄉人聚餐的交誼活動。

〔8〕爰居：遷居。

〔9〕蜚廉：中潏之子，商紂王的大臣。

〔10〕郭解：西漢時期游俠，事見《史記·游俠列傳》。

【相關鏈接】

訪殷無美先生飲十笏齋賦贈

劉戡之

土黑楚夷陵，髮白漢太守。甘棠蔭尚存，五馬名未朽。一種是君民，垂青獨向走。覆巢俾完卵，不啻兒得母。人情厭朝三，天道忌陽九。豈知久别離，相見情愈厚。促膝坐頻移，談故不置口。既晝仍卜夜，飲我德與酒。蕭條十笏齋，四壁寒如斗。黄金書一床，牙籤充二酉。大珠映小珠，奇嶷聯瑰玖。有此人生歡，餘物但敝帚。仰止步趨塵，瞠乎其在後。慷慨欲報恩，劉生可是否。

（《竹林園行記》）

柬雷何思翰林

黄克纘〔1〕

蕞爾海濱，其聲教文物豈能與上國齒？至煩天子鑾坡禁密之臣往典試事〔2〕，毋亦以閩士頗知誦法古者，非宿學名儒，未易司其鑒别耶？及讀賢書，文章爾雅，返之弘正，無論矣。乃其所拔，非俊傑髦士，則贍博諸生，至有王敬美所許魁天下者〔3〕，於今乃收。則知駃騠七日而超其母〔4〕，易於識别；而老驥伏櫪，志在千里者，不遇伯樂，孰能顧盼而剪拂之耶〔5〕？

不佞囊曾備員上國，於荆巫之下，長江之濱，想像其人當必有標格巍峨、詞源浩瀚與山川相輝映者，台臺其人也〔6〕。瞻企有年，識荆無自幸〔7〕。使節往閩，道出齊魯，又以嫌疑，未敢敘其鄉往。兹聞旋朝，羅群才以效明時。區區閩士，大被榮施。不佞閩人也，敢無一言爲桑梓謝乎？外具不腆薀藻〔8〕，爲從者之羞。仰祈鑒涵，曷勝感戢！

（《數馬集》卷四十一）

【校注】

〔1〕黄克纘：字紹夫，號鍾梅，福建晉江人。萬曆八年（1580）進士，曾任刑部尚書、工部尚書，兩度出任兵部尚書，晚年吏部尚書不就。多次上疏力陳弊政。初任壽州知州，後入爲刑部員外郎。历官山東左布政使，就遷右副都御史，巡撫其地。天啟年間與東林黨人不和，被魏忠賢看成同黨，但後來與魏也不和，辭職回家。崇禎七年（1634）於家中去世，謚襄惠。著有《數馬集》《疏治黄河全書》等。

〔2〕鑾坡：唐德宗時，嘗移學士院於金鑾殿旁的金鑾坡上，後遂以鑾坡爲翰林院的别稱。禁密：指宫中官署或文學近侍之臣。

〔3〕王敬美：王世懋，王世貞弟，字敬美，嘉靖三十八年（1559）進士。好學善詩，文名亞其兄，世貞力推引之，以爲勝己。

〔4〕駃騠：良馬名。

〔5〕剪拂：修整擦拭。比喻推崇、贊譽。

〔6〕台臺：舊時對長官的尊稱。

〔7〕識荆：初次見面或結識。

〔8〕藴藻：聚集之藻草。《左傳》隱公三年："苟有明信，澗、溪、沼、沚之毛，蘋、蘩、藴藻之菜……可薦於鬼神，可羞於王公。"

客雷何思太史故宅見伯敬理其後事感而吊之

譚元春〔1〕

歷覽真奇士，情惟我友敦。與君雖不識，聞此即爲恩。殘墨散親故，遺文當後昆〔2〕。母腸霜露裂，師道日星尊。竹石無心好，池塘有數存。世添君子嘆，葬待衆人論。所見曾題壁，何須昔在門。正如觀往史，氣結不能言〔3〕。

（《譚友夏合集》）

【校注】

〔1〕譚元春：字友夏，號鵠灣，别號蓑翁。湖廣竟陵（今湖北天門）人。天啟間鄉試第一。萬曆三十二年（1604）結識鍾惺，與鍾惺共選《詩歸》，一時名聲甚赫，世稱鍾譚。他們同爲“竟陵派”創始人，論文重視性靈，反對摹古，提倡幽深孤峭的風格，所作亦流於僻奥冷澀，有《譚友夏合集》。

〔2〕後昆：後嗣，子孫。雷思霈没有兒子。古時，人們往往深以爲憾。

〔3〕氣結：形容心情鬱悶。

雷太史家有送子觀世音菩薩畫像一軸其地如西洋布而堅密設色靈幻菩薩手一兒舉念珠似鸚鵡肉情巾袂俱動拜而頌之

譚元春

何以布之，如鑄如繡。光浮寸許，大士靈透。手其兒手，咮其禽咮[1]。大士目兒，兒目鸚鵡。以目相撥，鸚仰兒俯。寧兒嘻戲，勿爾椎魯[2]。兒手念珠，是大士物。鸚鵡聰明，不與兒拂。以投鸚鵡，鸚鵡成佛。禪床曉坐，瓶花夕開。兒無所懼，佛無所猜。鸚鵡虎豹，可以同來。

（《譚友夏合集》）

【校注】

〔1〕咮：鳥嘴。

〔2〕椎魯：愚鈍，魯鈍。

壬子鄉墨自序

姚希孟[1]

往庚戌禮闈，雷何思太史拔文太青於乙卷中[2]，以爲兩司馬復出，不欲以恢奇廢也。傳之海内，不難其作者，而難其識者。謂木難火齊，非碧眼，胡莫能辨？

嘗讀太青詩云："舊欣吴默心多竅，近愛王衡筆有鋒。"其於舉業，夫豈草草，但閎深奧衍，不無章甫適越之憂耳！蒙之譾劣，不堪爲太青作厮養，然於此道頗費鑽研。今歲闈中，又如捕風搏沙，全無欛柄在手，雖三折肱不成良醫，擲筆浩嘆，重自悲矣。幸值臨川先生鑒之驪黄之外，憐才苦心，獨破常格，薦之大座主益都公，公倍加稱賞，至駢偶小技，尤以爲槩代所無。發榜後，逢人説項，喧動都門。索觀者赫蹏相屬，苦不勝應，乃并全卷刻之，此覆瓿之用，豈敢與東井列宿爭道而馳？聊以誌吾媿，兼伸知己之感云耳。

（《響玉集》）

【校注】

〔1〕姚希孟：字孟長，吴縣（今江蘇蘇州）人。萬曆進士，改庶吉士。深受座主韓爌、館師劉一燝器重。韓、劉執政，遇大事他決定。天啟五年（1625）被彈劾爲繆昌期死黨，革职。崇禎元年（1628）起爲左贊善。歷右庶子、詹事。温體仁借其主順天鄉試有二武生冒籍事，論考官罪，貶爲少詹事，掌南京翰林院。以疾歸，家居二年，卒。

〔2〕文太青：文翔鳳，是雷思霈得意弟子之一。康熙《陝西通志》記載："文翔鳳，字太青，在中長子，萬曆庚戌進士。聰穎異人，八歲通五經，即得大人尊天作聖之學。弱冠時，已破萬卷。闈中雷何思得其論策，詫曰：'此必三水文翔鳳也。'搜其經義，亟目爲文章司命主。令萊及伊洛多異政，力興古學。歷官山西督學，士風爲之一變。直指疏稱'二百年未有之學憲'，擢南光禄卿。以彈魏璫回籍。所著有《九極》等書，餘充棟莫殫，尤深於《易》，推自有生民以來二百七十萬二千六年之所未有。覃心二十六年著《太微經》表《皇極》，洵學貫天人者。至其貌顛文昌，辯若懸河，萬言立就，揮筆如風，詩不襲唐，賦在漢人以上，卓奧雄傑，人不能讀。四方從學者三萬餘人。壬午年卒。"